Reginald Hill

Das Haus an der Klippe

EUROPA
VERLAG

Aus dem Englischen von
Sonja Schuhmacher und Thomas Wollermann

Reginald Hill

Das Haus an der Klippe

Roman

Europa Verlag
Hamburg · Wien

Die Deutsche Bibliothek – CIP-Einheitsaufnahme
Ein Titeldatensatz für diese Publikation ist bei
Der Deutschen Bibliothek erhältlich

Originalausgabe:
Arms and the Women

Deutsche Erstausgabe

Lektorat: Boris Heczko
Die Übersetzer sind Mitglieder des Kollektivs Druck-Reif
Umschlaggestaltung: Kathrin Steigerwald, Hamburg
Innengestaltung: H & G Herstellung, Hamburg
Druck und Bindung: Wiener Verlag, Himberg bei Wien
ISBN 3-203-78015-1

Informationen über unser Programm erhalten Sie beim
Europa Verlag, Neuer Wall 10, 20354 Hamburg
oder unter www.europaverlag.de

Dieses Buch widme ich
meinen treuen Begleiterinnen,
in deren Gesellschaft stets die Sonne scheint:
Emmelien
Jane
Liz
Margaret
Mary
Teresa
Sonnenstrahlen auf den fernen Bergen
Gleiten rasch dahin, gefolgt von Schatten,
Mögen sich mit etwas Phantasie verwandeln
In Oreaden, flüchtig sichtbar zum Plaisir.
Fast jeden Freitag ... und sie lachen
und reden und essen Mandelschnitten.
Ihnen die herzlichsten Grüße
von einem der Schatten in ihrem Gefolge!

Welches Lied die Sirenen sangen, oder welchen Namen Achilles trug, als er sich unter den Mädchen versteckte, das sind schwierige Fragen, doch ist es nicht unmöglich, auf sie eine Antwort zu finden.

THOMAS BROWNE, URN BURIAL

Die Sibylle habe ich nämlich in Cumä mit eigenen Augen gesehen. Sie hing in einer Flasche, und als die Knaben sie fragten: *Sibylle, was willst du?*, antwortete sie: *Sterben will ich.*

PETRONIUS, SATYRICON

Mädels! Eine Frau bin ich, das stimmt
Aber eine, die sich wie ein Mensch benimmt

STEVIE SMITH, GIRLS!

Prolegomena

Mein Vater erkennt mich nicht, wenn ich ihn besuche.

Er ist ganz woanders, in einem fremden Land.

Es hat aber auch seine Vorteile, sage ich mir. Er mußte nicht leiden, als wir fürchteten, Rosie würde sterben. Und all die Flüchtlinge in Afrika, auch in Europa, die über unsere Fernsehbildschirme ziehen, sie beunruhigen ihn nicht. Der Treibhauseffekt, Aids, der Euro, nichts dringt bis zu seinem Bewußtsein vor. Er braucht nicht einmal um seine Rosen zu fürchten, wenn im Juli Stürme vorausgesagt werden.

Er sitzt im Heim, ein Denkmal der Unwissenheit, und lächelt grundlos vor sich hin.

Wenigstens scheint er glücklich zu sein, sagen uns die Pflegerinnen, ja, wenigstens scheint er glücklich zu sein, antworten wir ihnen.

Glücklich, niemand und nirgends zu sein.

Doch ich habe ihn auch außerhalb dieses Zimmers, dieses Kokons erlebt, als noch hier und da Erinnerungen an eine Person, an einen Ort in ihm aufflackerten, wenn er mit Entsetzen jene Frau anstarrte, die seine Ehefrau und zugleich eine völlig Fremde war, oder wenn er im Flur seines eigenen Hauses stehenblieb und sich nicht mehr erinnern konnte, ob er in die Küche oder in den Garten gehen wollte und welche Tür er öffnen sollte, falls er sich daran erinnerte, und vor Angst aufschrie, wenn der Hund, der beinahe zehn Jahre lang sein treuester Begleiter gewesen war, auf ihn zusprang und ihm kläffend seine Liebe bekundete.

Ihn so zu sehen war schlimm.

Noch schlimmer aber war es, während und nach Rosies

Krankheit mitten in der Nacht aufzuwachen und sich zu fragen, ob vielleicht das, was wir Alzheimer nennen – jene Krankheit, in der die Welt ein Strudel von Bruchstücken wird, ein sich endlos wiederholender Film unzusammenhängender Szenen, ein absurdes Theaterstück, in dem sämtliche Schauspieler behaupten, sie seien alte Freunde oder gute Bekannte –, vielleicht doch gar kein Leiden ist, sondern nur das Nachgeben eines psychischen Zensors, den uns das Ich aufzwingt, um uns das Leben in einem völlig irrationalen Universum zu ermöglichen.

Was bedeuten würde, daß Dad und all die anderen die Welt letztendlich so sehen, wie sie ist.

Eine nichtvirtuelle Realität.

Eine See von Plagen.

Verworren.

Belanglos.

Scherben, meine Trümmer zu stützen.

O Mistress Pascoe,

laß uns die Götter preisen, laß unseren betrügerischen Rauch in ihre Nasen steigen, denn frohe Kunde bringe ich und Grund zur Freude. Nicht länger fürchte ich die Hitze der Sonne, jetzt, da die Zeit mich freiläßt, die mich so lange dahinsiechen ließ, welch glückliche Nachricht, doch nicht für alle, denn bringt der Strudel der Zeit nicht auch Rache? In Gedanken weile ich bei Dir, zufrieden aber bin ich erst, wenn ich Dein Antlitz schauen kann und meine überfließenden Augen Zeugnis von meinem übervollen Herzen geben. Mögen meine Tränen sich für Dich als heilige Wasser erweisen! Ich muß mich kurz fassen, denn auch wenn mich meine Feinde freigelassen haben, so ist die Freiheit doch gefährlicher als das Gefängnis, denn durch Dich und die Deinen weiß mich dort die Welt in ihrer Obhut, in Freiheit aber bin ich fatalen Zufällen und gefährlichen Unfällen zu Wasser und zu Lande preisgegeben, während ihre Weste weißer bleibt als das Papier, auf dem mein Nachruf geschrieben wird, und so müssen wir unsere Gedanken ebenso im Dunkeln halten wie mein Geschick und meinen Namen. Das Schicksal führt mich an Deine Seite, doch wann, ist ungewiß, denn nun muß ich über Nebenwege und verschlungene Pfade reisen, doch eines Tages, wenn Du schon nicht mehr nach mir Ausschau hältst, wird sich eine Tür öffnen, und dann bin ich da, auch wenn Du mich vielleicht nicht erkennst, aber fürchte Dich nicht, bevor es mit mir vorbei ist, wirst Du mich durch und durch kennen. Bis dahin sei das Glück Dir treu, während ich, obwohl braun wie Erde, durch höchste Treue meinem Gelübde Glanz verleihe.

Am Ufer eines einsamen Sees, von zerzausten Kiefern umstanden, die sich einem niedrigen Himmel entgegenreckten, aus dem trübes Licht sickerte – ein bleicher Schein, der die Szenerie eher mit einem kränklichen Schimmer überzog als erhellte –, gähnte eine tiefe Höhle.

Vier Männer arbeiteten hier mit Schaufeln, ihre Gesichter mit Tüchern verhüllt, nicht um sich unkenntlich zu machen, sondern um den stechenden Gestank des verwesenden Kots der Fledermäuse besser ertragen zu können, den sie aufwühlten. Hoch über ihnen regte sich ungehalten wispernd ein Meer von ledernen Körpern, aufgestört durch die Geräusche der Schaufeln und den Schein der Blendlaternen, die zur Decke des natürlichen Gewölbes emporstiegen.

Draußen warteten schweigend zwei weitere Männer neben einem breiten Lastwagen, dem man kaum zugetraut hätte, daß er über den ausgefahrenen Pfad gekommen war, der sich kurvenreich bis zu den dichten Bäumen wand, um dort wie in einem Eisenbahntunnel zu verschwinden. Einige Meter entfernt stand ein verstaubter Jeep auf einem felsigen Vorsprung, der über das unbewegte Wasser ragte, ohne sich darin zu spiegeln.

Im Osten zogen die rosigen Finger der Morgendämmerung bereits die Nebelschleier beiseite, die das schlafende Land bedeckten, hier aber hingen die Ausdünstungen des Sees noch grau und schwer über den Wassern, dem Fahrzeug und den wartenden Männern.

Schließlich tauchten aus dem schwarzen Schlund der Höhle zwei Gestalten auf, die schwer an einer länglichen Metallkiste schleppten, die sie zwischen sich trugen.

Sie stellten sie vor den geöffneten Heckklappen des Lastwagens ab. Einer der wartenden Männer, dem bereits dünner werdendes, gelbliches Haar in der Stirn klebte wie Stroh auf dem Hintern einer Melkerin, bückte sich, um die Kiste zu öffnen. Aus schwarzen, vorstehenden Augen warf er den anderen Männern einen Blick zu und hielt einen Moment inne, wie ein Vampirjäger, der im Begriff ist, einen Sarg zu öffnen, dann stieß er den Deckel zurück.

Der zweite Mann, dürr und dunkelhaarig, mit einem schmalen Schnurrbart, warf einen Blick auf die öligglänzenden Metallröhren und nickte dann. Der erste schnippte mit den Fingern, die Erdarbeiter schlossen die Kiste und hoben sie auf die Ladefläche des Lastwagens. Dann kehrten sie zur Höhle zurück, vorbei an ihren beiden Kameraden, die gerade mit einer zweiten Kiste aus der Höhle stolperten.

Noch viele Male ging es so hin und her, und während die Schaufler schaufelten, traten die Aufpasser an das Führerhaus des Lastwagens. Der Dürre öffnete die Beifahrertür und zog einen großen, eckigen Lederkoffer heraus, den er auf den Sitz legte und öffnete.

Der mit den Strohhaaren und den Glubschaugen holte einen rundlich abgeflachten Gegenstand aus Elfenbein hervor, drückte auf einen Knopf und ließ eine lange, leicht gebogene Klinge aufspringen. Vorsichtig ritzte er zwei der Plastikbehälter an, die in dem Koffer lagen, befeuchtete einen Zeigefinger, steckte ihn in den ersten Einschnitt, leckte an dem Pulver, das an seiner feuchten Kuppe kleben geblieben war, wiederholte diese Prozedur beim zweiten und nickte dann zustimmend.

Der Dunkelhaarige schloß den Koffer und schlug in die ausgestreckte Hand ein, die der andere ihm entgegenhielt.

»Angenehmes Geschäft«, sagte Glubschauge. »Grüß die kleine Kansas von mir.«

Der andere sah ihn einen Moment verwundert an und lächelte dann. Auch der Ältere hatte einen zweifelnden Ausdruck im Gesicht und hielt die Hand seines Gegenübers länger, als nötig gewesen wäre. Dann lächelte er ebenfalls und schüttelte den Kopf, als wolle er einen unangenehmen Gedanken loswerden, ließ los und trug den Koffer zum Jeep, wo er ihn auf den Rücksitz legte.

Der Lastwagen war nun fertig beladen, die vier Schaufler reckten vor dem Höhleneingang ihre schmerzenden Glieder und nahmen die Tücher ab. Zwei waren vor Anstrengung rot im Gesicht, die beiden anderen waren unter ihrer bläßlichen Haut ganz dunkel angelaufen.

Die ersten beiden gingen zum Jeep, die zwei anderen traten zu dem schmächtigen Mann, der die Heckklappe des Lastwagens schloß.

Diese beiden wechselten einen Blick – ein Zeichen –, griffen nach den Halftern unter ihren Achseln, zogen Automatikpistolen hervor, gingen auf den Jeep zu und eröffneten das Feuer. Die beiden Schaufler, von den Kugeln in den Rücken getroffen, fielen auf ihre roten Gesichter, während der Strohblonde rücklings stürzte, wobei ihm die Augen vor Erstaunen noch weiter aus dem Kopf traten, während sich um seine Stirn ein Band von Blut wand.

Einer der Schützen ging bis zum Jeep, beugte sich hinein und griff nach dem Koffer. Sein Gefährte wandte sich unterdessen zum Lastwagen, wo der Dürre wie gelähmt stand.

»*Chiquillo!*« rief er. »*Recuerdo de Jorge. Adiós!*« Dann ließ er eine ganze Salve los.

Der Dürre spürte, wie ein heißer Schmerz seinen Brustkorb peitschte, und sank taumelnd wie ein Kreisel hinter dem Lastwagen zu Boden. Die übrigen Schüsse gingen direkt in den Höhleneingang, wo die Kugeln von den Granitwänden abprallten und in die hohe Wölbung schlugen, wo sie zunächst eine raschelnde Wellenbewegung und dann eine kreischende, flügelschlagende Eruption von Fledermäusen auslösten.

Der Schütze hielt inne und beobachtete erstaunt, wie die Fledermäuse ihrem felsigen Ruheplatz entströmten und über ihm den grauen Himmel eintrübten. So viele! Wer hätte gedacht, daß es so viele sein könnten?

Als sie zwischen den Bäumen verschwunden waren, schritt er weiter voran.

Aber die Unterbrechung hatte dem Dürren genügt, um unter den Lastwagen zu fassen und eine unter dem Radkasten versteckte Waffe hervorzuziehen.

Als sein Gegner am Hinterrad vorbeikam, schoß er ihm durchs Bein, und als er daraufhin zu Boden stürzte, in den Kopf.

Der andere Schütze ließ den Koffer los und ging in die Hokke, die Waffe in Richtung seines sterbenden Gefährten gerichtet.

Der Dürre aber rollte auf der anderen Seite des Lastwagens hervor. Er ließ sich Zeit beim Zielen, um sicherzugehen, daß sein erster Schuß traf.

Der andere verharrte einen Augenblick in seiner Hockstellung, dann kippte er langsam und blieb schwach zuckend auf der Seite liegen, ein Auge auf die hohen Baumwipfel gerichtet. Der Dürre näherte sich vorsichtig, wobei er sich mit einem Arm die blutende Seite hielt, und entleerte sein Magazin in das starrende Auge.

Dann ließ er sich auf dem Koffer nieder, öffnete sein Hemd und untersuchte seine Wunde.

Sie tat weh, war aber nicht lebensbedrohlich. Das Fleisch lag bloß, möglicherweise war eine Rippe angekratzt, doch die Wunde war nicht tief. Allerdings blutete sie stark, und ehe er es schaffte, sie mit Stoffstreifen zu verbinden, die er aus dem Hemd des toten Schützen zu seinen Füßen riß, hatte er schon viel Blut verloren.

Er öffnete den Koffer, nahm eines der Päckchen heraus, das der Glotzäugige angeritzt hatte, schüttete sich ein wenig von dem Pulver auf die Hand, führte es zur Nase und nahm einen langen, kräftigen Zug.

Dann zog er ein Handy hervor und wählte:

»*Soy yo ... sí* ... So früh, das wußte ich nicht ... *sí* ... *poco* ... nicht so breit wie ein Scheunentor ... KP ... es muß ... tut mir leid ... *dos horas ... quizá tres ... sí* ... KP ... *sí, bueno ... te quiero ... adiós.*«

Er steckte das Handy weg und nahm den Koffer auf, wobei er sich vor Schmerzen krümmte. Im Weggehen hatte er das Gefühl, beim Jeep bewege sich etwas. Er wandte sich noch einmal um und schwenkte drohend seinen Revolver.

Nichts rührte sich. Er war zu schwach, um die Sache genauer zu untersuchen. Außerdem hatte er seine Munition verschossen.

Er wandte sich wieder dem Lastwagen zu.

Den Koffer und sich selbst in die Fahrerkabine zu hieven war eine Qual. Eine Weile blieb er über das Lenkrad gelehnt sitzen. Bewegte sich da nicht doch etwas beim Jeep, oder war es der Schmerz, der dem Bild des Todes falsches Leben verlieh? Wahrscheinlich waren es die Fledermäuse, die jetzt, da alles wieder ruhig schien, hoch oben in das Maul ihrer Höhle zurückflatterten.

Wieder griff er in den Koffer und sog eine Prise von dem Pulver ein.

Dann ließ er den Motor an, legte den Gang ein, und ohne einen Blick zurück auf die klaffende Höhle, den düsteren See oder die Leichen fuhr er mit dem ratternden Lastwagen in den dunklen Tunnel hinein, der sich durch die dichten Bäume wand.

Hoch oben auf dem sonnenbeschienenen, windigen Snake Pass, der Lancashire mit Yorkshire verbindet, dachte Peter Pascoe: »Ich bin verliebt.«

Selbst mit der Blutspur, die sich von ihrer Nase über die zweifache Wölbung ihrer vollen Lippen zog, um über ihrem bezaubernden Kinn zu verrinnen, sah sie immer noch so verdammt gut aus, daß man sie einfach nur dämlich angrinsen konnte.

»Alles in Ordnung?« fragte er, dämlich grinsend, bis er merkte, daß das vielleicht nicht der passende Gesichtsausdruck war.

»Ja doch«, antwortete sie ungeduldig und tupfte ihre Nase mit einem Papiertaschentuch ab. »Dauert das noch lange?«

Der Taxifahrer, an den sie die Frage gerichtet hatte, schaute vom eingebeulten und leckenden Kühler seines Fahrzeugs auf den querstehenden Lastwagen, den er gerammt hatte, und meinte sarkastisch: »Sobald ich das da repariert habe und den dort weggeschafft habe, geht's weiter, junge Frau.«

Pascoe, der, von Manchester kommend, über den Snake Pass fahren wollte, war hinter dem Lastwagen gewesen, als der sich quer gestellt hatte. Reines menschliches Mitgefühl hatte ihn bewogen, nachzuschauen, ob jemand verletzt worden war, aber nun gewann das Pflichtbewußtsein des Polizisten die Oberhand. Er zog sein Handy heraus, wählte 999 und gab einen knappen Bericht des Geschehens.

»Am besten leiten Sie den Verkehr um, in beiden Richtungen«, sagte er. »Die Straße ist komplett blockiert, solange Sie nicht dafür sorgen, daß der Lastwagen weggeräumt wird. Eine Person verletzt. Fahrgast des Taxis, sie hat sich die Nase angeschlagen. Fahrer des Lastwagens steht vermutlich unter Schock. Schicken Sie lieber einen Krankenwagen.«

»Nicht für mich«, erklärte die Frau entschieden. »Mir geht's gut.«

Sie erhob sich vom Randstreifen, wo sie gesessen hatte, und schritt auf langen Beinen, deren leichte Unsicherheit ihre kurvenreiche Anziehungskraft nur verstärkte, voran. Es sah aus, als wollte sie das Hindernis ganz alleine aus dem Weg räumen. Wenn der Laster ein fühlendes Wesen wäre, könnte sie es schaffen, dachte Pascoe.

»Blöde Kuh, wär' ihr nicht passiert, wenn sie sich angeschnallt hätte, wie ich's ihr gesagt habe«, meinte der Taxifahrer.

»Vielleicht hätten Sie drauf bestehen sollen«, entgegnete Pascoe nachsichtig. »Wer ist das? Wohin sollt's denn gehen?«

Er hatte keinen Grund, diese Frage zu stellen, noch hatte der Fahrer einen, sie zu beantworten, doch ohne es selbst zu merken, hatte Pascoe über die Jahre in seinem Auftreten eine ruhige Autorität entwickelt, der die meisten Menschen schwerer widerstehen konnten als schlichter Anmaßung.

Der Fahrer zog einen Notizblock hervor und las ab: »Miss Kelly Cornelius. Manchester Airport. Terminal drei. Na, den Flieger wird sie wohl nicht mehr kriegen.«

Er sagte das mit einer Befriedigung, die ihn als Exemplar jener glücklicherweise im Aussterben begriffenen Ureinwohner Yorkshires auswies, neben denen sich selbst Andy Dalziel als freundliche Lichtgestalt ausnahm. Nur ein eingefleischter Frauenhasser konnte sich an etwas erfreuen, das die junge Miss Cornelius in Bedrängnis brachte.

Und offensichtlich war sie in arger Bedrängnis. Sie kam von ihrer Begutachtung des Lastwagens zurück und warf Pascoe einen Blick zu, in dem soviel Verzweiflung lag, daß er vor lauter Mitgefühl beinahe zu weinen angefangen hätte.

»Entschuldigen Sie«, sagte sie mit einer melodischen Stimme, in der das Beste amerikanischer Helligkeit, keltischer Dunkelheit und die Laute englischer Wälder sich zu einem lieblichen Seufzen verbanden, »Ihr Wagen steht doch auf der anderen Seite, nehme ich an.«

»Ja, ich bin auf dem Heimweg nach Mid-Yorkshire«, antwortete er. »Sieht so aus, als müßte ich umkehren und mir eine andere Route suchen.«

»Das habe ich mir gedacht«, antwortete sie, atemlos vor Entzücken, als hätte er ihr gerade den Beweis für die brillanten intellektuellen Fähigkeiten geliefert, die sie bei ihm vermutete. »Und ich fragte mich gerade, ich weiß, es ist ein ganz schöner Umweg, aber würde es Ihnen etwas ausmachen, mich zum Manchester Airport zu bringen? Ich möchte mich nicht aufdrängen, aber sehen Sie, ich muß einfach diesen Flug kriegen, ich weiß nicht, was ich machen soll, wenn ich ihn verpasse.«

Tränen traten in ihre großen, dunklen Augen. Pascoe konnte sich ihren salzigen Geschmack auf seiner Zunge vorstellen. Worum sie bat, war natürlich unmöglich, doch (wie er sich fest vornahm, Ellie später zu erzählen, um sein Gewissen zu erleichtern und sich von den lüsternen Gedanken zu befreien, die ihm bei ihrem Anblick kamen) war es schmeichelhaft, gefragt zu werden.

»Tut mir leid, aber meine Frau erwartet mich«, sagte er.

»Rufen Sie sie doch einfach an. Sie haben ja ein Handy«, flehte sie mit bebender Stimme. »Ich wäre Ihnen wirklich unendlich dankbar, wahnsinnig dankbar sogar.«

Das war atemberaubend, in jedem Sinne.

»Es gibt bestimmt noch einen anderen Flug. Wo wollen Sie überhaupt hin?« meinte er.

Blöde Frage. Signalisierte Verhandlungsbereitschaft.

Sie zögerte einen winzigen Moment, bevor sie antwortete. »Nach Korfu. Urlaub, der erste seit Jahren. Und es ist ein Charterflug, wenn ich ihn verpasse, kriege ich wahrscheinlich keinen anderen, um diese Jahreszeit ist alles ausgebucht. Und am Flughafen wartet meine Schwester mit ihrem kleinen Jungen, sie ist behindert, ohne meine Hilfe kommt sie nicht ins Flugzeug, also wäre der Urlaub für uns alle gestorben. Bitte.«

Mit einem Mal war ihm klar, er würde es tun. Also gut, es war zwar verrückt, aber er mußte sowieso bis nach Glossop zurückfahren, und zum Flughafen war es dann auch nicht mehr viel weiter, jedenfalls nicht *sehr* viel weiter...

»Ich muß meine Frau anrufen«, sagte er.

»Wunderbar! Oh, danke, vielen, vielen Dank!«

Sie schenkte ihm ein Lächeln, das alles leicht erscheinen ließ – die Fahrt zurück, den Anruf bei Ellie, einfach alles –, verschwand dann im Taxi und tauchte mit einem kleinen Lederkoffer wieder auf, der aussah wie der Bordkoffer eines Piloten.

»Leichtes Gepäck«, dachte Pascoe, als er ein paar Schritte zur Seite ging, um ungestört zu Hause anrufen zu können. Die Frau sprach nun mit dem Taxifahrer, wahrscheinlich ging es um die Bezahlung. Dabei gab es offenbar eine kleine Auseinandersetzung. Pascoe mutmaßte, daß der Fahrer die volle Summe verlangte, mit der Begründung, es sei nicht seine Schuld, daß er es nicht bis zum Terminal 3 geschafft habe.

Terminal 3.

Als er das letztemal von Manchester aus geflogen war, waren

am Terminal 3 nur Inlandflüge von British Airways abgefertigt worden.

Es war gar nicht möglich, von dort aus mit einer Chartermaschine nach Korfu zu fliegen.

Vielleicht hatte sich der Taxifahrer geirrt.

Oder vielleicht hatte sich in den letzten sechs Monate einiges geändert in Manchester.

Aber jetzt fiel ihm auch wieder das leichte Zögern vor der Jammergeschichte ein. Und war es denkbar, daß eine junge Frau tatsächlich mit so wenig Gepäck in den Urlaub flog...?

Pascoe, sagte er sich, du fängst an, ein widerlich mißtrauischer Bulle zu werden.

Er wandte sich ab und drückte die Tasten seines Telefons.

Als sich jemand meldete, nannte er seinen Namen, sprach eine Weile und wartete dann.

In der Ferne hörte er Sirenengeheul, das immer näher kam.

Er hörte der Stimme am anderen Ende zu, stellte einige Fragen und beendete dann das Gespräch.

Als er sich umdrehte, stand Kelly Cornelius beim Taxi und lächelte ihn erwartungsvoll an. Ein Polizeiwagen hielt auf dem Seitenstreifen neben ihm, dicht gefolgt von einem Krankenwagen.

Als der Fahrer des Polizeiwagens die Tür öffnete, um auszusteigen, beugte sich Pascoe zu ihm herunter. Abgeschirmt durch den Wagen, zog er seinen Dienstausweis hervor, zeigte ihn dem uniformierten Constable und redete eindringlich auf ihn ein.

Dann richtete er sich wieder auf, winkte der wartenden Frau entschuldigend zu und schwenkte sein Handy, als wolle er sagen, daß er nicht durchgekommen sei.

Er wählte wieder und beobachtete, wie die Polizisten zu dem Taxi gingen und mit dem Fahrer und der Frau sprachen.

»Hallo«, sagte Pascoe. »Ich bin's. Ja, ich bin auf dem Rückweg, aber da war ein Unfall ... nein, ich bin nicht beteiligt, aber ich kann nicht weiter, die Straße ist blockiert, und ich werde einen

Umweg nehmen müssen .. ja, tu das, wenn ich da bin ... gib Rosie einen Kuß ... wie ging es ihr heute? ... Ja, ich weiß, das kann man jetzt noch nicht sagen ... das wird schon wieder, keine Angst ... ich liebe dich ... tschüß.«

Er schaltete das Handy aus und ging zum Taxi zurück.

»Was bitte schön soll das heißen, daß ich nicht weg kann?« fragte die junge Frau. Der Ärger tat ihrer Schönheit genauso wenig Abbruch wie die Verletzung.

»Tut mir leid, Miss«, sagte der Polizist ungerührt. »Kann Sie nicht vom Unfallort weglassen, wenn's Verletzte gegeben hat.«

»Aber ich bin es doch, die verletzt worden ist! Wenn ich Ihnen also sage, daß es nicht der Rede wert ist ...«

»Geht leider nicht«, erwiderte der Polizist. »Sie müssen ins Krankenhaus, zur Untersuchung. Könnte Schadenersatzansprüche geben. Außerdem sind Sie Zeugin. Wir brauchen Ihre Aussage.«

»Aber ich muß meinen Flug kriegen.« Ihr Blick kreuzte den von Pascoe. »Nach Korfu. Meine Urlaubsreise.«

Der Polizist seufzte entnervt.

»Sie können auf keinen Fall das Land verlassen, Miss, definitiv nicht«, sagte er. »Da sind ja die Jungs mit dem Krankenwagen. Warum lassen Sie sich nicht von denen mal kurz untersuchen, während ich mit den anderen Leuten rede?«

Pascoe fing ihren Blick auf und zuckte hilflos mit den Schultern. Sie sah ihn an, ihr (immer noch schönes) Gesicht war von Schreck und Enttäuschung gezeichnet. So könnte Andromeda Perseus angesehen haben, hätte er, gerade im Begriff, sie von dem blutdürstigen Untier zu erretten, sich plötzlich einer anderen Verabredung erinnert.

»Wenn Sie mich nicht mehr brauchen, Officer, dann wäre es wohl besser, ich suche mir jetzt einen anderen Weg nach Hause«, sagte er mit abgewandtem Blick, unfähig, diesem niederschmetternd niedergeschmetterten Ausdruck standzuhalten.

»In Ordnung, Sir«, sagte der Constable. »Wir haben Ihre Personalien, falls wir Sie brauchen. Wiedersehen.«

Als er zu seinem Wagen ging, dachte Pascoe, wie seltsam es doch war, daß er sich jetzt gegenüber Kelly Cornelius viel schuldiger fühlte als zuvor, da er sie einfach nur aus einem Reflex heraus begehrt hatte.

Frauen, dachte er, als er im Wagen saß und die nötigen Nachforschungen veranlaßte. *Frauen!* Allesamt Meisterinnen der Zwietracht, gesegnet mit der Macht, sich selbst nach kürzester Bekanntschaft im Kopf eines Mannes festzusetzen, zu entzweien und zu herrschen. Schau ihn dir an, wie er da nun sitzt, wo er doch nach Hause fahren sollte, und wie ein echter Profi vagen Verdachtsmomenten nachgeht, unsicher, ob er sich die Mühe machen würde, wenn er selbst sich nicht so bereitwillig dem Willen dieses lieblichen Geschöpfs unterworfen hätte. Wobei selbst noch in dem Moment, als er die Sache ins Rollen brachte, ein Teil von ihm die Hoffnung hegte, er würde sich als kompletter Trottel erweisen.

Frauen. Wie kam es bloß, daß sie nicht schon längst das Universum beherrschten?

Durch Männerhand sank Troja in Schutt,
Ging wie das Spielzeug wilder Knaben kaputt.
Heim kehrten die Sieger mit ihrem Lohn,
Die Geschlagenen aber gründeten Rom.
Als Nachhut aber kam wie Müll, den Krieger
Über Bord geworfen, der Frauen Troß gezogen,
Versklavt, entehrt, entrechtet und betrogen.
Von ihrer Mühsal zeugten keine Lieder.
Wie schändlich, daß kein rühmender Bericht,
Ihr Los erhellt, kein Heldenepos, kein Gedicht.

Und auch mein Epos lüftet nicht des Schweigens Bann,
Und kündet eines nur: Lüge, dein Name ist MANN!

Erstes Buch

»Ihre hübsche Tochter«, sagte sie, »erschrickt beim Gedanken an solche Dinge. Und doch«, hier wandte sie ihr das Gesicht ganz zu, »können Sie sicher sein, daß die Männer und Frauen bereits auf dem Weg sind, die an Ihnen ihre Aufgabe zu erfüllen haben und erfüllen werden. Ganz gewiß werden sie das tun. Sie mögen hundert oder tausend Meilen weit über die See kommen, sie mögen schon ganz in der Nähe sein; sie mögen, ohne daß Sie es wissen oder es verhüten können, aus dem gemeinsten Auswurf dieser Stadt hier stammen.«

Charles Dickens, Klein Dorrit

EINS

Aus den Sibyllinischen Blättern

Eleanor Soper…

Der kleine blaue Fleck, den ich durch das hohe runde Fenster sehen kann, ist wahrscheinlich der Himmel, doch es könnte ebensogut ein Stück von einem blauen Bühnenbild oder eine farbige Fläche sein.

Licks up the blood from the square where a riot has been…

In der Ferne höre ich Hufgetrappel. Wachwechsel am ... Das habe ich schon tausendmal gehört. Aber was sagt uns schon das Hören? Die Geräusche könnten auch von einem Tonband kommen. In diesem Geschäft verläßt man sich auf nichts. Nicht einmal auf seine Freunde. Am wenigsten auf sie. Ich, die alles weiß, wußte nichts, bevor ich das wußte.

what does it mean?…

Die einzige unleugbare Realität liegt im Computer.
Doch während die Realität sich kaum verändert, hat sich der Computer sehr stark verändert. Er wird jünger, während ich älter werde.

Soll ich wie meine Namensschwester ewig älter werden?

Meine Namensschwester, sage ich. Fange ich etwa nach so langem Gebrauch dieses Namens an zu glauben, daß ich wirklich Sibylle heiße, wie es so viele von den Jüngeren glauben?

Seltsam, daß der Name, den meine Eltern mir gaben, mich auch als Frau der Magie benennt, als Zauberin und Seherin. Morgan. Morgan Meredith. Morgan le Fay, wie Gaw mich nannte, als er von mir verzaubert war.

Doch nun sind meine zauberhaften Tage vorbei. Und es war Gaw, der mir einen neuen Namen gab, als er sah, daß meine Zauberkraft die Krankheit in meinem Blut nicht bannen konnte.

Der Weise verbirgt seine Fehler in aller Offenheit, um sie auf Dauer langsam zu korrigieren.

Mein lieber alter Freund Gawain Clovis Sempernel ist ein weiser Mann. Niemand würde das bestreiten. Nicht, wenn er bei Verstand ist.

Pack dich, Hexe. Reif sein ist alles. Und ich habe zu arbeiten.

Als ich meinen geheiligten Dienst aufnahm, ragte der Rechner drohend auf wie ein viktorianisches Familiengrab. Dreißig Jahre später nun ist er kleiner als ein Kindersarg und läßt mir auf meinem schmalen Schreibtisch genug Platz für meine Thermoskanne und meinen Becher, auch noch für meinen Inhalator und mein Pillendöschen, obwohl ich diese Sachen lieber verborgen halte. Es klingt zwar töricht für jemanden, der im Rollstuhl sitzt, aber ich bin so erzogen worden, daß man seine Gebrechen nicht zeigt.

Manche Menschen lernen das nie, weshalb auch so viele eingefroren in meinem elektronischen Sarg enden, wo aber immer noch Platz für viele andere bleibt.

Wenn ich wollte, könnte ich ihn fragen, wie viele Leute schon durch meine Hände gegangen sind, besser durch meine Fingerspitzen, denn in engeren Kontakt komme ich mit den Menschen nicht. Aber ich mache mir nichts draus. Es geht hier nicht um Statistik, sondern um Einzelschicksale.

Eleanor Soper...

Denn mein kleiner Sarg ist auch ein Brutkasten. Hier haben sie ihren ersten Auftritt, wobei sie oft noch ganz hilflos, ganz harmlos aussehen. Doch, oh, wie schnell wachsen sie heran, und ich beobachte ihre Entwicklung beinahe mit Elternstolz, wie sich immer mehr Details ansammeln und ihre Dateien anschwellen.

Einige halten, was sie anfangs versprechen. (Womit sie drohen, meine ich damit!)

Andere vollziehen offensichtlich eine Wendung um hundertachtzig Grad. Diese Bekehrten beobachte ich immer mit besonderem Argwohn, selbst wenn – und besonders wenn – sie es bis ganz nach oben schaffen. Entweder sie verstellen sich, dann sind wir darauf vorbereitet. Oder sie meinen es ehrlich, dann könnte sich der Inhalt dieser Dateien für sie als wirklich unangenehm erweisen.

Es ist ein gutes Gefühl, wenn man weiß, daß man seine Vorgesetzten in Verlegenheit bringen kann.

Doch die meisten verblassen einfach, werden zu Schatten ihrer einst so vitalen Jugend.

married a cop, had a kid, didn't march any more...
what was it for?

Laß uns einen Blick auf deine Protestkarriere werfen, Eleanor Pascoe, geborene Soper.

Amnesty International – Mitglied, nicht aktiv; *Anti-Faschismus-Liga* – Mitgliedschaft erloschen; *Abrüstungsinitiative* – Mitgliedschaft erloschen; *Schwulenbewegung* – Mitgliedschaft erloschen; *Akademische Atheisten* – Mitgliedschaft erloschen; *Greenpeace* – Mitglied, nicht aktiv; *Labour Party* – Mitglied, nicht aktiv; *Liberata Stiftung* – Mitglied, aktiv; *Quis Custodiet?* – Mitgliedschaft erloschen; *Dritte-Welt-Initiative* – Mitgliedschaft erloschen; *Frauenrechtsgruppe* – Mitgliedschaft erloschen; *Sozialistischer Weltbund* – Mitgliedschaft erloschen.

Einst hast du in deinem Brutkasten so laut gequäkt, Eleanor, jetzt bist du so still.

Gaw Sempernel (keinen Mucks!) sagt, nichts sei so verdächtig wie das Schweigen. Hat wohl in seiner Jugend eine Menge Western gesehen. *Alles ruhig da draußen, Gaw... viel zu ruhig!*

Bestimmt locken dich weder Lärm noch Stille aus meinem Sarg. Bist du da einmal drin, bleibst du für immer dort. Und sollte deine Gegenwart je erforderlich sein, kann man dich im Handumdrehen heraufbeschwören, wie die Geister der klassischen Unterwelt, die sich, woran Gawain mit seiner klassischen Bildung gerne erinnert, durch den Geruch und Geschmack von frischem Blut anlocken ließen.

Denn Computer wandeln sich, Moden wandeln sich, und das menschliche Fleisch, Gott helfe uns, wandelt sich am unausweichlichsten von allem.

Doch manche Leute, *meine* Leute, haben etwas an ihrem Herzen, was sich nicht wandeln will, obwohl ihnen das Leben immer wieder das Gegenteil beweist. Vielleicht ist es eine erblich bedingte Schwäche. Sicherlich, sobald sie sich einmal festsetzt, gibt es, wie bei einer Grippe, nichts, was das Übel ausmerzen könnte.

Deshalb habe ich, indem ich praktiziere, was ich predige, der Welt (oder dem Teil von ihr, der in diesem einsamen Gebäude im Herzen dieser dichtbevölkerten Stadt haust) bewiesen, daß es ein Leben nach dem Tod gibt, denn all die Jahre habe ich nun schon eine einträgliche Anstellung behalten, Sibylle, die Seherin, hier in meiner Einzelzelle sitzend, hoch oben in meinem einsamen Käfig, richte ich die Leichen in meinem elektronischen Sarg sauber aus, und wenn nötig, rufe ich sie auch ins Leben zurück.

Meine armen unwissenden Schatten riechen wieder Blut...

Zum Beispiel Eleanor Soper.

All these looney people, where do they all come from?
All these looney people, where do they all belong?

ZWEI

Wer klopft denn da an meine Tür?

... mein Epos lüftet nicht des Schweigens Bann,
und kündet eines nur: Lüge, dein Name ist MANN!

Kapitel 1

Es war eine dunkle und stürmische Nacht.

Warum eigentlich wird das überall als typisches Beispiel für einen miesen Anfang angeführt? Es ist ja gar nicht so verschieden von *Es war ein sonniger, kalter Apriltag*, obwohl hier, das muß man der Fairneß halber erwähnen, die Passage über die Glocken, die dreizehn schlagen, die Aufmerksamkeit fesselt. Oder wie steht's mit *Es war unmöglich, an diesem Tag auszugehen*, mit all dem Kram über das Wetter, der dann folgt? Selbst bei Homer ist der Anfang vollgestopft mit Meteorologie. Gut, was dann kommt, ist viel besser als *Paul Clifford*, aber selbst wenn wir beim selben Autor bleiben, dann ist doch die dunkle und stürmische Nacht nicht vom selben Kaliber wie der Anfang von *Die letzten Tage von Pompeji* (die ich interessanterweise auf dem Nachttisch von Andy Dalziel fand, als ich unter dem Vorwand, nach dem Klo zu suchen, ein wenig herumschnüffelte!).

Wie geht er? *»Ha, Diomed, wohl getroffen; – speisest du heute bei Glaukus zu Nacht?« fragte ein junger Mann von kleinem*

Wuchs, der seine Tunika in jenen losen, weibischen Falten trug, die andeuteten, daß er ein Mensch von Stand und ein Elegant war. Das ist eindeutig albern, während die dunkle und stürmische Nacht einfach nur ein Klischee ist, das wie alle Klischees ganz zu Anfang eine Neuprägung war.

Also rutscht mir alle den Buckel runter, elitäres Pack, die ihr euch in den Talk-Shows breitmacht. Ich bleibe dabei!

Es war eine dunkle und stürmische Nacht. Der Wind blies von der Seeseite, und der Wachoffizier stemmte sich, eingehüllt in seinen Umhang, dagegen, als er das schützende Gehölz verließ und die Landzunge hinaufzuklettern begann.

Es herrschte tiefe, aber nicht völlige Dunkelheit. Der Wind führte Salz und Gischt mit, was der Sicht etwas Geisterhaftes verlieh, und jetzt ließ sich ein großer Schwarm weißer, kreischender Seevögel auf einer Windbö nur wenige Meter über seinem Kopf ins Land tragen.

Die abergläubischen Narren, die sich im Lager drunten um die Feuerstellen drängten, würden das sicher als Zeichen nehmen und darüber in Streit geraten, welcher Gott ihnen damit was sagen wollte, und soviel Trankopfer darbringen, daß der Fuselgestank den ganzen Olymp verpesten würde. Doch der Kommandant zuckte nicht einmal zusammen.

Als er sich der Klippe näherte, kniff er die Augen zusammen und versuchte auszumachen, ob sich der Wind an einem dunkleren Umriß brach, der sich gegen den schwarzen Himmel abhob. Es hatte Gemurre unter der müden Mannschaft gegeben, als er darauf bestanden hatte, Lagerwachen in normaler Anzahl aufzustellen. In den achtundvierzig Stunden seit ihrer Landung hatten sie keine Anzeichen menschlicher Besiedelung gefunden, und da der Sturm, vor dem sie Schutz gesucht hatten, immer noch mit unverminderter Heftigkeit blies, war ein Angriff von See her kaum zu befürchten. Mit dem demokratischen Selbstverständnis, das eine Folge gemeinsam durchlittener Nöte ist, hatten sie sich über seinen Kopf hinweg an den Fürsten gewandt.

»Ihr fühlt euch also sicher?« hatte er gefragt. »Mehr oder weniger als damals, als ihr die griechischen Schiffe davonsegeln saht?«

Das hatte sie zum Verstummen gebracht. Doch der Hauptmann hatte beschlossen, selbst die Runde zu machen und nachzusehen, ob nicht doch der eine oder andere der eingeteilten Posten es sich in der vermeintlichen Abgeschiedenheit des Sturms bequem gemacht hatte, anstatt seiner Pflicht zu gehorchen.

Und wie es schien, war sein Mißtrauen berechtigt. Sein forschender Blick entdeckte nirgends eine menschliche Gestalt gegen den Himmel. Da gewahrten seine angestrengten Augen eine schwache Bewegung am Boden. Vorsichtig näherte er sich. Wieder bewegte sich etwas. Und nun konnte er auch den Mann erkennen, der auf dem Bauch ausgestreckt am Rand der Klippe lag.

Leise zog er sein Schwert und trat näher heran. Sollte der faule Hund eingeschlafen sein, würde es ein schmerzhaftes Erwachen für ihn geben. Doch als er nur noch einen Schritt entfernt war, stolperte er über einen Stein, die Wache drehte den Kopf, und ihre Blicke trafen sich.

Weit davon entfernt zu erschrecken, schaute ihn der Mann ganz gelassen an. Dann legte er den Finger auf die Lippen und bedeutete dem Hauptmann, er solle sich auch hinlegen.

Als sie Seite an Seite lagen, flüsterte ihm die Wache ins Ohr: »Ich glaube, da unten ist jemand, Hauptmann.«

Es schien nicht sehr wahrscheinlich, aber er hatte einen alten Kämpfer vor sich, der Narben aus vielen Schlachten trug, der zehn Jahre lang an der Stadtmauer patrouilliert hatte, kein Milchgesicht, das überall Gespenster sah.

Vorsichtig schob er sich vorwärts bis an den Rand und schaute nach unten.

Er wußte, daß die felsige Klippe mindestens 25 Meter steil zu einer kleinen, kiesbedeckten Bucht hin abfiel. Doch nun war es, als schaute man in den Höllenschlund, wo Pyriphlegetons bren-

nende Wellen mit ihren phosphoreszierenden Schaumkronen tief in die Dunkelheit des bejammernswerten Acheron dringen.

Da unten konnte es kein Leben geben, keines jedenfalls, das auf Licht und Luft angewiesen war, und er zog sich schon zurück, um den Wachmann zurechtzustutzen, als der Wind plötzlich ein riesiges Loch in die Wolkendecke riß und der Vollmond die Szenerie wie mit tausend Laternen beleuchtete.

Jetzt sah er es, obwohl er kaum glauben konnte, was er da sah.

Die Wellen hatten sich gerade zurückgezogen, um die Gestalt eines Mannes freizugeben, der aus dem Meer gekrochen kam. Schon trieb der Sturm die nächste Wasserwand heran, die den Mann unter sich begrub. Unmöglich, das zu überleben, dachte er. Doch als das Meer wieder zurückwich, war er immer noch da, Hände und Füße tief im Kies vergraben. Und in den wenigen Sekunden, die ihm der Rückzug des Wassers gewährte, kroch der Mann wieder ein Stückchen vorwärts, bevor er seine Anker erneut in den Grund sinken ließ.

Manchmal war der Sog des zurückströmenden Wassers zu stark oder seine Verankerung zu schwach, so daß die liegende Gestalt wieder genauso weit zurückgetragen wurde, wie sie vorangekommen war. Aber immer, wenn man schon dachte, der Ozean müsse nun tief in seine Lungen eingedrungen sein oder die rasiermesserscharfen Kiesel müßten ihm die Brust zerrissen haben, stemmte sie sich wieder ein Stückchen vorwärts.

»Das schafft er nie«, sagte der Posten voller Überzeugung.

Der Hauptmann sah sich die Sache noch eine Weile an und sagte dann: »Sechs zu vier, daß er es schafft. In Gold.«

Der alte Soldat blickte hinunter aufs Meer, das gerade mit einer beinahe übernatürlichen Wut den menschlichen Körper am Strand packte. Es sah wie eine absolut sichere Wette aus, aber er hatte große Achtung vor dem Urteilsvermögen des Hauptmanns.

»Silber«, schlug er als Kompromiß vor.

Sie nahmen die Beobachtung auf.

Es dauerte eine halbe Stunde, bis der Hauptmann seine Wette gewonnen hatte, denn schließlich hatte sich der Mann tatsächlich kriechend bis an den Fuß der Klippe herangearbeitet, wo einige Felsblöcke einen Schutzwall bildeten, gegen den das Meer vergebens seine turmhohen Brecher schleuderte. Eine Weile blieb er hier liegen, immer noch von Zeit zu Zeit vom Wasser umspült, doch nicht mehr länger in Gefahr, zerschmettert oder in die Tiefen zurückgezogen zu werden. Dann, genau in dem Moment, als der Wachposten schon hoffte, der Mann wäre tot und er hätte die Wette vielleicht doch gewonnen, saß er plötzlich aufrecht.

»Der Hund ist wohl aus Bronze und Bärenhaut gemacht«, sagte die Wache mit widerstrebender Bewunderung. »Was beim Hades hat er nun vor?«

Die Gestalt am Strand hatte sich hochgewuchtet, und als das Wasser sich wieder zurückzog, begann der Mann zur Verwunderung seiner Beobachter einen schwerfälligen Tanz aufzuführen, folgte den sich zurückziehenden Wellen und trippelte wie wild zurück, wenn sie wieder nach vorne strömten. Und die ganze Zeit über gestikulierte er, wobei er manchmal seine linke Hand in die rechte Armbeuge legte und die rechte Faust in die Luft stieß, dann beide Daumen in den Mund steckte, sie mit Kraft nach außen zog, die Zeigefinger Richtung Meer streckte und dabei schrie.

»Das kenne ich«, sagte die Wache. »Das haben die Bastarde am Fuß der Mauer auch immer gemacht.«

»Still! Ich versuche zu verstehen, was er sagt«, unterbrach ihn der Hauptmann.

Wie zur Antwort legte sich in diesem Augenblick der Wind, und das Meer zog sich weiter zurück als bisher, immer noch verfolgt von dem tänzelnden Mann, dessen Schreie nun deutlich vernehmbar am Kliff hinaufstiegen.

»Leck mich, alter Mann!« schrie er. »Du willst die Erde erschüttern? Das einzige, was du erschütterst, ist dein Schwanz

über dem Pißpott! Und was nun, du wäßriger alter Sack? Leck mich!«

»Du hast recht. Es ist ein Grieche«, sagte der Hauptmann.

»Ein toter Grieche, um genau zu sein«, antwortete der alte Soldat mit einer gewissen Befriedigung.

Denn in seiner wachsenden Kühnheit hatte der tänzelnde Mann sich in diesem Augenblick relativer Ruhe weit von seiner schützenden Mauer weglocken lassen, und als der Ozean plötzlich vor ihm explodierte, hatte er keine Chance, sich wieder in Sicherheit zu bringen. Eine Wasserlawine, viel größer als alle vorherigen, ging auf ihn nieder und warf ihn zu Boden, bevor sie ihn tief unter sich begrub. Und im selben Augenblick schloß der Wind, der mit neuer Wut heranbrauste, den Riß in der Wolkendecke, und Dunkelheit senkte sich herab.

»Wenn er zu dem gesprochen hat, an den ich denke, dann ist er wirklich ein Narr«, sagte die Wache fromm. »Wer keine Achtung vor den Göttern hat, den verschlingen sie und spukken ihn aus.«

Der Hauptmann lächelte.

»Abwarten«, sagte er.

Sie mußten nicht lange warten. Als wolle auch der Sturm feststellen, was sein letzter Angriff bewirkt hatte, zog er die Wolkendecke wieder beiseite.

»Leck mich am Sack und nenne mich Zeus!« rief der Wachposten aus, seine jüngste Anwandlung von Frömmigkeit völlig vergessend.

Da war er wieder, beinahe an derselben Stelle, wo er zu Anfang gewesen war, aber immer noch lebendig. Wieder fing er an, sich über den Strand zurückzukämpfen. Doch als das Wasser nun zurückfloß, war kein Kiesstreifen mehr zu sehen, sondern nur noch etwa dreißig Zentimeter hohes Wasser. Das machte es dem Mann wesentlich schwerer, Halt im Untergrund zu finden, erlaubte es ihm aber zugleich, ein paar Schwimmstöße mit seinen kräftigen Armen zu machen, so daß er bald wieder die schützende Sicherheit der Felsbrocken erreichte.

Da kauerte er, das Kinn auf seine breite Brust gebettet, die sich hob und senkte, während er mit tiefen Atemzügen die feuchte Luft einsog.

»Tapfer ist er«, gab der Posten widerwillig zu. »Das muß ich ihm lassen. Aber er hat es noch nicht geschafft. Wie hoch wird die Flut hier wohl steigen, Hauptmann?«

»Normalerweise würde sie gerade mal den Fuß der Klippe erreichen, dreißig Zentimenter höchstens. Aber das ist keine normale Flut. Ich habe keine Ahnung, ob es am Zorn des Gottes liegt oder ob wir nur sehr schlechtes Wetter haben, aber wenn der Wind nicht nachläßt, dann wird das Meer in einer Stunde zehn Meter hoch an der Klippe stehen.«

»Das wär's dann also«, meinte die Wache mit einiger Genugtuung.

»Nicht unbedingt. Er könnte raufklettern.«

»An den Felsen? Nie im Leben! Die sind glatt und steil, und oben ist ein Überhang. Das würde ich nicht an meinem besten Tag riskieren, und der alte Wichser muß völlig ausgelaugt sein.«

»Das Doppelte, oder wir sind quitt?« sagte der Hauptmann beiläufig.

Die Wache wandte den Kopf und sah ihn von der Seite an, aber sein Gesichtsausdruck war glatt und undurchdringlich wie die Felswand und auch kein bißchen anziehender.

Dann schaute er nach unten. Der Mann stand schon bis zu den Knien im Wasser.

»Einverstanden«, sagte die Wache.

Der Grieche unten betrachtete die Felswand. Seine Gesichtszüge waren durch das dichte Geflecht seines Bartes nicht zu erkennen, doch selbst auf diese Entfernung konnten sie den hellen Glanz seiner Augen im Widerschein des Mondlichts sehen. Er rieb die Hände kräftig an den Fetzen seines Gewands, als versuchte er, freilich vergeblich, sie zu trocknen, dann faßte er nach oben und begann zu klettern.

Er schaffte es ungefähr einen Meter über die Wasseroberfläche, bevor er den Halt verlor und zurückschlitterte. Er versuchte es noch dreimal, und dreimal stürzte er ab. Jedesmal, wenn er wieder im Wasser landete, war es ein Stückchen höher gestiegen.

»Sieht aus, als ob wir quitt wären, Hauptmann«, meinte die Wache.

»Vielleicht.«

»Was macht das alte Schwein jetzt?«

Das alte Schwein hatte sein zerfetztes Gewand ausgezogen. Vollkommen nackt versuchte er nun, es zu einem Sack zu knoten, den er am vorstehenden Zacken eines der schützenden Felsen aufhängte. Dann kniete er sich in das Wasser vor dem Felsbrocken, holte tief Luft und verschwand mit dem Kopf unter der Oberfläche. Als er wieder auftauchte, warf er etwas, das wie ein Stein aussah, in den herabhängenden Sack. Das machte er wieder und wieder.

»Aha«, sagte die Wache. »Er gräbt sich einen Tunnel.«

Er lachte heiser über seinen Scherz, bis der Hauptmann kalt bemerkte: »Halt den Mund. Jetzt kannst du was lernen.«

Die Wache hörte auf zu lachen. Gemeinsam überstandene Gefahren mögen die Bande der Disziplin etwas lockern, aber er und seine Kameraden wußten genau, wie weit sie gehen konnten.

Schließlich stand der Grieche wieder aufrecht, schlang sich den Sack um den Hals, steckte beide Hände hinein und hob sie dann zur Felswand. Lange lehnte er sich dagegen, als würde er beten. Dann begann er wieder zu klettern.

Die Wache wartete darauf, daß er abstürzte. Von Zeit zu Zeit griff der Mann in seinen Sack, dann streckte er wieder auf der Suche nach einer Stelle, die ihm Halt geben konnte, den Arm aus. Wie auf dem Strand kam er auch hier nur qualvoll langsam vorwärts, gelegentlich fand er keinen Halt und rutschte ein Stück zurück, doch kam er stetig voran.

»Wie in Gottes Namen macht er das?« fragte die Wache. »Das ist einfach nicht möglich!«

»Weichtiere«, sagte der Hauptmann.

»Das wäre nicht nötig gewesen«, sagte der Wachmann, der scheinbar »Weichbirne« verstanden hatte. »Ich habe ja nur gefragt.«

»Weichtiere, habe ich gesagt. Muscheln, Austern, was er finden konnte. Er drückt sie gegen die Wand, bis sie sich festsaugen. Dann benutzt er sie als Leiter.«

»Muscheln, sagst du? Diese Dinger sollen das Gewicht eines Mannes tragen, im Ernst?«

»Drei vielleicht schon. Er versetzt immer nur einen Fuß oder eine Hand auf einmal. Und er nutzt jeden Halt aus, den der Fels bietet. Wirklich ein schlauer Bursche.«

Die Wache schüttelte mit widerstrebender Bewunderung den Kopf. Als hätten sie begriffen, daß ihnen ihre Beute zu entkommen drohte, stürmten die Wellen mit vermehrter Wucht gegen die Klippen an, schlugen über dem Kletterer zusammen und besprühten die Beobachter über ihm mit Gischt.

Ein rauher, krächzender Laut drang gleichfalls zu ihnen herauf.

»Das Schwein lacht!« sagte die Wache.

»Natürlich lacht er. Er freut sich, wenn die Felswand richtig schön naß ist. So gefällt es den Muscheln. Je nasser die Wand, desto besser können sie sich festsaugen.«

Wieder schloß der Wind das Loch in der Wolkendecke. Da der Kletterer sich außerdem noch dem Überhang näherte, konnten ihn seine Beobachter nicht mehr sehen. Der Posten rückte von der Kante ab, blieb in der Hocke und zog sein Schwert.

»Wollen mal sehen, ob er immer noch lacht, wenn er den Kopf über den Rand streckt und ich ihm die Kehle durchschneide«, sagte er und prüfte dabei die Schneide der Klinge mit dem Daumen.

Der Hauptmann der Wache sagte nichts, kauerte sich aber neben ihn. Sie mußten sich gegen den Wind stemmen, um nicht umgeblasen zu werden; von Zeit zu Zeit, wenn die Wut des Ozeans, der den Kletterer herunterwaschen wollte, übermächtig wurde, sprühte ihnen Salzwasser ins Gesicht.

Minuten verstrichen. Die Beobachter rührten sich nicht. Sie hatten über viele Jahre lernen können, daß die Geduld zu den großen militärischen Künsten zählt.

Schließlich zeichnete sich auf dem Gesicht des Wachpostens die Überzeugung ab, daß das Meer schließlich doch seinen Kampf gegen den kletternden Griechen gewonnen haben mußte. Er warf dem Kommandanten einen Blick zu. Aber dessen Gesicht war genauso zerfurcht und mit Narben übersät wie eine Stadtmauer nach einer langen Belagerung, und schon unter günstigen Umständen ziemlich undurchschaubar. Daher zog es der Posten vor, zu schweigen und weiter Ausschau zu halten.

Schon wenige Augenblicke später beglückwünschte er sich zu dieser Zurückhaltung. Ein neues Geräusch drang durch das Brausen des Wassers und das Heulen des Windes zu ihnen herauf: schweres Atmen, das näherkam.

Der Posten lächelte in freudiger Erwartung. Er würde ihm nicht einfach nur die Kehle durchschneiden, sondern versuchen, ihm gleich den Kopf abzuschlagen. Was für ein Spaß, wenn er ins Lager zurückkehrte, ihn zwischen seine halbwachen Kameraden warf und beiläufig sagte: »Habe mir noch einen Griechen geschnappt, während ihr faulen Säcke geschlafen habt.«

Das Atmen war nun schon sehr deutlich zu hören. Der Wachposten änderte seine Position, so daß er nun genau über dem Kletterer war. Ein Arm, der aussah wie ein schmaler Baumstamm, schwang sich über die Kante der Klippe, ein Schopf salzverkrusteten Haares tauchte auf, schließlich war der Kopf ganz zu sehen, und zwei tiefblaue Augen blickten die wartenden Männer an.

»Wie geht's, Kamerad?« sagte der Grieche.

Der Posten schaukelte sich auf den Zehenspitzen vorwärts und griff mit der linken Hand blitzschnell nach dem grauen Schopf. Doch so schnell er auch war, der Grieche war schneller. Seine andere Hand, die eine zackige Muschel umklammerte, kam in Sicht. Sie schoß so rasch vor, daß die Bewegung kaum wahrzunehmen war, und im nächsten Moment war das linke Handgelenk des Postens bis auf die Knochen aufgeschlitzt.

Er stieß einen Schrei aus und wich zurück. Seine rechte Hand ließ das Schwert fahren und griff nach der klaffenden Wunde, um den Blutfluß zu unterbinden. Der Grieche ließ die Muschel fallen und wollte nach der Waffe auf dem Boden greifen. Da ging ein schwerbeschuhter Fuß auf seinen Unterarm nieder und drückte ihn zu Boden.

Er schaute nach oben in das undurchdringliche, zerfurchte Gesicht des Hauptmanns und lächelte durch sein Bartgestrüpp.

»Danke, Kamerad«, sagte er. »Du hast mich vor einem bösen Sturz bewahrt.«

»Töte das Schwein, Hauptmann«, rief der Posten, dessen Gesicht aschgrau geworden war. »Hack ihm einfach den Arm ab!«

Der Hauptmann sah die blauen Augen fragend auf sein Gesicht gerichtet und überlegte.

»Noch nicht«, sagte er schließlich. »Nicht bevor wir wissen, ob sich nicht noch mehr von der Sorte hier in der Gegend rumtreiben. Außerdem könnten die Leute etwas Unterhaltung brauchen, nach dem, was wir hinter uns haben, und ich glaube, bei so einem schlauen alten Griechen kann der Tod eine ganze Weile dauern.«

»Solange du willst, Kapitän«, sagte der Grieche. »Ich habe keine Eile. Ich kann –

»Scheiße«, sagte Ellie Pascoe.

Durch das offene Fenster der Abstellkammer, der sie die Bezeichnung »Arbeitszimmer« verweigerte, hatte sie ein Auto in die kurze Einfahrt einbiegen hören.

Sie tippte *mir so viel Zeit nehmen, wie du willst«*, speicherte ab und trat ans Fenster.

Ein Mann und eine Frau stiegen aus einem Auto und gingen auf die Eingangstür zu.

»Hallo«, rief Ellie.

Ihre von oben kommende Stimme ließ die Besucher zusammenfahren wie ertappte Kinder, und der Frau fielen die Autoschlüssel aus der Hand.

Vielleicht glauben sie, es ist die Stimme Gottes, dachte Ellie.

Oder vielleicht (ein Gedanke führt zum nächsten) denken sie, *sie* seien die Stimme Gottes.

»Falls Sie Zeugen Jehovas sind«, rief sie, »dann sage ich Ihnen gleich, daß hier nur kommunistische Satanisten wohnen. Ich würde Ihnen aber gerne ein paar von *unseren* Schriften geben.«

»Mrs. Pascoe?« sagte die Frau. »Mrs. Ellie Pascoe?«

Sie sah nicht aus wie eine Zeugin Jehovas. Und die Zeugen Jehovas fahren auch nicht im dicken BMW vor.

Zwei Vermutungen, so haltlos wie Hottentottentitten (diesen Satz entnahm sie ihrer Sammlung der Aussprüche von Andy Dalziel), aber nach Beweisen suchen wir, wenn uns die Intuition im Stich läßt (eine ihrer eigenen Weisheiten, eine Provokation für jeden Polizisten).

»Sekunde. Ich komme runter«, sagte sie.

Als sie schließlich unten ankam und die Haustür öffnete, hatten die beiden sich wieder gefaßt. Jetzt wirkten sie einfach nur besorgt.

»Mrs. Pascoe?« sagte der Mann, er war schlank, in den Dreißigern, sah gar nicht übel aus und trug einen gutsitzenden Glencheck-Anzug, der von einem Schneider aus der Savile Row hätte stammen können. Peter würde er bestimmt noch besser stehen. »Sie sind Mrs. Pascoe?«

»Ich dachte, das hätten wir schon geklärt.«

»Mein Name ist Jim Westcombe. Ich bin vom Sozialdienst der Schulbehörde. Es geht um Ihre Tochter Rose. Sie besucht doch die Edengrove Junior, oder?«

»Ja, aber heute haben sie Wandertag und sind im Freizeitpark von Tegley Hall ... bitte, worum geht es?«, fragte Ellie.

Die Besucher wechselten einen Blick, dann erklärte der Mann:

»Machen Sie sich keine Sorgen, es geht ihr gut, Sie können ganz beruhigt sein, wirklich –«

»Wie bitte?«

Es gibt nur wenige Dinge, die eine Mutter mehr in Unruhe versetzen können als die Versicherung, sie brauche sich nicht zu beunruhigen, ganz besonders, wenn diese Mutter noch wenige Wochen zuvor an einem Krankenhausbett gewacht und nicht gewußt hat, ob ihre Tochter sich von einer Hirnhautentzündung erholen würde oder nicht.

Die Frau warf ihr einen Blick zu, in dem sich Mitgefühl und Ärger über das Ungeschick ihres Begleiters mischten.

»Jim, halt den Mund«, sagte sie. »Mrs. Pascoe, der Bus, der die Kinder nach Tegley Hall bringen sollte, hat eine Panne. Ein Ersatzbus ist unterwegs, aber offenbar fühlt sich ihre kleine Tochter nicht so gut. Also hat der Schulleiter beschlossen, sie lieber nach Hause zu schicken, aber er konnte Sie telefonisch nicht erreichen...«

Ellie drehte sich um und griff nach dem Flurtelefon. Die Leitung war tot. Im Spiegel über dem Telefon blickte sie ein nicht völlig unbekanntes Gesicht an, dessen Blässe durch die Sommerbräune schimmerte wie ein Totenlicht durch ein Musselintuch. Das war es. Das war die Strafe, die sie verdiente. Das hatte sie sich selbst eingebrockt. Schlimmer noch, Rosie ... und Peter.

»... also hat er versucht, Ihren Mann zu erreichen, aber ohne Erfolg, dann hat er bei der Schulbehörde angerufen, und da Jim und ich sowieso hier vorbeifahren mußten, haben wir versprochen, vorbeizuschauen und nachzusehen, ob Sie zu Hause sind.«

»O mein Gott«, sagte Ellie.

Mir wird schwindlig, dachte sie. Ich höre nicht richtig.

Sie lehnte sich Halt suchend gegen den Türrahmen, die Frau legte die Hand auf ihren Arm und sagte: »Wirklich, Mrs. Pascoe, es ist alles in Ordnung. Sie wissen ja, wie das ist, am Ende des Schuljahres, die Kinder sind aufgeregt, rennen wie verrückt herum. Ich habe auch zwei, ich weiß, wie sie einen auf Trab halten können, glauben Sie mir. Es geht nur darum, rauszufahren und die Kleine abzuholen. Haben Sie einen Wagen? Jim kann mit Ihnen fahren, er weiß, wo der Bus liegengeblieben ist. Ich habe einen dringenden Termin, aber Jim hat ein, zwei Stunden Zeit, stimmt's, Jim? Er kann Sie auch fahren, wenn Ihnen das lieber ist.«

»Natürlich«, sagte der Mann. »Kein Problem. Fahr'n am besten gleich los, was? Je eher wir uns auf den Weg machen, desto schneller haben Sie Ihre Kleine wieder.«

Ellie holte tief Luft. Es war nicht genug. Noch einmal. Es war, als würde man Öl auf eine verrostete Mechanik geben. Sie konnte regelrecht hören, wie die Zahnräder in ihrem Gehirn knirschten, als sie alles noch einmal durchging, was man zu ihr gesagt hatte.

»Entschuldigung. Darauf war ich nicht gefaßt. Normalerweise bin ich nicht so langsam. Es hat mir einen kleinen Schock versetzt. Ich dachte, Sie wollten mir sagen, es hätte einen Unfall gegeben...«

»Aber nicht doch«, erwiderte die Frau. »Wirklich nicht.«

»Haben Sie selbst mit Mr. Johnson, dem Direktor, gesprochen? Hat er Ihnen gesagt, daß es keinen Grund zur Sorge gibt?«

»Ja, ich habe persönlich mit Mr. Johnson gesprochen«, sagte die Frau bestimmt. »Eine leichte Übelkeit, hat er gemeint. Aber sie will lieber nach Hause, als den ganzen Tag im Bus durchgerüttelt zu werden.«

»Aber für den Fall, daß es doch was Ernsteres ist, dann wär's doch besser, wir fahren gleich raus, was?« sagte der Mann freundlich.

»Jim, ich bitte dich!« tadelte ihn die Frau.

»Nein, er hat ja recht«, sagte Ellie, trat einen Schritt vor und lächelte den Mann an. »Es ist immer gut, auf das Schlimmste vorbereitet zu sein. Sind Sie vorbereitet, Mr. Westcombe?«

Dann stieß sie ihm, so fest sie konnte, das Knie zwischen die Beine.

Es tat ihr gut, daß er so bleich wurde, wie sie selbst es war.

Nun ließ sie ihren rechten Arm mit Schwung auf den Hals der Frau niedersausen. Der Schlag hätte sie wahrscheinlich zu Fall gebracht, doch ihre Gegnerin war flink und duckte sich, aber nicht tief genug. Ellies Handkante traf sie an der Schläfe über dem rechten Auge, immerhin noch so fest, daß sie rücklings in den *Pompon de Paris* taumelte, der sich links der Veranda an einem Pfosten emporrankte.

Als Ellie ihn gekauft hatte, hatte Peter gemurrt, man könne doch heutzutage bestimmt eine etwas weniger stachlige, benutzerfreundlichere Rose bekommen, doch sie hatte es nicht bereut. Ihr Vater hatte die kleinen rosafarbenen Pompon-Blüten sehr geliebt, bevor ihm die Alzheimer Krankheit auch diese Freude genommen hatte. Und als sie jetzt die Frau aufschreien hörte, wußte Ellie, daß sie von nun an auch die Dornen lieben würde.

Sie flüchtete ins Haus und schlug die Tür zu. Mit Wucht ließ sie die Riegel einschnappen, da spürte sie einen Schmerz im rechten Handgelenk, und als sie mit dem Rücken gegen die Tür zu Boden sank, auch in ihrem rechten Knie. Heftig atmend saß sie da, so als wäre sie gerade hundert Meter einen steilen Hügel hinaufgelaufen. Draußen hörte sie Autotüren schlagen, ein Motor sprang an, der Wagen entfernte sich im Rückwärtsgang.

Sie saß ganz still. Nichts war zu hören außer ihrem eigenen heftigen Atem, und als er sich beruhigt hatte, erhob sie sich, ging zu einem Fenster im oberen Stockwerk und schaute auf die leere Einfahrt hinunter.

Was immer auch passiert war, es war vorbei. Warum hatte sie trotzdem das Gefühl, daß es jetzt erst anfing?

DREI

Der Stoff, aus dem die Erinnerungen sind

»Und du hast ihm tatsächlich das Knie in die Eier gestoßen?« fragte Detective Superintendent Andy Dalziel heiter. »Gut gemacht, Mädel.«

Sie kannten sich nun schon so lange, daß sie zur vertraulichen Anrede übergegangen waren.

»Natürlich. Bloß, daß sie anscheinend aus Eisen waren«, sagte Ellie, die quer auf einem Sofa saß. Sie hatte sich eine Großpackung gefrorene Fritten über ihr Knie drapiert, eine kleinere Packung Fischstäbchen drückte sie gegen ihr Handgelenk. Manchmal war es doch nützlich, ein Kind zu haben, das nicht zu den Feinschmeckern zählte. »Immer noch nichts von Peter?«

Das sagte sie zu Detective Sergeant Edgar Wield, der gerade mit einem Handy das Zimmer betrat.

»Nein, aber sie sind immer noch dort, sie haben inzwischen den Bus gefunden. Ich habe Seymour hingeschickt. Irgendwann findet er sie schon, aber der Freizeitpark in Tegley Hall ist ziemlich groß. Und du hast ja gesagt, du willst nicht, daß er ausgerufen wird.«

»Nein«, sagte Ellie bestimmt. »Immer mit der Ruhe. Ich möchte nicht, daß er auch so einen Schreck bekommt wie ich.«

Die beiden Polizisten wechselten einen Blick, dann sagte Dalziel: »Nur so nebenbei, Mädel, weil du ja nicht zum Knochenklempner willst, ich habe unseren Wieldy beauftragt, einen herzuschaffen. Und bevor du gleich wieder einen Schreikrampf kriegst, ich finde, du könntest etwas mehr für deine Gelenke tun, als ein paar Fischstäbchen und Pommes draufzulegen. Und deine Gesichtsfarbe gefällt mir auch nicht.«

»Und ich wette, du hast schon Leute aus nichtigerem Anlaß verhaftet. Nein, tut mir leid, Andy. Eine blöde Bemerkung. Ich bin immer noch so sauer. Was meine Gesichtsfarbe betrifft, die hättest du mal vor einer halben Stunde sehen sollen. Ich war grau. Aber nicht so grau wie dieses Schwein, nachdem er Bekanntschaft mit meinem Knie gemacht hat.«

»An dem Punkt waren wir doch schon mal?«

»Dann auf ein neues!«

»Du warst also ein bißchen nervös.«

»Hysterisch meinst du wohl?«

»Nee, Mädel. Du kennst mich doch, wenn ich hysterisch gemeint hätte, hätte ich es auch gesagt. Wieldy, hast du noch was auf dem Herzen? Spuck's aus.«

»Hab mit der Schulbehörde telefoniert. Da gibt's keinen Westcombe oder jemand, auf den die Beschreibung paßt.«

»Mein Gott, du überprüfst meine Angaben!« rief Ellie wütend. »Glaubst du vielleicht, ich drehe durch, bloß weil mir ein paar beknackte Beamte gegenüberstehen? Na ja, wenn du so weitermachst, könntest du recht behalten.«

Wield überging ihren Ausbruch. »Die Autonummer. Bist du dir ganz sicher, daß du sie dir richtig gemerkt hast?«

»Relativ sicher. Du darfst aber nicht vergessen, daß ich in dem Augenblick dachte, die beiden wollen mich entführen und Gott weiß was mit mir anstellen. Wenn ich mir also eine Zahl falsch gemerkt habe, wäre das nicht so verwunderlich, oder? Aber es war ganz bestimmt ein dunkelblauer BMW, ein ziemlich großer. Warum verplempert ihr eigentlich eure Zeit damit, mich ins Kreuzverhör zu nehmen? Alles, an das ich mich erinnern konnte, habe ich notiert, sobald ich dazu in der Lage war. Meine Güte, ich bin schon einige Jahre mit einem Polizisten verheiratet, da habe ich mir eben auch ein paar von euren Marotten zugelegt. Warum fahrt ihr nicht los und sucht diese Typen?«

»Wenn du wüßtest, wie oft ich das gefragt werde. Bisher habe ich darauf noch keine schlaue Antwort gefunden«, erwiderte Dalziel. »Und dabei kann ich mich noch nicht einmal damit rausreden, daß es regnet. Warum fragst du nach dem Auto, Wieldy?«

»Hab's überprüft, Chef. Im Verkehrsregister von Swansea gibt's die Nummer nicht, die Ellie uns gegeben hat.«

»Gefälschte Kennzeichen also«, sagte Dalziel. »Aber probier trotzdem die möglichen Dreher aus, für alle Fälle.«

»Ja, Chef. Übrigens, das Telefon war mit 'ner Nadel kurzgeschlossen, ungefähr da, wo das Kabel in das Flurfenster geht. Wahrscheinlich funktioniert's wieder, wenn man die rauszieht, aber wir wollen nichts anfassen, bis die Spurensicherung draußen fertig ist. Ah, und Novello ist hier.«

»Ivor? Gut. Schick sie rein.«

»Moment mal«, sagte Ellie. »Wenn du meinst, ich brauche einen nette Politesse, um mein Herz auszuschütten ...«

»Nee. Ich hab sie für die Leibesvisitation mitgebracht, aber ich kann es auch selbst machen, wenn dir das lieber ist«, erwiderte Dalziel.

Wield ging zur Tür.

»Tut mir leid, Wieldy, daß ich dich so angefahren habe. Ich bin wohl immer noch ein bißchen ... nervös.«

Das ansonsten so undurchdringliche Gesicht des Sergeants, das, wie Dalziel lästerte, picklig genug war, um daneben eine Ananas wie einen Cox Orange erscheinen zu lassen, hellte sich für einen Augenblick auf, als er sagte: »Ich gebe dir Bescheid, sobald wir Pete finden.«

»Meine Güte«, meinte Dalziel, nachdem der Sergeant gegangen war. »War das etwa ein Lächeln, oder hat er Zahnschmerzen? Das letzte Mal hat mich der Kerl so angegrinst, als ich beim Empfang des Bürgermeisters in den Swimmingpool gefallen bin. Ah ja. Ich sehe, du erinnerst dich auch daran.«

Ein Lächeln war über Ellies Lippen gehuscht, und als sie sah, daß der Dicke sie genau beobachtete, lächelte sie tapfer weiter. Alles war besser, als vor Andy Dalziel weibliche Schwäche zu zeigen und zu weinen. Noch dazu in Gegenwart von Constable Shirley Novello, die gerade zur Tür hereinschlüpfte. Ein Meter fünfundsechzig, von kräftiger Statur, minimal geschminkt, dunkelbraunes Haar, ordentlich, aber schlicht frisiert, mit einem sackartigen Sweatshirt und den entsprechenden Hosen, unscheinbar, ja fast schon unsichtbar, was wohl auch ihre Absicht war. Doch die schlichte Kleidung konnte Ellies erfahrenes Auge nicht täuschen. Ihr Mann hatte ein wenig zu wohlwollend über die beruflichen Fähigkeiten dieser jungen Frau gesprochen, und es entging Ellie nicht, daß sich bei ihrem Eintreten sogar die Laune des dicken Andy um ein, zwei Grad besserte. Auf die mußte man unbedingt achtgeben.

»Du willst sicher einen alten Mann glücklich machen, Mädchen?« fragte Dalziel.

»Das glaube ich kaum, Chef. Nur ein erster Bericht über die Befragung der Nachbarn. Wir haben zwei Leute, die den BMW gesehen haben. Farbe wurde bestätigt, aber keine weiteren Angaben zum Kennzeichen. Eine Frau meinte, das Auto hätte eine ungewöhnlich lange Antenne gehabt, verglichen mit dem ihres Mannes, der das gleiche Modell fährt.«

»Betuchte Nachbarn, Ellie«, meinte der Dicke. »Vielleicht zahlen wir Pete doch zuviel. Alles, Ivor?«

»Da ist noch eine alte Dame, die an der Ecke Richtung Stadt wohnt, sie sagt, sie hätte rausgeschaut, um nachzusehen, was da los wäre, die Sirenen und so, sie hat ein Auto wenden und wieder zurückfahren sehen. Blau-metallic, der Beschreibung nach könnte es ein Golf gewesen sein. Der Fahrer sei ein dunkler Typ gewesen und hätte finster dreingeschaut, meinte sie.«

»Die sieht wohl zuviel fern, oder? Mich interessiert nur, was passiert ist, bevor wir hier waren, Ivor. Bei dem ganzen Blaulicht überall hat sich doch jeder arme Wicht über einen Schleichpfad verdrückt, vor allem dann, wenn er sich mit einem Geschäftsfreund ein, zwei Gläschen gegönnt hat.«

Diese Vorstellung hatte etwas Verlockendes. Ellie warf einen sehnsüchtigen Blick auf die Flasche Scotch, die der Dicke sich gegriffen hatte, kaum daß er angekommen war. Zu diesem Zeitpunkt war es ihr tugendhaft und vernünftig erschienen, herunterzubeten, was sie in ihrem Erste-Hilfe-Kurs gelernt hatte, daß nämlich nach einem Schock Alkohol unbedingt zu vermeiden sei. Doch jetzt erschien ihr das nur noch kleinkariert.

»Also gut, Andy. Laß uns noch mal von vorne anfangen. Und dann, selbst wenn es mein gesamtes Erinnerungsvermögen auslöscht, nehme ich den Drink, den du mir verordnen wolltest.«

»Jetzt geht's mir schon besser«, meinte Dalziel. »Nein, Ivor, hiergeblieben. Hast du deinen Bleistiftstummel parat? Schreib mit. Und zwar alles, nicht bloß das, was du für wichtig hältst, ja?«

»Aber Chef«, sagte Novello.

Ihr Blick begegnete dem von Ellie Pascoe, und sie lächelte ein wenig, erntete dafür aber nur ein leichtes Stirnrunzeln. Es bestätigte ihr, daß die Pascoe sie nicht besonders mochte, was sie schon bei den wenigen bisherigen Begegnungen gemerkt hatte. Kann's ihr nicht verübeln, dachte Constable Novello selbstzufrieden. Wenn ich so alt wäre wie sie, könnte ich auch keine gutaussehenden, zehn Jahre jüngeren Frauen leiden, die mit meinem Mann zusammenarbeiten. Nicht daß ihr eigener Ehemann, sollte sie sich je zu einem bequemen, irgendwelche Ähnlichkeit mit Chief Inspector Pascoe haben würde. Ellie Pascoe wäre sicher erleichtert gewesen, hätte sie gewußt, daß Novellos Phantasien um muskulöse, behaarte Männer an wellengepeitschten Stränden kreisten, nicht um schlanke Introvertierte mit guten Manieren, die es für nötig befanden, ihre Herzensdame erst in ein französisches Lokal auszuführen, bevor sie ein Zimmer in einem Vier-Sterne-Hotel anmieteten. Doch hatte sie keineswegs die Absicht, der Pascoe diese Erleichterung zu verschaffen.

Gottvater Dalziel sprach.

»Richtig so, Mädel. Noch mal von vorne. Du bist also zuerst drauf reingefallen?«

»Ja, verflucht. Alles, was ich denken konnte, war: Nicht schon wieder, o Gott, nicht schon wieder, nicht das alles noch einmal, Rosie im Krankenhaus, ich den ganzen Tag dort, all die Angst…«

Die übermächtige Erinnerung an diese Zeit hatte allerdings den therapeutischen Effekt, ihren aktuellen Schockzustand auf ein erträgliches Maß zu reduzieren, so daß sie entschiedener fortfuhr: »Sie ist nur in dieser letzten Woche vor den Sommerferien zur Schule gegangen. Sie hat darauf bestanden, Sie kennen ja Rosie, wenn sie sich etwas in den Kopf gesetzt hat…«

»Ich kann mir gar nicht vorstellen, von wem sie das hat«, meinte Dalziel. »Sie wollte wohl ihre Schulfreundinnen sehen, was? Und natürlich den Abschlußausflug nicht verpassen.«

»Beides. Und auch mich mal loswerden, denke ich.«

»Hm?«

»Andy, ich könnte jetzt den Drink vertragen. Bitte«, sagte Ellie.

Sie nahm das angebotene Glas und meinte verstimmt: »Damit könnte man ja keine größere Mücke ertränken. Cheers.«

Das Glas war in einem Zug geleert. Dalziel, der sich selbst gute drei Finger breit eingeschenkt hatte, goß ihr einen Millimeter nach.

»Du meine Güte! Und dabei ist das noch nicht einmal dein Whisky«, rief sie.

»Und auch nicht mein Magen«, sagte Dalziel. »Du sagtest da was von Rosie, die dich mal loswerden wollte. Hatte nie den Eindruck, daß du zu der Sorte Müttern gehörst, die besonders gluckenhaft sind.«

»Nein? Keine Ahnung.«

Sie dachte eine Weile darüber nach, warf dann einen Blick zu Novello und fuhr bemüht sachlich fort: »Seit sie wieder zu Hause ist, nach der Hirnhautentzündung, kann ich sie kaum aus den Augen lassen. Sie geht raus in den Garten zum Spielen und zwei Minuten später bekomme ich einen Panikanfall. Da ich schließlich fürchtete, ihr auf die Nerven zu gehen, erschien mir die Schule als sinnvolle Alternative.«

»Na, du weißt doch, daß Kinder nicht gerne etwas verpassen.«

»Den Ausflug nach Tegley Hall meinst du? Ja, aber da war noch etwas anderes. Eltern, die ein bißchen mithelfen wollen, können gerne mitfahren. Eine ziemlich verantwortungsvolle Sache, mit so vielen Kinder durch einen Freizeitpark zu wandern. Ich wollte eigentlich auch mit, aber gestern abend sagte Rosie plötzlich: »Warum kann nicht Dad mitkommen? Miss Martindale sagt, es müssen nicht nur Mütter sein.« Warum nicht? meinte der gute Peter. Er könne sich gar nichts Schöneres vorstellen, als einen ganzen Tag in der Gesellschaft seiner Tochter und hundert anderer Kinder zu verbringen. Und da hat er dich angerufen, und du hast ihm freundlicherweise gesagt, da du ihn schon seit Ewigkeiten so hart rannimmst, hätte er sich schon lange mal ein bißchen Freizeit verdient.«

»Kann mich nicht erinnern, das wörtlich so gesagt zu haben«, meinte Dalziel.

»Peter versteht sich darauf, verborgene Bedeutungen zu entdecken. Also blieb mir nichts anderes übrig, als zu sagen: ›Großartig. Da komme ich ja mal endlich mit meiner Arbeit voran‹, und unter Tränen zu lächeln.«

»Du hast dir also Sorgen gemacht?«

»Natürlich habe ich mir Sorgen gemacht. Sorgen darüber, was ich eigentlich für eine Mutter bin. Sorgen darüber, wie sie da draußen in der großen weiten Welt ohne mich zurechtkommen würden. Und Sorgen um mich, weil ich mir Sorgen um sie machte!«

Dazu noch die anderen Sorgen, die sie vor Novello nicht preisgeben wollte. Genausowenig wie vor Dalziel. Nicht einmal vor sich selbst, wenn es sich vermeiden ließ. Sorgen wie feuchte Flekken an der Küchenwand, vor die man einen Stuhl stellt, über die man ein Poster hängt oder die man einfach übersieht, obwohl man weiß, daß man sich eines Tages damit befassen muß.

»Also bin ich nach oben gegangen, habe meinen Laptop angemacht und angefangen zu arbeiten«, schloß sie.

»Das hilft tatsächlich gegen Sorgen?« Er nippte an seinem Scotch und sah sie zweifelnd an.

Noch etwas, was sie in dieser Gesellschaft nicht offenlegen wollte.

»Cowper schaffte es, seine religiöse Besessenheit mehrere Jahrzehnte lang durch Schreiben im Zaum zu halten«, erwiderte sie energisch.

»Seltsame Wege wählt der Herr, um Wunder zu vollbringen«, zitierte Dalziel den Dichter. Er war doch immer wieder für Überraschungen gut, was sie eigentlich nicht überraschen sollte. »Dann hat es geklingelt?«

»Nein. Ich habe den Wagen gehört und sie vom Fenster aus angesprochen. Anschließend bin ich runtergegangen und habe ihnen die Tür aufgemacht.«

»Ach ja, das hattest du schon erwähnt. Kein Fingerabdruck auf der Türklingel also. Bedauerlich.«

»Tut mir leid. Ich hätte dran denken sollen.«

Er lächelte über ihren Sarkasmus und fuhr dann ernst fort: »Als sie Rosie ins Spiel brachten, war das sicher sehr schlimm.«

»Schlimm? Ich hatte das Gefühl, die Welt bricht zusammen. Es war, wie wenn man die schrecklichste Nachricht erhält, die man sich überhaupt vorstellen kann, und dabei noch weiß, daß man an allem selbst schuld ist.«

Sie äußerte das mit einer ziemlich übertriebenen Heftigkeit.

»Du an allem schuld? Also, Mädel, ich weiß gar nicht, wie du auf so was kommst«, sagte er und sah sie dabei forschend an.

Wäre Dalziel besser auf Zack gewesen, hätte sie sich vielleicht zu einer Erklärung verleiten lassen.

Vielleicht zu etwas wie: *Ich war so erleichtert an diesem Morgen, Rosie nicht begleiten zu müssen, zu wissen, daß Peter auf sie aufpaßt, daß ich mich wenigstens einen Tag lang nicht um sie sorgen muß. Doch nicht nur um ihretwillen, und nicht einmal weil ich wahrscheinlich mit dem Rest selbst fertigwerden konnte, sondern weil mir in dem Moment, als wir sie beinahe verloren hätten, klar wurde, was ich schon vorher gewußt haben muß, mir aber nie eingestanden habe, nämlich daß meine Tage als Einhandseglerin zu*

Ende waren, daß ich in eine Drei-Mann-Crew zu einer lebenslangen Reise auf den verheißungsvollen Meeren der absoluten Liebe gepreßt worden war. Wenn sie allerdings so bedingungslos ist, wie kommt es dann, daß es irgendwo einen kleinen Teil von mir gibt, der davon nicht durchdrungen ist, wie die Ferse des Achilles? Entschuldigung für diese Vermischung von Metaphern, das liegt wahrscheinlich an der Geschichte, die ich schreibe. Aber das ist eine andere Geschichte. Nein, was ich sagen will, ist, egal wie sehr ich es zu verdrängen versuche, da ist etwas in mir, das manchmal danach verlangt, frei zu sein, das eine nostalgische Sehnsucht nach den längst vergangenen Tagen der freien Wahl empfindet, dem diese Liebe nicht wie ein Geschenk, sondern beinahe wie eine Last vorkommt, nicht als ein Privileg, sondern als Verpflichtung. Vielleicht bin ich nur eine selbstsüchtige Person, die gemerkt hat, daß sie nie mehr selbstsüchtig wird sein können. Ob es anderen ähnlich geht? Bin ich ein Ungeheuer? Deshalb war ich so schnell bereit, ihnen zu glauben, deshalb fühlte ich mich so schuldig. Es war, als hätte Gott sich gedacht, ich hätte die Botschaft beim letzten Mal nicht laut und deutlich genug vernommen und müsse noch eine Dosis davon erhalten, um zur Besinnung zu kommen.

Etwas in der Art, vielleicht. Aber wahrscheinlich doch nicht, selbst wenn Novello und ihr kleines Notizbuch nicht dabeigewesen wären.

»Nur eine Redewendung, Andy«, sagte sie.

»Du wärst also mit den beiden mitgegangen?« fragte der Dicke.

»Überallhin. Wenn sie nichts Genaueres gesagt hätten, dann wäre ich in dieses Auto eingestiegen und ... und *was*, Andy? Was hatten die mit mir vor?«

»Tja, das wissen vorerst nur die alleine, das müssen wir noch herausfinden«, sagte Dalziel. »Wie bist du ihnen also auf die Schliche gekommen?«

»Das habe ich dir doch schon erzählt!«

»Ja, aber Erzählen ist wie Pinkeln für einen Mann mit Prostataleiden: Du denkst, du bist alles los, und dann kommt immer noch ein bißchen.«

»Wer seine Worte so gut wählt, soll dies nicht vergebens tun«, bemerkte Ellie. »Also gut. Zuerst konnte ich an nichts anderes denken, als daß Rosie wieder krank ist. Dann haben sie gesagt, sie hätten versucht, Peter anzurufen, aber er sei nicht erreichbar. Beinahe hätte ich gesagt, natürlich, er ist ja auch im Bus!«

»Aber das hast du nicht gesagt? Warum nicht?«

»Ich weiß nicht. Ich glaube, ich war erst einmal viel zu geschockt, um etwas zu sagen, und das gab mir Zeit zum Nachdenken, glaube ich. Und plötzlich ging da ein richtiges Feuerwerk in meinem Kopf los. Nicht nur die Zeugen Jehovahs fahren keine dicken BMWs, dachte ich. Ich weiß zwar, daß die Gemeindesteuer erhöht worden ist, aber deshalb kann doch das Schulamt seine Angestellten noch lange nicht derart ausstaffieren? Entschuldigung. Es erscheint mir einleuchtend, versichere ich dir. Im selben Moment fiel mir auf, daß sie zwei- oder dreimal *er* gesagt hatten, als sie von der Schulleitung von Edengrove sprachen. Nun weiß aber doch jeder in diesem Schulbezirk, daß Edengrove eine Schulleiterin hat, Miss Martindale. Wer sie nicht kennt, muß wirklich ein Hohlkopf sein. Da habe ich mir gedacht, mach doch mal einen kleinen Test. Ich habe mir einen Mr. Johnson als Schulleiter ausgedacht. Und als sie darauf nicht reagierten, da wußte ich, daß etwas faul war.«

»Also hast du beschlossen, zum Angriff überzugehen?«

»Nein. Ich dachte zwar daran, sie zur Rede zu stellen, aber es waren ja zwei, und ich war allein, und wenn ihr Vorhaben so finster war, wie mir allmählich dämmerte, dann wollte ich lieber nichts riskieren. Zeit, den Rückzug anzutreten und die Tür hinter mir zuzuschlagen, dachte ich.«

»Was hat denn dann die Bestie in dir geweckt?« fragte Dalziel.

»Der Typ. Die Frau versuchte die Angelegenheit herunterzuspielen, mich zu beruhigen, ich bräuchte mir keine Sorgen zu machen. Sie hat wahrscheinlich erkannt, wie sehr mir die Sache schon auf den Magen geschlagen war. Aber er dachte wohl, je mehr Angst er mir einjagt, desto leichteres Spiel haben sie mit mir, und er sagte etwas in dem Sinne, wir sollten losfahren, für den Fall, daß es doch ernster sei. Mein Gott, das hat mich wirklich aufgeregt. Du Dreckschwein! dachte ich. Ich war so wütend, ich hätte bestimmt die beste Werbung für verschärfte Waffengesetze abgegeben, die du je gesehen hast. Wenn ich eine Knarre gehabt hätte, ich hätte ihn erschossen, das hätte mir kein Problem gemacht.«

»In dem Moment nicht«, sagte Dalziel. »Aber jetzt vielleicht. Andererseits könnten wir uns dann mit der Leiche beschäftigen. Nichts geht über eine Leiche, wenn man keine Spur hat.«

»Willst du damit sagen, es wäre dir lieber, wenn ich einen von den beiden umgelegt hätte?«

Er dachte nach.

»Nein«, meinte er schließlich. »Wird auch langweilig, Leichen zu verhören. Eine ordentliche Schußverletzung, ja, das wäre prima gewesen. Eine, die man im Krankenhaus behandeln muß. Wie fest, sagst du, hast du es ihm mit dem Knie gegeben?«

»Ich glaube nicht, daß er die nächsten Tage seine Frau belästigt, aber zum Arzt muß er bestimmt nicht.«

»Seine Frau? Du meinst, er ist verheiratet?« fragte Dalziel beiläufig.

»Ja, er trug einen dicken Goldring am Ringfinger ... Andy, das war gut. Das hatte ich vergessen. Will sagen, ich habe nicht mehr daran gedacht, daß ich das bemerkt habe.«

»Tja, hinter manchem Gummiknüppel steckt halt doch ein kluger Kopf. Fällt dir noch was anderes ein, außer dem, was du dir notiert hast?«

Er sah auf das Blatt Papier mit Ellies hingekritzelten Notizen.

»Mann einsfünfundachtzig«, las er. *»Ungefähr dreißig – schlank – dichtes hellbraunes Haar – könnte mal zum Friseur gehen – Linksscheitel – braune Augen, glaube ich – jedenfalls nicht blau – kantiges Gesicht – offener, ehrlicher Ausdruck – Mein Gott, die Schweine waren gut! ...«*

Er blickte Ellie fragend an.

»Ja, tut mir leid.«

»Na, ist schon auch wichtig, wie du's empfunden hast. Mit *gut* meinst du …?«

»Daß sie gesagt haben, sie kämen vom Sozialdienst des Schulamts. Das ist die Abteilung, die sich sich mit Problemen wie Schulschwänzen, Gewalt gegen Mitschüler, Beschwerden von Eltern befaßt, mit allem eben, womit Schulen nicht mit eigenen Mitteln zurechtkommen. Aber eigentlich will ich damit sagen, zuerst haben sie ihre Sache sehr gut gemacht. Nette, besorgte, vertrauenerweckende Leute.«

»Machten auf Menschenfreund, meinst du? 'tschuldigung. Wollte es nur auf einen Begriff bringen, mit dem meine Leute was anfangen können. *Kleidung - Anzug - Glencheck-Anzug - hellblaues Hemd - Krawatte blau und gelb diagonal gestreift - könnte von einer Schule oder einem Club gewesen sein - dunkelbraune Sandalen …*«

»Habe ich das notiert? Nein, er trug so eine Art weiche Ledermokassins ohne Schnürsenkel, dunkle Farbe, freizeitmäßig, aber elegant, sahen eigentlich ziemlich teuer aus, wenn ich es mir so überlege. Wozu du mich jetzt gebracht hast, du alter Fuchs. Da steht gar nichts von Sandalen!«

Dalziel grinste.

»Nein. Dazu hast du nichts geschrieben. Aber Schuhe sind wichtig. Schmeiß dich in andere Klamotten, aber an den Füßen willst du es bequem haben.«

»Du meinst, falls er sich umgezogen hat, weil er fürchtete, ich könne ihn beschreiben, dann hat er vielleicht trotzdem die gleichen Schuhe anbehalten?«

»Ja, aber nimm's nicht zu wichtig. Das ist nicht die Art von Information, die wir an Interpol weitergeben. *Stimme - heller Bariton - irischer Akzent …*«

»Nein, das klappt nicht noch einmal, Andy«, sagte Ellie bestimmt. »Ich habe gesagt, kein besonderer Akzent, und das habe ich auch gemeint.«

»Also kein Yorkshire-Akzent.«

»Nicht so einer wie du, nein.«

»Also nicht tief und musikalisch. Aber es gibt alle Arten von Yorkshire-Stimmen. Hohe quäkende, wie die von dem Journalistentypen, der für Maggie Thatcher den Mist umgeschichtet hat. Und solche, die klingen wie eine Kreissäge –«

»Nein, nicht aus dem Norden, bestimmt nicht«, unterbrach ihn Ellie.

»Also, nicht aus dem Norden und nicht irisch. Wir kommen der Sache näher. Schottisch? Walisisch? Cockney? Wie die Queen? Michael Caine? Maurice Chevalier?«

»Werd nicht albern. Nein, er hatte überhaupt keinen Akzent, wirklich. Wie ein Sprecher von Radio 4.«

»Du glaubst, die Sprecher von Radio 4 haben keinen Akzent?« sagte Dalziel. »Nein, wart mal, ich glaube, ich hab's. Du glaubst, daß *du* keinen Akzent hast! Willst du damit vielleicht sagen, daß der Kerl genauso gesprochen hat wie du? Gepflegte Mittelklasse, aber nicht so stark, daß es dir in die Nase gestochen ist.«

Ellie sah sich wieder einmal vor die Frage gestellt, ob sie über Andy Dalziel lachen oder ihm eine verpassen sollte. Doch sie fand, sie habe für diesen Tag genug Aggression ausgelebt und lachte.

»Ja, das ist es wahrscheinlich, was ich meine«, sagte sie.

»Prima. Und jetzt zu der Frau. Hat sie eigentlich was abgekriegt?«

»Sie hat vielleicht ein blaues Auge und ein paar Kratzer«, sagte Ellie und dachte dabei liebevoll an den *Pompon de Paris.* »Ach, und es könnten auch ein paar Fäden von ihrem Kleid im Rosenbusch am Eingang hängengeblieben sein.«

»Wir werden das überprüfen. Also. *Alter in den Dreißigern – einszweiundsiebzig bis -fünfundsiebzig – dunkle Augen – schmales Gesicht – sieht nicht schlecht aus – teures Make-up* – was 'n der Unterschied zwischen teurem und nicht so teurem?«

»Je mehr es kostet, desto weniger sieht man es.«

»Wie wenn man seine Kinder zur Privatschule schickt. *Schwarzes Haar – nicht gefärbt – kurz – klassischer Stil* – ich frag lieber nicht – *schlank – gute Figur* – da ist schon wieder so ein *gut.* Ich weiß, was ich unter ›gut‹ verstehe, aber was heißt das für dich?«

Ellie warf Shirley Novello einen grimmigen Blick zu, doch die erwiderte ihn gleichmütig.

»Nun, ich kann mir vorstellen, Andy, daß du bei ›guter Figur‹ an so etwas wie zwei Fußbälle in einem Kartoffelsack denkst, doch was ich meine, sind sichtbare Rundungen, aber alles im Verhältnis, hinten, vorne und in der Mitte, verstanden?«

»Wie bei dir, meinst du?« sagte Dalziel und musterte sie wohlwollend. »Klingt irgendwie ganz nach dir, abgesehen vielleicht von dem teuren Make-up. War nur 'n Scherz. Weiter, *Kleidung – olivgrünes Baumwollkleid – ärmellos – Lederhandtasche mit Schulterriemen – keine Strümpfe – blaßgrüne Slingpumps.* War sie verheiratet?«

Ellie dachte einen Augenblick nach und meinte dann: »Ja, sie trug einen Ehering. Und noch einen Ring am Mittelfinger ihrer rechten Hand. Grüner Stein. Und eine Armbanduhr. Flexibles Gliederarmband, Gold, glaube ich. Entschuldigung, ich hätte das notieren sollen.«

»Du machst das prima. Die Uhr an derselben Hand wie der Ring?«

»Ja. Rechts. He, das heißt ja …«

»Daß sie Linkshänderin sein könnte. Das ist ja was. *Stimme rauh – klang nach Midlands.* Birmingham? Wolverhampton? Black Country?«

»Könnte alles sein. Es war bloß eine Färbung, sozusagen, kein echter Akzent.«

»Hätte auch bei Radio 4 was werden können, wie? Hallo, da ist ja unser Strahlemann wieder.«

Wield war hereingekommen.

»Wir haben Peter«, sagte er und reichte Ellie das Handy, blickte dann zu Dalziel und verrenkte den Kopf in Richtung Tür, zum Zeichen, daß sie rausgehen sollten.

Der Dicke erwiderte den Blick ungerührt und goß sich noch einen Scotch ein.

»Peter! Ja, ja, es geht mir gut, wirklich. Und ihr zwei ... das ist prima, ich wußte es, aber ich wollte es von dir selbst hören. Wieldy hat dir sicher alles erzählt ... ja, ganz bestimmt, mir ist nichts passiert ... Na, das kannst du dir ja denken, ich war im ersten Moment schon ein bißchen geschockt, aber als ich dann gemerkt habe, daß alles nur ein dummer Streich war ... was soll es denn sonst gewesen sein? ... Nein, nein, mach das nicht. Ich möchte nicht, daß Rosie sich beunruhigt. Macht einfach weiter, genießt den Rest des Tages. Mir geht's wirklich gut ... nein, ich bin nicht allein, und du kommst ja nicht so spät zurück ... gib Rosie einen Kuß von mir ... für dich auch einen ... ja, werde ich, bestimmt ... ja, er ist hier. Tschüß, Liebling.«

Sie reichte Dalziel das Telefon, senkte dann den Kopf und stieß einen tiefen Seufzer aus. Es hatte sie ziemlich viel Kraft gekostet, ihre Gefühle im Zaum zu halten. Als sie Peters Stimme gehört hatte, war die Versuchung ziemlich stark gewesen, sich völlig gehenzulassen. Deshalb war der Fettsack wahrscheinlich auch im Zimmer geblieben. Als sie aufsah, begegnete sie Wields Blick. Sie machte eine Kopfbewegung, die gleiche Geste wie er zuvor, dann ging sie mit ihm hinaus.

»Jetzt bin ich aber erleichtert«, sagte sie im Flur.

Novello war ihnen gefolgt. Dalziel hatte sie wohl rausgeschickt. Wenn ich mir die Seele auskotze, darf sie gerne dabeisein, aber wenn er mit Peter telefoniert, soll sie nicht zuhören, dachte Ellie.

»Du siehst schon viel besser aus«, sagte Wield.

»Ja? Na, ich denke, das liegt zum großen Teil an Andy, obwohl ich das nicht gerne zugebe. Er ist ...«

»Gut?« schlug Wield vor.

»Bleiben wir mal auf dem Teppich. Er ist feinfühliger, als ich dachte. Auf sehr unfeine Art, natürlich. Wie geht's jetzt weiter, Wieldy? Ihr verschwindet jetzt und fragt euch, ob das alles nicht vielleicht doch die Überreaktion einer hysterischen Frau war?«

»Nein. Wir verschwinden und werden nicht ruhen, ehe wir rausgefunden haben, was hier los ist.«

»Schon irgendwelche Ideen?«

Sie sah, wie Novello die Stirn runzelte, als wollte sie etwas sagen. Aber bevor sie den Mund aufbekam, falls das tatsächlich ihre Absicht war, meinte Wield sehr bestimmt: »Nein.«

Ellie schaute in das Gesicht mit den harten Zügen, das undurchdringlich war bis auf die Zuneigung, die seine Augen verrieten, und fragte sich, ob dieses *Nein* eine Lüge oder die Wahrheit war.

Und was hätte sie wohl tröstlicher gefunden?

VIER

Aus den Sibyllinischen Blättern

Edgar Wield…
Edgar Wield…
biking through the glen…

Schwuchtel.

Perverso.

Hemdchenlupfer.

Arschficker.

All dies und mehr tauchte in Gaw Sempernels knappen Bemerkungen auf, als er höchstpersönlich vorbeikam, um mir mitzuteilen, ich solle Sergeant Wield in den Ordner für die laufende Operation aufnehmen, den er *Sibyllinische Blätter* genannnt hatte, was er wahrscheinlich für geistvoll hielt.

Es passiert nicht oft in diesen Tagen, daß Gaw und ich uns von Angesicht zu Angesicht begegnen.

Na ja, nicht direkt von Angesicht zu Angesicht, er hoch über mir, ich auf Rollstuhlniveau, wobei seine Augen nie direkt in meine schauen und mein Blick genau auf seinen makellos geschneiderten Schritt trifft.

Wenn ich den Arm ausstrecken und ihn berühren würde, wie würde er reagieren?

Nicht so, vermute ich, wie er früher reagierte, wenn ich ihn quer durch einen überfüllten Sitzungsraum anlächelte und meine Lippen anfeuchtete.

»Gibt es einen Grund, ihn aufzunehmen?« fragte ich ihn.

Weil ich es sage, hing zwischen uns in der Luft.

Doch dann sprang die berühmte Sempernel-Diplomatie an, und er antwortete: »Enger Mitarbeiter von Dalziel und Pascoe, versteht sich sehr gut mit Eleanor Pascoe, lebt zusammen mit Edwin Digweed, einem ehemaligen Rechtsanwalt, der kurz nach seiner Ausbildung die Zulassung verlor, als man ihn unzüchtiger Handlungen mit einem Herrn überführte, dem man nun mit großer Aufmerksamkeit zuhört, wenn er im Oberhaus das Wort ergreift. Unsere hohen Herren glaubten damals, daß sich der Fall sicher zum Vorspiel einer langwierigen politischen Erpressungsgeschichte entwickelt hätte, wenn nicht damals schon alles herausgekommen wäre.«

»Gründe?« fragte ich, die Finger in der Schwebe.

»Spielen im Moment keine Rolle«, wimmelte er mich ab. »Der Punkt ist, wir haben da einen Polizisten, der durch sein Privatleben angreifbar ist. Er konnte sich bisher nur halten, weil seine Vorgesetzten eine schützende Hand über ihn halten. Und wir wären gut beraten, da wirst du mir sicher zustimmen, wenn wir uns fragen würden, warum ihm dieses Privileg gewährt wird.«

»Du willst damit doch wohl nicht sagen, daß Superintendent Dalziel und Chief Inspector Pascoe schwul sind?« rief ich aus.

»Wenn sie es wären, wäre die Sache einfach«, bemerkte er in gewichtigem Tonfall. »Gerade die Tatsache, daß sie es nicht sind, erscheint mir unheimlich.«

Freundschaft ist es, was dir unheimlich erscheint, dachte ich. *Oh, Gaw!*

»Jedenfalls ist die sexuelle Orientierung des Sergeants kein Fall mehr für die Justiz«, warf ich ein.

»Die sexuelle Orientierung?« spottete er. »Du hast dich zu lange in die Windungen sibyllinischer Äußerungen versenkt. Laß uns das Kind beim Namen nennen.«

Und dann brach die lange Liste von Schmähungen aus ihm heraus.

Oh, Gaw, dachte ich. *Welche Schmach haben sie dir auf deiner Schule angetan, daß du so heftig bist? Oder vielleicht sollte die Frage besser lauten, welche Ekstasen hast du erlebt, daß du dich so schuldig fühlst?*

Doch ich sagte nichts.

Es ist nicht meine Aufgabe nachzudenken. Zumindest braucht man mir nicht anzumerken, daß ich es tue.

Meine Aufgabe ist es, Befehle zu befolgen und hier alle zu sammeln, die als Blätter Gaw Sempernels Baum schmücken sollen.

Edgar Wield...
Edgar Wield...
Most inscrutable of men...

Stammt aus dem Arbeitermilieu. War bestimmt kein Zuckerschlecken, mit deinen Neigungen in einem Bergarbeiterort in Yorkshire aufzuwachsen, mit einem Vater, der Lurcher-Hunde liebte und Tauben züchtete, und der klaffenden Grube zu deinen Füßen. Als traditionell einzige Auswege die Universität für die besonders Hellen oder Rugby in der Oberliga für die besonders Sportlichen.

Du gehörtest weder zu den einen noch zu den anderen, doch du hast einen dritten Weg gefunden, der dir zwar die Verachtung deiner Kumpel einbrachte, aber ihre Verdächtigungen über deine wahre Natur zerstreute.

Die Polizei.

Hast du vielleicht noch versucht, dir einzureden, daß es nur eine Phase sei, wie sie sagten? Daß du in der richtigen Umgebung eines Tages aufwachen und dir sagen würdest, was du eigentlich suchst, das ist ein williges Mädchen, das du mal ordentlich vögeln kannst?

Oder hast du nach einem Beruf gesucht, bei dem die meisten Leute nur die Uniform sehen, aber nicht den Menschen, der drinsteckt?

Du warst gut in deinem Beruf.

Vielleicht nicht gerade helle in dem Sinne, wie sich das Akademiker in ihrem Elfenbeinturm vorstellen, aber hochkonzentriert, mit einem exzellenten Gedächtnis und einer außerordentlichen Fähigkeit, komplizierte Details zu ordnen. Du hast alle Polizeiprüfungen ohne Schwierigkeiten bestanden, Auszeichnungen für deine Tapferkeit erhalten, deine Personalakte bestand nur aus Lobeshymnen, du schienst zu Großem berufen. Doch als du Sergeant bei der Kriminalpolizei geworden warst, ging es nicht mehr weiter.

Die Exponiertheit einer hohen Position war nichts für dich.

Dir gefällt deine Arbeit. Du bist gut. Und deine Zusammenarbeit mit den beiden anderen, Dalziel und Pascoe, die auch schon ihren Niederschlag in Sempernels Blättern gefunden hat, hat dir genug Selbstvertrauen gegeben, ein freieres Leben zu führen, nicht zur Schau zu tragen, wer du bist, aber es auch nicht zu verstecken.

Und doch bist du Gaw Sempernel immer noch verdächtig.

Oder er hat zumindest das Gefühl, er könne dich in gewisser Hinsicht benutzen.

Nach allem, was ich durch meinen kleinen Sarg hier von dir weiß, ist das vielleicht nicht der geringste seiner Irrtümer.

Loved by his friends...
Refusing to yield...
Edgar Wield...
Edgar Wield...

FÜNF

Rache und Vergeltung

Jedes Zeitalter nährt seine eigenen philosophischen Spekulationen, und nicht selten werden sie in Begriffen ausgedrückt, die bei oberflächlicher Betrachtung allzu persönlich und mit Egoismus gefärbt erscheinen mögen.

So fragte sich zum Beispiel Shirley Novello im Zusammenhang mit ihren Karriereaussichten, ob es nicht eine Form von Diskriminierung darstellen könne, wie ein Mann behandelt zu werden?

Alles schien ziemlich einfach zu sein, als sie zum ersten Mal mit der Heiligen Dreifaltigkeit Dalziel, Pascoe und Wield an einer Zusammenkunft des Criminal Investigation Department im *Black Bull* teilnahm. Man erwartete von ihr, daß sie am Tresen die Getränke holte, egal, wer gerade eine Runde ausgab. Sie war zwar nicht überrascht, aber doch enttäuscht, paßte es doch genau zu der Praxis auf allen Dienstebenen der Polizei, daß immer, wenn Tee oder Kaffee zu besorgen waren, diese Aufgabe einer gerade zufällig anwesenden Frau übertragen wurde. Novello hatte sich verschiedene konfliktvermeidende Strategien erarbeitet, um dem zu entgehen, aber sie scheute sich auch nicht, die Konfrontation zu wagen.

Eine Konfrontation mit Andy Dalziel jedoch war vermutlich so zwecklos wie eine Konfrontation mit dem Uranus. (Oder jedem anderen Planeten, wenn auch Uranus irgendwie am besten zu passen schien.) Egal, wie hart man auf ihn einschlug, er war nicht aus seiner Umlaufbahn zu bringen.

Die beiden anderen machten dagegen den Eindruck, als wären sie in ihren besseren Stunden durchaus für vernünftige Argumente empfänglich.

Doch bevor sie sich dazu durchringen konnte, es einmal damit zu versuchen, hatte sie schon aus der Distanz beobachtet, daß es gewöhnlich Wield war, der die Getränke holte, wenn die Dreifaltigkeit unter sich war, und wenn aus den dreien ein Paar wurde, dann war es Pascoe.

Das warf natürlich die Frage auf, ob es vernünftig war, als weiblicher Constable ein Geschrei wegen Diskriminierung zu erheben, wenn ein männlicher Sergeant und ein männlicher Chief Inspector das als die natürlichste Sache von der Welt akzeptierten.

Oder, anders ausgedrückt, was soll eine Frau machen, die für Gleichbehandlung kämpft und dann plötzlich feststellt, daß diese Gleichbehandlung eigentlich Ungleichheit bedeuten würde?

Solche Überlegungen schwirrten ihr im Kopf herum, als sie am Morgen nach der versuchten Entführung von Ellie Pascoe um elf Uhr vormittags mit einem Tablett, auf dem ein großes und ein kleines Bier, ein sprudelndes Mineralwasser und eine Cola standen, vom Tresen zurückkehrte.

Daß Pascoe ein Mineralwasser verlangte, hatte sie ermutigt, sich eine Cola zu kaufen.

Sie waren im *Black Bull* zusammengekommen, um zu beratschlagen, was hinter den gestrigen Ereignissen stecken mochte. Der Chief Inspector war zu spät zum Dienst erschienen, weil er den Morgen damit verbracht hatte zu überprüfen, ob sein Haus und die Edengrove-Schule auch zu seiner Zufriedenheit überwacht wurden. Er sah müde aus, und es war seine Blässe, die der Dicke als Vorwand genutzt hatte, sofort in den Pub überzusiedeln, wo ihm, wie er betonte, die besten Einfälle kämen und wo sie außerdem ungestört wären. Daß sie Novello mitnahmen, sah ganz nach einem Spontaneinfall Dalziels aus, der ihm beiläufig gekommen war, als er das Trio aus dem Dienstraum des Criminal Investigation Department führte. Doch Novello hatte schon vor längerer Zeit festgestellt, daß die meisten Spontaneinfälle des Dicken wohlüberlegt waren. Am besten zeigte man sich durch seine Aufmerksamkeit genausowenig geschmeichelt wie durch deren Mangel beleidigt.

Sie stellte das Tablett auf den Tisch und konstatierte mit Genugtuung, daß es ihr gelungen war, ein wenig Bier über Dalziels Wechselgeld zu verschütten (die Wichtigkeit der Angelegenheit war durch die Tatsache unterstrichen worden, daß Dalziel eine Runde ausgegeben hatte), dann schob sie alle persönlichen und philosophischen Betrachtungen beiseite, um sich ganz auf den Fortgang der Unterredung zu konzentrieren.

Die naheliegendste Hypothese war, daß der Entführungsversuch etwas mit Pascoes Arbeit zu tun hatte.

»Wieldy, du hast doch dein Gehirn durchforstet nach Leuten, die Pete ins Loch gebracht hat und die bekloppt genug sind, es ihm übelzunehmen.«

Dalziels natürliche Technikfeindlichkeit äußerte sich in großspurigen Bemerkungen wie: »Wer braucht große häßliche High-Tech-Kübel, die überall im Weg rumstehen, wenn wir Wieldy haben, der doppelt so viel auf dem Kasten hat und dreimal so häßlich ist?«, doch Novello hatte schon bemerkt, daß die Computerkenntnisse des Sergeant durchaus auf der Höhe der Zeit waren.

Aber aus welcher Quelle sie auch stammen mochte, die Liste der Ganoven, die im Knast gelandet waren und Drohungen gegen Pascoe ausgestoßen hatten, war beeindruckend lang. So nett und unauffällig er war, er hatte offenbar eine ganze Menge schwere Jungs gegen sich aufgebracht.

Doch Wield war der Überzeugung, daß die meisten dieser Drohungen bloß heiße Luft waren.

»Man muß schon ziemlich verrückt sein, um über einen so langen Zeitraum einen Groll zu hegen und Rachepläne zu schmieden«, meinte Wield.

»Bist du da sicher, Sigmund?« fragte Dalziel. »Du willst uns also sagen, du hast lange nachgegraben, und es ist nichts dabei rausgekommen als ein tiefes Loch?«

»Nein«, sagte Wield. »Auf eine Spur bin ich schon gestoßen. Franny Roote.«

»Du meinst den durchgeknallten Studenten? Wenn ich mich recht erinnere, konnten wir ihm damals nicht mehr nachweisen als Handlangerdienste.«

»Schon«, sagte Wield. »Aber nachdem der Richter gehört hat, was passiert war, gab er ein psychologisches Gutachten in Auftrag, bevor er sein Urteil fällte. Und als er sich davon ein paar Takte reingezogen hatte, entschied er, daß Roote am besten in einer geschlossenen Anstalt aufgehoben wäre. Am Anfang hat der Typ jede Behandlung abgelehnt, und während dieser Zeit scheint er sich auf den Chief Inspector fixiert zu haben, oder Sergeant war er ja damals noch, als den Mann, den er dafür verantwortlich machte, daß er in der Klapse gelandet war. Er hat wohl gedacht, du hast persönlich was gegen ihn.«

»Ich weiß, es ist Quatsch, aber ich kann nun mal Leute nicht leiden, die versuchen, mich umzubringen«, sagte Pascoe. »Ich erinnere mich, daß ich einen wirren Brief von ihm aus der Untersuchungshaft bekam. Ich habe ihn ans Gericht weitergeleitet. Er hat also in gewisser Weise recht, daß ich daran beteiligt war, ihn als bekloppt abzustempeln. Aber seitdem habe ich nichts mehr von ihm gehört. Ich habe schon seit Jahren nicht mehr an ihn gedacht.«

»Das heißt ja nicht, daß er nicht an dich gedacht hat«, meinte Dalziel. »Wieldy, ich glaube, da steckt was anderes dahinter.«

»Nur daß er schließlich doch in die Behandlung eingewilligt hat und sich zum Musterpatienten und Modellgefangenen entwickelte. Hat einen Abschluß in englischer Literatur an der Fernuni gemacht und fing an, einen Doktor oder was in der Art zu machen. Schließlich hat er sie überzeugt, daß er keine Bedrohung mehr für die Menschheit darstellt, und wurde entlassen. Letzten Monat.«

Einen Moment herrschte Schweigen, dann sagte der Dicke: »Alles?«

»Bis auf...«

»Was?«

»Er kannte Ellie. Sie hat doch damals an der Uni unterrichtet, oder? Als ihr euch kennengelernt habt.«

Pascoe nickte.

»Und?« meinte Dalziel.

»Nichts. Nur so ’ne Idee«, meinte Wield. »Also, ist wahrscheinlich bedeutungslos, aber er hat da eine Arbeit geschrieben, das Thema lautet, ähm, hier ist es ... ›Rache und Vergeltung im englischen Drama‹.«

Wieder herrschte Schweigen, dann meinte Dalziel: »Besser als Tütenkleben und Steineklopfen, schätze ich. Hast du die Adresse?«

»Ja. Sheffield.«

»Also nicht allzuweit weg. Setz dich mit South Yorkshire in Verbindung, fahr morgen hin und überprüf ihn.«

»Morgen geht nicht, Chef. Da habe ich frei.«

»Ah ja? Und was machst du da, was wichtiger ist, als herauszufinden, wer die Familie deines Kollegen bedroht, Wieldy?« fragte Dalziel mit dem Unterton moralischer Entrüstung, den er für Kleingeister parat hatte, die es wagten, mit ihrem Privatleben zu kommen.

Wield warf einen Blick zu Pascoe, der erklärte: »Immerhin ist Wield so freundlich, sich um die Familie dieses Kollegen zu kümmern. Er hat Ellie und Rosie nach Enscombe eingeladen, um den Streichelzoo von Old Hall zu besuchen.«

»Oha«, meinte Dalziel, ein wenig verdattert. »Gut. Schön so. Aber versuch bloß nicht, das als Überstunden zu deklarieren. Dann überprüfst du Roote vielleicht am besten selbst, Pete. Wenn du dich dazu in der Lage fühlst.«

»Mit Vergnügen«, sagte Pascoe. »Ich muß um zwölf beim Gericht sein, wegen Kelly Conelius, aber da bleibt mir ja genügend Zeit.«

Shirley Novello lauschte und lernte. Die drei haben ja eine ziemlich herzliche Beziehung, dachte sie. Obwohl *herzlich* eigentlich kein Ausdruck war, um irgend etwas zu beschreiben, das mit Andy Dalziel zu tun hatte. Sie griffen reibungslos ineinander, wie gutgeölte Zahnräder. Gerne hätte sie sich in die Maschine eingeklinkt, aber ihr war sehr wohl bewußt, wie gefährlich es war, sich unbedacht in ein rotierendes Räderwerk zu drängen.

Mit Interesse hatte sie die Information über Ellie Pascoes Job aufgenommen, damals, in grauer Vorzeit, als sich die drei kennengelernt hatten. Eine Unidozentin. Kinderkönigin in Nimmerland. Das paßte.

»Gut«, sagte Dalziel. »Soviel zum Thema Rache. Weiter im Text. Laufende Fälle, wo deine Beteiligung irgendeinen hirnlosen Wichser auf die Idee bringen könnte, dir an die Eier zu gehen. Wie sieht's damit aus?«

Pascoe zuckte bei diesen Ausdrücken zusammen und warf Novello, die ebenfalls, wenn auch weniger offensichtlich, eine Grimasse schnitt, einen verärgerten und entschuldigenden Blick zu. Hatte er durch die Heirat mit der Nußknackerfee *gar nichts* gelernt?

Wield hob die Schultern und meinte: »Nichts Auffälliges. Und überhaupt, ich habe immer gedacht, nur normale Leute würden bedroht werden. Bietet man Bullen nicht Bimbes an?«

»Ja, dir und mir vielleicht, Wieldy. Aber jeder Depp weiß doch, daß unser Schönling hier unbestechlich ist. Also verrat uns mal, Mutter Teresa, gibt's da was, woran du arbeitest, das bei dir dieses komische Gefühl auslöst, für das du bekannt bist?«

Pascoe antwortete zögernder als sonst: »Ist nur so eine Vermutung, aber irgendwie muß ich dauernd an Kelly Cornelius denken.«

»Die!« Dalziel lachte auf. »Das ist doch noch ein halbes Kind, noch dazu 'ne Banktussi. Eher kriegt man Ärger mit einer siamesischen Kellnerin.«

Pascoe schob diesen Prüfstein für Gefährlichkeit beiseite, um ihn später auseinanderzunehmen, und sagte: »Ihr wird tätlicher Angriff auf einen Polizeibeamten vorgeworfen, vergiß das nicht.«

»Du meine Güte, aber das war doch bloß Hector. Normalerweise kriegt man einen Orden, wenn man dem eine verpaßt«, sagte Dalziel. »Wie auch immer, warum sollte sie dich bedrohen? Du nagelst sie doch mit dieser Widerstandssache nur fest, bis die Jungs vom Betrugsdezernat ihr Zeug auf die Reihe gebracht haben, war das nicht so? Die sind es doch, die sie für zehn Jahre einbuchten wollen, falls sie endlich mal zu Potte kommen. Was ist das eigentlich für eine Geschichte, Pete? Ich will mich ja nicht einmischen, aber ist es morgen nicht schon das dritte Mal, daß du um Verlängerung der Untersuchungshaft nachsuchst? Was weiß denn Desperate Dan, was wir nicht wissen?«

Desperate Dan war Dan Trimble, der Polizeichef von Mid-Yorkshire, dessen Aufgabe in Dalziels Augen darin bestand, ihm, ohne etwas zu verschütten, Whisky einzuschenken, wann immer er ihn als Boß des Criminal Investigation Department mit seiner Anwesenheit beehrte.

»Wenn ich das wüßte, wär's ja kein Problem«, meinte Pascoe. »Na gut, ich hab nur was mit der Anklage wegen tätlichen Angriffs zu tun, aber wegen der sitzt sie immerhin in Untersuchungshaft. Zwei Möglichkeiten. Erstens, ein Komplize will sie raushaben, damit sie die Fliege machen kann. Oder vielleicht jemand von der Bank, der Angst hat, sie könnte anfangen zu plaudern, wenn sich die Sache noch länger hinzieht.«

»Jemand wie wer?«

»Na, ich denke, das Betrugsdezernat nimmt derzeit ziemlich genau ihren Boß unter die Lupe, George Ollershaw. Bis jetzt haben sie noch nichts Konkretes gefunden, aber man hat den Eindruck, sie sind auf einer heißen Spur.«

»Ollershaw? Der? Nö, das ist ein echter Banker, bestimmt hat der was auf dem Kerbholz, wie die alle, aber ich kann mir nicht vorstellen, daß der was mit Gewalt zu tun hat.«

»Du kennst ihn, Chef?«

»Vom Gents. Und gehört habe ich ihn auch, wie er vor seinen Kollegen große Töne gespuckt hat. Ein Angeber, aber ganz oben hat er noch lange nichts zu melden.«

Der Gents, wie Novello nach einem peinlichen Mißverständnis gelernt hatte, das war nicht etwa ein für Herren reserviertes Örtchen, sondern der Borough Club for Professional Gentlemen, der Athenaeum Club des Nordens, ein exklusiver Treffpunkt, nur für Männer natürlich, was andererseits Novello auf den Gedanken brachte, ihr Mißverständnis wäre vielleicht doch keines gewesen. Als sie Wield gegenüber ihre Verwunderung ausgedrückt hatte, daß eine anarchische, so wenig gesellschaftsfähig wirkende Person wie Dalziel ausgerechnet dort Mitglied geworden war, hatte der Sergeant erklärt: »Weil sie ihn nicht haben wollten, natürlich.«

»Wie auch immer, ich denke schon, daß sie ihn noch im Visier haben«, sagte Pascoe. »Aber da gibt es noch eine andere Möglichkeit. In gewisser Weise schwebt Kelly selbst in Gefahr. Bis das Betrugsdezernat das Geld von der Nortrust Bank aufgespürt hat, schwirrt es irgendwo im Cyberspace herum, und möglicherweise ist sie die einzige, die rankommt. Vielleicht will sie ja jemand aus dem Knast holen, um's ihr mit Methoden rauszukitzeln, vor denen sogar das Betrugsdezernat zurückschreckt.«

Novello hatte den Eindruck, daß der Chief Inspector seine Vermutungen zum Fall Cornelius mehr aus Sturheit denn aus innerer Überzeugung vorbrachte ...

Offenbar teilte Dalziel diese Meinung: »Ergibt keinen Sinn. Jeder, der's ernst meint, kommt in die Untersuchungshaftanstalt rein, legt sie übern Tisch und droht, ihr eine abgebrochene Flasche in den Arsch zu schieben. Passiert da alle Tage.«

»Das kann man machen, wenn man wissen will, wo die Beute vergraben ist, aber hier geht's um was anderes«, widersprach Pascoe. »Stimmt, es ist kinderleicht, im Knast irgendeine Schwerverbrecherin aufzutreiben, die diesen Job für ein paar Kröten erledigt, aber was sollte Kelly der schon erzählen? Nichts, womit man was anfangen kann, würde ich sagen. Nein, die einzige Möglichkeit, an den Schotter ranzukommen, ist, Kelly vor einen anständigen Computer zu setzen und ihr ein

Angebot zu machen, bei dem sie nicht nein sagen kann. Und dafür muß man sie auch aus der Untersuchungshaft rausholen. Und dann wäre alles, was sie von mir wollen, daß es morgen keinen allzu großen Widerstand gegen ihren Antrag auf Entlassung aus der Untersuchungshaft gibt.«

Dalziel schnaubte zweifelnd, was Wield zu einer Loyalitätsbekundung veranlaßte.

»Mir leuchtet's ein«, sagte er. »Pete den Arm zu verdrehen, so daß er einen Meineid schwört, das ist eine Sache. Verdammt schwierig, und noch schwieriger ist es, damit durchzukommen, denn es würde ziemliches Aufsehen erregen, wenn er plötzlich seine Aussage änderte. Aber unauffällig einem Richter auf den Geist gehen, bis er sie gegen Kaution auf freien Fuß setzt, bloß um zu zeigen, wer das Sagen hat, das wäre kinderleicht. Und würde auch das Gewissen weniger belasten.«

»Ah ja? Das würdest du tun, echt, wenn dein antiquierter Bücherfreund bedroht würde?« fragte Dalziel.

Antiquarischer Bücherfreund, korrigierte Novello im Geiste. Gespannt wie eine ehrgeizige Studentin wartete sie ab, wie Wield diese Anspielung auf seinen Lebenspartner aufnehmen würde.

»Klare Wahl zwischen Edwin und einer Ganovin, kein Problem für mich«, entgegnete Wield ohne Zögern und sah dabei dem Dicken gerade in die Augen.

»Ach, leck mich«, sagte Dalziel. »Gott sei Dank gibt es noch Leute wie dich und mich, Ivor, die noch einen Funken moralischen Anstand haben, obwohl ich mir bei dir nicht so sicher bin. Du bist ziemlich wortkarg für eine Frau. Hat dich der Ausflug zum Wünschelbrunnen nicht auf irgendwelche Ideen gebracht?«

»Wünschelbrunnen?« wiederholte Novello unsicher.

»Na, wo du mein Wechselgeld reingeschmissen hast«, erwiderte Dalziel und stocherte mit dem Zeigefinger in den Münzen herum. »Als ich noch jung war, mußte man es aber drinlassen, wenn's was bringen sollte.«

»Ich kann hingehen und uns noch was zu trinken holen, Chef«, sagte Novello zuckersüß.

»Nein, jetzt soll doch mal ein anderer 'ne Runde schmeißen«, sagte Dalziel, schloß seine Finger um das Geld, schüttelte es trocken und versenkte es in seiner Jackentasche. »Und während wir darauf warten, daß sich Mr. und Mrs. Alzheimer hier daran erinnern, wo ihre Brieftaschen stecken, könntest du uns doch eine Kostprobe deiner weiblichen Intuition geben, was, Ivor? Oder bist du nur zum Bierholen mitgekommen?«

Das sagst ausgerechnet du, Fettsack! dachte Ivor. Doch obwohl sie gegen den Impuls ankämpfte, ihm den Rest ihrer Cola über seinen massigen grauen Kopf zu schütten, kam ihr die Antwort in jener seltsamen Mischung aus Genugtuung und Entrüstung, mit der sie häufig auf Dalziel reagierte.

Er hatte sie nicht mitgenommen, weil sie ihm gefiel oder weil er jemanden dabeihaben wollte, der das Bier holte; er hatte sie aus dem schlichten Grund mitgenommen, daß er sich von ihr einen nützlichen Beitrag erhoffte.

Sie schaute in die Runde. Sie sah nur freundliche Augen auf sich gerichtet, wie Mrs. Robinson in dem Song von Paul Simon. Na gut, vier immerhin. Der Dicke zeigte dafür einen Ausdruck gespannter Erwartung, wie ein Zirkusdirektor, der die Vorführung eines dressierten Schweins verfolgt. Dieser Drecksack.

Sie sagte: »Ja, also, mir ist was eingefallen zu dem, was gestern passiert ist ...«

»Spuck's aus, Mädel, bevor ich vor Durst umkomme.«

»Was, wenn du, will sagen, wenn wir alle den falschen Baum anbellen? Was, wenn's überhaupt nichts mit dem Chief Inspector und den Typen zu tun hat, die er eingebuchtet hat? Was, wenn es tatsächlich um Ellie, um Mrs. Pascoe geht?«

Schweigen senkte sich herab, und die Männer schauten einander an, wilde Zweifel im Blick. Allerdings fürchtete Novello, daß sie eher um ihre geistige Gesundheit fürchteten, als von ihrem Scharfblick verunsichert waren.

Da klingelte das Telefon hinter dem Tresen. Jack Mahoney,

der Wirt, lauschte einen Moment und rief dann zu ihnen hinüber: »He, ihr Pfeifen, seid ihr hier?«

»Wie oft muß man dir noch sagen, du sollst deine Flosse über die Muschel halten, du blöder Hirsch? Ivor.«

Dieses Mal war Novello höchst erleichtert, den Laufburschen spielen zu dürfen.

Sie ging zum Telefon, meldete sich und hörte zu.

Dann warf sie einen Blick zu den Männern am Tisch.

»Na?« fragte Dalziel. »Hab ich im Lotto gewonnen oder was?«

Aber Novello wandte sich an Pascoe, wobei sie vergeblich versuchte, ihrer Stimme einen neutralen und offiziellen Klang zu geben.

»Pete«, sage sie. »Es ist Seymour. Mieser Empfang, aber es hat wieder Ärger bei dir zu Hause gegeben. Tut mir leid, aber soweit ich mitgekriegt habe, folgt er einem Krankenwagen in die Klinik.«

SECHS

Selbsthilfe

Ellie Pascoe merkte erst, wie durcheinander sie war, als sie beim Geräusch der Türklingel zusammenschrak und eine Gott sei Dank fast leere Kaffeetasse über ihren Laptop leerte.

Werd wieder normal, hatte sie sich ermahnt, aber dann war ihr eingefallen, daß sie sich das nach Rosies Krankheit auch gesagt und schließlich eingesehen hatte, daß Normalität nicht einfach eine Abfolge gewohnter Tätigkeiten war, sondern ein Zustand, der wie die Jungfräulichkeit nicht wiederzuerlangen ist.

Sie hatte jedoch ihren normalen Tagesablauf wieder aufgenommen, war in Klausur gegangen (ein hübsches religiöses Wort für eine Tätigkeit, die für sie manchmal beinahe religiösen Charakter hatte) und schrieb in dem Abstellraum, den sie nicht Arbeitszimmer nennen wollte. Richtige Schriftsteller hatten ein Arbeitszimmer, aber man war kein richtiger Schriftsteller, solange man noch nichts veröffentlicht hatte. Nun, sie durfte sich immerhin Hoffnung machen. Als sie auch für ihren dritten Roman keinen Verlag gefunden hatte, wäre sie wahrscheinlich in Verzweiflung verfallen, wenn Rosie damals nicht so krank gewesen wäre – so daß ihr überhaupt nicht der Sinn danach stand, sich der Verzweiflung hinzugeben, und schon gar nicht wegen etwas so Unwichtigem wie einem blöden Buch!

Als Rosie auf dem Weg der Besserung war, hatte Ellie wieder angefangen zu schreiben. Aber während sich die Tochter von den Phantasiespielen, der einstigen Lieblingsbeschäftigung, abwandte, entdeckte die Mutter bei sich ein spielerisches Interesse an Figuren und Situationen aus dunkler Vorzeit und verlor das Interesse an dem Schnappschußrealismus, den sie bisher für ihre Stärke gehalten hatte.

Ohne groß darüber nachzudenken, hatte sie diese neue Linie verfolgt, auch als ihr klar wurde, daß sie damit nichts zustande brachte, was man veröffentlichen konnte. Aber es machte ... Spaß? Ja, bestimmt war es das. Und wie bei Kinderspielen, die Spaß machen, gab es hier etwas zu lernen. Das war wichtig für sie, gerade zu der Zeit und unter diesen Umständen, aber vielleicht auch in Zukunft unter veränderten Umständen. In ihrem früheren Leben als Universitätsdozentin hatte ein Kollege, der kreatives Schreiben lehrte, geklagt, er vertue zuviel Zeit mit den Komplexen von Studenten, die das Schreiben von Romanen und Erzählungen für Therapie hielten – und nicht für Kunst. Jetzt wußte sie, was er meinte. Therapeutische Übungen behältst du für dich. Die Kunst befördert dich, zitternd und bebend, ins Rampenlicht.

Unter diesem Aspekt nahm sie ihren dritten abgelehnten Roman unter die Lupe. Absatz für Absatz las sie ihn durch und stellte sich die beiden wesentlichen Fragen. *Ist mir das wirklich so wichtig, daß ich es mitteilen muß? Könnte das für die Lesenden so interessant sein, daß sie es lesen müssen?*

Und ohne Peter oder irgend jemand sonst ins Vertrauen zu ziehen, zerpflückte sie eine ganze Woche lang ihr geheiligtes Manuskript, so wie Moses die Gesetzestafeln zertrümmerte. Dabei kam heraus ... sie hatte keine Ahnung, was dabei herauskam, nur daß das, was sie früher für eine intelligente Geschichte gehalten hatte, jetzt wahrhaftig wirkte. *Tiefe Verzweiflung hat meine Seele menschlich gemacht ...?* Vielleicht. Vor drei Tagen hatte sie es an den Verlag geschickt, der das Buch in seiner ersten Fassung abgelehnt hatte. In dem Begleitbrief schrieb sie: *Letztes Mal haben Sie erklärt, es wirke vielversprechend, aber ... Sagen Sie mir, wie es jetzt wirkt. Allerdings wüßte ich es zu schätzen, wenn Sie mir diesmal rasch antworten!*

Und dann hatte sie sich zu therapeutischen Zwecken ihrer parodistischen Erzählung von fernen, entlegenen Dingen und längst geschlagenen Schlachten zugewandt. Zügellosigkeit ist die schwerste Sünde der Romanautorin, aber hier durfte sie sich nach Herzens- und Kopfeslust gehenlassen. Hier durfte sie spotten und höhnen, derb oder sentimental werden, anarchistisch oder anachronistisch schreiben, ganz wie es ihr beliebte. Hier hatte sie Macht ohne Verantwortung, denn sie schrieb nur für sich. Niemand würde das je lesen. Sie war die Alleinherrscherin dieser Welt, und was hier normal war, bestimmte sie. Oder weniger bombastisch ausgedrückt, es war ihre Schmusedecke, an der sie nuckeln konnte, wenn ihrem zartbesaiteten Naturell danach zumute war. So hieß die Datei in ihrem Computer: *Schmusedecke.* Das Werk war noch unvollendet, aber wen störte das? Am meisten Spaß machte es, immer wieder daran zu arbeiten, manches umzuschreiben, Neues auszuprobieren.

Schön, wenn das Leben so wäre, dachte sie, als sie ihren Laptop einschaltete. Datei aufrufen, *Bearbeiten* anklicken und ausschneiden, kopieren, suchen, ersetzen, löschen ...

Mit einem Mal erschienen aus dem Nichts ihre Worte und füllten den Bildschirm. Sie lächelte. Da Technik ihrem Denken immer fremd geblieben war, erschien es ihr immer noch wie Zauberei.

Und wie weit war sie in ihrer Überarbeitung gekommen? Ach ja. Hier.

Kapitel 2

Als sie von den Klippen herunterkamen, war der Sturm erstorben, nicht langsam wie ein verblutendes Tier, sondern rasch, als hätte ein Pfeil sein Herz durchbohrt. Gerade noch drohte der Meereswind, sie mit sich zu reißen wie die tief hängenden Wolkenfetzen am grauen Himmel, dann war mit einem Mal die Luft reglos und mild, und der Vollmond am sternübersäten Himmel erleuchtete das Lager wie tausend Laternen.

Hatte sie diesen Vergleich nicht schon einmal benutzt? Na und? Homer hatte auch immer wieder auf dieselben Bilder zurückgegriffen. Wenn man sich der Obsession für das Neue hingibt, hat man bald einen Schrank voller hübscher Kleider, die man nie anzieht.

Alle, die so müde waren, daß sie trotz des heulenden Sturms geschlafen hatten, wurden nun durch die jähe Stille geweckt. Die Männer schickten sich an, durchnäßte Waffen und Rüstungen trockenzureiben, während die Frauen die kleinen Feuer schürten, die sie trotz der Windböen hatten entfachen können. Aber das rege Treiben hatte ein Ende, als sie die herannahende Prozession gewahrten.

Voran ging der Grieche, die Hände hinter dem Rücken gefesselt, die Schwertspitze des Anführers im Nacken. Ungeachtet dessen blickte er drein wie ein Heimkehrender, der nach langer Reise alte Freunde begrüßt, den Kopf trug er hoch, und seine Zähne leuchteten hell aus dem struppigen Bart hervor, während er in alle Richtungen lächelte und angesichts der Essensdüfte, die bereits von ein, zwei Feuerstellen aufstiegen, anerkennend die Nase verzog.

Seine ruhelosen Augen aber erfaßten alle Einzelheiten des Lagers.

Als Nachhut folgte der verwundete Wachposten. Er umklammerte sein blutendes Handgelenk mit der Rechten, und sein wettergegerbtes Gesicht war bleich wie der Mond.

»Was ist los, Kamerad?« rief ihm einer zu.

»Der verdammte griechische Spion. Um ein Haar hätte mir der Bastard die Hand abgeschlagen!«

»Wirklich? Keine Angst, wir hacken ihm mehr als nur die Hand ab, bevor wir ihn erledigen.«

Der Anführer der Wachleute meinte freundlich: »Schön, daß du so einsatzfreudig bist, Soldat. Du kannst die Wache droben auf den Klippen übernehmen. Könnte sein, daß dort gerade ein ganzes Heer von Griechen landet.«

Das Wort Griechen ging rasch von Mund zu Mund, und bald war der Weg von Männern versperrt, und nicht wenige hatten ihre Waffen gezogen. Der Gefangene aber ging in aller Seelenruhe weiter und zwang sie, zur Seite zu treten, bis jemand von hinten rief: »Der Fürst! Der Fürst!«, worauf die Männer zur Seite wichen und den Weg freigaben.

Zwei Gestalten waren aus dem einzigen brauchbaren Obdach des Lagers getreten, einem kleinen Schutzzelt im Windschatten eines Felsens, der es ein wenig vor dem tosenden Sturm abschirmte. Der eine war ein graubärtiger Greis, gebeugt von der Last der Jahre, der andere ein junger, schlanker, aufrechter Mann mit ruhigen, wachsamen Augen in einem schmalen, glattrasierten Gesicht.

Plötzlich sank der Dicke auf die Knie, warf sich nieder und drückte das Gesicht auf die Sandalen des jungen Mannes.

»Gnade, edler Fürst«, flehte er mit dumpfer Stimme, »gleich den Göttern, von denen du abstammst, zeige Mitleid mit diesem armen Elenden, der nur dank deiner unendlichen Großherzigkeit noch auf Leben und Beistand hoffen darf.«

Den Fürsten schien das wenig zu beeindrucken.

»Was hast du uns da gebracht, Achates?« fragte er.

Mit knappen Worten erzählte der Hauptmann seine Geschichte.

»Ein Grieche, sagst du? Und wahrscheinlich ein Spion?«

Der Kehle des Hingestreckten entrang sich ein verneinender Schrei, der jäh verstummte, als ihm Achates die Schwertspitze gegen den Nacken drückte.

»Könnte sein. Soll ich ihn für eine halbe Stunde über der Glut auf dem Rost garen, bis er bereit ist zu reden?«

Zustimmendes Gemurmel erhob sich unter den Männern, aber der Fürst entgegnete ernst: »Das ist nicht die Behandlung, die wir getreu den Geboten unseres Glaubens dem müden Wanderer angedeihen lassen, der als Gast in unsere Mitte tritt. Bringt Speisen und trockene Kleider herbei, und wenn er sich erfrischt hat, werde ich mit ihm sprechen, um zu erfahren, wer er ist und in welcher Absicht er hierherkommt.«

Der Dicke murmelte Dankesworte, aber der Fürst brachte ihn mit einer heftigen Fußbewegung zum Schweigen und fuhr fort: »Aber legt den Rost schon mal auf, nur für den Fall, daß er mich nicht zufriedenstellt.«

Der Fürst setzte seinen Fuß zurück, und Achates bedeutete mit seinem Schwert dem Griechen, sich zu erheben. Da traten zwei junge Frauen vor, eine brachte Kleider, die andere einen Bronzeteller, auf dem sich dampfende Speisen häuften.

»Das riecht großartig. Herzlichsten Dank, Herr. Allerdings bräuchte ich eine freie Hand zum Essen.«

»Nur eine?« fragte Achates und hob seine Waffe. »Welche würdest du denn gern behalten?«

»Halt, nicht so hastig«, entgegnete der Grieche und wich zurück. »Immer mit der Ruhe.«

Er spannte seine breiten Schultern an, holte tief Luft, beugte sich nach vorne, und mit einem Ruck riß er den Stoffstreifen entzwei, mit dem seine Hände gefesselt waren.

In diesem Augenblick läutete die Türklingel, und Ellie, mit einem Schlag aus ihrer gefährlichen Phantasiewelt in ihr nicht minder gefährliches Leben zurückgeholt, stieß die Kaffeetasse um.

»Scheiße!« rief sie, sprang auf und schüttelte den Kaffee aus der Tastatur.

Verblüfft stellte sie fest, daß ihre Geschichte nach wie vor auf dem Bildschirm zu sehen war, aber sicherheitshalber speicherte sie ab und schaltete das Gerät aus.

Wieder klingelte es.

Obwohl sie wußte, daß Detective Constable Dennis Seymour vor ihrem Haus in seinem Wagen saß, spähte sie wie eine Hausfrau in einer Vorabendserie durch die Gardine, um zu sehen, wer Einlaß begehrte.

Es war ihre Freundin Daphne Aldermann, die vor Neugier

fast platzte, nachdem der Polizist sie angesprochen und einem Verhör unterzogen hatte. Zunächst schenkte Ellie sich und ihrem Gast zur Beruhigung einen Scotch ein – wenn man erst einmal bei Dr. Dalziel in Behandlung war, hielt man sich bis zum bitteren Ende an seine Vorschriften –, dann erzählte sie mit komisch-heroischer Begeisterung ihre Geschichte und gab sich schließlich dem stilleren Vergnügen der Selbstanalyse hin. Da sie seit jeher Gewalt in jeder Form abgelehnt hatte, sah sie sich genötigt, Daphne, die ein wenig Gewalt für eine gute Sache durchaus befürwortete, in allen Einzelheiten zu erklären, warum sie sich zu einem physischen Angriff hatte verleiten lassen.

»Es war, weil sie Rosie benutzt haben – das war der Auslöser«, sagte sie. »Es waren meine eigenen Schuldgefühle, die mit mir durchgegangen sind, meine ich.«

»Deine Schuldgefühle?«

Daphne war nicht Dalziel und noch weniger war sie ein hirnloses Kleinkind wie Shirley Novello.

Ellie legte ungefähr dieselbe Beichte ab, die sie bereits dem Dicken vorgetragen hatte, und erklärte abschließend: »Du siehst also, was für eine konfuse Gans ich geworden bin. Ich komme mir vor wie dieser Inder – aus *Hamlet*, oder? –, der eine Perle wegwarf, mehr wert als sein ganzes Volk. Nur daß ich sie zurückbekommen habe.«

»Othello, glaube ich. Und der springende Punkt war, daß er nicht wußte, wie viel sie wert war. Außerdem hast du Rosie nicht weggeworfen«, erklärte Daphne vernünftig. »Und eine konfuse Gans warst du schon immer, da bist du dir treu geblieben.«

In ihrer Beziehung zu Ellie Pascoe empfand es Daphne als ihre Berufung, die Rolle der Vernünftigen zu spielen. Was Erziehung, Weltanschauung und gesellschaftliche Stellung betraf, hätten die beiden nicht verschiedener sein können. Aber der Zufall, dieser verrückte Wissenschaftler, hatte vor ein paar Jahren beschlossen, ihre gegensätzlich gepolten Teilchen auf Kollisionskurs zu bringen, und daß dabei viel Energie frei geworden war, beruhte mehr auf Fusion als auf Kernspaltung.

Ellie sah aus, als wollte sie zum Großangriff übergehen, aber dann begnügte sie sich doch mit einem Scharmützel.

»Bist du sicher, daß es *Othello* ist?« fragte sie spitz. »Ich dachte immer, in euren Privatschulen fand ein engerer Kontakt mit Literatur nur dann statt, wenn ihr bei euren Haltungsübungen irgendwelche gesammelten Werke auf dem Kopf zu balancieren hattet.«

»Da bist du nicht ganz im Bilde. Wir mußten jeden Morgen einen Klassiker studieren – zwischen dem Geländelauf und der ersten kalten Dusche«, entgegnete Daphne. »Also gut, mit unseren Kindern passiert etwas, und wir fühlen uns verantwortlich. Mütter sind so programmiert. Oder konditioniert – lassen wir die Grundsatzdebatte mal beiseite.«

»Das weiß ich. Aber dieses Wissen ist machtlos gegen die Gefühle – ganz zu schweigen von dem Schock über die Heftigkeit dieser Gefühle. Egal, warum ich es getan habe, ich kann einfach nicht fassen, daß ich diese Leute tatsächlich angegriffen habe.«

»Ach, komm schon«, sagte Daphne mit der Gelassenheit eines Menschen, der weder körperliche Züchtigung noch die Todesstrafe ablehnt. »Das haben die doch provoziert. Gott weiß, was sie mit dir vorhatten, und wenn sie gefaßt werden, dann kommen sie wahrscheinlich mit einer Strafarbeit von hundert Zeilen auf Bewährung davon. Aber wenn der Typ dich von der Anklagebank aus angrinst, dann kannst du dir wenigstens sagen: Ich habe dir ein Andenken hinterlassen, Kumpel!«

Ellie lachte und füllte die Gläser ein zweites Mal. Es war keine schlechte Idee des verrückten Wissenschaftlers gewesen, Daphne ausgerechnet heute vormittag vorbeizuschicken. In dem Moment, als Ellie Daphne erblickte, wurde ihr klar, daß sie unter allen Freundinnen die richtige für diese Situation war. Mit Daphne konnte sie ernste Themen bereden, ohne schwermütig zu werden, und ihre völlig andersartige Weltsicht lieferte ihr anregende, wenn auch gelegentlich ärgerliche Denkanstöße.

Sie tranken, und Daphne fragte: »Wie geht's Rosie? Hat sie von der ganzen Aufregung etwas mitbekommen?«

»Wir haben versucht, es ihr zu verheimlichen, aber man weiß nie, wieviel Kinder mitkriegen. Am liebsten hätte ich sie heute nicht zur Schule geschickt, aber das hätte nur ihre Vermutung bestätigt, daß etwas im Busch ist. Jedenfalls fangen morgen die Ferien an, und sie war so wild darauf, nach ihrer Krankheit wieder in die Schule zu gehen, daß es ihr das Herz gebrochen hätte, den Spaß am letzten Schultag zu verpassen.«

»Kinderherzen sind aus dem stabilsten Material, das der Menschheit bekannt ist«, meinte Daphne mit der Überzeugung einer zweifachen Mutter. »Vor allem Mädchenherzen. Ich erinnere mich, daß mir meines fast täglich gebrochen ist, aber ich habe es irgendwie überlebt – auch ohne die Hilfe von Dr. Christian Barnard. Ich wette, dir ist es ähnlich ergangen.«

»Vielleicht. Aber ich habe in Rosies Alter auch nicht meine beste Freundin verloren«, meinte Ellie.

Zwei Mädchen hatten sich die Hirnhautentzündung eingefangen. Eins davon, Rosies Klassenkameradin und Freundin, war daran gestorben.

Daphne verzog das Gesicht. »Tut mir leid, das hatte ich vergessen. Es ist schon komisch, über den Kummer eines Kindes macht man sich nicht viel Gedanken, wenn man ihn nicht selbst erlebt hat ... aber sie war ganz erpicht darauf, wieder in ihre Schule zu gehen, sagst du? Ich hätte gedacht ...«

»Ich auch. Wir haben natürlich über Zandra gesprochen. Das heißt, ich rede, und Rosie hört zu. Sie sagt dazu nicht viel, nur der Nix hätte sie geholt. Erinnerst du dich an den Nix? Der Wasserkobold in ihrem heißgeliebten Buch, dessen Lieblingsbeschäftigung es war, kleine Mädchen zu entführen? Die Schulpsychologin, die stottert und aussieht wie fünfzehn, meinte, ich sollte mir deshalb keine Sorgen machen, sondern mich freuen, daß Rosie eine Methode gefunden hat, mit dem Verlust fertigzuwerden. ›Sie meinen, sie verdrängt es?‹ frage ich. ›Nein, sie wird damit fertig‹, erklärt die jugendliche Jugendexpertin im Brustton der Überzeugung. ›Sie wird reden, wenn sie reden will. Bleiben Sie einfach offen. Sorgen Sie dafür, daß alles wieder seinen geregelten Gang geht wie vorher. Gewohnte Dinge sind nicht nur eine Erleichterung, sie sind lebenswichtig.‹ Lieber Himmel, wahrscheinlich hat sie ihre Diplomarbeit über *Das kleine Buch vom Psychogelaber* geschrieben!«

»Das hast du aber nicht gesagt, oder?«

Ellie lachte. »Nein. Ich werde langsam umgänglich. Und als ich heimgekommen bin, habe ich sogar *Nina und der Nix* aus dem Versteck geholt, dann habe ich bei einem Drink in aller Ruhe überlegt und es wieder weggepackt. Mit anderen Worten, ich habe keine Ahnung, wie ich mit der Situation fertigwerden soll. Also habe ich beschlossen, den Dingen ihren Lauf zu lassen, und als Rosie wieder zur Schule wollte, habe ich gesagt, okay, warum nicht?«

»Das klingt vernünftig.«

»Ja, nur daß ich mich frage, ob ich auf die Weise den Wahnsinn abstellen wollte, daß ich mich von einer ehrlichen modernen Laissez-faire-Mutter zu einer verhätschelnden, überängstlichen, allgegenwärtigen Erdmutter entwickelt hatte. Okay. Das brauche ich nicht zu erwähnen. Das bin ich durch und durch. Egozentrisch. Alles fällt auf mich zurück.«

»Du sagst es. Aber in all dem steckt auch der Schmerz und die Sorge, also züchtige dich nicht mit Stachelpeitschen.«

»Du meine Güte, heute morgen sind wir ja hochliterarisch. Schon wieder *Othello*?«

»Die Bibel. Mein Vater war schließlich Archidiakon, weißt du das nicht mehr? Also brauchst du dich dadurch kaum bedroht zu fühlen.«

Daphne ist genauso gut im Austeilen wie im Einstecken, dachte Ellie, und das war einer der Gründe, warum sie sie mochte.

Laut sagte sie: »Magst du nicht zum Essen bleiben? Ich würde wirklich gern weiterreden. Wir könnten auch ausgehen und im Pub ein Sandwich essen.«

»Tut mir leid, ich bin unterwegs zum Mossy Bank Gartencenter, ob du's glaubst oder nicht. Es liegt jenseits der Umgehungsstraße, und weil ich so nah vorbeikam, konnte ich der Versuchung nicht widerstehen, zu fragen, wie's dir geht. Patrick und ich treffen uns dort im Restaurant zum Essen. Gott steh uns bei. Er hat sie über Rosen beraten, und ich glaube, er denkt, der Anblick seiner noblen Gattin wird sie auf seine stattliche Rechnung vorbereiten. Ich hätte ja vorgeschlagen, daß du mitkommst, nur würde dein Rettet-die-Torfmoore-T-Shirt wahrscheinlich keinen günstigen Eindruck machen. Heute abend hätte ich aber Zeit für einen Drink.«

»Mist. Da kommt meine Liberata-Gruppe zu mir.«

»Was ist das – Plastikschüsseln oder erotische Unterwäsche?«

»Weder noch. Liberata Trust's ist eine Menschenrechtsorganisation, eine Art Amnesty International mit feministischer Ausrichtung ... oh, ha, ha.«

Daphnes Gesicht verriet ihr, daß ihre Freundin sie nicht ganz ernst nahm.

»Gut, wenn du lieber die Welt rettest, als mit deiner Freundin einen trinken zu gehen ...«

»Ja, ja. Die Wahrheit ist, daß die Welt in den letzten Monaten ohne mich zurechtkommen mußte. Ich hatte Schuldgefühle – ja, ich weiß, ich fange schon wieder an –, und als mich Feenie wegen des nächsten Treffens anrief, sagte ich, machen wir's doch hier.«

»Feenie? Meinst du etwa Serafina Macallum, die verrückte Stadtstreicherin?«

»Stimmt. Gründerin, Vorsitzende und treibende Kraft. Woher in aller Welt kennst du sie denn?«

»Sie hat uns die Hütte verkauft. Das heißt, ihr Anwalt. Sie selbst haben wir bei den Verkaufsverhandlungen nie kennengelernt, aber sie hätte mich schon ein paarmal um ein Haar überfahren, entweder mit ihrem schrottreifen Landrover oder auf ihrem Uraltfahrrad. Glaubst du, sie hat was gegen mich?«

Ellie verschwieg ihrer Freundin, daß sie damit vermutlich gar nicht so falsch lag. Sie wußte, daß Feenie Macallum die Zerstükkelung ihres Familienbesitzes nicht wegen des Verlusts an sich schmerzte, sondern wegen der Leute, an die sie ihre Immobilien verkaufen mußte.

Daß Ellie über das Cottage, das die Aldermanns vor ein paar Jahren erworben hatten, so wenig wußte, lag an der spontanen Mißbilligung, die sie empfunden hatte, als Daphne ihr damals davon erzählte.

»Patrick findet es wunderbar, wenn die Kinder und ihre Freunde ihren Spaß haben, aber er dreht durch, wenn sie den Garten als Fußballplatz oder Badmintonfeld nutzen. Also habe ich gesagt: Warum kaufen wir nicht ein Stück ursprüngliche Natur, das sie nach Herzenslust ruinieren dürfen?«, hatte Daphne erklärt.

Und Ellie hatte die sarkastische Bemerkung nicht unterdrükken können, es sei wohl kaum eine angemessene Lösung für Patricks Sorge um seine kostbaren Rosen, wenn sie den Preis für Landhäuser so in die Höhe trieben, daß sie für Eltern anderer Kinder unerschwinglich wurden.

Danach hatten sie kaum noch über das Cottage gesprochen, und wenn doch, war es Ellie immer ein Rätsel gewesen, ob die Bezeichnung *die Hütte*, deren sich Daphne hartnäckig bediente, ein diplomatisches Understatement oder eine provozierende Litotes war. Auch war sie sich nicht ganz darüber im klaren, ob ihre eigene Haltung wirklich auf sozialer Empörung beruhte oder ob sich hier nur der Neid der Besitzlosen zeigte.

Jetzt wünschte sie, sie hätte das Cottage weder geographisch noch im Gespräch zum Tabuthema gemacht, denn die Gewißheit, daß Feenie Macallum die Käufer ausgenommen hatte wie Weihnachtsgänse, um das Geld dann einem guten Zweck zuzuführen, hätte ihr ermöglicht, den Kuchen zu essen und zu behalten.

»Jedenfalls«, fuhr Daphne fort, »wirkt sie nicht so, als wüßte sie, welchen Wochentag wir haben. Ruf sie an und erklär ihr, daß sie dich falsch verstanden hat.«

»Feenie ist nicht auf den Kopf gefallen«, gab Ellie zurück. »Außerdem kommen noch mehr Leute, und ich habe sie schon mal ausgeladen. Die Versammlung hätte eigentlich gestern stattfinden sollen, aber weil ich dachte, ich müßte auf den Schulausflug mitfahren, habe ich einen Rundruf gemacht und den Termin auf heute verlegt. Mein Gott, ich hab ganz vergessen, Peter zu erinnern, daß sie kommen.«

»Macht nichts«, meinte Daphne. »Kann es denn eine schönere Überraschung für einen Bobby geben, als nach einem harten Tag heimzukommen und eine Horde anarchistischer Gutmenschen vorzufinden? Dann laß uns mal sehen, ob wir eine Lücke in deinem überfüllten Terminkalender finden. Vielleicht könnten wir uns in der zweiten Wochenhälfte zum Mittagessen treffen? Patrick fährt morgen früh zu einer Gartenbautagung nach Holland. Diana besucht ihre Cousine in Dorset, und David ist mit ein paar Kumpels aus der sechsten Klasse in der Hütte. Ihr habt es gut mit eurer staatlichen Schule. Die kostet euch nichts, und die Kinder verbringen einen Großteil ihrer Zeit dort, während wir ein Vermögen dafür hinblättern und sie kaum dort sind!«

Ellie lächelte, statt an die Decke zu gehen. Kluge Rächer passen den rechten Augenblick für den Vergeltungsschlag ab. Ein nettes Essen in Rosemont, mit Leckereien von Marks and Sparks, die immer selbstgemacht aussehen, wäre die geeignete Abschußrampe.

»Das hört sich gut an«, sagte sie. »Jederzeit, nur nicht morgen. Da machen wir einen Ausflug nach Enscombe. In der Old Hall gibt es eine Art Streichelzoo. Ed Wield, der im Dorf wohnt, hat den Fehler begangen, Rosie davon zu erzählen, und sie hat ihm keine Ruhe gelassen, bis er versprochen hat, mit ihr hinzugehen.«

»Wield? Das ist doch dieser häßliche Sergeant, oder? Hast du nicht erwähnt, er wäre ein bißchen ...?«

»Schwul?« sagte Ellie. »Das stimmt, aber nicht nur ein bißchen, sondern voll und ganz. Und auch wenn du in der Sonntagsschule etwas anderes gelernt hast, heißt das nicht, daß er kleinen Kindern auflauert.«

»Das hätte ich nie gedacht«, protestierte Daphne. »Auf mich hat er einen sehr netten Eindruck gemacht. Und ich weiß noch, daß Daddy immer sagte, ihm seien schwule Hilfspfarrer lieber, denn es sei leichter, auf den Kirchenchor aufzupassen, wenn der Hilfspfarrer da rumschleicht, als auf den Hilfspfarrer aufzupassen, wenn die Mothers' Union Jagd auf ihn macht. Jetzt muß ich aber los und mir mein Mittagessen verdienen. Ein Restaurant im Gartencenter! Bei dem bloßen Gedanken wird einem schwindlig.«

»Grüß Patrick von mir«, sagte Ellie. »Und hüte dich vor den Blattläusen.«

Sie winkte ihrer Freundin nach und stellte mit selbstironischem Neid fest, daß Daphne sich seit ihrer letzten Begegnung wieder mal ein neues Auto zugelegt hatte – einen sportlichen Audi. Dann winkte sie noch Dennis Seymour zu und ging wieder ins Haus.

Bei der Erwähnung des Liberata-Treffens war ihr wieder eingefallen, daß sie sich ein wenig hatte vorbereiten wollen. In den letzten Wochen hatte sie nicht nur das völlig vernachlässigt, aber wenn Feenie Macallum Fragen stellte, mußte eine kluge Mitstreiterin Antworten parat haben. Also ging sie wieder nach oben und schaltete den Laptop an. Der Kaffee zeigte keine merklichen Auswirkungen, also klickte sie in ihren Dateien *Liberata* an und ging die Liste mit den Namen der Frauen durch, die ihr Feenie zur Korrespondenz zugeteilt hatte. Die meisten saßen im Gefängnis, alle steckten in Schwierigkeiten. Die wenigsten konnten antworten; an sie zu schreiben war also ein Akt des Glaubens. Aber wie Feenie betonte, selbst wenn die Briefe abgefangen werden, erfahren die Leute, daß wir diese Frauen kennen und über ihre Situation Bescheid wissen, und das kann lebensrettend sein.

Ellie wählte die erste auf ihrer Liste, Bruna Cubillas, die nicht nur die erste im Alphabet war, sondern ihr auch besonders am Herzen lag. Bruna hatte auf ihre Briefe immerhin so oft geantwortet, daß eine echte Beziehung entstanden war, und Ellie hatte überrascht festgestellt, wieviel Wärme aus ihren Briefen sprach. Feenie hatte dazu gesagt: »Wenn dir jemand die Hand reicht, während dir das Wasser bis zum Hals steht, dann greifst du fest zu.«

Sie fing an zu schreiben.

Liebe Bruna,
Wie geht es Dir? Es tut mir leid, daß ich mich so lange nicht gemeldet habe, aber seit einiger Zeit ist mein Leben etwas durcheinandergeraten.

Sie überlegte, wie man *durcheinandergeraten* auf spanisch wiedergeben könnte. Normalerweise versuchte sie, die typisch englischen Redewendungen in ihren Briefen zu übersetzen, aber hier war das vielleicht nicht mehr nötig. Bruna hatte geschrieben, sie würde gern ihr dürftiges Englisch verbessern, und zu diesem Zweck um ein paar Bücher gebeten. Ellie hatte daraufhin ein Bücherpaket losgeschickt, angefangen mit *Pu, der Bär* bis hin zum kompletten Shakespeare. Allerdings hatte sie keine Ahnung, welche Fortschritte Bruna inzwischen gemacht hatte. In einem hastig hingekritzelten Postskriptum unter ihrem letzten Brief stand ein *gracias* für »das Buch«, was wahrscheinlich bedeutete, daß die mißtrauische und repressive Gefängnisverwaltung ihr nur einen Band aus dem Bücherpaket zugestanden hatte. Das war, Ellie rechnete nach, fast ein Jahr her. Seither hatte sie noch mehrmals geschrieben, das letzte Mal ein paar Wochen vor Rosies Krankheit. Reumütig dachte sie, wie rasch die Sorge um diese arme, möglicherweise gefolterte Gefangene in einem fernen Land hinter ihrem unmittelbaren, persönlichen Schmerz zurückgetreten war. Dennoch empfand sie keine Schuldgefühle. Das hatte sie hinter sich. Werde ich jetzt langsam immer selbstsüchtiger?

Sie wandte sich wieder dem Brief zu.

Wie ausführlich sollte sie von ihrer traumatisierenden Erfahrung berichten? »Erzähl ihnen alles über dich«, hatte Feenie ihr geraten. »Und sei es noch so tragisch oder banal. Damit sie merken, daß dir wirklich etwas daran liegt und du sie nicht mit tröstenden Worten abspeist. Du mußt ihnen klarmachen, daß es jenseits der Gefängnismauern und jenseits der leeren Gesichter von Wächtern und Folterknechten noch eine Welt gibt, in der normale Menschen ihr Leben führen.«

Aber als Ellie mehr über Bruna wissen wollte, hatte Feenie den Kopf geschüttelt.

»Es ist besser, wenn du nichts weißt«, meinte sie. »Diese Frauen leben unter Diktaturen und in Situationen, die du dir nicht vorstellen kannst. Manche sind vollkommen unschuldig, andere haben vielleicht Dinge getan, die für dich in deiner Unwissenheit schwer zu erklären oder zu rechtfertigen wären. Alles, was du wissen mußt, ist, daß sie eine grausame, widernatürliche Behandlung erfahren. Deine Aufgabe ist es, ihnen Hoffnung zu geben. Was sie dir zurückgeben, ist ihre Sache.«

Ellie tippte weiter.

Meine kleine Tochter Rosie ist krank gewesen ...

Da klingelte das Telefon.

Verärgert über die Störung ging sie ins Schlafzimmer nebenan und nahm ab.

»Hallo?« meldete sie sich unwirsch.

»Wie charmant. Ich hätte dich lieber nicht bemühen sollen.«

»Daphne, bist du's? Was ist los? Hast du etwas vergessen?«

»Nur, wie schroff du sein kannst. Hör zu, ich rufe lediglich an, um dir mitzuteilen, daß du überwacht wirst.«

»Das ist mir klar. Dennis Seymour. Du hast doch gesagt, daß er mir dir gesprochen hat ...«

»Sei bitte nicht so schwer von Begriff, Ellie. Den meine ich nicht. Du kennst doch die Platanen auf diesem kleinen dreieckigen Niemandsland an der Straßenecke? Mir ist aufgefallen, daß sich dort ein Kerl herumtreibt, als ich vorhin vorbeigefahren bin. Aber da wußte ich natürlich noch nichts von der gestrigen Schlägerei vor eurer Wagenburg und habe mir weiter nichts dabei gedacht. Aber als ich eben an den Bäumen vorbeikam und sah, daß er immer noch da ist und euer Haus im Auge behält, dachte ich, hoppla, sieht so aus, als sollte eine gute Staatsbürgerin hier zur Selbsthilfe greifen.«

»Daphne, mach keinen Unsinn! Unternimm nichts. Ich sorge dafür, daß sich der Detective vor meiner Tür darum kümmert.«

»Und wie willst du das anstellen? Vors Haus rennen und in die Richtung zeigen? Nein, mach dir mal nicht ins Hemd. Du zählst jetzt bis hundert. Und ich werde unterdessen aus dem Auto steigen, die Straße entlang schlendern und ihn in ein geistreiches Gespräch verwickeln. Wenn du bei hundert bist, läufst du nach draußen zu deinem Schutzengel, und der kann mir dann zu Hilfe eilen, so schnell es ihm beliebt. Und wenn der Kamerad hier die Fliege machen will, stelle ich ihm ein Bein und strecke ihn nieder – für die Taktik war ich schon als Mädchen in Mid-Yorkshire-Hockeykreisen bekannt.«

»Nein«, protestierte Ellie. »Bleib, wo du bist, ich werde ...«

»Fang an zu zählen. Eins, zwei, drei ...«

Aufgelegt.

Ohne zu zögern, raste Ellie die Treppe hinunter, aus dem Haus, die Einfahrt entlang und lief winkend und rufend auf Seymour zu. Als er sie sah, wollte er aussteigen.

»Nein!« schrie sie. »Bleiben Sie drin. Fahren Sie los!«

Gott sei Dank war er so geistesgegenwärtig zu tun, was sie sagte.

»Wenden, wenden! Fahren Sie!« befahl Ellie, während sie einstieg.

»Wo soll's hingehen?« fragte er ruhig, während er den Wagen wendete und aufs Gas trat.

»Wir sind da!« brüllte sie. »Anhalten. O du lieber Gott.«

Ruckartig kam der Wagen neben den Platanen zum Stehen.

An einem der Bäume lehnte eine zusammengesunkene Gestalt mit blutüberströmtem Gesicht.

»Rufen Sie einen Krankenwagen«, rief Ellie, sprang aus dem Auto und eilte zu ihrer Freundin. »Daphne, alles in Ordnung?«

Daphne keuchte, was eine Antwort sein mochte oder auch

nicht, aber zumindest hatte sie die Augen offen, bewegte sich und atmete.

»Warum hast du nicht gewartet?« Die Frage konnte sich Ellie nicht verkneifen, als sie niederkniete, um zu sehen, wie schwer Daphne verletzt war. »Mein Gott, wie furchtbar. Ist es bloß dein Gesicht, oder bist du sonst noch verletzt?«

Daphne stöhnte nur.

»Was? Wo?«

»Das Auto. Der Bastard hat mein Auto geklaut. Lieber Himmel. Schau dir mal die Bluse an.«

SIEBEN

Guinness

»Das ist jetzt schon der zweite Tag, an dem es in unserer Straße von Polizeiautos wimmelt«, sagte Ellie. »Die Nachbarn werden sich noch beschweren, daß du deine Arbeit mit nach Hause bringst.«

»Sie sollen froh sein, daß ich kein Rockstar bin«, meinte Pascoe.

»Darüber sollten wir alle froh sein«, entgegnete Ellie.

Sie waren im Krankenhaus. Ellie hatte Daphne im Krankenwagen begleitet, und Pascoe war fast gleichzeitig eingetroffen. Es entging ihm nicht, daß sie ziemlich fertig war, aber sie kam damit klar, weil sie jemanden hatte, um den sie sich kümmern konnte. Aktivität war für sie schon immer die beste Abwehr gegen die Wechselfälle des Lebens gewesen.

Sie erzählte ihm das wenige, das sie wußte. Daphne hatte noch ihr Kennzeichen nennen könne, und der diensthabende Polizist hatte eine Suchmeldung ausgegeben. Abgesehen davon hatte sich Daphne auf Ellies Drängen damit begnügt, ihren Mund zum Atmen zu nutzen.

»Peter, wie geht's? Sind Sie wegen Mrs. Aldermann hier?«

Dr. John Sowden war ein alter Bekannter, beinahe ein Freund der Pascoes. Sie hatten ihn durch einen Fall mit medizinischem Hintergrund kennengelernt, und vielleicht war dadurch eine so klare Geschäftsgrundlage für ihre Beziehung entstanden, daß ihre Freundschaft lediglich in den Miniaturausmaßen eines Bonsai aufgeblüht war.

»Genau. Wie geht es ihr?«

»Gut, wenn man bedenkt, daß sie einen kräftigen Schlag auf die Nase bekommen hat. Sie ist gebrochen, aber ich glaube, wir kriegen das ohne Operation wieder hin.«

»Weitere Verletzungen?«

»Nein. Durch die Attacke und den Blutverlust hat sie einen Schock erlitten, aber wenn sie sich gründlich ausgeschlafen hat, ist das wieder in Ordnung. Im Augenblick wird sie von einer Krankenschwester versorgt, dann kann sie nach Hause. Was ist passiert? Ein Raubüberfall in eurem netten Viertel? Waren Sie dabei, als es passiert ist, Ellie? Ich kann Sie auch untersuchen, wenn Sie wollen.«

Er blickte auf ihr blutverschmiertes T-Shirt.

»Nein, danke«, sagte Ellie. »Das stammt von Daphne. Ich bin später dazugekommen. Mir geht's gut.«

Das war nicht einmal gelogen. Körperlich und seelisch ging es ihr besser, als es ihr zustand, fand sie. Vielleicht brauche ich Blut als Nahrung wie ein Vampir, dachte sie und sah, wie Pascoe ihr entschuldigend zulächelte, Sowden beiseite nahm und ihm mit gedämpfter Stimme ein paar Fragen stellte.

Als er wieder bei ihr war, fragte sie: »Und?«

»Du hast alles gehört. Er hat mir nichts verraten, was nur für meine Ohren bestimmt war.«

»Das freut mich, sonst wäre mein neues Alter ego vielleicht noch in Versuchung geraten, ihm auch die Nase zu brechen.«

Aber sie lächelte bei diesen Worten. John Sowden war ihr sympathisch. Er hatte zu Themen wie Abtreibung und Euthanasie eine ziemlich vernünftige Einstellung, und sein Mund war einfach umwerfend.

Kurze Zeit später ließ man sie in das Behandlungszimmer, wo Daphne auf einem Bett saß und Tee trank.

»Ellie«, sagte sie, »hast du gesehen, in welchem Zustand ich bin? Ich muß mindestens einen Monat lang ein weltabgeschiedenes Leben führen.«

»Nein, du siehst gut aus, ehrlich. Es dauert nicht mehr lange, und du bist wieder frisch wie eine englische Rose.«

»Englische Rosen sind in Ordnung, solange ich sie nicht – päng – mitten im Gesicht trage. Lieber Himmel, hat jemand von euch Patrick benachrichtigt? In diesem Zustand kann ich auf keinen Fall ins Gartencenter. Sie würden mich sofort mit einem Mittel gegen schwarze Flecken besprühen.«

»Ich habe auf meinem Handy bei euch zu Hause angerufen«, sagte Pascoe. »Aber es ist niemand rangegangen. Wenn du mir sagst, wie das Gartencenter heißt, lasse ich ihm ausrichten, daß er dich hier abholen soll.«

»Nein, bitte nicht. Sag nur, daß ich nicht zum Essen kommen kann. Wir sehen uns dann später zu Hause«, erklärte Daphne mit Nachdruck. »Es heißt Mossy Bank. Danke, Peter, du bist ein Schatz.«

Pascoe zog sich zum Telefonieren zurück, und Ellie setzte sich neben ihre Freundin auf die Bettkante und legte den Arm um sie.

»Paß auf, alles ist voller Blut«, sagte Daphne. »Die Bluse ist ruiniert.«

»Das geht wieder raus«, meinte Ellie. »Und ich hab schon was abgekriegt.«

»Wirklich? Laß mal sehen. Oh, das tut mir leid. Hoffentlich ist das nicht eins deiner besten Stücke.«

Ellie, die sehr wohl wußte, daß übergroße T-Shirts, noch dazu mit subversiven Aufschriften, für Daphne eine Beleidigung des guten Geschmacks darstellten, lachte laut auf. »Ich bestehe darauf, daß du persönlich mir genau das gleiche als Ersatz besorgst. Sag mal, Mädchen, was hast du dir eigentlich dabei gedacht, dich mit diesem Gangster anzulegen? Er hätte dich auch mit einem Messer oder einer Pistole umlegen können.«

»Ich habe nicht eingesehen, daß du den ganzen Spaß für dich haben sollst. Was ich aber nicht verstehe, ist, warum eine rotznäsige Trotzkistin wie du es schafft, solche zwielichtigen Typen in die Eier zu treten, während ich als ehrbare Torylady nach einer solchen Auseinandersetzung im Krankenhaus lande?«

Bevor Ellie antworten konnte, kam Pascoe zurück und meinte: »Das wäre erledigt. Daphne, ich hoffe, du hast Ellie deine Geschichte noch nicht erzählt, weil du sie mir gleich noch einmal erzählen mußt.«

»Sie wollte gerade anfangen«, sagte Ellie.

»Ich wollte gerade erklären, daß es eigentlich deine Schuld war«, meinte Daphne. »Der Plan war nämlich gut durchdacht. Ich hatte vor, auf den Kerl zuzugehen und ihn abzulenken. Und wenn er dann dir und deinem Haus den Rücken zugekehrt hätte (nachdem du bis hundert gezählt hättest, weißt du noch?), solltest du deinem Schutzengel Bescheid sagen, damit er herbeieilt und das Subjekt festnimmt. Nur daß du in dem Augenblick, als ich bei ihm anlangte, wild mit den Armen fuchtelnd aus deiner Ausfahrt geschossen bist und den armen Polizisten im Auto angeschrien hast. Natürlich hat der Kerl kapiert, daß etwas faul war, und wollte sich aus dem Staub machen. Und natürlich habe ich ihn dann am Schlafittchen gepackt, um das zu verhindern. Daraufhin hat er mich umgenietet, so sagt man doch? Das habe ich ja schon öfter im Fernsehen gesehen und immer angenommen, daß die Auswirkungen ein klein wenig übertrieben dargestellt werden, wie bei den Ganoven im Western, die rückwärts durch die Luft segeln, wenn sie von einer Kugel getroffen werden. Jetzt weiß ich es besser. Schon komisch, wieviel ich vom rauhen Leben der Unterschicht mitbekommen habe, seit ich dich kenne, Ellie.«

»Und außerdem ist es komisch«, meinte Ellie, »daß du dich jetzt, wo du nicht durch die Nase sprechen kannst, fast normal anhörst.«

»Daphne«, schaltete sich Pascoe rasch ein, »kannst du mir diesen Mann beschreiben?«

»Na ja, er wirkte, als würde er etwas im Schilde führen. Das heißt, eigentlich hat er nur herumgelungert. Deshalb ist er mir aufgefallen, aber wie ich Ellie schon gesagt habe, hätte ich nicht weiter darauf geachtet, wenn sie mir nicht von ihrem schrecklichen Erlebnis gestern erzählt hätte …«

Mit zunehmendem Alter hört sich Daphne Aldermann immer mehr wie die Tochter eines Archidiakons an, dachte Pascoe. Oder wie man es von der Tochter eines Archidiakons in einem alten Schwarzweißfilm erwartet, umständlich und etwas zimperlich, mit hörbaren Anführungszeichen bei jedem Modernismus. Sie hätte Richterin werden sollen. Ja, sie war genau der Typ von Frau, der ungeachtet aller Bemühungen, breiteren Schichten den Zugang zu diesen Ämtern zu ermöglichen, immer noch den Löwenanteil der Posten in der niederen Gerichtsbarkeit innehatte. Nicht daß sie in dieser Richtung je Ambitionen entwikkelt hätte. Und obwohl sie imstande war, das Wort *bath* so auszusprechen, als handle es sich um einen amerikanischen Schriftsteller, traf sie auch den Ton, der ihr Ellies Freundschaft sicherte. Also mußte sie mehr auf dem Kasten haben, als man auf den ersten Blick vermutete. Und das galt wahrscheinlich auch für ihren Mann. Er war ein ruhiger, charmanter Gentleman, der für seine Rosen lebte, aber er war nicht in einen, sondern in mehrere scheinbar zufällige Todesfälle verwickelt gewesen. Man hatte ihm nie etwas nachweisen können, und in seiner Gesellschaft schämte sich Pascoe seiner früheren Verdächtigungen. Und doch … und doch …

»Könntest du ihn bitte beschreiben, Daphne?« bat er.

»Ja, natürlich. Tut mir leid, ich fange an zu schwafeln, nicht wahr? Es ist das erste Mal, daß ich überfallen wurde, weißt du. Ein ziemlicher Schock, vor allem, wenn keine sexuellen Motive im Spiel sind. Nein, das ist dumm ausgedrückt, natürlich wäre der Schock viel größer gewesen, wenn er mich auch noch vergewaltigt hätte. Was ich sagen wollte, ist, er hat mich einfach umgenietet, als ob … als ob ich ein Mann wäre.«

»Also kein englischer Gentleman?« murmelte Pascoe, was ihm einen Medusenblick von Ellie einbrachte. »Tut mir leid.«

»Nein. Da hast du ganz recht. Ich meine, ich will nicht behaupten, daß er kein Engländer war – oder Brite, besser gesagt.

Wie Ellie mir immer wieder versichert, leben wir ja heute in einer Regenbogengesellschaft. Aber er war sicherlich kein Angelsache. Er war dunkel, nicht negroid, aber knusprig braun, so wie Ellie. Ich wünschte, ich würde so leicht braun werden, aber bei meinem Hauttyp werde ich allenfalls zu einem rosa Streuselkuchen. Heutzutage sagt man ja, es sei schädlich, erzeugt Hautkrebs ... nicht daß ich im geringsten andeuten möchte, daß du gefährdet wärst, meine Liebe. Nein, ich bin mir sicher, daß es sich in deinem Fall um eine natürliche Pigmentierung handelt ...«

»Vielleicht könnten wir die interessante Frage von Ellies ethnischer Abstammung mal beiseite lassen«, knurrte Pascoe. »Also, du meinst, daß der Mann sonnengebräunt war? Haarfarbe?«

»Ja, natürlich. Tut mir leid. Ich meine, schwarz, Kurzhaarschnitt, das heißt aber nicht rasiert, nicht wie diese – nennt man sie noch Rocker?«

»Der Ausdruck ist ein klein wenig passé«, meinte Pascoe. »Also kurze Haare. Schnurrbart? Vollbart?«

»Ja, wenn ich es mir recht überlege – er hatte einen Schnurrbart«, erwiderte Daphne. »Keinen großen. Kurz, wie seine Haare. Im Grunde sah er recht gepflegt aus, beinahe elegant. Er hätte einen ausgezeichneten Oberkellner in einem passablen Restaurant abgegeben.«

Wollte sie ihn verarschen? Er warf einen Blick auf Ellie, die ihn sardonisch anlächelte. Sie hatte ihm einmal geraten, sich nicht über Daphne lustig zu machen, das könne sie selbst viel besser. Aber der Versuchung zu widerstehen war schwer. Und sie schien dieses Geplänkel zu genießen wie einen harmlosen Flirt. Harmlos, weil es nicht die geringsten Anzeichen dafür gab, daß sie auf ihn abfuhr, und er hatte sich noch nie für englische Rosen begeistern können, die sich – dank einer Metamorphose, für die sich Ovid vielleicht interessiert hätte – im Alter häufig in englische Pferde verwandelten.

Wie auch immer, das Frage-und-Antwort-Spiel führte schließlich zu einer brauchbaren Personenbeschreibung. Nicht sehr groß, etwa eins achtundsechzig bis eins siebzig, schlank, schmales Gesicht, spitze Nase; bekleidet war er mit einem leichten, dunkelblauen, gut geschnittenen Jackett (Daphne hatte ein Auge für Kleidung), gut gebügelten hellgrauen Freizeithosen ohne Aufschlag, weinroten Slippern (sie verzog angeekelt den Mund), einem taubenblauen Hemd mit offenem Kragen und einer Goldkette mit eine Art Medaillon um den Hals.

»Hervorragend«, sagte Pascoe. »Einen Augenblick.«

Er griff nach seinem Handy, rief die Zentrale an, gab die Beschreibung durch und erfuhr, daß man den Audi gefunden hatte.

»Das ging aber schnell«, meinte Pascoe.

»Er ist nicht weit gekommen. Leyburn Road, eine Einkaufsstraße. Kennen Sie die, Sir?«

»Ob ich die kenne? Ich habe dort Schulden.«

Von seinem Haus waren es fünf Autominuten zu der Straße oder zehn Gehminuten über den Spielplatz.

»Wer ist dort?« fragte er.

»Sergeant Wield.«

Gut. Das garantierte einen reibungslosen Ablauf.

»Geben Sie ihm die Beschreibung durch«, sagte Pascoe unnötigerweise, wie er wohl wußte, aber er sagte es trotzdem. Ellie hatte mitbekommen, worum es ging, und zischte ihm etwas zu.

»Was?«

»Der Wagen, ist er in Ordnung?«

Wen interessiert denn jetzt das blöde Auto? schoß es ihm durch den Kopf. Aber da die Antwort auf der Hand lag, verkniff er sich die Frage. Ellie war es wichtig, nicht wegen des Autos an sich, sondern weil ihre Freundin verletzt worden war, als sie, wenn auch ungebeten, etwas für sie riskiert hatte. Bei ihrer Sorge um das Auto ging es buchstäblich um Schadensbegrenzung.

»Ist der Audi in Ordnung?«

»Soviel wir wissen, kein Problem. Nur hübsch eingeparkt.«

»Danke.« Er schaltete das Handy ab. »Der Audi wurde in der Leyburn Street abgestellt. Sieht einwandfrei aus.«

»Das ist doch immerhin etwas, Daphne?«

Daphne brachte Ellie zuliebe ein Lächeln zustande und sagte: »Ja, immerhin etwas.«

Ihr ist es auch völlig egal, dachte Pascoe. Aber sie versteht, worum es Ellie geht.

»Okay«, sagte er, »machen wir weiter? Hat der Kerl irgend etwas gesagt?«

»Kein Sterbenswörtchen. Was hätte er denn deiner Meinung nach unter diesen Umständen sagen sollen?«

»Vielleicht *Da hast du's, du Schlampe* oder ähnliches, als er dich geschlagen hat.«

»Da hast du's, du Schlampe? Wirklich, Peter, du bist manchmal so altmodisch. Nein, er hat nichts gesagt, oder nichts, was ich gehört hätte. Ich habe lediglich gehört, wie der Motor von meinem Audi hochgejagt wurde. Da dachte ich, der Saukerl stiehlt meinen Wagen.«

»Du hast den Schlüssel im Zündschloß gelassen?«

»Ja, und mein Handy auf dem Armaturenbrett. Ist es eigentlich noch da? Nein, das kannst du natürlich nicht wissen. Wie dumm von mir, wenn ich's mir recht überlege. Er muß doch mißtrauisch geworden sein, als ihm klar wurde, daß ich Hilfe hätte herbeirufen können, nicht wahr?«

»Noch mißtrauischer muß er geworden sein, als er den Schlüssel umdrehte und der Motor sofort ansprang«, meinte Peter lächelnd. »Ich kümmere mich um das Handy. Ein Wagen wird dich nach Hause bringen, wenn du so weit bist.«

Er ließ Daphne in Ellies Obhut zurück und ging auf den Korridor hinaus, wo Dennis Seymour mit verstörtem Gesicht wartete. Die Vernunft sagte ihm, daß sich sein Überwachungsauftrag nicht auf alle Freunde und Bekannten von Mrs. Pascoe erstreckte, doch aus Erfahrung wußte er, daß vernünftige Argumente in Fällen wie diesem oft keine Rolle spielten. Aber Pascoe war nicht zu Vorwürfen aufgelegt.

»Nun, Dennis«, sagte er. »Haben Sie inzwischen für mich Ihr Hirn zermartert?«

»Ja, Sir. Tut mir leid. Es ist nicht mehr dabei rausgekommen, als was ich Ihnen schon gesagt habe. Wie gesagt, habe ich mir alle Fahrzeuge notiert, die durch die Straße gekommen sind, während ich da stand. Niemand hat sich verdächtig verhalten, die Zentrale hat die Kennzeichen überprüft. Keine Ganoven darunter, alles brave Bürger, gegen die bei uns nichts vorliegt.«

»Okay. Vielleicht können Sie damit was anfangen.«

Pascoe wiederholte die Beschreibung des Angreifers, die ihm Daphne gegeben hatte.

»Nein«, sagte Seymour, »in keinem der Autos habe ich jemanden mit diesen Merkmalen gesehen. Und zu Fuß war nur der Postbote unterwegs. Tut mir wirklich leid.«

»Keine Ursache. Das lenkt Sie nur ab, und ich möchte, daß Sie Ihre Aufmerksamkeit voll und ganz auf Mrs. Pascoe konzentrieren. Lassen Sie sie nicht aus den Augen. In Ordnung?«

»Ja, Sir.«

»Gut. Ich fahre jetzt zur Leyburn Road.«

Erleichtert sah Seymour Pascoe nach. Kein Anschiß, keine Andeutung einer Schuldzuweisung. Aber manchmal war die ruhige, vernünftige Art Pascoes beängstigender als ein Wutanfall des Dicken.

In der Leyburn Road traf er Wield, der zusah, wie ein Mann von der Spurensicherung im weißen Overall den Audi inspizierte. Auf dem Armaturenbrett lag das Handy.

»Wie geht's Mrs. Aldermann?« erkundigte sich der Sergeant.

»Steife Oberlippe – im wörtlichen Sinne«, erwiderte Pascoe. »Nasenbein gebrochen, Schock, aber sie kann reden. Und was sie sagt, hat sogar Hand und Fuß. Wie sieht's hier aus?«

»Ich habe ein paar Jungs damit beauftragt, in den Läden nachzufragen, ob jemandem aufgefallen ist, wie der Wagen geparkt wurde, oder ob jemand eine Person bemerkt hat, auf die Ihre Beschreibung zutrifft. Außerdem sollen sie herausfinden, ob die Ladeninhaber sich an die Kunden erinnern, die im Lauf der letzten Stunde da waren, nur für den Fall, daß ihnen etwas Brauchbares aufgefallen ist.«

Das war gute Arbeit, aber Pascoe äußerte sich nicht dazu. Es hätte Wield nur verwirrt, ein Lob dafür zu bekommen, daß er seinen Job lehrbuchmäßig erledigte.

Pascoe sah sich um. Der Wagen parkte am Straßenrand vor den Geschäften – Lebensmittel- und Gemüsehändler, Metzgerei, Bäckerei, Zeitungsladen, Haushaltswarenladen –, die von den Anwohnern gewissenhaft frequentiert wurden, denn sie wußten genau, daß es mit ihrer kleinen Einkaufsstraße bald vorbei sein würde, wenn sie den günstigeren Preisen im nur zehn Autominuten entfernten Kaufhaus erlagen. Aber in den Geschäften war selten so viel los, daß die Verkäuferinnen keine Zeit gehabt hätten, mal nach draußen zu schauen.

Der Mann von der Spurensicherung stieg vorsichtig aus und reckte mit erleichtertem Stöhnen die Glieder.

»Was gefunden?« fragte Pascoe.

Er schüttelte den Kopf. »Tut mir leid. Offenbar ist er sehr umsichtig zu Werke gegangen. Alles sauber abgewischt.«

»Trotzdem vielen Dank«, sagte Wield. »Was jetzt, Pete? Mir gehen langsam die Ideen aus.«

Pascoe lächelte, als wäre dies eine völlig abwegige Vorstellung. »Gut, nehmen wir an, der Kerl hat seinen eigenen Wagen hier abgestellt und ist zu Fuß weitergegangen, um mein Haus zu beobachten, weil er glaubte, so weniger Aufmerksamkeit zu erregen. Er stiehlt Daphnes Auto, weil er rasch hierher zurückmuß, aber er ist nicht in Panik. Immerhin nimmt er sich die Zeit, seine Fingerabdrücke abzuwischen. Wenn er so gelassen vorgeht, parkt er natürlich nicht neben seinem eigenen Auto, weil es auffallen würde, wenn ein Mann aus einem Auto springt und sofort in das nächste umsteigt. Also parkt er, steigt aus und geht ein Stück.«

Wie um die Situation zu rekonstruieren, marschierte Pascoe mit flottem Schritt los, Wield folgte ihm auf den Fersen.

»Das hilft uns nicht weiter, solange wir keinen Zeugen haben, der ihn hat gehen sehen«, keuchte der Sergeant.

»Klar. Aber paß auf, mit dem Parken sieht's hier schlecht aus. Es gibt kaum Stellplätze.«

Wield sah, daß er recht hatte, wußte aber nicht, worauf er hinauswollte. Vor den Läden konnten nur ein halbes Dutzend Autos parken. In der einen Richtung machte die Leyburn Road eine Kurve mit Halteverbot, und in der anderen mündete sie mit Kreisverkehr auf eine belebte Ringstraße. Hier stand ein pseudoviktorianischer Pub mit glänzenden Kacheln und Bleiglasfenstern, das *Gateway*.

Auf diesen Pub steuerte Pascoe zu.

Auf dem Weg dorthin erklärte er: »Wenn hier viel los ist, benutzen die Kunden oft den Parkplatz des *Gateway*. Bill Soames, der Wirt, will sich nicht mit den Ladenbesitzern anlegen, also hat er ein Schild an den Eingang gehängt: *Keine Gebühren für Kunden der umliegenden Läden, aber es wäre schön, wenn Sie wenigstens eine Packung Chips an der Bar kaufen!* Könnte sein, daß unser Freund seinen Wagen dort geparkt hat. Fragen wir Billy, ob ihm ein kleiner, braungebrannter Mann mit Schnurrbart aufgefallen ist, der heute morgen seinen Parkplatz benutzt hat.«

»Warum nicht?« meine Wield.

Sein Handy klingelte. Er hob es ans Ohr und lauschte. Als er es wieder abstellte, bemerkte Pascoe, der – wie ein Astronom nach lebenslangem Studium der zerklüfteten Mondoberfläche – fast jede Regung im Gesicht des Sergeants zu deuten wußte: »Offenbar gibt's was Erfreuliches.«

»Mir ist nur was eingefallen, was wir gestern bei unserer Haus-zu-Haus-Befragung gehört haben. Eine Nachbarin, Mrs. Cavendish, hat einen Wagen bemerkt, der am Ende der Straße haltmachte und dann wendete, als unsere Leute auftauchten. Da schien es mir nicht wichtig. Aber als wir Mrs. Aldermanns Beschreibung des Mannes erhielten, der sie attackiert hat, habe ich die Sache überprüft.«

»Und?«

»Nach ihren Worten war es ein dunkelhäutiger Mann, mit Schnurrbart und finsterem Gesicht.«

»Ganz die alte Mrs. C.«, meinte Pascoe. »Und das Auto?«

»Metallic-blau, vielleicht ein Golf. Keine Ahnung, ob das was bringt, aber die Beschreibung paßt halbwegs. Sie erinnert sich auch teilweise an das Kennzeichen. Falls sich also herausstellt, daß auf dem Parkplatz vor dem Pub ein blauer Golf gehalten hat...«

»Hat dir schon mal jemand gesagt, daß du Gold wert bist?« fragte Pascoe.

»Seit dem Frühstück nicht mehr. Übrigens, der Junge, über den wir heute morgen gesprochen haben, der Student, Franny Roote. Ich bin ihm nie persönlich begegnet. Könnte er es gewesen sein?«

»So, wie er damals war, nicht. Die Größe würde passen, aber er war blond.«

»Vielleicht ist er im Knast schwarz geworden.«

»Schon möglich. Das finde ich morgen raus. Ich habe meine Zweifel, ob er etwas mit der Sache zu tun hat, aber falls ja, ist es gut möglich, daß er sich bei meinem Anblick ein schadenfrohes Grinsen nicht verkneifen kann.«

»Du glaubst immer noch, daß die Cornelius dahintersteckt, oder?«

»Keine Ahnung. Vielleicht. Da ist irgend etwas Merkwürdiges im Gange. Weißt du, daß man auf ihrem Computer in der Bank eine Nachricht gefunden hat? Sie bestand nur aus drei Worten: ZEIT ZUM AUFBRUCH. Und unter ihren E-Mails in der Wohnung war auch etwas: IMMER NOCH DA? OJE! Ohne Absender, aber mit dem Datum des Tages, an dem sie sich davongemacht hat. Also muß es jemanden im Hintergrund geben.«

»Ollershaw, meinst du? Und er wollte ihr Angst einjagen, damit sie verschwindet? Aber er wollte nicht, daß sie gefaßt wird und auspackt, also setzt er jetzt dich unter Druck, damit sie entlassen wird?«

Wield schien seine Zweifel zu haben.

»Klingt nicht sonderlich plausibel, oder?« sagte Pascoe. »Und was Ollershaw betrifft, bin ich der gleichen Meinung wie Andy. Ein schmieriger Bursche, hat aber nichts mit körperlicher Gewalt am Hut. Jedenfalls sehe ich sie morgen vor Gericht, und wenn mich tatsächlich jemand unter Druck setzen will, damit ich gegen den Kautionsantrag keine Einwände erhebe, dann muß er bald aktiv werden.«

Sie hatten den Pub erreicht.

Billy Soames begrüßte sie mit dem Argwohn, den alle Wirte an den Tag legen, wenn Bullen bei ihnen auftauchen, entspannte sich aber merklich, als er erfuhr, worum es bei ihren Nachforschungen ging. Pascoe, der sich aufgrund langjähriger Erfahrung auf eine unbefriedigende oder bestenfalls nebulöse Auskunft eingestellt hatte, traute seinen Ohren kaum, als Soames wie aus der Pistole geschossen erwiderte: »Aber sicher erinnere ich mich an sie.«

»Sie?«

»Ganz recht. Ich sah sie ankommen, zwei Leute stiegen aus dem Auto, der kleine Dunkelhaarige ging die Straße hinunter, und der andere kam herein und bestellte ein Guinness und eine Packung Chips. Der erste Gast heute morgen. Ungefähr eine Dreiviertelstunde saß er da und las Zeitung, dann steckte sein Kumpel den Kopf zur Tür herein und winkte ihm, als hätte er es eilig. Und der mit den Glubschaugen stand sofort auf und ging.«

»Glubschaugen? Was heißt das?«

»Er hatte hervorquellende Augen. Helle Haare, schon ein bißchen schütter. Um die Vierzig. Links am Kopf eine große Narbe, anscheinend neueren Datums. Käsiges Gesicht, sah nicht so aus, als würde er viel Zeit in der Sonne verbringen.«

»Und das Auto? Können Sie sich an die Marke erinnern, Billy?«

»Ein Mercedes-Sportwagen. Weiß.«

»Ach. Kein blauer Golf«, meinte Pascoe verdutzt.

Der Wirt warf Pascoe einen mitleidigen Blick zu und erklärte: »Also blau war er nicht, sondern weiß, und es war kein Golf, sondern ein Mercedes, also muß ich sagen, nein, Peter, wenn ich mich nicht irre, war es kein blauer Golf. Tut mir leid, Sie zu enttäuschen.«

»Nein, das war großartig«, versicherte ihm Pascoe.

»Wo saß er denn?« erkundigte Wield.

»Da drüben. Am Fenster.«

Wield durchquerte die Wirtsstube und nahm eine Zeitung vom Fensterbrett.

»Hat er diese Zeitung gelesen?«

»Vermutlich.«

Wield steckte die Zeitung zur Beweissicherung vorsichtig in eine Plastiktüte.

»In welche Richtung ist der Wagen gefahren?« fragte Pascoe.

»Zur Umgehungsstraße raus«, antwortete der Wirt. »Hilft Ihnen das was?«

»Aber ja«, sagte Pascoe, der den Wert auskunftswilliger Informanten in Kneipen zu schätzen wußte. »Fabelhaft, Billy, Sie sind unbezahlbar.«

»Ich werd' dran denken, wenn ich das nächste Mal wegen der Sperrstunde Ärger bekomme.«

»Können Sie uns über Ihren Gast sonst noch irgendwas erzählen?«

»Glubschauge? Eigentlich nicht. Ich hab nicht viel von ihm mitbekommen. Gleich nachdem ich ihn bedient hatte, ist eine Lieferung gekommen. Nur eins ist mir noch aufgefallen, wie er geredet hat.«

»Und wie war das?«

»Na ja, für einen Guinnesstrinker eigentlich nichts Ungewöhnliches. Er war Ire.«

ACHT

Aus den Sibyllinischen Blättern

I'm Popeye the pop-up man ...

Und diesen Namen trägt Glubschauge Popeye, weil er sich noch schwerer unterkriegen läßt als Bill Clinton, das Stehaufmännchen.

Alles begann am »Blutigen Sonntag«, als der elfjährige Patrick Ducannon, unbescholtener Sohn unbescholtener Eltern, von Paramilitärs niedergeschossen wurde.

Bei der Einlieferung ins Krankenhaus von Belfast für tot erklärt, setzte er sich auf und fragte nach seiner Mami, als der Priester versehentlich Kerzenwachs auf ihn tröpfelte. (Das ist die Pointe, warum auch nicht? Es ist nicht einzusehen, warum der Teufel und Gaw Sempernel die guten Geschichten für sich gepachtet haben sollten.)

Danach war es natürlich vorbei mit der Unbescholtenheit.

Und er hatte ziemliches Pech oder ziemliches Glück, je nachdem wie nah man ihm stand, im wörtlichen Sinne.

Mit zwanzig wurde er nach einer Explosion in einer Bombenwerkstatt in Derry geborgen, über und über mit verbranntem Fleisch und blutenden Gedärmen bedeckt, welche jedoch, wie sich herausstellte, größtenteils zwei anderen ungeschickten Bombenbastlern gehörten, die sich im Tod als so unzertrennlich erwiesen, daß man sie im selben Grab beisetzen mußte.

Mit vierundzwanzig wurde er niedergeschossen, als er in

einem gestohlenen Wagen einen Kontrollpunkt passierte. Der Wagen durchbrach eine Mauer und rollte einen Bahndamm hinunter. Drei Insassen waren sofort tot. Popeye kroch aus dem Wrack und rannte in einen Tunnel, aus dem er Augenblicke später, einen Zug auf den Fersen, wieder herauskam. Drei Tage Krankenhaus, drei Jahre Gefängnis.

Mit neunundzwanzig wurde er von protestantischen Terroristen der Ulster Volunteer Force mit Pistolenschüssen, Messerstichen und Fausthieben fertiggemacht, als er mit seiner Freundin im Bett lag. Sie starb vier Tage später. Er war auf ihrer Beerdigung.

Mit dreiunddreißig hatte er sich vom aktiven Dienst in der IRA zurückgezogen – vielleicht, weil ihm der Ruf anhaftete, alle, mit denen er zusammenarbeitete, zu überleben. Nun wurde er Quartiermeister und spezialisierte sich auf den Einkauf modernster Waffen, die für den Tag des großen Aufstands, der irgendwann kommen mußte, eingelagert wurden.

Eine Zeitlang hatte er keinen Ärger, bis er in einer Winternacht an den Docks von Liverpool auftauchte. Er saß am Steuer eines Lastwagens mit einer Waffenlieferung im Laderaum, die, wie wir wußten, innerhalb der letzten achtundvierzig Stunden irgendwo an der Ostküste ins Land geschmuggelt worden war.

Die Verhaftungsaktion mündete in eine Katastrophe, als einer der Provos plötzlich in seine Jackentasche griff. Als man schließlich feststellte, daß er vor Aufregung einen Asthmaanfall bekommen hatte und sein Inhaliergerät hervorholen wollte, war er bereits tot, ebenso zwei seiner Gefährten; und sogar Popeye, wie immer der einzige Überlebende, war schwer verletzt. Schlimmer noch (wenigstens in den Augen des Großen Gaw, der für die Operation verantwortlich war): In dem Lastwagen befanden sich nur ein bißchen Munition und ein paar Gewehre, und nicht die große Lieferung hochmoderner Waffen, mit der Gaw gerechnet hatte.

Wahrscheinlich war sie unterwegs in einem Geheimlager eingebunkert worden, und es war nur noch einer übrig, der wußte, wo, nämlich du, Pop-up Popeye.

Aus diesem Grund wurdest du von der Warteliste des National Health Service genommen und in Gaws Lieblingskrankenhaus untergebracht, wo du eine bessere Behandlung bekamst als ein privatversicherter Angehöriger des Hochadels. Aber dein Leben hing an einem seidenen Faden. Zwei Monate Intensivstation und weitere sechs Monate Rekonvaleszenz, dann das Angebot eines Deals, den du so hartnäckig ablehntest, daß man versucht war, deiner ärztlicherseits bestätigten Behauptung zu glauben, du hättest aufgrund der Verletzungen einen Gedächtnisschwund erlitten.

Das Gericht allerdings ließ dies angesichts der langen Liste der dir zur Last gelegten Vergehen nicht als mildernde Umstände gelten.

Das Urteil: zwölf Jahre Gefängnis.

Es sah also so aus, Popeye, Stehaufmännchen, als hätte das System geschafft, was seinen Scharfschützen mißlungen war, und dich begraben.

Aber...

I'm Popeye the pop-up man
Let them hit me as hard as they can
I'll be here at the finish ...

Und dann kam der Friedensprozeß.

Mit siebenunddreißig nach knapp zwei Jahren aus der Haft entlassen.

Vielleicht war das genug.

Du und ich haben viel gemeinsam, Popeye. Als Mitglieder skrupelloser und gefährlicher Vereinigungen mußten wir beide lernen zu überleben, egal wie.

Und wir haben beide eine offene Rechnung mit Gawain Sempernel. Das heißt, ich habe eine mit ihm, und er hat eine mit dir.

Bald geht er. Er glaubt, keiner seiner Handlanger weiß Bescheid, aber vor einer Sibylle läßt sich nichts verheimlichen.

Und du, Popeye, bist sein derber Abschiedsgruß an die neidischen Götter, die, wie er meint, soviel Glanz neben ihrem

Thron nicht dulden wollen. Er hofft, in sechs Monaten am Busen unserer gemeinsamen Alma mater zu liegen, geadelt durch einen Rektorposten, wo er mit einer Arschbacke auf den Gesichtern der armen Universitätsdozenten hockt, deren Karrieren von ihm abhängen, und die andere diskret früheren Kollegen zum Kuß anbietet, wenn sie an seine Tür klopfen, um jenen Rat einzuholen, den nur seine Allwissenheit bieten kann.

Der arme Idiot hat eine Überdosis Deighton und Le Carré geschluckt!

Da hast du's, Popeye. Wir sind beide von Gaw Sempernel reingelegt worden.

Man könnte auch sagen, wir verdanken es ihm, daß wir beide wissen, was es heißt, in einer Zelle zu sitzen.

Und jetzt, obwohl ich offiziell der Wärter bin, finden wir uns beide in engster Tuchfühlung in einer Zelle wieder, die der große Komiker Gaw *Sibyllinische Blätter* zu nennen beliebt.

Die Haft verändert einen Menschen. Man hat Zeit zum Nachdenken.

Ich denke viel nach.

Popeye auch. Wahrscheinlich hat er sich folgendes überlegt: Es geht aufs Ende zu. Vielleicht kriege ich doch noch ein Leben zustande, bei dem ich nicht auf meine alten Tage von Kugeln durchlöchert inmitten von Leichen ende. Ich habe den Krieg überlebt, da kann es doch nicht so schwer sein, den Frieden zu überleben.

Es sollte schwieriger werden, als du ahnen konntest, Popeye.

Du fandest eine Bewegung vor, die unter dem Druck interner Diskussionen, wie man sich angesichts der neuen Situation verhalten sollte, zerrissen und zersplittert wurde.

Schlimmer noch, obwohl du nach wie vor behauptetest, an Amnesie zu leiden, wurdest du von den extremsten Gruppierungen umworben, die wissen wollten, wo die Waffen versteckt sind.

Da muß es viele hitzige Diskussionen gegeben haben.

Gewiß gab es heikle Momente, als Leute, die Amnesie für ein

Reiseziel von Sextouristen in Asien halten, dir die Information mittels Folter entlocken wollten.

Aber ein Mann, der ein Verhör durch Gaw Sempernel überlebt hat, überlebt alles.

Doch es mußte etwas passieren.

Unsicher, ob du nun Sieger oder Opfer warst, und unfähig zu begreifen, ob du dein Ziel erreicht hattest oder nicht, kamst du schließlich, wie manch anderer verquerer Philosoph, zu dem Schluß, erst mal deinen eigenen Garten zu bestellen.

Vielleicht kehrte nun dein Erinnerungsvermögen zurück. Vielleicht hatte es dich nie verlassen.

Und wenn es dich in Gefahr gebracht hatte, konnte es dir auch etwas einbringen.

Aus Sicherheitsgründen schlossest du dich einer kleinen Gruppe desillusionierter Haftentlassener an, die ebenfalls meinten, der Beifall auf einer *Sinn-Fein*-Versammlung sei ein dürftiger Lohn für das, was sie durchgemacht hatten, und machtest dich auf die Suche nach Kunden. Und als du feststellen mußtest, daß deine ehemaligen Gefährten keine Lust hatten, für etwas zu bezahlen, was sie bereits als ihr Eigentum betrachteten, ließest du den Blick in die Ferne schweifen.

Ein paar kleinere, aber lukrative Geschäfte mit Europa und dem Nahen Osten folgten. Aber dein As im Ärmel, der Trumpf, mit dem du ein nettes Vermögen für den Ruhestand verdienen wolltest, war das Geheimversteck mit den hochmodernen Gewehren und Raketen, welche du während jener Überlandfahrt, die im Fiasko von Liverpool endete, irgendwo im Feindesland gebunkert hattest.

Jetzt wissen wir (und wie immer bei Popeye haben wir auch die Leichen, um es zu beweisen), daß der gewählte Ort ein abgelegener und unzugänglicher Ausläufer des Kielder Forest an der englisch-schottischen Grenze war.

Für dieses Waffenlager suchtest du einen Kunden mit dem nötigen Kleingeld.

Und du fandest PAL, die kleinste, aber radikalste Guerillerogruppe Kolumbiens, die harte Zeiten durchmachte – nicht so sehr wegen der Aktivitäten der staatlichen Anti-Rebellen-Truppen, sondern weil ihr Anführer Fidel Chiquillo, der sich unbescheiden, aber nicht ganz unzutreffend zum »legendären« Helden stilisierte, beim Oberkommando von Farc und ELN, den beiden mächtigsten Rebellenorganisationen, in Ungnade gefallen war.

Um PAL das Wasser abzugraben, wurde den amerikanischen Waffenlieferanten mitgeteilt: Wenn ihr an PAL verkauft, könnt ihr Geschäfte mit uns vergessen.

Chiquillo, der verzweifelt um seine Stellung in der kolumbianischen Szene kämpft, bemüht sich folglich darum, anderswo ins Geschäft zu kommen. Er hat einen Kontaktmann in Europa, einen Vermittler, der den Deal mit Popeye einfädelt.

Aber selbst so fern der Heimat hat es Chiquillo nicht leicht.

Um unbehelligt in Großbritannien einzureisen, das Geschäft gefahrlos abzuschließen und die Lieferung dann wohlbehalten nach Südamerika zu transportieren, braucht er Verbündete, die stark genug sind, um sich über Farc, ELN, die Drogenbarone und selbst die gewählte Regierung hinwegzusetzen.

Also wendet er sich an *Los Cojos,* das heißt *El Consejo Jurídico,* den nationalen Sicherheitsdienst, der so geheim operiert, daß die offizielle Geheimpolizei daneben wie dein Freund und Helfer wirkt. Ihr *jefe supremo* Oberst Gonzalo Solis (der bei einem Bombenanschlag 1981 einen Fuß verlor, daher sein Spitzname *cojo,* der Lahme) weiß, wo die Leichen liegen – was nicht weiter verwunderlich ist, weil er viele davon selbst begraben hat. Die kolumbianischen Politiker müssen wirklich äußerst wendig sein, um die widersprüchlichen Forderungen ihrer rasch wechselnden Verbündeten – die Guerillerogruppen, die Drogenbarone, die Vereinten Nationen und ihre eigene Wählerschaft – zu erfüllen, und im Lauf der Jahre hat sich El Cojo als der wichtigste Mann herauskristallisiert. Er ist der einzige, der über genügend Macht verfügt, um das Geschäft abzusegnen, doch auch er zögert, die lockere Anti-PAL-Allianz zwischen Nord- und Südamerika zu untergraben.

Aber als ihm schließlich eine Provision in der beliebtesten

kolumbianische Währung – pures Kokain – angeboten wird, und zwar in der Höhe des Betrags, den Popeye für seine Waffen verlangt, kann er nicht nein sagen.

Das PAL-Embargo in der Heimat, so beschließt er, gilt nicht für Geschäfte in Europa.

Und allen großen und kleinen Tieren, die seine Entscheidung mißbilligen könnten, versichert er vertraulich, es bestünde keine Gefahr, daß PAL wieder an Einfluß gewinnt. Ganz im Gegenteil. Chiquillo muß persönlich erscheinen, um das Geschäft abzuschließen, denn El Cojo gewährt nur dem Guerillaführer selbst freies Geleit, nicht aber seinem Vermittler. Und sobald das Geschäft unter Dach und Fach ist, tritt Jorge Casaravilla in Aktion, der Chef von El Cojos Europaabteilung, der so skrupellos und brutal ist, daß ihm der Oberst lieber ein Einsatzgebiet jenseits des großen Teichs zugewiesen hat. Er hat den Auftrag, ausnahmslos alle Beteiligten hochzunehmen, ohne Rücksicht auf Verluste.

Chiquillo nimmt die Bedingungen an und leistet seine Zahlung an El Cojo. Sein Vermittler trifft letzte Vorkehrungen, und schließlich trifft Chiquillo auf Wegen, die sich selbst Gaws Kenntnis entziehen, in Großbritannien ein und begibt sich mit seinen beiden Begleitern, die ihm Cojo mitgegeben hat, zum Treffpunkt im Kielder Forest.

Jeder, der mit Popeye Ducannons bisheriger Laufbahn vertraut ist, hätte vorhersagen können, was als nächstes geschehen würde.

Chaos, Katastrophe, Leichen, Blut auf dem Waldboden.

Und wie immer tritt Popeye, sobald sich der Rauch verzogen hat, aus dem Wald und trägt nichts Schlimmeres davon als ein paar Fleischwunden, eine Schramme seitlich am Schädel und arges Kopfweh.

All das und noch mehr berichtet er seinem einzigen überlebenden Weggefährten Jimmy Amis, bekannt als Amity James, weil er so eine nette Art hat, einem die Kniescheiben wegzublasen.

All das und noch mehr erzählt uns schließlich Amity, als wir ihn schnappen, ihm einige auf verschiedene Namen lautende Kreditkarten aus den Taschen schütteln und darauf hinweisen, daß er, auch wenn er nach dem Karfreitagsabkommen von 1998 auf freien Fuß gesetzt wurde, immer noch an Recht und Gesetz gebunden ist.

Unter anderem teilt er uns mit, Popeye habe gehört, wie Chiquillo, der zweite Überlebende, auf seinem Handy irgendwelche Leute informierte, er werde sie in zwei bis drei Stunden an einem Ort namens KP treffen.

Wenn er es denn geschafft hat. Denn laut Popeye war Chiquillo im Schlachtengetümmel verwundet worden.

Und was für Popeye noch wichtiger war, er hatte sowohl die Waffen als auch die Tasche voll Kokain mitgenommen, die als Bezahlung gedacht war.

Da Popeye sein Leben lang in einer zwielichtigen Welt des Betrugs und der Intrigen agiert hatte, hält er sich nicht lange mit dem Warum und Wozu auf. Er will nur eins: seine Rente zurückhaben. Der einzige Hinweis, den er in der Hand hat, ist das, was er über Chiquillos Vermittler weiß. Das könnte, kombiniert mit dem, was El Cojos Leute über Chiquillo selbst wissen, beide auf die Spur des Mannes und der Waffen führen.

Bündnisse mit Jorge Casaravilla sind notorisch gefährlich.

Dasselbe gilt für Bündnisse mit Popeye Ducannon!

Das letzte, was er zu Amity James sagte, war: »Ich ziehe jetzt los, um mit einem Mann wegen einem Hund zu sprechen. Oder vielleicht auch mit einem Hund wegen einem Mann. Kümmere dich um den Laden, solange ich weg bin, ja?«

Dann absolute Funkstille.

Kennst du die Stille, die eintritt, wenn die Vögel tot sind, aber irgend etwas wie ein Vogel pfeift?

Irgend etwas pfeift immer.

Und hier sitze ich, die Sibylle in ihrer einsamen Höhle, zeichne auf und spiele es immer wieder ab, bis ich schließlich die Melodie erkenne.

Spiel uns dieses Lied noch einmal!

Sie sind immer noch da, das sagen mir meine Sensoren, und das will Gaw hören, die Waffen und der Mann, der sie gestohlen hat, und das Drogenvermögen, das er nicht dafür bezahlt hat, all das befindet sich irgendwo hier in einem Versteck, das mit der Abkürzung KP in Zusammenhang steht. Aber was ergibt meine *Wortsuche*?

Khyber Pass? Ziemlich weit weg von Kolumbien!

Knights of St. Patrick?

Katholische Pfadfinder? Nicht gerade überzeugend.

Kanonenboot-Politik? Immerhin etwas Militärisches.

Kommandoposten? Genau. Der richtige Ort für Waffen, würde ich sagen.

Kinderprostitution? Wohl kaum.

Kulturpessimismus. Der ist immer angebracht.

Kommunistische Partei? Haben die nach Glasnost überhaupt noch Büros?

Sieh den Tatsachen ins Auge. Niemand erwartet Lösungen von dir, du sitzt nur hier und konservierst Daten.

Während der großmächtige Gaw dort herumstolziert und darauf achtet, daß er niemandem, auch mir nicht, mehr erzählt als unbedingt nötig.

Aber es gibt Dinge, die du wissen solltest, Gaw, und ich freue mich heute schon auf den Tag, an dem ich sie dir eröffnen werde. Dann wird dir vielleicht klar, daß es keine Beschäftigung für einen ganzen Mann ist, auf anderen Leuten herumzutrampeln – nicht einmal für den grotesken Abklatsch eines Mannes.

I'm Popeye the pop-up man
Let them hit me as hard as they can
I'll be here at the finish
'Cos I eat up my spinach
I'm Popeye the pop-up man!

NEUN

Stadtstreicherin mit Fahrrad

Shirley Novello legte sich auf dem Fahrersitz ihres Fiat Uno zurück.

Nun, *zurücklegen* war vielleicht ein wenig übertrieben, denn selbst für eine mittelgroße Frau wie sie war das in einem so kleinen Auto nicht möglich. Aber immerhin konnte sie es bequem fahren, was mit längeren Beinen wohl schwierig gewesen wäre. Andererseits hätte sie ein bißchen Unbequemlichkeit für längere Beine gerne in Kauf genommen. Sie musterte die ihren mit kritischem Blick. Selbst wenn sie nur zu fünf Prozent von dem Lederrock bedeckt wurden, der kaum breiter als ein Holzfällergürtel war, konnte man sie nicht als lang bezeichnen. Dafür waren sie muskulös. Und das war schließlich auch nicht verkehrt. Sie stand auf muskulöse Männer. Es machte sie an, und warum sollte man sich mit Leuten abgeben, die das Kompliment nicht erwiderten? Außerdem war sie oberhalb der Taille absolut konkurrenzfähig, überlegte sie selbstzufrieden und blickte auf die Knöpfe, die sich über ihrem Sonnentop spannten. Holz vor der Hütte, hoho, würden die Wichser in der Kantine sagen, wenn sie wüßten, welche üppigen Rundungen sich unter den sackartigen, graubraunen T-Shirts verbargen, die sie bei der Arbeit gern trug. Kombiniert mit entsprechend ausgebeulten Hosen sorgten sie dafür, daß sie kaum noch als Frau wahrgenommen wurde und die sexistischen Witze, die diese Typen gewohnheitsmäßig von sich gaben, nicht speziell auf sie bezogen waren. Eine Niederlage? Eigentlich nicht. Eher ein Erfolg, das heißt, sie hatte die beste Methode gefunden, um als Frau unter Bullen ihren Job effizient zu erledigen. So wie Sergeant Wield. Es gab immer noch genug kurzsichtige Schwachköpfe auf der Wache, die nicht ahnten, daß er schwul war, ja, die sogar mit Feuereifer das Gegenteil behauptet hätten. *Wie konnte einer, der so aussah und so redete und einem noch dazu einen Heidenrespekt einjagte, schwul sein? Völlig undenkbar!* Wichser!

Es lag an Wield, daß sie hier so gestylt statt in graubraunen Arbeitsklamotten im Einsatz war. Er hatte sie um vier an der Stechuhr abgefangen.

»Shirley, ich brauche jemanden, der Seymour bei der Überwachung von Mrs. Pascoe ablöst. Wie sieht's aus?«

Wenigstens hatte er es als Frage formuliert.

»Sergeant, ich habe für heute abend schon Pläne«, sagte sie, »und wenn ich die umschmeiße, gehen Herzen zu Bruch. Bis acht hätte ich Zeit, wenn dir das was nützt.«

»Das wäre großartig, danke«, hatte er erwidert.

Dankbar war er also auch, immerhin. Aber konnte man ihm trauen? Sie hatte für halb neun eine Verabredung mit einem neuen Freund in einem neuen Club, und in beide setzte sie höchste Erwartungen. Eine halbe Stunde war ein bißchen knapp, um heimzufahren und sich umzuziehen, selbst wenn ihre Ablösung pünktlich auftauchte. Und weil sie hier nicht den Blicken der Neandertaler von der Wache ausgesetzt sein würde, war sie in Partykleidung zum Dienst erschienen.

Insgeheim hielt sie es für völlig übertrieben, das Haus der Pascoes noch länger zu beobachten. Der Ganove, wahrscheinlich identisch mit diesem Roote, würde wohl kaum ein drittes Mal hier aufkreuzen. Sie hatte seine Akte ausgegraben und den Eindruck gewonnen, daß er ein Verrückter war. Damals war Pascoe noch Sergeant und unverheiratet gewesen, und die Pascoe hatte an einem College unterrichtet, dessen Rektor eins über den Schädel bekommen hatte. Roote hatte offenbar wohl Pascoe als auch den Dicken tätlich angegriffen und letzterem eine

Flasche Scotch auf den Kopf gedonnert. Was bewies, daß auch die schlechtesten Menschen ihre guten Seiten haben! Also, locht ihn ein und laßt alle paar Stunden einen Streifenwagen an der *maison Pascoe* vorbeischleichen!

Aber Überstunden waren Überstunden. Sie drehte Radio One auf volle Lautstärke, lehnte sich zurück und hing ihren Tagträumen von dem muskulösen jungen Mann nach, den sie heute abend treffen würde.

Dann, kurz vor sieben, sah sie die Stadtstreicherin.

Sie hatte ein Fahrrad, aber zweifellos war sie eine Stadtstreicherin. Vom Lenker baumelten drei Plastiktütenm, und weitere zwei hingen am Gepäckträger. Die Frau selbst war jenseits der Siebzig, vielleicht auch jenseits der Achtzig, hatte ein rundes, ledriges Gesicht, das an einen schlecht aufgepumpten Fußball erinnerte, und schüttere weiße Haare, die unter einem zerfledderten Strohhut hervorlugten, der offenbar schon einmal als Pferdefutter hergehalten hatte. Ihr fülliger Körper war von mehreren Kleiderschichten bedeckt, die nur ein Archäologe hätte datieren können. Das Fahrrad war mindestens so alt wie die Fahrerin, wenn nicht älter, und der abblätternde khakifarbene Lack ließ darauf schließen, daß es bereits während des Ersten Weltkriegs im Einsatz gewesen war.

Novello beobachtete erheitert, wie sich die Frau auf dem quietschenden Gefährt näherte, registrierte dann mit erhöhter Aufmerksamkeit, wie es zum Stehen kam, und stellte schließlich beunruhigt fest, daß die Fahrerin abstieg und auf das Gartentor der Pascoes zuschritt.

Es war nicht leicht, mit Anstand aus diesem Auto auszusteigen, aber dank Übung schaffte Novello es sogar ziemlich flott. Die Frau sah sie kommen und blieb im offenen Tor stehen. Da wurde Novello klar, daß sie, falls eine oder alle Tüten Schußwaffen enthielten, eine nicht zu verfehlende Zielscheibe abgab. Eine niedrige Gartenmauer zu ihrer Rechten war die einzige Dekkung, und sie machte eine Bewegung in diese Richtung, als die alte Dame in eine ihrer Tüten griff. Aber sie zog nur eine große

Lupe heraus, die sie ans Auge hob, um die sich nähernde Polizistin zu begutachten.

»Entschuldigen Sie, Madam«, begann Novello und zog ihren Dienstausweis hervor. »Detective Constable Novello, Criminal Investigation Department. Wären Sie so freundlich, mir zu sagen, wer Sie sind und was Sie hier machen?«

»Wenn Sie Schwierigkeiten haben, sich diese Fragen selbst zu beantworten, dann haben Sie sich vielleicht den falschen Beruf ausgesucht, junge Frau«, erwiderte die Alte mit einer volltönenden Stimme, wie sie Novello bisher allenfalls bei Fernsehinterviews mit Uraltschauspielerinnen vernommen hatte.

Wahrscheinlich entpuppt sie sich als Pascoes Oma, überlegte Novello. »Bitte, Madam, seien Sie so freundlich, mir die Frage zu beantworten.«

»Na schön. Ich bin Serafina Macallum, Begründerin und derzeitige Vorsitzende von Liberata Trust, und ich bin hier, um einer Versammlung unserer Ortsgruppe beizuwohnen, genauer gesagt, um sie zu leiten. Fürs Protokoll, denn ich nehme an, unser Gespräch wird aufgezeichnet, obwohl ich mir eigentlich nicht vorstellen kann, wie die dafür notwendigen Gerätschaften in einem Negligé wie dem Ihren versteckt werden können, möchte ich noch eines festhalten: Obwohl ich mich längst damit abgefunden habe, daß mein Telefon angezapft und meine Post abgefangen wird, hätte ich doch nicht vermutet, daß unsere sogenannte Demokratie inzwischen so heruntergekommen ist und die Bewegungsfreiheit ihrer Bürger derart unverblümt zweimal innerhalb von fünfzehn Minuten einschränkt.«

»Zweimal?« fragte Novello verblüfft.

»Als ich mein Fahrzeug auf dem Parkplatz der Gaststätte *Gateway* abstellte, wurde ich von einem uniformierten Kind unter dem Vorwand angesprochen, es wünsche zu wissen, ob ich vielleicht heute schon einmal da gewesen sei.«

Das klang plausibel. Novello hatte gehört, daß der Wirt des *Gateway* vormittags einen weißen Mercedes gesehen hatte, auf dessen Fahrer Daphne Aldermanns Täterbeschreibung paßte.

Bestimmt hatte Wield dafür gesorgt, daß jemand überprüfte, ob die Abendgäste bereits mittags dort gewesen waren und irgend etwas gesehen oder gehört hatten.

»Und waren Sie dort?«

»Gewiß nicht. Glauben Sie, ich hätte nichts Besseres zu tun, als meine Zeit in Wirtshäusern zu vergeuden?«

»Aber Sie haben doch jetzt auch dort geparkt«, argumentierte Novello. »Warum sind Sie eigentlich nicht weitergefahren und haben Ihr Auto hier in der Straße abgestellt?«

»Ich fahre, wenn auch ungern, auf den Hauptverkehrsstraßen und auf Landstraßen. Wenn ich aber das Stadtgebiet erreiche, schätze ich die größere Bewegungsfreiheit, die das Radfahren gewährt, und überdies lege ich keinen Wert darauf, den Lebensraum anderer Leute zu verpesten.«

Total plemplem, dachte Shirley. Aber deshalb kann sie ja trotzdem Pascoes Großmutter sein. Vielleicht ist das sogar eine notwendige Voraussetzung.

Andererseits hielt sie die Pascoe nicht für besonders religiös, und etwas anderes fiel ihr zu Liberata nicht ein. Aber heutzutage konnte man nie wissen.

»Liberata – hat das was mit der heiligen Wilgefortis zu tun?« fragte sie.

Die alte Dame sah sie scharf an und entgegnete dann. »Sehr erfreulich, daß eure Lehrer euch überhaupt noch etwas beibringen.«

»Keine Lehrer, Lehrerinnen. Ich war auf einer Klosterschule. Eine Zeitlang jedenfalls. Die Nonnen waren sehr darauf bedacht, uns einzubleuen, was wirklich zählt, zum Beispiel Heiligenlegenden. Meine gebrochenen Fingerknöchel legen Zeugnis davon ab.«

Warum erzähle ich der Alten Geschichten aus meiner Schulzeit, fragte sich Novello. Als nächstes binde ich ihr noch auf die Nase, warum ich rausgeschmissen wurde.

Unvermittelt sagte sie: »Also werden Sie von Mrs. Pascoe erwartet?«

»Selbstverständlich, auch wenn Sie zweifellos die Schikane noch auf die Spitze treiben werden, indem Sie sich in aller Form selbst davon vergewissern.«

Da hat sie recht, dachte Novello, und folgte der alten Frau, die ihr Fahrrad zum Eingang schob.

Sie läutete, während Miss Macallum ihre Tüten vom Fahrrad nahm. Sie waren angefüllt mit Karteikarten, Schreibblöcken, Zeitungsausschnitten und anderem Papierkram. Novello stellte amüsiert fest, daß die Namen der Supermärkte auf den Tüten mit schwarzem Filzstift unkenntlich gemacht worden waren.

Miss Macallum, die ihren Blick auffing, erklärte: »Ich sehe nicht ein, warum die Mogule des Mammons mich zum Instrument ihrer Verherrlichung machen sollten.«

Die Tür ging auf, und Ellie Pascoe erschien.

Ihrem Gesichtsausdruck entnahm Novello alles, was sie wissen mußte, und nicht nur das. Fragen erübrigten sich.

Ja, Miss Macallum hatte die Wahrheit gesagt, es gab eine Versammlung, aber Ellie Pascoe hatte die Sache vollkommen vergessen und fand die Aussicht darauf so faszinierend wie ein Spiegelei von gestern, ein Vergleich, der sich Novello unwillkürlich aufdrängte, da es das einzig Eßbare gewesen war, was sie am Morgen in ihrer Wohnung zum Frühstück aufgetrieben hatte.

Sie riskierte ein schelmisch-mitfühlendes Lächeln und bereute sogleich, daß sie sich die Mühe gemacht hatte. Ohne ihr die geringste Beachtung zu schenken, setzte die Pascoe ein strahlendes Gesicht auf und sagte: »Feenie, schön, dich zu sehen. Komm rein. Ich nehme dir ein paar Tüten ab.«

Novello wartete, bis Ellie die Tür schließen wollte, und fragte dann: »Kommen noch viele Leute, Mrs. Pascoe?«

»Drei, vielleicht vier. Alles Frauen. Und es wäre mir angenehm, wenn Sie nicht alle bis an meine Haustür begleiten.«

»Ich muß sie überprüfen«, erwiderte Novello. »Vielleicht könnten Sie mir ein kleines Zeichen geben, bevor Sie sie reinlassen, nur um zu bestätigen, daß Sie sie kennen?«

»Ein Zeichen?« sagte Ellie in einem Tonfall, als wäre das eine völlig absurde Idee. »Hatten Sie an etwas Bestimmtes gedacht?«

»Nichts Kompliziertes. Vielleicht könnten Sie einfach winken.«

Ellie nickte und schloß die Tür.

»Sie wissen doch, wie man winkt, oder, Mrs. Pascoe?« sagte Novello zu der Holztür.

Im Lauf der nächsten zehn Minuten trafen vier weitere Frauen ein, die nach Feenie Macallum alle enttäuschend normal aussahen. Die ersten drei wurden von der Pascoe mit einem nachlässigen Winken eingelassen. Nur bei der vierten zögerte sie ein wenig. Dann erschien die Stadtstreicherin hinter ihr und sagte etwas, die Pascoe hob die Hand, die Neueingetroffene trat ein und die Tür ging zu.

Novello setzte sich wieder ins Auto, um für den Rest ihrer Schicht von ihrem Rendezvouspartner zu träumen, aber schon zwanzig Minuten später sah sie, wie Pascoes Wagen in die Einfahrt einbog. Er stieg aus und kam auf sie zu, und sie manövrierte sich noch einmal aus dem Uno.

Sie bemerkte, daß er ihre Beine und ihre Aufmachung registrierte, aber politische Korrektheit oder zumindest Höflichkeit hinderten ihn offenbar daran, sich dazu zu äußern.

»Hallo, Shirley«, sagte er. »War was los?«

»Ja. Ich glaube, hier findet eine Art Gebetskreis statt.«

Sie berichtete von Liberata Trust, und er lächelte, als hätte sie etwas Lustiges gesagt, aber ihr entging nicht, daß er die typische Reaktion auf das Spiegelei von gestern unterdrückte. Nicht vor dem Personal.

»Wie lange bist du denn schon hier?« fragte er.

»Um vier habe ich Dennis abgelöst.«

»Gut. Besten Dank.«

Er schenkte ihr das typische Pascoe-Lächeln. Glaubt er etwa, daß wir die Überstunden nicht aufschreiben? dachte sie. Doch als er sich dann mit der Hand übers Gesicht fuhr, sah er mit einem Mal sehr müde und sehr verletzlich aus, und plötzlich überkam Novello eine Welle des Mitgefühls. Aber dann fiel ihr die unterkühlte Reaktion seiner Frau ein, und sie ließ sie sich nichts anmerken.

»Gibt es was Neues zu dem Wagen, der am Parkplatz vor dem *Gateway* gesehen wurde?« fragte sie.

»Zum Wagen nicht, aber zu den beiden Männern. Der eine, der im Pub saß, hat seine Fingerabdrücke auf der Zeitung hinterlassen.«

»Schön. Ist er bei uns bekannt, Chef?«

Er zögerte. Überlegt er, ob er das seinen Untergebenen verraten soll, dachte Novello ärgerlich. Aber als er antwortete, verflüchtigte sich ihr Groll im Nu.

»Ja. Patrick Ducannon. Gehört der IRA an, hat zwölf Jahre bekommen, wurde aber im Rahmen des Friedensabkommens nach zwei Jahren entlassen. Angeblich hat er sich von der Sache losgesagt, was seinem Ruf in IRA-Kreisen geschadet haben dürfte.«

»Mein Gott«, sagte Novello. »Dann ist es eine ernste Sache. Und der andere ...?«

»Nichts. Die Beschreibung paßt auf keinen von Ducannons Weggefährten. Zumindest auf keinen, den wir in unseren Akten haben.«

Das hieß, vielleicht hatten andere Leute ihn in den Akten, zum Beispiel die Geheimdienstler, in den Augen normaler Polizisten sämtlichst analfixierte Wichser, die nichts herausrückten.

»Also hat der Kerl vor dem Pub geparkt, weil er nicht dabei ertappt werden wollte, wie er vom Auto aus dein Haus beobachtet. Er macht einen Spaziergang, glaubt, daß ihm keine Gefahr droht, bis ihn Mrs. Aldermann bemerkt ...«

»So sieht's aus«, sagte Pascoe plötzlich ungeduldig. »Gut, Shirley, du hast jetzt Feierabend.«

»Ich bin bis acht eingeteilt, dann kommt Seymour ...«

»Ich habe Dennis schon abgesagt«, erklärte Pascoe. »Wenn ich zu Hause bin, kann ich mich selber um die Sache kümmern.«

Die Sache ist wohl deine Frau und deine Tochter, dachte

Novello, aber dann sagte sie sich: Hör auf damit! Warum fällt es dir so schwer, nett zu einem der wenigen männlichen Kollegen zu sein, die sich bemühen, dich als gleichwertig zu behandeln?

Antwort: Weil jeder, der darüber nachdenkt, dich von gleich zu gleich zu behandeln, dich eben anders behandelt.

Mit anderen Worten, ich nehme nur von Leuten Hilfe an, die sie nicht anbieten. Und das ist wirklich völlig bekloppt.

Vorsichtig sagte sie: »Vielleicht sollte ich das überprüfen, Peter.«

»Das glaube ich nicht«, entgegnete er höflich, aber mit einer Bestimmtheit, die keinen Widerspruch zuließ.

Dein Wunsch ist mir Befehl, dachte sie, als sie wieder ins Auto stieg. Das heißt, ich kann früher im Club aufkreuzen und dafür sorgen, daß mir nicht irgendeine Tussi meine Beute streitig macht.

Aber lieber auf Nummer Sicher gehen. Als sie losfuhr, funkte sie die Einsatzzentrale an und gab bekannt, daß sie auf persönliche Anweisung des Chief Inspector die Observierung beendet habe.

Und schließlich, weil sie eine ebenso gute wie ehrgeizige Polizistin war, nahm sie sich vor zu überprüfen, warum die alte Stadtstreicherin allem Anschein nach keineswegs überrascht gewesen war, einer Personenkontrolle unterzogen zu werden. Wahrscheinlich reine Zeitverschwendung. Was konnte eine komische Alte wie Feenie Macallum mit der Welt zu schaffen haben, in der eine intelligente junge Polizistin lebte? Aber als sie den Gebetskreis erwähnte, hatte der Chief Inspector mit fast unmerklicher Erheiterung reagiert, und sie konnte sich eigentlich nicht vorstellen, daß Religion im Leben der Pascoe eine große Rolle spielte.

Damit schloß sie ihre Überlegungen ab, trat aufs Gas, und als der kleine Motor vibrierte und aufheulte, gab sie sich ganz der Vorfreude auf die Vergnügungen hin, die vor ihr lagen.

ZEHN

Aus den Sibyllinischen Blättern

Feenie Macallum ...

Die Schatten der Vergangenheit. Die gute alte Feenie. Der erste Vermerk über sie erfolgte vermutlich mit Federkiel auf Pergament. Karteien, Zettelkästen, Mikrofiche, Serafina hat alles mitgemacht, und jetzt schlummert sie mit säuberlich gefalteten Flügeln in meinem Schatzkästchen und wartet darauf, daß Sir Gawain sie wach küßt.

fighting the world with a protest that no one will heed
except those in need ...

Was denkt Daddy, wenn er zu seiner geliebten Tochter hinab- oder vielleicht auch hinaufblickt? Mungo Macallum, dessen keltische Wurzeln nicht einmal meine kleinen elektronischen Maulwürfe aufspüren konnten. Die Arbeiterklasse des neunzehnten Jahrhunderts hatte noch eine Möglichkeit, für die alle Klassen des einundzwanzigsten Säkulums ihren Augapfel geben würden – eine Existenz im Schutze der Verborgenheit zu führen.

Aber um die Jahrhundertwende sehen wir ihn bereits als gemachten Mann, eisern entschlossen, es noch weiter zu bringen.

Mungo begnügte sich jedoch nicht mit dem Tafelsilber. O nein, er ließ sich nicht blenden von dem strahlenden Morgen, der Edwards Thronbesteigung folgte, sein Blick richtete sich über die letzte lange Gartenparty der privilegierten Klassen hinaus, er spürte das Nahen der Dunkelheit und wußte, das Jahrhundert gehörte den Kanonen.

Mungo Macallum, König der Waffenproduzenten.

Manche Leute behaupten, du seist das Vorbild für Andrew Undershaft in *Major Barbara*, Mungo. Großer Reichtum aus moralisch nicht einwandfreien Quellen, obwohl Moral kein Fremdwort für dich war. Du sahst die Armut als Ursache vieler Mißstände, nicht als ihre Folge. Gemessen am damals Üblichen, zahltest du anständige Löhne, und du gründetest eine Sparkasse, um deine Arbeiter zur Vorsorge zu ermuntern, sowie eine Bausparkasse, damit alle, die danach strebten, sich ein Eigenheim bauen konnten.

Außerdem gabst du ein gutes Beispiel und zeigtest der Welt, wie klug investiertes Geld zur Grundlage eines Vermögens werden kann.

1914 warst du bereits reich. 1918 war dein Reichtum ins Unermeßliche gewachsen.

In Flanderns Feldern der Mohn erblüht,
Zwischen weißen Kreuzen in Reih und Glied,
Während überm Meer im Westen
Englische Profiteure gedeihen zum Besten.

Und in Yorkshire, in einem abgelegenen, friedlichen Küstenlandstrich namens Axness, fandest du Granary House, die von Fledermäusen und Ratten bewohnte Ruine eines Herrenhauses mit Meerblick, weit, weit entfernt vom Feuer der Hochöfen und dem Staub der Schlackehaufen. Nicht daß du dich je der Herkunft deines Reichtums geschämt hättest. Nein, als du während der Renovierung und Verschönerung von Granary House erfuhrst, daß spottlustige Freunde das Anwesen *Gunnery House* nannten, machtest du aus der Verballhornung den offiziellen Namen.

Hier in Gunnery House hofftest du in einer Welt, die du durch deine Waffen deinen Nachkommen gesichert hattest, eine Dynastie zu begründen. Lord Macallum of Axness, deinen Titel hattest du schon gewählt, dein Wappen war vorbereitet. Du verzichtetest klug darauf, dich nach dem Fallobst du bücken, das der ersterbende Sturm des Krieges von den zahlreichen Zweigen des neuen Most Excellent Order of the British Empire schüttelte. Der goldene Apfel, nach dem es dich verlangte, konnte nicht von hohnlächelnden Kriegsgewinnlern ergaunert werden. Während der zwanziger Jahre pflastertest du deinen Weg mit guten Werken. Aber du konntest es nicht lassen, das Sichere doppelt abzusichern und gewisse Leute zu schmieren, die behaupteten, dir für Gold und Silber den Weg in den Adelsstand ebnen zu können. Und so starben all deine Hoffnungen mit dem Skandal um käufliche Adelstitel im Jahre 1933.

Ein Plan war gescheitert, ein weiterer drohte zu scheitern. Drei Ehefrauen hatten dich (durch Tod, nicht durch Scheidung) mit nur einem Kind zurückgelassen. Doch es war nicht der Sohn, den du zur Gründung deiner Dynastie gebraucht hättest.

Ein Mann kann auch mit einer willfährigen Tochter manches, sogar vieles erreichen.

Nur leider, bedauernswerter Mungo, warst du nicht mit einer willfährigen Tochter gesegnet.

Sondern mit Serafina, geboren am Ende des einen, volljährig am Anfang des nächsten Krieges.

Serafina, die Leidenschaftliche.

Und eine Weile wenigstens: Serafina, eine der Unsrigen.

Denn eine Zeitlang gehörten sie alle zu den Unsrigen, zu den tapferen Jungen und Mädchen, die im Hinterhof des Feindes ihre fröhlichen Spiele spielten. So viele gingen, so wenige kehrten zurück. Aber vor diesen wenigen lag eine goldene Zukunft, eine Welt des Profits und des Vergnügens blühte auf in den Jahren danach, als die Kampfhandlungen eingestellt waren und der wahre Krieg, unser Krieg, begann.

Doch zu dieser Zeit warst du, Serafina, schon zu lange fortgewesen, hattest dir eine ausländische Krankheit geholt, hattest dich mit den Eingeborenen verbrüdert.

Was du vor dir sahst, war nicht etwa eine Welt großartiger

und notwendiger Umwälzungen, mit neuen Völkerwanderungen, neuen Fronten, neuen Bündnissen, in der sich die Möglichkeit bot, im letzten und größten Kreuzzug zu Ruhm und Ehre zu gelangen. Nein, du sahst Menschen, die Schmerz und Mangel litten, die alles verloren hatten, Menschen, denen Unrecht geschah. Du sahst keine Bevölkerungsstrukturen, sondern Flüchtlinge, keine demographischen Trends, sondern Waisenkinder. Du sahst nicht den Wald, nur die Bäume.

Hier habe ich das alles gesammelt, Serafina, in deinem kleinen Sarg. Die Wohltätigkeitsverbände, die Initiativen, die Aktionsgruppen, die Bewegungen, die großen Fragen, und kaum eine war darunter, bei der nicht wir – oder Leute, die uns geistig nahestanden – die Fäden zogen.

look at her spending…

Und Mungo, der kaum noch Hoffnungen in dich setzte, hegte nach der Restauration von 1951 erneut Hoffnungen auf einen Adelstitel, bis deine lautstarke Empörung über unser mangelndes Engagement beim Ungarn-Aufstand und über unsere mißglückte Intervention im Suez-Krieg Kopfschütteln auslöste. Wie sollte unsere geliebte Königin einen Mann in den Adelsstand erheben, der nicht einmal sein eigenes Kind zügeln konnte? Wütend stellte er dir ein Ultimatum. Halt den Mund, oder dein Erbe geht für wohltätige Zwecke drauf. Ebenso wütend gabst du zurück, er solle sein schmutziges Geld ruhig den Armen und Bedürftigen überlassen, denn etwas anderes hättest du auch nicht damit getan. Seine wohltätigen Spenden, die paternalistische Fürsorge für seine Arbeiter mittels Sparplänen und Bauspardarlehen bedeuteten dir nichts. Für dich waren das Ablaßzahlungen eines Sünders, der um sein Seelenheil bangte, und als solche keinen Pfifferling wert.

Wem Mungo sein Vermögen hinterlassen hätte, werden wir nie erfahren. Der Wagen seines Anwalts hielt gerade vor seiner Tür, als er den Schlaganfall erlitt, der ihm das Leben kosten sollte. In den nächsten Tagen unternahm er mehrmals Anstrengungen zu sprechen, aber was er äußerte, konnten auch die parteiischsten Hörer nicht als Anweisung deuten. Wir traten mit dem Ansinnen an den Anwalt heran, ein Testament zu fabrizieren, das Mungos Willen am ehesten entsprochen hätte, versehen mit einer Unterschrift unseres besten Kalligraphen. Aber es zeigte sich, daß der Anwalt für Korruption zu altmodisch, für Bestechung zu reich und für Erpressung zu standhaft war. Und als du schließlich aus einem fernen Winkel des Globus angereist kamst, Serafina, warf Mungo einen letzten Blick auf dich und starb.

Sehen wir mal, was aus dem Geld geworden ist.

Erstaunlich, wie schwer es ist, ein Vermögen zu verprassen, das ein kluger Mann geschickt angelegt hat, um aus viel Geld mehr Geld zu machen, das sich wiederum vermehrt bis in die vierte und fünfte Generation.

Aber du hast es versucht, Serafina. Über vierzig Jahre lang hast du dich redlich darum bemüht.

pouring her pelf into bottomless pits of despair...
why does she care?

Bis du schließlich den Anfang vom Ende kommen sahst – aber nicht deine Verschwendungssucht ging zur Neige, sondern dein Bargeld, und so zeigtest du auch die letzte Charakterschwäche eines noblen Bankrotteurs und verkauftest nach und nach deinen Grund und Boden.

Mungos Landsitz, den er zur Abrundung für den ersehnten Titel draußen in Axness eingerichtet hatte und den du in ein kommunistisches Arkadien hattest verwandeln wollen, all jene Farmen und Felder, Wäldchen und Cottages, wo Bauern mit schwieliger Hand das Getreide mähten, all die Ländereien kamen unter den Hammer. Nicht aber Gunnery House, nicht diese Zuflucht für schnellzüngige Flüchtlinge, nicht dieses Sammelbecken für den Abschaum der modernen Welt – wenngleich die meisten von ihnen inzwischen geflohen sind, die meisten angstvoll klein beigegeben haben –, dieses Haus hast du zu lange behalten, du kannst es nicht verkaufen, vermieten oder mit Hypotheken belasten, denn es ist einer Macht anheimgefallen, die gieriger und erbarmungsloser ist als jede Bank. Dem Meer.

So also sieht das Ende aus, Serafina. Was wird aus dir ohne deinen Reichtum? Eine komische Figur, verspottet und belächelt, die Aktivistin von gestern, der die Helfer von heute, die deiner ruhmreichen Vergangenheit gedenken, freundlich zuhören, während jene, die du in deiner selbstgewissen Geradlinigkeit beiseite stießest, sich ihre Schadenfreude nicht verkneifen können. Ernst genommen wirst du aber nur noch von den wenigen Mitstreiterinnen von Liberata Trust, die dich als Gründerin und einzige Geldgeberin kaum ignorieren können.

Ach, Serafina, mit meiner seltsamen Magie lasse ich dich auferstehen, wie du warst, als du noch zu uns gehörtest. So jung, so frisch, so fröhlich und lebendig. Ich könnte mich in dich verlieben, wenn ich nur auf meinen Bildschirm schaue.

Was haben wir mit dir verloren, Serafina! Diese Tatkraft, diese Leidenschaft! Wie viel hättest du mit uns erreichen, wie weit hättest du es bringen können!

Dann greife ich wieder in die Tasten und sehe dich, wie du heute bist.

Welch traurige Veränderung!

Und doch ... und doch ...

Als eine der Unsrigen wärst du längst im Ruhestand, reich beschenkt und mit Ehrungen überhäuft, vielleicht sogar mit einem jener Titel, die der arme Mungo sich wünschte. Aber im Ruhestand wärst du auf alle Fälle.

Auf dich gestellt, mit deinem Fahrrad und deinen Tüten, so lange schon auf dem falschen Weg, daß du wahrscheinlich längst vergessen hast, wann du die verkehrte Abzweigung nahmst, wirkst du vielleicht lächerlich; aber eine Weile noch, für eine letzte Runde noch bist du im Spiel, sonst hätte mir Gaw nicht die Anweisung gegeben, dein Leben in den Sibyllinischen Blättern aufzufächern.

Warum sie dich wollen, was sie mit dir vorhaben, entzieht

sich natürlich meiner Kenntnis. Ich bin nur ein Werkzeug der Götter.

Aber du kannst einem Kind kein Spielzeug geben, Onkel Gaw, und erwarten, daß es nicht damit spielt. Und ich probiere manches aus, und allmählich ist etwas zu erkennen ... *ein Fleck, ein Nebel, eine Gestalt, ich sah es!* O ja, Gaw, du wirst merken, daß ich wieder im Spiel bin, noch ehe meine Blätter fallen!

Noch einmal sehe ich dich jetzt, wie du warst, arme verrückte Feenie Macallum, und ich wünsche dir alles Gute.

All these looney people, where do they all come from?
All these looney people, where do they all belong?

ELF

Black Bitch

Pascoe fand Rosie im Wohnzimmer vor dem Fernseher.

»Hallo, Liebling«, sagte er, nahm sie hoch, umarmte sie und gab ihr einen Kuß. Sie drückte ihn kurz, machte sich dann los und blickte wieder auf die Mattscheibe.

»Ganz allein, Liebes?« fragte er.

»Das Haus ist voller *Leute*«, erwiderte sie mit leidender Stimme, als handle es sich um Termiten. »Mum hat mir versprochen, daß wir nach dem Abendessen Black Bitch spielen, aber dann sind diese ganzen *Leute* gekommen.«

Aus irgendeinem Grund hatte Rosie nach überstandener Krankheit der Phantasiewelt den Rücken gekehrt, in die sie sich früher so gerne zurückgezogen hatte. Märchenbücher, Puppen, sogar Computerspiele interessierten sie nicht mehr, statt dessen stürzte sie sich auf Kartenspiele. Ellie meinte, sie wolle ihrer Phantasie eine Ruhepause gönnen, weil hier Dinge lauerten, die sie verstörten. Wie auch immer, sie begeisterte sich für jedes neue Kartenspiel und ließ sich auch durch Mangel an Mitspielern nicht abschrecken. Black Bitch oder Hearts, das in der Beliebtheitsskala ganz oben stand, konnte man eigentlich nicht zu zweit spielen, aber Rosie löste das Problem, indem sie für drei austeilte und selbst für zwei spielte. Im Notfall spielte sie auch alle Hände solo.

»Macht nichts«, meinte Pascoe. »Ich hole mir nur rasch was zu essen, und dann spiele ich mit dir, bevor du ins Bett gehst.«

»Du bist nicht so gut wie Mum«, erklärte Rosie, was hieß, daß sie seine plumpen Versuche, sie gewinnen zu lassen, durchschaute. Ellie hingegen, die die Bedürfnisse ihrer Tochter besser verstand, gelang es, spielerischen Ehrgeiz vorzutäuschen. »Und außerdem haben die Ferien angefangen.«

»So?«

»Du sagst doch immer, ich muß ins Bett, weil ich morgen aufstehen und in die Schule muß. Das kannst du heute aber nicht mehr sagen.«

Pascoe kitzelte sie am Bauch und sagte mit seiner James-Cagney-Stimme: »Keiner mag Klugscheißer, Kleines«, eine Kombination, bei der sie sich nicht mehr einkriegte vor Lachen.

»Freut mich, daß *ihr* wenigstens euren Spaß habt«, ließ sich Ellie von der Tür her vernehmen.

Pascoe gab ihr einen Kuß und fragte hoffnungsvoll: »Ist der Gebetskreis zu Ende?«

»Wie bitte?«

Er erläuterte ihr Novellos irrtümliche Annahme. Bei anderen Leuten hätte sie das vielleicht witzig gefunden. Angesichts ihrer derzeitigen Stimmung aber nur vielleicht.

»Die einzige, die hier betet, bin ich, und zwar darum, daß Feenie bald fertig ist«, meinte sie. »Ich wollte gerade Kaffee machen. Tut mir leid, aber ich habe das komplett vergessen, nach dem, was heute alles passiert ist. Ich habe uns Salat zu der Lachspastete gemacht, steht im Kühlschrank, also bedien dich.«

»Heißt das, du hast noch nichts gegessen?«

»Natürlich habe ich auf dich gewartet. Und dann konnte ich bei unserer Sitzung nicht einfach zu essen anfangen. Noch dazu, während wir über Leute reden, die im Gefängnis verhungern.«

»Dann warte ich auf dich«, sagte Pascoe. »Wenn's dir recht ist, mache ich ein bißchen Lärm und klappere an der Tür mit Geschirr. Oder Rosie geht rein und wird ohnmächtig.«

Bei diesem Vorschlag blickte Rosie hoffnungsvoll auf.

»Rosie kann allmählich darüber nachdenken, ins Bett zu gehen«, meinte Ellie. »Ja, ich weiß, es ist noch nicht so spät, aber wenn du jetzt schon darüber nachdenkst, erspart dir das vielleicht den üblichen vernichtenden Schock, wenn es soweit ist. Soll ich dir auch Kaffee machen?«

»Bitte.«

Er folgte ihr in die Küche und fragte: »Alles in Ordnung?«

»Mir geht's gut. Ich hätte nur einen ruhigen Abend vertragen können. Ist schon komisch, ich habe sie nur eingeladen, um mir zu beweisen, daß bei uns wieder alles normal abläuft, jetzt, da Rosie wieder gesund ist. Aber mit einem Polizisten als Mann ist es wahrscheinlich normal, daß jemand dich zu entführen versucht und dir die Freundinnen zusammenschlägt.«

»Das kann schon vorkommen. Darf ich mir einen Keks nehmen, oder schickt ihr die alle nach Somalia?«

»Wir sind hier bei Liberata, nicht bei Brot für die Welt.«

»Das verstehe ich als Ja.« Pascoe nahm sich einen Keks.

Ellie machte Kaffee. Instant, kein Espresso, fiel ihm auf. Immer ein Zeichen dafür, daß sie ihre Gäste möglichst bald loswerden wollte.

»Sind die Superhirne von Mid-Yorkshire einer Verhaftung inzwischen näher gerückt?«

»Na klar. Ganz automatisch bringt uns jede Stunde, die verstreicht, den künftigen Ereignissen um eine Stunde näher.«

»Ganz im Ernst?«

»Wir haben einen Fingerabdruck. Außerdem haben wir Fabrikat und Farbe eines Wagens, vielleicht auch zwei Nummern und einen Buchstaben des Kennzeichens. Also kommen wir voran, würde ich sagen.«

»Das ist immerhin ein Trost. Peter, im Laufe der Jahre habe ich mich daran gewöhnt, daß du dir Arbeit mit nach Hause bringst. Aber zur Zeit sieht es so aus, als würde deine Arbeit ohne dich ins Haus kommen, und ich glaube, daran möchte ich mich nicht gewöhnen. Könntest du mir die Tür aufmachen?«

Er hielt ihr die Küchentür auf, so daß sie mit ihrem Tablett voller Kaffeebecher hinausgehen konnte, und überholte sie dann, um ihr die Eßzimmertür zu öffnen.

»Kümmerst du dich um Rosie?« sagte sie im Vorbeigehen.

»Um euch beide«, sagte er zu der sich schließenden Tür.

Im Eßzimmer berichtete Serafina gerade von einem Dokumentarfilm über Nicaragua, den die anderen verpaßt hatten. Sie war eine der zielstrebigsten Frauen, die Ellie kannte, absolut tödlich nach Pascoes Meinung, aber Ellie fand, ein wenig Langeweile sei ein geringer Preis für die Gewißheit, daß Feenie für jede Sache, der sie sich verschrieben hatte, bis zum letzten Blutstropfen kämpfen würde. Jetzt kam ihr in den Sinn, daß bei jeder anderen Frauengruppe, in der sie sich je engagiert hatte, eine Kaffeepause das Signal gewesen wäre, sich zu entspannen und ein bißchen über persönliche Dinge zu plaudern, so daß sie vielleicht Gelegenheit gehabt hätte, von ihren Erlebnissen in den letzten Tagen zu erzählen. Aber so vertraut war sie mit den hier Versammelten nicht, das heißt, in dieser Gruppe war solche Vertrautheit nicht möglich. Auch dafür war Feenie verantwortlich, denn sie hatte von Anfang an darauf beharrt, daß Liberata ihre Aufgabe, weltweit Frauen in Bedrängnis zu helfen, nur dann erfüllen könne, wenn die Mitglieder ihre eigenen kleinen und großen Sorgen und Probleme zu Hause ließen.

Ellie stand also diesen Frauen, mit denen sie ein gemeinsames Ziel verband, nicht besonders nahe. Während Daphne, die Hilfe im Ausland weitgehend als unberechtigte Einmischung in die Angelegenheiten anderer Länder ansah (»wie diese Euro-Trottel, die uns Briten Vorschriften machen wollen«), es irgendwie geschafft hatte, sich in Ellies Herz einzuschleichen.

Heute abend, dachte sie, während Feenie einen Tagesordnungspunkt nach dem anderen abhakte, wirkte selbst das gemeinsame Interesse nicht besonders verbindend.

»Gut«, sagte Feenie. »Korrespondenz?«

Wie ein Kind, das seine Hausaufgaben nicht gemacht hatte, wich Ellie dem Blick der Vorsitzenden aus.

Eine andere ergriff das Wort. Das übliche, sie hatte geschrieben, aber keine Antwort bekommen. Es ist, als würde man

Funkbotschaften ins All schicken, dachte Ellie mutlos. Feenie sprach die gewohnten aufmunternden Worte, betonte, es sei wichtig, den Behörden in Erinnerung zu rufen, daß diese Gefangene nicht vergessen war. Niemand ließ sich gern überwachen, am allerwenigsten Tyrannen und Folterer.

Wenn das Gefühl, beobachtet zu werden, die Unterdrücker nur halb so sehr verstört wie mich, dann hat sie recht.

War *verstört* ein zu starkes Wort? Sie prüfte ihre Gefühle. Gestern, als die Euphorie nach dem Angriff auf die Eindringlinge und ihrem unrühmlichen Rückzug allmählich abebbte, hatte sich ein bedrohliches Unbehagen eingestellt, das durch die Erinnerung an ihren Triumph gemildert wurde. Aber jetzt, nach dem Zwischenfall mit Daphne ...

Nein, es war nicht zu stark. Nicht mit Rosie im Haus ...

»Ellie!«

Feenie musterte sie durch das Vergrößerungsglas, das sie anstelle einer Lesebrille benutzte, eine Marotte, die sie so erklärte: »Eine Brille ist Zeichen einer Schwäche, ein Vergrößerungsglas aber ist eine Waffe.«

»Was? Tut mir leid. Ach ja ... Ich meine, nein ...«

Sie war in Gedanken gewesen, hatte nicht mitbekommen, was die anderen gesagt hatten, und jetzt war sie an der Reihe.

»Hast du etwas von deinen Mädchen gehört?« fragte Feenie ungeduldig.

Der Ausdruck *Mädchen* hätte bei jeder anderen ein Streitpunkt sein können, nicht aber bei Feenie.

»Nein, nichts.«

»Auch nicht von Bruna?«

»Nein, tut mir leid, nichts, nicht seit ...«

Seit Rosie krank geworden war. Sie teilte die Zeit ein in die Epoche vor Rosies Krankheit und danach. Das mußte ein Ende nehmen.

» ... seit ich dich zuletzt gesehen habe.«

So mußte es wohl sein. Während der kritischen Zeit hatte sie keine Kraft für andere Dinge gehabt. Gelegentlich passierte es, daß sie von einer Begebenheit hörte, die ihr nichts sagte, und dann wußte sie, daß sie während der Krisenzeit geschehen war. Es konnte sein, daß irgendwo im Haus eine Karte von Bruna lag, die sie, um sich später damit zu befassen, beiseite gelegt und dann vergessen hatte. Erst kürzlich hatte sie einen Brief erhalten, in dem man ihr androhte, das Gas zu sperren, da sie die »Letzte Mahnung« hatte verstreichen lassen. Sie hatte einen Scheck mit einem Begleitbrief abgeschickt, in dem sie schrieb, da sie nun eine weitere Letzte Mahnung erhalten habe, sei die vorhergehende Letzte Mahnung in Wirklichkeit gar nicht die letzte Letzte Mahnung gewesen, sondern vielleicht lediglich die Vorletzte Mahnung, denn *Letztmaligkeit* sei wie *Einzigartigkeit* eine Eigenschaft, die sich nicht so ohne weiteres noch einmal bestimmen ließe. Bisher hatte sie keine Antwort erhalten.

»Ich hatte gedacht ...«, sagte Feenie, besann sich aber dann eines Besseren und fuhr energisch fort: »Also keine Antwort auf deinen letzten Brief. Wann hast du ihn geschrieben?«

Sie sprach natürlich von Bruna, nicht von den Gaswerken.

»Eigentlich bin ich gerade dabei«, antwortete sie ausweichend.

Feenie warf ihr diesen eisigen Blick zu, der einem das Gefühl gab, aus Glas zu sein. Ein Blick, der jedem, der sie nicht kannte, einen Schock versetzte wie ein Laserblitz aus einem erlöschenden Feuer.

Ellie fragte sich, ob sie überhaupt von Rosies Krankheit wußte. Bestimmt hatte es ihr jemand erzählt. Aber ob sie es auch registriert hatte?

Auf jeden Fall würde sie jetzt nichts sagen, dachte sie ärgerlich und hielt Feenies Blick stand, bis diese schließlich als erste die Augen abwandte.

»Schön«, sagte sie, leerte hörbar ihre Kaffeetasse und stellte sie mit einem Nachdruck ab, der deutlich machte, daß sie gegen eine zweite Tasse nichts einzuwenden hatte. »Dann schauen wir mal, was in unserer verrückten Welt vor sich geht, nicht wahr?«

Sie griff nach der Tüte mit den Zeitungsausschnitten. Jeden

Tag ackerte sie alle britischen Tageszeitungen durch – und dazu noch die ausländischen, die ihr in die Finger kamen –, um nach aufschlußreichen Meldungen zu suchen, die sie pflichtbewußt analysierte und weiterleitete. Eine Reise um die Welt mit Serafina Macallum dauerte zwar keine achtzig Tage, aber manchmal kam es einem so vor. Und diese Reise vermochte nicht einmal ein charakterstarker Mensch wie Ellie abzukürzen.

Aber heute abend kam Hilfe von unerwarteter Seite. Die Frau, die als letzte eingetroffen war und sich der Gruppe während Ellies Ausfallzeit angeschlossen hatte (daher hatte Ellie kurz gezögert, bevor sie Novello winkte), war scheinbar keine sehr starke Persönlichkeit. Sie war zwischen dreißig und vierzig, hatte dünne blonde Haare, ein blasses, ängstliches Gesicht und die Angewohnheit, ständig die Hände zu ringen, was Ellie auf die Nerven ging. Auch hatte sie sich kaum an der Diskussion beteiligt, und wenn, dann sprach sie so leise, daß man sie kaum verstand. Ellie, die ihrem spontanen Urteil traute, ordnete die Neue sofort der Kategorie von Frau zu, die zwar das Herz am rechten Fleck hatte, doch der Rest ihres Körpers hätte ebensogut irgendwo anders sein können, da sie für nichts zu gebrauchen zu sein schien. Sogar ihr Name, Wendy Woolley, paßte genau ins Bild.

Aber wie Ellie immer wieder feststellen mußte, lag sie mit solchen Spontanbeurteilungen des Charakters anderer Leute meist ziemlich daneben. Helen Gough, die Schriftführerin des Vereins, hatte bereits unter vielen Entschuldigungen angekündigt, sie sei heute zum letzten Mal dabei, weil ihr Mann aus beruflichen Gründen nach London ziehen müsse. Auch das war während Ellies Ausfallzeit bekannt geworden, aber sie vermutete, daß Feenie die Nachricht ebenso ignoriert hatte wie alles andere, was sie nicht hören wollte. Jetzt sah sie die Schriftführerin an, als höre sie zum ersten Mal von diesem Treuebruch, und sagte dann im Tonfall verständnislosen Erstaunens: »Wenn du tatsächlich fest entschlossen bist, ihn zu begleiten, dann müssen wir jetzt wohl eine Nachfolgerin ernennen.« Eingedenk der wiederholten Klagen ihrer scheidenden Mitstreiterin, Feenie Macallum erwarte von der Inhaberin dieses Amts eine Vollzeittätigkeit als persönliche Assistentin, entdeckten die meisten Anwesenden auf ihrem Schoß überaus interessante Dinge, die ihre Aufmerksamkeit fesselten.

Verblüffenderweise wisperte nun Wendy Woolley, wenn es für sie als jüngstes Mitglied nicht zu anmaßend sei, würde sie die Aufgabe sehr gern übernehmen.

»Hervorragend«, sagte Feenie. »Ich schlage vor, Sie machen sich gleich Notizen. Zweifellos wird Helen viel zu sehr mit Pakken beschäftigt sein, um das Protokoll zu schreiben. Und dann müssen wir einen Termin vereinbaren, an dem Sie nach Axness kommen, um sich mit den Akten vertraut zu machen. Wie wäre es morgen?«

Wieder sorgte Wendy Woolley für eine Überraschung, indem sie den Kopf schüttelte und flüsterte, morgen könne sie es nicht einrichten.

»Dann übermorgen«, erwiderte Feenie gereizt. »Am besten machen wir den Termin dann telefonisch fest.«

Wendy Woolley schien damit einverstanden, und Ellie vermutete, daß sie zum ersten und zum letzten Mal widersprochen hatte. Aber als Feenie Macallum ihre Lupe über den ersten Zeitungsausschnitt hob, klappte Wendy entschlossen den Block zu, auf dem sie sich Notizen gemacht hatte, steckte die Kappe auf ihren Füller, stand auf und sagte deutlich vernehmbar: »Tut mir leid, aber ich muß jetzt wirklich gehen.«

Wie beim ersten Ton der Nationalhymne auf einem Tory-Parteitag erhoben sich auch die anderen sofort, und Ellie folgte ihrem Beispiel. Nur Feenie blieb sitzen und versuchte nicht einmal, ihr Erstaunen zu verhehlen.

Auf dem Flur nahmen die anderen Abschied und traten in die milde Abendluft hinaus. Wendy Woolley, die als letzte ging, sagte noch: »Danke für den Kaffee.« – »Nein«, erwiderte Ellie. »Ich möchte mich bedanken.«

Wendy tat gar nicht erst so, als würde sie die Antwort nicht verstehen, lächelte und sagte: »Ich dachte, Sie sehen ein bißchen … müde aus. Tut mir leid. Das geht mich nichts an …«

Ellie erwiderte ihr Lächeln. »Ich bin jedenfalls froh, daß Sie das Signal zum Aufbruch gegeben haben.« Ellie erwiderte das Lächeln. »Bis bald, hoffentlich.«

Dann kehrte sie ins Eßzimmer zurück. Zu ihrer Erleichterung packte Feenie Macallum bereits ihre Tüten.

»Eine gute Versammlung«, sagte Ellie fröhlich.

»Findest du? Schade, daß wir sie vorzeitig abbrechen mußten. Wissen ist Macht, und wenn wir nicht jedes zur Verfügung stehende Mittel nutzen, um herauszufinden, was in der Welt vorgeht, können wir nichts bewegen. Wenn Wendy Woolley etwas länger bei uns ist, wird sie das bestimmt begreifen und ihre Termine entsprechend planen.«

»Ich bin mir sicher, daß Wendy ihre guten Gründe hatte, so früh zu gehen«, entgegnete Ellie mit Nachdruck. »Und es ist toll, daß sie so engagiert ist und den Schriftführerposten übernehmen will.«

»Ja, immerhin etwas«, brummte Feenie. »Ellie, bevor ich gehe, wollte ich dir noch sagen, wie sehr ich mich gefreut habe zu hören, daß deine Tochter wieder gesund ist. In den letzten Wochen hatte ich ziemlich viel zu tun, ich hätte mich früher melden sollen. Es tut mir leid.«

Entschuldigungen von Feenie waren so selten wie Rücktritte von Ministern, vor allem seit New Labour an der Macht war.

»Ist schon in Ordnung. Es geht ihr wieder gut. Nur innerlich muß sie noch damit fertigwerden. Und ich auch. Aber es wird schon wieder.«

Feenie lächelte.

»So wie ich dich kenne, ganz bestimmt. Und was Bruna betrifft …«

O Gott, dachte Ellie. Werde ich jetzt doch noch abgemahnt?

»Ich bin wirklich dabei, ihr zu schreiben«, fing sie an.

»Nein, darum geht es nicht. Vor zwei oder drei Wochen habe ich von einem meiner Kontaktleute gehört, daß sie entlassen worden ist. Ich dachte, weil sich doch eine engere Beziehung zwischen euch entwickelt hatte, hätte sie dich vielleicht benachrichtigt.«

»Das ist ja wunderbar«, sagte Ellie. »Ich freue mich wirklich. Aber sie hat sich nicht gemeldet, schon eine ganze Weile nicht mehr. Ich dachte, die kolumbianischen Behörden hätten ihre Zensur verschärft. Vielleicht war ja absehbar, daß sie in den nächsten Monaten entlassen wird, und sie hat es für besser gehalten, sich unauffällig zu verhalten und mir nicht zu schreiben. Und natürlich wollte sie die Sache nicht gefährden, indem sie versucht, Briefe nach draußen zu schmuggeln, was ja entdeckt werden könnte. Vielleicht wollte sie auch unsere Beziehung einfach abbrechen, nachdem sie erfahren hatte, daß sie freikommt.«

Bei ihrer Suche nach Gründen war Ellie allzu redselig geworden, denn in Wahrheit fühlte sie sich ein wenig gekränkt, was natürlich absurd war. Bei einer solchen Korrespondenz ging es nie um einen selbst, sondern immer um die inhaftierte Frau. Nur daß es in einem anderen Sinne ausschließlich um einen selber ging, weil man einer Fremden nicht alles mögliche über sich erzählen konnte, ohne in Gedanken aus der Fremden eine Freundin zu machen.

»Sei nicht beleidigt, wenn du nichts mehr hörst«, meinte Feenie. Es war, als könne sie Gedanken lesen. »Vielleicht hat sie gute Gründe, jeden Kontakt mit der Außenwelt zu meiden. Jetzt, da sie auf freiem Fuß ist, kann ich dir sagen, daß Bruna die Schwester eines der meistgesuchten Guerillaführers ist. Aus diesem Grund wurde sie überhaupt erst verhaftet – um ihn aus seinem Versteck zu locken. Aber alles, was sie mit ihren Bemühungen erreicht haben, war eine Welle der Gewalt. Jetzt hoffen sie vielleicht, daß Bruna sie zu ihrem Bruder führt, und allein das ist schon ein guter Grund unterzutauchen. Ich weiß, das wenige, was wir machen, tun wir nicht um des Dankes willen, aber gib sie nicht auf.«

»Danke, Feenie«, erwiderte Ellie. »Ich bin froh, daß du mir das gesagt hast.«

Die letzten Worte hatten sie im Flur gewechselt, und jetzt waren sie an der Eingangstür angelangt. Impulsiv küßte Ellie die alte Frau auf die Wange, eine Freiheit, die sie sich noch nie genommen hatte. Dafür erntete sie wieder einen Laserblick, nur daß diesmal ein Lächeln über Feenies Gesicht huschte.

Als Feenie durch die Einfahrt radelte, blickte sie sich um und rief Ellie dann über die Schulter zu: »Anscheinend ist unsere Spionin verschwunden. Sobald sie enttarnt sind, werden sie rasch ausgetauscht. Der Geheimdienst ist eine Hydra, meine Liebe, eine wahrhafte Hydra.«

Dann warf sie einem Nachbarn der Pascoes, der seinen Hund spazieren führte, einen zornigen Blick zu, als hielte sie beide für Undercover-Agenten einer Sondereinheit, und fuhr in Schlangenlinien die Straße hinunter.

Mit einem erleichterten Aufatmen schloß Ellie die Tür und ging ins Wohnzimmer, wo ihr Pascoe einen großen Scotch einschenkte, den sie in einem Zug leerte.

»So schlimm?« fragte er.

»Ich bin eine Heuchlerin«, sagte sie. »Beim ersten Anzeichen von Gefahr kann mir der Rest der Welt gestohlen bleiben.«

»Der Rest der Welt möchte, daß dir nichts passiert«, meinte Pascoe. »Denn wer sollte sie sonst retten?«

»Bin ich wirklich außer Gefahr, Peter? Ich habe darüber nachgedacht. Es spricht viel dafür, daß irgend jemand dir etwas anhaben will und sich deshalb an deiner Familie vergreift, stimmt's? Aber machen die das, um Druck auf dich auszuüben, damit du tust, was sie wollen? Oder einfach nur, um dich zu treffen? Mit anderen Worten: Einschüchterung oder Wahnsinn. Ich weiß, was mir lieber ist.«

»Vermutlich ersteres«, sagte Pascoe. »In diesem Fall werden sie sich nach einem fehlgeschlagenen Versuch zurückziehen.«

»Aber das haben sie nicht getan, oder?« erwiderte Ellie. »Sie waren heute noch da, Daphnes Nase ist der Beweis dafür.«

»Wenn sie es nur darauf abgesehen hätten, mir weh zu tun, indem sie dir weh tun, dann hatten sie ja schon ihre Chance, als du ihnen die Tür aufgemacht hast, oder?« hielt ihr Pascoe entgegen.

»Einen Eimer Säure ins Gesicht, meinst du? Das macht mir wirklich Mut.«

»Aber sie haben sie nicht genutzt«, beharrte Pascoe. »Viel wahrscheinlicher ist also, daß irgendein Idiot ein bißchen Druck ausüben möchte, um sich selbst oder alle, die ihm lieb und teuer sind, vor dem Knast zu retten. Natürlich gibt es noch eine dritte Möglichkeit...«

»Die versteckte Kamera?« schlug sie vor.

»Nein. Vielleicht hat es gar nichts mit meiner Arbeit zu tun. Möglicherweise interessiert sich da jemand für dich persönlich.«

Er sagte das nur, um sie abzulenken, und es funktionierte.

Sie sah ihn mit gespieltem Erstaunen an.

»Meine Wenigkeit? Ich ganz persönlich wichtig? Das muß wohl ein Irrtum sein.«

»Man kann nie wissen. Übrigens stammt die Idee von Constable Novello.«

»Die kleine doofe Shirley Temple? Dann muß es ja stimmen. Mädchen, die so kurze Röcke tragen, daß für die Belüftung des Stammhirns gesorgt ist, können sich nicht irren, oder?«

»Schade, daß du keine Jüdin bist«, meinte er. »Dann könntest du auch noch antisemitisch werden.«

»Spar dir deine klugen Bemerkungen. Dafür hab ich jetzt keinen Nerv. Wo ist Rosie?«

»Oben in ihrem Bett. Aber sie wird kaum einschlafen, wenn du nicht bald dein Versprechen erfüllst und mit ihr Karten spielst.«

»Typisch. Von wem hat sie das nur?«

Pascoe grinste.

»Tja, ihr Lieblingsspiel heißt Black Bitch«, meinte er.

»Warte nur, das wirst du mir büßen«, rief ihm Ellie zu, als sie zur Treppe ging.

»Das hoffe ich doch«, erwiderte Pascoe.

ZWÖLF

Doppelgänger

Ellie Pascoe beugte sich aus dem offenen Fenster und rief. Die Frau unten blickte überrascht auf und ließ die Autoschlüssel fallen. Ellie wiederum war so überrascht, daß sie die Schlüssel fallen ließ, die sie in der Hand hielt.

Ellie drehte sich im Bett um. Aber kurze Zeit später stand sie wieder am offenen Fenster, beugte sich hinaus, und die Frau unten blickte überrascht auf und ließ die Autoschlüssel fallen, und auch Ellie ließ ihre Schlüssel fallen.

Als sie zum dritten Mal aus diesem Traum erwachte, stand sie tatsächlich auf. Peter schlief tief und sehr ruhig, und die Entspannung tilgte die Spuren des Alters aus seinem Gesicht, so daß er aussah wie die überlebensgroße Skulptur eines Kindes – oder eines allzu früh verstorbenen Jünglings.

Sie ging in Rosies Zimmer. Ihre Tochter hatte die Decke abgestrampelt und lag wie ein gestrandetes Seepferdchen auf der sandfarbenen Matratze.

Ellie deckte sie zu. Von der Hitze des Tages war jetzt nichts mehr zu spüren. Oder der eisige Schauer ihres Traums steckte ihr noch in den Knochen.

An Schlafen war jetzt nicht mehr zu denken. Im Schlafzimmer wartete nur eins auf sie: das Gefühl, auf einem sturmgepeitschten Meer zu treiben, die Luft erfüllt vom Kreischen raubgieriger Vögel und die Gesichter ihrer ertrunkenen Lieben, die zu ihr emporstarrten.

Sie ging in die Abstellkammer, der sie die Bezeichnung Arbeitszimmer verweigerte. Vor nicht allzu langer Zeit hätte sie jeden, der sich einer Beziehung zu einem Kasten voller Elektronik brüstete, als Trottel ausgelacht, aber jetzt begrüßte ihr Laptop sie wie ein Freund.

Zeit für ihre Schmusedecke.

Sie schaltete ihn an, holte ihre Geschichte auf den Bildschirm und suchte in Kapitel 2 die Stelle, an der Daphne sie unterbrochen hatte.

Er spannte seine breiten Schultern an, holte tief Luft, beugte sich nach vorn, und mit einem Ruck riß er den Stoffstreifen entzwei, mit dem seine Hände gefesselt waren.

Die Männer ringsum hielten vor Bewunderung den Atem an, zückten aber im selben Moment die Waffen. Der Grieche streckte die Arme, um die Durchblutung wieder in Gang zu bringen, und lächelte ihnen wohlwollend zu. Dann nahm er den Sack ab, den er immer noch um den Hals trug, und ließ ihn ebenso wie die zerlumpten Reste seines Gewands auf den Boden fallen. Jetzt stand er nackt vor ihnen, und sie betrachteten seinen Körper, der von Furchen und Kratern übersät war wie der Mond, der ihn beleuchtete. Hier war die Geschichte eines von Gewalt geprägten Lebens verewigt, Narben von Stichwunden, Narben von Peitschenhieben, Narben vom Biß wilder Tiere und Narben von Knüppelhieben. Der Anblick gebot Ehrfurcht, weckte aber auch ein Gefühl der Bedrohung. Dann stellte sich der Grieche breitbeinig an ein kleines Feuer und begann mit einem tiefen, lustvollen Grunzen sein Geschlecht trockenzureiben. Eine der jungen Frauen legte die Hand auf den Mund und kicherte, und sofort wurde er wieder ein dicker, alter schiffbrüchiger Grieche.

Er griff nach einem wollenen Gewand, das sie über dem Arm trug, und zog es über.

»Danke, Kleine«, sagte er. »Wie wär's mit 'ner Muschel?«

Er schüttelte die restlichen Schalentiere aus den abgelegten Lumpen.

»Man kann sie roh essen, aber besser sind sie gebraten mit einem Tröpfchen Essig. Wenn ich nur dran denke, krieg ich Hunger.«

Und ohne weitere Umstände nahm er dem zweiten Mädchen den dampfenden Teller aus der Hand, hockte sich ans Feuer und begann zu essen.

Der Fürst sah ihm eine Weile zu, dann sagte er: »Achates, jetzt da sich der Sturm gelegt hat, könnten die Freunde unseres Gastes um sein Wohl besorgt sein und nach ihm suchen. Da scheint es mir angebracht, die Wachen zu verdoppeln.«

»Nicht nötig«, meinte der Grieche mit vollem Mund. »Ich bin ein einsamer Wanderer.«

Aber Achates entfernte sich und gab seinen Männern die nötigen Anweisungen.

Der große Bronzeteller war bald leer, und auf ein Nicken des Fürsten nahm ihn die Dienerin und füllte ihn erneut.

»Für einen Schluck würde ich meine Großmutter an einen einbeinigen Seemann verkaufen«, sagte der Grieche.

Ein weiteres Nicken. Man brachte einen Krug Wein und einen Becher herbei, den der Grieche nicht beachtete. Er griff nach dem Krug, goß ein kleines (ein sehr kleines) Trankopfer auf den Boden, hob das Gefäß an die Lippen und ließ den xanthischen Linn bis auf den letzten Tropfen durch seine Kehle rinnen.

Ellie hielt inne und überlegte. *Xanthischen Linn.* Ließ sich etwas derart Seltsames rechtfertigen? Man konnte darauf verweisen, daß es ein griechisches Wort war, denn *xanthos* hieß gelb. Xanthos war bei Homer außerdem ein zweiter Name für den Stromgott Skamander, gegen den Achilles kämpfte und unterlegen wäre, wenn ihm nicht der Feuergott Hephaistos zu Hilfe geeilt wäre. Aber ein Krittler hätte einwenden können, daß das Wort sich nicht recht zum schottischen *Linn,* dem Wasserfall, fügte. Als komischer Euphemismus war solcher Schwulst in Ordnung, und *xanthischer Linn* hätte als Umschreibung für Pisse manchem Leser ein Lächeln entlockt, aber klang der Ausdruck an dieser Stelle nicht nur eigenwillig affektiert? Und gab es damals überhaupt weißen und roten Wein? Rotwein erschien ihr wahrscheinlicher, doch sie wußte nicht, warum. Vielleicht weil er rustikaler, ursprünglicher wirkte, obwohl man das in Bordeaux bestimmt bestritten hätte. Aber dafür waren die Franzosen auf der Welt – um mit den Engländern Streit anzufangen.

Ihre Finger huschten über die Tasten.

ließ sich den roten Strom bis auf den letzten Tropfen durch die Kehle rinnen.

Dann wandte er sich den Speisen zu und leerte den zweiten Teller so rasch wie den ersten.

Als er fertig war, gab er der Dienerin den Teller zurück.

»Großartig«, sagte er. »Danke, Mädchen.«

Und er rülpste laut und anerkennend, so daß die Männer lachten. Mit Ausnahme des Fürsten, der sagte: »Freut mich zu hören, daß es dir gutgeht, Fremder. Aber jetzt, da dein natürliches Verlangen nach Speise und Trank gestillt ist, ist es, wie ich meine, an dir, unser ebenso natürliches Verlangen nach Auskunft zu stillen.«

»Frag nur zu, Herr. Ich bin nur ein einfacher Mann, der wenig weiß, was die Neugier eines großen Führers befriedigen könnte. Aber was ich dir sagen kann, will ich nicht verschweigen.«

»Hab Dank, Fremder.«

Der Fürst ließ sich auf einem Hocker am Feuer nieder, Achates kauerte sich neben ihn, und die Männer hockten sich in drei oder vier Kreisen um die drei im Mittelpunkt, während die Frauen ihren Geschäften nachgingen, unterdessen aber aufmerksam verfolgten, was sich am Feuer tat. Der alte Mann hatte dem Fürsten etwas zugeflüstert und sich dann in das Zelt am Felsen zurückgezogen.

»Nun, Fremder, bevor wir nach deinem Namen und deiner Geschichte fragen, erkläre mir eines. Wie kam es, daß du dich

bei deiner Ankunft vor mir auf den Boden warfst und um Gnade und Beistand flehtest, und nicht vor dem alten Mann, meinem Vater? Sowenig ich über die Griechen weiß, ist mir doch bekannt, daß ihr ebenso große Achtung vor der Würde und Weisheit des Alters habt wie wir.«

»Wie ihr? Du meinst, ihr seid keine Griechen?« fragte der Fremde mit erstaunter Miene.

»Ich dachte, unsere Kleider und unsere Sprache hätten dir das verraten.«

»Nein, denn es gibt Griechen verschiedener Art. Einmal begegnete mir ein Kerl aus Kreta, ganz in Blau gekleidet wie eine alberne Gans, die ein Fest besucht. Und wie er gesprochen hat. Ich konnte mir keinen Reim darauf machen. Klang schlimmer als mein Vetter mit dem Wolfsrachen. Also dachte ich, ihr seid gewiß auf dieser Insel heimisch, deren Namen ich nicht kenne, an deren Küste zu stranden aber mein Glück war, glaubt mir. Wenn ihr denn keine Griechen seid, was seid ihr dann?«

»Rate mal«, entgegnete der Fürst mit freundlicher Ironie.

»Phönizier? Nein, nicht dunkel genug. Ägypter? Auch nicht. Etwa Medes? Ja, ich hab's, du könntest Medes sein, stimmt's?«

»Ich fürchte nein. Wir sind Trojaner. Und ich bin Fürst Äneas von Troja.«

Der edle Äneas. Der aus dem zerstörten Troja floh, seinen Vater auf den Schultern, seinen Sohn an der Hand, dahinter seine Frau (vielleicht mit ihrem alten Hänfling?), bis sie den Weg verlor und schließlich ihr Leben. Der edle Äneas, der dem Befehl der Götter gehorchte und seinem Stern folgte, um nordwärts von Karthago das Römische Reich zu gründen, während Dido zurückblieb und den südlichen Himmel mit ihrem schrecklichen Feuer erhellte.

Keine besonders kluge Entscheidung für eine Frau, sich an den edlen Äneas zu hängen!

Dido kam natürlich später, eigentlich schade. Es hätte sich

gelohnt, ihn unter die Lupe zu nehmen, nachdem er ihren Tod auf dem Gewissen hatte! Jedes Handwerk hatte seine Tücken, also Gnade für die Autorin, mehr als für andere Frauen, wenn sie sich an die Tatsachen halten mußte, auch wenn sie in diesem Fall völlig fiktiv waren. Schließlich hatte sie einmal einen Booker-Preisträger bei einer Signierstunde sagen hören: Gib dein Innerstes preis, und die Welt wird vermutlich mit Schweigen reagieren. Wenn du aber einen Fehler machst, dann bekommst du E-Mails von Klugscheißern aus fünf Kontinenten. Aber warum sollte sie das bekümmern, wo sie doch keineswegs vorhatte, ihre Schmusedecke vor der Öffentlichkeit auszubreiten?

Zurück zum edlen Äneas.

Er blickte dem Fremden ernst ins Gesicht und fuhr dann fort: »Das scheint dich nicht zu beunruhigen.«

»Warum sollte es? Ich meine, ihr seid doch keine Menschenfresser oder dergleichen, oder doch?«

»Nein, auch nichts dergleichen, wie du sagst. Aber ich dachte, du hättest davon gehört, daß eine Streitmacht aus allen von Griechen besiedelten Ländern unter König Agamemnon von Mykene im Krieg mit Troja lag, einem Krieg, der zehn Jahre währte. Zeit genug, daß sich die Kunde herumspricht, könnte man meinen?«

Der Grieche runzelte die Stirn, als würde er angestrengt überlegen.

»Jetzt, wo du es sagst, dämmert mir was. Ja, ich glaube wohl, daß in der Taverne schon mal einer davon gesprochen hat. Ging es nicht um so ein Flittchen? Ja, jetzt erinnere ich mich. Wir konnten es nicht glauben. Ich meine, Krieg um Land oder Fisch oder Vieh, das kann ich begreifen. Aber erwachsene Männer, die wegen einem entlaufenen Flittchen in den Krieg ziehen, das ist ziemlich bekloppt. Ihr wollt mir doch nicht weismachen, daß es stimmt, oder? Zum Hades, ich glaube doch. Die Menschen sind schon seltsam. Also dieser Krieg, wer hat ihn gewonnen?«

Fürst Äneas musterte ihn spöttisch.

»Deine Landsleute. Nicht durch Waffengewalt, da waren wir ihnen ebenbürtig. Nicht durch edle Taten oder Gesinnung, da waren wir ihnen überlegen, sondern durch schmähliche List und viehische Schläue, denn da waren sie uns über. Und ein Mann vor allen anderen erwies sich als Meister der Lüge, der Täuschung und des Betrugs. Die arglistige Schlange Odysseus.«

Odysseus, der feiste, unredliche Geschäftemacher Odysseus, stets eine gewandte Lüge auf den Lippen, oftmals komplizierter, als nötig gewesen wäre, um plausibel zu bleiben, aus reiner Freude am Erfinden. Wenigstens wurde *er* nicht von hochtrabendem Pflichtgefühl oder Schicksalsglauben getrieben. Was ihn letztlich bewog, ein Leben endloser Glückseligkeit auf Kalypsos Zauberinsel aufzugeben, war nur seine untilgbare Sehnsucht, zu Frau und Familie heimzukehren.

Sie und Peter waren auf ihre Art wie der edle Äneas gewesen. Erst als Rosie mit dem Tod rang, hatten ihre Schiffe zusammengefunden. Was angesichts der Wechselhaftigkeit von Zeit und Gezeiten nicht hieß, daß sie in alle Ewigkeit gemeinsam segeln würden, aber jetzt wußten beide aus unmittelbarer Erfahrung, was vorher nur eine hehre Vermutung gewesen war: daß sie, ganz gleich, was für stürmische Gewässer sie zu trennen schienen, zusammengehörten wie die Rümpfe eines Katamarans.

Lieber Himmel, ziemlich viele nautische Metaphern für jemanden, dessen längste Seereise die Fahrt auf einer alten Fähre nach Skye gewesen war!

Wo war ich stehengeblieben? Ach ja.

Odysseus.

Als der Name fiel, entrang sich den Männern ein haß- und schmerzerfülltes Stöhnen, und sie ließen wütend ihre Waffen klirren.

Der Fremde, der mit der Miene eines Kindes lauschte, das

einer spannenden Erwachsenengeschichte zuhört, die es nur halb versteht, schüttelte den Kopf und fragte: »Odysseus, sagst du? Von dem habe ich schon gehört. Ziemlich fauler Kunde, nach dem, was man so mitkriegt. Kauf ein gebrauchtes Boot von ihm, und bald hast du einen nassen Arsch. Solche Typen muß es auch…

War da ein Geräusch draußen?

Sie stand auf und trat ans Fenster, dasselbe Fenster, aus dem sie sich im Traum gebeugt hatte. Die Nacht war schön und mondhell, wie in ihrer Geschichte. Hier allerdings ohne Lagerfeuer. Nur eine leere Einfahrt. Das Tor war angelehnt, offenbar hatte Peter vergessen, es zu schließen. Die Straße war menschenleer, nur ein paar Autos standen da, wie immer, sie gehörten Nachbarskindern, die diesen westlichen Initiationsritus bereits durchlaufen hatten, aber ihr Fahrzeug nicht in der Einfahrt stehenlassen konnten, weil Papas Gefährt den Ehrenplatz in der Garage einnahm und er am Morgen als erster losmußte. Nichts regte sich, nicht einmal eine Katze.

Dann setzte sich ein Stück weit entfernt ein Fahrzeug in Bewegung und schlich in einem Tempo die Straße entlang, als wäre der Fahrer auf der Suche nach einer Prostituierten. Ein kurzsichtiger Freier vielleicht? Das Auto bog nach rechts ab, so daß sie den Fahrer sehen konnte oder wenigstens, als er kurz zu ihrem Haus hinübersah, sein hageres, fahles Gesicht, den bleistiftschmalen Schnurrbart und den bohrenden Blick, der einen Moment lang ihrem begegnete.

Oder bildete sie sich das bloß ein, war es ein Trugbild aus Mondlicht und Schatten, getrübt durch das Fensterglas und den Zerrspiegel ihrer Phantasie?

»Mami.«

Jede andere Stimme hätte ihr einen Schreck eingejagt, aber die Angst, die Stimme ihrer Tochter nie wieder zu hören, saß ihr noch so in den Knochen, daß die Freude jedes andere Gefühl verdrängte.

»Warum bist du denn auf, mein Schatz?« sagte sie. »Komm her.«

Rosie kam herein, und Ellie schloß sie in die Arme.

»Ich habe ein Geräusch gehört und bin in dein Zimmer gegangen. Dann hab ich das Licht vom Computer gesehen. Arbeitest du?«

Wenn Ellie früher in literarischen Sphären weilte, hätte man sie auf keinen Fall stören dürfen.

»Nein, Liebes. Und es wäre auch egal.«

Das Kind sah sie ungläubig an. Mein Gott, anscheinend habe ich diesen Mist mit der heiligen Muse wirklich überzeugend verkörpert, dachte Ellie schuldbewußt.

»Geschlossene Gesellschaft?« fragte Pascoe, der gähnend in der Tür stand.

»Nein. Ich konnte nicht schlafen, aber ich hatte nicht vor, das ganze Haus zu wecken.«

»Macht nichts, es ist sowieso zu heiß zum Schlafen.«

Seine Stimme klang unbekümmert, aber in seinem Blick lag Besorgnis.

Sie überlegte, ob sie das vorbeifahrende Auto erwähnen sollte. Aber was gab es da schon zu erzählen? Er hatte schon genug Sorgen.

»Daran liegt's wahrscheinlich«, sagte sie. »Hier, nimm Rosie. Ich bin mir sicher, daß sie zugenommen hat. Zuviel Eis und Hamburger. Hoffentlich übertreibt es Wieldy morgen nicht mit seiner Gastfreundschaft.«

Rosie war in ihren Armen wieder eingeschlafen. Pascoe nahm sie und trug sie zurück ins Bett.

Als er wiederkam, stand Ellie immer noch am Fenster.

»Wenn es dir lieber ist, daß sie nicht nach Eendale fährt …«

»Nein, das will ich nicht. Für sie ist es am besten, wenn alles seinen normalen Gang geht. Normalität ist wichtig. Ich wollte mich selber gerade wieder daran gewöhnen, als das alles …«

Während sie sprach, starrte sie unablässig aus dem Fenster. Pascoe trat neben sie und schaute auch hinaus. Nichts. Nur der Garten, die Einfahrt, die Straße.

»Was ist los?«

»Irgendwas«, sagte sie. »Ich weiß nicht, vielleicht nichts. Ich träume immer wieder von dieser Frau, du weißt schon, die behauptet hat, sie käme vom Sozialdienst der Schulbehörde, sie stieg aus dem Auto, ich rief vom Fenster aus hinunter, und sie war so überrascht, daß sie den Autoschlüssel fallen ließ. Und in meinem Traum erstaunt mich das so, daß auch ich meinen Schlüssel fallen lasse ...«

»Welchen Schlüssel?«

»Keine Ahnung. Den Hausschlüssel wahrscheinlich. Kein besonders schlimmer Alptraum, oder? Zumindest, wenn man bedenkt, welches Material das Unterbewußtsein zur Verfügung hatte. Die Lügen über die Buspanne, der Tritt in die Eier, den ich dem Typen verpaßt habe, der Schlag auf die Nase, den die arme Daphne abbekommen hat ...«

»Sogar dein Unterbewußtsein ist fest entschlossen, sich nicht einschüchtern zu lassen«, meinte Pascoe. »Wie wär's, wenn wir's noch mal mit Schlafen versuchen?«

Er zog sie vom Fenster weg, aber nach ein paar Schritten machte sie sich los und ging wieder zurück.

Er sah ihrem Gesicht an, daß etwas passiert war. Ein Aufblitzen von Erinnerung, das Sehnsucht nach der früheren Dunkelheit weckte.

»Oh, Scheiße, Peter.«

»Um Himmels willen, was ist los?« fragte er mit der Unbeherrschtheit der Angst.

Sie starrte aus dem Fenster und drehte sich dann langsam zu ihm um.

»Diese Frau. Sie war so überrascht, daß sie ihre Autoschlüssel fallen ließ. Das habe ich dir doch gesagt, nicht wahr? Nur ist sie gar nicht gefahren. Sie ist an der Beifahrerseite ausgestiegen. Was machte sie also mit dem Schlüssel in der Hand? Jedenfalls waren es keine Autoschlüssel, das steht fest. Er saß am Steuer.«

»Und weiter?« fuhr er sie an, obwohl er die Antwort bereits wußte. »Weiter?«

Sie zögerte, und als sie antwortete, klang ihre Stimme beherrscht, beinahe resigniert.

»Peter, ich glaube, sie hatte einen Schlüssel vom Haus. Warum hätte sie sonst mit einem Schlüsselbund auf unsere Tür zugehen sollen? Sie hatte vor, die Eingangstür aufzusperren und in unser Haus zu gehen. Als ob es ihr gehörte. Und deshalb bin ich in meinem Traum so erschrocken, daß ich meinen eigenen Schlüssel fallen ließ. Es war wie ein Spiegelbild, Peter. Als sie im Traum zu mir aufblickte, sah ich mich selbst.«

Sie standen wie erstarrt da und blickten sich an wie zwei Schauspieler im Standbild am Ende des Films. Nur daß es noch lange nicht vorbei war.

Pascoe brach den Bann und sagte fröhlich: »Wenn irgendwo eine Kopie von dir herumspaziert, verlange ich mein Geld zurück. Hör zu, Liebes, wahrscheinlich besteht kein Grund zur Sorge, aber wir gehen kein Risiko ein. Morgen lasse ich die Schlösser auswechseln.«

»Das wäre mir recht. Hast du die Riegel vorgeschoben?«

»Natürlich. Aber ich sehe noch mal nach. Und du gehst wieder ins Bett.«

»Ich schau nur noch nach Rosie.«

Es geht ihr an die Nieren, dachte er, als er hinunterging. Der Ausflug nach Enscombe morgen würde ihr guttun, aber noch besser wäre es, wenn er es irgendwie bewerkstelligen konnte, sie und Rosie einfach aus der Stadt zu zaubern, bis die Sache geklärt war.

Die Riegel waren alle vorgeschoben, das hatte er gewußt. Aber er entdeckte etwas, was noch nicht da gewesen war, als er ins Bett ging.

Auf der Fußmatte lag ein zusammengefaltetes Blatt Papier.

Er hob es auf und faltete es auseinander.

Schöne Mistress Pascoe…
obwohl Du gut bewacht wirst, bin ich Dir unsichtbar nah. Zuweilen ist unser Aug' so blind wie unsre Einsicht. Fürstenzorn macht

mir nicht länger Not, aber den Tyrannenstreich muß ich noch fürchten, obgleich ich an Dich glaube, muß ich mich Deiner Treue doch versichern, denn würd' sie wiederlegt, wär' schöner Schein alsbald als böser Trug entlarvt.

Das war ja nun wirklich merkwürdig. Aber irgendwie kam es ihm bekannt vor. Elisabethanisch? Oder Jakobäisch?

Hatte Wield nicht gesagt, daß Franny Roote eine Doktorarbeit über die Rachetragödie schrieb?

Großer Gott. Der Mann oder *ein* Mann war heute nacht hier gewesen ... auf dem Weg, sogar vor der Haustür ...

Warum zum Teufel war er so arrogant gewesen zu glauben, wenn er zu Hause sei, brauche er keine Wache vor seinem Haus, um seine Familie zu schützen?

Er ging zur Treppe und hörte, wie Ellie aus Rosies Zimmer kam und im Bad verschwand. Er ging ins Wohnzimmer, griff zum Telefon und rief South Yorkshire an. Glücklicherweise erreichte er trotz der späten Stunde Sergeant Stanley Rose, mit dem er bereits gesprochen hatte, als er seinen geplanten Besuch zur Überprüfung von Roote anmeldete.

»Stan«, sagte er. »Hier ist noch mal Peter Pascoe. Es ist etwas passiert.«

Er schilderte den Vorfall und fuhr dann fort: »Können Sie jemanden hinschicken, um nachzusehen, ob er zu Hause ist? Wenn nicht, schnappt ihn euch, sobald er wiederkommt. Wenn er da ist, soll er erklären, was er heute nacht getrieben hat, und morgen früh zu Hause bleiben, weil er Besuch bekommt. Ja, sagt ihm auf alle Fälle, von wem. Macht nichts, wenn er abhaut. Ich wäre beinah froh, wenn er es täte.«

Den Brief steckte er in einen durchsichtigen Plastikbeutel und ließ ihn in der Tasche seiner Jacke an der Garderobe verschwinden. Er hatte nicht gern Geheimnisse vor Ellie, aber dieser irrwitzige Alptraum machte ihr schon genug zu schaffen.

Er ließ unten das Licht an und ging wieder ins Bett.

DREIZEHN

Marats Tod

Am nächsten Morgen stand Pascoe in aller Frühe auf und rief noch einmal South Yorkshire an.

Rose hatte sich der Sache persönlich angenommen und Roote im Bett angetroffen.

»Er sagte, er hätte bis Mitternacht Schichtdienst im Krankenhaus gehabt – Sie wissen doch, daß er dort einen Job als Pförtner hat? Um eins sei er dann heimgekommen. Das hat aber lang gedauert, sage ich. Zum Krankenhaus ist es nicht weit. Stellen Sie sich vor, Sie hätten kein Auto und könnten sich kein Taxi leisten, meint er darauf.«

Als er von Pascoes bevorstehendem Besuch erfuhr, hatte Roote geantwortet: »Wie nett, daß er noch an mich denkt. Ich muß dafür sorgen, daß die Wohnung hübsch aufgeräumt ist, so wie er es gerne hat. Hat er nicht jemanden von der Uni geheiratet, Miss Soper, stimmt's? Sagen Sie ihm, ich freue mich wirklich darauf, mit ihm über die guten alten Zeiten zu plaudern, als wir beide noch frei und ungebunden waren.«

»Wollte er denn nicht wissen, warum ich komme?« fragte Pascoe.

»Nein, aber ich sagte ihm, ja, Mr. Pascoe ist verheiratet und er würde ernsthaft sauer werden, wenn jemand seine Familie nicht mit dem gebührenden Respekt behandelt, und genauso seine Freunde. Ernsthaft sauer. Ich glaube, das hat er kapiert.«

Das bezweifelte Pascoe nicht, auch wenn er sich wünschte,

Rose hätte es anders formuliert. Soweit er sich erinnerte, hatten altmodische Drohungen bei Roote nicht viel Sinn. Damals hatte er sich eher für Denksport interessiert. Auf diesem Gebiet mußte man ihn schlagen, und nicht in einer Seitenstraße mit Gummiknüppeln.

»Danke, Stan«, sagte er.

»War mir ein Vergnügen. Rufen Sie uns an, wenn Sie Unterstützung brauchen.«

»Geht ihr eigentlich nie ins Bett?«

»Natürlich nicht. Wir haben ja auch keine hübsche alte Miezekatze wie der Dicke, die uns eine Gutenachtgeschichte erzählt. Machen Sie's gut.«

»Gleichfalls. Und danke.«

Er legte auf, als Ellie ins Zimmer trat. In ihrem Morgenmantel sah sie verschlafen und sexy aus.

»Beruf oder Vergnügen?« fragte sie.

»Ist das eine Aufforderung oder eine Frage?«

»Ich bin zu k. o., um auch nur so zu tun, als ob«, gähnte sie. »Warum bist du so früh auf?«

»Ich muß los, sobald Bowler auftaucht.«

»Bowler? Ach, der hübsche Neue? Immerhin mal eine Abwechslung gegenüber Miss World of Leather. Und wohin mußt du?«

Ein Augenblick der Wahrheit? Nur, was war die Wahrheit? Daß er Sheffield heimsuchen würde wie ein Racheengel? Oder daß es einfach nur um eine Routineermittlung ging?

Eher letzteres, so mußte es sein. Und so war es. Es gab nichts, was Roote verdächtiger machte als jeden anderen. Also war es tatsächlich Routine. Wie jeder Polizist wußte er, daß die Aufklärung eines Verbrechens zu neunundneunzig Prozent auf Elimination und zu einem Prozent auf Inspiration beruhte. Aber ihm war auch klar, daß dies für Außenstehende (das heißt, für jeden Nichtpolizisten, ganz egal, wie nahe man ihm stand) häufig so aussah wie das Eingeständnis der Niederlage, ein Aktivismus, der den Eindruck von Untätigkeit zu zerstreuen suchte.

Er stellte sich vor, er würde sagen: »Erinnerst du dich an Franny Roote, den jungen Mann, den ich vor ein paar Jahren hinter Schloß und Riegel gebracht habe, weil er einen ehemaligen Rektor des College ermordet hatte, an dem du unterrichtet hast? Ich werde ihn besuchen.«

»Wirklich, Schatz? Warum?«

»Weil er eine Doktorarbeit über die Rachetragödie schreibt. Und weil gestern abend jemand einen Brief in elisabethanischem Englisch für dich abgegeben hat. Ich muß ihn eliminieren.«

»Töten, meinst du?«

»Nein, nur von meiner Liste streichen.«

»Ah ja. Und dann?«

»Dann werde ich zum Gericht fahren und verhindern, daß Kelly Cornelius auf Kaution freikommt.«

»Hat das irgend etwas mit dem Schutz deiner Familie zu tun?«

»Na ja, es ist nicht ganz auszuschließen, daß ein paar unangenehme Leute nichts dagegen hätten, wenn sie auf Kaution freigelassen wird, damit sie an sie rankommen.«

»Vielleicht die Leute, die Rosie und mich bedrohen?«

»Vielleicht.«

»Und da willst du ihre Freilassung *verhindern*?«

Nein, es war nicht besonders einleuchtend, nicht einmal für einen Insider. Also antwortete er ausweichend: »Da, wo ich hingehe, ist es jedenfalls nicht so nett wie bei dir. Ich hoffe, ihr habt einen schönen Tag in Arkadien.«

»Ja. Obwohl ich mir überlegt habe, Rosie ein paar Stunden beim guten Onkel Wieldy zu lassen und mal zu sehen, wie es Daphne geht.«

Scheiße, dachte Pascoe. Dalziel würde das bestimmt nicht gefallen. Pascoe hatte ihm versichert, daß Bowler wieder zur Verfügung stehen würde, nachdem er Ellie und Rosie nach Enscombe begleitet hatte. Dort sollten sie unter dem Schutz Edgar Wields stehen, der eigentlich seinen freien Tag hatte.

»Unbezahlte Überstunden«, hatte sich der Dicke gefreut. »Gut eingefädelt. Wir machen schon noch einen sparsamen, hart arbeitenden Menschen aus dir.«

Aber jetzt wurde Bowler als Begleiter für Ellies Besuch in Rosemont gebraucht, was die knappen Personalressourcen des Criminal Investigation Department ebenso beanspruchen würde wie Dalziels ohnehin überstrapazierte Geduld.

»Schön«, sagte er. »Grüß Daphne von mir. Ich glaube, jetzt ist Bowler da.«

Er ging nach draußen und informierte den gerade eingetroffenen Detective Constable über die Programmänderung.

»Sie bleiben bei Mrs. Pascoe, und der Sergeant kümmert sich um Rosie.«

»Keine Sorge, Sir«, sagte der fröhliche junge Mann. »Ich werde sie unbeschädigt wieder zu Hause abliefern.«

Oh, die Gewißheiten der Jugend, dachte Pascoe.

Drinnen saß Rosie inzwischen am Küchentisch.

Er gab ihr einen Kuß. »Viel Spaß heute. Und freunde dich nicht zu sehr mit dem irren Affen von Onkel Edgar an.«

»Ja, ja«, meinte das Kind, in eine rund um die Cornflakes-Schüssel ausgelegte Patience vertieft.

»Ich hätte nie gedacht, daß ich noch Sehnsucht nach Nina bekomme«, sagte er zu Ellie, als er ihr einen Abschiedskuß gab.

Auf der Fahrt Richtung Süden ließ er sich durch den Kopf gehen, was er in Rootes Akte gelesen hatte. Zu Beginn seiner Haftstrafe hatte man Bedenken wegen seines Geisteszustands gehabt, und er hatte einige Zeit in der geschlossenen Abteilung einer psychiatrischen Klinik verbracht. Nachdem er für haftfähig erklärt worden war, hatte er seine Strafe im Normalvollzug als vorbildlicher Mustergefangener verbüßt, und so stand es außer Frage, ihm zu gegebener Zeit den Rest auf Bewährung zu erlassen. Er hatte die Auflagen peinlich genau erfüllt und über eine Rehabilitationsgruppe einen Job als Krankenhauspförtner in Sheffield gefunden, wo er die unbeliebte Nachtschicht übernahm, um tagsüber in den Bibliotheken für seine Doktorarbeit recherchieren zu können.

Eine Erfolgsstory vom Standpunkt des Strafvollzugs: ein Boot, das friedlich auf ruhigen Wassern dahinsegelte. Und Rootes schottische Bewährungshelferin hatte in ziemlich aggressivem Ton der Hoffnung Ausdruck gegeben, daß sie durch Pascoes Besuch nicht in Aufruhr geraten würden.

Normalerweise hätte die Fahrt in das Vorstadtviertel im Norden Sheffields, wo Roote wohnte, eine Dreiviertelstunde in Anspruch genommen; jetzt, im dichten Berufsverkehr, war Pascoe ein einviertel Stunden unterwegs. Wenn das Gespräch länger dauerte, würde er sich beeilen müssen, um mittags rechtzeitig zum Gericht zu kommen und den Kautionsantrag von Kelly Cornelius abzuschmettern.

Falls er sich aber verspäten sollte, weil er herausfand, daß Roote hinter der Sache steckte, was kümmerte ihn dann noch Kelly Cornelius?

Bei dem Material, das aus Sheffield gefaxt worden war, befand sich auch ein neueres Foto. Pascoe hatte es mit seiner Erinnerung an Roote verglichen: ein dreiundzwanzigjähriger, blonder junger Mann, stets weiß oder cremefarben gekleidet, der sich mit der Anmut einer Katze bewegte und trotz seiner ungezwungenen freundlichen Art wachsam und zurückhaltend wie eine Katze blieb. Bei Frauen kam er grundsätzlich gut an, und auch Männer akzeptierten ohne weiteres seinen Führungsanspruch.

Der Mann auf dem Foto sah völlig anders aus. Sein Alter lag undefinierbar zwischen dreißig und vierzig, Gesicht und Gestalt waren hager und die Haare auf wenige Millimeter kurz geschoren.

Nur der wachsame Ausdruck der Augen war geblieben.

»Ich hätte ihn nicht wiedererkannt«, hatte Dalziel gesagt.

»Ich schon«, erwiderte Pascoe.

Jemanden, der versucht hatte, einen mit bloßen Händen zu ermorden, vergaß man nicht.

Die Wohnung lag im obersten Stock eines umgebauten

Reihenhauses in einer Gegend, die wenigstens im Morgenlicht einen einigermaßen anständigen und gepflegten Eindruck machte.

Er läutete. Wartete. Läutete noch einmal. Dann klopfte er laut und vernehmlich.

Aus der Nachbarwohnung trat eine Frau.

»Schläft wahrscheinlich«, sagte sie. »Er arbeitet Nachtschicht. Hat das nicht Zeit? Nicht so nett, ihn einfach aufzuwecken.«

Sie war über fünfzig, mütterlicher Typ. Rootes Charme tat offenbar nach wie vor seine Wirkung.

»Nein, es ist dringend«, entgegnete Pascoe und begann wieder zu klopfen. Dann rief er: »Mr. Roote? Hier ist Peter Pascoe. Könnten Sie die Tür öffnen? Mr. Roote? Hören Sie mich?«

»Bestimmt hört man sie noch in Rotherham. Sie machen einen Lärm, der Tote aufwecken könnte«, sagte die Frau.

Pascoe sah sie an und las in ihren Augen, daß ihr klar wurde, was sie gerade gesagt hatte.

»Hat jemand einen Zweitschlüssel?« fragte er.

»Ja. Also, ich habe einen. Ich schaue gelegentlich mal rein und räume ein bißchen auf.« Sie errötete ein wenig, und Pascoe korrigierte seinen ersten Eindruck einer *mütterlichen* Beziehung.

»Könnten Sie ihn bitte holen?« sagte er. Und als sie immer noch nicht überzeugt schien, zog er seinen Ausweis hervor: »Polizei.«

Die Tür führte in ein kleines Wohnzimmer. Sessel, Tisch, Stuhl, übervolles Bücherregal, alles sauber und ordentlich. Man sah drei geschlossene Türen.

Pascoe öffnete eine von ihnen. Küche. Spüle. Eine kürzlich gespülte Tasse und ein Teller, zum Abtropfen aufgestellt. Ein Wasserkessel auf einem kleinen Gaskocher. Pascoe berührte ihn. Noch warm.

Die Frau hatte eine weitere Tür geöffnet. Schlafzimmer. Gemachtes, unberührtes Bett.

Sie wandte sich zur dritten Tür.

»Nein, lassen Sie mich vor«, sagte Pascoe.

Er stieß die Tür auf. Badezimmer. Dampf. Eine alte, angeschlagene Emaillebadewanne, mit Wasser gefüllt, das die Farbe von Kirschlimonade hatte. Darin saß, ein aufgeschlagenes Buch vor sich auf der Seifenablage, halb seitwärts geneigt, als wolle er für »Marats Tod« posieren, Franny Roote.

Blut tropfte aus einem Handgelenk auf den Fußboden. Die andere Hand lag in dem sich verdunkelnden Wasser.

Seine Augen waren geschlossen.

Die Frau fing an zu kreischen.

»Halten Sie den Mund!« fuhr Pascoe sie an, zog sein Handy heraus und tippte 999.

Roote öffnete die Augen, blinzelte, sah ihn an.

»Sie kommen spät«, sagte er.

VIERZEHN

Des Menschen bester Freund

»Ein Kind?« meinte Edwin Digweed. »Wir kriegen ein Kind, hier?«

»Nicht so«, meinte Edgar Wield.

»Nicht *so*? Ja, wie denn dann? Als Vorspeise vielleicht, frikassiert à la Swift? Oder schickt es uns der Erzengel Gabriel, als parthenogenetischen Vorboten von Jehovas gutem Willen? Oder ist es schon mal der erste Zögling für ein Internat, ein Dickens'sches Dotheboys Hall vielleicht, das du hier in Enscombe gründen willst, um auf deine alten Tage deine Rente aufzubessern? Ja, oder ist dieses Gör in Wahrheit ein Mafiosozwerg, den ihr zum Kronzeugen umgepolt habt und für den du jetzt im Rahmen des Zeugenschutzprogramms zu sorgen hast?«

Wield, an die Schmähtiraden seines Freundes gewöhnt, beugte demütig sein Haupt vor diesem Sturm.

Als er sich gelegt hatte, sagte er: »Die Kleine von Pete Pascoe, Rosie. Ich habe versprochen, ihr den Steichelzoo zu zeigen.«

»Mit der Aussicht, sie dort abzugeben, vielleicht?«

»Hm?«

»Edgar, seit wir zusammenwohnen, habe ich die Erfordernisse der häuslichen Harmonie über meine professionelle Berufung gestellt und mich deiner Bibliophobie angepaßt, indem ich diese Kate hier in jeder Beziehung zur buchfreien Zone erklärt habe. Und was hast du im Gegenzug in unser Leben geschleppt? Ich sag's dir. Erst einen Flugaffen. Dann einen Hund, tollwütig wahrscheinlich. Und jetzt ein Kind, ein Mädchen. Was gibt es da noch hinzuzufügen? Die Beweisführung ist hiermit geschlossen.«

Es war lange her, daß eine Skandalgeschichte den jungen Digweed aus seiner juristischen Laufbahn geworfen hatte, aber seine Sprache hörte sich häufig immer noch ziemlich forensisch an. Bücher waren nun sein Lebensinhalt und -unterhalt geworden. Als Wield ihn kennenlernte, wohnte er über seinem Antiquariat an der Hauptstraße, wo er sich in einem aussichtsloses Rückzugsgefecht gegen den unaufhaltsamen Vormarsch eingestaubter Bände befand, die sich langsam die Treppe hinaufkämpften. Als sie sich dann entschlossen, im Corpse Cottage beim Friedhof zusammenzuziehen, hatte es Wield, dadurch vorgewarnt, zur Bedingung ihrer Koexistenz gemacht, daß in diesem Haus nur Bücher zum persönlichen Gebrauch zugelassen sein sollten. Sein eigener Beitrag beschränkte sich auf *Moriarty's Police Law* und eine Gesamtausgabe der Werke von H. Rider Haggard.

Dabei mußte man ständig darauf achten, daß Digweed sich auch wirklich an die Abmachung hielt. Kam er spät vom Bücherkauf nach Hause, dann schien es ihm ganz normal, ein paar der erbeuteten Kartons in der Küche abzustellen, mit der Versicherung, sie gleich am nächsten Morgen in den Laden zu schaffen. Und völlig normal war es für ihn auch, ein paar Bücher auszupacken, um seine Freude über die Schätze mit Wield zu teilen. Doch die Normalität endete zwei oder drei Tage später, wenn die Kartons immer noch da waren und der Sergeant seine Cornflakes im Stehen essen mußte, weil alle Stühle mit Inkunabeln belegt waren.

Allerdings war Wields Position durch das, was Wield »die Menagerie« nannte, beträchtlich geschwächt worden. Erst war da Monte gewesen, beileibe kein großer Affe, wie es Edwin darzustellen beliebte, sondern ein zierliches Seidenäffchen, das Wield aus einem pharmazeutischen Forschungslabor »befreit« hatte. Das Problem war von Girlie Guillemard gelöst worden, der Herrin von Enscombe Old Hall, die dem Sitz ihrer Vorfahren eine neue Attraktion in Gestalt eines Streichelzoos für Kinder hinzugefügt hatte. Monte kam zuerst mit den anderen, zahmeren Bewohnern des Parks im Winterquartier unter, einer beheizten alten Scheune. Doch als es Frühling wurde, siedelte er in ein Baumhaus um, von wo er sich leicht durch Futter anlocken ließ, besonders gerne von seinem geliebtem Retter Edgar Wield.

Mit dem Hund war es schon problematischer. Tig, ein Mischlingsterrier, hatte der siebenjährigen Lorraine Dacre gehört. Sie war umgebracht worden, als sie mit ihm spazierenging. Es war einer der spektakulärsten Kriminalfälle in Mid-Yorkshire gewesen. Das Tier hatte immer lautstark Lorraines Heimkehr angekündigt, und jetzt konnten die Eltern sein Gebell nicht mehr ertragen. Wield hatte sich bereit erklärt, sich um den Hund zu kümmern, vorübergehend, wie er versicherte, doch bald war klar, daß die Dacres das Tier nicht mehr zurücknehmen würden. Es war nicht so einfach, ein neues Zuhause für ihn zu finden. Das Tierheim versprach zwar, es mit dem Hund zu versuchen, aber sie konnten Tig nicht auf unbestimmte Zeit behalten, falls sich kein neuer Besitzer fand. Angesichts seines aggressiven Verhaltens war dies eher unwahrscheinlich. Einzig Wield tolerierte er gerade noch, aber besonders Digweed schätzte er gar nicht, und so war der Preis für seine Duldung die Ausbreitung von Bücherkisten in unerwarteten Ecken.

Just an diesem Morgen hatte Wield einige im Bad entdeckt. Wenn ich es ihm durchgehen lasse, aus Rosies Besuch eine Affäre zu machen, finde ich demnächst Bücher im Bett, dachte er.

»Ich will ihr doch nur Girlies Streichelzoo zeigen«, sagte er. »Und ich hätte dir davon erzählt, aber eigentlich wolltest du ja morgen in York sein. Also dachte ich, was er nicht weiß, macht ihn nicht heiß.«

»Hinter meinem Rücken willst du sie einschmuggeln, was?« höhnte Digweed. »Ein echter Undercoverjob.«

Sie taxierten einander mit Blicken, das Patriziergesicht des Buchhändlers verzog sich zu einem hochmütigen Grinsen, seine Augen blitzten herausfordernd. Doch es erging ihm wie dem

Knappen Roland vor dem dunklen Turm. Wields Augen gaben so wenig preis wie Fenster mit vorgelegten Läden in einer glatten Wand.

Schließlich fuhr sich Digweed mit der Hand übers Gesicht und wischte den arroganten Ausdruck fort. Reumütig blickte er Wield an.

»Kann gar nicht glauben, daß ich so was gesagt habe. Tut mir leid. Es war dumm von mir.«

»Oh«, rief Wield. »Das werden sie sein. Wenn du dich verstekken willst ...«

Draußen war ein Auto vorgefahren.

Digweed schritt zur Tür und öffnete sie schwungvoll.

»Mrs. Pascoe. Ellie«, rief er. »Willkommen in unserer bescheidenen Hütte. Und dies muß die Rose sein, deren Schönheit ihren Ruf überstrahlt. Tretet herein, meine Lieben, tretet herein.«

Ellie und Rosie traten ins Haus. Die Mutter war leicht amüsiert von der Schau, die Digweed zu ihrer Begrüßung veranstaltete, während das Mädchen die hochgewachsene, silberhaarige Gestalt neugierig aus großen Augen ansah.

»Kaffee, Ellie? Kann ich dir einen Kaffee anbieten? *Echten* Kaffee, nicht so einen scheußlichen Pulverkaffee, wie Edgar ihn macht.«

»Nein danke«, sagte Ellie.

»Und du, Rose? Möchtest du ein Glas Saft? Oder vielleicht lieber was, das prickelt? Der gute Edgar schmuggelt manchmal ein paar Dosen Cola in den Kühlschrank, um sich das letzte bißchen Schmelz von seinen Zähnen wegzuätzen.«

Rosie blickte ihre Mutter an, die ihr zunickte.

»O ja«, sagte das Mädchen. »Eine Cola.«

»Bitte schön. Bediene dich. Kühlschrank diese Richtung, zweite Tür links.«

Rosie ging aus dem Zimmer.

»Wie geht's, Ellie? Alles in Ordnung?« fragte Wield.

»Ja, danke.«

»Allein gekommen?« fragte er ganz beiläufig.

»Abgesehen von so einem Mad Max in einem klapprigen Sportwagen, den ich nicht abhängen konnte.«

Wield lächelte.

»Wird Constable Bowler sein. Ein Neuer. Hätte sich mal vorstellen sollen.«

»Oh, das hat er«, sagte Ellie lachend. »Nett und höflich ist er. Ich habe ihm gesagt, Mid-Yorkshire würde ihm das bald austreiben. Süßer Kerl übrigens, ist euch das aufgefallen?«

»Kann passieren, daß wir ihm das auch austreiben«, meinte Wield, ohne eine Miene zu verziehen.

Digweed warf ihm einen scharfen Blick zu, doch bevor er eine entsprechende Bemerkung hinterherschicken konnte, war von nebenan aufgeregtes Bellen zu hören.

»O Gott. Hab ich ganz vergessen, in der Küche ist ja der Höllenhund los«, rief Digweed.

Er machte eine Bewegung zur Tür, doch Wield, dicht gefolgt von Ellie, war schneller. Als der Sergeant auf der Schwelle zur Küche plötzlich stehenblieb, versuchte sie an ihm vorbeizukommen, wurde aber von seinem kräftigen rechten Arm gebremst. Sie beugte sich darüber wie ein Fan beim Pop-Konzert über ein Absperrgitter und sah Rosie auf dem Fußboden vor dem Kühlschrank knien, die Arme um einen kleinen braunweißen Hund geschlungen, der seine Vorderpfoten auf ihre Schultern gelegt hatte. Einen schrecklichen Moment lang dachte sie, Rosie müßte sich gegen den Hund zur Wehr setzen. Dann erkannte sie, daß der Hund Rosie keineswegs angriff, sondern ihr Gesicht abzuschlecken versuchte, während der kleine Stummelschwanz am anderen Ende seines Körpers heftig zuckend Freude signalisierte.

»Alles in Ordnung, Rosie?« fragte Wield erleichtert.

»Klar. Ist er nicht lieb? Wie heißt er denn? Ist das deiner, Wieldy?«

Bevor Wield antworten konnte, bewies Digweed, daß der Jurist in ihm weder seine Geistesgegenwart noch seine scharfe Zunge eingebüßt hatte. »Eigentlich gehört er niemandem,

Schatz. Wir kümmern uns nur um ihn, bis wir ein schönes Zuhause für ihn gefunden haben, stimmt's, Edgar? Ein wirklich liebes Tier, aber wir können ihn nicht auf Dauer hierbehalten. Es wäre schon schade, wenn wir ihn ... reden wir lieber nicht davon.«

Er wäre nicht davor zurückgeschreckt, das Wort »einschläfern« zu gebrauchen, doch Wield drehte sich um und bedachte ihn mit einem Blick, nicht undurchdringlich wie der Dunkle Turm, sondern durchbohrend wie ein Pfeilhagel.

Halb bestürzt, halb hoffnungsvoll sah Rosie ihre Mutter an.

»Wir haben doch ein schönes Zuhause. Können wir ihn nicht nehmen, Mummy? Er würde gar nicht stören. Ich kümmere mich um ihn. Bitte.«

Bevor Ellie antworteten konnte, trat Wield in die Küche und sagte freundlich: »Wir müssen schauen, was das Beste für Tig ist, Kleines. Weißt du, er hat hier schon ein gutes Zuhause, und du kannst kommen und mit ihm spielen, wann immer du willst. Wie wär's jetzt mit der Cola?«

Doch Ellie konnte sehen, daß der Beschwichtigungsversuch des Sergeants auf steinigen Boden fiel. Die Hände ihrer Tochter hatten sich über dem Rückgrat des Hundes verschlungen wie die eines Cumberland-Ringers, der Halt sucht, und ihr Mund war zu einer eigensinnigen Linie geworden, die Ellie schon mal gesehen hatte. In ihrem Spiegel. Eine ganze Reihe Fragen schoß ihr durch den Kopf. *Will ich einen Hund im Haus? Will Peter einen Hund im Haus?* Und, vor allem, *wollen wir* diesen *Hund im Haus?*

Denn sie kannte Tigs Geschichte, und sie wußte, daß sie und Pete bei seinem Anblick stets an die kleine Lorraine Dacre denken würden, die ihn an jenem schönen Sonntagmorgen am Ligg Beck ausgeführt hatte – daran, wie ihre Eltern immer unruhiger wurden, an die Angst der Ungewißheit, die langsam zur entsetzlichen Gewißheit wurde ... Würde sie es ertragen, immer daran erinnert zu werden, wenn sie Rosie und Tig zusammen sah?

Aber sie sah auch etwas anderes, etwas, was sie nicht mehr gesehen hatte seit jenem Tag, als sie ihrer genesenden Tochter vorsichtig beigebracht hatten, daß ihre Freundin Zandra, die wie sie Hirnhautentzündung gehabt hatte, nicht gesund geworden war. Ein Glanz von Liebe lag in Rosies Augen, als sie den kleinen Hund umarmte. Ein Schutzgitter, das sich herabgesenkt hatte, als sie vom Tod ihrer Freundin erfahren hatte, ein Schutzgitter, das sie unempfänglich für die grenzenlose Liebe von Ellie und jedem anderen machte, hatte sich ein wenig gehoben, und das war beinahe jedes Opfer wert.

Sie sagte: »Laß uns mal sehen, wie ihr zwei miteinander auskommt, ja? Ein Hund ist nicht einfach nur ein Spielkamerad, weißt du. Hunde sind wie Kinder, man kann nichts mit ihnen anfangen, wenn sie nicht gehorchen.«

Innerlich hörte sie, wie Daphne diesem klugen, konservativen Standpunkt ironischen Beifall spendete. *Daphne*. Sie mußte sich langsam auf den Weg machen.

Rosie stand auf und befahl: »Tig, Platz!« und nahm die Dose Cola, die Wield aus dem Kühlschrank geholt hatte. Dann ging sie zum Küchentisch, setzte sich und trank. Der Hund blieb, wo er war, ließ sie aber keinen Moment aus den Augen.

»Das Kind weiß, wie man einen rumkriegt«, sagte Digweed. »Sollte später vielleicht mal Rechtsanwältin werden.«

»Ihre Neigungen gehen eher in eine andere Richtung, glaube ich«, meinte Ellie. »Wieldy, kann ich dich mal kurz sprechen?«

Sie ging zurück ins Wohnzimmer.

Wield, auf Vorwürfe gefaßt, begann sich schon in der Tür zu entschuldigen.

»Tut mir leid, Ellie. Weiß auch nicht, was Edwin sich dabei gedacht hat. Oder besser, ja, ich weiß es schon, und ich werde mit ihm heute noch ein Wörtchen reden ...«

»Schon in Ordnung, Wieldy«, sagte sie lächelnd. »Er hat bloß die günstige Gelegenheit genutzt. Rosie wäre bestimmt von selbst darauf gekommen.«

Wield überlegte und meinte dann neutral: »Du meinst, es wäre vielleicht möglich ...«

»Vielleicht, aber nur vielleicht« erwiderte Ellie mit Bestimmtheit. »Ich muß erst mal mit Peter reden, und so wie ich ihn kenne, wird es einige Überredung kosten. Bei euch kursiert ja wohl das Gerücht, Tig habe sich in ein blutrünstiges Monster verwandelt.«

»Na ja, er ist auf Dalziel losgegangen.«

»Tatsächlich? Das ist natürlich ein Verkaufsargument. Im Ernst, falls etwa die Gefahr besteht, daß das Tier bösartig wird ...«

»Er ist nur ein bißchen nervös, wenn er jemanden nicht kennt. Nicht weiter verwunderlich, nach dem, was er mitgemacht hat. Mich mag er auch nicht so besonders, und vor allem kommen Edwin und er nicht miteinander klar. Aber du hast ja gesehen, wie er zu Rosie ist. Mit kleinen Mädchen hat er keine Schwierigkeiten. Allerdings kann ich mir vorstellen, daß das ein Problem sein kann, für dich, meine ich.«

Zu den vielen Dingen, die Ellie an Wield mochte, gehörte, daß er kein Blatt vor den Mund nahm. Wie Andy Dalziel, wobei er aber im Unterschied zu seinem großen Meister stets die Liebenswürdigkeit in Person war.

»Bislang habe ich ja noch kein Problem, und das von Rosie kann sich immer noch geben, und wenn Tig hält, was er verspricht ... Entschuldigung, Wieldy, ist nicht dein Problem, obwohl ich deine Fürsorge sehr schätze. Hör mal, was ich dich fragen wollte, wärst du mir böse, wenn ich mich jetzt verziehe? Ich würde gerne Daphne besuchen. Ich fühle mich ihr gegenüber ein wenig schuldig, nach allem, was passiert ist. Rosie wird es mir nicht übelnehmen. Wenn sie mich nicht gerade für eine Runde Black Bitch braucht, bin ich im Moment wohl überflüssig. Falls es dir also nichts ausmacht ...«

»Mir bestimmt nicht. Aber Pete ist sicher nicht begeistert, wenn er erfährt, daß du dich ohne Begleitung rumtreibst.«

»Ich hab's ihm gesagt, und ich glaube, er hat mit Constable Bowler gesprochen.«

»Gut. Ich red auch noch mal ein paar Takte mit ihm, damit er's auch wirklich kapiert.«

Wield ging nach draußen. Der Constable hatte gegenüber geparkt, lehnte an der Motorhaube seines MG und studierte durch sein Fernglas den berühmten schiefen Turm von St. Hilda und St. Margaret, der gerade noch über die hohe Steinmauer hinweg zu sehen war, an die Corpse Cottage grenzte.

»Hallo, Sarge«, sagte Bowler und ließ das Glas sinken. »Hat Ihnen schon mal jemand gesagt, daß Ihre Kirche umfällt?«

Bei diesen Worten musterte er Wield von Kopf bis Fuß. Bestimmt nicht aus Bewunderung für meinen prächtigen Körper, dachte der Sergeant, sondern weil er gehört hat, daß ich zu Hause im Ballettröckchen herumlaufe und Ringe an den Brustwarzen trage.

Wield hatte sich nun schon vor einer ganzen Weile geoutet, aber er hatte sich nicht ausgemalt, daß es von nun an zu seinem Leben gehören würde, sich vor den Sensationslüsternen zu erklären und den Befangenen eine Brücke zu bauen. Ihm war bekannt, daß sich um seinen Rückzug aufs Land viele Gerüchte rankten. Einige hatte er selbst mit seinen scharfen Ohren in der Dienststelle aufgefangen, andere waren ihm von Peter Pascoe zugetragen worden, der eine Zeitlang zu den Befangenen gehört hatte, weil er, obwohl er mit Wield näheren Umgang hatte als andere Kollegen bei der Polizei, nicht gemerkt hatte, was sowohl Ellie als auch Dalziel von Anfang an klar gewesen war. Das versuchte er dann zu kompensieren, vielleicht überzukompensieren, indem er seinen Freund über den Tratsch auf dem laufenden hielt, der in der Dienststelle kursierte. Einige Kollegen wollten nicht an die Homosexualität des Sergeants glauben und erklärten, Digweed sei nur sein Vermieter, oder (was beide besonders amüsant fanden) sie behaupteten, Wield spiele bloß den Schwulen, um einen Pornoring auffliegen zu lassen. Andere phantasierten, sein Anwesen in Enscombe nenne sich Scarletts und sei ein Gebäude im Morris-Stil aus rosa Backsteinen und türkisen Ziegeln, mit schiefen Giebeln und bröckelnden Kamineinfassungen, wo er und sein Partner am Wochenende SM-Feten für die High-Society von Mid-Yorkshire schmissen.

Bowler, erst kürzlich aus den Midlands nach Mid-York versetzt, war bestimmt neugierig, was an den Gerüchten über die Verderbtheit des Nordens dran war.

»Was Hübsches zu sehen?« fragte Wield.

Bowler fiel die Kinnlade herunter.

»'tschuldigung, Sarge?«

»Vögel. Sind Sie nicht so 'n Zwitscherich?«

Trieze ihn ruhig ein bißchen, zeig ihm, daß du schon alles über ihn weißt, während er noch über dich nachgrübelt.

»Ja, stimmt, aber ich habe nie erzählt...«

Nie jemandem was auf der Dienststelle gesagt. Jedes neue Mitglied eines Criminal Investigation Department wird unter die Lupe genommen, bis man genau weiß, aus welchem Holz es geschnitzt ist, und manches behält man lieber für sich, zum Beispiel ein Hobby wie Vögel beobachten. Das ist vielleicht nicht so verrückt, wie an Bahndämmen rumzulungern und sich die Nummern vorbeifahrender Lokomotiven zu notieren, bietet aber genug Angriffsfläche für alle, die sich für witzig halten.

»Ja, und ich rate Ihnen auch davon ab. Also, was Interessantes zu sehen?«

»Keine Vögel, Sir, aber mir war so, als würde sich da oben was bewegen ... da war so ein komischer kleiner Wasserspeier, aber dann hat er sich irgendwie in Luft aufgelöst.«

Wield lächelte in sich hinein, aber Bowler hätte wahrscheinlich auch nichts gemerkt, wenn das Lächeln auf seinem Gesicht erschienen wäre. Komische kleine Wasserspeier auf dem Turm von St. Hilda und St. Margaret waren normalerweise Monte, das Seidenäffchen, das diesen Ausguck liebte.

»Noch was, das man besser für sich behält, Wasserspeier, die sich in nichts auflösen«, sagte er.

»Ja. Bleibt Mrs. Pascoe hier, oder soll ich weiter Eskorte spielen?«

»Spielen?« sagte Wield nachdenklich. »Wenn Sie damit meinen, ob Mrs. Pascoe zu ihrer Freundin Mrs. Aldermann fährt und Sie ihr folgen sollen, um für ihre Sicherheit zu sorgen, dann lautet die Antwort ja. Tut mir leid, wenn Sie es unter Ihrer Würde finden, den Babysitter für die Familie des Chief Inspector zu spielen. Vielleicht kriegen Sie ja eine andere Einstellung dazu, wenn Sie es im Kielwasser von Mr. Pascoe mal zu ein paar eigenen Feinden gebracht zu haben.«

Bowler kam wie Peter Pascoe von der Universität, und falls er sich bewährte, hatte er gute Aufstiegschancen. Unter anderem hatte man ihn in den Norden geschickt, damit er hier Erfahrungen sammelte.

Äußerlich war er Pascoe nicht unähnlich, schlank, hochgewachsen, mit einem schmalen, länglichen Gesicht und einem durchdringenden, wachsamen Blick. Und genauso empfindsam wie Pascoe. Wields Tadel trieb ihm die Röte ins Gesicht. Ganz eindeutig Ellies Typ. Hatte sie ihn nicht einen süßen Kerl genannt? Süß wie Erdbeereis vielleicht, mit dieser interessanten Farbe, die jetzt seine gewöhnlich eher blassen Wangen überzog.

»Nein, so habe ich das nicht gemeint ... nur, ich finde, das ist doch eher ein Job für Uniformierte ...«

»Quatsch«, sagte Wield. »Wenn's schon einem vollausgebildeten Kriminalen, von dem man eigentlich erwarten könnte, daß er was in der Birne hat, schwerfällt, seine Arbeit ernst zu nehmen, dann können Sie sich ja vorstellen, wieviel Engagement so ein Dorfbulle an den Tag legt, dem die Vorrechte der Kriminalpolizei sowieso stinken. Falls Ihnen versuchte Entführung und Bedrohung zu langweilig sind, dann sollten Sie sich vielleicht doch auf Verkehr spezialisieren.«

Das waren harte Worte, aber wenn Bowler die Art von Förderunterricht überleben wollte, welche Andy Dalziel denen angedeihen ließ, die er gerne die »ausbildungsmäßig Benachteiligten« nannte, dann brauchte er starke Schultern und ein ziemlich dickes Fell.

»Ja, Sarge. Ich verstehe. Tut mir leid. Keine Sorge. Ich werde an Mrs. Pascoe drankleben wie ...«

Er zögerte. *Wie Scheiße an einem Bettlaken*, wollte er wohl sagen, dachte Wield, aber dann hat ihn der Mut verlassen.

»Noch zäher«, sagte Wield. »Die Lady kann ziemlich unberechenbar sein, wenn sie sich was in den Kopf gesetzt hat.«

Die unberechenbare Lady kam gerade aus dem Cottage und trat auf die beiden zu.

»Geh mal rasch wieder rein, Wieldy. Edwin versucht wohl sein schlechtes Gewissen zu beruhigen, indem er Rosie mit allen erdenklichen exotischen Süßigkeiten aus seiner Speisekammer vollstopft.«

Und eine clevere Lady dazu, dachte Wield.

»Ich überlasse dich also fürsorglichen Händen«, sagte er.

»Ich hoffe«, antwortete Ellie und strahlte den jungen Constable an. »Ach übrigens, wie ist Ihr Name?«

»Bowler, Ma'am«, sagte er.

»Ja, das weiß ich, aber wie werden Sie genannt? Ich nehme an, Sie haben auch einen Vornamen?«

»Ja, also, meine Freunde nennen mich Hat. Sie verstehen schon, Bowler...«

»Ja, kapiert«, lachte Ellie. »Also Hat.«

»Nicht vielleicht Bert?« hakte Wield mit ernster Miene nach.

Es tat dies nicht, um ihn zu piesacken, es war nur eine weitere Lektion zum Thema »Mich kannst du nicht verarschen«, die Wield dem Grünschnabel angedeihen ließ: Natürlich war dem Seargent in seiner Allwissenheit nicht verborgen geblieben, daß Bowlers Eltern ihn auf den Namen »Ethelbert« getauft hatten, sei es als Huldigung an die Geschichte, sei es unter Einfluß von Alkohol, möglicherweise auch wegen beidem.

»Nein, Sarge. Einfach Hat.«

»In diesem Fall, Hat, benutzen Sie Ihr Gucki da, um auf Mrs. Pascoe aufzupassen, und für nichts anderes. Verstanden?«

»Verstanden, Sarge.«

Elegant schwang sich Bowler in seinen offenen Sportwagen.

»Ist diese Karre nicht ein bißchen auffällig? Für so 'n Job, meine ich«, sagte Wield.

»Na ja, ich würd sie nicht benutzen, wenn ich in einer feuchten Winternacht jemanden in irgendeiner heruntergekommenen Sozialsiedlung observieren müßte«, meinte Bowler frech. »Aber ich nehme mal an, Mrs. Pascoe wird sich nicht in anrüchigen Gegenden rumtreiben.«

»Da täuschen Sie sich mal nicht«, meinte Ellie. »Vielen Dank, Wieldy. Ich rufe dich an. Oder ruf du an, falls es irgendwelche Probleme gibt. Rosie hat meine Handy-Nummer. Bis später. Auf, Hat. Ab geht die Post!«

Sie gab Wield einen Kuß auf die Lippen, stieg in ihren Wagen, ließ den Motor an und brauste den Hügel zur Hauptstraße hinunter, den strahlenden Bowler dicht auf den Fersen.

Wield blickte ihnen nach. Der kleine Bowler ist in Ordnung, dachte er. Obwohl, man konnte nie wissen. Nicht bevor jemand wirklich auf die Probe gestellt wurde. Doch er hoffte, diese Probe würde nicht ausgerechnet kommen, während er den Aufpasser für Ellie Pascoe spielte. Wield mochte alle Pascoes. Doch Ellie mochte er ganz besonders. Die Art von Frau, die einen Schwulen manchmal davon träumen ließ, lesbisch zu sein.

Er lächelte noch über diesen alten Witz, als er in das Cottage zurückging.

Das Telefon klingelte.

Pascoe, dachte er, als er den Hörer abnahm. Bestimmt will er wissen, ob mit seinen Weibsen alles in Ordnung ist.

Er lag falsch mit dem Anrufer, aber richtig mit dem Grund des Anrufs.

Es war der Dicke, Andy Dalziel, und er wollte angeblich nur wissen, ob Bowler noch den ganzen Tag gebraucht würde.

»Ja, Chef. Sie sind sicher und wohlbehalten hier angekommen ... Ellie ist gerade zu ihrer Freundin weitergefahren ... ja, Bowler ist bei ihr ... ich denke, er wird schon klarkommen, Chef ... und ich passe gut auf die Kleine auf. Kein Grund zur Sorge, Chef ... tschüß ...«

Er legte auf.

Kein Grund zur Sorge, hatte er gesagt.

Wenn aber Andy Dalziel besorgt genug war, um anzurufen, dann gab es vielleicht doch mehr Grund zur Sorge, als irgend jemand zugeben wollte.

Der Dicke behauptete von sich, er könne heraufziehenden Ärger in seinen Hämorrhoiden spüren, und Wield jedenfalls glaubte ihm das.

Oder vielleicht wurde er nur sentimental auf seine alten Tage.

Andy Dalziel sentimental?

Da mußten sich erst die Felsen von Gibraltar in rosa Wackelpudding verwandeln.

Wield grinste bei diesem Gedanken und ging in die Küche, um Rosie von Eddies kompensatorischer Zwangsfütterung zu erlösen.

FÜNFZEHN

Aus den Sibyllinischen Blättern

Ol' man Dalziel
that ol' man Dalziel
he has to know something

Natürlich weiß er was, sonst würde er nicht hier in seinem kleinen Sarg schlummern und auf den Posaunenstoß warten, der ihn erweckt.

Lassen wir ihn ertönen! Mögen sich die elektronischen Knochen versammeln und Fleisch ansetzen. Schauen wir ihn an, strahlend, in Technicolor.

Meine Güte!

Ist es dieses Gesicht, das ...? So ein gewaltiger Geist in so einer kleinen Flasche! Einmal freigelassen, sind sie von ungeheurer Masse, wie die Fabel von Riesenwesen wie Titanen oder von Erdgeborenen zu sagen weiß ...

Aber warum hat der Erzpriester befohlen, daß dieses Monstrum aus seiner Flasche in den *Blätter*-Ordner umgefüllt werden soll?

Schauen wir doch erst einmal, warum der Große Gaw überhaupt so ein Interesse an ihm hat.

Offenbar nicht wegen der Exzesse seiner verrückten Jugendzeit, deren Torheiten von ganz anderer Art gewesen waren ... nein, da ist es ... süßes Geheimnis des Lebens, endlich hab ich dich gefunden ... wie doch alles wiederkehrt! Da hat er sich mit seinen Bauerntretern gleich zweimal im Gestrüpp der Mickledore-Affäre verfangen ... zweimal ... einmal an deren Beginn und dann noch einmal, als sie nach vielen Jahren erneut aufflammte.

Das war Gawain Sempernels größte Stunde. Mit der Profumo-Affäre, die wieder hochzukochen drohte ... die Verbindung zu den Royals ... die Spur nach Amerika ... er glich einem Mann, der durch ein Minenfeld spaziert und dabei mit Nitroglyzerin-Flaschen jongliert.

Und er kam am anderen Ende an, ohne daß ihm ein Haar gekrümmt worden wäre. Nichts drang nach außen, die Pressehunde nagten glücklich an den präparierten Knochen, die man ihnen hinwarf, die Wölfe von Westminster hatten auch nichts Handfesteres als den Mond zum Anheulen, und für Gaw war der große Erfolg zum Greifen nahe. Aber Stolpersteine gibt es überall...

O ja, er hat Grund, nachtragend zu sein. Aber das haben wir alle.

Zurück zum Dicken.

Er wühlte die alten Geschichten auf, kein Zweifel. Er bewies rührende Loyalität gegenüber einem toten Kollegen, auf den Gaw gerne alles abwälzte, was an Kritik wegen Justizirrtümern und so weiter hängengeblieben war.

Doch am Ende sorgte Gaw dafür, daß Mr. Dalziel der Wahrheit nicht auf die Spur kam...

Oder falls doch, so war er klug genug, das für sich zu behalten.

He gives away nothing...

Konnte ein Mann, der so grob aussah, in Wahrheit so klug sein? Vielleicht. Bieten nicht letztlich diese elektronischen Urnen der proteischen Seele des Menschen ein dauerhafteres Andenken als monumentaler Marmor?

Und Gaw Sempernel hatte eine zweideutige Fußnote hinzugefügt. *Sollte man nicht unterschätzen ... vielleicht.* Die Jüngeren tuscheln, daß der alte Gaw jeden Morgen eine Stunde vor dem Spiegel steht, um sich zu vergewissern, daß er auch er selbst ist.

Oh, ich könnte ihnen was erzählen darüber, wie ausgelassen Gaw einst am frühen Morgen war...

Lassen wir das.

Aber eine nähere Betrachtung dessen, was neulich in den Staaten passierte, als die Mickledore-Geschichte wieder aufs Tapet kam, läßt vermuten, daß unser dicker Unschuldsengel eher selbst die Fäden zog, als daß er ferngesteuert wurde.

Also einer, den man im Auge behalten muß. Einer, der in engem Kontakt zu Chief Inspector Pascoe steht, der Kelly Cornelius »zufällig« am Snake Pass getroffen hat und dessen Frau eine Mitstreiterin von Feenie Macallum ist.

Alles ziemlich vage.

Es gibt wohl nur einen nachvollziehbare Grund für die Aufnahme von Mr. Dalziel in die *Blätter*: Gaw, der gerne für alle Eventualitäten gerüstet ist, hegt wohl gewisse Zweifel daran, daß der *cordon sanitaire*, den er um Kelly Cornelius gezogen hat, den unmöglichen Superintendent davon abhalten kann, seine Nase in die Angelegenheit zu stecken.

Gewarnt sein heißt gewappnet sein.

Aber das gilt für beide Seiten.

Der schlaue, kühl kalkulierende Sir Gawain hat daran gedacht, den Verschluß, der den fetten Geist in der Flasche hält, extra fest zuzudrehen.

Was für ein Spaß es wäre, die Flasche einfach zu zerschlagen und ihn rauszulassen!

Mehr als ein Spaß. Eine neue Möglichkeit, alte Rechnungen zu begleichen.

Doch wie sich diesem Monster nähern?

Mal sehen ... kein Computer zu Hause, kein Fax, nicht einmal einen Anrufbeantworter!

Ned Lud, alter Maschinenstürmer, wenn du das noch hättest erleben können!

Doch während die Erde unter seinem Dinosauriertritt erzittert, passiert die Polizei gemessenen, doch unaufhaltsamen Schrittes die Jahrtausendwende.

Stell dir einfach vor, es wäre uralte Magie, Dickwanst Dalziel. Stell dir vor, es wären sibyllinische Blätter, die auf deinen Schreibtisch herabflattern. Und mach damit, was du willst...

He just keeps strolling
just keeps on strolling
along...

SECHZEHN

Hafer für St. Uncumber

Andy Dalziel tat stets so, als halte er »E-Mail« für das Wort, mit dem man in Lancashire einen Transvestiten bezeichnet. Daher betrat Sergeant Harmony, der geradewegs aus dem Computerraum kam, das Zimmer des großen Mannes mit einem gewissen Zögern.

»E-Mail, Sir. Nur für Ihre Augen bestimmt« sagte er.

»Ah ja? Was steht 'n drin?«

»Keine Ahnung, Sir, habe nicht reingeschaut«, antwortete Harmony, der eine Falle witterte.

»Woher wissen Sie dann, daß es für mich ist?«

»Hab bloß Ihren Namen gesehen, Sir. Dann hab ich nicht weitergelesen.«

»Schwachsinn«, sagte Dalziel und nahm den Ausdruck entgegen. »Wie geht's Ihrem hübschen Mädel?«

»Gut, Sir.«

»Sagen Sie ihr, bei der nächsten Fete will ich einen Tango mit ihr aufs Parkett legen.«

»Mach ich, Sir«, antwortete Harmony und zog sich zurück, froh, so billig davongekommen zu sein.

Der Dicke las die E-Mail zweimal, verfiel in tiefes Nachdenken, las sie noch einmal, lehnte sich dann in seinem Stuhl zurück, brüllte: »KUNDSCHAFT!« Und wartete. Doch es kam nur ein Echo.

Nach einer Weile erhob er sich, riß die Tür auf und ging mit großen Schritten durch die Büros, wie Uranus durch seine Sternenflure. Und wie Uranus fand er sie leer.

Da half keine Augenwischerei. Mid-Yorkshires Kriminalpolizei war unterbesetzt.

Zwei Leute hatten Urlaub. Nicht daß das für Andy Dalziel irgendeine Bedeutung gehabt hätte. Er war es gewohnt, Wochenenden, Mittagspausen und Schlaf unterschiedslos als Privilegien anzusehen, die von seinem persönlichen Wohlwollen abhingen und die er nach Lust und Laune beschneiden oder einfach streichen konnte. Ein kluger Detective fuhr also weit weg und hinterließ keine Adresse. Und die beiden waren kluge Detectives.

Von den übrigen lag einer mit gebrochenem Bein im Krankenhaus, zwei waren wegen irgendwelcher Ermittlungen unterwegs, Pascoe trieb sich in Sheffield bei diesem irren Roote rum, Constable Bowler machte den Begleitschutz für Ellie Pascoe, und Sergeant Wield hielt Rosie Pascoe in Enscombe bei Laune.

Manchmal dachte er schon, man sollte Mid-Yorks Criminal Investigation Department in »Pascoes Privatarmee« umbenennen.

Aber irgend jemand mußte doch dasein.

Als wäre er Gott, wurde sein Gedanke Wirklichkeit.

Die Tür öffnete sich, und Shirley Novello trat ein.

»Wo steckst du denn?

»War nur mal kurz im Waschraum, Chef«, sagte sie.

»Ah ja? War 'n los? 'n Riß im Make-up entdeckt oder wie?«

Im vollen Bewußtsein, daß ihr Gesicht während der Arbeitszeit praktisch eine kosmetikfreie Zone war, antwortete Novello munter: »Nein, Chef. Um ehrlich zu sein, ich mußte mal pinkeln.«

Dalziel schaute sie verdutzt an und sagte: »Na, Mädel, jetzt mach mal einem alten Mann nicht seine Illusionen kaputt. Woran arbeitest du denn grad?«

Er wartete die Antwort nicht ab, sondern stöberte in den Papieren auf ihrem Schreibtisch herum.

»Feenie Macallum? Diese alte Fledermaus, Wohltäterin der Menschheit? Was in Gottes Namen willst du mit der?«

»Bloß, um nichts zu übersehen, Chef«, erwiderte Novello mit einem, wie sie hoffte, Ausdruck energischer Zielstrebigkeit. »Sie ist gestern abend bei den Pascoes aufgetaucht, und aus irgendeinem Grund muß sie wohl gedacht haben, unsere Bewachung hätte was mit ihr zu tun. Und da dachte ich, wo doch jeder so besorgt ist um Mrs. Pascoe und alles, ich mach mich mal besser schlau, worum es bei diesem Treffen gegangen sein könnte.«

In Wahrheit war sie nicht aus Sorge um Ellie ins Archiv gegangen, sondern aus purer Neugier. Außerdem ließ sie sich nicht gern zum Narren halten.

»Zeitverschwendung«, meinte der Dicke abschätzig. »Wird wohl um Hilfe für Frauen mit Kopfschmerzen oder um minderjährige walisische Flüchtlinge mit Akne gegangen sein. Was ist denn Wilgefortis? Wohl so ’n Zeug, was du dir auf die Brust schmierst?«

Er schaute in ihre Notizen.

Sie malte sich seine mutmaßliche Reaktion auf ihre Erklärung aus, zog verschiedene Lügen in Erwägung und dachte dann: Was soll's?

»Die heilige Wilgefortis, Chef. Eine der Siebenlinge der Königin von Portugal. Sie hatte ein Keuschheitsgelübde abgelegt, aber ihr Vater wollte sie an den König von Sizilien verheiraten. Jungfräulichkeit gehörte nicht zum Ehevertrag, da hat sie Gott angefleht, sie so häßlich zu machen, daß niemand sie heiraten will.«

»Echt? Ich glaub, ich kenne ihre Schwester. Weiter?«

»Sie bekam einen Bart auf der Oberlippe und im Gesicht, Chef. Der König von Sizilien nahm das nächste Schiff nach Hause. Und ihr Vater war so sauer, daß er sie kreuzigen ließ.«

Der Dicke nickte, als fände er das verständlich, und betrachtete dann eingehend ihre Oberlippe und ihr Kinn. »Was willst du mir damit sagen, Ivor?«

»Nur, daß sie bei ihrem Tode zu Gott betete, er möge alle

Frauen in der Welt, die Anteil an ihrem Los nähmen und ihren Schmerz zu würdigen wüßten, von Prüfungen, Sorgen und Lasten erlösen.«

»Und was, bitte schön, hat das mit dem zu tun, wofür du ein Gehalt aus Steuermitteln bekommst?«

»Sie war unter verschiedenen anderen Namen bekannt. Einer war Liberata. Das ist der Name von Miss Macallums Organisation, einer Stiftung, die sich um Frauen kümmert, die unschuldig im Gefängnis sitzen, in Diktaturen gefoltert oder sonstwie mißhandelt werden.«

Dalziel schüttelte den Kopf und sagte: »Damit verbringst du also deine Zeit? Ich bin sehr für die freie Religionsausübung, meine Liebe, aber nicht während der Arbeit. Vor allem nicht mit diesem ausländischen Quark.«

»Bei den Engländerinnen war sie sehr beliebt«, verteidigte sich Novello. »Sie nannten sie die heilige Uncumber, legten Hafer zu Füßen ihrer Statue und beteten darum, von ihren lästigen Männern befreit zu werden.«

»Soll das ein Witz sein? Meine Güte! Meine Frau hat immer Haferbrei gemacht, ich hab das Zeug gehaßt.«

Es schien nicht empfehlenswert, auf dieses Thema einzugehen.

»Wie auch immer, Miss Macallum hat eine Akte. Hauptsächlich in Verbindung mit verschiedenen Demonstrationen. Widerstand gegen die Staatsgewalt. Beamtenbeleidigung. Landfriedensbruch. Dazu eine Vorstrafe wegen Gefährdung des Straßenverkehrs. Hat einen Typen von der Fahrbahn abgedrängt. Sieht so aus, als ob er sie kannte und ihr nicht begegnen wollte, und zuerst wollte er sie wegen versuchten Mordes anzeigen. Scheint nicht gerade zimperlich zu sein, wenn sie in Stimmung ist.«

»Du willst aber hoffentlich nicht darauf hinaus, daß sie Ellie bedroht, oder?« meinte Dalziel.

»Nein, Chef. Ich versuch bloß, gründlich zu sein.«

»Gründlich ist prima, aber nicht, wenn's Zeitverschwendung

ist. Hör mal, ich brauch deine Hilfe. Die Hilfe einer Frau. Wer zum Teufel ist denn das?«

Damit war das schrille Läuten des Telefons gemeint.

Novello hörte aufmerksam hin und meinte dann: »Tut mir leid, Sir. Kann die Stimme nicht erkennen.«

»Gott erspare mir weibliche Komiker«, grummelte Dalziel. »Also, heb schon ab, Mädel, wenn es nicht gegen deine religiösen Überzeugungen ist. Und wenn es kein Massenmord ist oder meine Erhebung in den Adelsstand, sag ihnen, sie sollen sich verpissen.«

Novello griff zum Hörer.

»Der Chief Inspector, für dich, Chef«, sagte sie.

Dalziel nahm den Hörer und brüllte: »Was 'n los? Hast du dich verfahren? Rufst an, um nach dem Weg zu fragen?«

Dann hörte er eine Weile zu und sagte: »Mein Gott, Peter, mit dir wird immer alles so kompliziert. Wird er abkratzen? ... Also nichts Ernstes ... Ja, ich habe den Brief zurück. Jede Menge Fingerabdrücke, aber keiner von Roote ... Ja, bleib besser da. Wenn du den Tatort verläßt, werden die Idioten in South Yorkshire dir wahrscheinlich einen Mordversuch anhängen ... Ja, ich weiß, du müßtest wieder zurück, wegen Cornelius, mach dir keine Sorgen. Ich regle das schon. Ruf später noch mal an.«

Er warf den Hörer hin, dann stand er da und kratzte seinen großen Kopf, als suche er etwas, das dort vergraben lag.

»Ist was passiert, Chef?« wagte sich Novello vor.

»Kann man wohl sagen. Dieser bekloppte Roote, dem Pascoe in Sheffield einen Besuch abstattet. Er hat ihn mit aufgeschlitzten Pulsadern im Bad gefunden. Hab nicht nachgefragt, aber ich wette, der Trottel hat ihn rausgezogen.«

Novello überdachte die Alternativen und sagte dann: »Aber wenn er doch noch lebte, Sir ...«

»Wie? Ach so, verstehe, worauf du hinauswillst. Die Frage ist bloß, was ist schlimmer – einen Irren auf dem Gewissen zu haben oder Blut an der Hose? Ich kenne das, glaub mir, Mädel, das wirst du nie mehr los.«

Ungewiß, ob er die Gewissensbisse oder die Flecken auf der Hose meinte, sagte Novello: »Wenn der Typ versucht hat, einen Abgang zu machen, dann sieht das doch zusammen mit dem Brief ziemlich nach einem Geständnis aus, meinst du nicht, Chef?«

Dalziel lächelte geringschätzig und sagte: »O du schöne Jugendzeit! Ach, ich weiß noch, wie es war, als ich wie ein Lämmchen von Schlußfolgerung zu Schlußfolgerung gehüpft bin. Heute würde ich nicht einmal mehr dem Papst trauen, selbst wenn er mit einem unterschriebenen Geständnis angerückt käme. Hast du nicht mitgekriegt, was ich gesagt habe? Nichts weist darauf hin, daß der Brief von Roote stammt.«

»Und die Sprache, Chef? Hat der Chief Inspector nicht gemeint, er wäre in altmodischem Englisch geschrieben?«

»So 'n Shakespeare-Zeug, meinst du? Ich hoffe, du gehörst nicht auch zu diesen Kunstfurzern, Ivor.«

»Nein, Chef. Fand ich in der Schule todlangweilig...«

Allerdings hatte es da einen Englischlehrer gegeben, nachdem sie aus der Klosterschule geflogen war. Er hatte Schultern wie ein Ackergaul gehabt, und schwarzes Brusthaar, das sich bis zu seinem Schritt fortzukräuseln versprach, war aus seinem Hemd gequollen...

Sie schüttelte ihre Erinnerungen ab und fuhr fort: »... und wenn es wie aus diesem Rachezeug ist, das Roote studiert...?«

»›Fünf Freunde‹ lesen macht noch keinen Meisterdetektiv«, erwiderte er ungeduldig. »Oder vielleicht doch. Egal, wie schon gesagt, ich brauche deine Hilfe. Du hast doch bestimmt auch einen Sekretärinnenkurs gemacht, wie alle Mädels, oder? Da kennst du dich doch mit Aktenablage aus. Ich brauche die Notizen vom Chief Inspector zu Kelly Cornelius, und er meckert immer, daß ich sein Büro auf den Kopf stelle.«

Nach dreißig Sekunden verlor er die Geduld und beteiligte sich selbst an der Suche. Als Novello sah, welches Chaos er in der folgenden halben Minute anrichtete, die sie benötigte, um die Akte zutage zu fördern, beschloß sie für den unwahrscheinlichen Fall, daß er jemals etwas aus ihrer Handtasche haben wollte, diese wie ihre Ehre zu verteidigen. Oder vielleicht noch entschiedener.

»Ich glaube, das ist sie, Chef«, sagte sie und öffnete die Akte, um sicherzugehen.

»Ah ja? Dann mal her damit.«

Aber etwas hatte Novellos Aufmerksamkeit gefesselt.

»Chef, was bedeutet denn ein roter Reiter, auf dem VCC steht?«

»Das heißt, daß kleine Schnatterliesen da ihren Schnabel nicht reinstecken sollen«, antwortete Dalziel und griff sich die Akte.

Das war zuviel, sogar, wenn es von Dalziel kam. Vielleicht zu ihrem Glück schwankte sie einen Moment zwischen einer verbalen und einer körperlichen Reaktion, die beide gleichermaßen heftig hervordrängten, und sie nutzte das, um sich abzuwenden und sich zusammenzunehmen.

Ihr Rücken schien jedoch sehr beredt zu sein, denn Dalziel sagte: »Na, Mädel, jetzt hab dich mal nicht so. Wenn's dich beruhigt: Hände weg, auch für neugierige Vorgesetzte. VCC. Verweis Chief Constable. Das heißt, das Zeugs ist so wichtig, daß es Fußvolk wie unsereins nichts angeht.«

Novello war bisher nie auf den Gedanken gekommen, daß sie zusammen mit dem Dicken zu den Mannschaftsrängen gehörte, aber sie war nicht so dumm, diese Entschuldigung nicht als solche anzunehmen.

Sie wandte sich wieder um und sagte: »Ich weiß nicht viel über diesen Fall, Chef, aber ich habe gestern den Eindruck gewonnen, daß du nicht besonders glücklich bist über die Art und Weise, wie das Betrugsdezernat Pascoe für diesen Fall benutzt.«

»So, hast du? Scharfe Ohren, scharfe Augen, scharfe Nase. Das haben Ratten und Detectives gemeinsam.«

Er nickte kurz, gleichzeitig bekräftigend und anerkennend.

Jetzt überlegt er, ob er mir mehr sagen soll, dachte sie. Behandle mich wie die Jungs. Nein, das war ungerecht. Sie war genauso behandelt worden wie alle anderen, nämlich schlecht. Dalziel mit irgendwelchen *Ismen* zu qualifizieren, war, als würde man den Wind sexistisch nennen, nur weil er einem den Rock über den Kopf weht.

»Der Chief Inspector ist auch nicht von gestern, Mädel«, sagte er. »Laß dich von seiner tapsigen Art nicht irreführen. Er hat die schärfste Nase hier, abgesehen von mir natürlich. So ist er der Cornelius auf die Spur gekommen. Er kam eines Morgens vor zwei Wochen gerade von Manchester her über den Snake Pass, als da ein Unfall war. Ein Lastwagen, der in unsere Richtung fuhr, hatte sich mit einer Reifenpanne quergestellt und war in ein Taxi geknallt, das von der anderen Seite her hochkam. Nur Blechschaden. 'ne Beule vorne, Fahrer unverletzt, aber die Frau, sein Fahrgast, hatte keinen Sicherheitsgurt angelegt und hat sich eine blutige Nase geholt. Das war Kelly Cornelius. Auf dem Weg nach Korfu sei sie, hat sie behauptet, und sie war ziemlich sauer über den Zwangsaufenthalt. Peter hat ein väterliches Interesse an ihr genommen, vielleicht sogar mehr. Ich hab das Mädel noch nicht in natura gesehen, aber nach allem, was ich höre, ist sie ein Hingucker, und der Chief Inspector kriegt Rehaugen, wenn er von ihr spricht.«

Rehaugen oder Kalbsaugen? dachte Novello.

Sie fragte aber nicht nach, sondern sagte: »Ich werd mich in acht nehmen, Chef.«

»Nee, Mädel, so ist er auch wieder nicht«, antwortete Dalziel freundlich. »Egal, jedenfalls kommt er ins Grübeln, als der Taxifahrer ihm steckt, daß er sie zum Inlandterminal bringen soll, und als er ihr bißchen Gepäck sieht, wittert er, daß da was faul ist.«

»Wieso das, Chef?« fragte Novello.

»Na ja, 'ne Tussi unterwegs in Urlaub. Schon für 'n längeres Wochenende schleppen doch die meisten Frauen einen Schrankkoffer mit sich. Das bißchen Handgepäck schien also sehr wenig, selbst für 'n Ort, wo 'n Bikinioberteil schon 'ne Vermummung ist.«

»Sie sind oft auf Korfu, Chef?« wollte Novello wissen.

»War nicht mehr weg, seit ich *Shirley Valentine* gesehen habe«, antwortete Dalziel. »Egal, Pete telefoniert 'n bißchen rum und stellt fest, da hat gar keine Cornelius einen Flug nach Griechenland gebucht, dafür gibt's eine für den Shuttle nach Heathrow, mit direktem Anschluß nach Quito. Liegt in Ecuador. Was in Südamerika ist. Südlich von Nordamerika.«

»Ich werd's mir notieren«, sagte Novello.

»Tu das. Oh, und die Buchung war erste Klasse, einfach. Bloß mit Handgepäck. Unter anderem hat sie ihren Job als technische Assistentin des Leiters der Anlageabteilung der Nortrust Bank zurückgelassen. Dort glaubte man, sie sei mit einer leichten Sommergrippe zu Hause.«

»Also dachte Mr. Pascoe, da steckt Veruntreuung dahinter?« fragte Novello.

»Nein! Nicht unser Pete. Ich, ich denke immer das Schlimmste. Er ist mehr so der naive Typ. Sieht überall nur das Gute in den Menschen. Das ist seine einzige Schwäche. Und wie gesagt, er hat anscheinend auch ein Auge auf Miss Cornelius geworfen.«

»Kann mir nicht vorstellen, daß sich der Chief Inspector in seinem Urteil von solchen Regungen beeinflussen läßt«, sagte Novello förmlich.

»Bist du da sicher?« Er warf ihr einen zynisch-lüsternen Blick zu. »Schau lieber noch mal im Handbuch des Feminismus nach, Kleines. Das ist ungefähr das einzige, womit die recht haben – es beeinflußt die Urteilskraft *aller* Männer. Außer meiner natürlich. Und vielleicht der von Sergeant Wield.«

Er grinste unvermittelt und sagte: »He, ob der Vater des Sergeants ihn wohl auch verheiraten wollte, vielleicht nicht mit dem König von Sizilien, aber mit irgendeiner Queen, was?«

Ein Kombi-Witz über Wields Häßlichkeit und seine Homosexualität. War das jetzt so eine Art Siegel, daß sie für voll genommen wurde?

»Aber Peter hat doch Nachforschungen angestellt, oder?«

»Ja. Aber wahrscheinlich hatte er nur ein schlechtes Gewissen, weil sie ihm gefiel. Das unterscheidet eben einen guten Bullen von den Verkehrswinkern. Egal, was für Aussetzer man hat, Hauptsache, sie führen einen zu den richtigen Schlußfolgerungen. Wenn du nur so 'ne simple katholische Rosenkranz- und Weihrauchschwenkerin wärst, dann könnt' ich mit dir nichts anfangen. Aber nach dem, was Paddy Kerrigan so erzählt, liegst du ja öfter auf dem Rücken als 'ne Anfängerin im Eiskunstlaufen, und das heißt, daß dein Gehirn 'ne ganz schöne Spannbreite abdeckt.«

Vielleicht hätte sie sich darüber empören sollen, denn das war nicht der erste Hinweis darauf, daß mittlerweile ihre Fehltritte – neben Football und Malt Whisky – zu einem weiteren verbindenden Thema für ihren Gemeindepriester Father Kerrigan und den Dicken geworden waren. Statt dessen spürte sie geradezu Entzücken bei dem Gedanken, daß sie, wenn er so mit ihr umsprang, praktisch dazugehörte.

Doch war sie klug genug, sich das nicht anmerken zu lassen.

»Ich werd eine Novene für dich sprechen, Chef«, sagte sie. »Also hat Peter bei ihrem Arbeitgeber nachgeforscht und rausbekommen, daß sie die Finger in die Ladenkasse gesteckt hat.«

»Ladenkasse? Du lebst wohl hinterm Mond, Mädel. Ein Banker von heute würde 'ne Ladenkasse nicht mal erkennen, wenn er sich die Finger drin einklemmt. Aber stimmt, er forscht bei Nortrust nach, und da erzählen sie ihm ziemlich von oben herab, daß Miss Cornelius noch nicht lange in der Firma ist, sich aber in dieser Zeit schon als fleißige und vertrauenswürdige Mitarbeiterin erwiesen hat. Außerdem ist sie 'ne Frau und also nicht helle genug, ihren Arbeitgeber zu bescheißen.«

»Das haben sie tatsächlich gesagt?«, unterbrach ihn Novello.

»Nein«, grinste Dalziel. »Aber ich wette, sie haben's gedacht. Ein Bulle an der Strippe wird ihnen allerdings schon ein bißchen Angst gemacht haben, und bestimmt haben sie anschließend das Tafelsilber nachgezählt. Cornelius ist inzwischen nach einer Untersuchung beim Notarzt wieder zu Hause, und Peter findet heraus, daß sie ihren Flug für den nächsten Tag neu gebucht hat. Am folgenden Morgen kann ihm Nortrust immer noch nichts liefern, womit er sie festnageln könnte. Wenn sie häßlich wie die Nacht gewesen wäre, hätte Pete bestimmt aufgegeben, aber weil er wild entschlossen ist, allen zu beweisen, daß er nicht der Sklave seiner Hormone ist, schickt er ihr zwei Uniformierte, um ihre Aussage noch einmal zu überprüfen. Vor allem aber sollen sie sich so gut wie möglich bei ihr umsehen. Er sucht Burton und Noble aus. Prima Mädels. Nur daß Noble durch eine andere Sache aufgehalten wird und der diensttuende Sergeant, dem nicht klar ist, daß Grips angesagt ist, an ihrer Stelle Hector losschickt.«

»Hector.«

Zum Leben gehört stets auch ein wenig Regen, doch Hector war eindeutig der Monsun von Mid-Yorkshire. Kurz nach seinem Dienstantritt in der Zentrale, als man das volle Ausmaß seiner geistigen und körperlichen Aussetzer noch nicht erfaßt hatte, war er beauftragt worden, einem Mitglied des Stadtrats die Arrestzellen zu zeigen. Der Mann war dreißig Minuten eingeschlossen gewesen, bevor er es geschafft hatte, auf seine Lage aufmerksam zu machen. Danach vermehrten sich Geschichten über Hector im Rhythmus der *Erzählungen aus Tausendundeiner Nacht*, und wie einst deren Schöpferin, so rettete die merkwürdige Faszination, die sie auslösten, auch ihn mehr als einmal vor einem gewaltsamen Tod.

»Ja, Hector«, sagte Dalziel. »Burton spricht mit Kelly Cornelius, Hector sieht sich um. Es kommt ziemlich viel Lärm aus dem Schlafzimmer, und am Ende geht Kelly Cornelius rein, um nachzusehen, was da los ist. Ihr Kleiderschrank steht offen, ihre Klamotten und ihr Zeug liegen überall verstreut, außerdem hat Hector, der auf ihrem Bett sitzt, noch in ihrer Flugtasche rumgewühlt, einen Slip rausgekramt und kaut darauf herum.«

»Er kaut auf einem Slip herum?«

»Ja. Er hat einen Artikel über Drogenschmuggler gelesen, die Kleider in einer Kokainlösung tränken, sie trocknen lassen und das Zeug rauswaschen, wenn sie durch den Zoll sind, sagt er. Er behauptet, er wolle nur einen Geschmackstest machen.«

»Glaubst du ihm das, Chef?«

»O ja. Sexuelle Perversion geht über Hectors Horizont. Aber als Kelly Cornelius sieht, daß ihm ihr Schlüpfer aus der Schnauze hängt, kriegt sie zuviel. Sie hat ihm eine saubere Rechte verpaßt. Hat ihm die Nase an die Stelle gerückt, wo eigentlich sein Gehirn sein sollte. Dem Mädel hätte man 'nen Orden geben sollen. Statt dessen wird sie wegen tätlichen Angriffs auf einen Polizeibeamten verhaftet. Als nächstes taucht ein Superintendent vom Betrugsdezernat auf, unterhält sich eine halbe Stunde lang mit Pascoe und gibt ihm dann die Anweisung, bei Gericht eine Verlängerung der Untersuchungshaft zu beantragen, bis sie mehr finden. Das hat er dann letzte Woche noch einmal gemacht. Und heute wird er es zum dritten Mal tun.«

»Ein ziemlich kleiner Fisch für den Chief Inspector, oder?« meinte Novello. »Tätlicher Angriff auf einen Beamten. Es sei denn, das Betrugsdezernat will sie auf Eis legen, damit sie in aller Ruhe Nachforschungen anstellen können. Wie kommen die überhaupt voran?«

»Bei ihrem Boß George Ollershaw scheint was faul zu sein, doch sie hat offenbar eine reine Weste. Aber man hat so eine Art Warnung auf ihrem Computer in der Bank und auch auf ihrem PC zu Hause gefunden: ›Zeit zu verschwinden‹ oder so, was vielleicht erklären könnte, warum sie sich absetzen wollte.«

»Aber das heißt nicht zwangsläufig, daß eine Unterschlagung dahintersteckt«, meinte Novello. »Und warum wird da ein Chief Inspector zum Gericht geschickt, wo das doch auch jeder andere machen könnte?«

Der Dicke kratzte sich die Nase, als wollte er sie loswerden.

»Hab ich mich auch gefragt«, sagte er. »Aber ich bin auch nur auf diesen roten Reiter gestoßen, als ich nachgestochert habe.«

»Vielleicht wollte das Betrugsdezernat nur jemanden mit genug Stehvermögen haben, um das Gericht zu beeinflussen«, meinte Shirley Novello zweifelnd.

»Kann sein. Na, dann schaun wir mal, ob ihnen auch mit einem echten Schwergewicht gedient ist, was? Paß gut auf den Laden hier auf, Ivor. Ich verschwinde mal zum Gericht. Wird nicht so spät werden. Oder wenigstens nicht allzu spät.«

Er grinste zähnefletschend wie ein Saurier.

Was hat der alte Halunke vor? fragte sie sich, als er mit wabernden Arschbacken und Hüften davonwackelte. Von hinten sah er aus wie ein Rhinozeros. Wie wohl der Sex mit ihm war? Das war ein Thema, zu dem das weibliche Personal von Mid-Yorks Polizei bei privaten Unterhaltungen gerne seine Phantasie spielen ließ. Nachdem man eine Unmöglichkeit an die nächste gereiht hatte, endeten die Spekulationen gewöhnlich in hysterischem Gelächter. Allerdings wußte man, daß er durchaus noch aktiv war. Seine derzeitige Geliebte war eine Frau namens »Cap« Marvell, die ähnlich großzügig gebaut war wie er, wenngleich sie seine Gewichtsklasse bei weitem nicht erreichte. Ist wahrscheinlich wie der Kampf der Mastodons in *Jurassic Park*, dachte sie. Bei der Vorstellung mußte sie kichern. Aber es machte sie auch ein klein wenig an, mußte sie sich eingestehen. Herrgott, sie mußte besser aufpassen. Vielleicht war es an der Zeit, der heiligen Uncumber ein wenig Hafer zu opfern.

Andy Dalziel machte sich langsam auf den Weg zum Gericht, ahnunglos über die lüsternen Spekulationen, deren Objekt er war, die ihn aber auch kaum gekümmert hätten. Er kam nicht wirklich zu spät, aber hinreichend spät, um Irritation auszulösen. Und das nicht nur beim Beisitzer, dessen dünne Lippen sich zusammenzogen wie das Arschloch eines Katers, als Dalziel entschuldigend erklärte, Mr. Pascoe sei leider verhindert, sondern auch bei zwei Männern in dunklen Anzügen, einer untersetzt, der andere dürr, die ganz hinten im Gerichtssaal saßen und bei seinem Erscheinen erleichtert ein paar Worte wechselten, um dann mit undurchdringlichen Gesichtern das Geschehen zu verfolgen.

Die Vorsitzende Richterin war Mrs. Nora Broomhill, eine Frau unbestimmten Alters, aber mit sehr bestimmten Ansichten, zu denen auch gehörte, daß eine Polizei, bei der Leute wie Andy Dalziel höhere Ränge bekleideten, ein Augiasstall sei, den man mal kräftig ausmisten müsse.

Der Dicke nickte und lächelte ihr zu, wobei er nur die Andeutung eines Bedauerns erkennen ließ. Sie bedachte ihn mit einem funkelnden Blick, der gut zu einem Todesurteil gepaßt hätte, und wies den Beisitzer an zu beginnen.

Als die Einleitungsfloskeln heruntergeleiert waren, sah Dalziel zur Anklagebank, wo Kelly Cornelius saß. Bis jetzt kannte er sie nur von dem Foto aus ihrer Akte, das sie noch mit geschwollener Nase zeigte. Nun sah sie fast wieder normal aus, und es entging ihm nicht, daß sie wirklich eine überaus attraktive junge Frau war. Sie war nicht eigentlich schön zu nennen, zumindest besaß sie nicht jene besondere Kombination von Eigenschaften, auf die Männer seiner Generation konditioniert waren, doch zog ihr längliches, eher blasses Gesicht mit den großen dunklen Augen und den hervortretenden Wangenknochen ihn trotzdem in seinen Bann. Selbst wenn sie ganz still saß, hatte sie etwas Vibrierendes, wie eine Landschaft, die in der Sommerhitze erzittert. Mit einem Mal verstand er, warum Peter Pascoe der Welt und sich selbst hatte beweisen wollen, daß er davon nicht zu beeinflussen war. Wenn der Dicke sonst eine schlanke (oder, wie man in Yorkshire sagte, eine »dürre«) Frau sah, dann dachte er gewöhnlich an Zwangsfütterung mit Yorkshire-Pudding und Mehlspeise mit Rosinen. Doch diese Frau ließ ihn an Tango auf einer mondbeschienenen Tanzfläche denken, mit einem unsichtbaren Orchester und dem Duft von Bougainvillea, der die warme Sommerluft füllte ...

Obacht, Hamish! sagte er zu sich selbst, völlig verwirrt, besonders, weil er sich gerade bei der Frage ertappte, ob er denn überhaupt Bougainvillea von Heidekraut unterscheiden könnte. Du bist wohl an der Reihe!

»Mr. Dalziel!«

Nora Broomhills Tonfall ließ keinen Zweifel daran, daß sie ihn schon einmal angesprochen hatte.

»Oh, ja. Bitte«.

Kelly Cornelius hob die Augen und schaute ihn an, sei es, weil sie durch sein Starren aufmerksam geworden war, sei es, daß sie dem stahlharten Blick der Richterin gefolgt war.

»Ist es richtig, daß die Polizei beantragt, Mrs. Cornelius noch weiter in Untersuchungshaft zu behalten?«

»So ist es, Ma'am.«

»Wenn Sie die Güte hätten, uns die Gründe für diesen Antrag mitzuteilen.«

»Oh, ja. Also ...« Er griff in die Innentasche seines Jackets, förderte ein paar zerknitterte Blätter zu Tage, nahm sie mit leichter Verwunderung in Augenschein, wobei seine Schneidezähne seine Unterlippe benagten wie ein hungriger Hund, der einen alten Reifen probiert, und fuhr dann fort: »... na ja, ich nehme an, es sind dieselben wie beim letzten Mal.«

Mrs. Broomhills Augenbrauen wölbten sich zu einem normannischen Rundbogen.

»Dieselben wie beim letzten Mal?« wiederholte sie.

»Ja. Ich nehme an, Sie haben das irgendwo aufgeschrieben, Ma'am« sagte Dalziel und lächelte sie vertrauensvoll an.

»Das nehme ich auch an, Superintendent. Aber hier vor Gericht wird nicht abgenickt. Jeder neue Antrag ist unabhängig vom vorherigen. Die Begründung muß wiederholt und, wenn nötig, sogar bekräftigt werden. Wir verhandeln hier über die Freiheitsrechte einer Staatsbürgerin, Mr. Dalziel, einer Staatsbürgerin, die einen Anspruch darauf hat, vor dem Gesetz als unschuldig zu gelten, solange nicht ihre Schuld bewiesen ist. Also lassen Sie mich bitte Ihre Begründung hören.«

»Na ja, sie hat einen von unseren Jungs verdroschen, ihm die Nase gebrochen ...«

»Soweit ich weiß, wird ihr das *vorgeworfen«*, sagte Mrs. Broomhill kühl. »Verstehe ich Sie richtig, Sie wollen behaupten, die Polizei sieht ein Risiko darin, wenn Miss Cornelius auf freien Fuß gesetzt wird?«

»Nein! Seien Sie nicht albern. Oh, 'tschuldigung, Ma'am ...

war nicht so gemeint ... was ich sagen wollte ist, es wird da noch wegen anderer, schwerer Vorwürfe gegen sie ermittelt, und wir fürchten, sie könnte sich aus dem Staub machen.«

»Das Land verlassen, meinen Sie? Aber soviel ich weiß, hat Miss Cornelius freiwillig ihren Paß abgegeben. Miss Dacre?«

Die junge Anwältin von Kelly Cornelius, die den Wortwechsel mit wachsender Begeisterung verfolgt hatte, sprang auf und sagte: »Das stimmt, Ma'am.«

»Und wie weit sind die Untersuchungen hinsichtlich dieser anderen möglichen Vorwürfe gediehen, Mr. Dalziel? Ist da ein Ende in Sicht?«

Dalziel warf den beiden dunkelgekleideten Herren im Hintergrund des Gerichtssaals einen flehentlichen Blick zu. Sie vermieden es geflissentlich, ihm in die Augen zu schauen.

»Kann ich nicht sagen, Ma'am«, meinte er hilflos. »Tut mir leid. Aber ich dachte, jemand hat vielleicht ein vertrauliches Wort mit Ihnen geredet ... vielleicht ...«

Der Brauenbogen der Richterin verzog sich von normannisch zu senkrecht.

»Sind Sie fertig, Superintendent?« sagte sie kalt. »Miss Dacre?«

Die Antwältin erhob sich und trug bescheiden vor: »Wenn Sie gestatten, Ma'am, meine Klientin befindet sich nun schon seit fast drei Wochen in Untersuchungshaft, und das aufgrund eines Vorwurfs, der, falls er ihr nachgewiesen wird, ohne daß ich dem Urteil des Gerichts vorgreifen will, wahrscheinlich nicht mit einer Haftststrafe dieser Länge geahndet wird. Diese angeblichen anderen Vorwürfe haben bislang zu keiner weiteren Anklage geführt, und nach dem, was der Superintendent sagt, werden sie das auch in absehbarer Zukunft nicht tun. Eine Fortdauer der Untersuchungshaft unter solchen Umständen wäre ungerecht und ungerechtfertigt. Ich ersuche Sie daher, den diesbezüglichen Antrag abzulehnen.«

Mrs. Broomfield besprach sich kurz mit ihrem Beisitzer und verkündete dann: »Ich stimme Ihnen zu, Miss Dacre. Der Antrag wird abgelehnt. Aber ich mache Miss Cornelius die Auflage, sich täglich bei der Polizeidienststelle ihres Wohnbezirks zu melden. Sollte sie dies nicht einhalten, so wird die Untersuchungshaft erneut angeordnet. Haben Sie das verstanden, Miss Cornelius?«

Die Beklagte erhob sich.

»Ja, Ma'am«, sagte sie mit leiser, musikalischer Stimme.

Dann wandte sie ihr Gesicht Andy Dalziel zu und schenkte ihm ein herzergreifend dankbares Lächeln, und er merkte plötzlich, daß er wie ein Idiot zurückgrinste.

Vor dem Verhandlungssaal sah Dalziel die beiden dunkelgekleideten Herren ins Gespräch vertieft. Er trat auf sie zu und sagte zu dem dünneren: »Sind Sie nicht Barney Hubbard? Wir haben uns mal auf einer Tagung in Derby getroffen. Sind das eure Jungs, die rauszukriegen versuchen, wie tief Kelly Cornelius die Hand in die Kasse gesteckt hat?«

Seine Stimme hallte durch den belebten Vorraum.

»Ja, Mr. Dalziel«, antwortete Hubbard, deutlich leiser. »Und es wäre uns sehr recht gewesen, wenn die junge Dame noch ein wenig länger in Untersuchungshaft geblieben wäre. Welcher Teufel hat Sie da drin geritten? Wo ist Chief Inspector Pascoe?«

»Wurde aufgehalten, so daß ich in letzter Minute für ihn einspringen mußte. Tut mir leid, wenn ich nicht ganz auf dem laufenden war, aber in Erfahrung zu bringen, um was es hier eigentlich geht, ist fast so schwierig, wie rauszukriegen, wer wirklich Kennedy ermordet hat. Oh, kenne ich nicht auch Ihren Freund?«

Der etwas Dickere war ein wenig beiseite getreten. Nun, als Dalziel ihn anstrahlte, meinte er: »Nein, ich glaube nicht, daß wir uns schon einmal begegnet sind. Hubbard, wir müssen los.«

Der dünne Anzugträger warf Dalziel einen Blick zu, in dem zugleich ein Vorwurf und eine Drohung lag, worauf sich die beiden entfernten.

Der Dicke ließ sie zwei oder drei Schritte gehen, dann rief er ihnen hinterher: »Jetzt weiß ich wieder. Waren Sie nicht mit diesem komischen Kauz zusammen, Pimpernel, 'tschuldigung, ich meine Sempernel? Ja, genau. Hab Sie gar nicht erkannt, so ohne Mantel und Degen. Wie geht's denn dem alten Gawain? Wühlt er sich immer noch durch die Mülltonnen, um für uns die Demokratie zu schützen?«

Die Anzugträger verlangsamten einen Moment ihren Schritt, um ihn gleich darauf, ohne daß sie sich umgedreht hätten, zu beschleunigen.

»Na, grüßen Sie ihn jedenfalls von mir«, rief ihnen Dalziel nach, als sie durch die Tür verschwanden.

Dann lächelte er wohlwollend in die lauschende Runde, wie ein Papst nach einer gelungenen Ketzerverbrennung, und sagte: »Immer nett, alte Freunde zu treffen, nicht wahr? Aber ich kann mich hier nicht den ganzen Tag vergnügen, wenn es so viel Arbeit gibt«. Damit trat er hinaus in den Sonnenschein und machte sich auf den Weg zum *Black Bull*.

SIEBZEHN

DER SAFT DER ERDBEEREN

Rosemont war ein Haus für alle Jahreszeiten, doch im Hochsommer glichen seine ausgedehnten Gärten einer grünen Leinwand, auf die der Künstler das Paradies mit einer Palette in allen Farben gemalt hat, die die Rose zu bieten hat. Angefangen mit dem reinen Weiß der *Iceberg* und der *Virgo* über den zartrosa Schimmer von *Félicité*, *Perpétué* und *Escapade* zum hellen Rosa der *Dandy Dick*, dem Blaßlila der *Yesterday* und dem Lachsrot der *Evensong*, fanden sich immer dunklere Farbtöne bis zum rötlichen Glanz von *Perfecta*, dem hellen Feuer von *Wilhelm*, der Farbe getrockneten Blutes von *Kassel*, dem samtenen Burgunderrot von *Roseraie de l'Haÿ*, bis hin zum düster mitternächtlichen Purpur der Gewänder der *Cardinal de Richelieu*.

Wer sich einfach dem sinnlichen Genuß hingab, der konnte stundenlang über diesen Ozean aus Farben und Gerüchen kreuzen, ohne sich in seiner Unwissenheit darum zu kümmern, ob ihn sein Schickal zu *Sweet Repose* und *Penelope* oder *Clytemnestra* und *Crimson Shower* führte. Als Ellies Wagen aus dem Tunnel auftauchte, den die überhängenden Zweige der Stechpalmen bildeten, die neben dem Haupttor Wache standen, sang ihr Herz, als würde sie in ein neues, goldenes Land eindringen. Obwohl sie natürlich wußte, daß es nicht wahr war, kam es ihr doch so vor, als würde über Rosemont immer die Sonne scheinen, wie sie offenbar auch immer über dem Leben seines Besitzers, Patrick Aldermann, geschienen hatte.

Ellie verstand nicht viel von Rosen, doch die langstieligen, wohlriechenden, tiefgoldenen Blüten mit scharlachroten Kelchen, welche die Ehre hatten, die Beete an der Eingangstür zu schmücken, kannte sie gut. Sie waren Patricks eigene Züchtung, und er hatte sie nach seiner Frau benannt, die auch dort an der Türschwelle stand, als Ellie vorfuhr.

Heute jedoch war die Ähnlichkeit zwischen den Blüten und ihrer Namensgeberin nicht so deutlich zu sehen wie sonst, obwohl sich wahrscheinlich auch ein scharlachroter Schimmer unter der weißen Gaze verbarg, die über ihre Nase gepflastert war.

»Ellie, wie schön, dich zu sehen«, sagte Daphne. »Ich hatte gehofft, daß du kommst.«

»Soll das heißen, daß du schon den ganzen Morgen hier an der Tür stehst und auf gut Glück Ausschau hältst?«

»Red keinen Blödsinn. Deine Schrottmühle macht einen solchen Lärm, das hört man fünf Meilen weit. Vorsicht!«

Letzteres bezog sich auf einen Kuß, den Ellie ihr gerade auf die Wange drücken wollte.

»Keine Bange. Die Gefahrenzone ist ziemlich gut ausgeschildert. Wie geht es dir? Ich hätte dir ein paar Blumen mitgebracht, aber du kennst ja die Geschichte mit den Eulen und Athen.«

»Belgische Pralinen und exotische Früchte sind dir wohl nicht in den Sinn gekommen? Laß uns draußen sitzen. Patrick macht gerade Kaffee, oder bist du inzwischen dem Alkohol so weit verfallen, daß du einen Schnaps vorziehst?«

»Kaffee wär prima. Patrick…? Ich dachte, er ist unterwegs nach Amsterdam oder so?«

»Sollte er auch, aber er kehrt den starken Mann heraus und behauptet, er könne unter diesen Umständen auf keinen Fall fahren. Ich bearbeite ihn noch.«

Sie saßen an einem hübschen runden Tischchen aus verschnörkeltem Schmiedeeisen. Die Stühle schienen aus demselben Material zu sein, doch sie erwiesen sich als angenehm weich und sehr bequem. Patrick Aldermann war nicht der Mann, der sich seine Behaglichkeit in irgendeiner Weise beeinträchtigen ließ.

»Also, wie geht's dir heute?« fragte Daphne.

»Bringst du da nicht deinen Text durcheinander? Du bist es doch, die eine Boxernase abgekriegt hat, schon vergessen?«

»Weil ich zufällig im Weg stand, nicht weil mich jemand verfolgt«, erwiderte Daphne streng. »Um dich geht es hier, Ellie.«

Das gehört zu den Dingen, die Daphne so einzigartig machen, dachte Ellie. Nach einem derart handfesten Vorsingen hätten nur wenige der Versuchung widerstehen können, sich als Primadonna in einer fremden Oper aufzuspielen, wenn auch nur für ein paar Szenen.

»Ich könnte auf diese Ehre gut verzichten«, meinte Ellie finster. »Egal, ich bin gekommen, um dir zu sagen, daß es mir leid tut. Und es tut mir auch wirklich leid.«

»Es war nicht deine Schuld, meine Liebe. Nicht im geringsten. Es sei denn, du verschweigst mir etwas.«

»Red keinen Blödsinn. Warum sagst du so etwas?«

»Na, weil du in deiner weichherzigen Liberalität und als Produkt unseres staatlichen Schulsystems mit seinem Laß-es-ruhig-raushängen-Credo in der Kunst der gesellschaftlichen Heuchelei wenig bewandert bist. Wo jucken dich die Läuse? Ich meine das natürlich als gärtnerische Metapher.«

»Nirgends. Das heißt, überall eigentlich. Ach, was für ein Mist. Es ist wirklich zu dumm, aber ich habe das Gefühl, daß alles meine Schuld ist. Irgendwie jedenfalls.«

»Das nenne ich eine knappe, prägnante Antwort«, murmelte Daphne. »Vielleicht könntest du trotzdem ein wenig weiter ausholen.«

»Bevor Rosie so krank wurde, da war ich, na ja, in einem gewissen Stimmungstief. Habe gegrübelt. Mir mein Leben angeschaut und mich gefragt, was dabei herausgekommen ist. Ich weiß schon, wenn man bedenkt, was ich alles habe, ein schönes Haus, für meinen plebejischen Geschmack jedenfalls, einen netten Ehemann, guten Sex, ein liebenswertes Kind, einen Kühlschrank voller exotischer Fressalien samt australischem Chardonnay, einen exquisiten Freundeskreis, wenn man von anwesenden Personen absieht, also, dann geht es mir gut. Und ich kann auch nicht darüber jammern, daß ich meine Karriere aufgegeben habe, ich könnte jederzeit irgendwo irgendeine Dozentenstelle bekommen, und wenn ich wirklich wollte, dann könnte ich sogar wieder ganztags anfangen, Peter würde alles tun, um mich zu unterstützen. Ich habe darüber nachgedacht und bin zu dem Schluß gekommen, daß ich darauf keine Lust hatte, nicht einmal, wenn man mir ein fürstliches Gehalt angeboten hätte. Also, keine Klagen diesbezüglich.«

»Ellie, meine Liebe, ich hoffe, du willst nicht darauf hinaus, daß du den Milchmann verführt hast?« fragte Daphne.

»Unser Milchmann ist eine Milchfrau, die Gerüchten zufolge damit ausgelastet ist, die Phantasien vom geilen Knappen und dem jungen Milchmädchen zu befriedigen, die den lustigen Witwer aus Nummer siebzehn umtreiben. Nein, ich habe mir schon die Hörner abgestoßen, oder zumindest beinahe, vor ein paar Jahren. Aber das war in einem anderen Land, und nebenbei bemerkt, der Junge lebt nicht mehr. Das war einmal, und ich habe keine Lust, noch mal so etwas anzufangen. Ich liebe Peter, und wenn er nicht absolut fertig ist, weil er irgendwelchen halbverrückten Schurken hinterhergelaufen ist, dann bringt er für mich die Erde zum Beben und läßt die Geigen im Himmel erklingen, so, wie wir das früher in Groschenromanen gelesen haben.«

»Unsere Bildungswege scheinen sich doch hier und da gekreuzt zu haben«, sagte Daphne. »Also Sex, Liebe, Mutterschaft und ein angenehmes Leben, wie man es sich nur wünschen kann. Wo liegt dann dein Problem, meine Liebe?«

»Ich habe das Gefühl, daß ich nichts zustande gebracht habe«, sagte Ellie hilflos. »Nichts, das wirklich wichtig wäre.«

»Also hör mal! Als ich dich kennengelernt habe, hast du ein Spruchband geschwenkt und Parolen skandiert, und das mit einer Kindertrage auf dem Rücken. Jahrelang warst du die Kate Adie der Demonstrationen, ohne dich konnte es nicht losgehen.«

»O ja, ich bin marschiert, habe Reden gehalten, Briefe

geschrieben und mich an Streiks beteiligt, das alles habe ich gemacht. Aber nie wurde auf mich geschossen, nie bin ich geschlagen oder gefoltert worden wie die Leute, für die ich demonstriert habe. Ich mußte noch nicht einmal hungern, wenn ich streikte, wie die Leute, in deren Streikposten ich mich eingereiht habe. Aber ich meine nicht nur solchen Sozialgewissenskram. Ich war nie im Ausland, ich habe mich nie auf der Goldenen Straße nach Samarkand durchgeschlagen. Ich bin nie einhändig um die Welt gesegelt, und ich war nie in nächster Nähe dabei, wenn etwas Interessantes passiert ist, etwa ein Erdbeben oder eine Revolution oder eine Schlägerei, in die ein Filmstar in einem Restaurant verwickelt wird. Ich lese manchmal die Autoren-Waschzettel auf den Umschlagklappen, und dann denke ich, falls jemals ein Wunder geschieht und ich gedruckt werde, dann müssen sie da ein weißes Feld lassen!«

»Alle Achtung«, meinte Daphne. »Hast du vielleicht deshalb angefangen zu schreiben? Ich meine natürlich nicht, um deinen Waschzettel zu füllen. Oder vielleicht doch.«

Lachend erwiderte Ellie: »Egal, was dein Therapeut über dich sagt, du bist sehr scharfsinnig. Ja, wahrscheinlich. Auch eine Methode, sich ein richtiges Leben zu verschaffen, oder? Eigentlich unendlich viele Leben. Und wenn es klappt, dann ist man Ellie Pascoe, die Schriftstellerin, anstatt nur Ellie Pascoe, die Frau des Polizisten. Aber da ist mehr dran, glaube ich. Hoffe ich. Egal, worauf ich eigentlich hinauswill: Als Rosie beinahe starb, da ist all dieser Mist von mir abgefallen. Da war nur noch ich, da war Rosie, da war Pete. Sonst nichts. Eine heilige Dreifaltigkeit. Ich habe sogar zu dieser anderen Dreifaltigkeit gebetet, zu der, an die ich nicht glaube. Und ich habe Gelübde abgelegt. Daß ich nie mehr unzufrieden sein werde, wenn ich da wieder rauskomme, so was in dem Stil.«

»Zählen für dich denn Gelübde an jemanden, an den du gar nicht glaubst?«

»Mehr als an alles andere, würde ich sagen. Versuch nie, jemanden auszutricksen, der es dir nicht heimzahlen kann. Egal, um diese Marathongeschichte auf zehntausend Meter abzukürzen, mit dem Zeug, was mir im Kopf rumgegangen ist und dann von mir abgefallen ist, erlebte ich das gleiche, was ich von der Arbeit am Bildschirm kenne: Etwas ist verschwunden, aber es ist immer noch irgendwo da. Ich spüre es. Die erste Erinnerung war wohl dieser Anruf wegen des Liberata-Treffens, von dem ich dir erzählt habe. Eine innere Stimme sagte mir, du bist fertig damit, du mußt jetzt deinen eigenen Garten bestellen, Mädchen. Dann fühlte ich mich plötzlich schuldig. Schlimmer noch als schuldig. Ich dachte an die alte Feenie Macallum. Ihr Leben könnte man gar nicht in einem Klappentext beschreiben, dazu bräuchte man einen dicken Wälzer. Verstehst du, was ich sagen will, Daphne? Was passiert ist, was uns beinahe passiert ist, hat mich verändert. Ich schaue Rosie und Pete an und weiß, sie sind so wichtig für mich, ich würde für sie mein Leben opfern. Und trotzdem kann ich noch tief in mir die alte Saat der Unzufriedenheit spüren! Ich bin schon komisch, oder?«

»Und jetzt denkst du, daß diese Dreifaltigkeit, an die du nicht glaubst, nachdem sie dich zuerst zur Vernunft bringen wollte, indem sie beinahe deine Tochter getötet hat, dir nun noch eine Lektion erteilen will und dir diese Bande von Irren auf den Hals schickt? Ich bitte dich!«

Daphne lachte, und es war kein gezwungenes überlegenes Wiehern, sondern ein perlendes, wirklich vergnügtes Glucksen, in das man einfach einstimmen mußte.

Als wäre dies sein Stichwort gewesen, und vielleicht war es das ja auch, erschien Patrick Aldermann mit einem Tablett, das er auf den Tisch stellte. Dann beugte er sich zu Ellie und hauchte ihr einen Kuß auf die Wange.

»Schön, daß es euch gut geht«, sagte er. »Ich fürchtete schon, ihr wärt handgreiflich geworden, weil ihr euch nicht darüber einigen könnt, wer an dem gestrigen Fiasko schuld ist.«

»Patrick, bitte!« sagte Daphne. »Das haben wir geklärt.«

»Ach ja? Und?«

»Ich übernehme voll und ganz die Verantwortung, auch wenn

Daphne die Sache ihrer eigenen Dummheit zuzuschreiben hat«, erklärte Ellie.

Aldermann nahm das bedächtig zur Kenntnis, während er den Kaffee einschenkte.

Lächelnd reichte er Ellie eine Tasse. Es war ein freundliches Lächeln. Sein normaler Ausdruck war eine ausdruckslose Leere, die braunen Augen seines ovalen Gesichts, das mit seinen völlig regelmäßigen Zügen den Eindruck von Maskenhaftigkeit unterstrich, betrachteten einen völlig leidenschaftslos. Jeder andere Mann, der gemerkt hätte, wie attraktiv und jugendlich sein Lächeln wirkte, hätte es öfter und mit mehr Berechnung eingesetzt. Doch Aldermann war der am wenigsten seiner selbst bewußte Mann, den Ellie kannte. Sie war sich nicht sicher, ob sie ihn überhaupt mochte, nicht weil er etwas an sich hatte, das ihr widerstrebte, sondern weil er so wenig von sich preisgab. Menschen, die etwas verbergen möchten, versuchen anderen ein bestimmtes Bild von sich zu vermitteln und enthüllen gerade dadurch mehr, als ihnen lieb ist, doch Patrick war einfach ... Patrick. Ein Mann, für den sich das Leben in der natürlichen Schönheit und den perfekten Proportionen dieses Gartens zu ordnen schien. Nur daß dieser Garten natürlich den größten Teil seiner Schönheit und Anlage der Arbeit von Hirn und Hand seines Besitzers verdankte. Was einen über sein Leben ins Grübeln brachte ...

»Du hast natürlich recht«, sagte er. »Sie hat diesen rührenden Glauben, daß ihr Gefahren nichts anhaben können, und wenn doch, daß die Götter sie dann schon beschützen und sie in einen Lorbeerbaum verwandeln.«

»Na, du hast sie immerhin schon in eine Blume verwandelt«, bemerkte Ellie. »Schade nur, daß du gestern nicht da warst, um ihr auch noch ein wenig Vernunft einzubläuen.«

Das war als lockerer Scherz auf Daphnes Kosten gedacht, doch ihr Mann nahm es offenbar ernst.

»Ja. Schade. Aber jetzt bin ich ja da.«

»Dabei solltest du ganz woanders sein«, erklärte Daphne.

»Unterwegs nach Amsterdam. Um Himmels willen, ich bin nicht in Gefahr. Es war, wie ihr beiden Moralapostel unerbittlich wiederholt, meine eigene Dummheit, daß ich mich diesem Rohling in den Weg gestellt habe. Nachdem er ja nun dafür gesorgt hat, daß ich das nicht mehr tue, wird er wohl kaum noch Interesse an mir haben, oder?«

»Er könnte immer noch ein Interesse an Ellie haben«, erwiderte Aldermann. »Jedenfalls scheint Peter das zu denken, was ich der Anwesenheit des jungen Mannes entnehme, der dort hinter der *Zéphirine Drouhin* hervorlugt.«

Ellie folgte seinem Blick durch den Garten bis zu einer zweieinhalb Meter hohen, mit karminroten Blüten bedeckten Säule, hinter der sich die Gestalt von Constable Bowler abzeichnete.

»Soll ich ihn fragen, ob er auch einen Kaffee will?« sagte Daphne.

»Nein!« rief Ellie verärgert. »Ich sag ihm, er soll sich verpissen.«

»Laß ihn doch«, meinte Aldermann. »Er richtet dort keinen Schaden an und wird auch keinen nehmen. Die *Zéphirine* hat einen wundervollen Duft und keine Dornen. Also worum geht's denn, nach Peters Ansicht, Ellie?«

»Ich darf keine Details preisgeben«, sagte Ellie artig. »Abgesehen davon, daß er glaubt, die Gefahr sei wohl vorüber. Mein Aufseher dort drüben im Rosenbusch dient wahrscheinlich eher zu Peters Beruhigung als zu meinem Schutz.«

»Genau deswegen bist du jetzt immer noch hier, Patrick«, sagte Daphne. »Typisch männliches Kontrollverhalten. *Eure* Gefühle verkleidet ihr als *unsere* Schwächen.«

»Bravo«, lachte Ellie. »Du hast ja eins von den Büchern gelesen, die ich dir geliehen habe.«

»Red keinen Quatsch. Du denkst manchmal, du hättest den weiblichen Scharfblick erfunden, so wie Teenager glauben, daß sie den Sex erfunden haben. Das gibt's aber alles schon eine Weile länger als Germaine Greer – falls das überhaupt möglich ist. Ellie, hilf mir doch mal, ihm begreiflich zu machen, daß ich durchaus alleine zu Hause klarkommen kann, auch wenn ich eins auf die Nase bekommen habe.«

»Also«, sagte Ellie. »Ich verstehe, daß du dir Sorgen machst, Patrick. Offen gestanden weiß ich gar nicht, wie du es aushältst, eine derart sture und unberechenbare Person auch nur einen Moment aus den Augen zu lassen. Aber gibt es da nicht eine einfache Lösung? Nimm sie doch mit zu deiner Tagung.«

»Oh, das hat er schon versucht«, sagte Daphne. »Und ich wäre sogar mitgekommen, wenn es nicht ausgerechnet nach Holland ginge! Ich fühle mich da immer so niedergeschlagen, psychisch und geographisch. Nur Fische und Krustentiere sind dafür geschaffen, unter dem Meeresspiegel zu leben. Ich kann den Gedanken nicht ertragen, daß mich nur eine Handbreit davor schützt, von einer Flutwelle der Nordsee verschlungen zu werden. Aber warte. Da kommt mir eine Idee. Es gibt noch Plan B. Ich soll einen sicheren Ort aufsuchen, und zwar in Gesellschaft eines verläßlichen Menschen. Patricks Wunschkandidat ist mein Vetter Joyce in Harrogate. Allerdings würde ich die Nordsee der Gesellschaft meines Vetters Joyce in Harrogate vorziehen. Aber du Ellie, du wärst ein verläßlicher Mensch, dessen Gesellschaft ich ertragen *könnte*, eine Weile wenigstens. Was den sicheren Ort betrifft, so verlassen David und seine Kumpels heute die komfortable Hütte, um ihren Charakter im Zeltlager in den Trossachs zu stärken. Warum fahren wir nicht einfach für ein paar Tage dorthin, Rosie nehmen wir natürlich mit, und lösen die Probleme unserer Ehemänner, indem wir gegenseitig aufeinander aufpassen?«

So, dachte Ellie, mußte sich Marie Antoinette angehört haben, als sie ihren bekannten Vorschlag zur Behebung des Brotmangels vorbrachte. Und vermutlich hat sie auch so ausgesehen, abgesehen von der bepflasterten Nase; aber wahrscheinlich hatte sie dasselbe Leuchten in den Augen, dasselbe verzückte Lächeln, und verströmte jene Art von Frohlocken, bei dem es den weitsichtigeren französischen Höflingen bestimmt ein wenig warm unter dem Kragen wurde.

Ellie überließ es Patrick, Daphne auf den kapitalen Denkfehler in diesem Vorschlag hinzuweisen, nämlich, daß man sich nach einem Wespenstich nicht in Sicherheit bringt, indem man mit dem Marmeladenglas wegläuft. Als er nichts antwortete, schob sie das auf die Zurückhaltung des Ehegatten, der nicht gerne den ersten Stein wirft, und sagte: »Keine schlechte Idee, Daph, bis auf eines. Diese Irren sind hinter mir her, nicht hinter dir. Das Sicherste für dich ist, soviel Abstand von mir zu halten wie möglich.«

»Jetzt fängst du schon wieder an«, meinte Daphne. »Ich, ich, immer nur ich.«

Ellie warf Patrick einen Blick zu. Wo blieb seine Unterstützung?

Statt dessen sagte er nach längerem Nachdenken: »Nosebleed liegt ja fünfzig Meilen von hier an der Küste.«

»Nosebleed?« wiederholte Ellie, die dies als merkwürdige und untypisch unhöfliche Anspielung auf Daphnes Verletzung interpretierte.

»Ja. Unser Cottage. Nosebleed. So heißt es.«

»Meine Güte. Klingt ja entzückend.«

»Laß dich nicht abschrecken. So sagt man dort zur Gemeinen Schafgarbe, *Achillea millefolium*.«

»*Achillea*? Wie Achilles?« fragte Ellie, die plötzlich an ihre Geschichte dachte.

»Genau. Die Schafgarbe ist eine vielseitige Heilpflanze und besitzt auch magische Kräfte, was allerdings nicht immer deutlich unterschieden wird. Warte einen Augenblick.«

Er ging durch die Glastür ins Haus.

»Hast du denn immer noch nicht gelernt, daß man in Patricks Gegenwart nie Interesse an irgend etwas Pflanzlichem zeigen darf, nicht einmal, wenn man es ißt?« fragte Daphne.

»Ach, hör auf. Es interessiert mich eben.«

Patrick kam zurück, mit Büchern verschiedener Größe und und unterschiedlichen Alters unter dem Arm. Er blätterte in dem herum, das am altertümlichsten aussah.

»Da haben wir's ja. Gerards *Herball*, 1597. ›Die Pflanze Achillea wird für die nämliche gehalten, mit der Achilles die Wunden seiner Soldaten heilte.‹ Und Grigson zitiert in seiner *Englishman's Flora* Apuleius Platonicus' *Herbarium*: ›Es heißt, daß Achilles, der Feldherr, eben jenes Kraut fand und mit ihm diejenigen heilte, die das Eisen verwundet hatte.‹ Also so eine Art homerisches Wundkraut.«

»Da Achilles die meiste Zeit seines Lebens durch die Gegend gerannt ist und Leute verwundet hat, kann ich mir vorstellen, daß er reichlich Gelegenheit hatte, das auszuprobieren«, meinte Ellie. »Soviel zur Medizin. Du hast vorhin auch was von Magie gesagt.«

»Ach ja. Bekämpft oder befördert das Übel, sagt Grigson. Und er zitiert aus Hurlstone Jacksons *Celtic Miscellany* die Übersetzung einer gälischen Beschwörungsformel, die man beim Pflücken der Schafgarbe singen soll. Jacksons leicht modifizierte Version von 1971 habe ich hier. Lies selbst, Ellie. Das ist mehr was für Frauen.«

Er reichte ihr ein Penguin-Taschenbuch, wobei er den Finger auf eine bestimmte Stelle hielt.

Ellie las, zögernd zunächst, doch dann mit festerer Stimme, da die Worte ihre Phantasie fesselten.

»Ich pflücke die zarte Schafgarbe, auf daß meine Gestalt schöner, meine Lippen wärmer, meine Stimme fröhlicher werde; meine Stimme sei wie ein Sonnenstrahl, meine Lippen wie der Saft der Erdbeeren. Auf daß ich eine Insel im Meer, ein Berg auf dem Land, ein Stern, wenn der Mond schwindet, ein Stab für den Schwachen werde: Jeden Mann werde ich verwunden, doch kein Mann wird mich verwunden.«

Als sie geendet hatte und Schweigen herrschte, schien ihr die Luft plötzlich schwerer, wärmer und voller Düfte zu sein. Sie fühlte sich einer Ohnmacht nahe, als Daphne den Bann brach und sagte: »Das war wirklich schön, Ellie. Patrick, warum ist unser Garten eigentlich nicht voller Schafgarbe?«

»Weil das hier ein Unkraut wäre«, erwiderte Aldermann bestimmt.

»Aber in Nosebleed gibt's doch jede Menge davon, oder?« meinte Ellie, die sich wieder gefangen hatte.

»Allerdings. Aber auf unkultivierten Flächen gibt es immer viel von diesem Zeug. Ich vermute, das Landhaus hat den Namen bekommen, weil irgendein früherer Besitzer ein Heiler war. Oder auch eine Hexe.«

»Ja, aber warum heißt sie denn Nosebleed ... die Pflanze, meine ich?« fragte Ellie.

»Grigson sagt, wenn man sich die Blätter in die Nase steckt, fängt sie manchmal an zu bluten, eine Methode, um festzustellen, ob einem der Geliebte treu ist. *Schafgarbe, Schafgarbe, deine Blüten sind weiß, wenn mein Liebster mir treu ist, blutet die Nase so heiß.*«

Nun, das brauche ich nicht auszuprobieren, dachte Ellie und lächelte.

Patrick erwiderte ihr Lächeln, stellte aber keine lästigen Fragen über den Grund ihrer Freude. Das war eine seiner guten Seiten, er setzte einen nie unter Druck, sondern begnügte sich stets damit, die Leute – und die Dinge – auf sich zukommen zu lassen.

»Ein etwas taktloses Thema angesichts meines Zustands, findet ihr nicht?«

»Tut mir leid«, sagte Ellie. »Aber von dir hätte ich doch diese interessanten Dinge bestimmt nie erfahren. Danke, Patrick.«

»Gern geschehen«, meinte Patrick. »Ich weiß nicht, wieso, aber ich dachte, du wüßtest alles über das Cottage, wärst vielleicht sogar schon dort gewesen.«

»Nein«, antwortete Ellie. »Ich weiß gar nichts darüber, außer daß Daphne es ›die Hütte‹ nennt, so daß man an ein Elendsquartier auf dem Land denkt. Bis letzte Woche wußte ich noch nicht einmal, daß ihr es von meiner guten Freundin Feenie Macallum gekauft habt.«

Das sagte sie, um jedweder abfälligen Bemerkung über Feenie zuvorzukommen, wenngleich sie sich nicht erinnern konnte, daß Patrick Aldermann schon jemals etwas Nachteiliges über irgend jemanden geäußert hätte.

Daphne schnaubte bei diesem Namen und jammerte dann, als ihre Nase darauf ungnädig reagierte.

»Wolltest du nicht noch etwas über das Cottage sagen, bevor du abgelenkt wurdest, meine Liebe?« fragte sie.

»Wollte ich das? Oh, richtig. Ich war gerade dabei zu sagen, daß meines Wissens Axness trotz der Entfernung in den Zuständigkeitsbereich der Polizei von Mid-Yorkshire fällt. Mit anderen Worten, wenn du dich gerne einige Zeit dort aufhalten würdest, dann hätte Peter kein Problem, für deine Sicherheit zu sorgen.«

»Du meinst, mir einen Aufpasser mitzugeben? Ja, gut, kann schon sein. Aber Patrick, das ist wirklich Blödsinn …«

»Warum?« fragte er. »Nach allem, was die letzten Tage so passiert ist, würde es mich wundern, wenn Peter nicht schon selbst an die Möglichkeit gedacht hätte, dich und Rosie an einen sicheren Ort zu bringen.«

»Ja, er hat so etwas angedeutet, aber –«

»Da haben wir es ja«, warf Aldermann ein, der sich trotz seiner ruhigen und unaufdringlichen Art sehr gut darauf verstand, seine eigenen Gedanken in den scheinbar ununterbrochenen Gesprächsfluß anderer Leute einzuflechten. »Und die Tatsache, daß du noch nie dort gewesen bist, macht es sogar noch unwahrscheinlicher, daß dich dort jemand findet – gesetzt den rein hypothetischen Fall, daß es jemand versucht.«

»Vielleicht, aber ich glaube, du vergißt etwas. Wie ich schon sagte, könnte es gefährlich für Daphne sein, mich in ihrer Nähe zu haben.«

»Verzeih, Ellie, es ist eine Sache, dich von Daphne fernzuhalten – obwohl ich anmerken möchte, daß es deine Entscheidung war, uns heute vormittag zu besuchen …«

Er lächelte bei diesen Worten, aber ein kleiner Stich war es doch.

»… aber Daphne von dir fernzuhalten, das ist eine ganz andere Sache. Ich weiß, es überrascht dich vielleicht, daß ich in der einen oder anderen Beziehung meine Frau besser kenne als du deine Freundin, aber was mich davon abhält, in mein Flugzeug zu steigen, ist nicht die Vermutung, daß sich sofort nach meiner Abreise Selbstmordkommandos hier auf dem Rasen tummeln, sondern die Gewißheit, daß Daphne so rasch wie nur möglich zu dir eilt, aus lauter Angst, du könntest die nächste Episode des Abenteuers ohne sie genießen.«

Sein Blick wanderte von Daphne zu Ellie und wieder zurück. Sie schwiegen, ob aus Verblüffung oder Empörung, war ihnen selbst nicht klar.

»Wenn ich also zu meiner Tagung fahre, und ich verhehle nicht, daß ich sie nur ungern versäumen möchte, dann wäre mir bedeutend wohler, wenn ich euch beide unter der Ägide der Polizei an einem sicheren Ort wüßte, den diese Typen wahrscheinlich nicht kennen, anstatt mich auf irgendeine Zusage meiner Frau oder auch deiner geschätzten Person verlassen zu müssen, daß ihr euch aus dem Weg geht.«

Diese Bemerkung war mit mehr Beleidigungen gespickt als der Plumpudding eines Philanthropen mit silbernen Threepennies.

Ellie öffnete den Mund, um es ihm unverzüglich heimzuzahlen, doch Daphne war schneller.

»Also gut. Dann wäre das ja entschieden«, meinte sie munter. »Nosebleed, wir kommen. Ellie, meine Liebe, wie lange brauchst du zum Packen?«

ACHTZEHN

The Flowers that bloom in the Spring, tra-la!

Kelly Cornelius lag in einem heißen Schaumbad und schloß die Augen.

Durch die offene Tür konnte sie ihre Kompilations-CD mit Ausschnitten von Gilbert and Sullivan hören, die mit voller Lautstärke aus ihrer Stereoanlage dröhnte. Sie lief fast ununterbrochen, seit Kelly nach Hause gekommen war, aber bis jetzt hatte sich noch kein Nachbar beschwert. Offenbar war sogar das Machoschwein aus der Wohnung über ihr auf Tauchstation gegangen, nachdem es erfahren hatte, daß sie wegen tätlichen Angriffs auf einen Polizisten unter Anklage stand.

»Taken from the county jail«, trällerte sie mit. »By a set of curious chances ...«

Als altkluges Kind hatte sie sich oft über ihren Vater lustig gemacht, weil er mit seiner spanisch-irischen Abstammung sich für etwas so typisch Englisches wie Savoy-Opern begeisterte, doch in stressigen Zeiten war es nun die Musik, die ihr zuverlässig sein schmales, lächelndes Gesicht zurückbrachte, zusammen mit ihrer von Sonne und Liebe durchfluteten Kindheit.

»... liberated then on bail, on my own recognizances ...«

Ein Bad mit Musik war ihr das Zweitwichtigste gewesen, als sie nach ihrer unverhofften Freilassung in ihre Wohnung zurückgekehrt war. Zuallererst jedoch hatte sie nachgeschaut, ob der hölzerne Lichtschalter in ihrem Badezimmer unberührt geblieben war, ihn abgeschraubt und sich ein paar Linien von dem Koks reingezogen, der darin verborgen war. Sie war angenehm überrascht gewesen, wie leicht es ihr in der Untersuchungshaft gefallen war, darauf zu verzichten. Nicht daß es schwierig gewesen wäre, sich im Gefängnis, wo es fast alles gab, etwas zu beschaffen. Doch von Experten, oder zumindest einer Expertin, hatte sie erfahren, daß sowohl die Wärter als auch die Mithäftlinge nur darauf warten, eine Schwäche an einem zu entdecken, weshalb man sie solange wie möglich verbergen soll. Es war doch eine Erleichterung gewesen, als sie bestätigt fand, was sie sich immer wieder gesagt hatte, daß sie nämlich noch lange nicht drogenabhängig war.

Trotzdem, Gott im Himmel! Es hatte doch gutgetan, wieder einmal den Kick zu spüren.

Anschließend direkt in die Badewanne, um den Gefängnisgeruch loszuwerden. Zum dritten Mal ließ sie kochend heißes Wasser nachlaufen. Sie mußte aufpassen, daß ihre Haut nicht rot anlief!

Sie hob einen Arm aus dem Wasser und betrachtete ihn. Bis jetzt sah er noch ganz passabel aus. Sie griff nach dem Glas, das neben der Badewanne auf einem Stuhl stand.

»So bumpers – aye ever so many – And then if you will, many more! This wine doesn't cost us a penny, Tho' it's Pommery seventy-four!«

Sie leerte das Glas und betrachtete sinnend die Flasche, die im Bidet lag. Vielleicht noch eins? Besser nicht. Koks machte einen glasklar, aber von Schampus, so köstlich er war, bekam man einen dicken Kopf. Trotzdem schade, ihn einfach verkommen zu lassen.

Sie stellte sich in die Badewanne, nahm die Flasche, preßte ihren Daumen auf die Öffnung und schüttelte sie kräftig. Dann richtete sie den Flaschenhals auf ihren Schoß und nahm den Daumen weg. Sie kreischte auf, als der eisige, perlende Strahl über ihr rosiges Fleisch tanzte.

Meine Güte! dachte sie. Das sollte ich mir patentieren lassen!

Sie ging noch einmal in die Hocke, um sich den Champagner abzuwaschen, dann stieg sie aus der Wanne und verließ das Badezimmer, eingehüllt in ein großes, weißes Badetuch. Gott wußte, mit welchen Methoden sie überwacht wurde, jedenfalls sah sie keinen Grund, jemandem eine Show zu bieten.

Trocken und angekleidet, setzte sie einen großen Sonnenhut auf und verließ die Wohnung, ohne vorher die Musik leiser zu drehen.

»The flowers that bloom in the spring, tra-la«, sang sie, als sie die Treppen hinunter und hinaus ins Sonnenlicht lief. »Breathe promise of merry sunshine ...«

Auf der Außentreppe hielt sie einen Moment inne, als müßte sie die frische Luft der Freiheit einsaugen. Was sie tatsächlich tat, nur daß sie sich nicht sicher war, ob sie diesen Genuß den beiden schwarzgekleideten Herren verdankte, die zu jeder Anhörung vor Gericht erschienen waren, oder diesem Specki, der anstelle des hübschen, schlanken Mr. Pascoe hereingerollt war und sich tatsächlich als so dämlich erwiesen hatte, wie er aussah.

Egal. Ob es Berechnung war oder ob sie es vergeigt hatten, sie würden es bereuen.

Sie ging in Richtung Zentrum und wählte dabei den Weg durch den Charter Park, eine weitläufige Anlage, die grüne Lunge der Stadt. Als sie in das Tor einbog, hielt der Wagen, der ihr gefolgt war, und jemand stieg aus. Er spazierte hinter ihr durch das Tor, während der Wagen langsam seinen Weg durch das Einbahnstraßensystem fortsetzte, das um den Park herumführte. Von Zeit zu Zeit blieb sie stehen, feuerte mal ein paar Kinder an, die Cricket spielten, wechselte ein paar Worte mit einer alten Dame, die Enten auf dem Kanal fütterte, oder schnupperte an den Rosen in den städtischen Blumenrabatten. Sie sang immer noch: »... we welcome the hope that they bring, tra-la, Of a summer of roses and wine ...«, als sie auf der anderen Seite des Parks ankam und dort auf den Bürgersteig trat, während beinahe gleichzeitig der am Straßenrand entlangkriechenden Wagen auftauchte.

Die nächste Stunde verbrachte sie damit, durch die Kaufhäuser zu schlendern, wo sie zunächst einen kleinen Rucksack erstand, um ihn anschließend mit allerhand Kleider- und Kosmetikkram zu füllen. Schließlich kaufte sie sich noch eine große Waffel Eiskrem mit Schokoladensoße, und während ihre lange, rosa Zunge sich hineinwühlte wie die eines Ameisenbären in einen Termitenhügel, lenkte sie ihre Schritte wieder in den Park.

Der Fußgänger nahm die Verfolgung wieder auf, während der Wagen seine umständliche Rundfahrt durch die Einbahnstraßen fortsetzte, in dem mittlerweile einsetzenden Nachmittagsverkehr noch langsamer als zuvor.

Mitten im Park lag auf einer kleinen Anhöhe, halb versteckt durch ein kleines Wäldchen, eine öffentliche Toilette. Kelly Cornelius warf den Rest ihrer Eiswaffel in einen Mülleimer und verschwand auf der Frauenseite. Dabei summte sie vor hin: »When constabulary duty's to be done, to be done...« Der Mann fand eine Bank, von der aus er bequem den Weg beobachten konnte, der zu den Toiletten führte.

Er saß erst etwa dreißig Sekunden, als sie wieder auftauchte.

»Scheiße!« rief er.

Sie fuhr auf einem Fahrrad.

Sie sauste den Weg herunter auf ihn zu, dann schlug sie einen weiten Bogen über den vertrockneten Rasen, um ihm nicht zu nahe zu kommen. Er begann zu rennen und versuchte, ihr den Weg abzuschneiden, doch obwohl das Fahrrad ziemlich alt und schwerfällig aussah, kam es bergab unter dem Antrieb jener eleganten jungen Beine doch ziemlich in Fahrt, und auch mit seinem ausgestreckten Arm erreichte er sie nicht, obwohl er nahe genug war, um ihren Gesang zu hören, als sie an ihm vorbeischoß.

»... the policeman's lot is not a happy one – happy one!«

Er zog ein Handy hervor und drückte die Tasten, aber sie war schon aus dem Tor hinaus und sauste über den Bürgersteig entgegen der Fahrtrichtung davon, lange bevor das Telefon in dem dahinschleichenden Wagen läutete, der nun eine Viertelmeile entfernt im Verkehr feststeckte und sowieso in die falsche Richtung fuhr.

»... the flowers that bloom in the spring, tra-la, Breathe promise of merry sunshine...«

NEUNZEHN

Häufchen im Hof

Ellie Pascoe hatte ihren Laptop von dem Zimmer, dem sie die Bezeichnung »Arbeitszimmer« verweigerte, in die Küche getragen. So war es ihr möglich, mit einem Auge einen vor sich hin köchelnden Topf Ratatouille und mit dem anderen Rosie zu beaufsichtigen, die im Garten hinter dem Haus spielte.

Auf Ratatouille braucht man zwar nicht besonders aufzupassen, aber es wäre nicht das erste Mal gewesen, daß sie es vollkommen vergaß und es hinterher zu gegrilltem Gemüse umdefinieren mußte. Auch auf Rosie brauchte man nicht groß zu achten, sie war ganz in das Spiel mit ihren beiden Gefährten vertieft, von denen der eine (etwas beunruhigend) unsichtbar war, der andere (sehr beunruhigend) dagegen leider allzu sichtbar.

Trotz dieser Anforderungen an ihre Aufmerksamkeit und Sorge war sie in der Lage, eine Art drittes Auge, das man die Wonne der Einsamkeit hätte nennen können – sofern diejenigen, die über Ratatouille und Kinder wachen müssen, ihrer überhaupt teilhaftig werden können –, den Text nach der Stelle absuchen zu lassen, bis zu der sie bei ihrer Überarbeitung gekommen war.

Da war es. Die erste Erwähnung von Odysseus. Sie begann zu lesen und war sofort zweigeteilt: Ein Teil ihrer Person weilte mit seinen Erfahrungen im Reich ihrer Phantasie, während der andere gottgleich von draußen durch das Fenster ihres Computers hereinäugte. Dieser letztere Teil war eine ziemlich krittelnde

Kuh, die stets etwas Neues auszusetzen fand. Und zwar in diesem Fall etwas Neues im wörtlichen Sinne. Wie konnte sie es rechtfertigen, einem alten Griechen modern klingende Ausdrücke in den Mund zu legen, wenn nicht als billigen Scherz? Hier zum Beispiel, in der Entgegnung des Fremden …

»Odysseus, sagst du. Von dem habe ich schon gehört. Ziemlich fauler Kunde, nach dem, was man so hört. Kauf ein gebrauchtes Boot von ihm, und bald hast du einen nassen Arsch. Na ja, solche Typen muß es auch geben. Habt ihr also den Krieg verloren? Das ist nun mal so, es gibt Verlierer und Gewinner. Aber ich bin wirklich froh, daß du und dein alter Vater und diese gutaussehenden Jungs hier heil und gesund davongekommen sind.«

Diese Sache mit dem gebrauchten Boot störte sie ein wenig, der Bezug zu einem Autoverkäufer war zu eindeutig. Machte das die Stelle hoffnungslos anachronistisch? Im großen und ganzen nicht, dachte sie. Der Satz mochte vielleicht modern klingen, aber er war weder vom Inhalt noch von der Sache her wirklich anachronistisch. Unredlicher Handel war so alt wie Homer selbst. Gab es da nicht eine Stelle in der *Ilias*, wo ein griechischer Krieger einen Trojaner verschont, weil er in ihm einen entfernten Verwandten erkennt, und als er ihm dann als Ausdruck ihrer Verbundenheit einen Tausch der Rüstungen anbietet, erscheint dies zunächst als noble Geste, bis der Dichter sarkastisch bemerkt, daß die Rüstung des Griechen einen Haufen altes Blech darstellt, während die des übertölpelten Trojaners ganz aus Bronze und Gold gefertigt ist?

Was den Einwand betraf, das klinge nicht nach einem alten Griechen, zugegeben, natürlich nicht! Zunächst würde der ja Altgriechisch sprechen. Und es erschien ihr keineswegs schlüssig, warum man das in der poetischen Sprache des achtzehnten Jahrhunderts vorbringen sollte. Ihr kam das so vor wie jene blöden Filme, wo die Ausländer vorgeblich in ihrer eigenen Sprache sprechen und das in englisch mit einem fremdländischen Akzent tun.

Nachdem sie sich auf diese Weise selbst überzeugt hatte, fuhr sie fort.

»Danke für deine Besorgnis«, sagte Äneas. »Aber du hast noch nicht meine erste Frage beantwortet. Warum hast du deine Bitten an mich und nicht an meinen Vater gerichtet?«

Der Fremde beugte sich vor und sprach in vertraulichem Ton, so als ob er und der Fürst ganz allein wären.

»Nun, Herr, da hast du natürlich verdammt recht. Und unter normalen Umständen hätte ich auch dem Alter Vorrang gegeben. Aber in diesem Fall, sah er so ... verzeih, Herr, aber du hast mich danach gefragt ... er sah so hinfällig und gebeugt aus, als hätte er eine Menge hinter sich und als würde ihm alles zuviel. Da erschien es mir nicht angebracht, ihn noch weiter zu belasten.«

»Das war sehr rücksichtsvoll von dir«, meinte Äneas.

»Ja, vielleicht. Aber um ehrlich zu sein, ein bißchen Eigeninteresse war auch dabei. Will sagen, ich hatte den Eindruck, daß ein Wort von dir genügt, um all diese hübschen Jungs hier davon abzuhalten, mich zu massakrieren. Doch ich war mir nicht sicher, ob sie deinem Vater denselben Respekt zollen, jedenfalls nicht im Eifer des Gefechts.«

»Sei versichert, jeden, der das nicht getan hätte, den hätte augenblicklich das gleiche Schicksal ereilt«, erwiderte Äneas ruhig.

»Kann schon sein. Bloß würde das für mich keinen Unterschied mehr machen, wenn ich dann mit Speeren gespickt auf dem Boden läge, wie ein Igel, der von einem Streitwagen überrollt wurde.«

Der Fürst nickte, als pflichtete er dieser Überlegung bei.

»Nun nenne mir deinen Namen und deinen Rang, und sage, welcher Familie und welchem Stand du angehörst, aus welcher entlegenen Gegend du kommst, die von den Nachrichten

über den großen Krieg um Troja unberührt blieb, und ob dich die Laune des gleichgültigen Geschicks oder der gerechte Zorn eines der großen Olympier im Zustand der Nacktheit an diese unwirtliche Küste verschlagen hat.«

Der Grieche holte tief Luft, lächelte dann und öffnete langsam die Arme, weit wie ein Patriarch, der eine ganze Schar von Enkeln umarmen will. Während er zuvor so gesprochen hatte, als ob er und Äneas ganz allein wären, wandte er sich nun in Tonfall und Gebaren an die gesamte Zuhörerschaft.

»Mein Name ist Nikos, Herr, und ich bin auf einer Insel geboren, so klein und abgelegen, daß niemand sie kennt, außer jenen, die sie bewohnen, und die nennen sie Orchis, wegen ihrer Form. Ich stamme aus einer Familie von Fischern, wir sind weder arm noch reich, denn solche Dinge sind ja relativ, und wir sind alle Fischer auf Orchis und können für uns selbst sorgen, so daß arm oder reich keine Bedeutung hat.«

»Ihr habt also keinen Herrscher?« unterbrach ihn Äneas.

»Nicht auf der Insel. Es gibt dort nichts, was einen großen Mann wie dich veranlassen könnte, eine Festung zu bauen und sich die Menschen untertan zu machen. Doch ist es in diesen bewegten Zeiten nicht einfach, ohne den Schutz auszukommen, den es mit sich bringt, irgendwo dazuzugehören, und so entrichten wir schon seit langem den bescheidenen Tribut, den wir aufbringen können, an Ithaka. Aber jetzt etwas, das dich vielleicht interessiert, Herr. Laut unserer primitiven Geschichtsschreibung soll vor vielen Jahren König Laertes persönlich die Insel besucht haben, und die noch primitiveren Gerüchte besagen, daß er bei diesem Besuch ein Auge auf meine Mutter warf, die ein ziemlich hübsches Mädchen gewesen sein soll, und ziemlich kokett, und im Jahr nach dem Besuch schenkte sie meinem Vater einen Sohn, weshalb ich Nikos heiße, nach meinem Vater, während meine Kumpels in der Taverne mich normalerweise Nothos nennen, was ›Bastard‹ bedeutet.«

Eine Welle der Heiterkeit lief durch die Zuhörer.

»Dich stört es aber nicht, daß man dich so nennt?« fragte Äneas.

»Nein, Herr, warum sollte ein Mann etwas dagegen haben, wenn man ihm nachsagt, er habe edles Blut in den Adern? Und außerdem haben nicht wenige von denen, die mich ›Bastard‹ nannten, auf schmerzliche Weise erfahren müssen, wie recht sie damit hatten.«

Die Welle der Heiterkeit schwoll zu schallendem Gelächter an.

Sogar Äneas lächelte, als er sagte: »Nun, Nothos, so wissen wir also, wer du bist und was du bist. Vielleicht kannst du uns jetzt erzählen, was dich hierher verschlagen hat?«

Der Dicke hob die Augen fromm gen Himmel und erwiderte: »Bei der Gnade des Himmels und deiner ebenso göttlichen Nachsicht: Vor drei Tagen bin ich mit meinen Kameraden zum Fischen rausgefahren, doch die Mistviecher wollten sich nicht zeigen. Da haben die anderen den Rückweg angetreten, denn sie fanden, am heimischen Herd bei ihren Frauen sei es vergnüglicher als mutterseelenallein auf der wogenden See. Aber ich gebe nicht so leicht auf. Wenn es an dieser Stelle keine Fische gab, dann mußte es anderswo welche geben, also habe ich mich vom Wind und der Strömung weiter und weiter aus unseren angestammten Fischgründen hinaustragen lassen. Plötzlich wurde es düster, und die See wurde ziemlich rauh, und ich dachte, Nothos, mein Junge, es wird Zeit, daß du dich auf den Heimweg machst. Nur wo war der Heimweg? Aber das war völlig egal, denn ich hatte gar keine Wahl, in welche Richtung ich fahren wollte. Denn es zog ein Sturm auf, und kein gewöhnlicher Sturm! Nein, das war ein Sturm, wie ihn die Götter schicken, wenn sie es einem Sterblichen richtig zeigen wollen. Nun, ich wußte, daß es ihnen nicht um mich ging. Welches Interesse könnten die Götter an einem armen Fischer haben? Nein, das galt sicher einer bedeutenderen Persönlichkeit. Da fällt mir ein, Herr, bist du das vielleicht gewesen? Habt ihr etwa den alten Poseidon so aufgebracht? Oder vielleicht einer deiner Leute?«

»Wir versuchen, allen Göttern die ihnen gebührende Verehrung zu zollen«, erwiderte Äneas kalt. »Du dagegen hast, wie Hauptmann Achates berichtet, schreckliche Lästerungen gegen den Herrn der Meere ausgestoßen, als du an den Strand gespült wurdest.«

Nothos sah betreten vor sich hin.

»Na ja, gut, vielleicht bin ich ein wenig zu weit gegangen. Aber nicht ohne Grund, Herr. Da gehe ich nun als armer Fischersmann meiner Arbeit nach, und plötzlich finde ich mich in einem Sturm wieder, der für jemand anderen bestimmt ist, und werde weiß Gott wohin abgetrieben, ganze drei Tage lang. Schließlich läuft mein Boot auf einen Felsen und geht unter, und mit ihm mein Lebensunterhalt, du verstehst, so gut wie alles, was ich auf der Welt besitze. Tief hinunter hat es mich gerissen, so tief, daß ich dachte, ich würde den alten Knacker dort persönlich treffen, und wenn das passiert wäre, wahrlich, mir wäre danach gewesen, ihm nicht bloß mit der Faust zu drohen! Aber du hast recht, es hat keinen Sinn, mit den Göttern zu rechten, hm? Und mindestens einer von ihnen scheint Wohlgefallen an meinem Tun gefunden zu haben, denn ich ertrank nicht, sondern kam wieder hoch und schaffte es, mich über Wasser zu halten, wie lange, weiß ich nicht, bis ich schließlich hier an Land gespült wurde. Dafür bin ich dankbar, und besonders auch dafür, in die Hände eines so großzügigen und edlen Herrn gefallen zu sein, dem erwartungsgemäß eine derart prächtige Schar Kämpfer folgt.«

Er schwieg und blickte zu Boden, wobei sein Körper wie ermattet zusammensank, doch seine wachen Augen unter den buschigen Brauen blickten den Trojaner scharf an, um zu prüfen, welchen Eindruck seine Geschichte gemacht hatte.

»So«, sagte Äneas. »Da hast du einiges erzählt, um unser Mitgefühl zu erregen. Andererseits, auch wenn du niedrigen Standes und unwissend bist, läßt sich doch nicht bestreiten, daß du zu unseren geschworenen Feinden gehörst.«

»Nee, Herr, niedrigen Standes und unwissend gebe ich ja zu,

aber was das andere betrifft, das möchte ich dann doch bestreiten. Ich habe von dir immer nur Gutes gehört, und ich wünsche dir nichts Schlechtes, und ich kann das alles hier und jetzt beschwören, wenn du willst. Große Herren wie du bestimmen, was gemeine Leute wie ich tun und sind. Du sagst, ich sei dein Feind, und dann ist es so. Aber wenn du sagst, ich sei dein Freund, nun, dann ist das ebenfalls wahr, oder nicht?«

»Ich entscheide nicht allein über dich, Bursche«, erwiderte Äneas ernst. »Wo unser aller Schicksal auf dem Spiel steht, muß der Führer auch Demokrat sein. Kennst du dieses Wort? Es stammt von euch.«

»Ja, hab ich schon mal gehört«, sagte Nothos ohne große Begeisterung. »Kommt bei uns zwischen Pferdedieb und Schafficker.«

»Wirklich? So ein primitives Völkchen seid ihr. Also, Männer, was meint ihr? Sollen wir hier Gnade zeigen, oder sollen wir diesen Griechen für die Verbrechen seiner Kumpane büßen lassen?«

»Ich sage, laß ihn uns wieder zur Klippe bringen und zurück ins Meer schmeißen«, erklärte Achates. »Er hat etwas an sich, was mir nicht gefällt.«

Die Zuhörer murmelten zustimmend, was im Falle einer demokratischen Abstimmung kein günstiges Ergebnis versprach.

»Jetzt hör aber auf«, verwahrte sich der Grieche gegenüber dem Hauptmann. »Wenn ihr anfangt, Leute bloß wegen ihres Aussehens die Klippen runterzuschmeißen, werde ich wohl eine weiche Landung haben, denn dann lande ich auf dir!«

Einige Männer lachten, bis Achates ihnen sein zerfurchtes, undurchdringliches Gesicht zuwandte.

»Eine Stimme für Tod«, sagte Äneas. »Sonst noch jemand? Palinurus?«

Ein schlanker junger Mann trat vor und erklärte: »Herr, obwohl jetzt der Mond und die Sterne zu sehen sind, kann ich meinen Karten doch nicht genau entnehmen, wo wir sind. Wenn dieser Grieche Kenntnisse über die genaue Lage der

Insel und die umliegenden Gewässer besitzt, ihre Riffe und Felsen und Fahrrinnen und Untiefen, dann könnte er uns von Nutzen sein.«

»Also, Fischer?«

Nothos kratzte sich durch seinen verfilzten Bart hindurch am Kinn. Es klang wie das Geräusch von Sägezähnen, die in eine Eiche schneiden.

»Ich will dich nicht belügen«, sagte er. »Ich bin noch nie hier gewesen, aber wenn wir uns dort befinden, wo ich glaube, dann habe ich von alten Leuten bei mir zu Hause schon einiges darüber gehört, und ihr wißt ja, wie die alten Leutchen wieder und wieder die gleichen Dinge durchkauen, bis man fast auswendig in ihren Chor einstimmen kann. Also, ja, ich könnte euch sicher zurück nach Orchis oder jedem anderen Ort geleiten, zu dem ihr wollt. Vorausgesetzt natürlich, ihr habt eure Schiffe in einem sicheren Hafen?«

»Das geht nur uns etwas an«, sagte Äneas, bevor Palinurus antworten konnte. »Also, Grieche, fürs erste wollen wir dich verschonen ... warum grinst du?«

»Nur so, Herr. Ich dachte gerade, wenn ich gewußt hätte, daß eure Demokratie so funktioniert, dann hätte ich mich vielleicht schon längst zu ihr bekannt.«

Ihre Blicke trafen sich für einen Augenblick, dann senkte der Grieche den seinen bescheiden, und Äneas fuhr fort: »Solltest du dich für uns in dieser Sache als nützlich erweisen, dann bringen wir dich irgendwo an Land, so nahe an deiner Insel, wie uns unsere Reise führt. Falls nicht, dann überlegen wir uns die Sache mit der Demokratie vielleicht noch einmal. Komm mit. Du mußt müde sein nach all den Aufregungen.«

Er stand auf und ging voran zu dem Schutzzelt bei den Felsen.

»Halte Wache am Eingang, Achates«, sagte er. »Und wenn er ohne Erlaubnis seinen Kopf rausstreckt, hack ihn einfach ab.«

Im Innern des Schutzzeltes brannten zwei Öllampen, in de-

ren bernsteinfarbenem Schein der Grieche sah, daß der Raum größer war, als es von außen schien, denn der große Fels wies an dieser Stelle eine Höhlung von drei bis dreieinhalb Metern Tiefe auf. Der vordere Teil war durch einen Vorhang aus schweren Bärenfell abgeteilt, der nun beiseite gezogen wurde, und Anchises, der Alte, trat heraus.

Bevor der Vorhang sich wieder schloß, erhaschte Nothos einen Blick auf eine Gestalt, die auf einer Lagerstatt ruhte. Neben ihm kauerte eine Frau, die seinen Kopf mit Wasser aus einer Silberschüssel befeuchtete.

»Wie geht's ihm?« fragte Äneas.

Der alte Mann hob die Schultern. Seine Zunge blieb still, doch in seinem Gesicht zeigte sich Verzweiflung.

»Geh nach draußen, Vater«, drängte der Fürst sanft. »Iß etwas. Ich komme gleich nach.«

Anchises gehorchte, wobei er dem Griechen einen haßerfüllten Blick zuwarf.

»Ich habe nicht den Eindruck, daß dein alter Vater viel von mir hält«, sagte Nothos.

»Er hat wenig Anlaß, Griechen zu mögen«, sagte Äneas. »Das hat niemand von uns.«

»Da tat ich doch gut daran, nicht ihn um Gnade zu bitten, oder?« meinte der Grieche.

»Allerdings. Ich habe keine Ahnung, was er geantwortet hätte«, sagte der Fürst. »Die Aufgabe eines Führers ist es, sich nur mit der Wirklichkeit zu beschäftigen. Das Reich der Phantasie überläßt er anderen. Auf diese Weise hört er vielleicht mit reinem Ohr, wenn die Götter sprechen. Du dagegen scheinst ja in dieser Beziehung ziemlich gesegnet zu sein.«

»Mit den Ohren, meinst du?«

»Mit Phantasie«, sagte Äneas. »Vielleicht würde dir ja eine kleine Prüfung gefallen. Hättest du was gegen eine kleine Prüfung deiner Phantasie, Nothos?«

»Nein, ich vertreibe mir die Zeit nach dem Essen gerne mit einem Rätsel, Herr. Frag nur.«

»Zu gütig«, versetzte Äneas.

Er schwieg einen Augenblick, und sein schmales, feingeschnittenes Gesicht wirkte ganz ruhig und ernst im bernsteinfarbenen Licht der Lampen, deren flackernde Flammen seine tiefliegenden Augen abwechselnd aufleuchten ließen und dann wieder verschatteten.

Schließlich beugte er sich vor, bis sein Gesicht fast das seines Gegenübers berührte, und begann: »So sage mir denn, was, glaubst du, würden die Männer draußen machen, wenn ich hinausginge und ihnen sagte, ich hätte entdeckt, daß du der Mann bist, den sie am meisten auf der Welt hassen? Wenn ich ihnen sagte, daß du der tückische und listenreiche Bastard bist, der Troja das hölzerne Pferd geschenkt hat? Was glaubst du, was sie dann mit dir machen würden, Odysseus?«

Einen Augenblick war das Gesicht des großen fetten Griechen so undurchdringlich wie das eines Karpatenbären, der in den Bergen von einem Magyaren genauso überrascht wird, wie er ihn überrascht, sich auf die Hinterpfoten erhebt und ganz ruhig steht, wobei nur seine kleinen Augen den inneren Konflikt zwischen Flucht und Angriff verraten.

Dann beugte er sich vor und sagte in vertrauensseligem Ton zum Fürsten: »Ich nehme an, daß sie mir nicht gerade einen dicken Schmatzer geben würden, oder?«

Gottgleich lächelte Ellie über ihren eigenen Humor. Die schiffbrüchige Ellie auf der entlegenen Insel lächelte ebenfalls, als sie in und aus Odysseus' Augen blickte. Dann brachte das Geräusch eines Schlüssels, der sich in der Eingangstür drehte, beide Ellies zusammen und gleichzeitig alles Lächeln zum Erliegen.

Ihr Verstand sagte ihr, daß am Morgen als allerserstes das Schloß ausgetauscht worden war, doch irgendwie drang diese beruhigende Nachricht nicht bis zu ihrem Magen vor.

Da ertönte Pascoes Stimme: »Ich bin da!«

Auch Rosie hörte es und kam vom Garten hereingelaufen, wobei sie genug Tempo entwickelte, um vom Boden abzuheben und ihren Vater auf der Höhe des Solarplexus zu treffen, als er in die Küche trat.

»Mein Gott«, japste er und hob sie in die Höhe. »Wenn du weiter so rangehst, dann bring ich dich mal zum Probespiel zu den Bradford Bulls ... was ist denn das?«

Das war ein Geräusch wie von einem röhrenden Motorboot, das auf einen Kiesstrand lief. Es stammte von einem kleinen Hund, der in der Terrassentür stand und dessen Augen Pascoe eine unmißverständliche Botschaft übermittelten: *Ich kann mich nicht entscheiden, wohin ich dich zuerst beißen soll.*

»Das ist Tig«, erklärte Rosie und glitt auf den Fußboden. »Er wohnt jetzt bei uns. Komm, ich stelle euch vor. Er ist ein bißchen scheu.«

Sie nahm die Hand ihres Vaters und zog sie zu dem Hund hin.

»Tig, das ist mein Vater. Er wohnt hier, aber meistens ist er nicht da.«

Der Hund hörte auf zu knurren, kam einen Schritt näher, schnüffelte an Pascoes Schuh und drehte sich dann um, wobei er den Schwanz heben wollte. Ellie griff rasch ein, hob das Tier auf und setzte es jenseits der Schwelle ab.

»Eigentlich ist er stubenrein«, sagte sie.

»Du meinst, so, wie er eigentlich scheu ist?« erwiderte Pascoe und blickte auf den Hund, der ihn immer noch mit funkelnden Augen ansah.

»Das wird schon. Jetzt weiß er ja, wie du riechst«, meinte Rosie zuversichtlich.

»Er hat wohl ein besonderes Gespür für den brenzligen Geruch von Angst und Schrecken, oder?« sagte Pascoe.

»Da wir gerade von brenzligen Gerüchen sprechen ...«

Er schnüffelte.

»Mist!« rief Ellie und stürzte zum Herd.

»Ach herrje«, sagte sie. »Gemüse vom Grill, wieder mal. Ich mache uns zwei Drinks.«

»Große, bitte. Sag mal, ist dieses Viech dasjenige, welches?«

Ellie nickte und machte ihm mit einem Blick klar, daß man

die Diskussion dieses Themas besser verschob, bis Rosie im Bett war.

Doch das Mädchen sagte: »Wieldy hat auf ihn aufgepaßt, aber er konnte ihn nicht für immer behalten, weil Edwin Hunde nicht so mag, und überhaupt, Wieldy ist wie du, er ist so oft weg, das wäre gar nicht schön. Er hat einem kleinen Mädchen gehört, das fortgehen mußte wie Zandra, aber Nina sagt, sie würde mir gerne helfen, für ihn zu sorgen.«

Zandra war ihre tote Freundin, Nina die Freundin ihrer Phantasie. Weder die eine noch die andere war jemals wieder erwähnt worden seit dem Tag, an dem sie ihr von Zandras Tod erzählt hatten.

Vorsichtig fragte Pascoe: »Nina ist also wieder da?«

Rosie seufzte verärgert, wie jemand, der bestätigen soll, was klar auf der Hand liegt, und sagte: »Ja, sie mußte doch zurückkommen, um zu schauen, ob jemand für Tig sorgt, oder?«

»Klar. Entschuldigung. Also, wenn Nina dir dabei helfen will, für Tig zu sorgen, dann Schluß mit der Diskussion. Herzlich willkommen, Tig!«

Der Hund sah ihn mit einem Ausdruck an, den ein optimistischer Pazifist als neutral bezeichnet hätte. Dann rannte Rosie an ihm vorbei in den Garten, und Tig stürmte laut bellend hinterher.

»Sag nichts, bevor du nicht einen Schluck getrunken hast«, meinte Ellie und reichte ihm ein Glas.

Er leerte es in einem Zug und sagte: »Soll ich Wield umbringen oder ihm einen Blumenstrauß kaufen?«

»Wenn du damit fragen willst, ob es ein Überfall war, dann lautet die Antwort nein. Der Hund hat die Wahl getroffen, und als Wieldy sah, woher der Wind wehte, verhielt er sich wie immer ohne Fehl und Tadel. Ganz im Gegensatz zu Edwin. Und da ich mich ziemlich bald aus dem Staub gemacht habe, um zu Daphne zu fahren, konnte ich mich nicht dazwischenwerfen. Wenn du also einen Schuldigen suchst, dann bin ich es. Tut mir leid.«

Pascoe goß sich noch ein Glas ein, an dem er mit etwas mehr Anstand nippte.

Dann setzte er sich an den Küchentisch und lachte.

»Was ist?«

»Das erste Mal seit Ewigkeiten, daß ich nach Hause komme und nicht zu einem Spiel Black Bitch genötigt werde. Ein großes Plus. Und sie ist mehr so wie früher, mehr jedenfalls, als sie war, seit ... wie sie halt früher war. Wenn dazu ein Hund nötig ist und die Rückkehr von Nina, nun, das ist doch kein zu hoher Preis. Hattest du einen schönen Tag?«

»Ja, schon. Rosie ging es prächtig. Mir auch, glaube ich. Mal was anderes ...«

Sie erzählte ihm von ihrem Besuch in Rosemont und Daphnes Vorschlag.

»Na, was hältst du davon?«

»Was hältst *du* davon?«

»Nun, sicherlich ist es schön für Rosie und für den Hund. Außerdem wäre es nett, ein paar Tage mit Daph zu verbringen. Ich habe das Gefühl, ich bin ihr was schuldig.«

»Macht sie dich nicht wahnsinnig, ideologisch gesehen, meine ich?«

»Schon, aber wir sind beide ziemlich geduldig. Außerdem habe ich ein Gegengift vor meiner Haustür. Feenie Macallum. Wußtest du, daß die Aldermanns ihr Cottage von ihr gekauft haben?«

»Nein.« Pascoe wirkte mit einem Mal besorgt. »He, ist das nicht das Haus, das dabei ist, ins Meer zu stürzen?«

»Immer mit der Ruhe. Es liegt eine Viertelmeile im Landesinneren. Bei Gunnery House gibt es dieses Problem, und wahrscheinlich ist es sowieso übertrieben. Also, wie lautet dein geschätztes Urteil, geliebter Gatte? Ich unterwerfe mich in dieser Frage vollkommen deinem weisen Ratschluß. Meinst du also, es geziemte mir zu fahren?«

»Ellie, warum unterhalten wir uns wie bei Trollope?« sagte Pascoe.

»Genieße es, solange du kannst. Ich bitte dich nicht um Erlaubnis. Ich denke darüber nach, was für Rosie das Beste ist, und für Daphne, und für mich, in dieser Reihenfolge. Wenn du sagst, das wäre Wahnsinn unter diesen Umständen, dann laß ich's bleiben. Alle Entscheidungen, die mich allein betreffen, treffe ich auch allein, aber nicht die, die auch meine Familie und meine Freunde angehen.«

»Großer Gott. Das riecht ja gefährlich nach Demokratie. Warum lachst du?«

»Ach, nichts. Nur über etwas, woran ich gerade arbeite. Also, wie lautet dein Urteilsspruch?«

»Laß mich dir erst von meinem Tag erzählen«, sagte Pascoe.

Sie hörte ihm zu, ohne ihn zu unterbrechen, und meinte dann: »Kommt Roote durch?«

»Aber sicher. Es war alles genau inszeniert. Nur weil ich spät dran war, ist es überhaupt so schlimm geworden. Und für alle Fälle, wenn ich überhaupt nicht gekommen wäre, gab es da noch die Nachbarin, die ihm das Frühstück bringt.«

»Aber warum?«

»Total durchgeknallt. War er doch schon immer. Das ist mein parteiliches, vorurteilsbeladenes und von keinerlei Kenntnissen getrübtes Urteil. Auf jeden Fall verstand er sich schon immer hervorragend darauf, die Leute einzuwickeln. Als ich ging, saß er im Bett und sprach mit der Presse, wobei er, ohne etwas Bestimmtes zu sagen, den Eindruck vermittelte, er sei ein armes Sensibelchen, das seine Schuld gegenüber der Gesellschaft längst abgetragen hat und nun von einer rohen und gleichgültigen Polizei in die Verzweiflung getrieben wird. Mrs. Driffield und Miss Mackie, das ist seine Bewährungshelferin, bilden einen sehr überzeugenden Unterstützungschor. Und nach der Art zu schließen, wie ich im Krankenhaus behandelt wurde, sieht man ihn dort weniger als Pförtner, sondern eher als Kreuzung zwischen dem heiligen Franziskus und Mutter Teresa.«

»Peter, warum hörst du dich so schuldbewußt an?«

»Tue ich das?« Er rieb sich müde das Gesicht. »Vielleicht fühle ich mich ... also, nicht direkt schuldig, aber irgendwie verantwortlich. Okay, er ist ein Krimineller, aber ein Krimineller, der seine Zeit abgesessen hat, der einer Arbeit nachgeht und nichts tut, was der Gesellschaft schaden könnte, und da komme ich, und er fühlt sich in die Enge getrieben ...«

»Und will dir eine Lektion erteilen, indem er sich in der Badewanne die Pulsadern aufschneidet? Hör mal, Schatz, wenn sein Hirn tatsächlich so funktioniert, dann hast du ihm einen Gefallen getan, weil er sich jetzt in den Händen von Leuten befindet, die sich mit so etwas auskennen. Wie auch immer, wer sagt eigentlich, daß er nicht doch unser Mann ist und sich umbringen wollte, weil ihm der unfehlbare Pascoe auf den Fersen war und das Erschreck-das-Frauchen-Spiel aufgeflogen ist?«

»Ich wäre froh, wenn's so wäre«, sagte Pascoe. »Aber ich habe in seiner Wohnung nichts gefunden, was darauf schließen läßt. Außer daß ein geöffnetes Buch auf seiner Seifenschale lag, als hätte er sich selbst in den Schlaf gelesen. Es war Empsons *Seven Types of Ambiguity*, ha ha. Das ist wirklich genau sein Humor.«

»Also gibt es da doch noch ein ›vielleicht‹. Gut. Sind da noch andere ›vielleicht‹, von denen du mir nichts erzählt hast, Peter? Es wäre schön zu wissen, wie viele von deinen irren Kunden noch da draußen rumlaufen, die eine alte Rechnung begleichen wollen.«

»Sonst wüßte ich keine ernsthaften Kandidaten für Rachepläne«, versicherte er ihr. »Und meine eigene Theorie, daß mich jemand unter Druck setzen will, ist auch entkräftet worden.«

Er berichtete ihr von Dalziels Debakel beim Haftprüfungstermin von Kelly Cornelius. Aber den wirren Brief erwähnte er nicht. Darüber wollte er erst noch nachdenken, und dafür brauchte er etwas Zeit.

»Ich habe ein wenig den Verdacht, daß Andy die Sache absichtlich verpatzt hat«, schloß er. »Zum Teil, weil ihm auch klar ist, daß die Jungs vom Betrugsdezernat uns ausnutzen, aber auch, weil die Freilassung von Kelly Cornelius der ganzen

Geschichte ein Ende setzt, sofern sie tatsächlich etwas damit zu tun hat.«

»Also hat er es vielleicht für dich getan. Weil er wußte, daß du es um deinetwillen nicht tun würdest«, meinte Ellie und blickte ihn mit ernstem Gesicht an.

»Wer weiß?« meinte Pascoe.

»Wie auch immer, es scheint, deine beiden Favoriten sind aus dem Rennen. Können wir also davon ausgehen, daß die Gefahr ausgestanden ist? Dann rufe ich jetzt Daphne an und gebe Entwarnung?«

Pascoe zögerte einen Moment und antwortete dann: »Laß mich erst noch mal kurz mit dem Dicken reden. Er hat einen Riecher für solche Dinge.«

Er ging hinaus, um das Telefon im Flur zu benutzen. Ein paar Minuten später kam er mit nachdenklichem Gesicht zurück.

»Probleme?«

»Nicht direkt. Andy meint, es werde bestimmt nichts mehr passieren, egal ob wir die Sache nun arrangiert oder vermasselt haben, denn wer auch immer dahintersteckt, weiß nun, daß wir ihm auf den Fersen sind. Aber er glaubt, daß wir trotzdem in voller Alarmbereitschaft bleiben sollen.«

»Das heißt, er hält nichts von einem Ausflug ans Meer?«

»Im Gegenteil, er ist der Meinung, Daphnes Cottage wäre ein idealer Zufluchtsort, vorausgesetzt, du hast einen Aufpasser dabei.«

»Etwa den süßen jungen Hat? Ja, bitte. Warum machst du so ein besorgtes Gesicht?«

»Er klang ein wenig kurz angebunden, das ist alles.«

»Hast du ihn zu Hause angerufen? Vielleicht war er gerade dabei, die Hügel von Miss Marvell zu erklimmen.«

»Warum darf ich bloß nie solche Witze machen? Na ja, vielleicht. Jedenfalls, der Urlaub ist genehmigt. Das gibt der reißenden Bestie, die du in Enscombe aufgesammelt hast, Gelegenheit zu beweisen, wie stubenrein sie auf anderer Leute Teppichen ist.«

Als er den Gesichtsausdruck seiner Frau sah, meinte er: »Du hast doch Daphne von Tig erzählt, oder etwa nicht?«

»Ich wußte nichts von ihm, bis ich nach Enscombe zurückkam und feststellen mußte, daß der Handel schon perfekt war«, sagte Ellie trotzig.

»Egal. Werden unsere hübschen englischen Mädchen aus der Oberschicht nicht praktisch von Hunden gesäugt? Es wird eine nette Überraschung für sie sein. Geht's voran?«

Er beugte sich vor, um einen Blick auf den Bildschirm ihres Laptops zu erhaschen, doch Ellie klappte halb den Deckel zu.

»Ich habe dir doch gesagt, ich bringe nichts zustande, jedenfalls, solange ich auf das Urteil über mein Meisterwerk warte. Das ist nur mein Seelentröster, etwas, woran ich nuckeln kann, bis ich aus der Sache rausgewachsen bin.«

»Ist das die Geschichte, die du im Krankenhaus angefangen hast? Ich würde sie mir irgendwann gerne mal anschauen.«

Sie lächelte und sagte: »Nein, kommt nicht in Frage. Das ist nur für meine Augen bestimmt. Eine Art Therapie, die ich zu Ende bringen muß. Nein, das wäre übertrieben. Nennen wir es lieber ein *jeu d'esprit* für einen Spieler.«

»Und wenn die gute Nachricht vom Verlag auf die Fußmatte plumpst, dann ist es vorbei?«

»Nicht doch. Hast du denn gar nichts verstanden, Peter?« sagte Ellie. »Wenn etwas plumpst, dann ist es ein zurückgesandtes Manuskript. Ratz, fatz abgelehnt. Was ich mir wünsche, das kommt durch den Briefkastenschlitz geschwebt, leicht wie eine Feder von dem schneeweißen, süßen Vogel des Erfolgs, der auf den höchsten Gipfeln des Parnaß nistet.«

»Ah?«

»Ein Brief«, sagte Ellie. »Ein langer, wortreicher, begeisterter Annahmebrief.«

»Da wir gerade über Briefe reden.«

Er war zu einem Entschluß gekommen. Er hatte eine Fotokopie gemacht, bevor er am Morgen das Original des wirren Briefs zur Untersuchung abgeliefert hatte. Dalziel hatte gefragt, wie

Ellie reagiert habe, und als er hörte, daß sie gar keine Gelegenheit dazu gehabt hatte, hatte er seine breiten Schultern gehoben und gemeint: »Sie ist deine Frau.«

Ellie überflog die wenigen Zeilen und fragte dann: »Warum hast du gestern abend nichts davon gesagt?«

»Ich dachte, du hättest schon genug Ärger mit dieser Geschichte.«

»Und jetzt?«

»Ich glaube, das war falsch. Will sagen, ich glaube, es war falsch zu denken, ich könnte dich schützen, indem ich dich über die Angelegenheit im dunkeln lasse.«

»Ich weiß nicht, ob ich dir eine Ohrfeige oder einen dicken Schmatzer geben soll. Hör zu, da war ein Auto gestern nacht. Es ist regelrecht vorbeigeschlichen. Ich bildete mir ein, der Fahrer würde mich anstarren. Ich habe nichts gesagt, weil ich fürchtete, ich würde schon anfangen, überall irgendwas Finsteres oder Bedeutungsvolles zu sehen.«

Pascoe schüttelte den Kopf: »Ich weiß nicht, ob ich dir einen dicken Schmatzer oder eine Ohrfeige geben soll. Wie sah er aus? Was war es für ein Auto?«

»Eher klein, mit einem Schnurrbart, glaube ich. Aber das Auto war kein weißer Mercedes. Nein, es hatte eine Heckklappe, möglicherweise war es ein Golf. Und dunkel. Blau, glaube ich.«

Pascoe fiel die Aussage der Nachbarin ein, die am Tag der versuchten Entführung einen metallic-blauen Golf gesehen haben wollte, der gewendet hatte und weggefahren war. Davon hatte er Ellie nichts erzählt. Also tat er es jetzt.

»Sonst noch etwas, das ich wissen sollte?« fragte sie.

»Es sind Fingerabdrücke auf dem Brief, aber nicht von Roote, und auch bei uns nicht registriert. Also, sagt dir das etwas?«

Sie las den Text noch einmal durch, runzelte die Stirn und meinte dann: »Klingt elisabethanisch, wie eine Parodie. Einige Sätze kommen mir bekannt vor ... warte mal.«

Sie holte ihre einbändige Shakespeare-Ausgabe und begann darin zu blättern.

»Hier, diese Stelle, ›Fürstenzorn macht dir nicht Not, Fürchte nicht Tyrannenstreich‹, das ist aus *Cymbeline.*«

»Das habe ich übersehen«, sagte Pascoe. »Worum geht's denn da?«

»Die Handlung zu erklären würde länger dauern, als sich das Stück anzuschauen. Hauptsächlich dreht es sich um einen Typen namens Posthumus, der sich einreden läßt, seine Frau betrüge ihn mit einem Italiener namens Jachimo, einem Jago im Kleinformat, ha ha.«

»Also noch eine *Othello*-Version?«

»Eigentlich nicht. Es geht alles gut aus. Aber dramaturgisch gesehen, holpert es ziemlich, es gibt jede Menge unwahrscheinlicher Zufälle und anonymer Edelleute, die sich unterhalten, damit man die Handlung kapiert, die ziemlich verwickelt ist: Prinzen, die nach der Geburt entführt werden, vertauschte Identitäten, Gift, das nicht wirkt, transsexueller Mummenschanz, die ganze Geschichte ist verworrenener als eine Fernsehdokumentation. Die Verse sind auch komisch, teils eher lyrisch, dann wieder ganz derb und schräg.«

»Hört sich an, als wäre dem alten Schwan von Avon das Schwimmen sauer geworden«, meinte Pascoe, erfreut darüber, daß Ellie sich offensichtlich mehr für die sprachlichen Wurzeln des Briefes interessierte, als sich mit der Drohung zu beschäftigen, die dahintersteckte.

»Das glaube ich nicht«, sagte sie. »Es ist eher, als wollte er sagen, das hier ist nicht für die Oberschlauen, die Kritikaster, die Medienheinis, sondern für die Leute, die an der Basis leben und arbeiten. Laßt uns einen Blick auf die Kunstfurzerei dieses ganzen Dramengeschäfts werfen und mal sehen, wie das wirklich läuft. Okay, ich hab's flott und elegant gebracht, sauber konstruiert, ihr wißt alle, ich kann's im Kopfstand. Aber warum soll ich mich damit abgeben, wenn die wahren Geschichten und die wahren Gefühle ohnehin durch allen Dreck durchscheinen, wie sie das auch im richtigen Leben tun? Und wie im wirklichen Leben ist Poesie etwas Zufälliges, das eher hier und da mal kurz aufblitzt, anstatt in großen vorfabrizierten Batzen daherzukommen. Und was das Happy-End betrifft, ein tragischer Ausgang wäre einfach, weil er die Norm ist. Es ist das Glück danach, was den Mann vom Kind unterscheidet. Natürlich war er Sexist.«

Pascoe bekam das Gefühl, langsam zu weit darauf eingegangen zu sein.

»Genauer bitte«, sagte er. »Was hat das mit dem Brief zu tun?«

»Das stammt aus einem Lied, das über Fidelios Leichnam gesungen wird, nur daß er nicht wirklich tot ist, und er ist auch nicht wirklich ein *er*, sondern Imogen, oder genauer Innogen, die fälschlich beschuldigte Frau, die sich als Junge verkleidet hat und sich Fidelio nennt, was natürlich ›der Treue‹ heißt, das dürftest sogar du wissen.«

»Ich find's in Ordnung, daß es gut endet, wenn es nur bald endet«, meinte Pascoe. »Aber was bedeutet das in diesem Zusammenhang?«

»Also, ich habe die Exegese geliefert, für die Ermittlungen bist du zuständig. Ich habe keine Ahnung, was es bedeutet, außer, daß ich jetzt noch froher bin, Rosie morgen früh nach Nosebleed bringen zu können. Ich werde gleich Daphne anrufen.«

»Hast du nicht etwas vergessen?«

»Was denn?«

»Du warst unentschieden, ob du mir eine Ohrfeige oder einen Schmatzer geben wolltest.«

»Genau wie du.«

»Okay. Bei drei. Eins ... zwei ...«

Sie klebten immer noch aneinander, als ein höfliches Hüsteln ihre Aufmerksamkeit auf ihre Tochter lenkte, die ihnen geduldig zusah.

Als sie sah, daß ihre Eltern sich ihr zuwandten, sagte sie: »Mummy, Tig hat im Hof ein großes Häufchen gemacht. Was soll ich damit machen?«

ZWANZIG

Schuster, bleib bei deinen Leisten

Ellie Pascoe hatte nicht ganz falsch gelegen. Tatsächlich war Cap Marvell bei Dalziel gewesen, als sie angerufen hatte. Doch sie hatten nichts Intimeres getan, als gemeinsam eine Tasse Tee zu trinken.

Mit ihrem Vergleich allerdings hatte Ellie stark danebengegriffen. Die Frau war zwar recht gut gebaut, doch ließen ihre Kurven eher an die Cotswold Hills als an den Kaukasus denken, und auf jeden Fall waren sie nicht vergleichbar mit dem Himalajagebirge, das ein liegender Dalziel darbot.

Sie hatten eine Beziehung, die, wie beiden klar war, vollständige Ehrlichkeit nicht überlebt hätte, die aber auch, wie beide wußten, ohne sie verkümmert wäre.

Als daher Dalziel von dem Telefon im Flur zurückkam und sagte: »Geh mal ein paar Minuten nach oben, Schatz. Es kommt jemand vorbei, dem du lieber nicht begegnen möchtest«, murrte Cap nicht, sondern nahm ihre Tasse und stieg gelassen die Treppe hinauf, denn sie wußte, er würde ihr später alles erzählen.

Es klingelte.

Dalziel vergewisserte sich, daß nichts auf die Anwesenheit von Cap Marvell hindeutete, und ging dann zur Haustür.

Da stand ein großer, schlanker Mann mit silbergrauem Haar, dessen Kommen er schon durch die einzige klare Scheibe in der farbigen Glasfüllung bemerkt hatte, weshalb er sein Gespräch mit Pascoe rasch beendet hatte.

»Mr. Dalziel, wie schön, Sie wieder einmal zu sehen«, sagte der Mann. »Gawain Sempernel. Wir haben uns ...«

»Ah ja, ich erinnere mich. Sie haben sich kaum verändert. Wie geht es Ihnen?«

Sie schüttelten sich höflich die Hand, wobei beiden nicht daran lag, es zu übertreiben.

»Mir geht es gut. Sie brauche ich gar nicht zu fragen. Ich sehe, Sie stehen in voller Blüte.«

»Kommen Sie doch rein, bevor die Nachbarn uns hier beim Händchenhalten beobachten. Ich habe gerade eine Kanne Tee gemacht. Oder bevorzugen Sie vielleicht etwas Kräftigeres?«

»Etwas Kräftigeres als Yorkshire-Tee? Gibt es solch ein Gebräu? Nein, Tee wäre mir sehr lieb. Was für ein entzückendes kleines Heim Sie haben! Wirklich entzückend. Erinnert mich an das Mews-Cottage meiner Nichte in Chelsea, nur daß sie dort alles kaputtmodernisiert haben, was Charakter hatte. Es freut mich zu sehen, daß Sie soviel Geschmack hatten, hier nicht herumzuwerkeln.«

Dalziel sah sich in dem kleinen, quadratischen Wohnzimmer um, in das er seinen Besucher geführt hatte. Es stimmte, er hatte hier nicht herumgewerkelt. Eigentlich hatte sich hier kaum etwas verändert seit dem etliche Jahre zurückliegenden Tag, an dem er und seine Frau hier eingezogen waren, und überhaupt nichts seit dem Tag, als sie ein paar Jahre später ausgezogen war. Aber es war sauber und ordentlich, was konnte ein Mann mehr verlangen?

»Ja, Charakter gibt es hier genug, wenn es das ist, was Sie suchen«, sagte er und schenkte eine Tasse voll, die er aus dem Schrank genommen hatte. »Wollen Sie mir vielleicht ein Angebot machen? Ich würde mich an den Preisen von Chelsea orientieren.«

»Oh, der Abgrund zwischen Erwartung und Erfüllung, er hallt wider von den Schreien guter Menschen, die noch fallen«, sagte Sempernel. »Eine Ausnahme ist der Yorkshire-Tee, der alles übertrifft, was man von ihm berichtet.«

Er setzte die Tasse ab, von der er vorsichtig genippt hatte, und betrachtete prüfend den Teller mit den Törtchen, die Dalziel ihm anbot.

»Danke, nein«, sagte er. »Ein nüchterner Kopf erfordert einen nüchternen Magen. Das Wichtige zuerst, Mr. Dalziel. Ich komme gleich auf den Punkt. Sie sind ja als Mann bekannt, der Direktheit zu schätzen weiß. Jedenfalls haben Sie heute morgen vor dem Gerichtssaal einen Kollegen von mir sehr direkt angesprochen und dabei auch ganz nebenbei eine Bemerkung über mich fallenlassen. Ich frage mich, wie Sie dazu kamen, eine Verbindung zwischen mir und dem Herrn herzustellen, an den Sie sich wandten?«

»Glück gehabt beim Raten«, entgegnete Datziel lässig. »Ich erkenne Schnüffler auf zwei Meilen Entfernung. Muß an der Art liegen, wie sie gehen. Sie sollten mal dran arbeiten. Was Sie betrifft, nun, Ihr Name ist der einzige, der mir bekannt ist, oder? Und vielleicht, dachte ich mir, haben Sie sich in Eastbourne zur Ruhe gesetzt, oder Sie betrachten schon die Radieschen von unten. Also, Glück gehabt.«

»In der Tat«, meinte Sempernel trocken. »Sagen Sie mir Bescheid, falls Sie mal Renntips verkaufen. Sie haben mich also aufgestöbert. Ich habe Sie auch aufgestöbert, in unserer Kartei. Ihre Akte las sich ganz interessant, als ich sie heute nachmittag überflogen habe. Ich gebe zu, daß ich einige Zweifel hatte, ob Sie wirklich intellektuell so beschränkt sind, wie Sie sich bei unserer letzten Begegnung gegeben haben. Ich bin erfreut und zugleich enttäuscht, meine Vermutung bestätigt zu sehen. Allerdings hat Ihr Auftritt vor Gericht kaum den Eindruck gemacht, daß sie im Vollbesitz ihrer geistigen Kräfte sind.«

»Ich war einfach schlecht vorbereitet. Und diese Kuh auf der Richterbank wollte ein paar alte Rechnungen begleichen.«

Sempernel schüttelte lächelnd den Kopf.

»Nein, so war das nicht, Mr. Dalziel. Ich glaube, Ihnen lag daran, daß die Verlängerung der Untersuchungshaft abgelehnt wird. Und nachdem Sie das erreicht hatten, haben Sie noch unmißverständlich klargestellt, daß Sie sich nicht bloß ungeschickt angestellt haben, indem Sie sich alle Mühe gaben, meinen Prozeßbeobachter im Foyer des Gerichts in Verlegenheit zu bringen. Warum haben Sie das bloß getan, Mr. Dalziel? Was haben Sie für ein Interesse an Miss Cornelius?«

»Ich? Gar keins«, sagte der Dicke. »Aber Sie müssen doch eins haben. Das konnte man meilenweit gegen den Wind riechen, daß da was Merkwürdiges im Gange war. Meinen Chief Inspector bei Gericht festzunageln wegen einer banalen Körperverletzung und die Akten unter Verschluß zu halten. Ich dachte erst, es wäre das Betrugsdezernat, das da auf Schnüffler macht. Die stehen ja auf Mantel- und Degen-Spielchen. Aber dann habe ich angefangen, zu überlegen.«

»Überlegt haben Sie, so, so? Sie sind doch immer für Überraschungen gut, Mr. Dalziel«, meinte Sempernel und nippte wieder an seinem Tee. »Und was ist bei ihren Überlegungen rausgekommen?«

»Daß ich mich fragte, ob nicht vielleicht die echten Schnüffler am Werke sind? Was, wenn ihr schon an der Sache dran wart, als Kelly Cornelius sich aus dem Staub machen wollte, und sie beobachtet habt, damit sie euch auf eine heiße Spur führt? Dann wird sie in den Unfall verwickelt, und zufällig ist mein Chief Inspector zur Stelle, der kombiniert so messerscharf, daß er sich selbst schneidet, und plötzlich sitzt sie in Untersuchungshaft wegen Körperverletzung, und es wird wegen Betrugs gegen sie ermittelt, und Sie wissen nicht, was Sie machen sollen. Also beschließen Sie, erst einmal Zeit zu gewinnen und sie unter dem Vorwand der Körperverletzung festzuhalten. Liege ich halbwegs richtig?«

»So ziemlich. Sie liegen ganz gut. Aber ich begreife immer noch nicht, warum Sie sich überhaupt in die Sache einmischen?«

Dalziel schob sich ein ganzes Törtchen in den Mund, kaute zweimal und schluckte es hinunter.

»Ganz spontan«, entgegnete er. »Mein Chief Inspector war verhindert, er konnte heute morgen nicht zum Gericht kommen. Da dachte ich, geh doch selbst hin, schau mal nach, was da läuft. Und als ich da so einen Typen neben Barney Hubbard sitzen sah, der nur einer von Ihren Jungs sein konnte, da dachte ich, brat mir doch einer einen Storch, jetzt piß ich denen mal in den Verteilerkasten und schau, was passiert.«

Sempernel schüttelte ungehalten den Kopf.

»Das hätten Sie nicht tun sollen, Mr. Dalziel. Denn um so die Aufmerksamkeit auf sich zu ziehen – Sie werden ja wohl wissen, daß Leute, die in Verteilerkästen pissen, Gefahr laufen, eine gewischt zu bekommen –, müssen Sie doch ein vernünftigeres Motiv gehabt haben als das spontane Bedürfnis, sich unbeliebt zu machen.«

»Also gut, ich sag Ihnen, wie es war. Mein Chief Inspector und seine Familie haben in den letzten Monaten viel durchgemacht. Sie hatten wirklich eine miese Zeit. Sie haben es überstanden. Jetzt hat ihnen vor ein paar Tagen jemand noch auf ganz andere Weise Schwierigkeiten gemacht. Es gibt verschiedene Möglichkeiten, aber jedenfalls scheint es hier um eine größere Sache zu gehen. Also nur für den unwahrscheinlichen Fall, daß ich recht habe, wollte ich ihm das Problem vom Hals schaffen und auch ein für allemal für jeden, der es hören will, klarstellen, daß man Leuten, an denen mir gelegen ist, nicht zu nahe tritt. Habe ich mich verständlich ausgedrückt?«

Sempernel schürzte zweifelnd die Lippen, wie eine alte Jungfer, die einen Vibrator im Sonderangebot sieht.

»Also nur für einen unwahrscheinlichen Fall, wie Sie sich ausdrücken, mischen Sie sich unbesonnen in eine Sache ein, in der, wie Sie selbst vermuten, höhere Interessen im Spiel sind? Ihnen muß in der Tat viel an Mr. Pascoe und seiner Familie gelegen sein. Manche Leute könnten der Meinung sein, daß solche Zuneigung an Wahnsinn grenzt.

»Nun ja, vielleicht. Und nun sind Sie gekommen, um mich in die Klapse zu stecken, was? Oder finden Sie, daß man die Gesellschaft nicht vor mir schützen muß und daß ambulante psychologische Betreuung ausreicht?«

»Das hängt ganz davon ab, wie sehr ich mich um die Gesellschaft sorge, um die es hier geht, Mr. Dalziel.«

»Ach ja? Und wie groß ist Ihre Sorge?«

»Höchstwahrscheinlich größer als Ihre, wenn man die Unbesonnenheit bedenkt, mit der Sie Kriminelle auf die Gesellschaft loslassen.«

»Kriminelle? Soweit ich weiß, ist noch kein Urteil ergangen. Aber egal, wo ist das Problem? Sie muß sich täglich melden, und ich bin mir ganz sicher, Sie lassen sie beschatten, wohin sie auch geht ... aber warten Sie mal. Ich kriege da so ein komisches Jukken in meinen Hämorrhoiden ... sie ist Ihnen entwischt, was? Und morgen um zwölf, wenn sie wieder vorstellig werden muß, wird sie nicht erscheinen. Deshalb sind Sie hier, oder?«

Sempernel schlug die Hände lautlos zusammen und sagte: »Vielleicht nehme ich doch etwas von diesem interessanten Süßgebäck. Es bewirkt anscheinend eine wundersame Steigerung der Intelligenz.«

Er nahm ein Törtchen und biß hinein.

»Hervorragend«, sagte er. »Außen flockig, innen saftig, eine Erfahrung von nahezu griechischer Intensität. Nehmen wir einmal an, Sie haben recht, Mr. Dalziel. Nehmen wir einmal an, Miss Cornelius hat einen Spaziergang im Park gemacht und sich dabei der Überwachung eines meiner Männer entzogen, der jetzt einem längeren Arbeitsaufenthalt in unseren Büros auf den Falklands entgegensieht. Was sonst sollte der wahre Zweck meines Besuchs sein? Abgesehen natürlich davon, Ihnen Ihre Strafe zu verkünden für diese unerbetene Einmischung in Staatsangelegenheiten, die Ihre Befugnisse und Kompetenzen weit überschreiten?«

Dalziel überlegte eine Weile und fragte dann vorsichtig: »Brauchen Sie Hilfe? Sie werden vielleicht zugeben, daß bei der Suche nach einer vermißten Person in Mid-Yorkshire ein fetter alter Bulle mit etwas Ortskenntnissen ebensoviel wert ist wie ein halbes Dutzend Schnüffler mit Mikrophonen im Hintern. Also, wenn Sie mich jetzt beauftragen, mache ich mich zwölf

Stunden früher an die Arbeit, als ich überhaupt offiziell erfahre, daß es etwas zu tun gibt.«

Er blickte erwartungsvoll auf seinen Besucher, der zustimmend nickte und meinte: »Bis auf, wie man in unseren Kreisen sagen würde, eine kleine Korrektur haben Sie vollkommen recht, Mr. Dalziel. Die kleine Korrektur besteht darin, alles, was Sie gesagt haben, mit umgekehrtem Vorzeichen zu versehen. Kurz gesagt, ich würde es begrüßen, wenn Sie gar nichts unternehmen, wenn Sie morgen offiziell vom Verschwinden der Cornelius erfahren. Tun Sie, was immer Ihnen nötig erscheint, um mit der furchteinflößenden Mrs. Broomhill klarzukommen, aber wenn Sie oder Ihre Leute irgendeine Spur von Cornelius aufnehmen, dann machen Sie bitte kehrt und galoppieren in die entgegengesetzte Richtung. Habe ich mich klar ausgedrückt?«

»Jaja, so klar wie eine Nutte, die ihre Preisliste runterrattert. Aber ich nehme meine Anweisungen von Mr. Trimble entgegen.«

»Ihrem Chief Constable?« Sempernel lachte auf. »Ich bin sicher, er wäre hoch erfreut über diesen Sinneswandel. Mr. Trimble ist natürlich über alles im Bilde und wird sich morgen früh noch mit Ihnen unterhalten. Aber so, wie ich Ihr Verhältnis zu ihm einschätze, hielt ich einen persönlichen Besuch heute abend für angebracht. Sie mögen ja vielleicht innerhalb der flexiblen Grenzen Ihrer Polizeihierarchie Wege finden, zu schalten und zu walten, wie es Ihnen beliebt, aber diese Sache ist eine Nummer zu groß für Sie, und nach unserer kleinen Unterhaltung heute abend können Sie auch nicht mehr den Unwissenden spielen. Ich habe Sie gewarnt, Superintendent. Jede weitere Einmischung in diese Angelegenheit wird bittere Konsequenzen für Sie selbst und Ihre – wie sagten Sie doch gleich? – Ihre Freunde nach sich ziehen. Ein Schuster sollte bei seinen Leisten bleiben, Mr. Dalziel. Kelly Cornelius ist nichts für die Kleinmeister der Zunft.«

Er erhob sich.

»Sie wollen schon gehen?« fragte Dalziel. »Sie haben Ihren Tee noch gar nicht ausgetrunken.«

»Viel zu tun«, sagte Sempernel.

Er trat in den kleinen Flur und öffnete die Haustür. Auf der Treppe sagte er: »Ich hoffe, wir haben uns verstanden, Mr. Dalziel.«

»Ich bleib bei meinen Leisten. Alles klar«, versicherte Dalziel.

»Prima. Entschuldigen Sie mich bei Miss Marvell, falls ich ihr den Abend verdorben habe. Auf Wiedersehen.«

Dalziel schloß langsam die Tür hinter ihm, als Cap die Treppe herunterkam.

»Hört sich so an, als hätte ich genausogut hierbleiben können«, sagte sie.

»Nein, da hättest du dir was holen können.«

Sie gingen zurück ins Wohnzimmer.

»Also, was wollte er?«

»Laß uns lieber Radio hören.«

Dalziel schaltete das alte Radiogerät mit dem Holzgehäuse ein und drehte am Sendersuchknopf, bis er Popmusik gefunden hatte, die er auf volle Lautstärke drehte.

»Meine Güte«, sagte Cap. »Gibt's hier Wanzen? Wie aufregend!«

»Vorsicht ist besser als Nachsicht«, meinte Dalziel. »Soll ich uns noch einen Tee machen?«

»Nein, erzähl mir, was los ist.«

»Erst sagst du mir, was du alles gehört hast.«

Sie lächelte, und er meinte: »So viel also? Wozu braucht man da Wanzen? Na, das Wesentliche weißt du dann ja.«

»Aber sag mir doch, was ist das für ein Kerl, dieser Sempernel?«

»Du bist noch zu jung, um das zu verstehen. Sein offizieller Titel lautet ungefähr: Stellvertretender Leiter der Abteilung 55A, Nachrichtendienst. Es ist schon ein paar Jahre her, daß ich mit ihm zu tun hatte. Das war ein Fall, bei dem ... ach, lassen wir das, jedenfalls eine ziemlich trübe Angelegenheit, und ich war froh, halbwegs unbeschädigt rauszukommen.«

»Unbeschädigt? Körperlich, meinst du?«

»Das auch. Aber man hat noch andere Methoden, jemandem die Knochen zu brechen, als ihm mit einer Eisenstange die Rippen zu kitzeln. Es gab eine öffentliche Version, eine offizielle und die Wahrheit. Ich habe so getan, als würde ich die offizielle Version schlucken.«

»Du meinst, du hast sie in dem Glauben gelassen, du wärst nicht schlau genug, die Wahrheit rauszubekommen?«

»Mehr oder weniger.«

»Aber jetzt fragen sie sich, ob das stimmt, oder? Weil du ihnen auf die Schliche gekommen bist. Nebenbei bemerkt, Andy, ich fand deine Erklärung nicht besonders überzeugend. All dieses Zeug, wie du angefangen hast zu überlegen, vom glücklichen Raten und einen Schnüffler eine Meile gegen den Wind riechen. Ich gehöre ja wirklich zu deinen größten Bewunderern, aber das ist doch ziemlicher Schwachsinn, oder?«

»Du treibst dich zuviel in schlechter Gesellschaft rum«, ermahnte sie der Dicke. »Aber du hast recht. Mir ist per E-Mail was gesteckt worden. Alles über Kelly Cornelius. Alles über ihren Job, der darin besteht, Geld für irgendwelche südamerikanischen Revoluzzer zu waschen. Die Quelle konnte ich nicht identifizieren, aber mein alter Freund Pimpernel kam auch drin vor, also stammte es offenbar aus erster Hand.«

»Das kam aber doch nicht etwa von Sempernel persönlich, oder?« meinte Cap und runzelte die Stirn.

»Ich wüßte nicht, was er davon hätte, allerdings ist bei ihm alles ein bißchen anders, er pinkelt wahrscheinlich durch die Ohren. Vielleicht hat er auch noch ein anderes Leck.«

»Ob ihm in diesem Fall nicht vielleicht aufgefallen ist, daß du ein wenig sparsam mit den Tatsachen umgegangen bist? Und daß du ihn ernsthaft in Verlegenheit bringen könntest?«

»Glaub ich nicht«, sagte Dalziel selbstsicher. »Ich habe einen großen Vorteil gegenüber Burschen wie dem alten Pimpernel. Der ist wie du. Er ist mit dem Silberlöffel im Hintern geboren, hat die besten Schulen besucht und so weiter, und er ist schlau genug, um zu wissen, daß ein ungehobelter Kerl wie ich vielleicht doch ein wenig heller ist, als es den Anschein hat. Aber eine genetisch eingebaute Sperre verhindert bei ihm die Einsicht, daß ein richtig guter Schuster eben doch auch den Schuhladen schmeißen kann.«

»Ich dachte, ich hätte dich sagen hören, du bleibst bei deinen Leisten.«

»Aber ja. Und das tue ich auch. Hast du schon mal meine Leisten gesehen?«

»Schon länger nicht mehr.«

»Viel zu laut.«

»Ach ja? Ich mache dir einen Vorschlag. Warum lassen wird die armen Jungs da draußen nicht mal einem Handwerker bei der Arbeit zuhören?«

Sie stand auf, schaltete das Radio ab und begann, ihren Rock auszuziehen.

»Warte«, sagte Dalziel und nahm sich noch ein Törtchen. »Ich glaube, ich brauch erst noch eine kleine Stärkung.«

Zweites Buch

Was für Salzfluten Küsten Kliffs und Schären
Was für Wasser schwappend am Bug
Für Kienholz, das duftet und Pirol laut aus dem Nebelflor
Was für Bilder stellen sich ein
O meine Tochter.

T.S. Eliot, Marina

EINS

Seltsame Begegnung

»Das ist doch nicht zu fassen«, ereiferte sich Ellie. »Er macht das bloß, um mich zu ärgern.«

»Peter? Natürlich kennst du deinen Mann besser als ich, meine Liebe, aber das ist nicht sein Stil, würde ich sagen. Und ich persönlich hätte zwar nichts dagegen einzuwenden, wenn ein attraktiver junger Mann da herumscharwenzelt, aber man muß einräumen, daß eine Frau als unsere Hausgenossin in dieser engen Hütte weniger Aufsehen erregen wird.«

Ellie, die sich stets lieber mit dem anwesenden Feind anlegte als mit dem abwesenden, richtete ihren Zorn nun gegen Daphne. »Wenn in eurer Hütte tatsächlich solcher Platzmangel herrscht, frage ich mich, warum du ihr dort eine Unterkunft angeboten hast?«

»Tja, wir sind da weitab vom Schuß, und wir können doch wohl kaum erwarten, daß sie uns von einem Baum aus bewacht und die Nacht in ihrem Auto verbringt, oder?« entgegnete Daphne. »Fahren kann sie, das muß man ihr lassen.«

Diese Bemerkung fiel bei einem Blick in den Rückspiegel. Daphne hatte, wie sie selbst meinte, einen forschen Fahrstil, den ihre Freunde jedoch rücksichtslos nannten, aber Shirley Novellos Fiat Uno war auf den kurvenreichen, schmalen Straßen, die nach Axness hinausführten, keinen Augenblick zurückgefallen.

Ellie sah sich um und lächelte Rosie zu, die neben dem auf

einer Reisedecke schlafenden Tig saß. Als ihr Blick wieder auf den Uno fiel, erstarb ihr Lächeln.

Sie wußte selbst nicht, warum sie solche Aversionen gegen Shirley Novello hegte. Oder vielleicht doch, und sie wollte es nur nicht wahrhaben. Eifersucht spielte dabei jedenfalls keine Rolle. Falls Peter auf sie abfuhr, hatte er es nie gezeigt, was eine neurotisch eifersüchtige Ehepartnerin vielleicht gerade als untrügliches Anzeichen gedeutet hätte. Ellie war selbstverständlich weder neurotisch noch eifersüchtig, aber manchmal überlegte sie, ob es nicht Schlimmeres gab, das heißt, schlimmere Gründe für persönliche Abneigung. Ellie hatte Novello erst kürzlich kennengelernt, als sie auf der Polizeiwache erschienen war, um sich für all die Genesungswünsche und Geschenke zu bedanken, die man ihr hatte zukommen lassen, als Rosie krank war. Pascoe hatte ihr erzählt, daß Shirley in ihrer Pfarrkirche eine Kerze für Rosie angezündet hatte. Ellie hoffte zwar, sie würde den Mut aufbringen, zu ihrem Mangel an Glauben zu stehen und in der Todesstunde nicht doch noch zu Gott überlaufen, doch hinsichtlich ihrer Tochter hegte sie keine derartigen Vorbehalte, weshalb sie sich bei der jungen Frau herzlich bedankt hatte. Dann hatte sie, wie es ihrer Wesensart entsprach, versucht, die förmliche Beziehung zwischen der Frau des Chefs und der rangniederen Polizistin aufzulockern, und vorgeschlagen, sich beim Vornamen zu nennen. Da sah sie, wie sich Shirley Novellos Blick veränderte, und für den Rest des Besuchs hatte die junge Frau sie überhaupt nicht mehr namentlich angesprochen. Bei ihrer nächsten Begegnung war sie wieder Mrs. Pascoe.

Nun wäre es völlig in Ordnung gewesen, daß eine ehrgeizige junge Polizistin den Eindruck vermeiden wollte, es ginge ihr darum, Freundschaft mit der Frau des Chefs für ihre Karriere zu nutzen. Solche Vorsicht hätte Ellie verstehen, ja sogar gutheißen können. Karriere war für Frauen eben doch mühseliger als für Männer. Und Polizistinnen mußten eine ganze Menge in Kauf nehmen, um eines Tages mit etwas Glück und viel Umsicht die Lorbeeren ihrer Mühen zu ernten.

Aber Ellie wurde das Gefühl nicht los, daß mehr, oder besser gesagt *weniger* dahintersteckte. Denn sie hegte den Verdacht, daß die Regung, die sie bei Novello beobachtet hatte, jenes halbverächtliche Mitleid war, das sie selbst in jüngeren Jahren erlebt hatte, wenn sie einer älteren mittelständischen Geschlechtsgenossin begegnet war, die ihr überstürzt die Freundschaft antrug. Es war weniger eine Abwehr gegen eine gönnerhafte Haltung als vielmehr gegen die Unterstellung einer alten Schachtel, ihr festgelegtes und saturiertes Dasein sei der selbstbestimmten, emanzipierten Existenz der neuen Frauengeneration ebenbürtig oder gar überlegen.

»Mein Gott, ich bin doch nicht viel mehr als zehn Jahre älter als sie!«

»Wie bitte?« fragte Daphne.

Ellie stellte fest, daß sie laut gedacht hatte.

»Ich meinte nur, daß sie älter aussieht, findest du nicht?«

Daphne überlegte und erwiderte dann: »Nein, ich würde sagen ...«

»Was?«

»Ich würde sagen, daß sie ein absolut außergewöhnliches Gesicht hat, das einen an niemanden erinnert, den man kennt. Was hast du eigentlich gegen das Mädchen?«

»Nichts«, entgegnete Ellie und blickte wieder nach vorn. »Daphne, ist dir eigentlich schon mal in den Sinn gekommen, daß andere Fahrzeuge, ganz zu schweigen von Kühen oder Schafherden, ebenfalls berechtigt sind, diese schmalen Landstraßen zu benutzen?«

Kritik am Fahrstil ihrer Freundin war ein hervorragendes Ablenkungsmanöver. Ellie vertraute Daphne gern so manches an, aber nicht die möglicherweise egoistischen und banalen Gründe, warum sie Shirley Novello nicht mochte – Gründe, die sie sich nicht einmal selbst eingestand.

»Ehrlich, Ellie. Wie hättest du es denn gerne?«

»Wie wär's, wenn du einfach ein bißchen langsamer fährst?«

»Und wenn ich infolgedessen mit einer Kuh kollidiere, der

ich gar nicht begegnen würde, wenn ich mit meiner gewohnten Geschwindigkeit fahre?«

Darauf gab es wie bei vielen anderen Argumenten Daphnes keine Antwort, sofern man nicht die Zeit, die Energie und die intellektuellen Kapazitäten besaß, um die ihnen zugrundeliegenden Annahmen zu widerlegen. In diesem Fall stand hinter Daphnes Argument wohl der Glaube an die Unverwundbarkeit von Autofahrern, und der ließ sich nur durch einen Unfall mit Todesfolge widerlegen – ein Beweis, der zumindest in diesem Leben nicht geführt werden konnte.

Wie Ellie nun aufging, erfüllte Daphne als Autofahrerin dieselbe Gewißheit, daß alles gutgehen würde, die auch die Lebenseinstellung ihres Mannes prägte – eine Haltung, die sich anscheinend auszahlte. Wie auch immer, jedenfalls kamen sie mit heiler Haut eine gute Stunde vor zwölf, der geplanten Ankunftszeit, in Axness an.

Vielleicht, dachte Ellie, wäre es treffender gesagt, sie *gelangten* nach Axness, denn hier gab es eigentlich keinen Ort, an dem man ankommen konnte. Das war ihr bereits bei einem Besuch vor drei Jahren aufgefallen, als Feenie Macallum eine Liberata-Versammlung in Gunnery House abgehalten hatte. Es gab kein Ortsschild, keinen Dorfplatz, keinen Pub, keine Kirche, ja kaum eine menschliche Behausung. Sogar die Weiden waren anscheinend nicht durch gezielt gepflanzte Hecken begrenzt, sondern durch zufällig wucherndes Gebüsch, und die Tiere, die darauf grasten, erschienen wie Angehörige einer einzigen, sich über Meilen erstreckenden Herde, die unter der sengenden Sonne auf der Suche nach Wasser dahinwanderte.

Dennoch besaß der Ort spürbar eine eigene Identität. Ellie hatte vergessen, wie eigentümlich das Gefühl war, als würde, wenn man wegging, ein Erinnerungszensor einen Vorhang zuziehen, der die Welt, in die man zurückkehrte, von der Welt trennte, die man verließ. Jetzt aber überfiel sie die Erinnerung an den früheren Besuch. Es war ein frostiger Spätwintertag gewesen, an dem der Himmel tief herabhing, grau und brüchig wie eine alte Stuckdecke, völlig anders als diese Wedgwoodblaue Kuppel, die sich heute zum goldenen Knauf der Sonne emporwölbte. Aber ebenso wie damals hatte man das Gefühl, eine andere Dimension zu betreten, man hatte den Eindruck, daß eine gleichmütige Leere darauf wartete, für eine Weile mit dem gefüllt zu werden, was man mitbrachte – obwohl kein Zweifel bestand, daß es, ganz gleich, was es war, unweigerlich versickern würde, sobald man wieder abreiste.

Dieses Gefühl mochte von der zarten Lichtveränderung an der Grenze zwischen Land und Meer herrühren. Lange bevor man das Wasser sah, bereitete einen der Himmel auf die Veränderung vor, die immer eintritt, wenn Menschen daran erinnert werden, wie gefährdet ihre Existenz ist und daß sie ihr Leben auf jenem Aushub zusammenkratzen, der entstand, als die Götter die Ozeane gruben ...

Ellie schüttelte den Kopf, um diese irritierend irrationalen Gedanken loszuwerden. Ich habe diesem fetten alten Knacker Odysseus zuviel Zeit gewidmet, sagte sie sich. Aber als der Wagen den Kamm einer Hügelkette erreichte und sie eine halbe Meile entfernt die blausilberne Savanne des Meeres erblickte, schauderte sie. Selbst an einem windstillen Tag unter der Sommersonne war seine bedrohliche Macht nicht zu verkennen. Kein Wunder, daß die Griechen Poseidon den *Erderschütterer* nannten.

»Schön, nicht wahr?« bemerkte Daphne. »Das ist eine Kindheitserinnerung, die man nie vergißt: zum ersten Mal das Meer sehen.«

»Ich habe es schon mal gesehen«, warf Rosie ein, die sich persönlich angesprochen fühlte. »Schon oft.«

»Ja, natürlich, Liebes«, sagte Daphne. »Aber ich wette, du kannst dich noch an das erste Mal erinnern.«

Rosie verdrehte die Augen und dachte angestrengt nach. »Klar«, verkündete sie triumphierend, »da waren viele Möwen und ein paar Esel und viel Sand, und Mum und Dad haben sich ausgezogen und miteinander gerauft.«

Daphne kreischte vor Lachen, und Ellie sagte: »Lieber Himmel. Da war sie neun Monate alt, und wir dachten, sie würde schlafen.«

»Ich hoffe nur, ihr habt die Esel nicht erschreckt«, meinte Daphne. »Wir sind fast da. Heil und unversehrt, wie du vielleicht bemerkt hast.«

Sie büßte sofort für ihren Übermut, als sie von der schmalen Landstraße in einen noch schmaleren, von hohen Hecken gesäumten Feldweg einbog, wo sich ihr ein uralter, rostiger und verstaubter Landrover in den Weg stellte. Eine Vollbremsung brachte den Audi gerade mal zwei Handbreit vor der Stoßstange des anderen Fahrzeugs zum Stehen.

Die angeschnallten Insassen hielt der Gurt zurück, aber der schlafende Hund wurde vom Rücksitz geschleudert und begann wild zu bellen.

»Hoppla«, sagte Daphne. »Alles in Ordnung, Leute?«

Ellie hatte sich schon umgedreht, um nach Rosie zu sehen, die sich einzig und allein um Tig sorgte.

»Faß ihn nicht an, bis er sich beruhigt hat«, mahnte Ellie ängstlich.

»Lieber Himmel, sieh mal, wer das ist! Ellie, wärst du so nett, dieses Ungeheuer zu besänftigen?« flüsterte Daphne.

Einen Augenblick lang dachte Ellie, daß Daphne den kläffenden Hund meinte. Dann erblicktes sie Serafina Macallum, die aus dem Landrover kletterte und sich mit unheilverkündender Miene dem Audi näherte.

Sie beugte sich über das offene Fahrerfenster und erklärte streng: »Das ist keine Rennstrecke, sondern eine öffentliche Landstraße ...« Dann erfaßte ihr prüfender Blick den Beifahrersitz, und sie meinte mit ungläubiger Stimme: »Ellie, bist das etwa du?«

»Hallo, Feenie. Das ist meine Freundin, Daphne Aldermann.«

»Guten Tag, Miss Macallum. Wir sind uns schon einmal begegnet, als mein Mann und ich wegen des Cottage verhandelt haben.«

»Tatsächlich. Offensichtlich sind Ihre Fahrkünste bei den Verhandlungen nicht berücksichtigt worden. Kind, könntest du deinen Hund bitten, ein bißchen leiser zu bellen?«

»Er ist vom Sitz gefallen«, erklärte Rosie besorgt. »Vielleicht hat er sich verletzt.«

»Das glaube ich kaum. Das Bellen hört sich nicht nach einer Verletzung an. Laß mich mal sehen.«

Feenie öffnete die Hintertür und nahm Tig hoch, der sich sofort beruhigte. Sie hielt ihn in die Höhe, sah ihm in die Augen, redete ihm gut zu und sagte dann: »Nein, es geht ihm gut. Vermutlich muß er nur mal pinkeln nach dem Schock.«

Sie setzte ihn ab, und er bestätigte ihre Vermutungen, indem er vor dem Reifen das Bein hob.

»Du solltest darauf achten, daß er auch angeschnallt ist«, ermahnte Feenie Rosie. »Du hast die Pflicht, dich um seine Sicherheit zu kümmern, vergiß das nicht.«

»Ja, tut mir leid«, sagte Rosie verschüchtert.

»Ist schon gut, Rosie«, mischte sich Daphne ein. »Es ist wirklich meine Schuld. Ich hätte gedacht ...«

»Nein«, entgegnete Feenie ernst. »Es ist Ihre Pflicht, sich mit Ihrem Fahrzeug auf der Landstraße in einer Weise fortzubewegen, daß andere Verkehrsteilnehmer nicht gefährdet werden. Ihre Beifahrer sind auf eigene Gefahr mit Ihnen unterwegs, die ich allerdings für eine beträchtliche halte. Für Rosie ist ihre Mutter verantwortlich, und für den Hund Rosie. Ich würde vorschlagen, dem Tier in Zukunft einen Sicherheitsgurt anzulegen.«

»Ihrer hat aber auch keinen Sicherheitsgurt«, erwiderte Rosie, die zum Landrover hinüberschaute.

Ein schwarzweißer Collie war vom Rücksitz auf den Vordersitz geklettert, streckte nun den Kopf aus dem offenen Fenster und beobachtete Tig mit regem Interesse.

»Meiner ist ein sehr wohlerzogenes Tier«, erklärte Feenie. »Carla, Platz!«

Carla gähnte ausgiebig, und nachdem sie solchermaßen ihre Unabhängigkeit demonstriert hatte, zog sie sich zurück.

Nun richtete sich Feenies Aufmerksamkeit auf die Stelle, wo der Feldweg in die Straße mündete.

»Ellie, ist das nicht die junge Frau, die vor deinem Haus Wache gehalten hat? Wußtest du, daß du verfolgt wirst? Mein Gott, ich glaube, sie ist bewaffnet!«

Ellie stieg aus und erblickte Shirley Novello, die an der Kreuzung stand und sie beobachtete. Feenies Reaktion war verständlich. Novello, die nun wieder ihre Arbeitskluft trug, bestehend aus einem sackartigen braunen T-Shirt und einer ausgebeulten Militärhose, hatte einen breiten Ledergürtel um, an dem rechts ein Handy und links ein Ledertäschchen hingen. Es hatte zwar gewisse Ähnlichkeit mit einem Pistolenhalfter, enthielt aber, wie Ellie aus eigener Beobachtung wußte, nichts anderes als jene Kleinigkeiten, die eine junge Frau so bei sich trägt.

»Ist schon in Ordnung, sie gehört zu uns«, sagte Ellie.

»Tatsächlich.« Feenies Blick wanderte zwischen Novello, Daphne und Ellie hin und her. Ihr lag bereits eine ironische Bemerkung über die Gefahren schlechter Gesellschaft auf der Zunge, doch dann meinte sie nur: »Ihr habt also vor, im Cottage einzuziehen? Ich habe schon bemerkt, daß die ziemlich rüpelhaften jungen Männer, die sich vergangene Woche dort aufhielten, das Feld geräumt haben.«

Daphne, die ebenfalls ausgestiegen war, entgegnete kühl: »Das waren mein Sohn und seine Freunde. Ja, wir werden uns ein paar Tage hier aufhalten.«

»Bist du heute da, Feenie?« fragte Ellie. »Vielleicht mache ich später einen Spaziergang mit Rosie und schau mal bei dir rein.«

Die alte Dame dachte über diesen Vorschlag länger nach, als nach den Geboten der Höflichkeit ziemlich gewesen wäre. Aber das Ergebnis ihrer Überlegungen zeugte von Gastfreundschaft.

»Kommt heute abend zum Essen«, schlug sie vor. »Punkt halb sieben.«

»Wir alle?« fragte Ellie.

Feenie lächelte milde. Manchmal hatte man den Eindruck, sie

sei nicht von dieser Welt, dann wieder wirkte sie schlauer als Miss Marple.

»Selbstverständlich«, erwiderte sie. »Es wird mir ein Vergnügen sein, euch alle unter meinem …« Sie zögerte, als wolle sie sagen: *wachsamen Auge zu haben*, fuhr dann aber fort: »… Dach zu begrüßen. Bleib da weg, Kind. Du kannst dich heute abend mit Carla bekannt machen.«

Rosie war auf den Land Rover zugesteuert, aber Feenies herrischer Ton gebot ihr Einhalt.

Das muß ich auch lernen, dachte Ellie.

»Komm her, Schatz«, sagte sie. »Schnapp dir Tig und steig wieder ein.«

Schmollend gehorchte Rosie.

»Gut«, sagte Feenie. »Dann muß ich jetzt wohl den Weg für euch frei machen. Bis heute abend.«

»Nein, für mich wäre es einfacher zurückzustoßen«, begann Daphne, aber Feenie saß bereits in ihrem Landrover und fuhr in zügigem Tempo rückwärts den Feldweg wieder hinunter.

»Wie dumm von ihr«, meinte Daphne. »Jetzt muß sie bis zur Hütte fahren. Aber des Menschen Wille ist sein Himmelreich …«

Sie setzte sich wieder ans Steuer.

»Wohnt sie hier in der Nähe?« fragte Novello, die so leise herangekommen war, daß Ellie zusammenschrak.

»Ja«, erwiderte sie gereizt. »Hätten Sie nicht eigentlich herbeirennen und Ihren Schlagstock schwingen müssen, als Sie gesehen haben, daß uns jemand den Weg versperrt?«

»Das hatte ich mir überlegt, doch dann sah ich, wer es ist«, entgegnete Novello. »Und da wir gerade von Sicherheit reden: Es ist nicht gerade angebracht, auf diesen schmalen Straßen mit Überschallgeschwindigkeit entlangzubrettern.«

»Tatsächlich? Dann lassen Sie sich eins gesagt sein: Es ist noch nicht lange her, da hat Serafina Macallum einen Zehn-Tonnen-Laster mit Hilfsgütern von Yorkshire nach Bosnien gesteuert, und trotz winterlicher Straßenverhältnisse im Gebirge, ganz zu schweigen von den Gefahren durch Artilleriegefechte, Landminen, Überfälle und Polizeiübergriffe, hat sie die Hin- und Rückfahrt ohne einen Kratzer überstanden.«

»Das ist ja großartig, Mrs. Pascoe. Nur habe ich nicht das alte Mädchen gemeint, sondern Ihre Freundin, Mrs. Aldermann. Ich meine, wenn ich Verkehrspolizistin wäre, dann hätte ich sie schon ein paar Mal angehalten und ihr einen Strafzettel verpaßt. Vielleicht könnten Sie ihr ins Gewissen reden? Es wäre ein bißchen peinlich, wenn einer von unseren Einsatzwagen sie stoppen würde. Ich hoffe, Sie nehmen mir die Bemerkung nicht übel.«

Die einzig vernünftige Reaktion wäre natürlich gewesen, mit verlegener Miene zu antworten: »Aber keineswegs, meine Liebe. Sie machen nur Ihre Arbeit, und Sie haben vollkommen recht. Daphne fährt wirklich zu schnell.«

Statt dessen entgegnete Ellie: »Doch, das tue ich, Constable Novello. Ich bin nun schon einige Jahre mit einem Polizisten verheiratet, ohne daß ich je in Versuchung geraten oder darum gebeten worden wäre, Polizeiaufgaben zu übernehmen. Aber wenn Sie Daphne wegen eines Verkehrsdelikts anzeigen wollen, dann ist das Ihr gutes Recht, ja sogar Ihre Pflicht. Wie wär's, wenn wir jetzt weiterfahren?«

Im Auto fragte Daphne: »Worum ging's denn?«

»Zuständigkeitsbereiche.«

»Du meine Güte. Wenn du dich permanent mit unserer Modesty Blaise anlegst und die alte Moorhexe, wie ich vermute, meinen Eichelkaffee mit Tollkirschen zu würzen gedenkt, können die nächsten Tage ja heiter werden. Vielleicht hätten wir besser daran getan, in der Stadt zu bleiben und uns dem Kampf mit der Schwarzen Hand zu stellen. Wohin ist sie denn nur verschwunden?«

Nach einer Kurve sahen sie am Ende des Feldwegs ein Tor und dahinter ein Gebäude.

»Ich glaube, sie nimmt die Abkürzung«, meinte Ellie. »Vielleicht geht sie auch auf die Pirsch, um noch was fürs Abendessen zu schießen.«

Der Land Rover war rückwärts auf eine Wiese gefahren und holperte nun querfeldein durch eine Herde Schafe.

Kurze Zeit später erreichte der Audi das Ende des Feldwegs und hielt vor dem Tor, auf dem mit blättriger schwarzer Farbe geschrieben stand: *Nosebleed Cottage – Warnung*

»Wovor?« fragte Ellie.

»Vor dem Stier? Vor Feenie Macallum? Keine Ahnung, es war schon unleserlich, als wir das Haus gekauft haben, aber für die nächsten Tage dürfte es sich auf Tig beziehen. Rosie, wärst du so nett, das Tor zu öffnen.«

Rosie sprang aus dem Auto und stieß das Tor auf, und Ellie richtete ihr Augenmerk auf das Cottage selbst.

Auf jeden Fall war es, wie sie vermutet hatte, ein bißchen stattlicher als eine Hütte, aber ihre Phantasie hatte das Understatement überschätzt, so daß das graue, flechtenüberzogene, rauhverputzte Haus, das nun vor ihr lag, irgendwie enttäuschend wirkte. Aus irgendeinem Grund hatte sie mit einem Sandsteingebäude mit Spitzbogenfenstern und grünen Fensterläden, mit Blumenkästen, einer Rosenlaube und einem nierenförmigen Swimmingpool gerechnet... nein, der Swimmingpool war von jeher ein Phantasiegebilde gewesen, aber so, wie körperliche Selbstverachtung nur bei einem wirklich buckligen Männlein akzeptabel war, hätte Daphnes untertreibende Beschreibung von Nosebleed sich auf ein Objekt beziehen müssen, das etwas näher an die Kategorie »Traumhaus« herankam, fand Ellie.

»Na, was sagst du?« fragte Daphne, als sie ihr Gepäck aus dem Auto holten.

»Schön. Ich meine, wunderbar. Sehr rustikal.«

»Ja, wir wollten es nicht kaputtsanieren. Es ist viel ehrlicher, den eigenen Wurzeln treu zu bleiben, so in dem Sinne. Ich dachte mir, daß dir das gefällt.«

Ellie lächelte tapfer, aber plötzlich fiel ihr wieder ein, daß sie gelesen hatte, wie spartanisch die obere Mittelschicht es mit ihren Vergnügungen hielt. Für sie hieß zurück zur Natur wirklich *zurück zur Natur.* Petroleumlampen, Körperpflege an der Wasserpumpe im Hof, Kochen über offenem Feuer, Nächtigen auf Holzbrettern unter kratzigen Wolldecken, früh heraus und dann eine lange Wanderung, auf der man sich mit Beeren am Wegesrand und einem Trunk aus einer Quelle erfrischte, deren Wasser so trüb war, daß man die Leberegel nicht sah...

Jetzt übertrieb sie schon wieder, als wolle sie sich beweisen, daß sie wirklich eine phantasiebegabte Autorin war. Aber wer sich einer hyperbolischen Ausdrucksweise bediente, hatte deshalb nicht automatisch unrecht.

Rosie und Tig jedenfalls waren begeistert, sie tobten über den kopfsteingepflasterten Hof, kraxelten über eingestürzte, brennnesselgeschmückte Mauern; der Hund schnappte nach einem verknoteten Seil, das von einer hohen Eiche baumelte, das Kind zerrte am Arm einer eisernen Pumpe über einem Steintrog ... oje, die gefürchtete Pumpe! Ellie sank das Herz. Dann bemerkte sie, daß das gräßliche Gerät vor Rost starrte und sich der Schwengel nicht bewegen ließ. Im selben Augenblick schloß Daphne die abweisend wirkende massive Eingangstür auf – sie sah aus, als hätten Generationen von Heathcliffs versucht, sie einzutreten – und sagte: »Kommt rein. Trautes Heim, Glück allein.«

Und Ellie trat aus dem achtzehnten Jahrhundert in Innenräume, die ein Interview in *Schöner Wohnen* wert gewesen wären: weißgekalkte Wände, geschmückt mit alten Stickereien, ein rustikaler Geschirrschrank mit Delfter Fayencen, Webteppiche auf dem gefliesten Fußboden, ein riesiger offener Kamin, in dem ein mit Blumen und Laub gefüllter Messingkohleneimer prangte, ein Fernseher mit Großbildschirm sowie eine Stereoanlage mit Quadro-Lautsprechern, liebevoll polierte Antiquitäten – sogar die Heizkörper waren in einem Eichenton gestrichen.

»Zentralheizung«, bemerkte Ellie erstaunt. »Ihr habt Zentralheizung.«

»Aber ja. Ich weiß, das erregt dein Mißfallen, aber die Wände sind so dick, daß es hier im Haus selbst bei sommerlichen Temperaturen recht kühl ist. Hier geht's in die Küche.«

Dort gab es natürlich einen Aga, ölgefeuert, und einen riesigen Tisch, der wohl an Ort und Stelle zusammengebaut worden war, denn er hätte weder durch die Türen noch durch die Fenster gepaßt. Aber Ellie wurde von diesen Überlegungen durch ein am Tisch sitzendes koboldartiges Wesen abgelenkt, das dem blutigen Geschäft nachging, mit Hilfe eines Hackmessers ein kleines Säugetier zu zerlegen.

»Guten Tag, Mrs. Stonelady. Sie haben also meine Nachricht erhalten? Wunderbar, Sie bereiten uns einen Ihrer köstlichen Eintöpfe.«

Das Gesicht des Wesens, dessen Farbe und Form an eine Walnuß erinnerten und das an der Oberlippe ein Muttermal mit drei schwarzen Haaren aufwies, zeigte keinerlei sichtbare Reaktion, aber Daphne, die eine Weile strahlend gelächelt hatte, als tausche sie mit ihrem Gegenüber Höflichkeiten aus, fuhr fort: »Das ist ja sehr schön, Mrs. Stonelady. Wir unterhalten uns später noch einmal. Ellie, jetzt zeige ich dir die Schlafzimmer.«

»Du hast mir nicht gesagt, daß die mittelalterliche Heilerin, von der Patrick gesprochen hat, hier Dauermieter ist«, flüsterte Ellie, sobald sie die Küche verlassen hatten.

»Sie ist ein Original, nicht wahr? Das ist Mrs. Stonelady, sie führt uns den Haushalt. Ihr Sohn Donald hat ein paar Schrauben locker, aber für schwere Gartenarbeiten ist er prima. Sie ist also doppelt nützlich.«

»Kann sie auch sprechen? Ich meine, als du gefragt hast, ob sie deine Nachricht erhalten hat, da war vermutlich von Telepathie die Rede?«

»Sei nicht albern, Ellie. Sie wohnt ein paar Meilen entfernt und hat kein Telefon, also hinterlasse ich hier im Haus Nachrichten auf dem Anrufbeantworter für sie, und wenn sie hier nach dem Rechten sieht, hört sie ihn immer ab.«

»Du meinst, sie kann mit moderner Technik umgehen?«

»Wirklich, Ellie, für eine Hippie-Trotzkistin bist du manchmal ganz schön elitär. Ich hätte wirklich gedacht, daß du jetzt, da du dich für deine Rolle in der Welt entschieden hast, deinen Text besser beherrschst.«

In diesen Worten schwang ein leiser Sarkasmus mit, den Daphne seit ihrer Ankunft an den Tag legte. Ellie kam der Gedanke, daß ihrer Freundin weder ihre Enttäuschung bei der Aussicht auf unverdorbene Rustikalität entgangen war noch ihre Erleichterung, als sie feststellte, daß sie doch nicht auf der Cold Comfort Farm zu Gast sein würde. Daphne nahm sie auf den Arm.

»Luder«, sagte Ellie.

»Wie bitte?«

»Du weißt schon, was ich meine. Gut, wo ist mein Zimmer? Ich hoffe, es hat ein Bad mit Whirlpool.«

»Aber natürlich. Da sind Sie ja, Shirley. Alles in Ordnung?«

Novello, die wahrscheinlich nach versteckten Bomben gesucht hatte, erwiderte: »Alles bestens, Mrs. Aldermann.«

»Daphne«, sagte Daphne. »Ich hoffe, Sie haben nichts dagegen, aber zumindest hier im Cottage sind Sie für mich Shirley, und ich bin Daphne für Sie. Die Vorschriften über die korrekte Anrede zwischen Constables und den Ehefrauen ihrer Vorgesetzten entziehen sich meiner Kenntnis, aber hier beim Zusammenleben auf engstem Raum sind sie außer Kraft gesetzt. Ellie – Shirley; Shirley – Ellie. Und jetzt gehen wir nach oben.«

Auf engstem Raum war richtig ausgedrückt, zumindest was die Treppe betraf. Sie war eng, dunkel und steil. Aber das Badezimmer, wenn auch ohne Whirlpool, war supermodern, und die drei Schlafzimmer, eins davon mit Doppelbett, hatten eine angenehme Größe. Außerdem gab es eine schmale Kammer mit einem Etagenbett.

»Ich dachte, das wäre etwas für Rosie, aber ich kann euch auch das Doppelzimmer geben, falls es ihr hier allein in einem fremden Haus ein bißchen unheimlich wird und sie sich nachts ankuscheln möchte«, erklärte Daphne. »Shirley, das ist Ihr Zimmer. Sie werden feststellen, daß das Fenster zur vorderen

Zufahrt hinausgeht und im Belagerungsfall ein gutes Schußfeld bietet.«

Ellie war erfreut zu sehen, daß Novello noch nicht recht wußte, ob sie es mit der Arroganz einer echten High-Society-Ziege zu tun hatte oder mit dem trockenen Humor einer Komödiantin.

Sie entschied sich für letzteres und erwiderte: »Das ist großartig. Kann ich im Belagerungsfall Öl auf dem Aga sieden?«

»Natürlich, aber ich möchte klarstellen, daß für Überlaufschäden gehaftet werden muß.«

Die beiden Frauen lächelten sich an, und Ellie schob rasch etwas beiseite, was sich als eifersüchtige Regung hätte entpuppen können, wenn sie es nicht unterdrückt hätte.

Rosie war von ihrem Etagenbett begeistert und erklärte, sie werde das obere nehmen und Tig das untere. Als Ellie Bedenken anmeldete und sich eine Krise anbahnte, griff Daphne ein und versicherte, das sei in Ordnung, solange Tig auf seiner Reisedecke schlief. Dann fügte sie mit einer Strenge, die Feenie Macallum gefallen hätte, noch hinzu: »Und wenn es irgendwelche Unfälle gibt, ist es natürlich allein deine Pflicht, die Folgen zu beseitigen. Mrs. Stonelady hatte genug damit zu tun, hier sauberzumachen, als mein Sohn und seine unzivilisierten Freunde hier waren. Tierische Ausscheidungen fallen nicht in ihren Zuständigkeitsbereich. Also, wenn es hier eine Katastrophe gibt, mußt du in Aktion treten, Rosie. Glaubst du, du schaffst das?«

Ellie sah, wie ihre Tochter ein feierliches Versprechen ablegte, das Gesicht von dem frommen Eifer eines präraffaelitischen Ritters beseelt, der sich auf die Suche nach dem Heiligen Gral begibt. Sie gab einen zynischen Stoßseufzer von sich.

Novello, die neben ihr stand, bemerkte: »Da würde ich mir keine Sorgen machen. Sieht aus, als ob sie es ernst meint.«

»Glauben Sie? Vielleicht liegt es daran, daß sie noch nicht das Vergnügen hatte, eine verschissene Decke zu waschen«, entgegnete Ellie schärfer als beabsichtigt.

Sie suchte nach Worten, um den Eindruck zu mildern, aber die junge Polizistin entfernte sich bereits.

Du meine Güte, dachte Ellie und ging wieder in ihr Zimmer, um auszupacken. Ich muß mir was einfallen lassen, wie ich damit umgehe, sonst kann das hier noch heiter werden. Sie zog eine Schublade auf, um ihre Unterwäsche zu verstauen, und sah, daß vor ihr jemand auf dieselbe Idee gekommen war und einen geblümten Slip hinterlassen hatte, der so knapp geschnitten war, daß sie sich nicht erinnern konnte, in welchem Alter sie da hineingepaßt hätte.

Soviel zu David Aldermanns Aktivwochenende unter Kumpels. Die sportliche Betätigung auf dem Lande umfaßte offenbar mehr als Wandern, Klettern und Schwimmen!

Sollte sie Daphne davon erzählen?

Ganz bestimmt nicht!

Wahrscheinlich würde sie als Reaktion nur ihre perfekt gezupften Augenbrauen hochziehen und einen Witz über angehende Anstandsdamen reißen.

Sie legte den Slip zurück in die Schublade und verstaute ihre eigenen daneben. Dann trat sie ans Fenster und schaute hinaus.

Das Zimmer lag nach Osten. Wiesen, Hecken, kleine Baumgruppen, und dann ein paar hundert Meter entfernt jene unglaubliche Lichtfülle an der Grenze zwischen Land und Meer.

Plötzlich fühlte sie sich sehr glücklich. Hier war alles, was in der Stadt geschehen war, wie ausgelöscht, es war völlig bedeutungslos. Dies war das Reich von Erde, Luft und Ozean. Sie war keine Pantheistin, aber mit der Natur, der herz- und geistlosen Natur, kam sie zurecht. Es war das Raubtier Mensch, das einen mit Zähnen und Klauen verfolgte, und wenn irgendwo, dann stand hier das Schild *Kein Zutritt* am Eingang.

Sie packte weiter ihre Sachen aus und pfiff dazu ziemlich falsch: »In a Mountain Greenery...«

ZWEI

Mühsal der Götter

Philosophische Gedankengänge wurden in Gegenwart von Andy Dalziel normalerweise nach kurzer Zeit durch polternde Heiterkeit oder stürmische Ausbrüche hinweggefegt.

An diesem Vormittag jedoch, nach einer Vorladung, die höchstens eine Achtelmeile weit zu hören war, der also der gewohnte Nachdruck fehlte, mußten Pascoe und Wield bei der Morgenaudienz feststellen, daß die Laune ihres Gebieters ebenso gelitten hatte wie seine Stimme und er mit auf der Brust ruhendem Doppelkinn und zusammengekniffenen Augen in eine sonderbare Nachdenklichkeit verfallen schien.

»Kelly Cornelius«, intonierte er wie ein buddhistischer Priester oder auch, wenigstens im Profil, wie Buddha persönlich, der das Morgenmantra verkündet.

Pascoe, gutgelaunt, weil Ellie und Rosie jetzt unter Shirley Novellos Fittichen nach Axness unterwegs und daher außer Gefahr waren, grinste Wield zu und echote mit spöttisch sonorer Stimme: »Kelly Cornelius.«

»Richtig.« Der Dicke nickte bedächtig, als hätte der Chief Inspector soeben eine tiefschürfende Bemerkung gemacht. »Ausschlaggebend ist, wie man eine Sache betrachtet. Damit man sieht, was wirklich da ist.«

»Verweilt dein Blick auf Glas«, erwiderte Pascoe, »ruht darauf mit Entzücken, könnt' aber auch hindurch, hinaus, zum hohen Himmel blicken.«

Der Dicke öffnete die Augen und warf ihm einen unheilverkündenden Blick zu.

»Religiöse Anwandlungen, oder wie?«

»Ich wollte nur demonstrieren, daß du dich, wie so oft, im Einklang mit anderen großen Geistern der Vergangenheit befindest.«

»Spar dir die Mühe. Außerdem hab ich das nicht gemeint. Nicht durch was *hindurch*schauen, sondern sehen, was es wirklich ist, obwohl es sich nicht verändert.«

»Die zähe Hoffnung schafft aus ihren Trümmern noch die allersehnte Kraft?«

Der Dicke schloß die Augen und seufzte tief.

»Kannst du in die Bresche springen, Wieldy?«

»Meinst du vielleicht, wissen, was dasein sollte, und solange hinschauen, bis man es sieht?« schlug Wield vor.

»Nein. Das auch nicht. Das wär dasselbe wie sehen, was man sehen will, und damit handelst du dir haufenweise Scherereien ein. Wie in der Ehe, zum Beispiel. Nein, ich meine, wissen, was dasein muß, und dann weitermachen, als würde man es sehen, obwohl man's nicht sieht.«

»Als würde man über eine unsichtbare Brücke gehen«, warf Wield ein.

Dalziel erwog diesen Gedanken, dann klappten seine Lider auf wie die Scheinwerferabdeckung eines Sportwagens, und sein breites Gesicht hellte sich auf.

»Das kommt schon eher hin. Ja. Wenn auch nicht komplett unsichtbar, sondern eher ein Baumwollfaden, den du siehst, und du mußt dir sagen, es ist eine Brücke, und sie betreten.«

»Und wenn man sich irrt?« wandte Pascoe ein.

»Dann landest du im Dreck, aber du bist wenigstens weich gelandet«, meinte Dalziel. »Mir ist jetzt klar, daß Kelly Cornelius irgendwas mit dem zu tun hat, was deiner besseren Hälfte passiert ist.«

»Kann sein«, räumte Pascoe überrascht ein. »Du weißt ja, daß ich diese Möglichkeit immer in Betracht gezogen habe, obwohl du dich, wenn ich mich recht erinnere, wenig mit dem Gedanken anfreunden konntest...«

»Da liegst du daneben, mein Junge. Du siehst, was ist, oder bestenfalls, was du gern sehen möchtest: daß jemand versucht, dir Angst einzujagen, damit du Cornelius auf Kaution gehen läßt. Aber eigentlich hat dir doch nie einer nahegelegt, das zu tun, oder?«

»Nein, aber sie ist frei, oder?«

»Ja, aber das hat sie mir und nicht dir zu verdanken. Und mich hat keiner in den Schwitzkasten genommen.«

»Das ist richtig, Chef.« Pascoe faßte das als Eingeständnis auf, daß der Dicke sich absichtlich so dumm gestellt hatte. »Und warum hast du das getan, Andy?«

»Wegen dir hab ich's getan, mein Junge. Nein, jetzt werd bloß nicht sentimental. Das war nicht, weil ich Ellie damit einen Gefallen tun wollte, sondern weil, als die ganze Scheiße angefangen hat, der Fall Cornelius ganz oben auf deiner Liste der Probleme stand, die damit zusammenhängen könnten. Warum?«

»Wie bitte? Das haben wir doch alles schon einmal durchgekaut...«

»Ja, aber überleg doch mal selber – diese ganze Geschichte, daß jemand Kelly freikaufen will, damit er sie umlegen kann. Wie überzeugend klingt die eigentlich in deinen Ohren?«

»Nicht besonders, aber auszuschließen ist es noch lange nicht«, wehrte sich Pascoe.

»Ach ja? Hör dich doch mal selber reden. So, wie du das vorbringst, kannst du noch nicht mal 'nen Barkeeper überzeugen, daß du alt genug bist, ein Radler zu bestellen. Aber es ist Tatsache, daß du diese Idee im Kopf hattest, der Fall Cornelius hinge irgendwie damit zusammen. Also hab ich mir überlegt, vielleicht ist mehr an der Sache dran, als du sagst. Nein, jetzt schmoll mal nicht, ich will nicht behaupten, daß du absichtlich mit was hintern Berg hältst. Es ist nur, weil du von jeher ein bißchen geneigt warst, in deine Privatwelt abzuwandern, und manchmal mußte ich dich auf den rechten Weg zurückbringen.

Aber vielleicht hab ich ja des Guten zuviel getan, so daß du diesmal anfängst, Gründe zusammenzuschustern, die ich deiner Meinung nach hören will.«

Pascoe warf Dalziel einen mißtrauischen Blick zu. Derart tiefsinnige Selbstbetrachtungen kamen bei ihm nur vor, wenn er gut abgefüllt war (wozu bei seinen körperlichen Dimensionen zwei Gallonen Bier nötig waren), wenn überhaupt. Und da die morgendliche Plauderei in Dalziels Büro stattfand, und nicht etwa im *Black Bull*, war der Dicke stocknüchtern, falls er keinen Whisky auf seine Cornflakes gegossen hatte.

Also blieb ihm nichts anderes übrig, als Dalziel ernst zu nehmen. Es gab Leute, die mit leerem Blick auf nackte Wände starrten, weil sie Dalziel nicht ernst genommen hatten.

Außerdem hatte er den Eindruck, daß der Dicke mehr wußte, als er preisgab. Das störte ihn nicht. Dalziel brauchte keinen Dolmetscher und würde schon mit der Sprache herausrücken, wenn es ihm genehm war. So war es immer gewesen, und so würde es immer sein, bis ans Ende aller Tage, Amen.

Laut sagte er: »Einen Moment.«

Er dachte daran, wie er Kelly Cornelius bei dem Unfall auf dem Snake Pass zum ersten Mal getroffen hatte. Er besaß ein klares Erinnerungsvermögen, und wenn jemand ihn stark beeindruckt hatte, war das Erinnerungsbild so intensiv wie das ursprüngliche Erlebnis. Kelly Cornelius hatte zweifellos einen solchen Eindruck bei ihm hinterlassen. Es war nicht nur die erotische Anziehung, obwohl auch das eine Rolle spielte. Es war die Lebendigkeit, die sie ausstrahlte und die ihren ganzen Körper zu durchdringen schien. Sie war eine Frau, die Heiterkeit in ein Leichenschauhaus bringen konnte, das heißt, sie war ein Mensch, mit dem man gern zusammen war. Diese Eigenschaft, neben ihren herausragenden Computerkenntnissen, hätte ihr Zutritt zu den glänzendsten Kreisen der Hochfinanz verschaffen können, und wieder einmal fragte er sich, wie es kam, daß sie bei einer relativ unbedeutenden Bank wie Nortrust gelandet war, wo sie provinziellen Hohlköpfen wie George Ollershaw schöntun mußte.

Er schob den Gedanken als unwesentlich beiseite und ließ im Schnelldurchlauf seine letzten Begegnungen mit dieser Frau Revue passieren, bis zu dem Gerichtstermin, als er sich ihrer Freilassung gegen Kaution widersetzt hatte. Als die Richterin den Antrag ablehnte, hatte er zur Anklagebank geschaut und ein strahlendes Nicht-so-schlimmm-Lächeln von ihr aufgefangen – wobei er merkte, daß er eine Tut-mir-wirklich-leid-Grimasse gezogen hatte.

Er lächelte bei dieser Erinnerung, und Dalziel fragte: »Na, was ist?«

»Tut mir leid.«

Auf die Frage gab es wohl keine Antwort. Es sah aus, als hätte sich der Dicke übernommen und in einer Weise verrannt, die bei einem Menschen, der Psychologie genauso haßte wie einen leeren Bierkrug, äußerst seltsam wirkte.

Noch ein Versuch, dann würde er dem alten Esel erklären, daß er auf dem Holzweg war.

Er verscheuchte den strahlenden Glanz seines Bildes von Kelly Cornelius und ließ die Sequenz noch einmal vor seinem geistigen Auge vorbeiziehen.

Und dann, wie einer, der, vom Vollmond geblendet, den Blick abwendet und aus dem Augenwinkel etwas erkennt, was schon immer, wenn auch unbeachtet, da gewesen war – einen Stern –, und dann blinzelt und den Himmel ein paarmal absucht, bis er ihn wiederfindet, so sah er jetzt etwas und sah noch mal hin und noch mal und mußte noch ein drittes Mal hinsehen, bis ihm klar wurde, was er da sah.

»Was ist los?« fragte Dalziel.

»Als du gestern bei Gericht warst, hast du doch dort Superintendant Hubbard vom Betrugsdezernat gesehen?«

»Ja«, entgegnete Dalziel, erheitert bei dieser Erinnerung, »gesehen und gesprochen.«

»Und hatte er einen Begleiter?«

»Ja.«

»Wie sah der denn aus?«

»Untersetzt. Dunkle, schüttere Haare, Mund wie ein rostiges Scharnier, nur mit einem Brecheisen zu öffnen. Grauer Anzug, teures Kammgarn, aber die Taschen ausgebeult wie ein Wilddieb.«

»Also nicht in den Dreißigern, helle Haare, gewinnendes Lächeln, Glencheck-Anzug und teure dunkle Mokassins?«

»Nein, es sei denn, er hatte einen häßlichen Unfall, seit du ihn zuletzt gesehen hast ... he, wart mal!« Der Dicke wühlte in den Papieren auf seinem Tisch. »Das ist doch Ellies Beschreibung von dem Kerl, der sie entführen wollte! Heißt das etwa ...?«

»Das letzte Mal, als ich bei Gericht war, trat sie auf den Mann zu, der neben Hubbard saß«, sagte Pascoe. »Und draußen habe ich gesehen, wie sie in einen BMW eingestiegen sind. Scheiße! Du hast recht, Andy. Ich habe da wohl unterschwellig einen Zusammenhang hergestellt. Aber ich wollte nicht nur den Musterschüler spielen, als ich nach Gründen suchte, um auf dem Fall Cornelius herumzuhacken. Und sogar jetzt, wo ich glaube, daß du vielleicht recht hast, kann ich mir in Dreiteufelsnamen keinen Reim drauf machen.«

»Nur ein Zufall, meinst du?«

»Warum nicht? So was kommt vor. Es sei denn, du weißt mehr als wir«, sagte Pascoe.

»An dem Tag, an dem das nicht der Fall ist, hänge ich meinen Job an den Nagel«, erklärte der Dicke. »Wie spät?«

»Viertel vor eins«, sagte Wield.

»Kelly Cornelius hätte sich schon melden müssen. Hat sie aber nicht und wird sie auch nicht«, meinte Dalziel.

»Ach? Woher weißt du das so genau?«

»Sie ist gestern entwischt. Hat ihren Aufpasser abgehängt.«

»Ihren Aufpasser?« sagte Pascoe. »Du hast sie beobachten lassen?«

»Nicht ich.«

»Das Betrugsdezernat?«

Dalziel schüttelte schwerfällig den großen, grauhaarigen Schädel.

»Wer dann?«

»Du erinnerst dich doch, daß du mich vor ein paar Jahren in Heathrow abgeholt hast und wir schließlich in einem Nobelrestaurant gelandet sind, wo wir uns mit einem langen, dünnen und öligen Typen namens Sempernel ziemlich alten Whisky gegönnt haben? Nun, der hat mir gestern abend einen Besuch abgestattet.«

Ungläubig fragte Pascoe: »Ich dachte, der ist beim Geheimdienst?«

»Da würde er nicht nein sagen.«

»Du willst also behaupten, daß der Geheimdienst in die Sache verwickelt ist?« rief Pascoe, jetzt ernsthaft beunruhigt. »Lieber Gott! Ich dachte, wir hätten es bloß mit anständigen altmodischen Gangstern zu tun!«

»Ich glaube kaum, daß sich unsere Kelly vor altmodischen Gangstern fürchten muß. Schau dir mal das an, so 'n E-Mail-Zeug, ist gestern für mich gekommen.«

Er schob Pascoe den Ausdruck hin. Beim Lesen schaute ihm Wield über die Schulter.

Als Pascoe fertig war, fragte er bestürzt: »Was zum Teufel geht da vor, Andy? Was hat das alles mit Ellie zu tun?«

»Das wüßte ich auch gern, mein Junge. Ich war mir nicht hundertprozentig sicher, ob überhaupt, bis du den Zusammenhang mit Hubbards Kumpel bei Gericht hergestellt hast.«

»Aber wenn Sempernel bei dir war...? Was wollte er?«

»Herausfinden, was ich mit dem Fall Cornelius zu tun habe. Außerdem wollte er mich im voraus wissen lassen, daß sie sich aus dem Staub gemacht hat.«

»Damit du dich an der Suche beteiligst?«

»Ganz im Gegenteil. Es lief darauf hinaus, daß er mich ziemlich eindringlich ermahnte, von jetzt ab die Finger von der Sache zu lassen. So tun, als ob, aber Distanz halten. Als ich heute morgen ins Büro gekommen bin, hab ich eine ähnliche Mitteilung von unserem Desperate Dan erhalten, nur ohne Drohungen.«

»Drohungen?«

»Aber ja. Der alte Pimpernel wählt dafür zwar höfliche Worte, aber er hat durchblicken lassen, wenn ich mich einmische, hackt er mir die Beine ab, und das nur als Vorgeschmack.«

»Also hältst du dich raus, oder?« fragte Pascoe ungläubig.

»Du glaubst wohl, ich sollte ein bißchen mehr Mumm beweisen, mein Junge?« fragte Dalziel. »Aber bevor du in deinen anklagenden Ton verfällst, solltest du eines wissen: Sempernel hat klargestellt, daß nicht nur meine Beine auf dem Richtblock liegen, sondern auch Freunde und Kollegen auf der schwarzen Liste landen könnten. Aber du hast wohl Lust, dich mit den Schnüfflern anzulegen?«

»Ich möchte eher wissen, warum sie sich mit Ellie angelegt haben«, gab Pascoe zurück.

»Das ist verständlich. Wieldy, hast du auch was zu sagen?«

»Ich frage mich nur, warum die dich überhaupt abgemahnt haben. Das ist nicht einleuchtend. Gut, du hast dich reingehängt, sie ist auf Kaution freigekommen und hat die Chance genutzt, um abzuhauen. Ich verstehe, daß die ein bißchen sauer auf dich sind, aber mir ist absolut nicht klar, warum denen ein bißchen Unterstützung vor Ort, um sie wieder einzufangen, nicht genehm ist. Damit schneiden die sich doch ins eigene Fleisch.«

Dalziel sah seinem Sergeant ins Gesicht, und Pascoe erriet seine Gedanken. *Wenn sie in deins schneiden würden, mein Junge, würde das keinem Schwein auffallen.* Das blieb aber glücklicherweise unausgesprochen.

Statt dessen sagte der Dicke: »Guter Gedanke. Hab ich mir gestern abend auch durch den Kopf gehen lassen.«

In Wirklichkeit hatte sich Cap Marvell die Sache durch den Kopf gehen lassen. Sie hatte ihn mitten in der Nacht aus dem Schlaf gerissen, um ihn auf diese Unlogik hinzuweisen und gleichzeitig eine Lösung anzubieten. Und dann hatte sie vernünftigerweise gemeint, da sie jetzt sowieso beide wach seien, könnten sie doch das Beste daraus machen.

Er lächelte verträumt, fing Pascoes neugierigen Blick auf, runzelte die Stirn und sagte: »Ich glaube, ich hab denen einen Gefallen getan. Wahrscheinlich hat Cornelius die Burschen überrumpelt, als sie zum ersten Mal abgehauen ist und zum Flughafen wollte. Du hast das wieder eingerenkt, als du nach dem Unfall mißtrauisch geworden bist. In den letzten Wochen haben sie die Situation überdacht und sich eine Strategie überlegt. Die eine Möglichkeit war, Cornelius glauben zu lassen, sie wäre ihnen noch einmal entwischt, aber man wußte, sie ist schlau genug, um das Spiel zu durchschauen, wenn es zu offensichtlich ablief. Und als ich daherkam und die Sache für sie erledigt habe, waren die Wichser vermutlich überglücklich. Was aber heißt, daß sie uns bei der Jagd nach Kelly Cornelius nicht brauchen können, weil ...«

Er blickte die beiden erwartungsvoll an.

»... weil sie bereits zu wissen glauben, wo sie hin will«, ergänzte Pascoe.

»Und sie wollen nicht, daß wir Cornelius finden und sie wieder einlochen, ohne daß man sie dann wieder auf Kaution freibekommen könnte«, fügte Wield hinzu.

Die drei verstummten, und jeder betrachtete im Geiste das Problem von allen Seiten wie eine 3-D-Computerprojektion.

»Und was machen wir jetzt?« fragte Pascoe.

»Also, ich persönlich möchte wissen, was in meinem kleinen Reich los ist«, erklärte der Dicke. »Aber es müssen ja nicht noch andere Leute das Risiko eingehen, sich die Beine abhacken zu lassen. Was meinst du, Pete?«

»Ich bin erst dann zufrieden, wenn wir alle Punkte abgehakt haben, die mit Ellie und Daphne Aldermann zu tun haben könnten«, sagte Pascoe.

Beide blickten auf Wield, der die Achseln zuckte und meinte: »Meine Beine waren immer meine Problemzone.«

»Na, Gott sei Dank gibt es lange Hosen«, erwiderte Dalziel enthusiastisch. »Gut, dann legen wir mal los. Aber vorsichtig, ja? So als würden wir nur der Form halber so tun als ob. Wo fangen wir an? Du bist an der Reihe, Pete. Schließlich haben wir den ganzen Schlamassel dir zu verdanken.«

Pascoe lachte lauthals über diese Unterstellung, und Wield fiel auf, daß er dieses Lachen schon lange nicht mehr gehört hatte.

»Wie du zu sagen pflegst, Chef«, sagte Pascoe, »können nur Polizeipräsidenten spurlos verschwinden. Sempernel hat vermutlich keine Andeutungen gemacht, wie oder wohin sie entwischt ist?«

»Nein. Er hat nur den Park erwähnt. Offenbar meint er den Charter Park.«

»Der liegt zwischen ihrer Wohnung und dem Stadtzentrum. Gut, Wieldy, du fängst da an. Du klärst, ob irgend jemand irgendwas gesehen hat. Andy, ein Punkt gibt mir Rätsel auf bei einer Frau wie Kelly Cornelius. Wie kommt es, daß sie mit ihren Fähigkeiten und ihrer Persönlichkeit in einer Klitsche wie Nortrust gelandet ist, wo ihr doch die große Finanzwelt offengestanden hätte? Aus meinen Gesprächen mit den Leuten bei der Bank bin ich auch nicht schlau geworden. Mit Bankern über Betrug zu reden ist, als würde man Mönche über ihr Sexualleben befragen. Du kennst doch jeden in dieser Stadt, Andy, einschließlich George Ollershaw. Wenn er ernsthaft in Betracht kommen sollte, gibt es da doch vielleicht eine persönliche Verbindung, von der wir nichts wissen. Alles, was du rausfinden kannst, könnte uns weiterhelfen.«

»Ah ja. Und hast du für dich auch eine Aufgabe vorgesehen?«

»Ich schaue mir ihre Wohnung noch mal an. Außerdem habe ich die Nummern ihrer Kreditkarten und so weiter. Ich werde überprüfen, ob sich da irgendwas getan hat, seit sie auf freiem Fuß ist, und den Hinweisen nachgehen. Okay? Ich weiß, es ist mühselig. Aber wie du uns immer wieder versichert hast, wenn man die Hausarbeit nicht macht, kann man den Vikar nicht zum Tee einladen.«

Er sprang auf und verließ zielstrebig das Zimmer.

»Hab ich das wirklich gesagt, Wieldy?«

»Ich glaube, es war eher in der Richtung, daß man es dann mit der Frau des Vikars nicht auf dem Küchenboden treiben kann«, meinte Wield.

»Das klingt vertrauter. Aber es ist mal 'ne Abwechslung, daß der Junge vor Energie übersprudelt. In letzter Zeit war er nicht grade 'ne Partybombe. Was ist passiert? Hat er eine neue Wunderdroge entdeckt?«

»Rosies Krankheit und der Beulah-Fall haben ihm zu schaffen gemacht«, sagte der Sergeant. »Und als sie gerade drüber weggekommen waren, ist diese Geschichte passiert. Heute morgen war er jedenfalls wirklich erleichtert, daß er Ellie und Rosie aus der Gefahrenzone rausgebracht hat.«

»Aha, das versteh ich. Die Geißeln des Familienglücks. Wer hat das doch gleich gesagt?«

»Ich glaube, du.«

»Meinst du, es war richtig, ihnen Ivor mitzugeben, Wieldy? Vielleicht wären Seymour oder Bowler besser gewesen.«

»Novello ist schon in Ordnung«, versicherte Wield. »Sie ist so zäh wie die Jungs, fällt aber viel weniger auf. So oder so sind sie draußen in Axness weitab vom Schuß. In Enscombe geht's dagegen zu wie am Picadilly Circus. Solche Aufregung hat dort draußen zum letzten Mal während des Burenkriegs geherrscht, als die Nachricht von der Schlacht bei Mafeking kam.«

»Tatsächlich? Und wie ist die ausgegangen?«

»Ganz gut, glaub ich.«

»Immerhin ein Trost«, meinte Andy Dalziel. »Dann hoffen wir mal, daß dieses Scharmützel jetzt auch ein gutes Ende nimmt.«

DREI

Der Pavillon am Meer

»Blöde Kuh. Blöde Kuh. Blöde Kuh«, sang Feenie Macallum im Takt der Stöße, mit denen der Landrover über die Weide holperte.

Sie sang dieses Mantra auch noch, als sie die relativ ebene Straße erreichte, legte an Tempo zu, als der Wagen über die schlaglochübersäte Zufahrt von Gunnery House rumpelte, und fuhr dann lauthals singend in eine baufällige Scheune.

»Ich hoffe, du meinst nicht mich damit«, sagte Kelly Cornelius, die auf der Rückbank lag.

»Natürlich nicht. Ich meine diese Aldermann, die ausgerechnet jetzt hier auftauchen muß.«

»Ich dachte, das Cottage gehört ihr.«

»Was hat Besitz für eine Bedeutung? Soll ich etwa dem Meer erzählen, daß mir dieses Haus gehört? Du bleibst hier. Ich muß erst mal sehen, was sich machen läßt.«

»Hier?«

»Es gibt schlimmere Orte, wie du inzwischen vielleicht gemerkt hast.«

»Ja, hab ich, aber ich fürchte mich vor Ratten.«

»Und es gibt Schlimmeres als Ratten. Aber keine Angst. Die meisten sind schon abgehauen. Es sind kluge Tiere, sie halten lieber zwei, drei Schritte Distanz zum Ozean. Also rühr dich nicht vom Fleck.«

»Ja, aber...«

»Mein Herzchen, langsam werde ich zu alt dafür. *Bud' zticha!*«

Das hieß *halt die Klappe!* auf Tschechisch, aber sie brauchte es nicht zu übersetzen. Der Tonfall sagte alles.

Jede Sprache hat ihre Stärken, und weil Feenie Macallum so viele beherrschte, hatte sie eine große Auswahl an *mots justes.*

Mit acht Jahren zum Beispiel konnte sie ihrem Vater in sechs verschiedenen Sprachen sagen, er solle zur Hölle fahren, und keine davon war Englisch.

Er mußte eine Gouvernante einstellen, um ihr die Sprache ihrer Heimat beizubringen.

Damals hatte sie ihn gehaßt, denn sie war der festen Überzeugung, daß ihre Mutter im Sterben lag, weil sie nach Gunnery House zurückgekehrt war, und wollte nicht glauben, daß die Mutter hergekommen war, um hier zu sterben. Aber mit ihren letzten Worten (in welcher Sprache, wußte Feenie nicht mehr) hatte ihr die Mutter befohlen, den Vater zu lieben. Und als sie sich am Vorabend der Beerdigung in das Zimmer stahl, in dem die Leiche aufgebahrt war, und Macallum weinend am offenen Sarg sah, erschien es ihr nicht mehr ganz so unmöglich, sich dem Wunsch der Sterbenden zu fügen.

Am Grab hatte sie seine Hand gehalten, und in der Nacht, als eine Einsamkeit ihr Herz packte, schneidender als der Frost der Karpaten, war sie aus dem Bett geschlüpft und auf der Suche nach Wärme und Trost ins Zimmer ihres Vaters gehuscht.

Er aber war, wie sie feststellen mußte, nicht in der Lage, dergleichen zu spenden. Vielmehr war er, wie ihr später, wesentlich später, klar wurde, wahrscheinlich selbst des Trostes bedürftig. Aber solche mildernden Umstände ließ sie nicht gelten, als sie beobachtete, wie er sich quer über das große Doppelbett auf den Körper der Gouvernante warf, die sich ihm bereitwillig entgegenreckte.

Damit war das Muster ihrer künftigen Beziehung vorgezeichnet: Versöhnungen und Waffenstillstandsabkommen, die früher oder später stets in neuen Kriegen endeten.

Die Gouvernante ging und wurde von einem Hauslehrer

abgelöst, der ein sexuelles Problem anderer Art darstellte. Der Arm um ihre Schulter, wenn er neben ihr saß, um ihr bei den Aufgaben zu helfen, konnte noch als Geste pädagogischer Vertrautheit gedeutet werden. Die Hand, die an ihrem Bein emporglitt, und die Finger, die sich an ihrem Höschen zu schaffen machten, gehörten in eine andere Kategorie. Sie stieß ihm einen Füllfederhalter so resolut in den Unterarm, daß sie ihm eine Schlagader durchtrennte.

Er kam ins Krankenhaus und kehrte nicht zurück. Auf die Fragen ihres Vaters antwortete Feenie nur: »Unfälle passieren eben.«

Danach schickte er sie in die Grundschule am Ort. Das Schulhofenglisch beherrschte sie nach einer Woche, die Schriftsprache nach einem Monat.

Und jetzt waren alle ihre Erinnerungen auf Englisch. Mit zunehmendem Alter stellte sie fest, daß die Bilder der fernen Vergangenheit an Klarheit gewannen, aber bisher stieß sie auf eine Barriere, wenn sie an jene nichtenglischen Tage der Rückkehr nach Axness zurückdachte. Da war etwas, sehr viel sogar, aber es verschwamm in einem Nebel sich vermengender Farben und einander überlappender Bilder. Sie freute sich auf die Zeit, wenn ihre gereifte Erinnerung Licht in dieses Schattenreich bringen würde, und amüsierte sich bei dem Gedanken, daß sie ihre letzten Worte auf dem Sterbebett in einer Sprache sagen würde, die die Pflegerinnen nicht verstanden. Aber solange dieser Durchbruch ausblieb, stützte sich selbst ihre Vorstellung von ihrer Mutter in gesunden Tagen nicht auf einer verläßlichen Erinnerung an jene frühen Jahre, sondern auf das Portrait von Mr. und Mrs. Macallum, das in der großen Halle von Gunnery Hall über dem Kamin hing.

Als sie jetzt das Haus betrat, blieb sie davor stehen, um ihre Gedanken zu ordnen. Es war das einzige Gemälde, das noch im Haus verblieben war. Der Rest hatte längst den Weg ins Auktionshaus gefunden. Macallum, der wenig Zeit für Kunst opferte, hatte einfach Bilder erworben, deren Größe und Stil sich für die freien Flächen in seinem neuen Haus eigneten. Einige der Künstler waren glücklicherweise inzwischen wieder in Mode gekommen und hatten anständige Preise erzielt.

Bei dem Portrait verhielt sich die Sache anders. Macallum hatte sich erkundigt, wer der beste Portraitmaler in der Gegend sei. Man hatte ihm Augustus John empfohlen, und er umwarb den Künstler mit hohen Angeboten, aber es ging das Gerücht, die exotische Schönheit von Feenies Mutter habe John bewogen, den Auftrag anzunehmen. Wahrscheinlich war das Bild mehr wert als alle übrigen zusammen, doch Feenie hatte bisher der Versuchung widerstanden, es zu Geld zu machen, und beruhigte ihr Gewissen mit dem Gedanken, sein Wert werde noch weiter steigen. Macallums gutgefüllten Weinkeller behielt sie mit derselben Begründung, die sich in diesem Fall jedoch als recht fadenscheinig erwies, denn im Lauf der Jahre hatte sie ihn selbst regelmäßig in Anspruch genommen, und an manchen Abenden stand sie nach ein, zwei wahllos herausgegriffenen Flaschen vor dem Gemälde und erwog, es wie ein altes Foto in zwei Hälften zu zerschneiden, ihren Vater zu verkaufen und ihre Mutter zu behalten.

Im Augenblick lag ihr der Gedanke an einen solchen Akt des Vandalismus fern, teils, weil sie in nüchternem Zustand bezweifelte, ob diese Lösung finanziell besonders lukrativ sein würde, hauptsächlich aber, weil sie wußte, daß der Zeitpunkt rasch näher rückte (in den Augen mancher sogar längst überschritten war), da Gunnery House unbewohnbar sein würde. Natürlich konnte sie unbegrenzt auf der Ladefläche ihres alten Landrover campieren, aber für ein lebensgroßes Portrait war dort kein Platz.

»Also wandert ihr auch ins Auktionshaus, meine Lieben«, sagte sie.

Ihre Mutter, mit den hohen slawischen Wangenknochen und den tiefgrauen, ausdrucksvollen Augen vom Künstler hervorragend getroffen, so daß man sie ohne weiteres für die russische Aristokratin hielt, als die sie sich ausgab, zeigte die gelangweilte

Gleichgültigkeit eines Menschen, dem die Gewöhnlichkeit des Geldes nichts bedeutete. Macallum an ihrer Seite zeigte hingegen einen Ausdruck grimmiger Zufriedenheit, zum einen gewiß inspiriert durch die Grille eines einfachen, hart arbeitenden Mannes, der einen bekannten Künstler engagiert hatte, um für die Nachwelt die große Schönheit seiner Frau und seinen dementsprechend großen Erfolg zu dokumentieren. Höchstwahrscheinlich spiegelte sich darin auch die Ahnung, das Honorar des Malers werde sich posthum als lohnende Investition erweisen.

Natürlich würde ihn die Verwendung, die Feenie für das Geld vorsah, weniger befriedigen. Aber daran sollte er sich inzwischen gewöhnt haben. »Danke, *oteko*«, sagte sie. Diese slowakische Anrede für *Väterchen* hatte er gehaßt.

Ein diskretes Hüsteln ließ sie zusammenfahren.

Als sie sich umdrehte, sah sie Wendy Woolley in der Tür stehen.

Feenie runzelte die Stirn. Sie, die ein Leben lang spürbaren Eindruck hinterlassen hatte, begriff nicht, wie jemand sich so zurücknehmen konnte. Man hätte meinen sollen, daß diese Frau zu unscheinbar war, um einem zur Last zu fallen, aber unter gewissen Umständen konnte ihre Unauffälligkeit zur Gefahr werden. Zum Beispiel vergaß man sie so leicht, daß es Feenie, als die Lage gestern kompliziert zu werden begann, nicht in den Sinn gekommen war, sie anzurufen und ihren Besuch, der sie mit dem Innenleben von Liberata Trust vertraut machen sollte, zu verschieben. Und als sich die Probleme heute morgen zuspitzten, ertönte natürlich der grabesähnliche Klang der Türglocke, und Wendy stand, nervös lächelnd, auf der Schwelle. Schlimmer noch, sie hatte einen ramponierten Koffer dabei und behauptete, sie sei über Nacht eingeladen worden, woran Feenie sich freilich nicht erinnern konnte.

Ihr das Büro und ein Gästezimmer zu zeigen hatte Zeit gekostet. Beide befanden sich in einem hinreichend chaotischen Zustand, um die ergebenste Helferin abzuschrecken.

Vielleicht, dachte Feenie, will sie mir ja ihren Rücktritt anbieten. Besonders groß war diese Hoffnung nicht. Auch wenn sie allmählich kurzsichtig wurde, Gesichter waren für sie ein offenes Buch, und alles, was sie aus Wendys Zügen las, war das entschlossene Pflichtgefühl der Schwachen.

»Tut mir leid, wenn ich störe«, sagte Wendy.

»Stören? Ich bin allein, also kann von Störung kaum die Rede sein.«

»Ja, das sehe ich jetzt auch. Aber ich dachte, ich hätte Sie sprechen hören ... sind das Ihre Eltern, Miss Macallum?«

»Warum fragen Sie? Entdecken Sie etwa eine Familienähnlichkeit?« fragte Feenie mit unnötig beißender Ironie.

Wendy Woolley schien das nicht zu bemerken. Sie verglich das Portrait mit ihrer Gastgeberin und meinte dann: »Um den Unterkiefer herum vielleicht ...«

Feenie betrachtete den zarten, feinknochigen Unterkiefer ihrer Mutter und schnaubte verächtlich.

»Es ist lange her, daß ich ihr geglichen habe«, entgegnete sie, »wenn überhaupt je.«

»Nein, ich meine den Mann.«

Feenies Blick wanderte zu Macallums kantigem Preisboxerkinn und dann zu Mrs. Woolleys Gesicht, wo sie aber nur den ernsthaften Wunsch, sich höflich zu zeigen, entdecken konnte.

»Ja, das sind meine Eltern«, sagte sie abrupt. »Ich bedaure, daß ich Sie vernachlässigt habe, aber ich mußte weg. Ich bin einer Frau in die Arme gelaufen, die in einem meiner Cottages wohnt. Sie hat Ellie Pascoe mitgebracht. Erinnern Sie sich an Mrs. Pascoe, bei der wir kürzlich unsere Versammlung hatten?«

»Oh, ja. Ich freue mich darauf, sie wiederzusehen. Eine nette Dame, würde ich sagen.«

»Ich bezweifle, daß Sie Ihnen diese Charakterisierung danken würde«, meinte Feenie. »Heute abend kommen sie zum Essen, da werden Sie selbst mit ihr über das Thema plaudern können. Es sei denn, Sie werden heute nachmittag schon fertig, und wenn das der Fall ist, brauchen Sie natürlich nicht aus reiner Höflichkeit zu bleiben.«

Mochte auch die Komplexität der Angelegenheiten von Liberata diese Frau noch nicht zum Rücktritt getrieben haben, so hatte sie doch inzwischen bestimmt mitbekommen, daß eine Übernachtung in Gunnery nichts für zartbesaitete Gemüter war, die auf altmodische Landhausfreuden aus waren. Mit etwas Glück würde Mrs. Woolley die angebotene Ausrede aufgreifen und schleunigst zu den Annehmlichkeiten ihres Vorstadthäuschens zurückkehren.

Aber das Glück war Feenie an diesem Vormittag nicht hold.

»Nein, wirklich, mir ist es recht. Daheim erwartet mich niemand, und hier ist ja ein wahrer Berg an Arbeit zu bewältigen. Mir war bisher nicht klar, wie ausgedehnt unsere Tätigkeit ist. Da hätte ich auch eine Frage, Miss Macallum. Ich finde zwar viele Hinweise auf die Finanzierung der Stiftung, aber bei den Unterlagen, die ich übernommen habe, befindet sich offenbar kein Rechenschaftsbericht über den gegenwärtigen Stand unserer Finanzen. Ich brauche Sie sicher nicht zu erinnern, daß die Stiftung als eingetragener gemeinnütziger Verein über die Verwendung ihrer Mittel Rede und Antwort stehen muß.«

»Da haben Sie recht, Sie brauchen mich nicht daran zu erinnern«, gab Feenie spitz zurück. »Aber vielleicht sollte ich Sie daran erinnern, Mrs. Woolley, daß es Ihre Hauptaufgabe ist, sich um die laufenden Angelegenheiten, die Post, die kleineren Ausgaben und dergleichen zu kümmern. Die umfassenderen finanziellen Belange der Stiftung liegen natürlich in den Händen meiner Steuerberater. Wie dem auch sei, da ich selbst seit langer Zeit den Großteil des Geldes der Stiftung zur Verfügung stelle, wüßte ich nicht, warum jemand einen öffentlichen Rechenschaftsbericht fordern sollte.«

Hatte die frühere Schriftführerin Unbehagen in solchen Fragen zu erkennen gegeben, hatten derlei bissige Bemerkungen gereicht, um sie zum Schweigen zu bringen. Aber Wendy Woolley legte eine unerwartete Halsstarrigkeit an den Tag.

»Nein, Miss Macallum«, entgegnete sie unbeirrt. »Das Geld mag von Ihnen stammen, aber sobald es in die Stiftung geflossen ist, gehört es der Stiftung und unterliegt somit allen Beschränkungen, die das mit sich bringt.«

Feenie murmelte etwas auf Serbokroatisch. Es war ein Lieblingsspruch ihrer Mutter gewesen und besagte sinngemäß etwa: *Eine Maus in der Molkerei kann mehr Schaden anrichten als ein Wolf im Wald.*

»Ich werde Ihre Bedenken meinen Steuerberatern mitteilen«, erklärte sie dann. »Ja, ich werde sie sofort anrufen. Das könnte allerdings eine Weile dauern, und ich wollte noch auf einen Sprung ins Dorf. Den Erwachsenen kann ich heute abend schon etwas zum Futtern vorsetzen, aber wir sollten wirklich ein bißchen Eis, Limonade, Schokokekse und dergleichen für Mrs. Pascoes Kind im Haus haben, und der Laden schließt heute früher. Ich nehme nicht an, daß Sie, meine Liebe ...?«

»Selbstverständlich, aber wo ist das Dorf denn genau?«

»Am Tor rechts, dann die zweite links, dann anderthalb Meilen geradeaus«, erklärte Feenie. »Sie können es nicht verfehlen. Ich bin Ihnen so dankbar. Wirklich sehr freundlich von Ihnen.«

Wendy errötete, lächelte verlegen und ging.

Lügnerin, sagte sich Feenie Macallum. Selbst Leuten, die seit fünfzig Jahren in der Gemeinde Axness wohnten, passierte es, daß sie das Dorf nicht fanden. Sie log nicht gerne, aber im Lauf der Jahre war sie zu der Einsicht gelangt, daß pingelige Ehrlichkeit einem zwar zu Pluspunkten im himmlischen Buch der guten Taten verhalf, aber hier auf Erden nicht viel einbrachte. Liberata Trust war dafür ein anschauliches Beispiel. Zunächst erschien es als eine hervorragende Idee, die Organisation als gemeinnützigen Verein eintragen zu lassen und die damit verbundenen Steuervorteile zu nutzen, und im Lauf der Jahre war es ihr am einfachsten und vernünftigsten erschienen, ihr ganzes Geld in die Stiftung fließen zu lassen, um in den Genuß eben jener Vorteile zu gelangen. Aber so wichtig die Arbeit von Liberata war, es gab noch viele andere Projekte, die Geld benötigten, und wenn jemand verlangte, die Mittel der Stiftung nur für die in der Satzung vorgesehenen Zwecke zu verwenden, so war das, als würde man Gott auf seine eigenen Gebote festnageln wollen.

Das Gesetz ist ein Esel. In jeder Sprache, die sie kannte, gab es ein Sprichwort für diesen Sachverhalt, aber keine formulierte es so treffend und prägnant wie die englische, vielleicht, weil das Gesetz in England ganz besondere Eseleien ausheckte. Es taugte nicht schlecht dazu, Menschen vor unrechtmäßiger Verhaftung zu bewahren, und es bot hervorragenden Schutz gegen Folter und andere grausame, absonderliche Strafen, aber wenn es darum ging, die Unschuldigen und Ahnungslosen vor der finanziellen Ausplünderung durch die Skrupellosen zu schützen, erschien es löchriger als ein hingerichteter Kollaborateur.

Sie lächelte, teils über die Erinnerungen, die dieses Bild weckte, teils aus Vorfreude darüber, daß bald ein großes Unrecht ausgeräumt werden sollte. Aber nur, wenn sie es schaffte, wieder zu ihrer früheren geistigen Leistungsfähigkeit zurückzufinden. Mit den Jahren hatte sie entdeckt, daß ihr manches nachgesehen wurde, wenn sie so tat, als sei sie bloß eine bekloppte Alte. Aber jetzt entsann sie sich einer Warnung eines alten, verehrten Mentors aus jenen wilden, verrückten Kriegsjahren: *Bei unserer Arbeit droht uns die eigentliche Gefahr nicht durch Kugeln und Verrat, sondern dadurch, daß wir zu dem werden könnten, was wir zu sein vorgeben.*

Sie schloß die Augen und dachte erschöpft: Vielleicht bin ich inzwischen wirklich nur noch eine bekloppte Alte.

Als sie die Augen wieder aufschlug, war sie froh, das Portrait ihrer Eltern vor sich zu sehen, und nicht ihr eigenes Spiegelbild.

Auch wenn es ihr vorkam, als blicke Macallum mit noch grimmigerer Zufriedenheit auf sie herab.

»Tut mir leid, *oteko*«, sagte sie, »aber ich bin noch nicht soweit, daß ich mich hinlege und sterbe.«

Sie brauchte nur ein neues Versteck zu finden.

Als Mrs. Stonelady ihr gestern erzählt hatte, daß die jungen Männer abreisten, war ihr das Cottage als der geeignete Ort erschienen. Die alte Frau hatte sich weder gewundert noch Neugier gezeigt, als sie hörte, daß eine Freundin von Miss Macallum ein paar Tage dort wohnen würde, aber sie hatte die Geistesgegenwart besessen, Feenie heute morgen sofort anzurufen, als sie Daphne Aldermanns Nachricht auf dem Anrufbeantworter abhörte. Die dumme Kuh hatte ihre Ankunft für den frühen Nachmittag angekündigt, und selbst mit den Komplikationen, die das Eintreffen der wirren Wendy, an die sie überhaupt nicht mehr gedacht hatte, mit sich gebracht hatte, wäre ihr eigentlich noch genug Zeit geblieben. Folglich war der Schock ziemlich groß, als sie um elf auf den Wagen der Aldermann stieß – mit Ellie Pascoe nebst Kind als Insassen und einer Polizistin im Gefolge.

Na ja, das hatte sie ganz gut hingekriegt, und im Vergleich zu Situationen, mit denen sie in der fernen und doch nicht so fernen Vergangenheit fertiggeworden war, als der Preis für einen Fehler eine Kugel in deinen Rücken oder eine Landmine unter deinem Lastwagen gewesen wäre, war das wirklich eine Lappalie.

Sie schnitt ihrem Vater eine Grimasse und machte sich an die Arbeit. Zehn Minuten später kam sie aus der Vordertür und ging, eine gutgefüllte schwarze Mülltüte hinter sich herschleifend, zur Scheune.

Dort fand sie Kelly Cornelius, die mit verzweifelter Miene und gut sichtbar für jeden, der hier vorbeikam, auf der Stoßstange des Landrover hockte.

»Komm«, sagte Feenie. »Hast du deinen Rucksack? Ich bringe dich anderswo unter, bevor dich die ganze Welt sieht.«

»Schön. Aber ich verstehe nicht, warum ich nicht gleich ins Haus konnte«, maulte Kelly und folgte ihr durch das rückwärtige Tor der Scheune.

»Du wirst auch jetzt nicht ins Haus kommen«, erklärte Feenie und schritt entschlossen voran. »Wie ich dir bereits erklärt habe, wird dein Foto in der Presse erscheinen, wenn du dich heute nicht meldest. Und das Haus mag dir als *ultima Thule* erscheinen, aber es herrscht ein stetiges Kommen und Gehen von Briefträgern, Lieferanten, popeligen Gemeindevertretern, die mich davor bewahren wollen, ins Meer zu stürzen, und neugierigen Provinzeulen, die Bestandslisten der Dinge anfertigen, die sie vor dem drohenden Verfall retten könnten. Hinzu kommt noch die wirre Wendy, meine neue ehrenamtliche Mitarbeiterin, die anscheinend gern herumschnüffelt und sich unsichtbar machen kann. Also brauchen wir ein sicheres Versteck für dich.«

»Ah ja? Und was schlägst du vor?«

»Den Kommandoposten.«

Kelly blieb abrupt stehen.

»Der Kommandoposten? Da willst du mich unterbringen? Kommt nicht in Frage!«

»Meine Liebe, das ist vollkommen ungefährlich. Ich gebe zu, Wasser und Strom sind gesperrt, aber das Wetter ist gut, und in diesem Müllsack findest du einen Schlafsack, Wasser, Brot, Käse, Äpfel, Kerzen, Toilettenpapier und eine stark gekürzte Ausgabe von Gibbons *Geschichte des Verfalls und Untergangs des Römischen Reiches*. Nach der Untersuchungshaft muß das der Gipfel des Komforts sein.«

»Da ist mir der Knast lieber. Oder ich versuch's noch mal in der Scheune bei den Ratten.«

Feenie sah sie forschend an.

»Warum eigentlich? Normalerweise läßt du dich nicht durch ein wenig Abgeschiedenheit und Unbequemlichkeit abschrekken. Und du mußt an einem sicheren Ort übernachten, wo dich garantiert niemand sieht.«

»Das ist es ja!« rief Kelly, als würde sie einen Rettungsring sehen. »Dieser Ort ist alles andere als sicher, oder? Ich meine, er liegt weit hinter den Warnschildern der Gemeinde, fast schon im Meer.«

»Was wissen denn die Idioten von der Gemeinde?« sagte Feenie ungeduldig. »Mein Vater hat das Gelände gründlich untersuchen lassen, und herausgekommen ist, daß der Pavillon auf einem Granitblock steht. Zumindest größtenteils. Er könnte also ein wenig absacken, aber ich kann mir nicht vorstellen, daß er ins Meer rutscht, solange der Sandstein rundherum nicht völlig weggewaschen ist, und dazu sind noch ein paar größere Stürme nötig. Die Wettervorhersage für die nächsten vierundzwanzig Stunden ist gut, und morgen bist du wieder fort. Also stell dich nicht so an. Bringen wir dich in Sicherheit, bevor Mrs. Woolly zurückkommt.«

Wieder schritt sie energisch voran, und Kelly trottete unglücklich hinter ihr her wie ein Kind, das durchs Einkaufszentrum geschleift wird, obwohl es lieber daheim bei seinen Spielsachen wäre.

Mungo Macallum hatte sich einfallen lassen, Gunnery House an der Rückseite mit einer Terrasse aus weißem Marmor zu schmücken, die aussah wie der Boden einer gewaltigen Hochzeitstorte. Von ihr aus gelangte man in einen einst kunstvoll angelegten Garten, der jetzt ein trauriges Bild der Verwahrlosung bot. Durch die verfallene Anlage mäanderte der Weg, dem die beiden Frauen folgten, Richtung Osten zu einer verwilderten Rhododendrongruppe. Kurz bevor sie dort anlangten, galt es, sich unter einem Netz aus roten fluoreszierenden Plastikbändern hindurchzuducken, das zwischen Metallstäben gespannt war. Etwa an jedem fünften dieser Stäbe hing ein Schild mit dem Totenkopfsymbol nebst gekreuzten Knochen und der Aufschrift GEFAHR!, darunter stand in fetten Lettern die Mahnung der zuständigen Behörde zu lesen, wegen Erdrutschgefahr sei es streng verboten, das Gelände zu betreten.

Jenseits der Rhododendronbüsche war der Garten jäh zu Ende. Hier hatte das Meer, das an den weichen Sandsteinklippen nagte, eine gezackte Küstenlinie geschaffen, über die sich Büsche, Bäume und sogar eine Spalierrose mit üppigen roten Blüten trunken neigten.

Auf der äußersten der so entstandenen Landzungen stand ein länglicher, niedriger Betonbau, der an einen griechischen Tempel erinnerte, dessen Dach jedoch nicht von Säulen, sondern von Atlanten getragen wurde. Diese Statuen verkörperten

Gestalten aus der Kriegsgeschichte, angefangen mit griechischen Helden bis hin zu den Tommys des Ersten Weltkriegs. Das Bauwerk hätte an jedem anderen Ort unsäglich kitschig gewirkt, aber auf der schmalen Landzunge, die es so vollständig ausfüllte, daß es in der Luft zu hängen schien, hatte es die bedrohlich-magische Ausstrahlung eines Tors zu einer anderen Welt.

Das also war der Kommandoposten, ein scheinbar passender Beiname für den Vergnügungspavillon, den ein Kanonenkönig errichtet hatte, damit seine Gäste das Schauspiel der Natur in all seiner explosiven Erhabenheit erleben konnten, ohne auf irgendwelche Annehmlichkeiten verzichten zu müssen. Feenie erinnerte sich, daß sie als junges Mädchen für rund zwei Dutzend Freunde ihres Vaters die Gastgeberin gespielt hatte, die in dem langgestreckten Panoramasaal ein epikureisches Mahl zu sich nahmen, während ein spektakuläres Gewitter den östlichen Himmel erhellte und Donnerschläge den Pavillon wie feindlicher Bombenhagel erschütterten. Damals waren es noch ein paar Hundert Meter bis zur abbröckelnden Küstenlinie gewesen. Heute war das Meer, dessen Unwetter so lange zur Unterhaltung von Zuschauern hatten herhalten müssen, so nahe gerückt, daß es bald, wie die alten Griechen gesagt hätten, Rache nehmen würde.

Als Kelly den Pavillon sah, blieb sie wie angewurzelt stehen. Feenie drehte sich um und ermahnte sie ungeduldig: »Schau doch nicht so ängstlich! Es sieht schlimmer aus, als es ist. Und das Wetter bleibt auf jeden Fall gut. Jetzt rein mit dir. Vergiß nicht, daß du dich heute abend unter gar keinen Umständen draußen blicken lassen darfst. Ich habe diese Leute, die dich aus dem Cottage vertrieben haben, zum Essen eingeladen …«

»Das ist ja wieder eine glänzende Idee. Warum nicht für morgen, wenn ich weg bin?«

Feenie seufzte. »Das Ei will wohl klüger sein als die Henne. Wenn sie heute abend bei mir sind, weiß ich wenigstens, wo sie stecken. Hätte ich sie nicht eingeladen, dann könnten sie unversehens hier vorbeikommen, was wohl nicht ungefährlich wäre.

Außerdem wird die wirre Wendy mir bei den Vorbereitungen zur Hand gehen müssen, was sie davon abhalten wird, müßig durch die Gegend zu streifen.«

»Sie ist also nebenbei noch deine Hausmagd?«

»Ja, nur weiß nichts davon. Du brauchst dich also bloß hinzusetzen und für den Rest des Tages den Meerblick zu genießen. Warum ich mich überhaupt von dir habe bezirzen lassen, ist mir selber nicht ganz klar. Aber nachdem wir jetzt schon so weit sind, sollten wir nach Möglichkeit ein Fiasko vermeiden. Komm, bringen wir dich unter, bevor Wendy zurückkommt.«

Sie setzte sich wieder in Bewegung.

Kelly Cornelius folgte ihr widerstrebend.

Aber als sie nur noch wenige Meter von dem Gebäude entfernt waren, blieb die alte Frau plötzlich wie angewurzelt stehen.

»Nanu«, sagte sie. »Da hat sich doch jemand zu schaffen gemacht. Das Schloß ist aufgebrochen.«

Feenie betrachtete auch die Tür am Fuß einer Treppe mit seitlicher Betonrutsche. Sie führte in einen Keller, wo ihr Vater Lebensmittel und Wein zur Bewirtung seiner Gäste gelagert hatte.

»Und an der Tür war auch jemand«, fuhr sie fort und wandte ihre Aufmerksamkeit wieder dem Haupteingang zu. »Die Gemeinde hat einen Balken davornageln lassen, um mögliche Besucher abzuschrecken. Kinder, vermutlich. Die machen doch heutzutage, was sie wollen.«

Kelly lachte. »Aus deinem Mund klingt das wirklich komisch!«

»Werd nicht frech«, wies Feenie sie zurecht. »Schauen wir uns die Sache mal von innen an. Jedenfalls hoffe ich für dich, daß sie es nicht als öffentliches Klo benutzt haben.«

»Nein, warte mal.« Kelly hörte auf zu lachen.

»Was ist denn jetzt schon wieder?«

Kelly seufzte und holte tief Luft.

»Bevor wir reingehen, muß ich dir noch etwas sagen.«

VIER

Aus den Sibyllinischen Blättern

Has anyone here seen Kelly? Kelly from ...

Eins ist merkwürdig an der Sache.

Nicht, wohin Kelly gegangen ist. Dauernd verschwinden Menschen. Ein anderer Name, ein anderes Land, ein anderes Leben. Aber niemand verschwindet spurlos, und früher oder später, mit den Wechselfällen des Lebens, finden wir raus, wohin es sie verschlagen hat. Wirklich merkwürdig ist es aber, wenn wir nicht wissen, woher sie kommen.

Vier Jahre weilst du nun schon hier auf meiner Zauberinsel, Kind, ausgesetzt von dem fürstlichsten der Piraten, dem alten Silvernob persönlich, Gaw Sempernel.

Kein umfangreicher Eintrag, erst einmal ein paar grundlegende Details. Aber nicht einmal die grundlegendsten Sachverhalte sind überprüft.

Kelly Cornelius.

In ihrem Paß lesen wir:

Geboren in London, am 4. April 1972. (In keinem Standesamt beurkundet.)

Paß ausgestellt am 23. Januar 1994. (Ein Sonntag. Da werden normalerweise keine Pässe ausgestellt. Vielleicht verfügt die Paßbehörde deshalb über keine Aufzeichnungen.)

Nächste Verwandte, die im Falle eines Unfalls zu informieren sind. Hier ist nur ein Name angegeben (und bei dem mußte ich so lachen, daß ich fast vom Stuhl gefallen wäre, und das wäre mein Pech gewesen, denn ohne fremde Hilfe komme ich kaum wieder hinein.)

Gawain Sempernel, unter hiesiger Adresse.

Sie weiß über dich Bescheid, Gawain.

So, wie sie sich im Cyberspace auskennt, wo wir alle unsere Spuren verfolgen, wie sollte sie da nicht Bescheid wissen? Außerdem weiß sie, daß du weißt, daß sie Bescheid weiß. Und es ist ihr egal.

Ich bewundere dich, meine Kelly. Und ich beneide dich. Denn du bist jung, und ich bin alt. Du bist schnell und geschmeidig und kannst dich auf zwei Rädern davonmachen, während ich nicht entfliehen kann, trotz meiner vier Räder. Und selbst körperlos, in unserer anderen Dimension, bin ich nur eine Cyber-Sibylle, die ihre Särge in den engen Grenzen ihrer Zauberinsel ordnet, und du bist die Cyber-Queen im grenzenlosen Datenmeer.

Das weiß ich, weil ich einiges nicht weiß.

Vor vier Jahren bist du in England und auf meiner Zauberinsel aufgetaucht, eine begnadete Finanzjongleurin, Lobeshymnen deiner früheren Arbeitgeber im Gepäck, größtenteils nord- und südamerikanische Finanzinstitute. Ein fleißiges Bienchen, in Anbetracht deiner Jugend, vielleicht fleißiger, als man ahnen konnte, denn als wir (ungebeten natürlich) die Personalakten der betreffenden Institute prüften, fanden wir dich zwar dort, aber seltsamerweise unvollständig; ein Job verwies auf den anderen, bis wir plötzlich wieder beim ersten ankamen, in Echtzeit natürlich völlig unmöglich, aber da hatte jemand ein zeitliches Möbiusband geschaffen, das ich trotz größter Bemühungen nicht geradebiegen konnte, ohne es zu zerstören.

Und natürlich waren deine tatsächlichen Auftraggeber Leute, deren Akten nicht im Äther herumschwirren, wie das letztlich jede auf elektronische Impulse reduzierte Information tut, sondern die mündliche Mitteilungen und mysteriöses Gekritzel auf Zetteln benutzen, Nicken und Zwinkern und alle jene alten

Kommunikationswege, die Leuten wie mir nicht ohne weiteres offenstehen.

Aber wir brauchen sie nicht, denn wir wissen, was du gemacht hast. Deine besondere Begabung ist die Geldwäsche. Dazu ziehst du aber nicht ein eigenes System auf, das dem Zugriff und der Überwachung durch die Gesetzesorgane ausgesetzt wäre. Du bewegst dich in der Welt der internationalen Banken als qualifizierte und geschätzte Mitarbeiterin, und du benutzt ihre Ressourcen mit allen Schutzmechanismen und Verbindungen und komplizierten Transaktionen, um das Geld deiner Herren so rasch und unauffällig und unauffindbar hin- und herzuschieben, daß die dreckigen Milliarden eines Drogenbarons am Ende so rein und unschuldig wirken wie der Pensionsfonds einer Nonne. Nichts läuft illegal, nichts wird den Banken gestohlen, ja du erweist ihnen sogar wertvolle Dienste, so daß sie nachher, wenigstens finanziell, besser dastehen als vorher. Und da du nie lange bleibst, wirst du weder zum festen Inventar noch zum Ärgernis.

Und es stand zu vermuten, daß es nach deiner Rückkehr nach Europa genauso weitergehen würde.

Zuerst pendeltest du zwischen London und der Schweiz hin und her, ein Land, das schmutzigem Geld denselben Dienst erweist wie eine Ligusterhecke leeren Chipspackungen. Du hast, die Beine quer über Europa gespreizt wie eine Hinterhofhure, einen Fuß fest in der Credit Apollyon de Zurich verankert, den anderen bei Arblasters, einer jener Londoner Handelsbanken, die die Reichen reicher und die Armen ärmer gemacht haben – seit der gleichnamige Richard Arblaster vor gut zweihundert Jahren seine Anteile an der South Sea Company abstieß, kurz bevor die Spekulationsblase platzte und einen der größten Finanzskandale des achtzehnten Jahrhunderts auslöste.

Dann aber folgte ein sehr merkwürdiger Schritt: vom goldenen Glanz der City ins finsterste Yorkshire, wo du bei der Nortrust Bank anfingst, die fünf Jahre zuvor aus einer kleinen lokalen Bausparkasse hervorgegangen war.

Was sollte denn das, liebe Kelly aus Nirgendwo?

Was hat dich, eine Geldwäscherin der Spitzenklasse, bewogen, dich mit gewöhnlichen Unterschlagungen abzugeben, so daß Onkel Gawain schließlich seine langen, raubgierigen Finger nach dir ausstrecken konnte? Bist du deshalb plötzlich von der Nichtüberwachungsebene in die *Sibyllinischen Blätter* aufgestiegen? Oder war das nur ein Zufall?

Noch weiß ich es nicht. Offiziell weiß ich nur das über dich, was Onkel Gawain an Informationen herausrückt. So ist Gawain nun mal. Die *Sibyllinischen Blätter* sind angefüllt mit solchem Stückwerk, mit allerlei Fetzen und Lumpen, die ihm als Tarnung dienen sollen, falls jemals jemand von ganz oben Akteneinsicht nehmen sollte.

Aber im düsteren Halbdunkel meiner Höhle vereint, spenden diese einzelnen Sporen und Samen einander Licht und Wärme, bis sie schließlich keimen und derselbe Gott, der seine Prophetin ins Dunkel verbannt, sie mit einem Schlag ans Licht zerrt!

Ich weiß nicht, wo du herkommst, meine liebe Kelly, noch nicht. Aber wer wissen will, woher ein Tier kommt, braucht nur zu beobachten, wohin es flieht.

Gawain, der hoch am Himmel seine Kreise zieht, liebt es, wenn seine Beute am Boden vor Schreck erstarrt, so daß er wie ein Blitz auf sie herabstoßen kann, wenn die Zeit reif ist.

Ich hingegen, bewegungsunfähig wie eine Verbrecherin auf dem elektrischen Stuhl, ziehe es vor, wenn die Objekte, denen ich mich widme, in Bewegung sind.

Zweimal habe ich dich herausgelockt und dich laufen lassen, liebe Kelly. Einmal mittels einer rätselhaften Nachricht auf deinem Bildschirm und diesmal mittels eines kleinen elektronischen Liebesbriefs an diesen Erzbengel, meinen Zweieinhalb-Zentner-Puck, den alten Dalziel.

Das Spiel läuft!

Has anyone here seen Kelly? Kelly from...

FÜNF

Goldene Gefilde

Edwin Digweed hatte in einem besinnlichen postkoitalen Augenblick einmal wissen wollen, ob Edgar Wields Berufswahl davon beeinflußt worden sei, daß er als Polizist das gute Recht habe, im Park fremde Männer anzusprechen.

An diese derb-komische Plauderei dachte der Sergant, als er Kelly Cornelius' mutmaßlichen Weg durch den Park verfolgte. An einem Tag wie diesem war seine Identität als Bulle jedoch ganz unerheblich, denn auch ohne daß er seinen Ausweis zückte, zeigten die Angesprochenen keinerlei Mißtrauen – was Pascoes Theorie bestätigen mochte, daß die Engländer über Jahrhunderte hinweg konditioniert worden waren, strahlenden Sonnenschein als eine so seltene Gabe Gottes zu erachten, daß unter ihr nichts Böses gedeihen konnte.

Er landete sofort einen Volltreffer. Die erste Person, die er ansprach, eine Frau mit Kinderwagen, deren pausbäckiges Baby eine frappierende Ähnlichkeit mit Andy Dalziel aufwies, war auch am Nachmittag des Vortags im Park gewesen. Ihr genügte ein Blick auf das Foto, das Wield ihr zeigte.

»Ja«, sagte sie, und ihre Miene hellte sich auf. »Ich erinnere mich an sie. Ein wunderschönes Mädchen. Als ich sie sah, dachte ich mir, so eine Figur habe ich auch gehabt, bevor *er* gekommen ist.«

Er schaute aus dem Kinderwagen und zog eine typisch Dalzielsche Schnute.

Wield, dem Kenner der feinen Untertöne, entging nicht, daß ihr Tonfall ebensoviel Bewunderung wie Neid enthielt, ein Urteil, das sich bestätigte, als die Frau fortfuhr: »Es war schön, ihr nachzuschauen. Sie hatte einen wunderbaren Gang.«

»Sie haben ihr nachgeschaut? Welche Richtung hat sie denn eingeschlagen?«

Die Frau gab zu verstehen, daß Kelly Cornelius von der Seite des Parks, wo ihre Wohnung lag, in Richtung Stadtzentrum gegangen war.

»Dann ist sie vom Hauptweg abgebogen und Richtung Kanal weiter.«

Wield blickte in die Richtung, in die ihr Finger zeigte, und fragte: »Haben Sie da noch mehr Leute gesehen?«

»Ja, natürlich, es war so ein schöner Tag. Wie heute. Das muß man einfach ausnützen.«

Der Treibhauseffekt hätte England in eine zweite Sahara verwandeln können, und die Einheimischen würden immer noch glauben, daß jede Stunde Sonnenschein die letzte sein konnte.

»Ist Ihnen irgend jemand aufgefallen?«

Die Frau überlegte, schüttelte dann den Kopf.

»Nein. Kinder. Erwachsene. Aber an sie erinnere ich mich. Sie wirkte so lebendig.«

Diese Äußerung ließ vermuten, daß der starke Eindruck, den Kelly Cornelius auf Pascoe und Dalziel gemacht hatte, nicht rein sexueller Natur war.

»Vielen Dank«, sagte er. »Übrigens, kennen Sie zufällig unseren Mr. Dalziel? Superintendent Dalziel?«

»Nein. Warum fragen Sie?«

Wield warf noch einen Blick auf das Baby, das ihm ein spöttisches zahnloses Lächeln schenkte.

»Nur so«, antwortete er.

Er ging Richtung Kanal, blieb aber dann stehen, um mit einer Bande präpubertärer Kricketspieler zu plaudern.

Einige von ihnen waren auch am Vortag hier gewesen und erinnerten sich sofort an Kelly Cornelius.

»Sie hat unseren Ball gefangen und ihn wieder hergeworfen, aber richtig, wissen Sie, nicht wie ein Mädchen. Dann ist sie weiter zum Kanal und hat sich die Enten angeschaut.«

»War sonst noch jemand am Kanal?«

»Nein.«

»Doch, die alte Pennerin«, warf ein anderer ein.

»Schon, aber die zählt doch nicht«, erklärte der erste beleidigt, der sich seinen Status als Sprecher der Gruppe nicht nehmen lassen wollte.

»Welche alte Pennerin?«

»So eine alte Schachtel, die aussah wie eine Obdachlose.«

»Wie alt?«

»Ungefähr hundert«, sagte der Junge, ohne daß er übertreiben wollte.

»Hat die junge Frau, die so gut werfen kann, mit der Alten geredet?«

Nach einer kurzen Besprechung kam ein zögerndes Ja.

»Ist euch noch jemand aufgefallen?«

Weitere Beratung, dann sagte der Sprecher: »Nein. Was hat sie denn gemacht, Mister?«

»Nichts. Sie wird nur vermißt«, antwortete Wield.

Als er sich abwandte, sagte einer: »Sie hatte ein Rad.«

Er drehte sich um. Der Junge, dem es anscheinend schon leid tat, daß er etwas gesagt hatte, war der Kleinste aus der Gruppe, zart gebaut, mit hellem, fast weißem Haar, herabhängenden Mundwinkeln und geistesabwesendem Gesicht.

»Ein Rad?« fragte Wield. »Du hast sie radfahren sehen?«

Die sprachlichen Ressourcen des Jungen waren offenbar erschöpft, aber er nickte kaum wahrnehmbar.

»Hören Sie nicht auf ihn, Mister«, sagte der Gruppensprecher. »Er ist ein bißchen ...«

Er tippte sich an die Stirn.

»Hat sonst noch jemand ein Rad gesehen?« rief Wield.

Allgemeines Kopfschütteln. Das blonde Kind war den Tränen nahe.

»Du bist sicher, daß sie es war?« fragte Wield freundlich. »Die Frau, die den Ball geworfen hat?«

Der Junge ließ nur den Kopf hängen, und die anderen lachten, allerdings eher überlegen als höhnisch.

»Jedenfalls vielen Dank«, sagte Wield noch.

Als er wegging, schrie das blonde Kind plötzlich: »Sie waren alle zwei auf dem Rad!«

Wieder ertönte lautes Gelächter, und sogar Wield schmunzelte über den Ausbau zum Tandem.

Aber eine Stunde später war ihm das Schmunzeln vergangen, und er rannte zurück zu den Kricketspielern.

Peter Pascoe hatte sich mittlerweile den Panzer zugelegt, den man bei der Polizei zum Überleben brauchte. Seiner Frau zufolge war dieser Panzer inzwischen schon so dick, daß er auf den Galapagos-Inseln Neid erweckt hätte. Was er allerdings nie hatte ablegen können, war sein Abscheu, in den Sachen anderer Leute herumzuwühlen.

Und den erlebte er jetzt, als er Kelly Cornelius' Apartment durchsuchte.

Er war schon einmal ganz zu Anfang mit einem Inspektor vom Betrugsdezernat hier gewesen. Der Kollege hatte den Computer mit der seltsamen Nachricht und einige Disketten mitgenommen, alles andere hatte ihn nicht interessiert. Pascoe hatte die Wohnung etwas gründlicher durchsucht, um das Werk, das Constable Hector mit so verheerenden Folgen begonnen hatte, zu Ende zu bringen.

»Sie suchen wohl nach Zaster?« hatte der Inspektor spöttisch gefragt. »Wenn, dann steckt der hier drin, Kumpel.« Er schwenkte eine Diskette.

»Ich möchte nur ein Gefühl dafür bekommen, wie sie so ist«, erwiderte Pascoe.

»Nach allem, was ich gehört habe, würde ich das auch gern mal fühlen«, meinte der andere.

Und Pascoe hatte freundlich entgegnet: »Könnte es sein, daß

Sie schon zu lange im Betrugsdezernat sind, Inspektor? Vielleicht wäre es nicht schlecht, wenn Sie sich zur Sitte versetzen ließen?«

Daraufhin war das Gespräch verstummt, bis der Inspektor, schon im Gehen, beobachtete, wie Pascoe die durchsuchten Kleidungsstücke sorgfältig wieder auf Bügel hängte und in die Schubladen räumte.

»Wozu soll das gut sein?« wollte er schließlich wissen.

»Damit die Sachen nicht verknittern.«

»Damit sie nicht verknittern?« rief der Mann ungläubig. »Himmel hilf!«

Jetzt, bei seinem zweiten Besuch, fand Pascoe das Apartment praktisch im selben Zustand vor. Sein hervorragendes und detailgetreues Erinnerungsvermögen plus seinen Aufzeichnungen von der ersten Durchsuchung sagten ihm, das Kelly Cornelius ganz gewiß nicht heimgekehrt war und einen Koffer für die Flucht gepackt hatte. Soviel er sah, war sie nach ihrer Freilassung hierhergekommen, hatte eine Flasche Schampus geöffnet (die jetzt leer auf dem Fußboden stand), ein Bad genommen (nasses Handtuch und abgelegte Kleider im Wäschekorb), hatte sich angezogen und war ausgegangen. Sie hatte also nichts getan, was Sempernels Aufpasser als Hinweis deuten konnten, daß sie untertauchen wolle.

Auf dem Tisch lag ein Stapel ungeöffnete Post. Werbebriefe, Rechnungen, eine Mahnung der KFZ-Zulassungsbehörde. Persönliche Briefe hatte sie wahrscheinlich mitgenommen. Wenn denn welche gekommen waren. Als Kelly Cornelius in Haft war, hatten sie kaum etwas an persönlichen Unterlagen gefunden. Einige wenige Hinweise auf ihre Vergangenheit lieferte ihm ein dickes Fotoalbum, das er ganz unten in einem ihrer Koffer entdeckt hatte. Aber da auf oder unter den Fotos weder Namen noch Jahreszahlen, noch Orte standen, gewann er auch dadurch nur einen vagen Eindruck von einem Leben an ziemlich exotischen Orten (Mittelmeer? Karibik? Asien?). Er schlug es wieder auf. Endlich ein Indiz dafür, daß sie nicht vorgehabt hatte, hierzubleiben. Er fand jetzt mehr Lücken als Fotos.

Als er schon gehen wollte, klingelte sein Handy. Es war »Hat« Bowler, den er beauftragt hatte zu prüfen, ob Kelly Cornelius in den letzten vierundzwanzig Stunden über ihre Kreditkarten irgendwelche Einkäufe getätigt hatte.

Es waren mehrere Transaktionen erfolgt, alle gestern nachmittag in Geschäften im Stadtzentrum.

Während er sich dazu Notizen machte, fiel sein Blick auf den Poststapel. Der Umschlag von der Zulassungsstelle lag oben auf. Er nahm ihn und öffnete ihn. Es war eine Erinnerung, daß ihre KFZ-Steuer für Ende des Monats fällig war. Das Auto war ein metallic-blauer Golf.

Er steckte den Brief ein und trat hinaus in den Sonnenschein.

Draußen beschloß er, zu Fuß ins Zentrum zu gehen, und folgte der Route, die Kelly Cornelius vermutlich eingeschlagen hatte. An das Auto hatte keiner gedacht. Natürlich war damit zu rechnen gewesen, daß sie eins besaß, aber zum Flughafen war sie mit dem Taxi gefahren, also hatte niemand danach gefragt. Er sah sich die Stellplätze der Mieter auf der Straße an. Kein blauer Golf weit und breit. Er ließ die Sache erst einmal auf sich beruhen, und als er die Straße entlangschlenderte, dachte er voller Neid an Ellie und Rosie, die es sich in Axness am Meer gutgehen ließen. Wie schön wäre es doch, soviel Geld zu haben, um sich ein Ferienhäuschen leisten zu können. Noch schöner wäre es, wenn man dann auch noch genug Zeit hätte, um es ausgiebig zu nutzen. Er und Ellie hatten bei einer ihrer friedlichen Debatten über die vielen Nachteile des Polizeidienstes einmal eine Liste mit beruflichen Alternativen zusammengestellt. Am Ende hatte sie mit wehmütiger Zuneigung gesagt: »Eins steht fest, egal, was du sonst noch hättest werden können, auf die Freizeit, die du für deine Frau und deine Familie übrig hast, hätte es wahrscheinlich kaum Einfluß gehabt. Du hättest sie so oder so mit deiner Domina verbracht.«

»Wie bitte? Soll ich jetzt etwa wie ein ertappter Sünder zusammenschrecken?«

»Natürlich nicht. Dafür hast du dich viel zu sehr unter Kontrolle. Egal, ich rede nicht von einer Geliebten, sondern von dieser anderen Peitschenschwingerin, die dir einheizt, die strenge Tochter der Stimme Gottes, die Pflicht. Wenn du Müllmann wärst, würdest du deine Wochenenden vermutlich damit zubringen, die Räder der Müllcontainer zu ölen.«

Sollte sie recht haben? War er ein Arbeitsfanatiker? Als Rosie krank gewesen war, hatte er alles stehen- und liegenlassen und war an ihr Bett geeilt. Aber das entlastete ihn nicht. Welcher Vater hätte das nicht getan? Er hatte gar keine andere Wahl gehabt. Zwar war das scheinbar eine Bestätigung seiner Versicherung: *Ich werde immer für euch da sein, wenn ihr mich braucht.* Aber wie Ellie beiläufig bemerkt hatte, kam es ganz darauf an, wie man *brauchen* definierte.

Inzwischen ging er durch den Charter Park, ohne recht zu wissen, wie er dorthin gekommen war. Er blieb stehen, sah sich um, und in einiger Entfernung erspähte er Wield, der mit ein paar Kricket spielenden Jungen plauderte.

Der Dicke hätte ihnen wahrscheinlich zugerufen: »Schaut ihn euch gut an, Jungs! Das kommt davon, wenn man keine Gesichtsmaske trägt.« Wenn ich weiß, was Dalziel sagen würde, bin ich dann schon kurz davor, es selbst zu sagen? fragte er sich.

Er ließ den Sergeant seine Arbeit ungestört fortsetzen, verließ den Park, überquerte die belebte Straße und gelangte ins Stadtzentrum.

In den Kaufhäusern kam er mit seinen Ermittlungen nur im Schneckentempo voran.

Die Kassiererinnen wurden ihrem Ruf gerecht, einer Gattung furchtsamer Wesen anzugehören, die in dunklen Ecken zusammenglucken und nervös zurückschrecken, sobald sich ein Kunde heranpirschte. Nachdem sie gestellt waren, zeigten sie eine wahrhaft Hectorsche Verwunderung angesichts der Idee, daß ein nachvollziehbarer Zusammenhang zwischen Kreditkartentransaktionen und Kassenzetteln bestehen könnte, griffen dann zum Telefon und erflehten den Beistand ihrer Herdenführerin. Diese erwies sich in der Regel als imposante

Dame, die eine westliche Version des Kabuki-Make-ups trug. Sie lauschte geduldig (sofern man ihrem zugespachtelten Gesicht eine Gefühlsregung entnehmen konnte), stellte dreimal dieselben Fragen, verkündete ein paradoxes Mantra des Inhalts *Ich weiß nicht, ich bin mir sicher*, und erklärte dann: »Ich muß mit Mr. Earnshaw reden.« Mr. Earnshaw (in Mid-Yorkshire hören alle stellvertretenden Geschäftsführer auf den Namen Earnshaw), ein grüner Junge, um Gravität bemüht, indem er leicht gebeugt mit den Händen auf dem Rücken einherschritt, als trauere er den Zeiten des Gehrocks nach, bat Pascoe nun, ihm in die Buchhaltung zu folgen. Und hier wurde er endlich von einem offenbar zwölf- oder dreizehnjährigen Kind mit einem Lächeln und dem Eingeständnis begrüßt, daß Geschäfte Waren verkauften und die Technologie ihnen diese Arbeit erleichtere, worauf das Kind ihm innerhalb von genau fünf Sekunden lieferte, was er wünschte.

Anschließend wußte er, daß Kelly Cornelius verschiedene Toilettenartikel, Wäsche, Schuhe und Kleidung sowie einen Rucksack, vermutlich zum Transport der Sachen, erstanden hatte.

Fluchtgepäck, dachte er, als er aus der beklemmenden Luft der im Eingangsbereich angesiedelten unvermeidlichen Parfümerie in den vergleichsweise angenehmen Abgasgestank hinaustrat. Als Kelly Cornelius ihre Wohnung verlassen hatte, war sie also nicht ganz sicher gewesen, ob sie noch am selben Nachmittag verschwinden würde, aber immerhin soweit auf den Abruf vorbereitet, daß sie die ihr wichtigsten Fotos in ihre Handtasche gesteckt hatte. Dann, irgendwo zwischen ihrer Wohnung und den Läden, hatte sie das Signal erhalten, hatte die verbleibende Zeit in aller Seelenruhe dazu verwendet, das Nötigste einzukaufen, und war dann ... abgetaucht.

Also, mein Junge, hörte er Dalziel sagen, du hast also festgestellt, daß sie sich davongemacht hat? Großartig! Ich weiß es immer zu schätzen, wenn sich erhärtet, was wir schon seit gestern abend wissen!

Das störte ihn nicht. Das war eben seine Arbeitsmethode. Die Mühsal der Ermittlungsarbeit, in kleinen, aber sicheren Schritten, ständig Informationen sammeln und Geschwindigkeit zulegen, bis man schließlich das nötige Tempo erreichte, um zu intuitiven Höhenflügen abzuheben.

Während Dalziel ...

Er saß jetzt vermutlich in der Hauptverwaltung der Nortrust und raspelte Süßholz. Pascoe erinnerte sich an eine Kurzgeschichte, in der der Held Gegenstände dadurch zerstörte, daß er einfach den Glauben an ihre Existenz verweigerte. Am Ende der Erzählung stand er in der Threadneedle Street und richtete seinen zweifelnden Blick auf das gewaltige Gebäude der Bank of England, das bereits erzitterte, als ihn jemand vor einen Bus stieß. Nach Andys philosophischen Anwandlungen von heute morgen – diesem ganzen Gerede, daß es darum ginge, etwas zu sehen, was dasein müsse (und nicht etwa das, was dazusein schien) – hoffte Pascoe, daß die Nortrust ihre Immobilien gut versichert hatte.

Der Gedanke entlockte ihm ein Lächeln, als er wieder den Weg zum Park einschlug, und Leute, die er nicht kannte, ja manchmal gar nicht bemerkte, lächelten zurück.

In Wirklichkeit befand sich Andy Dalziel keineswegs in den Räumen der Nortrust Bank. Denn eines war ihm klar, was selbst dem Scharfblick von Pascoe und Wield entgangen war, daß nämlich die wirklich wichtigen Transaktionen im Geschäftsleben von Mid-Yorkshire nicht in Büros stattfanden, sondern hinter den imposanten Portalen des Borough Club for Professional Gentlemen.

Kurz nach eins war Dalziel mit der Gemächlichkeit einer Wolke in den langen Speisesaal getreten, der wie immer mit kleinen Tischen für zwei, drei oder vier Gäste bestückt war, während am anderen Ende des Raums, wo das gewaltige Erkerfenster einen Blick auf die Hauptgeschäftsstraße bot, die große Tafel für Mitglieder stand, die ohne Begleitung erschienen.

Unter ihnen befand sich ein weißhaariger Mann, dessen Kopf auch auf einem Marmorsockel im Palast des Kaisers Augustus gepaßt hätte (ein keineswegs unangenehmer Aufenthaltsort, für den im Verlauf der Jahre viele gutes Geld bezahlt hätten).

Es war Eden Thackeray von der Kanzlei Thackeray, Amberson, Mellor, Huby und Thackeray, allgemein bekannt als Messrs. Thackeray und Partner. Nun halb im Ruhestand, behauptete er bescheiden, er sei von der Pole-position als Seniorpartner auf den schlechten Startplatz zurückgefallen, den vormals sein Neffe Dunstan innegehabt hatte. Dieser war jetzt, dank seines Namens und nur allein deswegen, zum Leiter der Kanzlei aufgestiegen, aber niemand, der ihn kannte, bezweifelte auch nur einen Augenblick, daß Eden weiterhin die Fäden zog.

Im Lauf der Jahre hatten er und Dalziel sich oft bekämpft, gelegentlich einander geholfen und immer Spaß miteinander gehabt.

Der Dicke ließ sich neben Thackeray auf einen Stuhl plumpsen, der glücklicherweise wie alles andere im Club, einschließlich der Speisekarte, viktorianischen Vorstellungen verpflichtet war.

»Wie geht's, Eden?« fragte er.

»Andy, mein lieber Junge. Man sieht dich hier viel zu selten.«

»Ach ja? Habt ihr 'ne Meinungsumfrage gemacht? Suppe, Steak und Bier vom Faß.«

Das war für den Kellner bestimmt, der die Bestellung bereits notiert hatte. Die Alternative, für die sich Dalziel nie entschied, wäre Suppe und gedünsteter Kabeljau gewesen. Man hatte einmal Anstalten gemacht, während der Sommermonate einen leichten Salat auf die Speisekarte zu setzen, aber die große Mehrheit hatte dieses Ansinnen abgelehnt.

Thackeray, der gerade mit seinem Hauptgericht fertig war, schob die Wahl der Nachspeise auf, bis Dalziel ihn eingeholt hatte. Als sie sich schließlich die letzten Löffel ihres traditionellen Puddings zu Gemüte führten, waren sie die einzigen verbliebenen Gäste an der großen Tafel.

»Kaffee und Whisky. Einen Park, einen Lag. Doppelte«, orderte Dalziel. »Wir nehmen ihn hier. Auf meine Rechnung.«

»Alles oder nur die Getränke, Sir?«

Der Dicke warf Thackeray einen prüfenden Blick zu.

»Alles«, erwiderte er.

Thackeray, der genußvoll an seinem Whisky nippte, sagte: »Du hast auf gut Glück investiert, Andy. Ich hoffe, das Risiko zahlt sich für dich aus.«

»Bei den Honoraren, die ihr Ganoven einsteckt, kann ich für einen Teller Essen und eine Träne Mundwasser nicht viel erwarten«, sagte Dalziel. »Erzähl mir mal was über die Nortrust Bank.«

»Aha. Da muß ich nachdenken. Hat das etwa mit den Gerüchten zu tun, die um Betrügereien im Zusammenhang mit der deliziösen Miss Cornelius kreisen?«

»Du kennst sie wohl gut?«

»Ich war schon einmal mit ihr in einem Raum.«

»Ich auch, nämlich vor Gericht«, sagte Dalziel.

»Dann weißt du, was ich meine.«

Die beiden tranken nachdenklich schweigend ihren Whisky.

»Angeblich«, begann Thackeray schließlich, »soll George Ollershaw nach dem Einstellungsgespräch mit Miss Cornelius zu seinen Kollegen gesagt haben: *Die Frau müssen wir haben. Am besten, ich zuerst.*«

»Schmieriger Typ«, fand Dalziel.

»Stimmt. Ich nehme an, die einzige Frau im Gremium war zutiefst empört und sprach sich deshalb gegen die Einstellung von Miss Cornelius aus.«

»Sie hat also nicht hundert Prozent Jastimmen erhalten.«

»Nein, es stand zwei zu zwei, so daß Ollershaws den Ausschlag gab. Natürlich konnte er den Vorwurf einer hormonellen Beeinflussung mit dem Hinweis entkräften, daß Miss Cornelius weit besser qualifiziert sei als die übrigen Bewerber. Mittlerweise hat sich natürlich herausgestellt, daß die Bank besser beraten gewesen wäre, eine Person einzustellen, deren körperliche Ausstrahlung nicht durch eine entsprechende Brillanz im High-Tech-Bereich ergänzt wird.«

»Wie? Ah, verstehe. Große Titten und kein Hirn, kann nicht zwei und zwei zusammenzählen, dafür bescheißt sie einen aber auch nicht.«

»Wie immer beseitigt deine *reductio ad vernaculum* alle Doppeldeutigkeiten«, bemerkte Thackeray.

»Das hat meine alte Mutter auch immer gesagt. Und ist einer von den geilen alten Bankern je über reines Wunschdenken hinausgekommen?«

»Wenn ja, dann waren sie außerordentlich diskret. Die hechelenden Zungen waren zwar nicht zu übersehen, aber meines Wissens ist keine davon je mit Miss Cornelius' Anatomie in Berührung gekommen.«

Mit dieser Auskunft war Dalziel zufrieden. Eden Thackerays Kenntnisse der Geschäftswelt von Mid-Yorkshire glichen denen eines Londoner Taxifahrers; auf den breiten, sonnigen Boulevards kannte er sich genausogut aus wie in den verrufenen Straßen und den finsteren Seitengassen.

»Also kein Sex«, meinte der Dicke. »Aber man kann doch mit einem Mädchen zusammensein, ohne sie zu vögeln, habe ich mir sagen lassen. Vielleicht ist da einer, dessen Appetit seine Möglichkeiten übersteigt? George Ollershaw, zum Beispiel?«

Thackeray trank aus, und auf einen Wink Dalziels brachte der Kellner den vorbereiteten Nachschub.

»Ich habe gehört, daß George von deinen Leuten mit größerem Interesse unter die Lupe genommen wurde als die Federn einer Fächertänzerin auf einem Polizeiball. Aber ich persönlich würde sagen, da pinkelst du an den falschen Baum, Andy.«

»Ach ja? Du kennst ihn wohl ganz gut?«

»Gut genug. Er ist gelernter Jurist, weißt du. Er hat sogar eine ganze Weile für unsere Kanzlei gearbeitet. Ein Mann, der kaum Skrupel kennt, aber zu gerissen, um zu kriminellen Mitteln greifen zu müssen, hätte ich gedacht.«

»Hast du ihn gefeuert?« fragte Dalziel hoffnungsvoll.

»Nein. Eine Trennung in beiderseitigem Einvernehmen. Ihm ist rasch klargeworden, daß wir armen Juristen um Gottes Lohn arbeiten und uns gerade noch auf dem Existenzminimum halten können. Folglich hat er seine Talente auf das Rechnungswesen verlagert und sich während des Booms in den achtziger Jahren auf Finanzdienstleistungen spezialisiert. Ob seine Klienten von seiner Arbeit profitiert haben, weiß ich nicht, aber er selbst hatte jedenfalls die Nase vorn und ist aus der anschließenden Rezession als wohlhabender Mann hervorgegangen. Als die alte Nortrust-Bausparkasse vor fünf Jahren in eine Bank umgewandelt wurde, war George zur Stelle. Das ist wirklich eine interessante Geschichte ...«

»Hat er da irgendein krummes Ding gedreht?« fiel ihm Dalziel ins Wort. »Oder schuldet er vielleicht der Mafia das große Geld?«

»Leider nein. Er war einfach nur auf Zack. Und jetzt ist er eine Stütze der Gesellschaft. Offenbar keinerlei finanzielle Probleme, er hätte keinen Grund, Obstdiebe in den Garten von Nortrust einzulassen, wenn ihm der goldene Apfel ganz von selbst und völlig legal in die ausgestreckte Hand fällt. Natürlich sind ihm die Ermittlungen überaus peinlich. Irgendwas bleibt immer kleben, da kann man noch so sehr schrubben. Und durch die Art und Weise, wie er in das innerste Heiligtum von Nortrust vorgedrungen ist, hat er sich viele Feinde gemacht. An deinem höflichen Gähnen sehe ich, daß dir meine Ausführungen nicht weiterhelfen, stimmt's?«

»Die Geschichte von den armen Juristen hat mir gefallen.«

»Bedaure. Du wirst dich anderswo umschauen müssen.«

»Nö«, sagte Dalziel und schüttelte energisch seinen großen Kopf. »Ich muß nur genauer hinschauen. Bei Nortrust gibt's was zu entdecken. Das hab ich im Gespür – so wie die Astronomen wissen, daß sich da ein noch unsichtbarer Planet verbirgt, einfach weil sich die anderen auffällig verhalten.«

»Andy, das ist ja beinahe poetisch. Paß auf, sonst weisen sie dir noch die Tür. Du weißt doch, daß in diesen heiligen Hallen

Poesie nicht gestattet ist, nicht einmal zwischen Erwachsenen, die dies einvernehmlich begrüßen würden.«

»Und wie steht's mit Geschichte? Erzähl doch noch ein bißchen von der Nortrust-Bausparkasse und wie es kam, daß Ollershaw dort im Vorstand so ein hohes Tier wurde.«

»Andy, du hast mich gerade zum Schweigen gebracht, als ich genau das tun wollte. Bist du so verzweifelt?«

»Verzweifelt nicht. Ich weiß nur, wie heißt es doch so schön, die Wahrheit ist irgendwo da draußen.«

»Ist das nicht von Keats? Gut. Sitzt du bequem? Dann fange ich an.«

Und einige Zeit und mehrere Parks und Lags später fühlte sich Andy Dalziel schließlich wie ein Astronom, der einen neuen Planeten in seinen Gesichtskreis schweben sieht.

SECHS

Von Protestanten übers Ohr gehauen

Shirley Novello hielt sich am Ast eines Baumes fest und suchte mit ihrem Fernglas einen Umkreis von dreihundert Grad ab. Für die restlichen sechzig Grad hätte sie schlimme Halsverrenkungen in Kauf nehmen müssen. In ihrem Kopf drehte sich alles, nicht, weil sie sich mehr als fünfzehn Meter über dem Boden befand, auch nicht bei dem Gedanken an die blaue Leere, die sich ostwärts bis nach Holland ausdehnte (oder vielleicht auch bis Dänemark oder Norwegen – Erdkunde hatte sie öfter geschwänzt). Nein, es war die Tatsache, daß in westlicher Richtung so gut wie nichts zu sehen war. Mein Gott, wie viele irische Meilen war sie von einer Pizzabude entfernt? Einem Multiplex-Kino? Einem heißen Nachtclub? Oder auch nur einem anständigen Erlebnis-Pub?

Die Leute waren ja wie verrückt aufs Landleben, wollten unbedingt hier draußen ihre Wochenden verbringen – aber was *machten* sie hier bloß? Meer an sich war nicht so schlecht, wenn es richtiges Meer war, also mit Souvenirläden, Imbißbuden und Eisverkäufern. Auch ein paar Dünen in Reichweite waren nicht zu verachten, in die eine junge Frau einen jungen Mann mit Ringerfigur führen konnte, um ihm ein paar Griffe zu zeigen, die er beim Training nicht gelernt hatte …

Aber abgesehen von einem großen Gebäude, wahrscheinlich Gunnery House, das eine halbe Meile in nordwestlicher Richtung lag, zeigte dieser Teil der Küste kaum Anzeichen menschlicher Besiedlung, bis hin zu den steil abfallenden Klippen. Möglicherweise drängelten sich ja unten am Strand die Eisverkäufer und jungen Ringer, aber sie zweifelte daran.

»Was machst du da?«

Die Stimme kam von unten, aber sie wäre auch zusammengefahren, wenn jemand sie aus irgendeiner anderen Richtung angesprochen hätte.

Sie blickte hinunter.

Vom Fuß des Baumes blickte der Balg der Pascoes herauf. Und die Töle des Balgs der Pascoes hob ihr Bein am Baum.

»Ich schau mich nur um«, rief Novello.

»Kannst du weit sehen?«

»Unendlich weit.«

»Unendlich weit« echote das Kind in ehrfürchtigem Ton. »Ich möchte auch unendlich weit sehen.«

Zu Novellos Entsetzen begann das Mädchen nach den unteren Zweigen des Baums zu greifen. Es gehörte nicht zu ihren Aufgaben, sich um Kinder zu kümmern, aber vor ihrem geistigen Auge erschien das Bild von Ellie Pascoe, die aus dem Cottage stürzte und ihre Tochter zerschmettert im Gras liegen sah, während sie hoch oben saß und schuldbewußt herunterschaute.

Normalerweise fühlte sich Novello durchaus imstande, es mit der Pascoe oder jeder anderen Frau aufzunehmen, aber bei dieser Vorstellung verließ sie der Mut.

»Bleib unten«, befahl sie, »ich komme runter.«

Rasch kletterte sie herab, wobei sie sich athletisch von Ast zu Ast schwang. Die letzten beiden Meter sprang sie und landete leichtfüßig neben Rosie. All die Plackerei im Fitneßcenter lohnte sich letztendlich, wenn sie auch hauptsächlich dort hinging, um eine persönliche Vorschau auf das zu bekommmen, was die Ringerabteilung zu bieten hatte.

»Du kannst aber von hoch springen«, sagte Rosie Pascoe bewundernd. »Ich kann auch von hoch springen, aber nicht von so hoch, erst wenn ich größer bin. Aber ich kann gut klettern.«

»Das glaube ich«, sagte Novello. »Aber nicht auf den Baum da, ja?«

»Warum nicht auf den Baum?«

Novello wollte schon sagen, es sei ein spezieller Beobachtungsbaum der Polizei. Aber dann rief sie sich ihre eigene Kindheit in Erinnerung und kam zu dem Schluß, dies würde erst recht die Neugier des Pascoe-Balgs wecken, das dann bei der ersten Gelegenheit den Baum hinaufklettern würde.

In Gedanken blieb sie noch eine Weile bei ihrer Kindheit. Jede Menge Autoritätspersonen, aber die einzige, der sie aufs Wort gehorcht hatte, war ein großes Mädchen namens Tracy gewesen, die Anführerin ihrer Spielplatzbande. Sie erinnerte sich, mit welch gewinnenden Worten Tracy die Herzen anderer Kinder eroberte.

»Weil ich es sage«, erklärte sie. »Und wer in meiner Bande nicht gehorcht, dem drück ich das Gesicht in einen Kuhfladen.«

Rosie dachte eine Weile darüber nach und nickte dann.

»In Ordnung«, sagte sie. »Wie heißt unsere Bande?«

Eine Bande brauchte einen Namen. Novello überlegte einen Moment, dann schmunzelte sie: »Wir sind die *Rächerinnen der heiligen Uncumber*. Vergiß es nicht.«

»In Ordnung«, sagte Rosie. »Was heißt das?«

Kleine Mädchen brauchen immer eine Erklärung.

Novello tischte ihr eine Geschichte über die heilige Uncumber auf, in der sie als eine Art Superheldin erschien, die gegen kleine Jungs kämpfte, ließ aber die blutigen Details ihres Endes aus. Das Kind sollte keine Alpträume bekommen, deren Ursache die Pascoe bis zu ihr zurückverfolgen konnte.

Rosie hörte ihr mit großen Augen zu.

Dann sagte das Mädchen begeistert: »Sollen wir ein paar Jungs suchen, die wir niedermachen können?«

Novello war nicht wohl bei dem Vorschlag, und sie hoffte, das Balg würde die Sache nicht zu wörtlich nehmen.

»Nein«, sagte sie. »Zuerst suchen wir uns was zu essen, das wir niedermachen können. Kuchen. Uncumber hat auch eine Menge Kuchen niedergemacht. Genausoviel wie Jungs.«

Das Mittagessen hatte ihre Befürchtung bestätigt, daß die beiden älteren Frauen das Stadium erreicht hatten, in dem Unattraktivität in Zellulitis gemessen wird. Novello war es als die vernünftigste Vorbereitung auf Feenie Macallums Einladung zum Abendessen erschienen, sich mittags Mrs. Stoneladys Eintopf zu Gemüte zu führen. Aber das Gericht war wie vom Erdboden verschluckt (vielleicht in der Tiefkühltruhe weggeschlossen?), und die Runzeltanten schienen mehr als zufrieden, an ein paar geschmacklosen Keksen zu knabbern, die mit stinkendem Käse bestrichen waren. Das Frühstück morgen würde dann wahrscheinlich aus getrockneten Aprikosen und Guavensaft bestehen.

Nun, ein derart mageres Gemisch war vielleicht das Richtige für solche antiquierten Maschinen, aber das neueste Modell, das gerade vom Fließband in den Verkaufsraum gerollt war, benötigte reichhaltigeren Brennstoff.

Kuchen war nirgends aufzutreiben, aber sie fand einen Laib Brot, der aussah wie selbstgebacken, echte Butter und einen großen Topf mit der besten Zitronencreme, die sie je gegessen hatte. Sie schnitt zwei zentimeterdicke Brotscheiben ab, schmierte auf die eine gut zwei Zentimeter Butter und Zitronencreme, legte die andere Scheibe darauf und drückte das Ganze zusammen, so daß die gelbe, klebrige Masse seitlich herausquoll. Die ganze Zeit über spürte sie Rosies verlangenden Blick. Mit einem Seufzer teilte sie das Butterbrot und schob dem Mädchen die Hälfte hin.

»In Zukunft machst du dir aber selbst eins, klar?« sagte sie. »Ich bin nicht dein Proviantmeister.«

Sie bissen gerade in die saftigen Butterbrote, als Ellie in die Küche trat.

»Rosie, was um Himmels willen ißt du denn da?« fragte sie.

Novello wußte wenig über Mutterschaft, aber wenn man nicht möchte, daß Kinder mit vollem Mund reden, dann sollte man sie nicht ansprechen, wenn sie am Kauen sind. Das sollte ich mir merken, dachte sie.

Rosie wirkte mit ihrem von Zitronencreme verklebten Mund eindeutig behindert, sowohl körperlich als auch verhaltensmäßig. Nicht so Novello.

»Meine Schuld«, schmatze sie. »Dachte, sie könnte vielleicht eine kleine Stärkung vertragen bis zum Abendessen.«

»Eine kleine Stärkung? Bei dieser Dosis Cholesterin kann ich sie gleich auf die Warteliste des National Health Service setzen!« fauchte Ellie.

»Ah? Tut mir leid.«

Daphne kam mit einem Handtuch über der Schulter in die Küche.

»He, das sieht ja lecker aus, Rosie. Gibst du mir was ab?«

Rosie hielt ihr wortlos das Butterbrot hin, und Daphne biß kräftig hinein.

»Mhmm. Mrs. Stoneladys Zitronencreme. Ein himmlischer Genuß. Ich gehe schwimmen, meine Lieben. Hat jemand Lust auf ein kleines Bad?«

»Nein, danke«, sagte Ellie. »Muß noch Briefe schreiben.«

Die Aussicht auf die abendliche Begegnung mit Feenie hatte ihre Schuldgefühle wegen der Vernachlässigung ihrer Liberata-Korrespondenz wiederbelebt.

Rosie schluckte und versuchte etwas zu sagen, aber ihre Mutter meinte in entschiedenem Ton: »Du bleibst bei mir, Liebling. Ich will nicht, daß du dir gleich am ersten Tag eine Erkältung holst.«

»Ja, Mummy.«

Eine Glucke, dachte Novello. Aber vielleicht hatte sie ja ihre Gründe. Auf jeden Fall war das nicht ihr Problem. Sie hatte an ihre eigenen Aufsichtspflichten zu denken. Diese waren allerdings weit leichter zu erfüllen, wenn alle zusammenblieben.

»Ist es wirklich ratsam, daß Sie schwimmen gehen?« fragte sie. »Noch dazu im Meer.«

»Ich werde schon nicht ertrinken«, sagte Daphne lächelnd. »Ich bin eine halbwegs gute Schwimmerin –«

»Sie will damit sagen, sie war Meisterin über zweitausend

Meilen Schmetterling bei den High-Society-Mädchen von Yorkshire«, unterbrach sie Ellie.

»Wie bitte?« fragte Novello.

»Hören Sie gar nicht hin«, meinte Daphne. »Ein Ausdruck des Sozialneids, der sich auf meine kurze Zugehörigkeit zur Jugend-Schwimmstaffel von Yorkshire bezieht, einer Vereinigung, die so wenig elitär ist, daß dort sogar Mitglieder aus Polizistenfamilien aufgenommen werden, sofern sie gut genug sind. Ich schaffe das schon, glauben Sie mir, aber wenn Sie sich Sorgen machen, können Sie ja gerne mitkommen.«

»Ja, nun, ich wollte mir tatsächlich den Strand anschauen, wissen Sie, ein wenig das Gelände erkunden ...«

Als sie sah, wie die Pascoe die Augen verdrehte, faßte sie einen Entschluß.

»Mrs. Pascoe ...«

»Ellie«, sagte Daphne.

»... halten Sie alle Türen geschlossen, und lassen Sie Rosie nicht aus den Augen. In Ordnung?«

Sie sah nicht ohne Vergnügen, wie sich in Ellies Gesicht Verärgerung abzeichnete.

»Ich glaube, ich kann selbst auf meine Tochter aufpassen«, antwortete sie.

»Prima. Dann wollen wir mal los, Daphne.«

Draußen folgte sie der Älteren auf einer Art Pfad, der Novello aber eher wie ein Hindernisparcours vorkam, auf dem sie über Grasbüschel stolperte, sich die Zehen an Steinen stieß und die Attacken stachliger Büsche abwehren mußte, welche ein bösartiges Eigenleben zu führen schienen.

Was um Himmels willen habe ich hier verloren? fragte sie sich.

Bei diesem Job war wirklich kein Blumentopf zu gewinnen. Wahrscheinlich gab es auch überhaupt keine Gefahr, was bedeutete, daß nichts weiter vor ihr lag als eine Reihe von Tagen, an denen man sich gegenseitig auf die Nerven gehen würde. Und das in einer tristen Landschaft, auf die voll und ganz ihrer irischen Großmutter härtestes Urteil zutraf: *Das ist eine Gegend, wo eine anständige Frau von Protestanten übers Ohr gehauen werden könnte.*

Falls es durch irgendein Wunder doch zu einer brenzligen Situation kam, wie um alles in der Welt sollte sie ihr begegnen? Sie konnte die Gruppe nicht zwingen zusammenzubleiben. Wahrscheinlich hätte sie bei den Pascoes im Cottage bleiben sollen, aber falls Daphne Aldermann ertrank, dann würde man ihr die Leviten lesen. Doch das war sicher noch gar nichts, verglichen mit dem, was ihr bevorstand, falls sie bei ihrer Rückkehr nach Nosebleed beide Pascoes, Mutter und Tochter, mit durchschnittener Kehle auffinden würde.

Sie erschauderte bei dieser Aussicht, dann sagte sie sich, daß damit nun wirklich nicht zu rechnen war. Nein, wenn das ein ernst zu nehmender Job gewesen wäre, dann hätte es zumindest zwei Aufpasser gegeben, Männer wahrscheinlich. Ihre Anwesenheit hatte Alibicharakter, auch wenn sie nicht unbedingt eine Alibifrau war, obwohl man sie unter dem Alibi, daß sie eine Frau sei, hierhergeschickt hatte ...

»Oh, Scheiße!« rief sie.

Daphne Aldermann war von der Klippe gestürzt.

Sie rannte vor und starrte hinunter.

Was sie sah, jagte ihr einen Schreck ein, doch zugleich atmete sie erleichtert auf.

Der Abhang war mit einem wenig einladenden Gewirr von Sandsteingeröll und Tonschiefer bedeckt, doch Daphne, davon völlig unbeeindruckt, stieg mit einem Tempo hinab, als würde sie über eine mit Teppich ausgeschlagene Treppe schreiten.

Novello folgte ihr vorsichtig.

Sie konzentrierte sich so sehr darauf, wohin sie ihre Füße setzte, daß sie kaum auf den Strand achtete, aber als sie ihn schließlich erreichte, genügte ein Blick Richtung Norden und einer Richtung Süden, um ihr zu bestätigen, was sie schon vermutet hatte. Keine Eiswagen, keine Ringer weit und breit. Nicht einmal ein Protestant, der einen übers Ohr hauen könnte.

Im Sand lagen ein T-Shirt, Sandalen, ein Paar Shorts und ein Handtuch. Und vorne lief Daphne ins Meer, nackt.

Mein Gott, dachte Novello. Nach alledem jetzt auch noch ein mittelalter Nackedei.

Sie schaute lange genug hin, um festzustellen, daß zumindest die Lobpreisungen der Schwimmfertigkeiten dieser Frau nicht übertrieben gewesen waren. Daphne strich mit weit ausholenden, lockeren Schlägen durch den starken Wellengang, bis sie in ein paar hundert Metern Entfernung eine Ansammlung von Felsen erreichte. Hier zog sie sich aus dem Wasser und winkte. Dann legte sie sich auf den Rücken, um die Sonne zu genießen.

Keine schlechte Idee, dachte Novello.

Sie legte sich ebenfalls in den Sand und schloß die Augen.

Ein Geräusch dicht neben ihr weckte sie auf. Sie öffnete die Augen und setzte sich auf. Daphne rieb sich munter mit dem Handtuch ab. Ein wenig schlaff und welk, bemerkte Novello, und stellte einen Vergleich mit ihrem flachen Bauch und ihrem der Erdanziehung trotzenden Busen an, erst selbstzufrieden, dann mit Selbsttadel. Noch zwei Jahrzehnte und zwei Kinder, wie würde sie dann wohl aussehen? Vergleiche hinken, sagte ihre Großmutter immer, wenn beide Seiten nicht die gleichen Voraussetzungen haben.

Sie merkte, daß Daphne zu ihr herübersah, und senkte den Blick. Es war ihr peinlich, dabei ertappt worden zu sein, wie sie den Körper der Älteren mit einem derart abschätzigen Blick maß.

»Ich dachte, Sie gehen vielleicht auch ins Wasser«, sagte Daphne. »Es ist herrlich. Das Handtuch reicht für uns beide.«

»Nein, danke«, sagte Novello. »Schwimmen Sie immer nackt?«

»Meistens. Wieso? Stört es Sie?«

Bei einem Mann nicht, dachte Novello.

»Nein«, erwiderte sie.

»Scheint mir aber doch so«, meinte Daphne liebenswürdig.

»Sie haben wohl Angst, Ihre ohnehin schon ziemlich undankbare Aufgabe würde noch dadurch kompliziert, daß eine alternde Lesbe ein Auge auf Sie wirft? Glauben Sie mir, ich bin so geradlinig hetero, mich könnte man als Lineal für Baupläne benutzen. Wie Ellie immer sagt, ich bin ein Opfer meiner Erziehung. Das Leben in einem Mädchenpensionat hat mir jede Hemmung genommen, mich vor meinen Geschlechtsgenossinnen zu entblößen, während es mir gleichzeitig eine beinahe viktorianische Schamhaftigkeit eingeimpft hat, was den zudringlichen Blick von Männern betrifft. Deshalb bin ich auch von den Felsen zurückgeschwommen, als ich den Kerl oben auf der Klippe sah.«

Novello, noch ganz benommen von der Sonne, brauchte einen Moment, um darauf zu reagieren.

Dann setzte sie sich kerzengerade auf und fragte: »Welchen Kerl?«

»Irgendein Bauer höchstwahrscheinlich, der wohl geglaubt hat, heute sei sein Glückstag. Ich habe ihn entdeckt, als ich nach oben schaute, aber dann hat er sich geduckt, um nicht gesehen zu werden, und ich bin zurückgeschwommen. Das ist immer das Beste. Das schlichte männliche Gemüt könnte sonst meinen, daß es einem nichts ausmacht, begafft zu werden.«

Novello sprang auf, zog ein kleines Fernglas aus ihrem Gürteltäschchen, rannte bis ans Wasser und suchte von dort aus den Rand der Klippen ab.

Roter Fels, blauer Himmel, kreischende Seevögel. Das einzige Anzeichen menschlicher Gegenwart war ein seltsames Gebäude, das ein Stück weiter nördlich gefährlich nah an eine Klippe gebaut war. Auf dem Grundstück der Stadtstreicherin.

»Kein Grund zur Panik. Es wird Donald gewesen sein, Mrs. Stoneladys Sohn, der ist völlig harmlos«, rief Daphne.

Novello achtete nicht auf sie. Etwas hatte sich bewegt. Sie korrigierte leicht die Entfernungseinstellung, und plötzlich hatte sie ihn scharf im Blickfeld, nur für einen Moment, von der Seite, oder mehr von hinten, nicht im Profil, wie er sich in südlicher Richtung auf dem Pfad, der am Rand der Klippen entlangführte, bewegte. Nicht besonders groß, dunkles Haar, schon war er wieder weg. Sie beobachte weiter die Klippen, in der Hoffnung, er würde sich noch einmal zeigen, aber vergeblich.

Plötzlich waren ihre brandneuen Turnschuhe von Wasser bedeckt. Die Flut kam herein. Man mußte wirklich ständig auf der Hut sein.

Rasch sprang sie vor, ging zu Daphne zurück und nahm ihr Handy vom Gürtel.

»Welche Nummer hat das Cottage?«

Daphne nannte sie ihr, meinte aber, während sie noch wählte: »Ich glaube nicht, daß Sie durchkommen. Selbst ohne die Klippen sind die Funkverbindungen in Axness notorisch mies. Sogar die Leitungen sind nicht besonders zuverlässig. Nosebleed ist oft nicht zu erreichen.«

Sie hatte recht. Es kam keine Verbindung zustande.

Novello befestigte das Handy wieder an ihrem Gürtel und sagte: »Hören Sie, ich klettere jetzt wieder rauf und sehe mich um. Sind Sie hier fertig?«

»Ich wollte erst noch ein bißchen in der Sonne trocknen und dann zum Cottage zurückgehen.«

»Gut, wir sehen uns dort.«

»Schön. Aber ehrlich, Shirley, ich glaube nicht, daß es irgendeinen Grund zur Sorge gibt.«

»Da haben Sie wahrscheinlich recht, aber meine Vorgesetzten mögen das Wort *wahrscheinlich* nicht.«

Sie stieg die Klippe hinauf. Das war leichter als der Abstieg, wenngleich sie trotz ihrer im Fitneßcenter gestählten Muskeln schwer atmete, als sie oben ankam.

Nichts regte sich auf den Klippen Richtung Gunnery House.

Sie blickte nach Süden. Nichts.

Das *konnte* bedeuten, daß der Spanner nach Nosebleed gegangen war, nachdem er sich vergewissert hatte, daß die beiden Nicht-Pascoes am Strand beschäftigt waren.

Auch wenn es unlogisch war, sie hatte das Gefühl, ausgetrickst worden zu sein, und machte sich im Laufschritt auf den Weg zum Cottage.

SIEBEN

Der Gesang der Sirenen

Ellie saß in einem Gartenstuhl, der schmiedeeisern aussah, aber weich wie Schaumgummi war (wo bekam Patrick bloß solche Gartenmöbel her?). Sie trug einen schlaffen Sonnenhut und ein weites Baumwollkleid. Ihre Finger schwebten über der Tastatur ihres Laptops, dessen Bildschirm das Kapitel 3 ihrer Schmusedeckengeschichte anzeigte, und plötzlich fühlte sie sich wie eine richtige Schriftstellerin. Oder zumindest, abgesehen vom Computer, wie das Bild von einer echten Schriftstellerin, das Renoir in Monets Garten gemalt haben könnte.

Das war ein beträchtlicher Fortschritt gegenüber dem trügerischen Gefühl, das sie oft in der Abstellkammer beschlich, der sie die Bezeichnung Arbeitszimmer verweigerte. Eine Besucherin aus Amerika hatte ihr erzählt, daß man bei ihr zu Hause als sogenannter »unveröffentlichter Autor« Mitglied ernsthafter Schriftstellervereinigungen werden könne, ohne jemals ein Wort zu Papier gebracht zu haben. Ellie hatte höhnisch gelacht, bis sie gemerkt hatte, daß ihre Freundin ohne jede Selbstironie von einer persönlichen Erfahrung berichtete. Ihre Gastgeberrolle und instinktive Vorbehalte gegen elitäres Denken ließen sie die darauf folgende Gardinenpredigt widerspruchslos ertragen. Aber kein Lippenbekenntis der Welt konnte ausräumen, was sie in ihrem Inneren empfand, daß sie nämlich eine Möchtegern-Schriftstellerin bleiben würde, bis ihre Worte gedruckt und mit einem Preisschild versehen waren. Und falls und wenn sie schließlich keine Möchtegern-Schriftstellerin mehr wäre, würden keine noch so klugen demokratischen Argumente sie dazu bringen, ihren Status mit einem eitlen Schmierfinken zu teilen, der sich als »unveröffentlichter Autor« bezeichnete!

Aber hier draußen, in der Sonne, wo die Vögel in den Bäumen zwitscherten und Rosie ganz in der Nähe fröhlich mit Tig oder mit irgendwelchen anderen merkwürdigen Geschöpfen plauderte, die der Hund in ihrer Vorstellungskraft erweckt hatte, schien es ihr schließlich doch möglich, sich als wahre Schöpferin zu fühlen, als Gestalterin von Träumen jenseits des rauhen Alltags von Arbeitsessen, Erscheinungsterminen und gelehrten Kritiken. Vielleicht war es ja übersinnliche Wahrnehmung, und der lang ersehnte Annahmebrief war schon durch den Briefschlitz gesegelt. Dieses Gefühl war so stark, daß sie ins Cottage ging und zu Hause anzurufen versuchte, nur für den unwahrscheinlichen Fall, daß Peter, dem sie kurz nach ihrer Ankunft eine Nachricht auf dem Anrufbeantworter hinterlassen hatte, inzwischen heimgekommen war. Sie hatte jedoch keinen Erfolg, denn die Leitung war inzwischen völlig tot.

Seltsamerweise ärgerte sie sich nicht darüber, vielmehr verstärkte sich dadurch das Gefühl, von der Welt abgeschnitten zu sein.

Nichts kann mich hier erreichen, dachte sie.

Aber als sie in den Garten zurückkehrte, mußte sie feststellen, daß sie sich geirrt hatte. Irgendein elektronischer Schnitzer hatte auf ihrem Bildschirm ihren unvollendeten Brief an Bruna Cubillas erscheinen lassen. Die Kolumbianerin war in ihren Briefen selten direkt auf ihre Haftbedingungen eingegangen, vielleicht aus Angst vor Zensur und Repressalien, vielleicht, weil sie sich auf diese Weise in eine andere Welt, in ein Familienleben mit seinen alltäglichen Vergnügungen und Ängsten flüchten konnte, in das sie ihre Situation nicht hineintragen wollte. Aber Ellie hatte natürlich darüber gelesen und wußte auch von Leuten, die ein ähnliches Schicksal erlitten und wieder freigekommen waren, daß dieselbe Sonne, in der sie sich wärmte,

Brunas winzige Zelle in einen faulig stinkenden Glutofen verwandelte, in dem sogar die Schaben nur noch kraftlos über den Boden krochen …

Ärgerlich klickte sie den Brief weg. Später. Das hatte Zeit. So selten war sie derart vergnügter Stimmung, daß es kleinlich gewesen wäre, sie zu unterdrücken. Und überhaupt, hatte Feenie nicht angedeutet, daß Bruna freikommen würde? Wenn das stimmte, hatte es wenig Sinn, ihr einen Brief ins Gefängnis zu schicken. Sie bezweifelte, daß ihre Brieffreundin dort eine Nachsendeadresse hinterlassen würde.

Sie beschwor ihre Geschichte ein weiteres Mal herauf und tauchte in die Überarbeitung ein wie ein Delphin ins dunkle Meer. Sie hatte dieses Kapitel mit einem jener ausgedehnten Vergleiche begonnen, die die Autoren der klassischen Epen so liebten, aber sie war sich nicht sicher, ob das funktionierte. Oder war sie sich vielleicht nicht sicher, wie es funktionieren sollte – als episches Gleichnis oder als postmoderne Ironie? Oder vielleicht auch nur als guter, ehrlicher Humor! Was also nun? Warum mußte man alles immer so kompliziert nehmen?

Laß es einfach so stehen!

Kapitel 3

Wie die Speikspinne, die ihr unsichtbar schwebendes Netz über die duftenden Büsche spannt, welche am Saum der fauligen Sumpflande Asiens, ihrem Lebensraum, üppig wuchern, die goldenen Bienen, welche von den reich ausgeschwitzten Säften der blühenden Bäume angelockt werden, in lockeren Banden fängt, so daß sie, wenn sie auch nicht mehr wegfliegen können, doch noch die Möglichkeit haben, sich nach Herzenslust zu laben, bis die Zeit gekommen ist, wo die geduldige Arachne sie leersaugt, so bewirtete auch Äneas seinen Gast mit Wein und Süßspeisen, wohl wissend, daß dieser am Ende den Preis für den ungeheuren Betrug bezahlen würde, der Troja in den Untergang geführt hatte, nicht jedoch, bevor er alles aus ihm her-

ausgesaugt hatte, was er über die unberechenbaren Gefahren in diesem gefährlichen Teil des Meeres wußte.

Doch wie unterschiedlich sie von Herkunft, Vorlieben und Temperament auch sein mögen, und wenn sie noch so viele Jahre gegeneinander gekämpft haben, sobald alte Soldaten am Lagerfeuer Erinnerungen an Schlachten, erduldete Leiden und überstandene Gefahren austauschen, knüpft sich jenseits aller Komplotte und Ränke ein anderes, unsichtbares Band zwischen ihnen.

»Du bist wirklich ein findiger Bursche«, sagte Äneas, nachdem Odysseus ihm erzählt hatte, wie er aus der Höhle des Polyphem entkommen war. »Und wenigstens in diesem Fall habe ich Grund, dir dankbar für deine Findigkeit zu sein, ohne die meine Flotte es vielleicht nie geschafft hätte, aus dem Land der Zyklopen wegzukommen.«

»Du bist auch mit den einäugigen Bastarden aneinandergeraten?« rief Odysseus aus. »Wann war das?«

»Ungefähr drei Monate nachdem du ihnen entkommen bist. Nein, sei nicht überrascht, daß ich das so genau weiß. Als wir dort an Land gingen, kam ein armer Teufel auf uns zugelaufen, warf sich uns zu Füßen und flehte um Gnade. Es war einer von deinen Leuten, der zurückgeblieben war, als ihr geflohen seid. So verzweifelt war er, daß er es vorzog, sich in die Hände der Trojaner zu begeben, um nicht von einem Zyklopen bei lebendigem Leib aufgefressen zu werden.«

»Achämenides! Willst du mir etwa weismachen, ihr habt Achämenides gerettet?«

»Ja, so hieß er. Für uns war es eine glückliche Begegnung. Er erzählte uns von deinen Abenteuern, so daß wir vorgewarnt waren und fliehen konnten, obwohl es uns trotzdem fast erwischt hätte.«

»Also, leck mich doch einer«, sagte Odysseus. »Hat Achämenides tatsächlich überlebt! Immer schon hat er behauptet, seiner Mutter wäre von den Göttern vorausgesagt worden, er sei für Großes ausersehen und würde wahrscheinlich eines Tages König werden! Nun, bei dieser verrückten Götterbande ist

wirklich nichts unmöglich. Wo ist er denn jetzt? Zum Glück bin ich ihm draußen nicht begegnet, er hätte bestimmt gleich allen erzählt, wer ich bin.«

Äneas sah ein wenig verlegen vor sich hin und antwortete dann: »Offen gestanden, er ist nicht hier. Wir haben ... ihm die Freiheit geschenkt.«

»Ihm die Freiheit geschenkt? Also, ihr habt ihn irgendwo abgesetzt und ihm gesagt: ›Hau ab, Junge, war nett, dich kennenzulernen?‹«

»Nicht ganz«, erwiderte Äneas. »Die Wahrheit ist, als wir in den schweren Sturm geraten sind, der uns schließlich an diesen ungastlichen Ort getrieben hat, und vor dem Wind davoneilten, der uns jeden Augenblick einzuholen und tief in den Rachen des Todes hinunterzustoßen drohte, da hatten einige meiner Männer, eigentlich die meisten, das Gefühl, daß jemand unter uns den Erderschütterer erzürnt haben mußte, und Achämenides, einer aus deiner Mannschaft, die den Polyphem, den Sohn des großen Poseidon, geblendet hatte, kam am ehesten in Betracht. Also haben wir ihn über das Wasser gehalten. Na, und dann, nach einer Weile, da haben wir... ihm die Freiheit geschenkt. Tut mir wirklich leid.«

Odysseus machte ein finsteres Gesicht, aber dann verzog er es zu einem breiten Lachen, das alle Zähne entblößte, und er sagte: »Also, Fürst, mach dir nichts draus. Ich an deiner Stelle hätte genauso gehandelt.«

»Einen trojanischen Gefangenen über Bord geworfen, willst du sagen?«

»Nein. Achämenides über Bord geworfen! Er war immer schon ein Taugenichts, und auf See war er eine echte Plage. Weißt du, wie wir ihn immer nannten? Hektor – nach deinem großen Schwager.«

»Weil der etwa ein Taugenichts war, meinst du?« fragte Äneas, der diese Bemerkung offensichtlich krummnahm.

»Nein! Weil er überall rumgetrampelt ist und Griechen niedergemacht hat!«

Äneas lachte, dann wurde er wieder ernst und sagte: »Tja, der arme Hektor. Mit seinem Tod starb unsere Hoffnung. Merkwürdig war es schon, als ich – neben vielen anderen merkwürdigen Dingen, die seit dem Debakel passiert sind – seiner Frau Andromache begegnete. Auf Epirus. Sie ist mit Helenos verheiratet – erinnerst du dich an ihn? Auch einer von Priamos' Söhnen.«

»Ja, klar. Ich habe den Kerl mal gefangen, und er geriet ins Phantasieren und erzählte mir, Troja sei dem Untergang geweiht. Ich dachte, entweder ist der Bursche wirklich oberschlau oder nicht ganz dicht, also habe ich ihn gegen ein Lösegeld rasch wieder freigelassen. Lebt er noch?«

»O ja. Er hat ein nettes kleines Ding am Laufen. Hat eine Art Mini-Troja aufgezogen, das er Chaonia nennt.«

»Ich habe ihn also richtig eingeschätzt. Schlauer Bursche! Hast du nicht daran gedacht, dich auch dort niederzulassen?«

Äneas lächelte. »Nein, eigentlich nicht. Ich bin ... anderswohin unterwegs. Aber ich habe dich unterbrochen. Schon seltsam, wie sich unsere Wege immer wieder kreuzen. Scylla und Charybdis, die Zyklopen ...«

»Ja. Aber ich wette, du hast nie den Gesang der Sirenen gehört«, meinte Odysseus selbstgefällig.

»Nein, aber nach allem, was ich gehört habe, hat ihn auch noch kein Mann überlebt.«

»Doch, wenn er seiner Mannschaft befiehlt, sich die Ohren mit Wachs zu verschließen und ihn an den Mast zu binden, so daß er nicht über Bord springen kann.«

»Und das hast du getan? Erstaunlich. Du mußt wirklich süchtig sein nach neuen Erfahrungen, Odysseus. Und war es das wert? Ich kann mir nicht vorstellen, daß es einen Gesang gibt, der so süß ist, daß ein im Krieg gestählter Mann alles andere vergißt und wie von Sinnen darauf zustürzt.«

»Nicht? Also, wenn ich nicht angebunden gewesen wäre, dann wäre ich hingestürzt, das kann ich dir sagen. Keine Frage.«

»Wirklich? Wie hat sie sich denn angehört, diese unwiderstehliche Musik? Kannst du mir vielleicht eine Ahnung davon verschaffen?« erkundigte sich Äneas in leicht spöttischem Ton.

»Werd's versuchen. Paß auf. Es ging ungefähr so.«

Und der Grieche holte tief Luft, warf den Kopf zurück und stieß einen schrecklich krächzenden, keuchenden, heiseren Schrei aus.

Das Gebrüll erfüllte die Höhle, und bevor noch das Echo vollständig verhallt war, riß Achates am Eingang den Vorhang beiseite, und Wachmänner umringten den fetten Griechen mit grimmigen Gesichtern und gezückten Schwertern.

»Siehst du?« meinte Odysseus zufrieden. »Ich habe dir doch gesagt, so etwas gibt es. Da kommen sie angerannt, jederzeit.«

Einen Moment herrschte Stille, dann begann Äneas zu lachen, der Grieche stimmte ein, und nach kurzer Zeit konnten sich beide nicht mehr halten vor Heiterkeit.

Der Fürst, unfähig zu sprechen, entließ seine Männer mit einer herrischen Handbewegung. Achates verharrte einen Moment im Eingang und blickte zurück, als wollte er etwas sagen. Dann schüttelte er den Kopf und ließ den Vorhang hinter sich fallen.

Äneas füllte von neuem die Becher mit rotem Wein, und die beiden Männer nahmen einen tiefen Schluck.

»Wenn das ein gutes Beispiel für ihren Gesang war, hört es sich für mich eher wie eine Einladung in den Hades als wie eine in die Gefilde der Seligen an«, sagte Äneas.

»Hades? Ja, da war ich auch mal«, erinnerte sich Odysseus schaudernd. »Und ich bin nicht geneigt, darüber irgendwelche Witze zu reißen.«

Der Fürst beugte sich vor und sah seinem Gegenüber tief in die Augen.

»Ist das dein Ernst? Du bist zu dieser Reise angetreten und wieder zurückgekehrt? Ich habe immer geglaubt, niemand hätte das geschafft, außer Orpheus, der um seiner Liebe willen der Finsternis getrotzt hat.«

»Ach, der«, meinte Odysseus verächtlich. »Da kenne ich die wahre Geschichte. Ziemlicher Beschiß, dieses Getue um die große Liebe. Seine Frau war wohl eine von der eifersüchtigen Sorte, und als sie es spitzgekriegt hat, daß er seinen musikalischen Charme einsetzte, um ihn auch mal woanders wegzustecken, da versteckte sie ihm seine beste Leier. Dann wurde sie von einer Schlange gebissen, bevor er sie wiedergefunden hatte, und daher ist er dann hinter ihr her hinabgestiegen. Aber als er dann Pluto persönlich traf und seine Angetraute fand, dachte er, es wäre wohl das Beste, auf Mitleid zu machen, also tischte er ihm auf, daß er ohne sie nicht leben könne. Alles, was er wollte, war eine kurze Unterhaltung – Wo ist meine Leier? Danke, Liebling, man sieht sich – und aus. Aber die Geschichte wirkte so glaubhaft, daß sie ihm sagten, er könne sie zurückhaben, nur daß er sich beim Rückweg aus dem Hades nicht nach ihr umdrehen dürfe. Nun, da ging er also voran, spielte auf seiner zweitbesten Leier, und die ganze Zeit, ein paar Schritte hinter ihm, Eurydike, unablässig schnatternd. Pausenlos hielt sie ihm seine Seitensprünge vor, und daß er sich ja nicht einbilden sollte, es würde sich jetzt was ändern, und er solle nur warten, bis sie zu Hause wären, sie würde ihm das schon austreiben. Und am Ende, als schon das Tageslicht in Sicht kam, da dachte er, verdammt, das soll wohl ein Witz sein? Und er sagte: ›Entschuldigung, Liebste, das habe ich nicht richtig verstanden‹, und drehte sich um. Auf Wiedersehen, Eurydike. So war es. Ehrlich. Beim Leben meiner Mutter.«

Äneas meinte trocken: »Ich sehe, du bist wahrhaftig der Legenden würdig, die man über dich erzählt. Was hast du aber im Hades getan? Wem bist du begegnet? Was hast du dort erfahren?«

»Nun, seltsam genug, ich habe dort zum Beispiel meine alte Mutter getroffen. Das war ein richtiger Schock für mich. Ich hatte gar nicht gewußt, daß sie gestorben war. Vielleicht hatte ich einmal zu viel auf ihr Leben geschworen. Und ich habe

viele andere Frauen gesehen, die Gattinen edler Männer...«

»Hast du nicht...«, begann Äneas zögernd. »Hast du vielleicht ... weißt du was ... Krëusa, meine Frau, die geliebte Mutter meines Sohnes, die von meiner Seite wich, als wir aus dem brennenden Troja flohen, gefangengenommen und erschlagen von ... sag, hast du sie gesehen?«

Odysseus schüttelte seinen großen Kopf. »Nein, Fürst. Ich will dich nicht belügen. Ich habe sie nicht bemerkt, aber es waren so viele, und ich hatte wenig Zeit. Aber ich kann dir sagen, wen ich gesehen habe. Den großen Achilles! Ja, da war er, höchstpersönlich, er stolzierte durch die Gefilde der Seligen. Ich sagte zu ihm, ich sei sicher gewesen, daß ein großer Held wie er sogar dort unten eine besondere Behandlung erführe, und weißt du, was er mir geantwortet hat?«

»Nein. Was hat er gesagt?« fragte der Fürst betrübt, denn er war in Gedanken immer noch bei seiner Frau.

»Er meinte, er würde lieber als Sklave bei einem landlosen Niemand schuften als der König all dieser toten Krieger sein. Das gibt einem zu denken, oder? Der große Achilles! Wenn das nicht zu denken gibt!«

»Ja. Das glaube ich auch«, sagte Äneas und nahm einen tiefen Schluck Wein. »Aber du wirst mir verzeihen, wenn mein Mitgefühl sich in Grenzen hält. Wäre er nicht nach Troja gekommen, dann hättet ihr uns auch nie besiegt. Haben die Götter es nicht so verkündet?«

»Ja, das haben sie.«

»Und stimmt es nicht auch, daß seine Mutter ihn als Mädchen verkleidet auf die Insel Skyros brachte, weil sie wußte, daß er sterben würde, wenn er nach Troja käme? Und war es nicht der kluge und listenreiche Odysseus, der ihm dorthin folgte, ihn ausfindig machte und dazu brachte, sich der Streitmacht der Griechen anzuschließen? Oh, du bist für vieles verantwortlich, mein Freund, sowohl am Anfang als auch am Ende dieser tragischen Geschichte.«

Verdrießlich betrachtete er den fetten Griechen, und plötz-

lich zeigte sich, daß die Bande soldatischer Kumpanei nicht sonderlich belastbar waren.

»Langsam«, gab Odysseus zurück. »Du kannst dich nicht mit den Göttern anlegen. Meinst du vielleicht, irgendeiner von uns hätte zehn Jahre seines Lebens für den Kampf um diese durchgeknallte Schlampe geopfert, wenn wir ein Wörtchen mitzureden gehabt hätten? Ich jedenfalls hatte nicht die geringste Lust dazu, auch wenn ich mit einem Haufen anderer verrückter Burschen, die sie freien wollten, einen Eid geleistet hatte, die Rechte von dem, der sie am Ende bekommen würde, zu verteidigen. Als ich hörte, daß sie entführt worden war und Menelaos sich auf unsere Absichtsbekundungen berief und hinter ihr her wollte, tat ich, als sei ich verrückt geworden, und lief gackernd umher, wie ein Huhn, das Korn pickt. Aber das brachte nichts, trotz meiner vielgepriesenen Klugheit. Also dachte ich mir, gut, wenn nicht gegen sie, dann mit ihnen, bringen wir diesen Unsinn eben so schnell wie möglich hinter uns, und sehen wir zu, daß wir zur Wintersonnenwende wieder zu Hause sind.«

»Du warst immerhin dafür verantwortlich, daß ihr Achilles aufgespürt habt, ohne den das alles nicht passiert wäre«, meinte Äneas vorwurfsvoll.

»Jetzt mach mal einen Punkt!« protestierte der Grieche. »Du sagst das, als wäre da etwas dabei gewesen. Nun, das war es keineswegs. Jeder Idiot hätte ihn finden können. Denk doch mal nach. Da hat er sich nun als Mädchen unter all den anderen Mädchen versteckt. Gut Idee, was? Nur daß er zwei Meter zehn groß ist und einen Riemen hat, so lang wie Ajax' Speer! Weißt du, wie die Mädchen von Skyros ihn nannten, wenn sie unter sich waren? Der Stocksteife! Und damit meinten sie nicht seine Tanzkünste!«

Ellie lachte laut über ihren eigenen Scherz, lehnte sich zurück und nippte an ihrer Limonade.

Warum sie Schriftstellerin werden wolle, hatten Freunde sie gefragt, meistens, ohne wirklich eine Antwort hören zu wollen.

Das war auch besser so, denn es gab so viele Antworten, unehrliche zumeist, und keine traf wirklich den Punkt.

Zu den beliebtesten unter den »ernsthaften«, die im Angebot waren, gehörte die Behauptung, man versuche einen Sinn, eine Struktur in die offensichtlich sinn- und zusammenhanglose menschliche Erfahrung zu bringen.

Aber Geschichten schreiben war auch eine Erweiterung der Erfahrung, wie sie gestern im Garten von Rosemont noch Daphne erklärt hatte, manchmal sogar ein Ersatz, und natürlich auch eine Flucht. Wie sie hier im Sonnenschein saß und über ihre eigenen Einfälle lachte, hatte sie das Gefühl, sie könnte die Frage beantworten, ohne zu Ausflüchten greifen zu müssen.

Sie wollte Schriftstellerin sein, weil eine Schriftstellerin alles tun, überall hingehen, jede Frage beantworten konnte. Eine Welt voller Belohnungen und Vergnügungen, ähnlich der, die Faustus gelockt hatte. Hier lag ein Reich, das sich so weit erstreckte wie der Geist des Menschen. Mag sein, daß man dafür wie Faust mit seiner Seele bezahlte, oder zumindest mit dem Teil, der einen befähigte, in der realen Welt zu leben. Denn sie hatte bereits von dem süßen Gift gekostet und wußte daher, wer vom Wasser der Hippokrene getrunken hatte, der fühlte sich den Menschen und ihren Problemen, der Zeit und allen Sorgen, den Bäumen und dem grünen Gras mehr entrückt als der Opiumraucher oder der Kokainschnupfer, er fiel durch die Wolken, um sanft in einer selbstgeschaffenen Welt zu landen. Hier war sie eine Göttin, die durch ihren Paradiesgarten wandelte, und wenn von Zeit zu Zeit eines ihrer Geschöpfe Eigensinn an den Tag legte, nun, so gehörte auch das dazu.

»Mrs. Pascoe ... *Ellie!* Alles in Ordnung hier?«

Plötzlich befand sie sich wieder im Garten von Nosebleed, und zwar dank einer rotgesichtigen und besorgt dreinblickenden Shirley Novello, die sie gerufen hatte.

»Ja, natürlich ist alles in Ordnung. Sind Sie gerannt? Sie sollten wirklich vorsichtig sein bei dieser Hitze.«

»Sie haben gesagt, Sie bleiben drin und halten alle Türen geschlossen«, meinte Novello vorwurfsvoll.

»*Sie* haben mich angewiesen, die Türen geschlossen zu halten, und das habe ich auch getan«, sagte Ellie. »Was das Drinbleiben betrifft – an so einem Tag? Sie machen wohl Scherze!«

»Ja, mir ist ausgesprochen spaßig zumute. Wo ist Rosie?«

»Sie ist...«

Nirgends.

Die Vögel sangen immer noch, aber das Geplapper des Kindes, das in seinem eigenen parallelen Universum spielte, bildete nicht mehr die zweite Stimme dazu.

Und nun verschwammen die Bäume und das grüne Gras vor Ellie Pascoe, und sie fiel aus den Wolken.

»Rosie! Rosie!« rief Novello. »Wo bist du? *Rosie*!«

Stille. Der verzweifelte Ruf hatte sogar die Vögel zum Verstummen gebracht.

Dann ertönte ein Bellen, dem einen Augenblick später Tig folgte. Und zu ihrer großen Erleichterung hörten sie irgendwo jenseits der hohen Gartenmauer auch die Stimme des Mädchens, »Auf Wiedersehen, auf Wiedersehen!«, und gleich darauf kam sie durch das Gartentor gerannt, in der Hand ein Sträußchen kleiner weißer Blumen.

Eine Sekunde lang empfand Ellie tiefe Dankbarkeit gegenüber Novello, als wäre es allein ihren Rufen zu verdanken, daß Rosie zurückgekommen war. Doch beinahe im gleichen Augenblick schlug dieses Gefühl in ebenso heftigen Ärger darüber um, daß ihr die dumme Person mit ihrem plötzlichen Auftauchen und ihrer verstörenden Penetranz einen solchen Schrecken eingejagt hatte.

Rosie profitierte von diesem Stimmungsumschwung. Anstatt sie für ihr Herumstreunen zu tadeln, sagte Ellie: »Hallo, Liebling. Bleib ein bißchen im Schatten. Komm und trink ein Glas Limonade. Sind die für mich?«

»Ja, die Frau hat sie für mich und Nina gepflückt.«

Novello, die bis zur Tür gegangen war und hinausgesehen hatte, wandte sich um und fragte: »Nina? Wer ist Nina?«

Ellie, die die Wildblumen betrachtete, blickte auf und meinte, leicht spöttisch: »Rosies Freundin, die außer ihr niemand sehen kann.«

Novello schaute sie stirnrunzelnd an. Sie hat ein charaktervolles Gesicht, und wenn sie die Stirn runzelt, wirkt es noch beeindruckender, dachte Ellie widerwillig.

»Und die Frau, die die Blumen gepflückt hat? Hat die auch einen Namen?« fragte Novello.

Rosie überlegte einen Augenblick und meinte dann: »Also, sie hatte einen Schnurrbart, da habe ich gedacht, es könnte vielleicht die Frau sein, von der du mir erzählt hast. Camembert.«

»Camembert?« fragte Ellie verwundert.

»Wahrscheinlich meint sie Uncumber«, meinte Novello zögernd. »Das ist eine Heilige ...«

»Ja, das weiß ich«, sagte Ellie argwöhnisch. »Wilgefortis. Ich frage mich nur, warum um alles in der Welt Sie Rosie solche Sachen erzählen. Ich hoffe, das war kein Bekehrungsversuch.«

»Hat sich so ergeben«, erwiderte Novello. »Und ich frage mich, woher Sie die eigentlich kennen?«

Ziemlich dreist, dachte Ellie.

»Als notorische Atheistin, meinen Sie? Also, meine Liebe, auch wenn ich keinem primitiven Aberglauben anhänge, kann ich doch immer noch ein paar von diesen albernen Legenden ganz unterhaltsam finden.«

Novello, offensichtlich verärgert und gekränkt, lief rot an, was Father Kerrigans Herz sicher erfreut hätte, bei Ellie jedoch Schuldgefühle weckte.

Vielleicht war es an der Zeit für einen Olivenzweig.

»Rosie, Schatz, die Frau, von der du gesprochen hast, die mit dem Schnurrbart, ist sie so wie Nina? Oder könnte Shirley sie auch sehen?«

Sieh mal an. Sie hatte ihren Vornamen gebraucht!

Das Mädchen sah Novello über den Rand ihres Limonadenglases hinweg abschätzig an, dann lächelte sie verschwörerisch, als wollte sie daran erinnern, daß sie derselben Bande angehörten.

»Vielleicht könnte sie das«, meinte sie. »Und Nina vielleicht auch.«

Die Polizistin, nun vollends verwirrt, blickte hilfesuchend auf Ellie.

»Wahrscheinlich Mrs. Stonelady«, formten ihre Lippen unhörbar. Dann wandte sie sich wieder dem Sträußchen zu. Es bestand zum größten Teil aus Blumen, deren gelbe, von weißen Blütenblättern umstandene Köpfchen in dichten Trauben auf einzelnen Stengeln saßen.

»Wie hübsch«, rief sie aus. »Und wie passend. Schafgarbe. Ich glaube, das ist Schafgarbe.«

»Schafgarbe? Was ist das?« fragte Novello.

Ellie lächelte in das Sträußchen hinein. Es war nicht das komplizenhafte, verschwörerische Lächeln ihrer Tochter, sondern ein nach innen gekehrtes, verschwiegenes Lächeln.

»Ich pflücke die zarte Schafgarbe, auf daß meine Gestalt schöner, meine Lippen wärmer, meine Stimme fröhlicher werde; meine Stimme sei wie ein Sonnenstrahl, meine Lippen wie der Saft der Erdbeeren. Auf daß ich eine Insel im Meer, ein Berg auf dem Land, ein Stern, wenn der Mond schwindet, ein Stab für den Schwachen werde.«

Sie machte eine Pause und sah dann Novello voll in die Augen.

»Jeden Mann werde ich verwunden«, verkündete sie mit lauter, klarer Stimme. »Doch kein Mann wird mich verwunden.«

Der Hund, der mit der Begeisterung eines Fußfetischisten an Novellos Turnschuhen geschnuppert hatte, hob ein Bein und pinkelte.

O mein Gott, dachte Novello. Gefangen in einem Cottage namens Nosebleed mit einer Bande bekloppter Nudistenweiber, die lyrische Anwandlungen haben, nicht zu vergessen das überdrehte Kind und den inkontinenten Hund.

Wollte dieser Tag kein Ende nehmen?

ACHT

Die frohe Botschaft

Peter Pascoe öffnete die Haustür, nahm die Post von der Matte und ging ins Wohnzimmer.

Der Anrufbeantworter zeigte eine Nachricht an. Er drückte auf den Knopf, und während er darauf wartete, daß das Gerät ansprang, sortierte er die Briefe.

»Hallo, ich bin's. Wollte nur Bescheid sagen, daß wir gut angekommen sind, bei Daphnes Fahrstil ein ziemliches Wunder. Die Hütte ist allerliebst, unser Haus ist dagegen die reinste Baracke, könntest du nicht auch Rosenzüchter werden? Rosie fühlt sich wie im Himmel, und sie hat einen Narren an Novello, *deinem* Wunderkind, gefressen, nicht so erstaunlich eigentlich, wenn man bedenkt, daß sie einiges gemeinsam haben, so etwa die Quietschstimme und den Mangel an gesellschaftlichem Schliff. War nur ein Spaß, fast jedenfalls, ich verstehe immer noch nicht, warum wir nicht Dennis Seymour oder diesen hübschen Jungen, Hat, bekommen konnten, kein Problem mit den Schlafplätzen, sogar Rosie hat ihr eigenes Zimmer. Alles prima also. Du kannst dich ruhigen Gewissens deinen Junggesellenfreuden hingeben. Noch was, falls Post kommt, du weißt schon, von wem, wenn es ein Päckchen ist, wirf es auf den Kleiderschrank, und sag mir nichts davon, bis ich nach Hause komme. Aber wenn es ein Brief ist, mach ihn sofort auf! Ich liebe dich. Tschüß.«

Da stand Pascoe und sah auf den dünnen weißen Umschlag in seiner Hand.

Scheiße. Er wünschte, er wäre nicht gekommen. Gut, es war der Brief und nicht das Päckchen, aber er konnte doch genausogut eine Ablehnung und eine Aufforderung um Zusendung der Portogebühren enthalten, für den Fall, daß sie das Manuskript zurückhaben wollte. Machten Verleger so etwas? Er hatte nie mit einem zu tun gehabt, nicht einmal beruflich, aber angeblich sollte es unter ihnen schlimme Pfennigfuchser geben. War Maxwell nicht Verleger gewesen? Der hatte sich bestimmt nicht mit Pfennigen abgegeben. Ein gutes Zeichen war die handschriftliche Adressierung, das ließ auf persönliches Interesse schließen. Möglicherweise sparten sie aber auch nur am Büropersonal.

Es gab nur einen Weg, das herauszufinden.

Er riß den Umschlag auf und zog das einzelne Blatt heraus, das er enthielt.

Der Brief war unzweideutig, aber er las ihn dreimal, nur um sicherzugehen.

Dann rief er: »Ja, ja, ja, ja, JA!«, wie ein Pornodarsteller beim Orgasmus, und griff nach dem Telefon.

Nur wenige Dinge sind so frustrierend, wie wenn man eine frohe Botschaft überbringen will und niemanden antrifft.

Er ließ das Telefon im Cottage minutenlang klingeln, bevor er den Hörer auflegte.

Ein Vergnügen hinauszuzögern hieß es steigern – stand es nicht so in allen Sexratgebern?

Es klingelte. Wield stand vor der Tür.

»Herein, herein«, sagte Pascoe. »Setz dich. Was möchtest du trinken? Tee? Bier? Champagner?«

Der Sergeant sah ihn forschend an und sagte: »Tee ist in Ordnung. Du bist so aufgedreht. Hast du Lord Lucan aufgespürt, oder was ist los?«

Pascoe war versucht, ihm die Neuigkeit mitzuteilen. Dann aber dachte er, nein, niemand soll es vor Ellie erfahren, nicht einmal Edgar Wield, der Meister der Verschwiegenheit.

»Nein. Das steht doch erst morgen an, oder? Heute sollen wir bloß Kelly Cornelius finden. Wie kommst du voran?«

»Interessante Neuigkeiten.«

Wield schilderte seine Abenteuer im Park und schloß: »Als ich es dann doch aufgeben wollte, sah ich Old Joe, du weißt schon, den Bettler vom Busbahnhof, der's an Weihnachten immer drauf anlegt, eingebuchtet zu werden. Er kam gerade von der Stadt her in den Park. Um die Teezeit läuft es immer etwas flau, sagt er, und da macht er gerne ein Nickerchen in der Sonne, vor seiner Feierabendschicht. Das hat er auch gestern so gemacht, und ja, er kann sich an Kelly Cornelius erinnern. Gute Beschreibung. Hübsches Mädchen, Beine bis zum Himmel, so hat er sich ausgedrückt. Wirst du jetzt zum geilen alten Spanner, glotzt den Mädchen auf die Beine? habe ich ihn gefragt. Aber er meinte, er könne nichts dafür, sie sei Fahrrad gefahren, ziemlich flott, und Rock sei ihr bis zum Hals hochgerutscht.«

»Nette Vorstellung«, sagte Pascoe. »Also wieder das Fahrrad.«

»Ich bin noch mal zu den Kricketspielern gegangen. Der Junge, der etwas beschränkte, von dem ich dir schon erzählt habe, kam mir entgegen. Hat gesagt, es sei langweilig. Ich kenne das Gefühl, die ganze Zeit am Long stop rumzustehen, keinen Schlag zu fangen und dann vom ersten Ball ausgeknockt zu werden. Vielleicht ist er doch nicht so beschränkt, dachte ich. Diesmal habe ich ihm genau zugehört. Er ist sich sicher, daß er nicht nur Cornelius auf dem Fahrrad gesehen hat, sondern daß auch die alte Frau, mit der sie am Kanal gesprochen hat, dasselbe Fahrrad gehabt hat. Sie kam vom Parkplatz und ist den Hügel hinauf zum Klohäuschen gefahren.«

»Bevor oder nachdem sie miteinander gesprochen haben?«

»Danach. Und als er Kelly ein wenig später wiedergesehen hat, kam sie den Weg von den Klos heruntergesaust. Sie ist über die Wiese gefahren, was ihn ziemlich beeindruckt hat, weil es verboten ist, und ein Parkwächter hat sie verfolgt. Zumindest hat der Junge angenommen, daß es ein Parkwächter war, denn wen hätte das sonst gestört?«

»Saubere Logik. Wirklich nicht so beschränkt. Diese alte Frau, wie alt war die denn?«

»Das habe ich mich auch gefragt. In seinem Alter kommt einem wahrscheinlich jeder über zwanzig alt vor, der nicht aussieht wie Kelly Cornelius oder Michael Owen. Ich wollte von ihm wissen, ob sie älter war als ich, zum Beispiel. Er dachte eine Weile nach und meinte dann: ›Kann schon sein.‹«

Pascoe beschlich ein unbehagliches Gefühl, genau wie damals, als er nach der versuchten Entführung von Ellie den Impuls verspürt hatte, Cornelius im Auge zu behalten. Ihm war klar, daß er auch jetzt die Ursache dafür nur entdecken konnte, wenn er die Sache mal aus einem anderen Blickwinkel betrachtete.

Ein anhaltendes Klingeln, das nur Dalziel ankündigen konnte, verhinderte fürs erste weitere Überlegungen.

»Tut mit leid, daß ich so spät komme. Mußte noch mal zurück in den Laden. He, jetzt könnte ich eine Tasse Tee und was zu futtern vertragen.«

Pascoe setzte Tee in erforderlicher Stärke auf und brachte dann nach kurzem Zögern die letzten fünfzehn Zentimeter seines geliebten Walnußkuchens zum Vorschein. Er hatte sich darauf gefreut, sich davon vor dem Schlafengehen eine Scheibe zu gönnen, im Bett, mit einer Tasse heißer Schokolade. Nichts konnte ihm Ellies warmen, weichen Körper an seiner Seite ersetzen, aber Walnußkuchen, eine krümelige Angelegenheit, die sie sich im Schlafzimmer absolut verbeten hatte, war zumindest ein kleiner Trost.

Wield lehnte ab, was ihm Hoffnung machte. Aber der Dicke meinte: »Ja, warum nicht?« und säbelte sich selbst gut sieben Zentimenter herunter.

»Also«, sagte er, nachdem er einen walfischgerechten Bissen mit einer Sturzsee von heißem schwarzen Tee hinuntergespült hatte. »Wie kommt ihr voran?«

Wield wiederholte seine Geschichte, dann gab Pascoe einen kurzen Bericht über seine Nachforschungen, wobei er nach der Erwähnung des Autos eine Pause machte und auf einen Kommentar wartete.

»Gibt ’ne Menge blauer Golfs«, meinte Wield. »Könnte reiner Zufall sein.«

»Reiner Zufall ist, wenn ich mit Maggie Thatcher ins Bett falle«, sagte Dalziel. »Klingt ja ungereimter als ein modernes Gedicht, und mindestens so unverständlich. Wenn sie doch ihr Auto hatte, warum hat sie sich dann auf ein Fahrrad geschwungen? War das vielleicht geplant?«

»Nicht im Detail, denke ich. Aber sie wußte wohl, daß sie irgendwann untertauchen würde, also hat sie ihre Lieblingsfotos mitgenommen, nur für den Fall, daß sie nicht zurückkommen würde. Als ihre Komplizin ihr den Plan mit dem Fahrrad vorschlug, hat sie die Gelegenheit beim Schopf gepackt. In aller Seelenruhe hat sie erst mal einen Einkaufsbummel gemacht, ein wenig weibliche Überlebensausrüstung eingekauft, dazu einen Rucksack, um die Sachen zu transportieren, während die alte Schachtel das Fahrrad auf der Damentoilette untergestellt hat. Dann ist sie über alle Berge, und Sempernels Männer guckten ihr verdattert hinterher. Das hat ihr bestimmt Spaß gemacht.«

»Ja. Scheint ein kluges Mädel zu sein«, sagte Dalziel. »Klüger als ihr zwei Knaben, wenn das alles ist, was ihr rausgefunden habt.«

Wield und Pascoe wechselten einen Blick, dann meinte der Chief Inspector freundlich: »Dafür, daß wir bei Null angefangen haben, war das doch gar nicht so schlecht, Chef.«

»Ihr habt nicht bei Null angefangen, mein Junge. Ihr habt damit angefangen, daß sie verschwunden ist, und wie's aussieht, habt ihr auch damit aufgehört. Hat diese ganze Hobbydetektivarbeit, die ihr da geleistet habt, euch auch nur die leiseste Ahnung vermittelt, wo sie jetzt sein könnte? Nein, macht euch nicht die Mühe zu antworten. Das kann einen Mann ja in die Freßsucht treiben.«

Als wolle er demonstrieren, wie sehr er unter ihrer Inkompetenz litt, griff er sich das verbliebene Stück Kuchen und stopfte es sich in den Mund.

Hoffentlich kriegt er wenigstens Bauchschmerzen, dachte Pascoe mißmutig.

»Na gut, Chef«, sagte er. »Wenn du fertig bist mit Kauen, kannst du uns ja vielleicht erzählen, was du rausgefunden hast?«

Da war bestimmt etwas. Der Dicke spöttelte nie darüber, daß andere mit leeren Händen dastanden, wenn er nicht selbst ein paar Trophäen präsentieren konnte.

Noch ein Schluck Tee, dann begann er: »George Olleshaw. Ich wußte doch, daß es sich lohnt, ihn unter die Lupe zu nehmen.«

»Eigentlich«, warf Pascoe ein, »war es ja meine Idee, ihn mal unter die Lupe zu nehmen. Ist er ein Komplize? Könnte er die Flucht organisiert haben? He, Wieldy, diese alte Frau da im Park, hat der Junge erwähnt, daß sie irgendwie komisch wirkte, einen komischen Gang hatte, meine ich?«

»George Ollershaw in Weiberklamotten?« rief Dalziel mit gespielter Entrüstung. »Er ist ein Mitglied des Gents und Freimaurer!«

Er lachte schallend und meinte dann: »Nein, ein reizvoller Gedanke, aber da seid ihr auf dem Holzweg. Hört zu, ich erzähle euch eine Geschichte, vielleicht könnt ihr euch einen Reim drauf machen. Vor fünf Jahren hat die Nortrust-Bausparkasse eine Umwandlung durchgemacht. Das heißt, sie gehört nicht länger den Leuten, die dort ihr Geld angelegt oder bei ihr Darlehen aufgenommen hatten, sondern sie wurde eine Bank, eine Aktiengesellschaft, die an die Börse geht und Dividenden an die Aktionäre ausschüttet, von denen die meisten dort weder Ersparnisse noch Darlehen haben. Kommt ihr mit?«

»Wie es das unzählige Male in den vergangenen zehn Jahren gegeben hat. Ich glaube, das Prinzip ist klar, Chef«, sagte Pascoe.

»Wirklich? Gut, ich bin ja schon froh, wenn ihr überhaupt was begreift. Es sieht so aus, als hätte Ollershaw eine Menge Geld in der Bausparkasse gehabt, also hatte er dort Stimmrecht wie jeder andere Anleger. Doch während der Debatten um die Umwandlung hielt er sich im Hintergrund, erst später, nachdem alles unter Dach und Fach war, ist er in Erscheinung getreten. Und da stellte sich plötzlich heraus, daß es ein Problem gab.

Also, Nortrust ist wie viele andere Bausparkassen und Sparkassen vor langer Zeit von einem wohltätigen alten Knacker gegründet worden, der der Meinung war, die Arbeiter würden noch ein wenig besser arbeiten, wenn sie sich der Kunst des regelmäßigen Sparens befleißigten. Auf diese Weise konnten sie auch langfristig Kredite oder Hypotheken aufnehmen, was sie noch abhängiger von einem regelmäßigen Einkommen machte. Wodurch sie, was noch wichtiger ist, die Möglichkeit bekamen, das Geld auch zurückzuzahlen.«

Das, so dachte Pascoe, ist wahrlich eine etwas zynische Darstellung viktorianischer Philanthropie, doch er stellte diesen moralischen Gesichtspunkt vorerst zurück.

»Worauf willst du hinaus, Chef?« fragte er.

»Nicht so ungeduldig«, erwiderte Dalziel mit einem betrübten Blick auf den leeren Kuchenteller. »Ich komme schon auf den Punkt, so schnell, wie es meine schwachen Kräfte erlauben. Das Problem, an das niemand gedacht hatte, war, daß der Gründer der Nortrust-Bausparkasse das ursprüngliche Gebäude gestiftet hatte, diesen großen schwarzen Granitklotz an der alten Hauptstraße, den heutigen Hauptsitz der Bank, wo Kelly Cornelius gearbeitet hat. Und als die Bausparkasse wuchs und Zweigstellen in Mid-Yorkshire benötigte, da hat er die auch hingestellt. Ein sehr philanthropischer Bursche, aber schlau dazu. Scheint so, als hätte er die Gebäude Nortrust nicht einfach mit allem Drum und Dran übereignet. Nein, er hat es ihnen in Erbpacht überlassen, zu einem minimalen Pachtzins. Aber, und da ist der Haken, der Pachtvertrag aller Gebäude enthielt eine Klausel, die ihre Verwendungsmöglichkeit beschränkte. Nämlich, um es kurz zu machen, nur als Bausparkasse. Vor Gericht hätte man vorbringen können – und zwar mit guten Aussichten auf Erfolg, wie man mir sagte –, daß die Umwandlung der Genossenschaft in eine Aktiengesellschaft eine Verletzung des Pachtvertrags darstellte. Und in diesem Falle hatte der Besitzer der Grundstücke das Recht, den Pachtvertrag zu kündigen und wieder in alle Besitzrechte einzutreten.«

»Laß mich raten«, sagte Pascoe. »George Ollershaw erwies sich als der Eigentümer der Grundstücke.«

»Genauso war es. Ja, unser George hatte still und heimlich im Lauf der Jahre all die offenbar wertlosen Grundstücke erworben, und dann wartete er den Zeitpunkt ab, an dem die Umwandlung in eine Aktiengesellschaft unumkehrbar geworden war, aber die Aktien noch nicht an der Börse gehandelt wurden. Jetzt hatte Nortrust ein echtes Problem. Nicht nur, daß sie vielleicht einen Prozeß verlieren würden und dann vielleicht einen neuen Pachtvertrag mit George aushandeln oder sich eine andere Immobilie suchen mußten, es ging vor allem um die verheerende Wirkung, die diese Panne auf das Vertrauen in die neugegründete Bank und damit auf den Aktienkurs ausüben würde. Man regelte die Sache in aller Stille. George wurden die Taschen mit Optionsscheinen vollgestopft, er bekam einen Sitz im Aufsichtsrat und ein fettes Gehalt als Leiter der Anlageabteilung. Seine Befähigung für diesen Job hatte er ja ausreichend unter Beweis gestellt!«

Pascoe schüttelte den Kopf, als wollte er eine lästige Fliege vertreiben. »Alles hochinteressant, aber was hat das mit Kelly Cornelius zu tun, Chef?«

Zu seiner Überraschung antwortete Dalziel: »Habe nicht die leiseste Ahnung, aber es könnte was mit deiner Angetrauten zu tun haben. Ganz entfernt zumindest.«

»Mit Ellie?«

»Hast du vielleicht noch eine andere auf dem Dachboden?«

»Könntest du bitte aufhören, in Rätseln zu sprechen«, sagte Pascoe energisch. »Was meinst du damit?«

»Ich wünschte, ich wüßte es, mein Junge. Es ist bloß, wenn man mit so durchgeknallten Typen wie Pimpernel zusammentrifft, dann fängt man an, schräge Verbindungen herzustellen. Tatsache ist, der Typ, der vor langer Zeit die Nortrust-Bausparkasse gegründet hat, war ein gewisser Mungo Macallum, seinerzeit ein bedeutender Waffenproduzent, und, was uns vielleicht mehr interessiert, der Vater von Feenie Macallum. Und die ist doch eine Freundin von Ellie, oder nicht?«

»Ja«, meinte Pascoe gedehnt. »Sie organisiert diese Liberata-Geschichte, Menschrenrechte, inhaftierte Frauen und so Zeugs ... aber ich verstehe nicht, wie und warum ...«

Aber vor seinem inneren Auge zeichnete sich ein Bild ab, so flüchtig und schnell dahinschmelzend wie die erste Flocke eines Schneesturms.

»Ich auch nicht«, sagte Dalziel. »Aber mir ist da was eingefallen, was Ivor mal erwähnt hat. Deshalb bin ich noch mal in den Laden gegangen. Sie hatte überprüft, ob Feenie bei uns bekannt ist. Das einzig Interessante war eine Verurteilung wegen Gefährdung des Straßenverkehrs, die schon ein paar Jahre zurücklag. Sie hat einen Typen von der Fahrbahn abgedrängt, und als unsere Jungs hinkamen, stellte sich heraus, daß sie einander kannten, er schrie was von Mordversuch, sie von natürlicher Gerechtigkeit! Na, später hat er sich dann beruhigt, sie auch, und die Sache ging als Gefährdung des Straßenverkehrs aus. Aber Tatsache ist, der Typ war George Ollershaw, der Gott weiß wie viele Jahre Feenies Buchhalter und Steuerberater gewesen ist.«

»Oh, Scheiße«, sagte Pascoe.

Jetzt stand das Bild deutlich vor seinem geistigen Auge: ein altes Hollandrad, das schief am *Pompon de Paris* vor seiner Haustür lehnte.

»Wieldy«, sagte er. »Der Junge im Park, oder vielleicht Old Joe, hat einer von ihnen das Fahrrad beschrieben?«

»Joe nicht. Der hat nur auf die Beine geschaut. Aber der Junge hat gesagt, es sei etwas Älteres gewesen, bestimmt kein Rennrad, und auch kein Mountainbike. Ein ziemlich schweres Ding. Oh, und die Farbe bezeichnete er als ›kackbraun‹. Vielleicht hat er ›khaki‹ gemeint, vielleicht auch nicht.«

»Worauf willst du hinaus?« fragte Dalziel.

Pascoe erzählte ihm von dem Fahrrad.

Die Miene des Dicken heiterte sich auf.

»Na, das ist doch was, wie? Zu viele Zufälle für reinen Zufall. Ich denke, wir werden mal ein Wörtchen mit Feenie Macallum reden. Hast du eine Ahnung, wo sie wohnt, Peter?«

»Entschuldigung, ich muß Ellie anrufen.«

Pascoe ging zum Telefon und wählte die Nummer von Nosebleed Cottage.

Es klingelte und klingelte, aber wieder, wie eben schon, nahm niemand ab.

»Oh, Scheiße!« rief er wieder. »Novellos Handy. Irgendwo muß ich doch die Nummer haben ... Wieldy?«

Wield nannte ihm ohne Stocken die Nummer. Pascoe wählte.

»Hat keinen Zweck«, sagte er und knallte den Hörer hin.

»Pete, mein Junge. Kein Grund, dir in die Hosen zu machen! Was immer da im Busch ist, und bislang stellen wir ja nur Vermutungen an, Ellie und Rosie haben nichts damit zu tun. War doch eine gute Idee, sie aufs Land zu schicken.«

»Du weißt es nicht, oder?« sagte Pascoe heftig. »Natürlich weißt du es nicht, sonst hättest du ja nicht gefragt, wo Feenie Macallum wohnt. Das kann ich dir sagen. Sie hat ein Haus in Axness. Genau. Wo das Cottage von Daphne Aldermann liegt. Sie hat es nämlich von Feenie gekauft. Verdammte Scheiße, sie sitzen direkt vor ihrer Nase!«

NEUN

KOITUS INTERRUPTUS

»Kommt rein, kommt rein«, sagte Feenie Macallum. »Kein Grund, den Hund an der Leine zu halten, mein Kind. Carla wird ihm schon Manieren beibringen, wenn er nicht brav ist.«

Rosie, immer noch ein wenig auf der Hut, nachdem die alte Frau bei ihrer letzten Begegnung so streng gewesen war, zögerte einen Moment, bevor sie Tig losmachte, während Daphne Feenies Gruß mit der unnahbaren Höflichkeit einer Königin erwiderte, der man eine Tüte Fritten anbietet.

»Du hast also die Vertäfelung immer noch nicht verkauft?« fragte Ellie.

»Noch nicht. Irgendwann reiß ich sie bestimmt raus, aber eine befreundete Architektin hat mich gewarnt, daß das an manchen Stellen vielleicht alles ist, was die Wände noch zusammenhält, nachdem sich ja der Boden schon ein wenig gesenkt hat.«

Sie versetzte der schweren Eichentäfelung, von der die Rede war, einen kräftigen Schlag mit der Faust, worauf das Porträt ihres Vaters mißbilligend wackelte.

»Ist das etwa ein John?« sagte Daphne und betrachtete das Bild. Ein hübsches Paar. Ist das Bild zusammen mit dem Haus gekauft worden?«

Wenn Daphne ihre majestätischen Anwandlungen hatte, ließ sie sich durch nichts erschüttern, und je eher Feenie das begriff, um so besser. Die Schriftstellerin in Ellie dachte, sie sollte solche Scharmützel unter ihren Freundinnen als Material für ihr nächstes Opus magnum sammeln, doch da sie immer noch »unveröffentlicht« war, konnte sie genausogut die Rolle der Friedensstifterin übernehmen.

»Feenies Vater hat Gunnery gebaut, besser gesagt: wiederaufgebaut«, sagte sie. »Wie ich schon mal erwähnt habe, glaube ich.«

»Ach so. Ihr Vater mußte also seine Bilder kaufen, Miss Macallum?« erkundigte sich Daphne. »Und auch seine Möbel, wenn ich mir die Frage erlauben darf?«

»In der Tat. Und seine Tochter muß sie wieder verkaufen«, erwiderte Feenie. »Das Leben geht seltsame Wege, Mrs. Aldermann. Vielleicht werden Sie auch eines Tages diese Erfahrung machen müssen.«

»Das sind Feenies Eltern«, erklärte Ellie in entschiedenem Ton, um das Thema abzuschließen.

»Wirklich?« murmelte Daphne, als rede sie mit sich selbst. »Wie interessant. Wäre ich nicht drauf gekommen. Sie sehen so gut aus.«

Ein leises Knurren ertönte, doch glücklicherweise kam es nicht von Feenie, sondern von Carla, ihrem Collie, der gerade durch die Tür getrottet kam und beim Anblick von Tig wie angewurzelt stehenblieb.

Die beiden Tiere fixierten einander eine Weile, dann gingen sie langsam aufeinander zu, bis sie knapp vor einem Zusammenstoß minimal zur Seite wichen. Sie hielten inne, als sie Seite an Seite standen. Nun begann ein freundliches, beinahe önophiles Beschnüffeln ihrer respektiven Hinterteile, das allem Anschein nach ewig hätte weitergehen können, wenn nicht Carla plötzlich nervös herumgefahren wäre, wie eine Dame, die man gekniffen hat, und dem Terrier einen kräftigen Schlag aufs linke Ohr versetzt hätte. Tig versuchte gar nicht erst, den Kavalier zu spielen, sondern revanchierte sich umgehend. Oh, Scheiße, dachte Ellie, jetzt fängt der Dritte Weltkrieg an, denn nun jagten die beiden Hunde nebeneinanderher durch den Raum und schnappten einander mit blitzenden Zähnen nach der Kehle.

»Das klappt ja prima«, sagte Feenie fröhlich. »Warum gehst du nicht mit ihnen raus, mein Kind, bevor sie die restlichen Möbel ruinieren? Kommt wieder zur Hintertür rein, wenn ihr fertig seid. Dann kriegst du auch Limonade.«

Sie wandte sich um und schritt ihren Gästen voran. Daphne folgte ihr auf den Fersen. Ellie wartete einen Moment, um sich zu vergewissern, daß die beiden Hunde tatsächlich nur miteinander spielten, was Feenie auf einen Blick erfaßt hatte. Mit Freudensprüngen verschwanden sie durch die Haustür. Rosie stürmte begeistert hinterher.

»Schon in Ordnung, ich werde ein Auge auf sie haben«, versicherte Shirley Novello, als Ellie ihr einen Blick zuwarf.

»Danke«, sagte Ellie. »Und ich werde ein Auge auf die beiden anderen haben.«

Immerhin einmal ein kurzer Moment des Einverständnisses zwischen den beiden. Novello trat hinaus in den Sonnenschein.

Ellie folgte Feenie und Daphne durchs Haus. Feenie hatte nicht gescherzt, als sie von »restlichen« Möbeln gesprochen hatte. Obwohl Ellies einziger Besuch schon etliche Jahre zurücklag, war sie sich sicher, daß diese weitläufigen Leerräume damals von schweren viktorianischen Bücherschränken, Schreibpulten, Tischen und Sesseln ausgefüllt gewesen waren, während die verblichenen Quadrate und Rechtecke, die sich wie vernagelte Fenster an den Wänden entlangzogen, keinen Zweifel daran ließen, daß hier auch Bilder verschwunden waren.

Feenie und Daphne waren vor einer Glastür stehengeblieben. Sie führte auf eine Terrasse hinaus, an deren beiden Seiten, auf Betonsockel montiert, je ein 45-mm-Mörser stand.

»Wir können draußen sitzen, wenn Sie nichts gegen Marmor haben«, sagte Feenie. »Davon kriegt man Hämorrhoiden, habe ich als Kind immer gesagt.«

»Marmor ist prima«, fand Daphne und trat hinaus. »Sind die Dinger da echt?«

»Allerdings. Und sie sind im Ersten Weltkrieg tatsächlich

zum Einsatz gekommen, wie mir mein Vater erzählt hat«, antwortete Feenie.

»Ich wundere mich, daß du sie noch hast«, sagte Ellie. »Ein Museum würde doch bestimmt ein erkleckliches Sümmchen dafür bezahlen.«

»Wahrscheinlich. Aber ich habe nicht die Absicht, in die Fußstapfen meines Vaters zu treten und mein Geld mit Waffen zu verdienen. Ihr Platz ist auf dem Grund des Meeres, und da werden sie auch enden.«

Das nenne ich Überzeugung, dachte Ellie.

Daphne kniete sich auf die Bank, die an der italienisch anmutenden Balustrade entlanglief, und bewunderte die Aussicht.

»Eine prächtige Aussicht! Ich liebe das Meer«, erklärte sie.

»Ich auch, solange es bleibt, wo es hingehört«, entgegnete Feenie. »Dummerweise will es sich offenbar bis hierher ausbreiten.«

Ellie betrachtete die nähere Umgebung.

»Meine Güte«, sagte sie. »Da ist ja einiges weggebrochen, seit ich das letzte Mal da war.«

»Ja. Ich glaube, wir hatten damals noch den VBP, obwohl er schon nicht mehr zugänglich war.«

»Den VBP?« fragte Daphne.

»Vorgeschobener Beobachtungsposten«, erläuterte Feenie. »Als der Erste Weltkrieg ausbrach, wurde das Haus gerade renoviert, und mein Vater ordnete die Errichtung eines Beobachtungspostens am Klippenrand an, um nach deutschen Invasoren Ausschau zu halten. Er hat dort sogar ein altes Maxim-Maschinengewehr aufstellen lassen, samt Munition. Dieser Beobachtungsposten verschwand in den dreißiger Jahren im Meer, obwohl er viel Geld in Befestigungsmaßnahmen gesteckt hat, aber während des Zweiten Weltkriegs ließ er einen neuen bauen, ein Stück weiter zurück. Das ist der, an den du dich erinnerst, Ellie.«

»Ja, er sackte schon ein wenig ab, ich erinnere mich. Aber den Kommandoposten gibt es immer noch, wie ich sehe.«

Ihr Blick schweifte zu dem Häuschen aus Beton und Glas, das zur Linken über das niedrige Gebüsch hinweg zu sehen war.

»Ja. Aber das Meer nagt den Sandstein um den Granit herum weg, und man hat mir gesagt, daß der Pavillon am Ende ins Meer stürzen wird, auch wenn vielleicht der Fels, auf dem er sitzt, übriggbleibt. Es ist schon jetzt zu gefährlich, da hinzugehen. Die Gemeindeverwaltung hat mir mitgeteilt, daß ich persönlich für die Sicherheit der Leute hafte, die den Bereich jenseits des Sicherheitszauns betreten, also laßt das bitte. Es ist wirklich sehr gefährlich.«

Ganz untypisch von Feenie, sich derart für Vorschriften der Behörden ins Zeug zu legen, dachte Ellie.

Daphne blickte auf die Linie aus grellrotem Plastik und rief aus: »Ach, dafür ist das da. Und dort beginnt die Gefahrenzone? Aber das ist ja ganz nahe!«

»Kommen Sie nächstes Jahr wieder, dann ist es noch näher«, sagte Feenie.

»Kann man denn da gar nichts tun? Das ist aber schade. Das Haus Ihrer Kindheit ... das muß ja furchtbar sein.«

Feenie sah sie forschend an, um herauszufinden, ob sie das etwa ironisch meinte, konnte aber kein Anzeichen dafür entdecken und meinte daher munter: »Regen Sie sich nicht auf, meine Liebe. Es wäre mir zwar lieber gewesen, das Anwesen gewinnbringend zu verkaufen, aber es ist doch gar nicht so unpassend, daß ein Haus, das seine Existenz Tod und Vernichtung verdankt, als Haufen wertloser Trümmer endet. Natürlich werde ich vorher alles rausschaffen, was ich vor dem Meer retten kann, um es zu Geld zu machen. Den Kommandoposten habe ich schon vor einiger Zeit leer geräumt, und wie Sie gesehen haben, ist hier im Haus auch schon der Anfang gemacht. Es ist also nicht alles verloren. Ah, das paßt ja sehr gut. Ich wollte gerade vorschlagen, daß wir etwas trinken. Sehr aufmerksam von Ihnen.«

Zu Ellies Überraschung war eine Frau, in der sie Wendy Woolley erkannte, auf die Terrasse getreten. Sie trug ein Holztablett, auf dem einige Gläser, ein Krug Limonade und eine Flasche Gin standen. Sie lächelte Ellie scheu an und stellte dann das Tablett auf der Marmorbank ab.

»Mrs. Woolley, Ellie kennen Sie natürlich. Und das hier ist Mrs. Aldermann, eine ...«

Sie machte eine Pause, die lang genug war, daß das Wort *Mieterin* in der Luft hing, und fuhr dann fort: »Nachbarin.«

»Ja. Hallo. Ich habe gehört, wie Sie den, ich glaube, Sie sagten Kommandoposten, erwähnten? Nennen Sie so das Haus an der Klippe? Ob es wohl möglich wäre, einen Spaziergang dorthin zu machen, wegen der Aussicht ...«

»Auf keinen Fall«, erklärte Feenie bestimmt. »Ich dachte, ich hätte mich deutlich ausgedrückt, das ist viel zu gefährlich. Wer sich über den Zaun hinausbewegt, den die Gemeinde aufgestellt hat, tut das auf eigene Gefahr. Wie sieht der Zeitplan aus?«

»Ich seh mal nach. Es gibt ein paar Probleme, aber ich denke ...«

Sie senkte die Stimme, und Feenie hörte ihr aufmerksam zu.

»Wer ist das?« zischte Daphne in Ellies Ohr. »Mrs. Danvers? Oder nur eine alternde Hausdienerin?«

»Nein. Sie ist ein Mitglied von Liberata. Unsere neue Schriftführerin, wenn du's genau wissen willst.«

»Meine Güte! Und macht sie auch die Wäsche, oder erledigt das die Schatzmeisterin?«

»Sie hat nur ein Tablett mit Getränken rausgebracht, ich bitte dich«, wehrte Ellie ab.

Wendy Woolley ging durch die Glastür ins Haus zurück, und Feenie gesellte sich wieder zu den anderen. »Tut mir leid. Ich habe nur noch selten Gäste, meine Küche ist ein wenig eingerostet.«

War das im übertragenen oder wörtlichen Sinne gemeint? fragte sich Ellie.

»Und natürlich ist es heutzutage nicht so einfach, gutes Personal zu bekommen«, meinte Daphne.

»Finden Sie? Stimmt schon, die Leute werden immer wählerischer, was ihre Arbeitgeber betrifft«, sagte Feenie. »Das nennt man Menschenrechte. Ich persönlich habe kein Problem damit.«

»Nein? Ich vermute, es hängt sehr davon ab, inwieweit man dazu bereit ist, seine Bekannten auszubeuten«, bemerkte Daphne. »Schaut mal, wer da kommt!«

Die beiden Hunde rannten in freudigen Sprüngen am Haus vorbei, dicht gefolgt von Rosie. Dahinter lief, etwas langsamer, Novello, die aber auch schon ins Schwitzen gekommen war.

Die Tiere schossen unter dem Absperrzaun hindurch, und Rosie wäre ihnen nachgerannt, wenn Feenie nicht hinter ihr hergerufen hätte: »Bleib stehen, Kind! Nicht weiter!«

Sofortiger Gehorsam, ohne Wenn und Aber. Den Trick muß ich mir von Feenie unbedingt erklären lassen, dachte Ellie.

»Bleib bitte in Sichtweite, und laß Miss, äh, tut mir leid, ich habe Ihren Namen vergessen, etwas trinken.«

»Novello. Shirley Novello«, keuchte die Polizistin und ließ sich auf die Marmorbank fallen. »Meine Güte, ist das heiß da draußen!«

Da gerade die Sonne unterging, lag die der See zugewandte Seite des Hauses angenehm im Schatten. Feenie, die aufmerksam Richtung Osten blickte, meinte: »Ja, es ist ziemlich schwül. Ich glaube, wir kriegen schlechtes Wetter. Die Vorhersage sah eigentlich ganz gut aus für die nächsten achtundvierzig Stunden, aber offenbar haben sie sich wieder mal geirrt.«

Ellie konnte an dem makellos blauen Himmel nichts Beunruhigendes entdecken. Es stimmte schon, am Horizont verlief er enzianblau ins Meer, aber das mußte schon auf halbem Weg zum Kontinent sein und konnte sie doch nicht mehr betreffen.

Ein höfliches Hüsteln kündigte die Rückkehr von Wendy Woolley an, die Feenie zumurmelte: »Alles in Ordnung. Ungefähr in zwanzig Minuten, sagt sie.«

»Hervorragend. Setzen Sie sich zu uns. Shirley kennen Sie wohl noch nicht. Ich wollte uns gerade was einschenken. Wie möchten Sie es denn, Mrs. Aldermann? Mit oder ohne?«

Daphne, die sich Wendy Woolley in einer mittelalterlichen Küche über einem offenen Feuer schuftend vorgestellt hatte und nun verwirrt einsah, daß sie sich von diesem Bild verabschieden mußte, stimmte wie alle anderen für *mit*, wobei die Frage offenblieb, ob *ohne* bedeutete, daß man nur Limonade oder nur Gin bekam.

Sie saßen und tranken und unterhielten sich. Nach einer Weile stellte sich zwischen Daphne und Feenie eine vorsichtige Neutralität ein, deren höfliche Einkleidung nicht weniger unterhaltsam war als die gelegentlichen Verstöße. Wendy Woolley und Shirley Novello trugen kaum zur Unterhaltung bei, schienen sich aber wohl zu fühlen, während Ellie sie alle beobachtete, zunächst mit der aufmerksamen Objektivität einer Schriftstellerin, die sich nach drei Gläsern »mit« jedoch in einen Gemütszustand auflöste, der Zuneigung erstaunlich nahe kam.

Feenie sagte plötzlich: »Es ist viel zu warm, um drinnen zu essen. Stellen wir einfach den Tisch raus. Freiwillige vor!«

Sie folgten ihr alle ins Eßzimmer, wo der Tisch stand – in Wahrheit eine klapprige Tischtennisplatte, welche ein Tuch bedeckte, das nach Ellies Erinnerung bei ihrem letzten Besuch noch eine Hälfte des Vorhangs der Verandatür gewesen war. Darauf war vornehm mit Silberbesteck, Kristallgläsern und feinem Porzellan von Spode gedeckt worden, alles vom Design her wesentlich moderner, als Ellie es von Mungo Macallum erwartet hätte. Besonders Daphne schien davon beeindruckt, aber Feenie sammelte rasch alles ein und verstaute es in einem Karton, über den sie die Vorhangtischdecke warf. Dann wies sie den vier jüngeren Frauen jeweils eine Ecke der Platte zu und überwachte ihren Transport auf die Terrasse. Shirley und Wendy wurden beauftragt, auch die Stühle dorthin zu schaffen, deren Stil von wackligem Chippendale bis zu Faltstühlen mit Leinenbespannung reichte.

Rosie kam von Zeit zu Zeit auf die Terrasse, um sich ihr Limonadenglas nachfüllen zu lassen, und stürmte dann wieder zu Tig und Carla, die unermüdlich herumtollten. Ellie behielt sie im Auge, bis sie sicher war, daß Feenies Verbot, den Sicherheitszaun zu überschreiten, von ihrer Tochter wirklich respektiert wurde. Dann entspannte sie sich und genoß den Augenblick.

Daphne, die sich über die Balustrade gelehnt hatte, bemerkte, was für ein wunderschöner Garten dies doch einst gewesen sein mußte.

»Allerdings«, meinte Feenie. »Da wurden keine Kosten gescheut. Die Pflanzen wurden überall, von Asien bis zu den Antipodeninseln, zusammengebettelt, geborgt und gestohlen.«

»Sie mißbilligen auch das?«

Feenie schüttelte den Kopf.

»Nicht im geringsten. Samen und Pflanzen sind so ziemlich die unschuldigste Schiffsladung, und man gewinnt sie normalerweise mit einem Minimum an Ausbeutung und Zerstörung. Als Kind war das Spielen im Garten für mich wie eine gelebte Erdkundestunde. Ich hatte die Möglichkeit, eine Vielzahl von Pflanzen zu sehen, zu riechen und zu berühren, die andere Kinder nur aus Büchern kannten.«

»Oh, das hätte Patrick gefallen«, rief Daphne aus.

»Ihr Mann?«

»Ja. Er ist ein leidenschaftlicher Gärtner.«

»Tatsächlich? Aus irgendeinem Grund dachte ich immer, er sei Börsenmakler. Nun gut. Wie Sie sehen, ist der Garten inzwischen ziemlich verlottert und zugewachsen, teils, weil ich mein Geld für Besseres gebraucht habe, teils, weil es mir kaum der Mühe wert schien, dauernd zu mähen, zu sprühen und zu schneiden, wo doch eines Tages sowieso alles ins Meer stürzt. Aber mit zunehmendem Alter werde ich sentimental, und wenn Ihr Mann irgendwann einmal in Nosebleed ist, kann er gerne herkommen und sich Samen und Triebe mitnehmen, soviel er will. Es würde mich sehr freuen, wenn die schönsten Stücke aus diesem Garten gerettet würden.«

»Sehr großzügig«, sagte Daphne. »Das wird er bestimmt gerne tun, da bin ich mir sicher.«

Eine Ausdehnung dieses Moments der Eintracht wäre für zwei derartig natürliche Feindinnen schwer zu ertragen gewesen, doch da ertönte eine tiefe, heisere Stimme: »Hier ist ja die ganze Gesellschaft! Und niemand sagt mir Bescheid.«

In der Tür der Terrasse stand die knorrige, verschrumpelte Gestalt von Mrs. Stonelady, die ein großes Tablett mit dampfenden Schüsseln trug.

Da ist also der Eintopf hinverschwunden! dachte Novello.

Das ist also die Küchenmamsell! dachte Ellie.

Feenie warf eilig das Tischtuch über die Platte und begann, Besteck und Gläser zu arrangieren.

»Teller gibt's drin, wenn jemand sie holen kann«, sagte Mrs. Stonelady und setzte ihr Tablett ab.

Novello war ein klein wenig schneller als Wendy. Als sie zurückkam, verteilte Feenie gerade die Gesellschaft um den Tisch. Sie stellte die Teller vor die alte Frau, die den obersten nahm und eine Schöpfkelle in die größte Schüssel senkte. Doch bevor es ihr gelang, den Teller zu füllen, nahm Daphne ihn ihr aus der Hand, drehte ihn um und betrachtete ihn eingehend.

»Es wäre schon ein erstaunlicher Zufall«, sagte sie, »wenn das nicht meine Teller aus Nosebleed sind. Und ebenso das Besteck. Und die Gläser. Und sogar der Eintopf, nehme ich an!«

»So ist es«, sagte Feenie ohne die geringste Scham. »Ich habe mich schon vor Jahren von meinen guten Sachen getrennt, und wenn ich auch sicher bin, daß Sie es gerne ein wenig rustikal mögen, glaube ich doch, daß Sie nicht unbedingt Wert darauf legen, von dem Bruchgeschirr zu essen und zu trinken, das ich für den Alltagsgebrauch aufgehoben habe. Deshalb habe ich Mrs. Stonelady gefragt, ob sie mir nicht aushelfen kann. Sie haben doch nichts dagegen, oder? Wir werden alles ganz vorsichtig behandeln, und wenn Sie sich wirklich Sorgen machen, dann können Sie ja den Abwasch überwachen.«

Jetzt, dachte Ellie, entscheidet es sich.

Daphne schüttelte fassungslos den Kopf, warf ihn aber sogleich in den Nacken und lachte lauthals los.

»Das ist ja der Gipfel«, sagte sie. »Liefere ich eigentlich auch den Wein für die Gläser?«

»Es gibt keinen Grund, beleidigend zu werden«, sagte Feenie gekränkt. »Im Weinkeller meines Vaters sind noch ein paar Flaschen. Versuchen Sie doch mal den hier.«

Sie zog eine offene Flasche Bordeaux unter der Marmorbank hervor, deren Etikett schon lange unleserlich geworden war. Seine Qualität bewirkte, daß Daphne vor Entzücken die Augen aus den Höhlen traten.

»Ehrlich«, sagte sie. »Ich weiß nicht, was Ihr Vater von Bildern verstand, aber mit Weinen kannte er sich aus.«

»Er wußte, wie man Geld ausgibt«, meinte Feenie trocken. »Man fragt einfach die Experten, was das Beste ist, und kauft es dann. Vielleicht können Sie uns auch ein wenig einschenken, falls Sie sich in der Lage fühlen, ihn mit uns zu teilen. Ellie, ist das Kind schon in dem Alter, wo es einen Schluck probieren würde, oder hängst du der seltsamen englischen Sitte an, das Mindestalter für Alkoholgenuß höherzuschrauben als das für erste sexuelle Erfahrungen?«

Bevor Ellie darauf antworten konnte, sagte Rosie, die sich widerstrebend von den Hunden weg an den Tisch hatte ziehen lassen: »Bitte, Miss Macallum, ich habe das schon mal probiert, aber es schmeckt sauer und hat mich so komisch gemacht. Kann ich lieber Limonade haben?«

»Es gab mal eine Zeit, da haben Kinder erst geantwortet, wenn man sie gefragt hat. Aber das war keine besonders gute Zeit, und du hast sehr schön geantwortet, also bleib bei deiner Limonade, wenn du willst, aber sei vorsichtig mit Mrs. Aldermanns teurem Glas.«

Mrs. Stoneladys Eintopf war erwartungsgemäß köstlich. Sie wischten die Schüssel mit großen Stücken Brot aus, das zu frisch war, um sauber geschnitten zu werden, und danach legten sie in Erwartung des versprochenen Brotpuddings erst mal eine Pause ein. Zurückgelehnt in in ihre wackligen Stühle, nippten sie an ihrem Wein, dessen Farbe und Charakter sich über mindestens vier Flaschen geändert hatte, die alle ohne lesbares Etikett, alle aber vorzüglich gewesen waren.

Ellie fühlte sich so wohl wie schon lange nicht mehr. Alle Schmerzen der Welt, die Nadelstiche wie Dolchstöße, erschienen nur noch wie Träume eines unruhigen Schlafs, aus dem sie schließlich erwacht war. Sie ließ den Blick zärtlich über die Tischrunde schweifen. Was für eine bunte Gesellschaft war hier versammelt! Alter, Herkunft, Temperament, Ansichten, Beruf – was für eine Bandbreite, welche Unterschiede, und doch auch wie viel Harmonie! Sie empfand eine Welle von Zuneigung, die alle ohne Unterschied einschloß. Sogar Novello. Wenn Coleridges alter Seefahrer nicht dagegen ankonnte, die Seeschlangen zu segnen, warum sollte sie dann ein Problem mit ihr haben? Sie lehnte sich in ihren ächzenden Stuhl zurück und lächelte wohlwollend ins Universum.

Rosie, die wie immer sehr genau die Stimmung ihrer Mutter erfaßte, fragte, ob sie nicht mit den Hunden spielen dürfe, bis der Brotpudding komme?

»Liebling, wir sind hier nicht zu Hause, wir sind Gäste von Miss Macallum. Es ist ihre Tafel. Also mußt du sie fragen, ob du aufstehen kannst.«

Rosie sah die alte Frau ängstlich an und wiederholte ohne große Zuversicht ihre Bitte.

Feenie dachte einen Augenblick nach, dann breitete sich ein Lächeln auf ihrem Gesicht aus.

»Natürlich kannst du aufstehen, mein Schatz. Aber geh nicht zu weit weg, sonst hörst du deine Mutter nicht rufen, wenn der Brotpudding kommt. Mrs. Stonelady macht uns nämlich ihren Brotpudding, aber falls du den nicht magst, habe ich extra für dich noch Schokoladeneis besorgt. Du kannst natürlich auch beides haben, wenn du willst.«

Rosie, die ihre Überraschung nicht verbergen konnte, sagte: »Vielen Dank, Miss Macallum« und sauste davon.

Ellie meinte weinselig: »Wirst du etwa milde auf deine alten Tage, Feenie?«

»Wenn du so viele traurige Kinder gesehen hast wie ich, dann nutzt du jede Gelegenheit, ein Lächeln auf ein junges Gesicht zu zaubern. Wir wollen nicht soviel vom Alter sprechen. Ich hoffe, daß der Zeitpunkt noch fern ist, wo meine Nachkommen mir einen Platz im Altersheim besorgen. Wie auch immer, Ellie, sei lieb zu deinem Mädchen, damit sie dir wenigstens ein gutes Heim aussucht, wenn die Zeit gekommen ist.«

Wie von einer plötzlich heraufziehenden Wolke am blauen Himmel wurde Ellies Stimmung von Gedanken an ihren Vater verdunkelt. Sie hob das Glas an die Lippen, um ihre Gefühle zu verbergen. Daphne, die es bemerkte, berührte tröstend ihren Arm, ein kleines Zwischenspiel, das Feenies scharfem Blick nicht entging.

»Da habe ich wohl etwas Dummes gesagt, Ellie. Tut mir leid. Erzähl uns davon.«

Um Himmels willen, das ist das letzte, über das ich reden möchte, dachte Ellie ungehalten. Oder vielleicht doch? Zögernd zuerst, dann mit wachsender Offenheit begann sie zu erzählen, wie ihr Vater mehr und mehr der Alzheimer-Krankheit verfiel und welche Strategien ihre Mutter entwickelte, um damit zurechtzukommen. Bald tauschten sie reihum Erinnerungen aus und sprachen über ihr Verhältnis zu ihren Eltern, als wären sie alle alte Freundinnen. Und unmerklich nahm ihr Gespräch eine andere Wendung, wurde heiterer, gewann schließlich, ohne daß man hätte sagen können, wer damit angefangen hatte, sogar einen etwas frivolen Charakter. Vielleicht hatte die herrliche Flasche Champagner, die Feenie geöffnet hatte, den Ausschlag gegeben. Wie auch immer, mit einem Mal unterhielten sie sich lautstark über Koitus interruptus, nicht als primitive Verhütungsmethode, sondern als Quelle fröhlicher Anekdoten.

Ellies Beitrag war eine leicht ausgeschmückte Geschichte aus ihrer Studentenzeit.

»Damals gab es abends für den Rückweg zu unserem Wohnheim diese alten Doppeldeckerbusse«, sagte sie, »und wenn man den allerletzten erwischte, dann galt es als ausgemacht, daß die

Paare nach oben stürmten, wo gleich das Gefummel losging, und der Busfahrer störte einen nicht, bis man an seiner Haltestelle wieder runterkam. Also, ich und der Typ, mit dem ich damals gegangen bin, kommen da eines Abends rauf und stellen fest, daß wir aus irgendeinem Grund die einzigen auf dem Oberdeck sind, und da haben wir uns hinreißen lassen und es ganz durchgezogen, er auf der Bank, ich auf seinem Schoß, als wir plötzlich Tritte auf der Treppe hörten und der Kopf des Fahrers erschien, und er stand einfach so da und sah mich an, und dann sagte er...«

Ihr vorzeitiges Lachen brachte die anderen außer Rand und Band.

»Was? Was?« japste Daphne.

»... Ich wollte nur nachfragen, sagte er, wie weit Sie noch wollen? Bis zum Ende, sagte ich!«

In Wirklichkeit war die Sache weitaus peinlicher gewesen, außerdem schmerzhaft und eine ziemliche Sauerei dazu, aber zum Kuckuck, sie war schließlich eine unveröffentlichte Autorin, oder?

Wenn der Zweck die Mittel heiligte, dann ließ die Heiterkeit, die ihre Geschichte auslöste, die Wahrheit zu einem trivialen Zufall werden.

In Daphnes Geschichte ging es, wie kaum anders zu erwarten, um einen Cousin, der das Priesterseminar besuchte, seinen Dean in Oxford und einen Stakkahn auf der Cherwell. Shirley Novello berichtete ziemlich unverblümt von einer Begegnung mit einem Ausbilder beim Schießtraining der Polizei, offensichtlich eine Übung von so durchschlagendem Erfolg, daß Ellie ziemlich neidisch wurde. Sogar Wendy kramte mit funkelnden Augen eine etwas zusammenhanglose Geschichte von der Kollision zwischen einem Tretboot und einer Luftmatratze an der Costa del Sol hervor, bei der keiner verstand, welches Gefährt die Koitierenden und welches den Interruptor getragen hatte.

Feenie hatte mit ganzem Herzen in das Gelächter eingestimmt, aber Ellie hätte bei aller Neugier, ob sie auch eine

Anekdote beizusteuern hatte, nie im Traum gewagt, sie zu bedrängen. Doch Wendy, durch ihr eigenes Bekenntnis kühn geworden, sagte: »Und was ist mit Ihnen, Miss Macallum? Ich wette, irgendwann einmal in Ihrem langen Leben…«

Hier verließen sie der Mut oder die Fähigkeit, sich diplomatisch auszudrücken, aber Feenie lächelte sie beinahe freundlich an und sagte: »Mit dem, was ihr Jungen zu erzählen habt, kann ich nicht natürlich nicht mithalten. Wir sind einfach zu etwas mehr Zurückhaltung erzogen worden. Aber der Krieg hat auch für uns manches ein klein wenig lockerer gemacht. Ich war ziemlich gut in Sprachen, und so habe ich eine Zeitlang die Verbindung zu Widerstandsgruppen in Europa gehalten, eine ziemlich aufregende Sache für ein junges Mädchen, und es war nicht einfach, all diesen armen Teufeln zu widerstehen, die gute Chancen hatten, vor einem Erschießungskommando zu landen, bevor das Jahr zu Ende war. Ich erinnere mich da an eine Geschichte, wo ich im Bett lag, er auf mir, ein großer, muskulöser Kerl, aber er schien sich unendlich Zeit bei der Sache zu lassen. Normalerweise ist es ja umgekehrt, nicht? Aber ich hatte meinen kleinen Glücksmoment schon gehabt, und nun wartete ich geduldig darauf, daß er seinen hinter sich brachte, als ich sah, wie die Tür aufging und ein deutscher Offizier in vollem Gestapo-Wichs eintrat, die Luger in der Hand. Ich glaube, er war genauso überrascht wie ich, und er sagte etwas Idiotisches wie: ›Hände hoch! Keine Bewegung!‹ Wirklich kontraproduktiv, denn vor lauter Schreck über diese Stimme kam mein Freund schließlich zu dem Abschluß, an dem er so lange gewerkelt hatte!«

Dies war das erste Mal, daß Ellie von Feenie persönlich etwas über ihre Arbeit im Krieg hörte, bisher hatte sie nur von anderen ein paar Andeutungen erhalten. Die Gewohnheit der Geheimhaltung war Feenie anscheinend in Fleisch und Blut übergegangen, besonders da, wie das alte Plakat warnte, achtloses Reden Leben kosten konnte – und zwar buchstäblich. Während sie in das Gelächter einstimmte, meldete sich der kleine Teil ihres Gehirns, der vom Wein und dem herrlichen

Gefühl der Entspannung in der Gesellschaft von Freundinnen unberührt geblieben war – es war vielleicht der Teil, der sie eines Tages zur Schriftstellerin machen würde –, mit einer eigenen Warnung: Nicht, daß alles, was sie sagte, Leben kosten konnte, sondern daß sie darauf achten sollte, nicht etwas auszuplaudern, von dem sie am folgenden Morgen bedauern würde, daß Constable Novello davon wußte.

Bockmist! sagte ein anderer Teil ihres Gehirns wütend. Diese Frau ist nicht deine Feindin. Sind nicht Augenblicke wie dieser, wenn du dich mit den Leuten um dich herum eins fühlst, ebenso real und wichtig wie die andere, weiter gehende Existenz, die du mit soviel Eifer verteidigst? Oder ist es nicht sogar so, daß die eine die andere enthält, sich aus ihr speist? Und selbst wenn man am folgenden Morgen den kleinen Verrat bedauert, ist nicht gerade *das* der Fehler, und nicht etwa das, was heute gesagt oder getan wird?

Sie schielte zu Shirley hinüber und hätte sie zum wiederholten Male angelächelt, wenn sich ihre Blicke begegnet wären. Aber die Augen der Polizistin waren auf etwas anderes gerichtet, am Ende der Terrasse, wo eine Treppe in den Garten hinunterführte, und aus ihrem Gesicht war das Leuchten von Freude und Vergnügen verschwunden, das sich bei allen anderen noch zeigte.

Ellie folgte ihrem Blick.

Neben dem 45-mm-Mörser stand ein hagerer, bläßlicher Mann mit einem schmalen Schnurrbart.

Nun hatten ihn auch die anderen gesehen.

»Meine Güte, das ist ja *der*!« rief Daphne entrüstet.

»Kann ich etwas für Sie tun?« fragte Feenie.

Wendy Woolley schlug die Hand vor den Mund, und ihre Augen irrten auf der Terrasse umher, als würde sie verzweifelt nach Gott weiß was suchen.

»Bitte, meine Damen, bleiben Sie sitzen«, sagte der Mann.

»Da ist ja die Gestapo«, japste Ellie, die sich nur widerstrebend aus ihrer Fröhlichkeit reißen ließ.

Niemand lachte.

Shirley Novello erhob sich und ging dem Eindringling entgegen.

»Hinsetzen!« befahl er.

»Polizei«, sagte Novello.

Sie ging weiter und griff nach ihrem ledernen Holster, in dem sich wahrscheinlich ihr Dienstausweis befand. Der weiche Schritt ihrer Turnschuhe auf dem Marmorboden war das einzige Geräusch, das in der Stille zu hören war.

Stille. Mit einem Mal fiel Ellie ein, daß sie schon seit mehreren Minuten Rosies Stimme nicht mehr gehört hatte.

Ohne nachzudenken, schrie sie: »Rosie!«

Der Mann wandte ihr aufgeschreckt den Kopf zu.

Novello öffnete den Verschluß ihres Gürteltäschchens mit einem scharfen Klicken.

Die Hand des Mannes fuhr in sein Jacket und zog etwas heraus.

Ellie konnte nicht glauben, daß es eine Pistole war. Es war etwas, das die Form einer Pistole hatte. Etwas, das man für eine Pistole halten konnte. Aber das war doch völlig unmöglich!

Novello machte einen Satz nach vorne und versuchte, seinen Arm zu packen.

Ein Schritt weiter, ein Glas Wein weniger, und sie hätte es vielleicht geschafft.

Aber er wich zurück, so daß sie ins Leere griff, und das Etwas in seiner Hand, das unmöglich eine Pistole sein konnte, bellte auf.

Novello blieb stehen. Sie drehte sich um. Legte ihre rechte Hand auf ihre linke Schulter. Sie sah Ellie mit einem Ausdruck äußersten Erstaunens an, als sei da ein Problem aufgetaucht, das sie nicht lösen könne, ihr Stolz es aber nicht zulasse, jemanden um Hilfe zu bitten. Sie nahm die Hand weg. Sah auf den roten Fleck, der sich wie ein Wundmal auf ihrer Handfläche abzeichnete. Und fiel um.

Im selben Moment brauste, jäh wie das Pfingstwunder, ein Wind über die Terrasse, und Ellie, die verzweifelt nach Rosie

Ausschau hielt, verzweifelt nach irgend etwas Ausschau hielt, um nur nicht die zusammengesunkene Gestalt auf der Terrasse sehen zu müssen, sah, daß sich, unbemerkt von den Frauen, die glücklich in ihrem zerbrechlichen Kokon von Intimität miteinander gegessen und getrunken hatten, der Himmel im Osten glutrot verfärbt hatte und Wolken wie Streptokokken einen wütenden Infekt über eine bleifarbene, aufgewühlte See landeinwärts trieben.

ZEHN

Nieren oder Nüsse

Gawain Sempernel saß auf Ellies Bett im Nosebleed Cottage und schaltete ihren Laptop ein.

Unter *Eigene Dokumente* gab es nur eine Datei, und die hieß »Schmusedecke«. Er öffnete sie und begann zu lesen. Er las fast so schnell, wie der Text bei gedrückter »Bild«-Taste über den Schirm lief, und bei nur wenig niedrigerer Geschwindigkeit konnte er sich alles merken, was er sah. Dieses nützliche Talent hatte die meisten seiner Lehrer in Cambridge glauben lassen, daß in ihm ein führender Altphilologe der nächsten Generation heranwachse. Doch einer von ihnen hatte gespürt, daß seine Gelehrsamkeit nur auf einem guten Gedächtnis beruhte und daß sein Forschergeist mehr von modernen Machtkämpfen und dem kalten Krieg angezogen wurde als von antiken Fehden und dem Fall Trojas. Also hatte man ihn ausgehorcht, ihm freundliche Fragen gestellt und schließlich ein zweideutiges Angebot gemacht, das ihn zu dem hatte werden lassen, was er nun war.

Ohne dieses Angebot wäre er vielleicht der Gelehrte geworden, für den ein Großteil der akademischen Welt ihn immer noch hielt. Dann hätte er seine anderen Fähigkeiten wie etwa seine rasche Entschlußkraft und seinen gnadenlosen Opportunismus dazu benutzt, den sicheren Hafen des Rektorpostens an seinem alten College anzusteuern.

Nun, das war noch immer möglich. Der derzeitige Rektor lag

im Sterben, und sein designierter Nachfolger war bei den meisten seiner Kollegen verhaßt und überdies mit seinem Sexualleben gleich an mehreren Fronten angreifbar. Einzelheiten zu diesem Thema hatte Sempernel in einem Privatdossier gesammelt. Einige Monate zuvor hatte er bei einem Essen im College schon mal die Fühler ausgestreckt. Zwar gab es in seinem Gewerbe kein offizielles Pensionierungsalter, doch konnte er sich der Erkenntnis nicht mehr verschließen, daß er den Gipfel seiner Karriere erreicht hatte, auch wenn er nicht so weit gekommen war, wie er es aufgrund seiner Fähigkeiten verdient zu haben glaubte. Das hatte ihn ziemlich verbittert, und in gewisser Weise sollte seine persönliche Teilnahme an dieser seiner letzten Operation zeigen, daß er, Gaw Sempernel, es in der Praxis noch immer mit den besten seiner Kollegen aufnehmen konnte, die sich zum größten Teil darauf beschränkten, Anweisungen aus den Tiefen der bequemen Sessel ihrer Clubs zu geben. Und dann würde er sich selbst aus freien Stücken in einen der bequemsten Sessel der kultivierten Welt zurückziehen. Außerdem – obwohl er, der die Rationalität zur Religion erhoben hatte, es nie zugegeben hätte – gab es für ihn im Zusammenhang mit Patrick »Popeye« Ducannon und seinem Waffenversteck auch ein privates und persönliches Motiv. Durch das Fiasko an den Docks von Liverpool, das drei Menschenleben gekostet und kaum genug Waffen zutage gefördert hatte, um das Studierzimmer eines Landadligen damit auszuschmücken, war er etwas angeschlagen, und auch wenn das sicherlich kein entscheidender Faktor gewesen sein konnte, so hatten seine Feinde sich doch diesen Fehlschlag zunutze gemacht, um seinen Aufstieg von den Stufen des Throns auf den Thron selbst zu verhindern.

Hier und da verzog er beim Lesen geringschätzig den Mund über einen kruden Anachronismus oder eine pseudopräzise Ungenauigkeit, aber im großen und ganzen fand er die Geschichte amüsant, und besonders über die Schilderung des als Mädchen verkleideten Achilles mußte er laut lachen. Genau solche Witze könnte Odysseus über den großen Helden gemacht haben, dachte er beim Weiterlesen. Und das Bild von Äneas, das folgte, schien irgendwie von Herzen zu kommen.

Odysseus sah mit einiger Erleichterung, daß er den Fürsten wieder zum Lächeln gebracht hatte. Seit seiner Ankunft hatte er sich alles ins Gedächtnis zu rufen versucht, was er über Äneas wußte. Zehn Jahre Krieg geben einem Mann reichlich Gelegenheit, seine Feinde kennenzulernen. Sie hatten zwar nie persönlich miteinander gesprochen, aber er hatte das blasse, wachsame Gesicht seines Gegenübers schon bei Unterhandlungen gesehen, er hatte beobachten können, wie er seine Truppen in den Kampf führte, und natürlich hatte er die Berichte der griechischen Spione am Hof des Priamos gelesen. Seine Zusammenfassung der Eigenschaften des Trojaners las sich folgendermaßen: Stärken – sehr mutig und zugleich sehr vorsichtig; die Tollkühnheit von Hektor oder Achilles geht ihm völlig ab; klug und umsichtig, sehr schwer zu täuschen; taktisch sehr versiert, würde seine Männer nie eine uneinnehmbare Stellung angreifen lassen, aber nicht zögern, große Verluste in Kauf zu nehmen, wenn es um etwas Wichtiges geht; steht zu Fehlern, was wahrscheinlich eine seiner größten Schwächen ist – diese Treue hat ihn davon abgehalten, sich der verrückten Politik des alten Priamos und dieses bescheuerten Hektor zu widersetzen, die jede Gelegenheit verstreichen ließen, den Krieg einfach dadurch zu beenden, daß sie Helena ihrem rechtmäßigen Ehemann zurückgaben. Weitere Schwächen: unnachgiebig, wenn es ums Prinzip geht; unempfänglich für Schmiergeld und persönliche Vorteile; starrsinnig Vorstellungen von Pflicht und Verantwortung verhaftet, von denen er nicht abläßt, egal, welche Nachteile es für ihn und ihm nahestehende Personen nach sich zieht.

Wie brachte man einen derart schwierigen Kunden dazu, sich der eigenen Meinung anzuschließen?

»Aber jetzt genug von mir, Fürst«, sagte Odysseus. »Wie steht's mit dir? Erzähl mir was über dich, wie du es geschafft

hast, aus Troja rauszukommen, wohin du nun ziehst. Als ich dich gerade fragte, warum du dich nicht bei Helenos niedergelassen hast, da sagtest du, du seist anderswohin unterwegs. Wohin denn?«

Äneas sah ihn einen Moment lang zweifelnd an, dann hob er die Schultern und meinte: »Was macht es schon, ob ich es dir erzähle? Da gibt es ein Land, das die Griechen Hesperien nennen, das bei den Eingeborenen aber Italien heißt, wo der Boden fruchtbar ist und von wo der Sage nach unsere trojanischen Vorfahren gekommen sind. Dorthin bin ich gesandt worden, um ein neues und mächtigeres Dardaniden-Reich zu gründen.«

»Gesandt worden? Etwa von den Göttern, oder wie?«

»Ja. Von den Göttern.«

»Mein Beileid«, meinte Odysseus mitfühlend.

»Warum sagst du so etwas? Stehen wir nicht alle unter der Macht des hohen Olymps? Sogar du, mein Freund, kannst nicht leugnen, daß du deinen Aufenthalt hier dem Einfluß des mächtigen Poseidon verdankst.«

»Ja, aber da gibt es einen Unterschied. Alles, was ich will, ist, nach Hause zurückzukehren. Die Götter können mich dabei unterstützen oder behindern, wie es ihnen gefällt, aber ich gehe nach Ithaka zurück, weil ich es so will. Und was immer ich auch dort vorfinde, ich komme schon damit klar, weil es meine Angelegenheit ist, und nicht die der Götter. Wenn das Blasphemie ist, na gut, der Donnerkeil soll mich treffen und in Schweinekruste verwandeln, aber Götter hin, Götter her, wir Menschen müssen uns am Ende doch um uns selbst kümmern, sonst tut es keiner.«

Äneas warf ihm einen neugierigen Blick zu, in dem sich auf merkwürdige Weise Verachtung und Neid vereinten.

»Es muß sehr… bequem sein, so ohne Sinn zu leben.«

»Sinn? Frag mal Achilles nach ›Sinn‹«. All dieses Heldengetue! Jetzt wäre er lieber wieder in seinem Frauengewand auf Skyros, mit all den anderen Mädchen, die ihm zurufen: ›Komm und hilf mir beim Sticken, Stocksteifer!‹«

»Auch sein Schicksal lag in den Händen der Götter.«

Aus dem rückwärtigen Teil der Höhle drang ein klagender Laut, wie von einem winselnden Hündchen. Äneas sah sich besorgt um und richtete sich auf. Doch eine Dienerin trat hinter dem Vorhang hervor, machte eine beruhigende Geste, schenkte einen Becher voll Wasser und kehrte wieder zur Lagerstatt des kranken Kindes zurück.

»Ja, gewiß«, sagte Odysseus. »Und ich bin sicher, das Schicksal des Jungen da hinten liegt ebenfalls in den Händen der Götter. Dein Sohn, oder?«

»Ja, mein Junge, Askanius. Er wurde krank, als das Schiff so heftig in dem Sturm schaukelte, der uns hierher verschlagen hat. Ich hatte gehofft, es würde ihm nach der Landung besser gehen, aber...«

»Kann ich ihn mir mal ansehen?«

»Gehört die Medizin etwa auch zu deinen Künsten?« fragte der Fürst halb hoffnungsvoll, halb herablassend.

»Nein, aber ich habe viel an mir ausprobiert«, meinte Odysseus und sah an seinem narbenübersäten Körper hinab.

Er ging in den hinteren Teil der Höhle, und im Schein einer Fackel, die die Dienerin hielt, betrachtete er aufmerksam das rote, fiebernde Gesicht des Jungen. Dann nahm er vorsichtig die kleine Kinderhand in seine riesige Pranke und hob sie sacht an. Das Kind schlug die Augen auf und sah den Mann an. Nach einer Weile schloß es sie wieder, und Odysseus ließ seine Hand sanft los. Leise wechselte er einige Worte mit der Dienerin, dann ging er wieder an seinen Platz und goß sich neuen Wein ein. Bis jetzt war es immer der Fürst gewesen, der ihm nachgeschenkt hatte.

»Also?«

»Also was?« fragte Äneas.

»Was verschweigst du mir?«

»Worüber denn?«

»Über den Jungen. Er hat hohes Fieber, aber sein Puls geht so langsam, er steht beinahe still, und seine Augen glänzen wie

die eines Mädchens, dem man den Familienschmuck zeigt. Die Dienerin sagt, er hätte schon seit fast zwei Tagen keine Nahrung zu sich genommen, nicht einmal Heilkräuter oder so etwas, aber sein Zustand hat sich weder gebessert noch verschlechtert. Und du…«

»Ja? Und ich?«

»Du sitzt hier und vertreibst dir die Zeit mit mir. So als wärst du froh, an etwas anderes denken zu können.«

»Wäre nicht jedermann froh, an etwas anderes denken zu können, wenn er sich um ein krankes Kind sorgen muß?«

Odysseus schüttelte den Kopf.

»Das ist gar nicht möglich. Nein, wenn ich dich abgelenkt habe, dann von einer anderen Sorge, einer Entscheidung. Sie betrifft wahrscheinlich den Jungen, aber bevor du sie triffst, wird sich an seinem Zustand nichts ändern. Deshalb kannst du hier so ruhig sitzen, froh, eine Entschuldigung zu haben, die Zeit untätig verstreichen zu lassen. Du kannst es mir ruhig sagen, Fürst. Die Sache wird wohl kaum schlimmer dadurch, daß du sie einem alten griechischen Soldaten erzählst.«

Äneas blickte ihn kalt an und sagte: »Vielleicht wird die Sache besser, wenn man den hohen Göttern einen alten griechischen Schurken opfert?«

»Nein«, erwiderte Odysseus und schüttelte heftig den Kopf. »Wenn du das glauben würdest, hättest du es schon vor einer halben Stunde getan. Wahrscheinlich steckt wieder ein Gott dahinter, wie gewöhnlich. Aber das müßt ihr beiden unter euch ausmachen.«

Der Trojaner nippte an seinem Wein und zuckte dann die Achseln.

»Warum nicht? Wollen mal sehen, was der klügste Kopf in der zivilisierten Welt damit anfangen kann. Vor zwei Nächten, als ich bei meinem Jungen wachte und um seine Genesung betete, hatte ich eine Vision. Eine Vision! Seltsames Wort für ein altes, buckliges, mit Karbunkeln übersätes Weib, aber wie anders soll man denn jemanden nennen, der es schafft, an den

Wachen vorbei hier in die Höhle zu kommen, und weder beim Kommen noch beim Gehen bemerkt wird. Sie hat mir gesagt, daß man diese Insel hier Ogygia nennt und daß sie der Nymphe Kalypso geweiht ist, der Tochter des Atlas, einer Enkelin des mächtigen Uranus, des ältesten aller Götter, und daß wir sie durch unsere Anwesenheit beleidigt hätten. Wenn wir innerhalb von drei Tagen wieder abziehen würden, kämen wir ohne Strafe davon. Aber eine Bedingung für unseren Abzug sei, daß wir Askanius zurücklassen müßten. Falls wir länger als drei Tage blieben, würden wir sterben. Und sollten wir versuchen, ihn mitzunehmen, so würden wir gleichfalls sterben. Die Zeit ist morgen mit der Abenddämmerung abgelaufen. Jetzt weißt du also, warum ich froh bin, daß ich hier im Gespräch mit dir sitze, Odysseus. Wer weiß? Im ersten Moment dachte ich, ob dich vielleicht die Götter mir zur Hilfe gesandt haben, aber jetzt ...«

»Was jetzt?«

»Nachdem ich dich habe reden hören, kann ich nicht glauben, daß die Olympier jemanden zu ihrem Werkzeug wählen, der so wenig Ehrfurcht vor ihnen hat.«

»Du könntest dich wundern«, meinte der fette Grieche. »Hast du versucht, sie zu finden, diese, wie hast du gesagt, heißt sie? Kalypso?«

»Natürlich. Meine Männer sind in alle Richtungen ausgeschwärmt. Sie haben nichts gefunden, kein Anzeichen von Leben oder irgendeiner Behausung, auch kaum Pflanzen. Mir schaudert, wenn ich darüber nachdenke, wie wohl eine Kreatur aussehen muß, die einen solchen Ort zu ihrem geheiligten Aufenthalt wählt. Und wenn ich meinen Jungen ihrer Gnade überlasse ... aber welche Wahl habe ich schon? Welche Wahl?«

Seine Stimme schwoll zu einem Schmerzensschrei an.

Der arme Kerl hat das Leid gepachtet, dachte Odysseus. Zeig ihm eine Baumnymphe, und er weiß nicht, ob er auf sie raufklettern oder sie niedermähen soll.

»Ich mache dir einen Vorschlag, mein Junge«, sagte er. »Könnte ich mich nicht ein bißchen aufs Ohr legen? Und morgen früh, wenn die Dinge etwas klarer aussehen, schauen wir beide uns mal ein wenig um und überlegen, was sich machen läßt?«

Äneas betrachtete ihn voller Verachtung und Argwohn.

»Ist das alles, was der klügste Kopf der Welt zu bieten hat?« spottete er. »Sich ein bißchen aufs Ohr legen und dann mal sehen? Was hast du wirklich vor, du schlauer Fuchs? Du willst wohl zu Kräften kommen, um dann eine Fluchtmöglichkeit zu ersinnen?«

»Nee, mein Junge. Ich fühle mich stark genug, und wenn ich einen Fluchtplan bräuchte, den hätte ich schon«, sagte Odysseus. »Hoppla, Entschuldigung.«

Er hatte nach seinem Becher gegriffen und ihn ungeschickt umgestoßen. Äneas wich vor dem Wein zurück, der auf ihn zulief, und plötzlich spürte er, wie sein Kopf an den Haaren nach hinten gezogen wurde und eine scharfe Metallklinge seine Kehle entlangritzte, so daß warmes Blut zu fließen begann. Irgendwie hatte der fette Grieche seinen massigen Körper im Bruchteil einer Sekunde hinter ihn gebracht. Wo aber ein Mann, den er nackt gesehen hatte, ein Messer versteckt haben konnte, das wollte sich Äneas gar nicht erst vorstellen.

»Siehst du? Ich schlitze dir die Kehle auf, hau der Amme eins auf die Birne, vielleicht besorg ich's ihr vorher auch noch, und dann schleiche ich mich so leise aus der Höhle, daß deine Wachen es nicht merken, bis sie deine Leiche finden. Dann suche ich deinen Ankerplatz, liegt sicherlich auf der windwärts gelegenen Seite der Insel, dürfte nicht zu schwer zu finden sein. Ich schwimme raus, suche mir was, das klein genug ist, daß ich es allein steuern kann, versenke den Rest, und ich bin weg und frei, und du brauchst dir keine Sorgen mehr zu machen, wie du dich entscheiden sollst.«

Äneas schloß die Augen und machte sich darauf gefaßt, daß sich die Klinge in seine Kehle bohrte.

Doch so unerwartet er gekommen war, ließ der Druck nach, der Griff an seinem Haar wurde gelöst, und als er die Augen öffnete, saß Odysseus ihm gegenüber, schaute ihn über einen vollen Becher hinweg an und meinte besorgt: »Alles in Ordnung, Fürst? Sah gerade so aus, als würde was nicht stimmen mit dir. Vielleicht solltest du um Hilfe rufen.«

Äneas hatte die Hand noch an der Kehle. Er ließ sie los und sah auf seine Finger, die ein wenig von Wein gerötet waren. Wein, kein Blut. Diesselbe Röte, wie sie der scharfe Fingernagel seines Gesprächspartners zeigte.

Er schaute zum Höhleneingang, wo der treue Achates und seine schwerbewaffneten Männer Wache hielten.

Dann betrachtete er den Dicken, der ihn anlächelte, sah wieder das Feuer, wie es die Tempel und Paläste von Troja verwüstete, hörte die Verzweiflungsschreie der Besiegten, die mit den Rauchschwaden aufstiegen.

Alles in Schutt und Asche, nur wegen dieses fetten, lächelnden Mannes.

Er lächelte zurück und sagte: »Ja, vielleicht sollte ich um Hilfe rufen. Wann willst du morgen früh geweckt werden?«

Ende des Kapitels. Sempernel legte sich auf das Bett und blickte gedankenverloren zur Decke. Interessante Frau, diese Ellie Pascoe. Fast bedauerte er, daß er wahrscheinlich gezwungen sein würde, sie hinter Gitter zu bringen. Natürlich konnte sich herausstellen, daß ihre Verwicklung in die Geschichte mehr auf Zufällen als auf Mittäterschaft beruhte, aber durch seine lange Erfahrung in der Suche nach Zusammenhängen, die andere übersehen hatten, war er sehr skeptisch gegenüber Zufällen geworden. Peter Pascoe hatte er nach seiner »zufälligen« Begegnung mit Kelly Cornelius am Snake Pass genau unter die Lupe genommen und beobachten lassen, und danach war er geneigt gewesen, *seine* Beteiligung als in jedem Sinne rein zufällig anzusehen. Was allerdings bedeutete, daß seine Familie ihr Maß an Zufälligkeiten bereits aufgebraucht hatte.

Er sah sich die nächste Seite an, neugierig, wie die Geschichte weiterging. Aber alles, was da stand war:

Kapitel 4

Sonst nichts. Mist. Erst anmachen und dann abblitzen lassen. Nun, wenn sie, was durchaus im Bereich des Möglichen lag, eine Weile die Gastfreundschaft Ihrer Majestät genießen würde, dann hätte sie ja genug Zeit, die Geschichte zu Ende zu schreiben.

Es klopfte an der Tür, und bevor er »herein« sagen konnte, ging sie auch schon auf.

Muß mal ein Wörtchen mit ihr darüber reden, dachte er und sah die große, attraktive Frau an. Sie hatte schwarzes Haar und ein schönes, energisches Gesicht, dessen linke Wange durch Prellungen und Kratzer etwas verunziert war.

»Nachricht von Wen«, sagte sie. »Dieser Pavillon an der Klippe, sie nennen ihn Kommandoposten. KP.«

»Wie schön, wenn einem bestätigt wird, was man schon geahnt hat. Sonst noch was?«

»Nein. Die Zeit wird knapp.«

»Sag mir sofort Bescheid, wenn du was von ihr oder Jacobs hörst.«

Die Frau ging hinaus, kam aber gleich zurück.

»Ein Auto«, meldete sie beunruhigt.

»Nun, geh raus und schau, wer da kommt, meine Liebe.«

Pascoe sah die Frau aus dem Haus kommen, als sein Wagen über den Weg holperte, und sein Herz machte einen freudigen Satz. Im selben Moment aber merkte er, daß es nicht Ellie war. Gleiche Figur, gleiche Haarfarbe, gleiche Frisur, tatsächlich, ähnlich genug, um jemanden zu täuschen, der Ellie nur von einer Beschreibung oder einem schlechten Foto kannte, aber selbst aus doppelter Entfernung nicht ähnlich genug, um einen Ehemann zu täuschen, der jeden Zentimeter ihres Körpers genauestens kannte und liebte ...

Mit großer Verspätung schaltete sein Kopf die Verbindung, die er schon längst hätte herstellen sollen.

Was war mit seinem scharfen, weit blickenden Polizistenverstand los, der einst scheinbar unüberbrückbare Distanzen überwunden hatte? Der Dicke hatte ihm einen kräftigen Rippenstoß versetzen müssen, bevor ihm die Ähnlichkeit zwischen dem Beobachter im Gerichtssaal und dem angeblichen Mitarbeiter des Schulamts aufgefallen war. Und nun stellte er fest, daß er trotz Ellies Beschreibung der Frau, trotz ihres Traums, in dem sie ihre Doppelgängerin aus dem Auto aussteigen und mit dem Schlüssel in der Hand auf die Wohnungstür zugehen sah, nicht bemerkt hatte, was ihm doch ins Auge hätte springen müssen. Wut und Schmerz hatten seinen Verstand vernebelt.

Diese Frau war nicht zu ihnen nach Hause gekommen, um Ellie zu entführen. Sie hatte gehofft, das Haus leer vorzufinden und Ellies Rolle zu übernehmen.

All das wurde ihm in den wenigen Sekunden klar, die er brauchte, um mit hohem Tempo durch das offene Tor mit dem ominösen Schild zu rasen und eine Vollbremsung hinzulegen, die Dalziel und Wield in ihre Sicherheitsgurte preßte.

»Herrgott, was ist los, mußt du so dringend pissen?« rief der Dicke, als Pascoe die Tür aufriß und aus dem Wagen sprang.

Die Kratzer im Gesicht der Frau bestätigten seine Vermutung.

»Drecksau«, sagte er, als er an ihr vorbeischoß. »Ich hoffe, das gibt eine Blutvergiftung.«

Er ging durch die Haustür in den kleinen Flur. Der Anblick von Rosies gelben Gummistiefeln auf dem Boden wirkte wie ein Schlag in die Magengrube. Er lief ins Wohnzimmr.

»Ellie!« schrie er. »Rosie!«

Eine Tür ging auf, und ein hochgewachsener, schlanker, weißhaariger Mann trat mit einem freundlichen Lächeln und ausgestreckter Hand auf ihn zu.

»Mr. Pascoe, wie schön, sie wieder einmal zu –«

Er wurde mit einer solchen Wucht gegen die Wand gedrückt,

daß eine ganze Sammlung von edlem Delfter Porzellan aus einem Regal fiel.

»Wo ist meine Frau, Sie Schwein? Wo ist meine Tochter?«

Leute zu verprügeln, außer zur Selbstverteidigung, das war für einen Mann von Pascoes Temperament keine Selbstverständlichkeit, aber er hätte es getan, wenn seine Faust, die bereits zum Schlag ausholte, nicht von einem gorillastarken Griff aufgehalten worden wäre.

»Langsam, Junge«, sagte Dalziel. »Hast du denn nichts gelernt bei mir? Wenn man von jemandem Informationen haben will, darf man ihn nicht auf die Birne schlagen. Das macht ihn blöde. In die Nieren oder in die Nüsse, nur das bringt sie zum Singen.«

Er zog Pascoe zurück, wobei ihre Füße über zerbrochenes Porzellan knirschten, und als sie die Mitte des Raums erreicht hatten, drückte er ihn mit sanfter, aber unwiderstehlicher Gewalt in ein Sofa.

»So«, sagte er. »Jetzt, wo du bequem sitzt, wird dir Mr. Sempernel sicher deine Fragen beantworten. Nicht wahr, Mr. Sempernel?«

Sempernel richtete sich langsam auf. Die Attacke hatte ihm sichtlich zugesetzt, aber er besaß die Fähigkeit, sich rasch zu fangen. Eine leichte Korrektur an Krawatte und Hemd, ein Griff nach seinem schönen, weißhaarigen Kopf, und der Film war bis zum Anfang zurückgespult, sogar das Begrüßungslächeln war wieder da.

»Cynthia, sei so gut, steck das Ding da weg, bevor jemand zu Schaden kommt«, sagte er.

Die Frau stand unsicher in der Tür, eine kleine automatische Pistole in der Hand. Die Chance, daß sie jemand anderem als sich selbst Schaden zufügte, war gering, denn Wield hatte ihren Arm fest im Griff, und die Mündung der Pistole zeigte auf ihren linken Fuß.

Wield ließ sie los, die Frau warf ihm einen unfreundlichen Blick zu und steckte die Waffe weg.

»Da wir nun beide unsere wildgewordenen Handlanger unter Kontrolle haben, Mr. Dalziel, sollten wir uns setzen und miteinander reden«, sagte Sempernel. »Ich darf Ihre Anwesenheit hier wohl so deuten, daß Sie sich entschlossen haben, meiner Bitte und der Ihrer Vorgesetzten um Nichteinmischung in diese Sache nicht nachzukommen.«

»Nee, wo denken Sie hin«, entgegnete Dalziel ungnädig. »Das ist ein rein privater Besuch. Wir wollten nur mal nachsehen, ob es Ellie und der Kleinen bei ihrem Wochenendausflug an irgendwas fehlt.«

»In diesem Fall kann ich Sie beruhigen. Es geht ihnen allem Anschein nach ausgezeichnet. Sie essen gerade bei Miss Macallum in Gunnery House zu Abend, etwa eine halbe Meile von hier. Glauben Sie mir, das einzige, was sie aufregen und ihnen ihren wahrscheinlich traumhaften Abend verderben könnte, wäre, wenn Sie und Ihre Kollegen aus heiterem Himmel und mit besorgten Gesichtern dort auftauchen würden. Ich glaube, es wäre wirklich das Beste, wenn Sie ganz unauffällig nach Hause fahren und sie in unserer Obhut lassen.«

Pascoe, der seine Gefühle wieder im Griff hatte, sagte gelassen: »Niemand fährt nach Hause, bevor Sie mir nicht erklärt haben, was hier eigentlich vorgeht, Sempernel.«

»Verstehe. Und haben Sie vor, Mr. Dalziels Ratschläge zu befolgen, um diese Informationen zu erhalten?« fragte der hochgewachsene Mann in höflichem Ton. »Ich muß sagen, ich fände dies ein befremdliches Verhalten für jemanden, der laut Aktenlage dem neuen Leitbild des freundlichen Polizisten in so vieler Hinsicht entspricht, daß man ihm eine glänzende Zukunft prophezeit.«

»Sie wissen, wie man eine Drohung verpackt, nicht wahr?« sagte Pascoe. »Weniger verstehen sie anscheinend davon, wann eine Drohung ins Leere läuft. Ja, ich hätte wirklich Lust, Mr. Dalziels Methoden anzuwenden, aber in diesem Fall sind sie völlig unnötig. Es genügt vollauf, meine Pflicht als Polizist zu tun. Ich habe den begründeten Verdacht, daß Ihre Gehilfin hier an der versuchten Entführung meiner Frau beteiligt war, und ebenso habe ich den begründeten Verdacht, daß das auch für Sie gilt, Sie also ein möglicher Mittäter sind. Das sind keine Kleinigkeiten. Ich verhafte Sie beide und bringe Sie aufs Revier zum Verhör. Natürlich werde ich vorher über Funk meine Ankunft ankündigen, und es würde mich nicht im geringsten überraschen, wenn die Geier von der Lokalpresse, die unsere Frequenzen abhören, was natürlich verboten ist, davon Wind bekämen und uns mit ihren Kameras empfingen.«

Sempernel schien unbeeindruckt.

Er hob seine Augenbrauen, ungefähr drei Zentimeter höher, als Pascoe es je geschafft hatte, und fragte: »Was sagen Sie dazu, Superintendent?«

»Klingt für mich wie nach dem Lehrbuch«, sagte Dalziel, der es sich in seinem Sessel bequem gemacht hatte und so aussah, als wolle er den Rest des Abends dort verbringen. »Wüßte nicht, was ich daran aussetzen sollte. So bringe ich's meinen Leuten bei. Nach dem Lehrbuch.«

»Sie müssen mir dieses Lehrbuch demnächst mal ausleihen«, meinte Sempernel. »Gut, ich war immer ein Pragmatiker.«

Er setzte sich und sagte zu der Frau: »Cynthia, meine Liebe, wärst du so gut, dich wieder deinen Wachhundpflichten zuzuwenden, nur für den Fall, daß es weitere Störungen gibt?«

Cynthia nickte und ging hinaus. Wield warf Dalziel einen Blick zu. Der nickte kurz, und Wield folgte ihr.

»Was für wohlerzogene Kreaturen wir doch haben«, sagte Sempernel. »Nun, Mr. Pascoe, lassen Sie mich Ihnen zuerst versichern, daß niemals geplant war, Ihre Frau zu entführen. Weit gefehlt. Unsere Information war, daß das Haus an diesem Tag leer sein würde, weil Ihre verehrte Gemahlin mit Ihrer Tochter an einem Schulausflug teilnehmen sollte. So kam es zu einer mißlungenen Improvisation, als meine Leute merkten, daß Mrs. Pascoe doch zu Hause war. Ich hoffe, das beruhigt Sie, was diesen Punkt betrifft.«

»Beruhigen?« rief Pascoe. »Sie hatte einen Schlüssel. Zu

meiner Haustür. Diese Frau wollte sich als Ellie ausgeben. Und da soll ich beruhigt sein?«

»Nun gut. Vielleicht nicht. Ich verstehe, was Sie meinen. Worauf ich hinauswollte, ist, daß weder Sie noch Ihre Frau jemals von der Sache erfahren hätten, wenn alles nach Plan verlaufen wäre.«

»Kann sein«, sagte Dalziel, der sich mit dem ruhigen, forschenden Blick eines Hühnerhundes im Zimmer umsah, »wenn Sie uns von diesem Plan erzählt hätten ... ah ja.«

Er stand auf, trat an einen prachtvollen Eichensekretär und öffnete eine Tür, hinter der eine Kollektion Flaschen und Gläser zum Vorschein kam, und fragte: »Malt oder Blended?«

»Ich richte mich ganz nach Ihnen«, sagte Sempernel. »Der Plan. Ja. Mr. Pascoe, Ihre Frau stand in ihrer Eigenschaft als Mitglied des Liberata Trust mit verschiedenen politischen Gefangenen in Briefkontakt, darunter einer Kolumbianerin namens Bruna Cubillas. Haben Sie von ihr gehört?«

»Flüchtig. Ich wußte, daß Ellie an solche Leute schreibt, und manchmal, nicht besonders oft, bekam sie Antwort. Aber wir haben nur selten darüber gesprochen.«

»Wirklich? Vielleicht, weil sie geahnt hat, es könnte da einen Konflikt mit Ihrer Arbeit als Polizist geben?«

»Natürlich nicht. Warum sollte es ein Verstoß gegen das Gesetz sein, Briefe zu schreiben?«

»Ich könnte Ihnen da aus dem Stegreif ein halbes Dutzend Möglichkeiten nennen«, sagte Sempernel. »Aber egal. Sitzen Sie bequem? Dann fange ich an.

Bruna Cubillas ...«

ELF

Aus den Sibyllinischen Blättern

Bruna Cubillas…
born in a shack in a slum on the banks of a drain…
living was pain…

Ein Bruder, fünf Schwestern. Die anderen Mädchen sind alle bereits im Kindesalter gestorben. Ob Bruna jemals mit großen Augen zu einem Fremden aufgeblickt und wie in dem Gedicht von Wordsworth beharrt hat: *wir sind sieben*? Ich bezweifle es. Wahrscheinlich hat sie sich quicklebendig gefühlt, doch Kinder in solchen Verhältnissen und an solchen Orten wissen gewöhnlich verdammt gut über den Tod Bescheid.

look at her growing…
out on the streets where each day a new terror could strike…
What was it like?

Selbst wenn ich mehr über sie wüßte, könnte ich sie überhaupt verstehen? Sie hatte wahrscheinlich Freiheiten, von denen ich in meinem kleinen, engen walisischen Dorf, in meinem kleinen, engen walisischen Tal nicht einmal hätte träumen können – die Freiheit, schon in frühester Kindheit überall herumzustrolchen, die Freiheit, an glutheißen Sommertagen nackt vom Betonkai in das trübe, aber kühle Wasser zu springen, die Freiheit, von ihrer Barackensiedlung ins Zentrum von Cartagena zu gehen, der nächsten richtigen Stadt, die Freiheit, auf der Straße zu betteln, die Freiheit, Brot oder Obst von den Marktständen zu stehlen und ihren Verfolgern zu entwischen, indem sie sich durch Zäune und Spalten quetschte, durch die ihr die Erwachsenen nicht folgen konnten.

Aber meine Freiheiten – die Freiheit, saubere neue Kleider zu tragen, frische, nahrhafte Sachen zu essen, in kühlen Leinenlaken zu schlafen, an meinem Geburtstag und an Weihnachten gefeiert und verhätschelt zu werden, im Sommer mit meiner Familie in Urlaub zu fahren, neben meinen Freundinnen in einer Schulbank zu sitzen und mich darüber zu beklagen, lernen zu müssen – das waren Freiheiten, von denen sie nichts wußte und von denen sie wahrscheinlich nicht einmal träumte. Jedenfalls nicht, bis ihr Bruder ihr davon fzu erzählen begann.

Fidel Cubillas…

Der in der Welt – seiner Welt zumindest, dieser Welt aus Mythen, Legenden, Heroismus und Horror, die von den Gipfeln der Anden bis in die Tiefen der Regenwälder reicht, der Welt des politischen Untergrunds von Südamerika – Chiquillo genannt wurde. Wegen seines jugendlichen Aussehens. Oder vielleicht aus demselben Grund, weshalb man die erste Atombombe »Little Boy« nannte.

Killed his first cop with a knife driven straight through the spleen…
He was thirteen…

So will es die Legende. Eine Razzia nach Untergrundkämpfern in den Slums, der Junge wird unsanft geweckt, indem man die Lumpen wegreißt, unter denen er liegt; ohne nachzudenken, wirft er das Messer, das er immer, ob im Wachen, ob im Schlafen, zur Hand hat, der Bulle am Boden, er schreit, er stirbt, der Junge wird aufs Polizeirevier geschleppt, geschlagen und vergewaltigt, im Gefängnis ergeht es ihm nicht besser, bis eine Gruppe von Freiheitskämpfern namens Farc ihn unter ihre Fittiche nimmt. Während Bruna, die nun, da ihr hitziger Bruder weg ist, niemanden hat, der sie beschützt, draußen irgendwie überlebt, heranwächst und ihn nicht vergißt. Und mit siebzehn ist sie zur Stelle, als eine der irrationalen Amnestien, die lediglich Platz für neue Häftlinge schaffen sollen, ihren achtzehnjährigen Bruder ins Sonnenlicht taumeln läßt.

Sie pflegt ihn gesund. Wie durch ein Wunder behält er sein jungenhaftes Aussehen, aber innerlich ist er gealtert und hart geworden, um es mit dem alten Felsgestein aufnehmen zu können, aus dem seine Zelle gehauen war.

Und nun verfügt er über Verbindungen.

In den darauffolgenden Jahren wird Little Boy einer der großen Helden in der unendlichen Geschichte des Aufstands. Doch letztendlich, in einem Land, wo die Grenzen zwischen Terroristen beziehungsweise Freiheitskämpfern, Drogenbaronen, korrupten Politikern und in kriminelle Machenschaften verstrickten Armeeoffizieren bis zur Unkenntlichkeit verwischt sind, wird er schließlich durch seine Kompromißlosigkeit – keine Gefangenen, keine Deals – zum Problem für die größeren Widerstandsgruppe. Dank seiner kleinen, aber fanatischen Anhängerschaft ist es schwierig, direkt an ihn heranzukommen, aber ein Tip an die Anti-Rebellentruppen der Regierung tut es auch. Doch in dieser Welt wird normalerweise auch der Verräter verraten, und so gelingt es Chiquillo und seinen Männern zu entkommen, nicht ungeschoren, sondern gerade genug angestachelt, um die Wildheit des verwundeten Tieres zu wecken.

So entsteht PAL, die Kurzform von *paliza*, was »schlagen« oder »prügeln« bedeutet, ein Name, der sowohl die Motive als auch die Methoden der Gruppe umreißt, die, obwohl nur klein, bald als eine der gefährlichsten gilt, die jemals aus diesem langen, schmutzigen Krieg hervorgegangen sind. Chiquillo gelingt das, was Unterhändler in jahrzehntelangen Friedensverhandlungen erfolglos versucht haben: Der Wunsch, ihn zu loszuwerden, bringt die Regierung und die übrigen Rebellen an einen Tisch.

Doch er ist so schwer zu fassen wie ein Fabelwesen. Berichte von seiner Gefangennahme hier, seiner tödlichen Verwundung dort werden schnell durch sein Auftauchen bei einer anderen Gewalttat hundert Meilen weiter weg widerlegt. Schließlich aber haben die Anti-Rebellentruppen Glück und bringen die Gruppe in die Klemme. Sie legen ihr einen Hinterhalt, es kommt zu einem verzweifelten Feuergefecht, die Aufständischen erleiden starke Verluste, die Überlebenden ziehen sich zurück und töten zuvor ihre Verwundeten, lassen keine Lebenden zurück, also gibt es auch keine Gefangenen. Mit einer Ausnahme. Sie hat ein durchschossenes Bein und kann nicht gehen.

Bruna Cubillas.

Bruna gehört nicht zu den Frauen, die sich wie die antiken Amazonen aktiv am bewaffneten Kampf beteiligen, aber sie ist ihrem Bruder Fidel seit dessen Freilassung nicht von der Seite gewichen, sie hat sich ganz seinem Wohl verschrieben, ja, Gerüchten zufolge (Gerüchte, die sogar den Befreiungstheologen einen Vowand lieferten, sich von ihm zu distanzieren) teilt sie sogar sein Bett.

Damit haben die Regierungstruppen ein Unterpfand für Verhandlungen. Zumindest glauben sie das.

Bruna Cubillas…
Tortured and raped but won't talk at least she's alive…
Can she survive?

Man schickt Botschaften in den Dschungel, lädt zum Dialog ein. Aber die Antwort ist Schweigen.

Als man schon meinen könnte, Chiquillo sei zu dem Schluß gekommen, daß es für ihn angesichts seiner angeschlagenen Truppe und mit seiner Schwester in Feindeshand am besten wäre, sich eine Weile still zu verhalten, meldet sich PAL lautstark zurück. Da sie als Guerillatruppe an Schlagkraft verloren haben, starten sie eine schmutzige Terrorkampagne in den Städten. Bomben, Morde, ohne Rücksicht auf den Tod von zwanzig Unschuldigen, solange es auch diejenigen trifft, die sie für die Schuldigen halten. Es ist wie in Nordirland, und tatsächlich geht das Gerücht, daß sie in der internationalen Bruderschaft der Terroristen das Brot mit den irischen Extremisten gebrochen haben.

Seltsamerweise erleichtert das eher Brunas Los, anstatt es zu verschlimmern. Ein wertloses Tauschobjekt ist es nicht einmal wert, daß man es wegwirft.

Dann fällt nach einem Jahr einem scharfsinnigen Gefängniszensor auf, daß sie eine Beziehung mit einer Samariterin von Liberata aufgenommen hat, einer dieser lästigen Menschenrechtsgruppen.

Eleanor Pascoe.

Ob man das vielleicht langfristig nutzen könnte, um einen Kontakt zu dem so schwer zu greifenden Fidel herzustellen?

Aber dazu bräuchte man Hilfe aus Großbritannien. Die Sache schien kaum einen Versuch wert.

Trotzdem erzählt schließlich jemand beiläufig unserem Mann in Bogota von der Sache. Und der ist zufälligerweise mit Gawain Sempernel zur Schule gegangen.

Der schlaue alte Gaw. Einst, in jenen teuren, längst vergangenen Tagen, als sogar noch sein Bettgeflüster der Selbstbeweihräucherung diente, er dabei aber so tat, als würde er mich auf einen Spitzenjob vorbereiten, sagte er mir, wer einen großen Fisch fangen will, der dürfe keine Gelegenheit auslassen, seine Angel auszuwerfen, auch in Gewässern, die nicht gerade vielversprechend wirken.

Und während zu dieser Zeit Chiquillo für ihn höchstens von akademischem Interesse war, hatte er seine Aufmerksamkeit sicher bereits auf Liberata und ihre Hauptakteurin Serafina Macallum gerichtet, und auch Eleanor Pascoe war schon in meinem kleinen Sarg verstaut, alles sauber und ordentlich und relativ friedlich, was Gaw immer so verdächtig findet.

Zufall ist der Name, den die Dummen der Stimme Gottes geben, der der Richter der Welt ist. Also sprach Gaw.

Wir nahmen uns schließlich der Sache an. Mrs. Pascoes Briefe wurden nach und nach gegen unsere ausgetauscht, die vom Stil her nicht zu unterscheiden waren, aber viel mehr auf politische Dinge eingingen. Brunas Antworten wurden natürlich abgefangen, lange bevor sie Yorkshire erreichten. Nur gelegentlich wurde Mrs. Pascoe ein förmlich gehaltener, kurzer Brief übersandt, damit sie sich keine allzugroßen Sorgen machte oder irgendetwas unternahm. Die Büchersendung, die Bruna helfen sollte, ihr Englisch zu verbessern, wurde aus unerfindlichen Gründen von der Zensur auf einen einbändigen Shakespeare reduziert, und da dies Brunas einziger Zugang zur englischen Sprache war, gingen ihre Briefe allmählich vom Spanischen in ein schwülstiges elisabethanisches Englisch über.

Aber immer noch fand sich darin nichts, was den Leuten, die hinter Chiquillo her waren, von Nutzen gewesen wäre. Nicht einmal in den Briefen, von denen Bruna glaubte, sie würden am wachsamen Auge des Zensors vorbei aus dem Gefängnis geschmuggelt.

Um sie in Sicherheit zu wiegen und zum Plaudern zu verleiten, gab man ihrem Anwalt zu verstehen, daß die Regierung geneigt sei, einem Antrag auf Freilassung stattzugeben, da sie niemals aktiv an den Terroraktionen der PAL teilgenommen hatte. Und schließlich setzte man einen Termin fest.

Und dann erfuhr Gaw, daß sein alter Feind Popeye Ducannon in Verhandlungen stand, um die Waffen zu verkaufen, die ihm beim Fiasko von Liverpool durch die Lappen gegangen waren. Als Kaufinteressent stellte sich PAL heraus, denn sie wollten wieder in den Guerillakampf einsteigen, waren aber von den üblichen amerikanischen Waffenhändlern abgeschnitten, deren größte einheimische Kunden sie mit einem strikten Lieferboykott belegt hatten. Sie hatten Kelly Cornelius beauftragt, die Sache einzufädeln.

Oder vielleicht war es Kelly, die mit Chiquillo Kontakt aufgenommen hatte. Denn sie scheinen sich schon lange zu kennen, und sie weiß alles über ihn. Nicht allzu überraschend bei ihrem Gewerbe. Aber es wäre auch nicht überraschend, wenn ihre Beziehung nicht rein beruflicher Natur wäre. Kelly ist ...

Kelly! Und Fidel, mit seinem knabenhaften Aussehen und seinem teuflischen Herzen, er muß sehr anziehend auf Frauen wirken, die sich von so etwas angezogen fühlen.

Das sage ich mit der Hochnäsigkeit einer Frau, die stets nach einer Vaterfigur gesucht hat. Aber zumindest hatten wir das teuflische Herz gemeinsam.

Wenn Kelly Chiquillo von dem Waffenversteck erzählt hat, dann mußte sie folgerichtig auch irgendeine Verbindung zu Popeye haben. Falls das so ist, kann ich mir kaum vorstellen, daß sie auch erotischer Natur wäre. Bin ich sexistisch? Ich denke, ja. Ist es etwa ein Grund, Glubschauge zum Zölibat zu verurteilen, nur weil ich ihn abstoßend finde? Er kann schließlich nichts für sein Aussehen.

Aber er muß ja tagsüber nicht unbedingt unter die Leute gehen, hat meine Großmutter immer gesagt.

Wie auch immer, Kelly hat die Verhandlungen mit dem Iren geführt, aber vorläufig blieb es bei einer wechselseitigen Absichtserklärung. Um eine sichere Übergabe zu garantieren, die Ausschiffung der Waffen aus Großbritannien zu organisieren, und schließlich die Lieferung sicher in die Hände der PAL zu leiten – angesichts des vereinten Widerstands ganz Kolumbiens, von der Regierung über die Rebellengruppen bis zu den Drogenbaronen wohl der schwierigste Teil –, brauchte man Unterstützung von ganz oben, in diesem Falle gleichbedeutend mit ganz unten. Mit anderen Worten, von den Cojos, den Leuten des Lahmen.

Chiquillo wußte, was da zu machen war. An El Cojo kam man am besten ran, wenn man in der gängigen Landeswährung zahlte: Kokain.

So weit, so gut. Bloß, daß in den Augen der Cojos Unterhändler, besonders weibliche, nicht ernst genommen werden. Chiquillo mußte also selbst kommen, um den Handel perfekt zu machen.

Er muß sehr verzweifelt gewesen sein, um sich darauf einzulassen. Oder sehr sicher, sie austricksen zu können. Jedenfalls hat er sich darauf eingelassen.

Wie er hierhergekommen ist, das weiß Gott allein. Trotz intensivster Bemühungen der kolumbianischen Polizei und von unserer Seite haben wir weder von seiner Einreise noch von seiner Ausreise irgend etwas bemerkt. Deshalb kam uns die Freilassung von Bruna so gelegen. Irgendwie wußte sie über alles Bescheid, und als sie die Absicht äußerte, nach Großbritannien zu reisen, da war uns klar, das war unsere heißeste Spur zu Fidel, Popeye und den Waffen.

Wir hätten nicht gedacht, daß wir sie auch verlieren könnten. Doch wir haben sie verloren. Dann erfuhren wir aus einem Brief an Mrs. Pascoe, der über uns lief, daß Bruna nach wie vor viel daran lag, ihre Freundin und Wohltäterin zu treffen. Und als wir dann noch einen Anruf bei den Pascoes abfingen, stimmte unsere Ersatzfrau rasch einem Treffen zu.

Das Problem war nur, daß Bruna darauf bestand, zu Ellie Pascoe nach Hause zu kommen.

Vielleicht war das nur eine Folge lebenslang geübter Vorsicht. Nichts ist sicher im Leben, aber Ellie Pascoe unter der Adresse zu treffen, die sie all die Zeit in ihrem Briefwechsel angegeben hatte, verminderte das Risiko, einem Verrat zum Opfer zu fallen.

Oder vielleicht war der Grund einfach, daß Bruna sich ein Bild davon gemacht hatte, wo und wie ihre Freundin lebte, und nun das unwiderstehliche Bedürfnis hatte, das alles mit eigenen Augen zu sehen.

Das komplizierte unser Maskenspiel. Ein wenig zu sehr, wie sich herausstellte. Gaw versuchte den Fehlschlag so gut wie möglich zu vertuschen, aber nicht einmal seine vielgepriesenen Fähigkeiten, Geheimdienstaktivitäten in der großen Welt zu organisieren, konnte den Klatsch darüber in der kleinen Welt unterbinden. Unserer Welt.

Alles schien Gaw durch die Finger zu schlüpfen. Fidel hatte die Waffen, das wußten wir. Alles was wir hatten, waren vier Leichen an einem See im Kielder Forest. Wir wußten nicht, wo die Waffen waren, da gab es nur dieses mysteriöse »KP«, wir wußten nicht, wo Chiquillo war, wo Bruna war, wo Kelly Cornelius war.

Gawain muß sich gefühlt haben, als würde er allein durch ein abgelegenes Ödland streifen, wo nichts anderes zu hören war als das Schleifgeräusch der Axt, die dazu bestimmt war, ihm den Kopf abzuhacken.

Dann ist auf einmal alles gut. Woher ich das weiß? Durch Winke und Hinweise aus meiner geheimnisvollen Zauberkiste. Durch Bemerkungen meiner Kollegen, die ihre Sibylle mit dem Gerät verwechseln, das sie bedient. Aber vor allem, weil ich, ob nah oder fern, immer noch die Wolke arroganter Selbstbeweihräucherung spüren kann, die dein anschwellendes Ego umgibt, wenn die Götter wieder einmal offenbart haben, daß sie den großen Gaw Sempernel dort unten als einen der ihren anerkennen.

Du hast es wieder einmal geschafft, nicht wahr, Gaw? Hoch oben ziehst du deine Kreise und hast all die kleinen Nager fest im Blick, die vergeblich versuchen, dem Schlag deiner mächtigen Flügel und dem Griff deiner Krallen zu entkommen.

All those looney people, you know where they come from...
All those looney people, you know where they belong...

ZWÖLF

Zu Staub wirst du zerfallen

Eines muß man dem alten Pimpernel lassen, dachte Andy Dalziel und nippte an dem Scotch, den er in der Bar der Aldermans aufgetrieben hatte, er mag sparsam mit der Wahrheit umgehen, aber er kann präzise und klar erzählen, wenn es die Situation verlangt.

»O Gott«, sagte Pascoe, nachdem er die Geschichte gehört hatte.

»Was ist denn?« fragte Sempernel und beugte sich vor.

»Diese Briefe in elisabethanischem Englisch. Man hat uns vor zwei Tagen so einen durch den Türschlitz geschoben. Altertümliche Sprache. Ellie hat es erkannt. *Cymbeline.* Aus dem Trauerlied für Fidelio ... *Fidel ...*«

»Ja, wahrscheinlich, weil ihr Bruder so heißt. Auch in unseren Briefen zeigt sich eine besondere Vorliebe für *Cymbeline.* Aber das wurde Ihnen durch den Türschlitz geschoben, sagen Sie? So nahe ist sie rangekommen?«

»Sie oder sonst jemand.« Er sah Sempernel voller Abscheu an. »Wo waren da bloß Ihre Leute?«

»Wo, Mr. Pascoe, waren Ihre, wenn ich fragen darf?« erwiderte Sempernel. »Es mag Sie überraschen, aber ich verfüge nur über begrenzte Kräfte. Ich nahm an, daß die Polizei von Mid-Yorkshire alles daransetzen würde, um ihren Lieben den nötigen Schutz angedeihen zu lassen.«

Das saß. Pascoe erinnerte sich daran, wie er gegenüber Novello darauf beharrt hatte, daß er sich selbst um seine Familie kümmern könne, solange er zu Hause sei. Wenigstens konnte man davon ausgehen, daß diese Bruna in freundlicher Absicht gekommen war.

»Der Kerl, der Daphne geschlagen hat«, sagte er. »Was hat der mit der Sache zu tun?«

»Das war, wie wir annehmen, ein Mann namens Jorge Casaravilla. Die Kolumbianer behalten ihre unzufriedenen Exilanten gerne im Auge, und so sitzen in den meisten Botschaften Leute der größten Anti-Rebellen-Organisation, *Consejo Judicio*, bekannt als die *Cojos*. Offiziell unterstehen sie den Politikern, aber über die Jahre haben sie so viel Macht an sich gezogen, daß sie bei ihren Aktionen niemandem Rechenschaft ablegen müssen.«

»Ah ja? Muß Ihnen ja bekannt vorkommen«, sagte Dalziel.

»Bei uns funktioniert das politische System«, erwiderte Sempernel ungerührt. »Als Diplomat bekleidet Casaravilla den Posten eines Handelsattachés in London, aber in Wirklichkeit hat er das Kommando über die Cojos in Europa. Er ist bestechlich und bösartig, und je dreckiger ein Job ist, desto mehr Spaß scheint er daran zu haben. Offiziell haben wir mit ihm kooperiert, wobei unser Interesse Ducannon und den Waffen galt, während es ihm um Chiquillo ging. Inoffiziell verfolgt er offenbar andere Absichten. Der Plan war, denke ich, daß seine Männer aus dem Kielder Forest mit der traurigen Geschichte von einem versuchten Doppelbetrug zurückkommen sollten. Sie wollten erzählen, daß Popeye Ducannon falsche Angaben über das Waffenversteck gemacht habe und daß Fidel Chiquillo nur mit einer Tasche Talkum angerückt sei, nicht mit Kokain. In der darauf folgenden Auseinandersetzung seien alle Iren getötet worden, außerdem auch Chiquillo, wofür sie als Beweis seinen Leichnam präsentieren würden, was an beiden kolumbianischen Fronten genug Freude auslösen würde, um die Oparation als uneingeschränkten Erfolg zu feiern. Jorge wollte dann die Glückwünsche entgegennehmen, das Kokain verkaufen und einen neuen Abnehmer für die wertvollen Waffen suchen, wenn sich die Aufregung gelegt hatte.«

»Meine Güte«, sagte Pascoe. »Und das sind Ihre Partner, sagen Sie?«

»Geheimdienstarbeit bringt seltsame Bündnisse hervor, Chief Inspector. Ich sollte vielleicht nicht unerwähnt lassen, daß wir für den weiteren Verlauf Vorbereitungen getroffen hatten, um sowohl Popeye als auch Chiquillo getrennt zu schnappen. Wir hätten den Cojos höflich gedankt und die Zusammenarbeit beendet. Mit den Waffen wäre die Operation für uns ein Erfolg gewesen, außerdem hätten wir unser stets etwas knappes Übersee-Budget mit dem Kokain aufbessern können, abgesehen davon, daß es uns in Amerika viele Freunde gebracht hätte, wenn wir Chiquillo den Drogenbehörden zur Befragung überlassen hätten.«

»Herrgott, Sie sind genauso schlimm wie die!« rief Pascoe entsetzt.

»Glauben Sie mir, es wäre ein schwerer Fehler, das anzunehmen«, sagte Sempernel ernst.

Bevor Pascoe antworten konnte, schaltete sich Dalziel ein: »Der Scotch deines Kumpels Patrick ist nicht zu verachten, Peter. Muß ja ganz gut laufen mit seinen Blumen. Bist du sicher, daß du keinen willst? Wie steht's mit Ihnen, Mr. Sempernel?«

Der schüttelte sein weißhaariges Patrizierhaupt, und der Dikke fuhr fort: »Wie Sie möchten. Das war sehr interessant, besser als alles, was man so im Fernsehen sieht. Aber wie es immer im Fernsehen heißt, da ist etwas, was ich nicht verstehe. Wenn ihr so viel wißt, warum hängt ihr dann hier rum? Es sei denn, da ist etwas im Gange, das Sie uns nicht erzählt haben.«

Sempernel lächelte kläglich und sagte: »Wie gerne würde ich eingestehen können, über ein feines Gespinst von Komplotten und Plänen zu verfügen, gewebt aus Geheimwissen und scharfer Überlegung. Die Wirklichkeit ist weitaus banaler. Was nützt all das Sinnen, all das Trachten, wenn man am Ende beinahe alles aus den Augen verloren hat, alle unsere Ansätze im Sand verlaufen sind und wir schließlich nur noch auf der Stelle treten und Ihre verehrte Gemahlin beobachten müssen, Mr. Pascoe, für den unwahrscheinlichen Fall, daß Bruna hier auftaucht und wieder versucht, mit ihr Kontakt aufzunehmen. Unwahrscheinlich, ich weiß, aber immerhin hat Mrs. Pascoe auf diese Weise einen zusätzlichen Sicherheitskordon, außer dem, den Mr. Dalziel und Sie ohne Zweifel eingerichtet haben. Sie sehen, wir stehen auf Ihrer Seite. Es tut mir leid, daß wir dieses kleine Mißverständnis unter Freunden hatten. Angesichts dieser peinlichen Situation werde ich mich nun mit meinen Leuten zurückziehen. Sie dagegen werden wohl hierbleiben wollen, bis die Frauen zurückkehren. Meiner Ansicht nach wäre es ein Fehler, sie in Gunnery aufzusuchen, es würde sie nur unnötig beunruhigen. Einen schönen Abend also, ich bin froh, daß die Sache geklärt ist.«

Er erhob sich wie ein wohlerzogener Gast, der genau weiß, wann er zu gehen hat.

Das ist aber ein Sinneswandel! dachte Pascoe. Oder hat er seine Pläne geändert? Als wir kamen, hat er uns nahegelegt zu verschwinden.

Er warf Dalziel einen Blick zu. Zu seiner Überraschung erhob sich der Dicke folgsam mit einem freundlichen Lächeln, als wollte er sagen: »Danke, es war ein netter Abend, ich hoffe, wir sehen uns bald wieder«. Er schien bereit, Sempernel ziehen zu lassen, obwohl noch so vieles unklar war: etwa die Rolle von Feenie Macallum, oder von Kelly Cornelius, oder von George Ollershaw, oder von der Nortrust Bank;,oder...

»Nein!« sagte Pascoe. »So kommen Sie mir nicht davon. Anscheinend wollten Sie uns loswerden, und da Sie nun merken, daß wir uns nicht vom Fleck rühren, haben Sie beschlossen, daß es das einfachste ist, wenn wir hierbleiben.«

Sempernel sah ihn mit höflichem Lächeln und ironisch gehobenen Augenbrauen an, während sich auf Dalziels breitem Gesicht ein Ausdruck abzeichnete, den man als Verlegenheit deuten konnte.

»Nee, Junge«, sagte er. »Bleib mal auf dem Teppich. Wenn Mr.

Sempernel hier sagt, daß deine Frau in Sicherheit ist und daß es ratsam wäre, hierzubleiben und Scotch zu trinken, bis sie nach Hause kommt, dann haben wir keine andere Wahl, oder? Außer vielleicht ...«

»Ja?« fragte Sempernel.

»Wie gesagt, wenn du wirklich was wissen willst, dann in die Nieren oder auf die Nüsse. Womit sollten wir wohl anfangen, was meinst du, Pete, alter Freund?«

Pascoe sollte nie erfahren, wie ernst er das meinte. Vollkommen ernst, so schien es ihm, und Sempernels Gesichtsausdruck ließ den Schluß zu, daß er wohl dasselbe dachte.

Aber bevor der Dicke erläutern konnte, womit er anfangen wollte, ging die Tür auf, und eine Frau wurde ins Zimmer gestoßen. Es war Cynthia, dicht gefolgt von Edgar Wield. Sie hatte ein Funkgerät in der Hand.

»Chef«, sagte Wield zu Dalziel. »Unsere Freundin hier hat gerade eine Nachricht bekommen. Sie wollte mir nicht sagen, worum es geht, aber ich denke, es ist etwas, das wir alle hören sollten. Also schieß los, Mädchen.«

Die Frau sah zu Sempernel.

»Von Jacobs, beim Haus. Vor ein paar Minuten sind dort ein weißer Mercedes und ein Lastwagen aufgetaucht. Haben ein Stück entfernt geparkt. Zwei Männer im Lastwagen. Sehen ziemlich kräftig aus. Im Auto zwei Latinos und ein Weißer. Er war sich ziemlich sicher, daß es sich bei den Latinos um Jorge Casaravilla und Luis Romea handelt. Der andere ist mit Sicherheit Popeye Ducannon. Er und Romea sind ins Haus rein. Casaravilla und die Gorillas sind außenrum gegangen.«

»Ein weißer Mercedes?« rief Pascoe. »Der Drecksack, der Daphne geschlagen hat, fuhr einen weißen Mercedes. Und der ist nun in Gunnery House? Verdammt noch mal, was wird da gespielt, Sempernel?«

»Ehrlich, nichts, worüber man sich Sorgen machen müßte«, sagte der weißhaarige Mann in beruhigendem Ton. »Alles unter Kontrolle. Sie haben ja gehört, ich habe einen Mann da, der alles beobachtet. Und wenn das noch nicht reicht, dann ist da …«

»Cyn, hörst du mich? Over.«

Das kam aus dem Funkgerät.

Die Frau blickte zu Sempernel, der eine ungeduldige Geste machte.

»Ja, ich höre. Sprich. Over«, sagte sie.

Eine Männerstimme, atemlos, es hörte sich dringlich an.

»Sag dem Boß, es ist ein Schuß gefallen. Ich wiederhole, jemand hat geschossen …«

Der Mann sprach noch weiter, aber Pascoe hörte nicht mehr zu.

Angst, Wut und Verzweiflung ließen alles aus seinem Bewußtsein verschwinden außer dem dringenden Verlangen, bei seiner Frau und seinem Kind zu sein. Instinktiv, nicht aus einer bewußten Entscheidung heraus, rannte er zur Tür. Ein Tisch stand im Weg. Es hätte keinen Unterschied gemacht, wenn es ein bewaffneter Soldat oder die Königinmutter gewesen wäre.

Der Tisch fiel taumelnd um, und er hörte und sah nicht, wie die kleine Kristallvase, die auf ihm gestanden hatte, klirrend zu Boden stürzte.

Schon war er draußen und sprang ins Auto.

Hinter ihm Stimmen. Dalziel, Sempernel, Wield.

Pascoe hörte sie nicht.

Alles was er hörte, war ein Schuß.

Und noch ein Schuß.

Und noch ein …

Auf dem Fußboden von Nosebleed Cottage, zertrampelt von den Füßen seiner Verfolger, inmitten von Kristallscherben und einer sich ausbreitenden Wasserpfütze, lag Rosies Sträußchen, und süß und unbemerkt stieg der Duft aus den Blüten der zertretenen Schafgarbe.

DREIZEHN

In einem verlorenen Märchenland

Wie dumm, nutzlos und nichtig ist doch das Leben, dachte Ellie Pascoe.

Da sitze ich, wieder einmal eingelullt von Essen und Wein und der Gesellschaft von Leuten, bei denen ich mich wohl fühle und die ich vielleicht sogar lieben könnte, eingelullt in ein Gefühl des Einklangs mit mir selbst und der Welt, wieder einmal glaube ich daran, daß es Hoffnung gibt für die menschliche Rasse, daß unsere Geschichte, vor allem, wenn sie der zärtlichen Fürsorge der Frauen überlassen wird, am Ende doch langsam, aber stetig zu einem Zustand der Vollkommenheit fortschreiten könnte.

Und dann bringt ein Schuß, ein lauter Knall, ein kleines Stück heißes Metall das ganze wacklige, zusammengeschusterte Gebäude zum Einsturz.

Und sofort füllt sich die Szenerie mit Männern. Terminatoren.

Da tauchten noch zwei aus dem Schatten des Gartens auf, kräftige, muskulöse Typen, die wie Brüder aussahen, obwohl einer zehn Zentimeter größer war als der andere, mit Pistolen in den Händen und glatten, undurchdringlichen Gesichtern. Nur ihre Augen verrieten (zumindest war das Ellies Eindruck) ihre Gier, alle in ihrer Reichweite zu massakrieren.

Zwei weitere traten aus dem Haus auf die Terrasse. Sie fuchtelten wenigstens nicht mit Pistolen herum. Einer von ihnen, der eine Baseballkappe der Cardinals trug, war ebenso dunkelhäutig wie der Latino, der Novello niedergeschossen hatte. Er stieß Mrs. Stonelady vor sich her. Der zweite, ein Mann mit blassem, fast käsigem Gesicht und dunklen Augen, die wie Pflaumen aus einem halbgaren Mehlpudding hervorquollen, trat zu der auf dem Boden liegende Polizistin und sagte: »Herrgott, Jorge, was baust du denn für einen Scheiß?«

»Hat gesagt, sie ist von der Polizei. Hat nach einer Waffe gegriffen«, verteidigte sich der Schütze.

Popeye fingerte an Novellos Täschchen herum und zog ein kleines Ledermäppchen heraus.

»Sie hat die Wahrheit gesagt, sie hat nach ihrem Dienstausweis gegriffen. Jetzt sitzen wir in der Tinte. Die sind wie Ratten, die kommen nie allein.«

Er sprach mit einem weichen irischen Akzent, der sich unter Streß verstärkte.

»Nein«, widersprach Jorge, der Schütze. »Sie ist allein hier, um auf Mrs. Pascoe aufzupassen.«

Er schwenkte seine Pistole bedrohlich in Ellies Richtung und sagte: »Stimmt doch, Mrs. Pascoe? Oder gibt es da noch mehr?«

»Nein«, antwortete Ellie. Ihre Stimme klang erstaunlich ruhig, für ihre eigenen Ohren jedenfalls, aber ihr Körper schien vom Hals abwärts wie gelähmt. »Sie ist allein. Ist sie tot?«

»Natürlich ist sie nicht tot«, sagte Feenie mit gottgleicher Gewißheit. »Eine Kugel in die Schulter bringt eine gesunde junge Frau nicht um. Laß mich mal sehen.«

Ohne den Mann weiter zu beachten, kniete sie sich neben Novello, hob sie leicht an und schob ihr eines der Sitzkissen unter den Kopf, die auf den unbequemen Stühlen lagen. Die Polizistin stöhnte auf. Es war das schönste Geräusch, das Ellie sich vorstellen konnte. Abgesehen von Rosies Stimme. Nein, falsch. Ja, sie hätte gern die Stimme ihrer Tochter gehört, um sicher zu sein, daß ihr nichts passiert war. Aber wenn sie sie hörte, dann würden alle anderen sie auch hören, einschließlich des Psychopathen, der anscheinend auf jede Bedrohung, ob echt oder eingebildet, mit Gewalt reagierte.

Feenie stand auf und ging Richtung Haus. Jorge und der Gorilla fuchtelten mit ihren Pistolen herum. »Nein!« schrie Popeye.

Der zweite Latino schubste Mrs. Stonelady herum, um Feenie den Weg zu verstellen.

»Die Wunde muß versorgt werden«, erklärte Feenie über den Kopf der kleinen Bäuerin hinweg. »Ich habe einen Verbandskasten in der Küche.«

»Ich gehe mit ihr«, sagte der Mann zu Jorge. »Setz dich, Alte.«

Er schob Mrs. Stonelady an den Tisch. Sie ließ sich auf Novellos Stuhl nieder, ihr Gesichtsausdruck war völlig ruhig. Vielleicht ordnete sie das alles bloß in eine lange Reihe von unerfreulichen Erlebnissen ein, mit denen Einheimische eben rechnen mußten, wenn sie sich mit Leuten von außerhalb einließen.

Die Lähmung, die Ellies Körper befallen hatte, ließ langsam nach, und sie spürte, daß sie dringend pinkeln mußte. Sie hätte auch etwas zu trinken vertragen können, aber die beiden Bedürfnisse schienen sich zu widersprechen.

»Daphne«, sagte sie leise. Als Antwort auf ihre Not fing sie einen haßerfüllten Blick auf.

Doch Daphnes Gesicht glättete sich rasch, und Ellie begriff, daß der Blick Jorge gegolten hatte und es Daphne nicht so schnell möglich gewesen war, emotional umzuschalten.

»Bist du in Ordnung?« fragte Daphne.

»Maul halten!« schrie Jorge.

»Halt selber das Maul, du Drecksack«, gab Daphne zurück. »Vor dir habe ich keine Angst. Diesmal bin ich auf dich vorbereitet, du schmieriger kleiner Chilifresser!«

Ellie nahm wieder einmal eine leichte Korrektur an ihrem Weltbild vor. Es gab wohl doch Situationen, in denen primitive rassistische Ausdrücke nicht nur angebracht, sondern sogar mutig waren.

Allerdings waren sie auch gefährlich.

Jorge ging langsam um den Tisch herum, bis er direkt neben Daphne stand.

Er hielt ihr die Pistole an den Hinterkopf.

Daphnes Körper versteifte sich bei dieser Berührung sichtbar. Nicht nur aus Angst, dachte Ellie, sondern ebensosehr durch die Willensanstrengung, diese Angst nicht zu zeigen. Wenn das alles ist, was bei der Erziehung in Internaten rauskommt, deren Ideale in die Zeit zurückreichen, als Großbritannien den größten Teil der bekannten Welt regierte, dann danke Gott für das staatliche Schulsystem! Gib nach! drängte sie ihre Freundin im Geiste. Was er auch sagt, widersprich ihm nicht. Bitte um Gnade. Nur in sehr altmodischen Kinderbüchern werden ausländische Schufte durch eine Kostprobe britischen Schneids zu zähneknirschender Bewunderung bewegt. Heutzutage pusten sie einen einfach um.

Jorge sprach. Ellie, die fest mit einer Drohung, Schmähung oder Aufforderung zu einer Unterwerfungsgeste rechnete, konnte nicht verstehen, was er sagte.

Dann stieß er Daphnes Kopf mit seiner Pistole nach vorne und wiederholte seine Worte.

»Wo ist das, was KP heißt? Hier im Haus? Antworte!«

Nun regte sich etwas in Daphnes Gesicht. Angst, ja. Aber auch, und vor allem, Unwille. Schweigen bis zum Tod war gewiß eine englische Tugend, aber schweigend zu sterben, nur weil man die verlangte Antwort beim besten Willen nicht geben konnte, das war einfach nur lächerlich.

»Das ist da hinten, am Rand der Klippe«, sagte Ellie. »Das Haus da. Es wird Kommandoposten genannt. KP. Klar?«

»KPK?«

»Nein. Einfach KP. Kommandoposten.«

»Zeig es mir.«

Nun hatte er seine ganze Aufmerksamkeit ihr zugewandt, und ein Teil von ihr, eigentlich ein ziemlich großer Teil, wünschte, sie hätte sie nicht so schnell von Daphne abgelenkt.

Sie hatte von Leuten gelesen, die durch die Bedrohung mit einer Waffe traumatisiert worden waren, Kassierer, Postangestellte, Spirituosenhändler, sogar Polizisten, und sie hatte nie ganz das Gefühl loswerden können, daß zumindest manche von ihnen womöglich bloß ein bißchen wehleidig waren. Vielleicht hatte sie diese Haltung von ihrem Vater übernommen, der nur den Kopf schüttelte, wenn er von »posttraumatischen Streßsymptomen« hörte. »Therapie?« sagte er dann. »Was soll dieses ganze Therapietheater? Zu meiner Zeit ist man einfach zur Tagesordnung übergegangen!« Als Erwachsene hatte sie dem natürlich mit vernünftigen Argumenten, vielleicht sogar ein wenig von oben herab widersprochen. Er aber hatte sich nicht im geringsten beeinflussen lassen, und oh, was würde sie jetzt dafür geben, wenn sie bei ihren Besuchen im Heim in seinem ängstlichen, erinnerungslosen Gesicht irgendein Zeichen dieser alten Selbstgewißheit des Starrkopfs wiederfinden könnte!

Aber nun, als sie in die Mündung der Pistole dieses Mannes blickte, der bereits unter Beweis gestellt hatte, daß er bereit war, sie auch zu benutzen, empfand sie ein Entsetzen, das sie nie mehr verlassen würde und das ihr den Rest von Kontrolle über ihre Blase nahm. Und da *wußte* sie, wie unrecht ihr Vater gehabt hatte.

»Dort hinten. Schauen Sie. Bitte. Ich muß mal ...«

Das Bedürfnis war stärker als die Angst. Mehr noch, es war stärker als die Scham. Sie ließ ihn stehen und ging zum Ende der Terrasse, wo sie sich neben den Sockel mit dem Mörser hockte, und ließ es laufen. Es war die größte körperliche Erleichterung, die sie je in ihrem Leben gespürt hatte. *Gält es, jetzt zu sterben, jetzt wär mir's höchste Wonne* ... Irgendwie gab ihr dieses lächerlich unpassende Othello-Zitat Halt. Sie blickte auf und sah die beiden Gorillas, den großen Ajax und den kleinen Ajax, wie sie sie in Gedanken nannte, bedrohlich über sich.

»Geben Sie acht, daß Sie nicht in meinen xanthischen Linn treten«, sagte sie im Aufstehen. »Falls Sie nicht etwa auf Natursekt stehen.«

Sie wandte sich zu Jorge um und deutete auf das Dach des Pavillons, das in dem schwindenden Licht des aufziehenden Sturms kaum zu erkennen war.

»Da, dort ist es. Das Haus da, es wird ›der Kommandoposten‹ genannt, abgekürzt ›KP‹.«

Plötzlich ging in Gunnery House das Licht an. Ein goldener Schimmer verbreitete sich über der Terrasse, und Feenie tauchte mit einer hölzernen Kiste auf, auf der ein großes rotes Kreuz prangte.

»Ich muß was sehen«, sagte sie kalt zu Jorge, der so aussah, als wolle er sich über die Beleuchtung beschweren. »Was ist los, Ellie?«

»Der Herr hier hat sich nach dem Kommandoposten erkundigt«, antwortete Ellie.

»Warum das?« Ihre Stimme blieb gleichmütig, aber Ellie kam es so vor, als hätte sie etwas wie Schreck auf ihrem Gesicht gesehen.

»Das hat er nicht gesagt.«

Feenie kniete sich neben Novello, zog eine Schere hervor und machte sich daran, ihr das T-Shirt aufzuschneiden.

»Sachte! Das war nicht billig«, ächzte Novello.

Tapferer kleiner Soldat. Vielleicht sind es die Alten und die Jungen, die mit solchen Situationen am besten fertigwerden, entweder mit ihrer Erfahrung oder mit ihrer Unschuld. Wir dazwischen sind es, die zusammenklappen.

Wendy Woolley kniete sich neben Feenie, ohne Jorge auch nur mit einem Blick um Erlaubnis zu bitten, und half ihr, die Wunde zu säubern und zu verbinden.

»Glatter Durchschuß«, sagte Feenie. »Hat vielleicht den Knochen gestreift, mehr nicht. Ein lausiger Schuß, oder auch ein richtig guter.«

Sie wirkte sehr sachkundig.

»Das machen Sie wohl nicht zum ersten Mal«, bemerkte Wendy.

»Habe schon Schlimmeres gesehen. Sie stellen sich aber auch nicht ungeschickt an, meine Liebe.«

Wendy errötete und sagte: »Danke. Was ist denn das, was Sie da auftragen?«

Feenie hatte mit den Fingern etwas aus einem Marmeladenglas herausgeholt, das wie Gänsefett aussah, und es auf Novellos Wunde geschmiert.

»Das ist eine Salbe, die Mrs. Stonelady für mich gemacht hat. Fragen Sie mich nicht, was drin ist. Ich weiß nur, daß es mir mehr geholfen hat als alles, was unser staatlicher Gesundheitsdienst zu bieten hat, als ich mich beim Holzhacken am Fuß verletzt habe.«

»Schafgarbe«, sagte Ellie. »Ich wette, das ist Schafgarbe.«

Mrs. Stonelady sah sie anerkennend an und nickte.

Mein Gott, dachte Ellie. Was geht hier vor? Schießwütige Strolche, die neueste Medizin aus dem Trojanischen Krieg, alle tapfer, tatkräftig und trotzig, und ihr eigener Beitrag hatte darin bestanden, in aller Öffentlichkeit zu pinkeln! Gott sei Dank hatte Rosie das nicht mit angesehen!

Rosie. Wo war sie bloß?

Vor ihrem geistigen Auge sah sie, wie das Mädchen und die Hunde urplötzlich aus dem Gebüsch hervorstürzten und der unberechenbare Kerl mit der Pistole sie einfach abknallte. Vielleicht war es besser, wenn sie von ihr wußten.

Die beiden Latinos und Popeye beratschlagten sich.

Tapfer stand sie auf, trat zu ihnen und sagte: »Entschuldigung. Ich wollte Ihnen nur sagen, daß meine Tochter da irgendwo im Garten ist...«

»Deine Tochter? Im Garten? Wo?«

Jorge war herumgewirbelt und fuchtelte mit seiner Pistole herum.

»Nein, bitte, sie ist noch ein Kind. Keine Gefahr. Sie spielt mit den Hunden. Nur kleine Hunde, die sind ganz harmlos. Ich wollte es Ihnen nur sagen, damit Sie nicht überrascht werden und zu schießen anfangen...«

Eine Möglichkeit auszusprechen macht sie wahrscheinlicher. Ellie spürte, wie ihre Stimme zitterte.

»Keine Sorge, Schätzchen«, sagte Popeye. »Ich und Luis werden unseren Wild Bill Hickock unter Kontrolle halten.

Dieser Pavillon da, den Sie KP nennen, was ist das denn für ein Ding?«

»Eine Art von Sommerhaus, glaube ich. Wo man hingehen und ganz bequem die Schiffe beobachten kann, oder auch einen Sturm auf dem Meer.«

»Sieht so aus, als wär das jetzt ein günstiger Moment dafür«, meinte Popeye.

Er hatte recht. Der Wind hatte die Wolkenwirbel über den ganzen Himmel getrieben, der sich zusehends verdüsterte. Auf dem Meer zeigten sich Schaumkronen.

»Dieser KP, ist das denn ein größeres Gebäude?«

»Ich war erst einmal da«, antwortete Ellie, »aber er hat jedenfalls mehrere Räume. In dem großen, dem Panoramasaal, wie er genannt wird, kann man eine Feier abhalten. Dafür ist er jedenfalls angelegt. Es gibt Wasser und Strom. Oh, und außerdem ist da ein Keller, wo man Wein und Vorräte lagern kann, damit man nicht alles von hier rüberbringen muß.«

Sie wunderte sich selbst, wie ruhig sie auf einmal wurde, kaum daß sie nicht mehr über ihre Tochter sprach. Das wäre eine Gelegenheit, mal eine Abhandlung über die nervenstärkende Kraft des Urinierens zu schreiben. Nimm kein Prozac, kaue statt dessen Löwenzahn.

»Ellie, was erzählst du denen da?«

Feenie war zu ihnen getreten, und ihr Ton drückte Mißfallen aus. Wo glaubt sie wohl, daß wir hier sind? Wieder bei der Résistance, wo wir uns tapfer weigern, Kameraden an die Gestapo auszuliefern?

»Wie geht's der Kleinen?« fragte Popeye.

»Sie wird's überstehen, aber sie braucht einen Arzt. Ich hoffe, Sie haben sich gerade darüber unterhalten«, sagte Feenie streng.

»Nicht direkt. Ich bin sicher, sie wird das noch eine Weile länger aushalten, wenn ihr euch um sie kümmert, Schätzchen. Wir werden euch so bald wie möglich in Ruhe lassen, und dann könnt ihr sie nach Herzenslust verarzten.«

Die beiden Latinos schienen für den Moment nichts dagegen

zu haben, daß Popeye mit den Einheimischen sprach, aber Jorge begann ungeduldig zu werden.

»Dieser Pavillon, kommen wir da mit einem Lastwagen ran?« wollte Popeye wissen.

»Auf keinen Fall«, erklärte Feenie. »Und ich sehe auch keine Veranlassung dazu. Alles, was irgendwie von Wert war, wurde rausgeholt, als die Gemeinde das Betreten des Geländes für zu gefährlich erklärte.«

»Gefährlich? Wieso gefährlich?«

Das war Jorge, der wieder einmal jemandem mit seiner Pistole vor dem Gesicht herumfuchteln mußte.

Feenie rümpfte die Nase, als würde sie durch eine besonders stinkende Zigarre belästigt.

»Gefährlich in dem Sinne, daß er jeden Augenblick ins Meer stürzen könnte. Deshalb ist auch der Zutritt zum ganzen Garten jenseits der Absperrung verboten. Man hat mir versichert, daß das Gewicht eines Menschen ausreichen könnte, um einen Erdrutsch auszulösen. Und ein Lastwagen oder dergleichen würde erst recht eine Lawine auslösen.«

Das ist aber ein bißchen dick aufgetragen, dachte Ellie. Wie auch immer, wenn auch nur irgendwas an dem dran war, was Feenie sagte, dann wäre es doch ein geschickter Schachzug, die Schurken geradewegs dorthin zu schicken!

»Nicht gerade scharf drauf, daß wir uns deinen kostbaren Kommandoposten anschauen, was?« sagte Popeye verschlagen. »Ich mach dir einen Vorschlag. Warum machen wir nicht alle zusammen einen kleinen Ausflug, und du und deine Freundinnen, ihr geht voran, wie es die Frauen in Kambodscha machen, wenn Papa spazierengeht. Kommt ja nicht oft vor, daß ein Asiat einer Frau den Vortritt gibt, aber zeig ihm ein Minenfeld, und schon wird er Feminist.«

Jorge und Luis sprachen miteinander auf spanisch, aber zu schnell für Ellie. Schließlich nickte Jorge Popeye zu.

»Dann wollen wir mal«, sagte Popeye. »Also, meine Damen. Hier entlang, bitte schön. So ist's richtig. Hübsch brav bleiben, und ihr könnt euer Abendessen fortsetzen, bevor ihr ein Ave-Maria gesprochen habt. Ihr habt noch keinen Pudding gehabt, so wie's aussieht. Feine Damen wie ihr sollten nicht auf ihren Pudding verzichten müssen. Die Alten voran. Und ihr zwei, helft der Polizistin.«

Ellie und Daphne sahen Feenie hilfesuchend an.

»Was soll der Blödsinn«, sagte sie. »Sie darf sich nicht bewegen. Haben Sie schon vergessen, daß sie gerade angeschossen worden ist?«

»Nein, aber Sie scheinen das vergessen zu haben, Schätzchen«, erwiderte Popeye. »Wenn meine Freunde sie hierlassen sollen, dann nur, wenn sie ihr vorher noch eine Kugel verpassen.«

Feenie besann sich einen Moment und nickte dann den beiden jüngeren Frauen zu, die zu Novello traten. Die Wunde war verbunden, und Novellos linker Arm hing in einer Schlinge. Sie sah sehr bleich aus und schwankte, als sie ihr auf die Füße halfen, gab aber keinen Laut von sich. Daphne legte Shirleys rechten Arm über ihre Schulter und trug so das meiste Gewicht, während Ellie sie von links stützte und sich alle Mühe gab, ihre verwundete Schulter nicht zu drücken.

»Du, wohin willst du?« fragte Jorge.

Wendy Woolley hatte sich in Richtung Marmorbank bewegt.

»Ich wollte nur meine Handtasche holen«, sagte sie ängstlich.

Auftritt Edith Evans, dachte Ellie. Selbst in einer solchen Situation kann die blöde Kuh keinen Schritt ohne ihre Handtasche tun!

»Laß sie liegen«, befahl Jorge.

Einen Augenblick lang schien es, als hätte Wendy mehr Angst vor einem gesellschaftlichen Fauxpas als vor einer Pistole.

Dann sagte Feenie: »Um Gottes willen, vergessen Sie Ihr kostbares Handtäschchen. Wenn Sie sich unbedingt an was festhalten müssen, nehmen Sie das da!«

Sie drückte Wendy den Verbandskasten in die Arme. Folgsam, doch nicht ohne einen letzten sehnsüchtigen Blick auf ihre große, unmodische Handtasche reihte sich Wendy hinter

Novello und deren beiden Helferinnen ein, auf der einen Seite flankiert vom großen und kleinen Ajax, auf der anderen von Jorge und Luis.

»Nur für den Fall, daß jemand das Drehbuch nicht gelesen hat«, sagte Popeye, der als letzter ging. »Falls eine von euch versuchen sollte abzuhauen und einen Schuß hört, braucht sie sich nicht zu ducken. Er gilt nicht ihr, er pustet bloß ein Loch in eine ihrer Freundinen, die sie zurückläßt. Auf geht's.«

An einem Sommerabend war es um diese Zeit normalerweise noch ziemlich hell, aber die schweren, dunklen Wolken, deren Farben von Braunrot über Graublau bis zu einem schmutzigen Schwarz reichten, hatten inzwischen das letzte Himmelsblau verschlungen. Kaum hatten sie den hellerleuchteten Bereich vor den Fenstern des Hauses verlassen, tauchten sie in eine erschreckend dämmrige Welt ein, die noch weniger mit England zu tun haben schien, als das für Axness ohnehin galt. Auch dies war einst einer der dunklen Orte der Erde, dachte Ellie. Und könnte es wieder werden. Was wollten diese Männer bloß? Und wo um alles in der Welt war Rosie?

Beides sinnlose und beängstigende Überlegungen. Sie konzentrierte sich auf den Boden zu ihren Füßen und versuchte, für die Verletzte den ebensten Weg zu wählen. Vorneweg hatte Feenie bereits die Sicherheitsabsperrung erreicht. »Halt! Stop!« rief sie in lautem Kommandoton. Was glaubt sie, was wir sind? Etwa Hunde? dachte Ellie, als der kleine Zug zum Stehen kam.

Der Zaun war kein Problem für einen normalen Erwachsenen, der ihn entweder überklettern oder sich unter ihm hindurchducken konnte, aber als Jorge ungeduldig fragte, warum sie angehalten hatte, sagte Feenie wiederum ziemlich laut: »Haben Sie schon vergessen, daß Sie Miss Novello angeschossen haben? Sie ist kaum in der Lage zu gehen, geschweige denn, Turnübungen zu machen.«

Jorge schien ihr widersprechen zu wollen, aber Popeye trat vor und sagte: »Wo du recht hast, hast du recht, Schätzchen. Das haben wir gleich.«

Er zog ein Messer heraus, ließ eine gefährlich aussehende Klinge aufspringen und begann das rote Plastikband zu durchtrennen.

Die beiden Ajax betrachteten unruhig den bedrohlichen Himmel, als überlegten sie, ob sie auf ihn schießen sollten, während Luis und Jorge unverständlich schnell miteinander sprachen. Ihren Gesten zufolge schien es keine freundschaftliche Unterhaltung zu sein.

Wahrscheinlich streiten sie darüber, was sie später mit uns machen sollen, dachte Ellie. Da alle gerade irgendwie abgelenkt waren, schien ihr der Moment günstig für einen Fluchtversuch. Nur daß natürlich niemand wegrannte, jedenfalls nicht, solange Popeyes Drohung über ihnen schwebte ... aber warum nicht? Warum sollte das *natürlich* sein? Warum sollte man dem unausgesprochen gegebenen Versprechen vertrauen, daß ihnen nichts geschehen würde, wenn sie alle zusammenblieben und taten, was von ihnen verlangt wurde? Sie dachte an die langen Kolonnen der Verdammten und Entrechteten, die sich in diesem wie in vergangenen Jahrhunderten widerstandslos in den Tod hatten führen lassen, obwohl sie ihren Bewachern zu Tausenden an Zahl überlegen waren. Zumindest einige wären sicher entkommen, wenn sie sich erhoben und gekämpft hätten und weggelaufen wären, einige von denen, die man in den sicheren Tod trieb, hätten überleben müssen. In den Tod getrieben ... so oder so ähnlich drückte es Homer wiederholt in der *Ilias* aus. Kein Euphemismus in Sicht, wenn es daranging, getötet zu werden, kein Trost für niemanden. Blut, Eingeweide, Schmerz, Verzweiflung, alles war da. Keiner warf sich freudig dem Tod in die Arme. Diese Helden beschränkten ihr Heldentum auf das Leben. Wenn es ans Sterben ging, dann wandten sie sich oft genug um und rannten davon, sie schrien, sie erniedrigten sich und bettelten um Gnade, sie versuchten es mit Bestechung und Gebeten. Während im Epos sonst jeder, der nur zögerlich dem Feind entgegenzieht, schlecht wegkommt, wird nie jemand dafür getadelt, wenn er alles tut, um dem Tod auf dem Schlachtfeld zu entrinnen.

Wenn Hektor sich umdrehen und weglaufen konnte, als er Achilles heranwüten sah, warum sollte ich dann nicht den tapferen kleinen Soldaten Novello zurücklassen und mich retten? Denn wenn diese Männer wirklich dazu imstande sind, eine aus der Gruppe zu töten, weil ich weggelaufen bin, dann sind sie auch fähig, uns alle umzubringen, wenn sie erst einmal haben, was sie suchen.

Während ihr diese Gedanken gleichzeitig durch den Kopf schossen, die historischen, literarischen und praktischen Überlegungen alle durcheinander, sah sie sich nach der günstigsten Fluchtrichtung um. Doch egal, in welche Richtung sie gerannt wäre, außer vorwärts, sie hätte überall etliche Meter offenes Gelände zu durchqueren gehabt, was dem großen und dem kleinen Ajax alle Zeit der Welt gegeben hätte, sie abzuknallen. Nur das Gebüsch hätte ihr unmittelbaren Schutz geboten, aber das lag jenseits des Zaunes, und dazu hätte sie direkt an den beiden Latinos vorbeirennen müssen, was auch nicht sehr sinnvoll schien. Während sie immer noch überlegte, ob es gesunder Menschenverstand oder noch gesündere Angst waren, die sie an Flucht denken ließen, blickte sie sehnsüchtig auf den Dschungel aus Rhododendron, den der immer stärker auffrischende Wind in einen einzigen wogenden Strudel aus Zweigen, Blättern und zerrupften Blüten verwandelte. Es war geradezu ein Wunder, daß sich nicht alles in die Lüfte erhob und in die weite Leere gewirbelt wurde, wie im *Zauberer von Oz*.

Außer einem kleinen hellen Punkt direkt vor ihr, der sich nicht bewegte, mal sichtbar wurde und dann wieder verdeckt war, je nachdem, wie sich der tanzende Schleier des Buschwerks hin- und herbewegte.

Angestrengt starrte sie in die Richtung. Und da sah sie Rosie dort kauern, sie blickte direkt zu ihr herüber, einen Arm um Tig, den anderen fest um Carla geschlungen.

Oh, Scheiße! dachte sie. Was nun? Hinrennen und sie hervorholen? Oder darauf hoffen, daß die anderen sie nicht bemerkten? Aber das würde nicht ausbleiben, wenn sie weitergingen, denn Rosies Versteck lag genau auf ihrem Weg.

Und selbst wenn sie es irgendwie schaffte, ungesehen zu bleiben, wie lange konnte sie die Hunde zurückhalten, besonders Carla, die doch bestimmt keinen Augenblick zögern würde, ihrem Frauchen entgegenzuspringen ...

Halt! Stop!

Deshalb hatte Feenie sie so angeschrien. Auch sie hatte das verborgene Trio ausgemacht und sofort erkannt, daß die größte Gefahr von ihrem eigenen Hund ausging. Sie hatte auch gemerkt, daß sie nur noch wenige Schritte vom Versteck des Mädchens trennten, und deshalb hatte sie am Zaun haltgemacht. Und dann hatte sie Rosie noch wissen lassen, was mit Novello passiert war.

Das war klug überlegt. Rosie hatte sich vermutlich instinktiv versteckt, damit niemand entdeckte, daß sie trotz des Verbots durch den Zaun geschlüpft war. Aber jetzt wußte sie auch, daß etwas nicht in Ordnung war.

»So«, sagte Popeye und legte die durchschnittenen Enden des Plastikzauns auf den Boden. »Vorwärts.«

Sie schritten weiter voran.

Ellie schien es, als gingen sie direkt auf die Stelle zu, wo ihre Tochter sich versteckt hielt. Wieder sah sie vor ihrem geistigen Auge Rosie eine unerwartete Bewegung machen und Jorge losballern. Aber Feenie ging vorneweg. Sie hatte Zutrauen in Feenie. Sie traten ins Dickicht und schritten auf einem alten, überwucherten Pfad voran. Ellie konnte es sich nicht verkneifen, zur Seite zu schielen, wo die drei gekauert hatten. Nichts zu sehen, weder Mensch noch Hund. Sie stieß die Luft aus, die sie unbewußt angehalten hatte, und spürte, wie ihr Mund sich zu einem breiten Lächeln verzog, was Popeye, der gerade zu ihr hinsah, nicht entging. Es schien ihn zu verwundern, daß sie so guter Laune war. Sie achtete nicht darauf. Mit jedem Schritt, den sie sich von der Stelle entfernten, fühlte sie sich leichter. Ob Rosie ihnen Hilfe bringen würde, sofern sie das überhaupt konnte, wußte sie nicht. Es wäre prima, wenn sie das schaffte, aber das Wichtigste war, daß ihrem Kind erspart blieb, was sie im Pavillon erwartete, was immer das sein mochte.

Sie war überzeugt gewesen, daß Feenie die Instabilität des Bodens stark übertrieben hatte, aber jetzt schien es ihr, als würde er tatsächlich unter ihren Füßen nachgeben. Sie wußte natürlich, daß das teilweise an ihrer verwirrten Wahrnehmung lag, dem Gefühl einer in Auflösung begriffenen Welt, hervorgerufen durch das heftige Schwanken der Büsche. Und natürlich war es auch schwierig, angesichts der heftigen Windböen das Gleichgewicht zu bewahren und dabei noch jemand anderen zu stützen. Trotz dieser Einsicht kam es ihr vor, als würde sie in stürmischer See über das Deck eines Schiffs gehen.

Nein, Berichtigung. Je näher sie an den Rand der Klippe herankamen, desto deutlicher wurde ihr bewußt, was mit dem Meer los war. Sie spürte die Gischt in der Luft, hörte, wie es sich donnernd gegen die Klippe warf, und nun konnte sie sehen, wie es unten in einer ständig wechselnden Berglandschaft aus grünem und schwarzem Wasser emporwogte. So mußte das Computerprogramm des Designers Gott gearbeitet haben, als er die wilderen Regionen seiner Welt entwarf. Jetzt die Anden, da die Rocky Mountains, und schließlich sein Meisterwerk, der Himalaja. Niemand hätte bei einem solchen Wetter das Deck eines Schiffes überqueren können.

Sie waren nun fast am Kommandoposten. Er sitzt auf einer schmalen Granitnadel, hatte Feenie gesagt. Wie schmal war schmal? Dies sah so aus wie einer jener landhungrigen Stürme, die nicht ohne Beute abziehen.

Feenie öffnete eine Tür. Sie drehte sich um und brüllte, daß sie da wären und aufpassen sollten, falls irgendwo zerbrochenes Fensterglas oder andere gefährliche Dinge herumlägen.

Sie mußte so schreien, um sich im Wind Gehör zu verschaffen, natürlich, aber was sie da schrie, hatte so wenig Sinn …

Das letzte Mal, als sie so unnötig geschrien hatte, wollte sie damit Carla zum Stillsitzen veranlassen und Rosie warnen …

Da ist jemand im Pavillon, dachte Ellie.

Sie gingen hinein und kamen in einen kleinen Vorraum mit drei Türen, eine links, eine rechts und eine Doppelflügeltür geradeaus. Durch die Seitentüren, erinnerte sich Ellie, gelangte man zu einer Toilette und einer kleinen Küche, von der aus eine weitere Tür zur Treppe des Vorratskellers führte.

Feenie ging voran und stieß die Doppeltür auf, die in den Panoramasaal führte.

»Oh, mein Gott«, rief Daphne.

Es war ein schrecklicher und zugleich erhabener Anblick. Es war, als ob man durch eine Tür tritt und sich auf dem Gipfel des Kanchenjunga wiederfindet. Oder als ob man durch eine Luftschleuse schwebt und auf die Milchstraße hinuntersieht. Es war, als öffne sich ein magisches Fenster zu dem Schaum verlorener Meere in einem verlorenen Märchenland.

Die Wand vor ihnen bestand aus einer einzigen dicken Glasscheibe, die über die gesamte Länge des Gebäudes lief. Dahinter war nichts als Himmel und Meer. Und was für ein Himmel, was für ein Meer! Die Luft die angestammte Heimat der Walküren und Harpyien, der fliegenden Drachen und goldenen Widder und zügellosen Schwäne und all der stöhnenden Seelen der gerade Verstorbenen, die Wasser das Element der Sirenen und Seeungeheuer, von Scylla und Charybdis, der Sieger und Besiegten des zerstörten Ilion, der Ertrunkenen und Gestrandeten, die zur Musik, die der alte Triton auf seinem geschwungenen Muschelhorn blies, in ihre glücklichen Gräber sanken.

Ellie starrte sprachlos hinaus. Shirley Novello neben ihr vergaß ihre Schmerzen und fragte sich, ob sie nicht an der Schwelle des Todes stehe. Der große und der kleine Ajax gaben zum ersten Mal einen Laut von sich, ein ehrfürchtiges Grunzen, und drängten sich vor, um besser sehen zu können. Sogar Jorge, dessen Pistole achtlos in seiner nervösen Hand baumelte, schien vollkommen hingerissen.

»Beeindruckend, nicht?« ertönte eine Stimme hinter ihnen. »Oh, ich liebe das Meer.«

Ellie wandte sich um.

Eine Frau war von irgendwoher aufgetaucht. Wahrscheinlich aus der Küche, deren Tür offenstand. In der Hand hielt sie eine Automatikwaffe mit kurzem Lauf, wie sie heutzutage jedermann – Terroristen, Freiheitskämpfer, Sonderkommandos der Polizei, Kinder, die die Post überfallen – zu haben schien. Die Frau war jung, schlank, dunkelhaarig und sehr schön.

Ellie war sich sicher, ihr noch nie begegnet zu sein. Doch genauso sicher war sie sich, sie schon einmal gesehen zu haben, und zwar noch vor kurzem.

»Ihr könnt die Pistolen fallen lassen, wenn ihr wollt. Oder auch, wenn ihr nicht wollt«, sagte die Frau.

Der große Ajax und der kleine Ajax blickten fragend zu Jorge.

Jorge starrte vorwurfsvoll auf Luis. Ellie nahm an, daß Jorge schon in der Schule rasch mit dem Finger auf jemanden gezeigt hatte, wenn die Lehrerin gefragt hatte, wer denn die Heftzwecke auf ihren Stuhl gelegt habe. Immer war es die Schuld von jemand anderem. Daphnes Schuld war es, daß ihr die Nase breit geschlagen wurde, Novellos Schuld war es, daß sie angeschossen worden war, unsere Schuld wird es sein, wenn er uns am Ende alle umbringt...

»Wird's bald!« sagte die Frau jetzt energisch.

Langsam bückte sich Jorge und legte die Pistole auf den Boden. Der große und der kleine Ajax folgten seinem Beispiel.

»So ist es schon besser«, sagte die Frau. »Nun können wir uns alle setzen und die Sache in Ruhe besprechen.«

Das klingt gut, dachte Ellie. Nur daß, wie ihr schlagartig einfiel, einer fehlte.

Popeye war nicht mit ihnen zusammen in den Pavillon gekommen.

Aber er kam jetzt, lautlos, mit einem Messer in der Hand, und er war viel schneller als Ellies Warnschrei.

Seine linke Hand packte das lange schwarze Haar der Frau und riß ihren Kopf zurück, während seine Rechte ihr die blitzende Klinge an die Kehle setzte.

»Hallo, Kansas, mein Schatz«, sagte er. »Wie geht's? Gib Luis hier deine Pistole. Braves Mädchen.«

Sie sah nicht aus wie ein braves Mädchen. Ganz im Gegenteil, sie sah aus wie ein Mädchen, das sehr böse sein wollte. Aber sie übergab Luis folgsam ihre Waffe.

»Schön so«, sagte Popeye. »Nun können wir es uns bequem machen.«

Er ließ ihr Haar los und steckte das Messer weg.

Sie wandte ihm den Kopf zu.

»Onkel Paddy!« rief sie. »Ich wußte gleich, daß es nicht stimmen konnte, als ich hörte, du wärst tot.«

»Die Nachricht war leicht übertrieben, mein Kind.«

»Na, das freut mich wirklich«, sagte die Frau.

Hört sich so an, als ob sie sich wirklich freut, dachte Ellie. Onkel Paddy? Kansas? Irgendwie habe ich das Gefühl, daß ich langsam nicht mehr mitkomme. Was geht hier vor? Und wo habe ich dich schon mal gesehen?

Und dann kam ihr plötzlich die Erleuchtung.

Sie erinnerte sich genau, wo und wann sie dieses schöne Gesicht schon einmal gesehen hatte.

Aber als die Klarheit dieser Eingebung verblaßte, mußte sie feststellen, daß ihr jetzt alles noch unklarer war als zuvor.

VIERZEHN

Ein Gesicht aus der Vergangenheit

»Wie zum Teufel kommt ein Gemälde von Kelly Cornelius in die Halle von Feenie Macallum?« fragte Andy Dalziel.

Als Peter Pascoe vor Gunnery House zum Stehen kam, hatte er sich wieder einigermaßen unter Kontrolle, und da die Eingangstür einladend offenstand, näherte er sich relativ vorsichtig. Dann hörte er hastige Schritte auf der kiesbedeckten Zufahrt und drehte sich um. Ein Mann mit einem schwarzen metallenen Ding in der Hand rannte auf ihn zu.

Pascoe duckte sich, stieß dem Angreifer seine rechte Schulter in den Magen, packte den Kerl, hob ihn hoch in die Luft und schleuderte ihn mit dem Kopf voraus auf den Kies.

Das Ding, das er bei sich hatte, flog davon. Es sah nun doch nicht aus wie eine Schußwaffe, eher wie ein Funkgerät, aber Pascoe nahm sich nicht die Zeit, es näher zu betrachten. Wenn der Kerl einer von den fünfen war, die gerade aufgetaucht waren, dann blieben jetzt nur noch vier übrig, und so, wie er sich im Augenblick fühlte, war das schon als Vorteil zu betrachten.

Geduckt wie der Held eines Fernsehthrillers schlich er durch die Eingangstür. Diese ironische Selbstbeobachtung war vielleicht ein Hinweis darauf, daß er allmählich wieder klar denken konnte, aber wenn eine weitere Tür offengestanden hätte, wäre er wahrscheinlich einfach weitergegangen. Zunächst stellte er jedoch fest, daß sich in der großen Halle kein Mensch befand und daß die drei Türen, die hier abgingen, geschlossen waren.

Er blieb stehen, um eine Entscheidung zu treffen, und so konnte die Botschaft des Verstands schließlich zu den Muskeln vordringen.

Ein, zwei Sekunden später bremsten ihn auch noch die Arme von Andy Dalziel, der dem Motor von Sempernels Wagen bei Pascoes Verfolgung ziemliche Gewalt angetan hatte.

»Langsam, mein Junge«, sagte der Dicke. »Du kannst von Glück reden, daß sie inzwischen aus dem Haus sind. Wenn du dich abknallen läßt, ist schließlich keinem Schwein geholfen.«

»Wir sind ihnen zahlenmäßig überlegen, Andy, es sind nur noch vier übrig. Hat jemand den Typ da draußen geschnappt? Er wird uns verraten, was hier abgeht.«

Er sagte das mit der Gewißheit eines mittelalterlichen Folterknechts.

»Ich fürchte, da irren Sie sich, Mr. Pascoe«, sagte Sempernel, der durch die Eingangstür trat.

»Scheiße! Der Dreckskerl ist uns doch nicht etwa weggestorben?«

»Glücklicherweise nicht. Der Dreckskerl ist nämlich einer meiner Mitarbeiter, den ich über Funk benachrichtigt habe. Er hatte den Auftrag, Sie abzufangen, bevor Ihnen etwas zustößt.«

»O Gott«, sagte Pascoe und dachte daran, mit welch erbitterter Wucht er den Mann auf den Kies geschleudert hatte. »Ist alles in Ordnung mit ihm?«

Er riß sich von Dalziel los und ging zur Tür.

Der Mann saß, gegen ein Auto gelehnt, auf dem Boden. Er wirkte ziemlich benommen, seine Stirn und die linke Wange waren mit einem Steinchenmosaik bedeckt.

»Tut mir leid«, sagte Pascoe, »ich dachte ...«

Dann lösten die verunstalteten, blutverschmierten Gesichtszüge eine Erinnerung in ihm aus. Das mußte der Mann sein, den er mit dem Superintendent vom Betrugsdezernat bei Gericht gesehen hatte, derjenige, auf den Ellies Beschreibung des Mannes zutraf, der sie mit der Geschichte über die angeblich kranke Rosie aus dem Haus locken wollte ...

»Dreckskerl«, sagte er. »Hätte ich dir doch das Genick gebrochen.«

Damit ging er zurück zu Dalziel, der verzückt das lebensgroße Gemälde an der Wand gegenüber der Eingangstür betrachtete.

Und ...

»Wie zum Teufel kommt ein Gemälde von Kelly Cornelius in die Halle von Feenie Macallum?« fragte Andy Dalziel.

Pascoe sah genauer hin.

Tatsächlich. Da war sie, neben einem Mann, der für Shelleys Ozymandias hätte Modell stehen können, Kelly Cornelius, wie sie leibte und lebte, diese klassische Figur, gepaart mit pulsierender Lebendigkeit, eine Galatea, die den ersten starken Puls warmen Blutes in weichem Fleisch spürt, als Aphrodite dem kalten Elfenbein Leben einhaucht.

Was hat das zu bedeuten? dachte Pascoe. Was hat das alles zu bedeuten?

Zu Sempernel gewandt, sagte er: »Was ist hier los? Sind noch mehr Schüsse gefallen? Wer hat gefeuert? Wo sind die Männer, die vorhin hier angekommen sind? Warum stehen wir hier rum? Was in Gottes Namen ist mit meiner Frau ...?«

»Immer mit der Ruhe, Mr. Pascoe«, erwiderte Sempernel. »Sie sind ein erstaunlich impulsiver junger Mann. Wenn Sie sich zu Ende angehört hätten, was Jacobs zu sagen hatte, dann wüßten Sie, daß er, als er einen Schuß zu hören glaubte, der Sache nachgegangen ist, bevor er Bericht erstattete. Auf der Terrasse hinter dem Haus hat sich einiges getan. Schließlich sah er eine Gruppe von Damen, unter denen er Ihre Frau erkannte ...«

»Er hat sie erkannt, nicht wahr? Der Dreckskerl hat sie nämlich schon mal gesehen.«

»Stimmt. Wie ich sagen wollte, er sah sie durch den Garten zu einer Art Sommerhaus auf der Klippe gehen ...«

»Also ist kein Schuß gefallen?« unterbrach ihn Pascoe.

»Ich fürchte schon«, erwiderte Sempernel ernst. »Jacobs beobachtete Ihre Frau und deren Freundin, Mrs. Aldermann. Sie stützten Ihre Kollegin, Constable Novello, die anscheinend den Arm in der Schlinge trug.«

»Shirley? Lieber Himmel! Und was ist mit meiner Tochter? Hat er Rosie gesehen?«

»Erwähnt hat er sie nicht, aber das heißt nicht, daß sie nicht dabei war. Jacobs mußte das Ganze natürlich aus einiger Entfernung beobachten...«

»Er müßte sie gesehen haben. Wenn es Ärger gegeben hat, ist sie ihrer Mutter bestimmt nicht von der Seite gewichen. Wie in aller Welt können Sie zulassen, daß so etwas mit unschuldigen Menschen passiert?«

»Manchmal ist es schwer, die Unschuldigen von den Schuldigen zu trennen, Mr. Pascoe«, erklärte Sempernel gewichtig. »Und manchmal sieht man mit etwas Abstand die Dinge klarer als aus nächster Nähe.«

Pascoe sah ihn an, als hätte er das Gefühl, daß die Möglichkeiten der Sprache erschöpft seien und es an der Zeit wäre, ältere und direktere Kommunikationsmittel anzuwenden.

Dalziel, der die unvermutete Gewaltbereitschaft seines Gefolgsmanns sehr unterhaltsam fand, hatte keine moralischen Bedenken dagegen, daß Sempernel eins auf die Nase bekommen sollte, fand aber, daß es für alles den richtigen Zeitpunkt gibt und daß die gerechte Strafe für diesen langen Strich Eulenschiß noch warten konnte.

»Sollten wir nicht etwas Gescheiteres tun als hier herumstehen, wenn jeden Augenblick ein Irrer mit einer Knarre auftauchen kann?« bemerkte er vernünftig.

»Ist schon gut, Superintendent«, sagte Sempernel etwas herablassend. »Ich habe meine Cynthia losgeschickt, die die Observierung übernimmt, solange Jacobs nicht auf dem Damm ist. Ich glaube aber, Ihr Sergeant, offenbar ein ungläubiger Thomas, hat sie begleitet, um sich selbst ein Bild von der Lage zu machen.«

»Das muß er von mir haben«, meinte Dalziel und schnupperte, da ein leichter, aber nicht unangenehmer Geruch von etwas Verbranntem in der Luft lag. »Ich werde mich mal drinnen umschauen, nur, um sicherzugehen, daß hier niemand auf der Lauer liegt.«

Sempernel wirkte nicht begeistert, aber der Dicke hatte schon eine der Türen geöffnet und verschwand im Innern des Hauses.

»Seien Sie vorsichtig«, rief Sempernel ihm nach. »Und, bitte, zeigen Sie sich nicht auf der Terrasse. Hallo, was haben wir denn hier?«

Durch die Eingangstür kam ein kleiner gefleckter Hund gelaufen, der Pascoe aufgeregt anbellte und ihm die Beine hochsprang.

»Anscheinend kennt er Sie, Chief Inspector«, meinte Sempernel.

Aber Pascoe hörte nicht hin, denn er dachte unwillkürlich daran, wie Wield Elsie und Tony Dacre die Nachricht vom Tod ihrer vermißten Tochter überbringen wollte und versehentlich Tig ins Haus rennen ließ, der schon so oft die Ankunft seines kleinen Frauchens angekündigt hatte.

Beunruhigt ging er zur Tür und sah hinaus. Wie ein Echo des Schicksals folgte Wield dem kleinen Hund auf den Fersen, aber jetzt hüpfte Pascoe das Herz so hoch, wie es ihm soeben noch tief in die Hose gerutscht war, denn der Sergeant brachte keine schlechten Nachrichten, sondern Rosie, die auf seinen Schultern ritt.

»Schau, wen ich gefunden habe!« rief Wield.

Er setzte die Kleine schwungvoll ab, und sie rannte zu ihrem Vater, der sie hochnahm und so fest umarmte, daß sie aufschrie.

»Tut mir leid, mein Schatz«, sagte er und ließ sie los. »Alles in Ordnung? Es hat dir doch niemand weh getan, oder?«

»Nur du«, meinte sie gutmütig. »Aber Shirley ist erschossen, das hat Miss Macallum gesagt, aber nicht totgeschossen, sie hat eine Schlaufe, und sie kann laufen, wenn Mummy und Daphne ihr helfen, und Mrs. Stonelady hat Eintopf gemacht, und Brotpudding und Schokoladeneis für mich, nur bin ich vor dem Pudding, als alle bloß geredet haben, raus zum Spielen, und ich wäre nicht unter dem Zaun durch, aber Carla ist abgehauen und Tig ihr nach, ich glaub, sie haben einen Hasen gejagt, also wollte ich sie zurückholen, und als ich hörte, daß jemand kommt, hab ich mich versteckt, und Miss Macallum hat so laut gesprochen, daß ich wußte, ich soll nicht rauskommen, aber wahrscheinlich hätten sie mich gefunden, wenn sie durch den Zaun gekommen wären, aber die Frau mit dem Schnurrbart hat mich an der Hand genommen und mir ein Versteck gezeigt, und da hab ich mich versteckt, bis jemand anders gekommen ist, da hab ich rausgeguckt, und es war Wieldy.«

Sie holte Atem.

»Wer«, fragte Sempernel freundlich, »ist die Dame mit dem Schnurrbart?«

»Die Frau, die mir die Blumen für Mummy gegeben hat«, erklärte Rosie mit dem selbstverständlichen Unmut, den Kinder zeigen, wenn Erwachsene verlangen, daß sie etwas Offensichtliches erklären. »Onkel Andy, was ißt du denn da?«

Dalziel war inzwischen mit einer großen Schüssel in der einen und einem entsprechenden Löffel in der anderen Hand wieder hereingekommen.

»Hallo, ist das mein Lieblingskind oder ein Gartenzwerg?« rief er. »Komm her, Süße, und gib deinem Onkel Andy einen Kuß.«

Sie rannte zu ihm, und er beugte sich zu ihr hinunter, damit sie ihn küssen konnte. Dann untersuchte sie interessiert den Inhalt der Schüssel.

»Brotpudding, leicht angebrannt, genau wie ich ihn mag«, erklärte Dalziel. »Aber die Eiercreme war nicht mehr zu retten. Bei manchen Sachen schadet es nicht, wenn man sie ein bißchen verkohlt, zum Beispiel Bratkartoffeln und Verkehrspolizisten. Aber bei Eiercreme ist Vorsicht geboten. Deswegen mußte ich Schokoladeneis drauftun.«

»Das ist aber meins!« empörte sich Rosie.

»Nö, wer's findet, darf's behalten. Du kannst aber einen Löffel voll probieren, wenn du magst.«

Während sie sich eine ordentliche Portion Eis zu Gemüte führte, fing er über ihren Kopf hinweg Pascoes Blick auf und fuhr fort: »Ist eigentlich längst Zeit fürs Bett, Kleine. Ich sag dir mal was. Warum gehst du nicht einfach in dieses Cottage mit dem ulkigen Namen...«

»Nosebleed«, murmelte Rosie.

»Genau das meine ich. Wieldy bringt dich hin, in Ordnung?«

Immer noch ruhte sein Blick auf Pascoe. Er will, daß Rosie hier wegkommt, genau wie ich. Aber er weiß, daß ich mich nicht vom Fleck rühre, solange Ellie in Gefahr ist.

»Mit Vergnügen«, sagte Wield. »Weißt du noch die Geschichte, die ich gestern nicht zu Ende erzählt habe?«

»Wo ist Mummy? Mummy soll kommen«, erklärte Rosie. Dann, weil sie niemanden kränken wollte, den sie gern hatte, sah sie sich um und fügte rasch hinzu: »Du kannst auch mitkommen, Wieldy, und deine Geschichte fertig erzählen.«

»Abgemacht«, griff Pascoe ein. »Du gehst mit Wieldy, Liebling, und Onkel Andy und ich holen Mummy. Okay?«

»Okay«, sagte sie, und wie ihr unbeschwerter Ton verriet, ahnte sie noch nicht, daß es Dinge zwischen Himmel und Erde gab, die nicht einmal ihr Vater und Onkel Andy versprechen konnten. »Was ist mit Carla?«

»Carla?«

»Der andere Hund«, sagte Wield. »Er gehört Miss Macallum.«

Er schnippte mit den Fingern, und ein schwarzweißer Collie, der sich im Hintergrund gehalten hatte, kam herbeigetrottet.

»Tig und Carla verstehen sich super«, erklärte Rosie. »Miss Macallum hat bestimmt nichts dagegen.«

Nimmt das denn kein Ende mit unserer Menagerie? fragte sich Pascoe. Was passiert eigentlich, wenn ich mal beruflich mit Wölfen zu tun habe?

»Ich glaube, es wäre am besten, Miss Macallums Hund aus dem Verkehr zu ziehen«, meinte Sempernel, der nähertrat. »Solche Tiere reagieren oft unberechenbar, vor allem die weiblichen Exemplare. Mr. Pascoe, ich möchte Ihre Tochter natürlich nicht unnötigen Belastungen aussetzen, aber wenn sie Sergeant Wield möglichst ausführlich berichten könnte, was sie gesehen hat, wäre das für unsere Überlegungen hilfreich.«

»Hast du gehört, Wieldy?« sagte Pascoe. »Aber bitte behutsam.«

»Den Gummiknüppel verwende ich nur im Notfall«, erwiderte Wield.

»Tut mir leid«, entschuldigte sich Pascoe. »Sie könnte nicht in besseren Händen sein.«

Er sah zu, wie Wield mit Rosie und den beiden Hunden wegfuhr. Dann wandte er sich zu Sempernel. »Und was jetzt?«

»Genau«, pflichtete ihm Dalziel bei, »das habe ich mich auch schon gefragt. Normalerweise hätte ich inzwischen ein paar von unseren Sondereinsatzfahrzeugen herbeordert. Schuß abgefeuert, Polizistin verletzt, bewaffnete Verdächtige auf dem Gelände, Geiselnahme ...«

»Nein, keine Geiselnahme«, widersprach Sempernel. »Solange sie nicht wissen, daß wir hier sind, sind die Damen lediglich Gefangene, keine Geiseln.«

»Na großartig«, meinte Dalziel. »Das werde ich mir für die Zukunft merken. Wie vermeidet man eine Geiselnahme: Die Gauner dürfen einfach nicht erfahren, daß man Bescheid weiß. Und wenn die Leute nicht melden, daß sie Besuch von Einbrechern hatten, und die Leichen es für sich behalten, daß sie tot sind, dann könnten wir die Statistik für Einbruch und Mord drastisch senken.«

»Ich meinte damit, daß wir Zeit haben, über unseren nächsten Schritt nachzudenken, Superintendent. Die Situation ist statisch, bis wir Bewegung hineinbringen.«

»Falsch«, widersprach Dalziel. »Ich habe eine verwundete Polizistin da draußen, deren Zustand ohne ärztliche Behandlung nicht besser wird, im Gegenteil. Außerdem ist da noch eine Frau, die mein Kollege gern wohlbehalten wiederhätte. Wenn Sie mich also nicht davon überzeugen können, daß Sie eine bessere Idee haben, werde ich jetzt die Kavallerie rufen. Vielleicht könnten Sie für den Anfang das wechselseitige Vertrauen durch etwas mehr Ehrlichkeit fördern. Bis jetzt haben Sie gelogen, sobald Sie den Mund aufmachten. Ich wüßte aber gern den wahren Grund, warum Sie hier sind, und scheue mich nicht, Ihnen auf die Sprünge zu helfen, wenn Sie mir keinen reinen Wein einschenken wollen. Also, wie Shakespeare zu sagen pflegte, wer macht was womit und mit wem?«

Sempernel lächelte säuerlich und sagte: »Lassen Sie mich erst einmal meine wenigen bescheidenen Kräfte verteilen. Jacobs, sind Sie wieder einsatzbereit? Und, genauso wichtig, ist Ihr Funkgerät noch funktionsfähig?«

Der Mann war wieder auf den Beinen. Er hatte sein Walkietalkie aufgehoben und hielt es an sein ramponiertes Gesicht.

»Scheint in Ordnung zu sein«, sagte er.

»Gut. Gehen Sie und beobachten Sie die Fahrzeuge dieser Leute. Irgendwann müssen sie den Laster holen. Informieren Sie mich, sobald es soweit ist.«

Jacobs entfernte sich. Pascoe fragte sich, ob es ihm leid tun sollte, daß er seinen neuen Verbündeten humpeln sah.

»Dieser Lastwagen«, fragte Dalziel, »wofür ist der?«

»Für den Transport, was sonst? Irgendwo hier auf dem Gelände, Mr. Dalziel, befindet sich, wie Sie bestimmt schon erraten haben, Popeye Ducannons geheimes Waffenlager. Außerdem ist hier höchstwahrscheinlich das Kokain versteckt, das Chiquillo zur Bezahlung mitgebracht hat. Bevor Sie ungehalten werden, lassen Sie sich eines gesagt sein: Hätten wir geahnt, daß die Aussicht auf die Drogen oder die Waffen den beschaulichen Polizistenalltag von Mid-Yorkshire so aus den Fugen bringen könnte, hätten wir selbstverständlich auf Ihre Sachkenntnis zurückgegriffen. Aber Mr. Trimble, Ihr Chef, war der Überzeugung, je weniger Leute von ihrer Existenz wüßten, desto geringer sei die Gefahr, daß etwas durchsickert. Insbesondere, weil wir uns bis vor kurzem selbst über den genauen Standort nicht völlig im klaren waren. Wir wollten verhindern, daß in zwielichtigen Kreisen eine Art Goldrausch ausbricht.«

»Wollen Sie damit sagen, daß das Zeug in Gunnery House versteckt ist? Und Sie wußten das bereits, als Sie uns diesen ganzen Mist aufgetischt und behauptet haben, Ellie sei in Sicherheit?« fragte Pascoe.

»Nicht im Haus«, präzisierte Sempernel, der es für besser hielt, auf den zweiten Teil der Frage nicht einzugehen. »Im sogenannten KP, dem Kommandoposten. Ich habe Grund zu der Annahme, daß es sich hierbei um den Namen handelt, den die Familie Macallum dem Pavillon an der Klippe gab, und dort halten sich derzeit tatsächlich Mrs. Pascoe und ihre Freundinnen auf, was ich zutiefst bedaure. Die gute Nachricht ist, wenn sie da raus wollen, müssen sie erst einmal an uns vorbei.«

Pascoe, der diese Information erst einmal verdauen mußte, meinte schließlich in dem freundlich-vernünftigen Tonfall, der manche Menschen veranlaßte, ihn zu unterschätzen: »Großartig. Dann wäre es doch der beste Plan, sie genau das machen zu lassen. Das heißt, sie abziehen zu lassen.«

Sempernels Augenbrauen schossen in die Höhe wie Harrier-Jets.

»Sie abziehen lassen? Dieser Plan ist keineswegs durchführbar, geschweige denn der beste!«

»Tatsächlich? Vielleicht liegt das daran, daß Sie dank Ihrer einsamen Strategiespielchen inzwischen blind sind«, höhnte Pascoe. »Jeder Idiot kann sich doch denken, daß es besser ist, diese Kerle mit ihrem Zeug wegfahren zu lassen, statt sie dort mit meiner Frau und anderen Geiseln in der Falle sitzen zu lassen. Sie haben Meilen schmaler, menschenleerer Landstraßen vor sich, bevor sie irgendwo hinkommen. Sie können sie doch jederzeit mit einer Straßensperre abfangen und hochnehmen, ohne irgend jemanden in Gefahr zu bringen.«

»Hört sich vernünftig an«, meinte Dalziel.

»Finden Sie? Ich fürchte, Sie haben noch nicht ganz begriffen, mit was für Leuten wir es hier zu tun haben«, entgegnete Sempernel. »Zweifellos werden sie einige der Damen mitnehmen, um ein Druckmittel zu haben, falls unterwegs etwas schiefgeht.

Außerdem haben die Zurückgebliebenen dann einen weiteren Anreiz, nicht die Polizei zu rufen.«

»Was meinen Sie mit *weiterer* Anreiz? Welchen anderen Anreiz hätten sie denn noch?«

»Den verständlichen Widerwillen des Kriminellen, sich selbst zu belasten.«

Da wären wir wieder, dachte Pascoe. Hinterhältige Verleumdung. Ein Tatvorwurf, durch die Blume ausgedrückt.

Höflich bat er: »Könnten Sie uns in klaren und unzweideutigen Worten erklärten, welche der Frauen im Pavillon in dieser Sache unter Tatverdacht steht?«

Eins mußte man Sempernel lassen, er ging gleich in die Vollen.

»Feenie Macallum«, sagte er. »Sie ist die Begründerin und Vorsitzende von Liberata –«

»Ich weiß, wer sie ist«, unterbrach ihn Pascoe. »Und Sie wollen mir erzählen, Sie wäre eine Gaunerin? Quatsch.«

Sempernel blieb gelassen.

»Jemand, der in seinem Beruf so beschlagen ist wie Sie, ist sich doch sicher darüber im klaren, daß große Fische und insbesondere Drogenhändler meist vor dem Problem stehen, daß sie mit schmutzigem Geld bezahlt werden. Deshalb nehmen viele die Dienste professioneller Geldwäscher in Anspruch, in der Regel Computer-Experten, deren Fähigkeiten im legalen Finanzgeschäft ebenso hoch geschätzt werden. Und die hohen Tiere der Finanzwelt sehen es, wie ich befürchte, meist recht gerne, wenn große Summen schmutzigen Geldes durch ihre Systeme wandern, solange sie, falls etwas schiefgeht, mit einer Geste des Entsetzens demonstrieren können, daß unter ihren Fingernägeln kein Schmutz klebengeblieben ist.«

»Hören Sie mal, Sunnyboy«, meinte Dalziel, der gerade seine Puddingschüssel auskratzte. »Wenn ich mit Essen fertig bin und dann immer noch nichts Brauchbares gehört habe, werde ich Axness flächendeckend mit blinkenden Blaulichtern ausleuchten. Also kommen Sie zur Sache.«

»Sie sprechen von Kelly Cornelius«, bemerkte Pascoe. »Und Sie glauben, daß sie auch hier ist?«

»Da bin ich mir sicher«, erwiderte Sempernel. »Ihrer Flucht wurde, wie Sie offensichtlich herausgefunden haben, durch Miss Macallum Vorschub geleistet. Wenn ich Ihnen sage, daß zu den vielen raffinierten Kanälen, durch die Leute wie Kelly Cornelius ihr schmutziges Geld schleusen, Wohltätigkeitsorganisationen gehören, die in der Dritten Welt arbeiten, dann sehen Sie den Zusammenhang. Manche dieser Organisationen sind sogar eigens zu diesem Zweck geschaffen worden.«

»Aber Liberata ist ständig pleite«, protestierte Pascoe.

»Das sagt Ihre Frau, nicht wahr? So, so. Nein, schauen Sie nicht so wütend drein, Mr. Pascoe. Ich will niemanden beschuldigen. Dennoch. Sie ist doch hier in Gunnery House. Und auch Kelly Cornelius ist hier. Und würde es Sie überraschen zu erfahren, daß gestern nachmittag auf dem Konto von Liberata, das, wie Ihnen Ihre Frau versichert, in den Miesen ist, ein Plus von drei Millionen Pfund Sterling verbucht war?«

»Ohne handfeste Beweise würde ich an Ihrer Stelle keine weiteren Anschuldigungen vorbringen«, sagte Pascoe leise.

»Interessant«, erwiderte Sempernel ebenso leise. »Sie behaupten nicht einfach, wie es die meisten Ehemänner tun würden, es sei unmöglich, daß Ihre Frau in illegale Machenschaften verwikkelt ist. Vielmehr fordern Sie Beweise. Könnte es sein, daß Sie es für möglich halten, wie ja auch Mrs. Pascoes bisheriger Werdegang vermuten läßt, daß Ihre Frau unter gewissen Umständen annimmt, der Zweck heilige die Mittel?«

»Schluß mit dem Mist«, sagte Pascoe. »Beweise.«

»Nun gut. Mein Beweis stützt sich, wie ich zugeben muß, lediglich auf Indizien, ist aber ziemlich schlüssig. Die Liberata-Aktivitäten Ihrer Frau in Kolumbien. Auch Kelly Cornelius arbeitet hauptsächlich für verschiedene kolumbianische Gruppen – Freiheitskämpfer oder Terroristen, je nachdem, welche Einstellung Sie dazu haben –, deren wichtigste Einkommensquelle Kokain darstellt, weshalb sie die Dienste dieser Expertin benötigen. Wie ich Ihnen im Cottage bereits sagte, war es Cornelius, die das Waffengeschäft eingefädelt hat, und sie war es auch, die Miss Macallum veranlaßt hat, Bruna unter die Fittiche von Liberata zu nehmen. Und wie Sie wissen, hat Miss Macallum wiederum dafür gesorgt, daß Mrs. Pascoe sich um sie kümmerte. Natürlich kann das in aller Unschuld geschehen sein, und die Beteiligung Ihrer Frau war reiner Zufall.«

Offensichtlich sagte er das nur, um Pascoe zu beschwichtigen, aber damit war er an die falsche Adresse geraten.

»Und vermutlich ist es auch dem Zufall zu verdanken, daß sie jetzt diesen Terroristen in die Hände gefallen ist?« höhnte Pascoe. »Ich würde sagen, der Zufall hat ein Gesicht wie ein alter Gaul und weiße Haare, Mr. Sempernel.«

Am liebsten hätte Dalziel applaudiert. Jahrelang hatte Pascoe die Manieren eines Drei-Sterne-Kellners an den Tag gelegt, aber anscheinend hatte er inzwischen endlich kapiert, wie die Besten ihres Fachs in die Suppe spuckten!

»Der Junge hat recht, Gaw«, sagte er. »Sie haben das alles gewußt. Warum haben Sie nicht schon früher etwas unternommen?«

»Weil wir nur wenig wußten und weitgehend auf Vermutungen angewiesen waren. Und manche wichtigen Dinge wußten wir gar nicht. Zum Beispiel, wo die Waffen versteckt sind. Und nach wie vor ist uns unbekannt, was mit Chiquillo geschehen ist und wo sich seine Schwester aufhält. Aber ein Rätsel hat sich, wie ich meine, gelöst.«

»Und das wäre?«

Sempernel wandte sich um und betrachtete das Portrait von Mr. und Mrs. Macallum.

Draußen begann plötzlich der Sturm an dem Haus zu rütteln, als wollte er es aus dem Fundament reißen. Der Wind griff nach der Vordertür, schlug sie zu, zerrte sie wieder auf ... zu ... auf ..., so daß das gespenstisch flackernde Licht der halb von Wolken verdeckten Sonne über das Gemälde huschte, bis Pascoe meinte, der Mann starre mit echtem Haß auf sie herab, während um die Lippen der Frau ein spöttisches Lächeln spielte.

»Ganz gleich, wie die Geschäftsbeziehungen zwischen Kelly Cornelius und Miss Macallum aussehen«, fuhr Sempernel fort, »es liegt auf der Hand, daß sie auf Blutsverwandtschaft beruhen, was meinen Sie, meine Herren? Ich möchte sogar wetten, in direkter Abstammung. Mutter und Tochter vielleicht? Nein, der Altersunterschied ist zu groß. Großmutter und Enkelin wäre naheliegender. Was meinen Sie?«

»Ich meine, daß wir unsere Zeit verplempern«, entgegnete Pascoe. »Verdammt noch mal, unternehmen wir endlich etwas!«

Sempernel warf ihm einen beinahe mitleidigen Blick zu.

»Handeln ist vergänglich«, sagte er, »ein Schritt, ein Weh'n, die Regung eines Muskels – hierhin oder dort –, ist es getan, so starren wir, über uns selbst erstaunt, ins Leere wie Betrogene. Wer hätte es besser sagen können als Wordsworth? Lassen Sie niemals zu, daß die Mühe des Nichthandelns allein zum Antrieb Ihres Handelns wird, Mr. Pascoe. Aber ich glaube, Ihr Wunsch könnte mir doch noch Befehl sein. Gibt es etwas Neues, meine Liebe?«

Cynthia war wieder hereingekommen. Draußen lärmte der aufkommende Sturm immer heftiger, aber die inneren Stürme hatten Pascoe für das schlechte Wetter taub gemacht. Der Anblick der Frau, die jetzt vor ihnen stand wie Undine, tropfnaß, die schwarzen Haare wie Emaille am Kopf klebend und die Kleidung so klatschnaß anliegend, daß jede Kurve und Mulde ihres Körpers deutlich sichtbar war, schien unwiderleglich zu beweisen, daß eine Vermenschlichung der Natur tatsächlich möglich war.

»Jacobs sagt, da tut sich was. Mindestens zwei Leute sind auf dem Weg zum Lastwagen.«

»Hervorragend. Damit ist erwiesen, daß das Zeug tatsächlich hier ist. Wie wär's, wenn wir jetzt gehen und Jacobs ein wenig unterstützen, meine Herren?«

An der Tür blieb er stehen und sah sich noch einmal um.

»Ja, zweifellos Großmutter und Enkelin, würde ich sagen.«

Aber niemand hörte ihm zu.

FÜNFZEHN

Blutiges Glas

»Cornelia ist meine Enkelin«, sagte Feenie Macallum.

»Cornelia Kelly. Für ihre Freunde Corny, und einige unverbesserliche Wortverdreher machten Kansas daraus. Als ihre ruchlosen Aktivitäten sie in eine Situation brachten, in der eine Wiedergeburt ratsam schien, vertauschte sie mit bemerkenswerter Einfallslosigkeit einfach ihre Namen und wurde Kelly Cornelius.«

Die Frauen saßen an einem Ende des langgestreckten Raums auf dem Boden und lehnten sich gegen die Wand. Mit Ausnahme eines klapprigen Holzstuhls, der wie ein Symbol der Autorität in der Mitte stand, gab es hier keine Möbel. Die beiden Latinos und Popeye waren die Treppe hinuntergepoltert, die von der Küche in den Keller führte. Der große und der kleine Ajax standen, fasziniert wie Kinder bei einem Feuerwerk, am Fenster und blickten hinaus. Ellie versuchte, nicht hinauszuschauen, aber von Zeit zu Zeit wurde ihr Blick wie magisch von dem Schauspiel angezogen. Noch brachte der Sturm keinen Regen, und die Sicht durch das Glas war erschreckend klar. Es war, als säßen sie auf einem fliegenden Teppich, der wenige Meter über dem Hades schwebte. Doch schlimmer war es, daß das Schlimmste noch bevorstand. Denn fern im Osten, jenseits der blaugrauen Düsternis, in der wütende Rot- und kränkliche Magentatöne den schmalen Raum zwischen dem tiefhängenden Himmel und der kochenden See füllten, zeigte sich eine unaufhaltsam näherrückende dunkle Mauer. Wenn sie erst einmal hier angelangt war…

Sie riß sich von dem Anblick los und sagte: »Feenie, ich wußte gar nicht, daß du ein Kind hast…«

»Du brauchst nicht so erstaunt zu tun. Ich war nicht immer eine verhutzelte alte Schachtel.«

»Tut mir leid. Ich wollte nicht…«

Feenie lachte. »Natürlich nicht«, sagte sie. »Tatsächlich war es höchstwahrscheinlich der Junge, von dem ich dir erzählt habe. Ich hatte zwar ein paar elementare Vorkehrungen getroffen, aber bei dem Schock, als wir die Stimmen der Deutschen hörten, ist er so heftig gekommen, daß alles für die Katz war. Neun Monate später habe ich in einem Stall entbunden. Gott sei Dank war es ein Mädchen, sonst hätte ich womöglich eine Religion begründet.«

Jorge hatte ihnen befohlen, sich zu setzen und den Mund zu halten. Daphne, die gegen den Latino offensichtlich einen Groll hegte, der ihr als Tochter eines Archidiakons schlecht anstand, hatte ihn vollkommen ignoriert, während sie sich um Shirley Novello kümmerte. Die Polizistin, den Kopf auf ihren Schoß gebettet, hatte die Augen geschlossen und sah blaß aus, atmete aber normal. Daphne hatte Wasser verlangt, Jorge hatte mit dem Schießeisen gefuchtelt (er trug jetzt die Automatikwaffe, die er Kelly Cornelius abgenommen hatte) und abermals gebrüllt, sie sollten den Mund halten, wenn ihnen ihr Leben lieb sei. Darauf hatte Popeye vernünftigerweise eingewandt, es gebe keinen Grund, den Gefangenen das Sprechen zu verbieten, denn selbst wenn sie laut schreien würden, sei niemand in der Nähe, der sie gehört hätte, und wenn doch, würde der Sturm sie übertönen. Luis pflichtete ihm bei, aus der Küche wurde eine Flasche Mineralwasser geholt, und Jorge hatte nachgegeben, dabei aber etwas auf Spanisch gemurmelt und in Daphnes Richtung die Zähne gebleckt.

Dann waren die beiden Latinos und Popeye verschwunden und hatten die Frauen unter Aufsicht der beiden Ajaxezurückgelassen.

Ellie überlegte, daß eine Gruppe von Männern unter ähnlichen Umständen inzwischen wahrscheinlich ein Fluchtkomitee gewählt hätte. Bei Colditz-Filmen hatte sie sich allerdings immer gefragt, warum diese edelmütigen jungen Offiziere sich mit Fluchtplänen abplagten, obwohl sie doch, den Kriegsgefahren enthoben, unter Bedingungen lebten, die zwar nicht ideal, aber auch nicht viel schlimmer waren als die Zustände in den Internaten, in die sie ihre Sprößlinge schickten?

Jetzt wurde ihr klar, daß sie ihre Ansicht ein wenig revidieren mußte, aber im Augenblick erschien es ihr nicht besonders sinnvoll, einen Tunnel zu buddeln oder ein Segelflugzeug zu bauen. Und so wandte sie ihre Aufmerksamkeit der jungen Frau zu, die sie beinahe gerettet hätte.

Als Ellie erfahren hatte, wer sie war, hatte sie sich der nicht ganz unverdächtigen Wehmut erinnert, die Pascoe ergriff, sobald von Kelly Cornelius die Rede war. Jetzt verstand sie den Grund. Aber jede eifersüchtige Regung, die nun hätte aufkommen können, wich bald dem Interesse an der Verbindung zwischen ihr und Feenie. Als bisher unveröffentlichte Autorin ahnte sie, daß sie es hier mit einer großen Story zu tun hatte. Auch war ihr alles willkommen, was Ablenkung vom Hier und Jetzt bot.

»Und was ist dann passiert?« fragte sie eifrig. »Ich meine, hinter den feindlichen Linien mitten im Krieg ein Kind bekommen! Das ist unglaublich.«

»Ich könnte dir weit unglaublichere Dinge erzählen«, erwiderte Feenie knapp. »Ich hatte sie ein paar Wochen bei mir, bis meine Freunde eine Familie gefunden hatten, die sie aufnehmen konnte.«

»Du meinst, du hast sie weggegeben?« Ellie versuchte, nicht allzu schockiert zu klingen.

»Es war Krieg. Ich hatte meine Aufgaben. Wenn ich erwischt worden wäre, hätten sie mich wahrscheinlich gefoltert und erschossen. Keine schönen Aussichten für ein Kind.«

»Und nach dem Krieg?«

»Nach dem Krieg lebte sie hinter dem Eisernen Vorhang. Ich habe sie oft besucht. Glücklicherweise hatte ich bei den maßgeblichen Stellen dort keinen schlechten Ruf, aber rauslassen wollten sie sie nicht. Was hätte ich ihr im dekadenten Westen auch bieten können, was sie dort, wo sie war, nicht in weit größerem Maße genoß?«

Es war nicht ganz klar, ob sie das ernst oder ironisch meinte.

»Wußte dein Vater Bescheid?« fragte Ellie.

»Ich habe es ihm irgendwann gesagt.«

»Wie hat er es aufgenommen?«

Feenie antwortete nicht gleich, und als sie es tat, lag in ihrer Stimme ein ungewohnt reuevoller Unterton.

»Nicht gut. Aber das war auch meine Absicht. Unsere Beziehung hat sich damals rapide verschlechtert, und ich habe es ihm nur gesagt, um ihn zu provozieren. Ich ließ ihn glauben, ich hätte meine Tochter absichtlich dort gelassen, weil ich nicht wollte, daß sie in England aufwächst. Ich sagte ihm, von mir würde sie nie etwas über ihren Großvater erfahren, sie würde nicht einmal erfahren, daß es ihn gab. Das war grausam. Und ich wollte es so. Ich fand, er hätte es verdient. Wie hart es ist, im Stich gelassen zu werden, merken wir erst, wenn es uns selbst widerfährt.«

»Sie meint, daß sie dafür mich bekommen hat«, erklärte ihre Enkelin und lächelte die alte Frau liebevoll an. »Ich bin eine schreckliche Prüfung für sie.«

Wendy Woolley, die sich, so kam es Ellie vor, die ganze Zeit wie eine emsige Hausfrau mühte, den Erste-Hilfe-Koffer aufzuräumen, warf unvermittelt ein: »Warum? Weil Sie eine berüchtigte Kriminelle sind?«

Kelly lachte melodisch, so daß ihr ganzer Körper erzitterte. Der Anblick erweckte in Ellie die Vermutung, daß Männer ganz versessen darauf sein mußten, Kelly zum Lachen zu bringen.

»›Berüchtigt‹ scheint mir übertrieben. Granny hat nichts dagegen, wenn die Grenzen der Legalität für einen guten Zweck ein wenig überschritten werden, aber über diese Grenzen hat sie ziemlich altmodische Vorstellungen.«

Feenie schien diese Wendung des Gesprächs nicht sonderlich zu gefallen. »Mein Vater«, fuhr sie fort, »starb kurze Zeit später, so daß er seine Enkelin nie kennenlernte, was durchaus möglich gewesen wäre, denn ich war damals auf dem besten Wege, sie rauszubekommen. Als ich es dann geschafft hatte, war er tot. Sein Ableben bedeutete, daß ich genug Geld hatte, um meiner Tochter eine gute Ausbildung zu bezahlen. Wir standen uns nie besonders nahe, dafür war zuviel Zeit verstrichen. Aber wir blieben in Verbindung und sahen uns von Zeit zu Zeit. Ich glaube, am Ende hat sie mich verstanden.«

»Sie hat dich geachtet, Granny«, sagte Kelly leise, »und wenn du hartnäckig geblieben wärst, dann hätte sie dich auch geliebt.«

»Vielleicht. Aber dafür war keine Zeit«, erwiderte Feenie mit einer Schärfe, die ihren Schmerz nicht ganz verbergen konnte.

Die ganze Liebe, die sie ihrer Tochter vorenthalten hat, hat Kelly abbekommen, dachte Ellie und schämte sich ein wenig, weil sie unter den gegebenen Umständen am meisten bedauerte, kein Tonbandgerät zur Hand zu haben.

»Und Ihr Vater?« fragte sie. »Ist er Ire?«

»Halb Südamerikaner, halb Ire«, erwiderte sie. »Juan Antonio Kelly. Nicht daß ihm Nationalitäten viel bedeutet hätten, solange es um eine gute Sache ging. Das war seine Welt, sein ein und alles, und wahrscheinlich hat er deshalb auch Mama geheiratet. Sie hatte das im Blut. Vermutlich genetisch bedingt. Manchmal denke ich, auf dieses Erbteil hätte ich verzichten können. Die gute Sache kann einem auch ziemlich den Spaß verderben, stimmt's?«

Sie lächelte Ellie zu, als entdecke sie in ihr eine Verbündete. Aber nicht alle Anwesenden zeigten sich so aufgeschlossen.

»Entschuldigen Sie«, warf Wendy Woolley mit der Entschlossenheit der schüchternen Tugendwächterin ein. »Ich habe gelesen, daß Sie unter Anklage stehen, Geld von Nortrust veruntreut zu haben? Um welche gute Sache ging es denn da, bitte schön?«

Sie ist gut informiert. Anscheinend liest sie Zeitungen, die ich nicht kenne, dachte Ellie, die sich gewundert hatte, daß nicht einmal in der Lokalpresse über den Fall Cornelius berichtet worden war.

»Um die beste«, antwortete Kelly und lächelte ihre Großmutter liebevoll an. »Liebe. Gibt es eine bessere Sache?«

»Dann waren Sie also auch in die Sache verwickelt, Miss Macallum?« fragte Wendy, zugleich schockiert und mißbilligend.

Überrascht, weniger über die Frage als über die Fragende, sah Feenie sie an.

»Wider besseres Wissen. Aber Not kennt kein Gebot.«

»Aber Feenie, warum?« fragte Ellie. »Für Liberata, oder?«

»Für Liberata und all meine anderen Aktivitäten«, sagte Feenie müde. »Es gibt so viel zu tun, und es war so wenig Geld übrig. Wie du oben im Haus sehen kannst, habe ich nicht mehr viel, was sich zu Geld machen läßt. Und ich habe so viele Verpflichtungen, so viele Versprechen zu halten.«

Daphne, die ungläubig zugehört hatte, schnaubte empört.

»Also sind Sie zu dem Schluß gekommen, was Sie tun, sei so wichtig, daß Sie dafür das Geld anderer Leute stehlen können?« rief sie. »Na schön. Sie halten sich wohl für was ganz Besonderes, Miss Macallum? Nicht ganz der heilige Franziskus, aber besser als Mutter Teresa, würde das hinkommen?«

Feenie nahm das mit einem schwachen Lächeln hin, aber Kelly stürzte sich wütend auf Daphne.

»Was haben Sie denn schon für eine Ahnung? Wer sind Sie überhaupt mit Ihrem großkotzigen Akzent und Ihrem Hundert-Pfund-Haarschnitt?«

»Sie müssen es ja wissen«, parierte Daphne hitzig. »Und was meine Identität betrifft, unter anderem bin ich Kundin der Nortrust Bank und daher vermutlich eines der Opfer, die Sie und Ihre Großmutter ausgeraubt haben.«

»Nein, es gibt keine Opfer. Die Bank hat meiner Großmutter das Geld geschuldet«, protestierte Kelly.

»Ist schon gut, Liebes«, warf Feenie ein.

»Nein, über mich können die sagen, was sie wollen, aber nicht über dich«, erklärte Kelly. »Also hören Sie mal zu, Miss Twinset mit Perlenkette, und passen Sie gut auf. Ich könnte Sie so schokkieren, daß Sie sich in Ihr Seidenhöschen machen. Ich verschiebe Geld für bestimmte Gruppen in Südamerika. Schmutziges Geld, wie Sie es nennen würden. Aber es ist schmutzige Arbeit, die diese Gruppen erledigen müssen, ein bißchen wie Ihr Hausmädchen, das Ihren Herd saubermacht.«

»Für eine Frau, die so jung wirkt, haben Sie ziemlich überholte Vorstellungen«, murmelte Daphne. »Aber fahren Sie ruhig fort mit Ihren spannenden Darlegungen.«

»Eine gute Methode, Geld zu waschen, ist, es durch eine Wohltätigkeitsorganisation zu schleusen. Ich habe mich immer für Liberata interessiert, als politische Gruppe, meine ich. Und ich habe sogar meine südamerikanischen Kontakte benutzt, um die Namen von Frauen ausfindig zu machen, denen Liberata helfen könnte, teilweise Frauen, die ich persönlich kenne, und die habe ich an meine Großmutter weitergegeben. Natürlich bin ich auf die Idee gekommen, die Konten von Liberata für meine Geldwäscheoperationen zu benutzen. Ich sage *natürlich*, weil immer etwas hängenbleibt, und ich habe dafür gesorgt, daß Liberata einen echten Gewinn daraus gezogen hat. Es gab nur ein Problem. Manche der Organisationen, für die ich arbeite, haben ihre finanzielle Basis in der Kokainindustrie. Manchmal wird direkt mit dem Stoff bezahlt, aber in der Regel muß er verkauft werden, um das Nötige für die Fortführung des Kampfes zu kaufen. Und dieses Geld muß gewaschen werden.«

»Gewaschen? Sie könnten es in einen Hochofen schaufeln, und die Asche würde immer noch stinken!« warf Daphne ein.

»Hey, es wundert mich, daß Sie sich nicht besser mit Granny verstehen!« rief Kelly. »Genauso denkt sie auch. Sie wollte nichts mit meinem netten Vorschlag zu tun haben. Ja, wir hatten sogar einen ernsten Familienkrach. Ich hatte das Gefühl, sie enttäuscht zu haben, und wollte es wiedergutmachen. Da sah ich die Stellenanzeige der Nortrust Bank, die einen Computer-experten suchte, und plötzlich wußte ich, wie. Verstehen Sie, ich wußte, daß sie ihr das Geld schuldig waren.«

»Ollershaw. George Ollershaw.«

Die Worte waren so leise gesprochen, daß es eine Weile dauerte, bis klar war, von wem sie kamen.

Es war Shirley Novello, das Gesicht immer noch leichenblaß, die Augen halb geschlossen, kaum fähig, die Lippen zu bewegen. Aber ihre Ohren funktionierten noch. Gute Polizistin. Immer im Dienst. Peter wird seine Freude haben, dachte Ellie.

»Richtig«, sagte Kelly. »Woher wissen Sie das?«

»Finanzberater ... hat ihn mit dem Wagen von der Straße abgedrängt ... hätte ihn umbringen können. Hab die Akte gesehen. Der Zusammenhang hätte mir klar sein müssen ...«

Plötzlich wurde auch Ellie ein Zusammenhang klar – zwischen dem knappen Slip, den sie im Cottage gefunden hatte, und Kelly Cornelius. Bestimmt hatte Feenie sie in aller Eile geholt, als Mrs. Stonelady sie warnte, daß Daphne und Co. hierher unterwegs seien. Vermutlich hatte Feenie ihrer Enkelin gesagt, daß eine Polizistin und die Frau eines Polizisten mit von der Partie waren.

Warum plauderte Kelly dann so ungezwungen?

Die ermutigende Antwort lautete: weil sie glaubte, längst über alle Berge zu sein, bevor Novello in der Lage war, ihre Aussage gegen sie zu verwenden.

Die schlechte Antwort war, weil sie kaum Hoffnung hatte, daß auch nur eine von ihnen noch in der Lage sein würde, irgend etwas zu unternehmen, wenn diese Geschichte zu Ende war.

Und wann würde das Ende kommen? Von Zeit zu Zeit drangen von unten Geräusche herauf. Popeye, Jorge und Luis unten im Keller, vermutete sie. Wenn sie wiederkamen ...

Alles hat seine guten Seiten. Jedesmal, wenn sie daran dachte, daß Rosie bei diesem Wetter allein draußen herumirrte, wurde ihr flau. Sie sehnte sich nach ihr, wollte sie in den Armen halten, trösten. Aber wenn sie die Macht gehabt hätte, ihre Tochter zu sich zu holen, wäre es der pure Egoismus gewesen, davon

Gebrauch zu machen. Je düsterer die Lage hier aussah, um so besser für Rosie, wenn sie nur der Gewalt von Wind und Regen ausgeliefert war.

Das war die gute Seite!

Sie verscheuchte den Gedanken und fragte: »Feenie? Ist das wahr?«

»Nicht nach den Buchstaben des Gesetzes vielleicht. Aber Ollershaw hat mich ganz gewiß um einen Batzen Geld betrogen, und letztlich hat Nortrust davon profitiert. Und deshalb fühlte ich mich durchaus im Recht.«

»Könnten Sie das so erklären, daß auch wir bedauernswerte Mitbürger, die an konventionellere Vorstellungen von Recht und Gesetz gebunden sind, es begreifen?« bat Daphne zuckersüß.

Ellie dachte an die Zweifel, die Peter nach wie vor wegen Patrick Aldermann hegte, und fragte sich, ob Daphne solche Gedanken je an sich herangelassen hatte. Und wenn man noch so viel über einen Menschen wußte, es gab doch immer Tabuzonen.

Feenie lieferte einen kurzen, aber prägnanten Bericht ihrer Geschäftsbeziehungen mit George Ollershaw und schloß mit den Worten: »Das ist die ganze Geschichte, Mrs. Aldermann. Sie müssen selbst entscheiden, ob ich Grund zur Klage habe.«

Daphne, die imstande war, lange Warteschlangen an der Supermarktkasse aufzuhalten, um zu diskutieren, ob man ihr zehn Pence zuviel berechnet hatte, nickte mit Nachdruck und sagte: »Das möchte ich meinen! Sie sagen, Sie haben ihn von der Straße abgedrängt? Hätten Sie doch noch ein bißchen gewartet, bis er ausgestiegen war, und ganze Arbeit geleistet!«

»So hätte Granny ihr Geld auch nicht zurückbekommen«, entgegnete Kelly. »Mit meinem Plan hat es geklappt. Ich hatte ausgerechnet, daß Ollershaws kleiner Schwindel Granny einschließlich Zinsen mindestens drei Millionen Pfund gekostet hat, und das ist der Betrag, um den ich Nortrust erleichtert habe. Und ich habe dafür gesorgt, daß alle Spuren zum guten alten

George führen. Je mehr sie wühlen, um so schlimmer wird die Sache für ihn aussehen. Um einen Gefängnisaufenthalt dürfte er nur herumkommen, wenn er den Betrag von seinem persönlichen Sparbuch begleicht.«

»Bravo«, rief Daphne vollkommen bekehrt. »Und die drei Millionen werden zweifellos irgendwie auf das Konto von Liberata wandern, und zwar als waschechte steuerfreie Spende?«

»Genau«, sagte Kelly. »Und ich versichere Ihnen, daß die Behörden größere Chancen haben, Lord Lucan zu finden, als die Spur dieses Geldes bis zur Nortrust zurückzuverfolgen.«

Sie und Daphne lächelten einander jetzt zu wie alte Freundinnen, und Ellie, die den irrationalen Drang verspürte, sich irgendwie dazwischenzudrängen, fragte etwas säuerlich: »Wenn Sie die ganze Sache so perfekt gedeichselt hatten, warum haben Sie dann versucht abzuhauen, als mein Mann Sie geschnappt hat?«

»Ihr Mann? Natürlich. Sie sind die Polizistenfrau. Und um Ihre Polizistenfrage zu beantworten: Es ist etwas passiert. Es hatte nichts mit Nortrust zu tun. Ich mußte an einen sicheren Ort zu Leuten, die mir helfen würden, die Sache zu klären.«

Sie warf ihrer Großmutter einen betretenen Blick zu.

»Ich glaube, diese guten Leute, die durch dein verantwortungsloses Verhalten in Gefahr geraten sind, haben es verdient, die ganze Geschichte zu hören, findest du nicht? Eine Geschichte, von der ich übrigens bis heute nachmittag selbst nichts wußte«, meinte Feenie.

Kelly verzog das Gesicht wie ein Kind, das eine unerfreuliche Aufgabe hinter sich bringen muß, die es lang vor sich hergeschoben hat. Sie gehört zu den wenigen Frauen, deren Schönheit jede Regung überlebt, die sich auf ihrem Gesicht spiegelt, dachte Ellie neidisch. Selbst mit roten Augen und schniefend würde sie die Männer immer noch aufgeilen.

»Granny, es tut mir echt leid«, erwiderte sie. »Wie ich dir gesagt habe, ich hätte es wirklich nicht getan, aber es war ein Notfall. Tut mir leid.«

»Würden Sie bitte aufhören, Reue zu üben, und sich dafür klarer ausdrücken?« brauste Daphne auf. »Ich dachte, diese Nortrust-Geschichte würde die Erklärung dafür liefern, warum wir hier sitzen und auf Gnade und Ungnade diesen Irren ausgeliefert sind. Sie wollen sagen, daß noch etwas anderes im Spiel ist? Etwas Schlimmeres?«

In schlichten, klaren Worten berichtete Kelly nun über die PAL und Fidel Chiquillo, über Popeyes geheimes Waffenlager, den Deal mit den Cojos und die Schießerei im Kielder Forest. Obzwar völlig im Bann der Erzählung, hatte Ellie doch Zeit, die rasche Auflösung der eben erst entstandenen Harmonie zwischen Kelly und Daphne zu beobachten, die die Meinung vertrat, man solle Terroristen – und insbesondere irische Terroristen – an den Eiern aufhängen, bis ihnen der Sack riß.

»Fidel hatte den Verdacht, daß die Cojos versuchen, ihn reinzulegen«, schloß Kelly. »Also brauchten wir einen Plan für alle Fälle. Ich wußte, daß sich kein Mensch mehr in dieses Haus wagt, außerdem war Feenie im Ausland, und ich dachte, wir hätten die Sachen längst wieder fortgeschafft, wenn sie zurückkommt. Aber Fidel war verwundet, das würde einige Zeit dauern, und dann ...«

Sie sah Feenie unsicher an, die ihr mit einem finsteren Blick zu verstehen gab, daß sie fortfahren sollte. »... und ich bekam diese Warnung, ich weiß nicht, von wem, daß es an der Zeit sei zu verschwinden. Und als ich das Fidel sagte, meinte er, es hätte keinen Sinn, dazubleiben und abzuwarten, was noch alles passiert, ich sollte abhauen, zurück nach Südamerika, da könnte ich mich auf jeden Fall nützlich machen und Kontakt zu Freunden aufnehmen, die sich um den Empfang der Waffenlieferung kümmern sollten. Aber unglücklicherweise ...«

»Sind Sie auf dem Snake Pass meinem Mann in die Arme gelaufen«, ergänzte Ellie. »Was für ein Pech für Sie beide.«

»Oh, das würde ich nicht sagen. Ich muß zugeben, ich war völlig baff, als ich erfahren habe, daß er ein Bulle ist. Echt ein toller Typ!«

Kelly lächelte ihr zu, anerkennend, beinahe verschwörerisch.

Wäre diese Bemerkung von einer anderen Frau gekommen, hätte sie vielleicht ihre Eifersucht angestachelt, aber irgendwie faßte Ellie sie einfach als Kompliment auf.

Sie erwiderte das Lächeln, dann sorgte Daphne für eine kleine Abkühlung: »Sie wollen damit also sagen, daß wir hier in der Tinte sitzen, weil Ihr Freund, der Terrorist eine Lkw-Ladung IRA-Waffen hierhergeschafft hat und Sie das Zeug in einem Keller unter unseren Füßen versteckt haben?«

»Stimmt. Aber keine Sorge«, meinte Kelly zuversichtlich. »Die gehen nicht hoch, solange da unten keiner raucht.«

»Ha, ha«, sagte Daphne, die auf die Unterstellung, sie sei furchtsam, mit der Munterkeit einer Pfadfinderführerin reagierte. »Ich habe mich nur gerade gefragt, wie Sie und Ihr verwundeter Freund es geschafft haben, die Waffen auszuladen. Eine ganz schöne Kraftanstrengung, selbst wenn man so drahtig gebaut ist wie Sie.«

Es bedurfte schon eines gewissen Sachverstandes, um eine abfällige Bemerkung über Kellys Figur machen zu können. Vielleicht, dachte Ellie, die in dieser Grenzsituation damit begonnen hatte, altgediente Überzeugungen über Bord zu werfen, vielleicht haben Privatschulen doch etwas für sich.

»Ich hatte Hilfe. Mrs. Stoneladys Sohn.«

Die alte Bäuerin hatte seit ihrer Ankunft so reglos und auch genauso unauffällig dagesessen wie ein Felsen im Gebirge. Jetzt richteten sich aller Augen auf sie – mit Ausnahme Novellos, die die ihren wieder fest geschlossen hatte.

»Mrs. Stonelady?« sagte Feenie ein wenig vorwurfsvoll.

»Ich mach, was von mir verlangt wird, und halt meinen Mund«, erklärte die Frau. »Wenn die meinen Brotpudding nicht vom Herd genommen haben, ist er jetzt hin.«

Eine recht klare Darlegung ihrer Lebensphilosophie und ihrer Prioritäten, dachte Ellie. Jedenfalls wird sie nicht von Selbstzweifeln geplagt!

Wendy Woolley hob die Hand wie ein Schulmädchen und sagte: »Bitte, ich habe eine Frage.«

»Ja?«

»Was ist aus dem Kokain geworden? Und aus Ihrem Freund Fidel?«

Bevor Kelly antworten konnte, hörten sie ein Geräusch an der Tür. Die drei Männer kamen aus dem Keller herauf. Luis trug eine sperrige Lederreisetasche.

Die beiden Cojos diskutierten wie gewohnt äußerst heftig. Sie sprachen aber so leise, daß Ellie nichts mitbekam, und außerdem redeten sie in einer Geschwindigkeit, daß sie mit ihren paar Brocken Spanisch höchstens hier und da mal einen Halbsatz verstanden hätte.

Popeye schien es nicht besser zu ergehen, vielleicht verstand er sogar noch weniger. Ratlos sah er erst den einen und dann den anderen Kolumbianer an, schüttelte den Kopf, als wundere er sich, daß eine derartige Kakophonie überhaupt einen Sinn ergab, nahm einen Schluck Wasser aus der Flasche, die er in der Hand hielt, und ging dann zu den Frauen.

»Alles okay, meine Damen?« fragte er. »Wie wär's mit 'nem Schluck?«

Ellie nahm die Flasche, die er ihnen reichte, wischte den Hals ab und trank. Dann gab sie sie an Feenie weiter.

Sie nahm einen Schluck. »Was haben die beiden?« fragte sie.

»Da mußt du Dolmetscherin bei den Vereinten Nationen sein, um das mitzukriegen«, meinte Popeye. »Aber ich glaube kaum, daß Sie deswegen Ihren alten grauen Kopf anstrengen müssen, Lady.«

Feenie musterte ihn eisig, was Ellie höchst einschüchternd fand, aber der Blick des Iren war schon von der Großmutter zur Enkelin gewandert.

»Ich sehe, du kommst von der Gepäckaufbewahrung«, sagte Kelly vorlaut.

»Deswegen bin ich hier, Mädel. Um zu holen, was mir rechtmäßig zusteht. Das willst du doch nicht bestreiten, oder?«

»Nein. Aber du glaubst doch nicht etwa, daß die beiden dir das Zeug lassen?«

»Warum nicht? Es gehört mir, das wissen sie genau. Wer die Waffen kriegt, müssen Jorge und dein Freund unter sich abmachen, wie heißt er doch gleich? Chiquilla, oder?«

»Chiquillo«, berichtigte ihn Kelly.

»Natürlich. Tut mir leid, Mädel, Sprachen waren nie meine Stärke, ist schon schwer genug, mit Englisch klarzukommen«, meinte Popeye und schenkte ihr ein strahlendes Lächeln, das sie nicht erwiderte. Aber weil wir gerade beim Thema Chiquilla, Pardon, Chiquill*o*, sind: Ich muß dich warnen. Die beiden da sind stinksauer, weil dein Freund nicht hier war, um sie zu begrüßen. Früher oder später werden sie von dir wissen wollen, wo er steckt. Falls du's weißt, würde ich dir ernsthaft raten, lieber gleich mit der Sprache rauszurücken, denn später könnte zu spät sein. Ich tu für dich, was ich kann. Blut ist dicker als Wasser, heißt es immer. Aber die Sache kann auch für dich unangenehm werden, verstehst du. Einer von den beiden Schlägern, die dein Typ umgelegt hat, war Jorges Bruder.«

»Und die beiden Männer, die er umgebracht hat, waren deine Freunde. Um Himmels willen, Onkel Paddy, wie bringst du es fertig, mit diesen Leuten zusammenzuarbeiten, wenn sie deine Freunde ermordet haben?«

»So genau weiß ich das gar nicht. Alles, was ich gehört habe, war eine große Ballerei, und als ich die Augen aufgemacht und gemerkt habe, daß ich nicht im Himmel bin, lagen überall Leichen, und der einzige offiziell Überlebende war unser unaussprechlicher Freund, und das muß doch was zu bedeuten haben. Jorge sagt, er muß es gewesen sein, der das linke Ding geplant hat, und dann hat er klar Schiff gemacht und seine eigenen Leute auch beseitigt. Das leuchtet ein.«

»Nein, tut es nicht, und das weißt du auch ganz genau«, entgegnete Kelly heftig. »Sag mir nur das eine. Hast du Jorge aufgespürt, oder hat er dich gesucht?«

»Sowohl als auch.« Popeye lächelte verschmitzt. »Er glaubt, er hätte mich gefunden, aber ich wollte gefunden werden. Wenn du beinah umgebracht und komplett geneppt worden bist, mußt du dich doch verhandlungsbereit zeigen, wenn einer dir deine Rente wieder beschaffen kann, das siehst du doch auch so? Als Geschäftsfrau, meine ich?«

»Vielleicht. Aber als Geschäftsfrau wäre ich mit meinen langfristigen Investitionen sehr vorsichtig.«

»Tatsächlich? Ich werd dran denken. Und um auf deine langfristige Zukunft zurückzukommen, meine liebe Kansas, wenn Jorge mit seinen Fragen anfängt, würde ich ihm an deiner Stelle reinen Wein einschenken. Das hab ich auch getan. Ich habe ihm alles geschildert, was ich gesehen und gehört habe, während ich den toten Mann spielte, weil ich nicht wußte, was dein Freund anstellt, wenn er merkt, daß ich gar nicht tot bin.«

»Und was hast du da gesehen und gehört, Onkel Paddy?«

»Ich hab gehört, wie er jemanden anrief, dich vermutlich, und darüber sprach, das Zeug im KP zu verstecken, also hier. Und ich sah, wie er sein Hemd auszog. O Gott, sogar in meinem Zustand war das ein schockierender Anblick, wirklich schockierend.«

»Warum?« fragte Kelly und blickte Popeye unverwandt an. »Und was hast du Jorge erzählt?«

Popeye sah ihr in die Augen, dann lächelte er verschmitzt.

»Warum? Es war so eine grauenhafte Wunde, die der arme Kerl hatte, eine tödliche Wunde, würde ich sagen. Ich hielt es kaum aus hinzuschauen. Und das habe ich Jorge gesagt: Wenn dein Freund es überhaupt bis hierher geschafft hat, dann aus purer Willenskraft, und ich kann mir kaum vorstellen, daß er die Fahrt überlebt hat. Ich würde wetten, er ist gestorben, nachdem er hier angekommen war, und du hast die Leiche in eine Decke gewickelt, mit Steinen beschwert und ins Meer plumpsen lassen. Das habe ich Jorge erzählt. Aber es ist noch ein bißchen Überzeugungsarbeit nötig. Kriegst du das hin, Kansas?«

Kelly sah den Iren forschend an, als hoffe sie auf einen zusätzlichen Hinweis.

Dann nickte sie und sagte leise: »Danke, Onkel Paddy. Ich glaube, ich krieg es hin. Paß jetzt gut auf dich auf.«

Es war wie im Theater, wenn ein Stück gegeben wird, *Cymbeline*, zum Beispiel, das konstruiert ist wie ein Weißschwanzgnu, kein Teil paßt zum andern, und du hast keine Ahnung von der Handlung, und du hast die ersten beiden Akte versäumt, und du sitzt hinter einer Säule, und die Leute rundum husten und essen Popcorn.

Was zum Teufel geht hier vor? fragte sich Ellie.

»Mach dir um mich keine Sorgen«, lachte Popeye. »Schwerer totzukriegen als eine Filzlaus auf dem Sack eines Pavians, das sagt man mir im Vatikan nach. He, anscheinend geht's jetzt los.«

Die beiden Cojos waren offenbar zu einer Entscheidung gelangt, und Jorge winkte Popeye mit einer gebieterischen Geste herbei.

Als er wegging, flüsterte Daphne Kelly zu: »Ist er wirklich Ihr Onkel?«

»Strenggenommen, nein. Aber wenn sich zwei Iren begegnen, die miteinander ins Geschäft kommen wollen, dann versuchen sie erst einmal rauszukriegen, ob sie miteinander verwandt sind. Und als mein Papa Paddy vor Jahren kennengelernt hat, haben sie festgestellt, daß ihre Urgroßmütter Cousinen zweiten Grades waren oder so ähnlich, und seitdem ist er für mich Onkel Paddy.«

»Also kein Verwandter von Ihnen, Miss Macallum?«

Feenie machte ein Gesicht wie eine christliche Fundamentalistin, die mit dem Darwinismus konfrontiert wird.

»Ich habe zwar nicht viele Verwandte, auf die ich stolz sein kann«, entgegnete sie säuerlich. »Aber wenigstens kann ich mich rühmen, daß Mr. Ducannon nicht zu ihnen gehört.«

»Komm schon, Granny, so übel ist er nicht«, protestierte Kelly.

»Wie kommt es dann, daß er mit diesen Monstern gut Freund ist?«

»Für mich sieht das gar nicht so freundschaftlich aus.«

Da hatte sie recht.

Popeye sagte ihnen offenbar mit Nachdruck die Meinung, konnte aber Jorge und Luis nicht recht überzeugen.

Sie versuchten zwar, in gedämpftem Ton zu sprechen, aber das mit wachsender Erregung geführte Gespräch wurde unweigerlich immer lauter. Bald wurde klar, daß Popeye sein moralisches Anrecht auf das Kokain geltend machte, und nachdem er seine Schuldigkeit getan hatte, hielt er es offenbar für sein gutes Recht, das Weite zu suchen.

Kluger Schachzug, dachte Ellie. Im kleinen roten Buch der Gesetzesübertretung hieß es, daß vor dem Verbrechen die Zeit dein Freund ist, nach dem Verbrechen aber dein Feind. Oder, einfacher ausgedrückt, plane mit Bedacht, und nimm dann die Beine in die Hand.

Es war aber nicht so einfach, die Beine in die Hand zu nehmen, wenn man eine Menge schwerer Kisten aus dem Keller heraufschleppen und in einen Lastwagen verfrachten mußte. Viel leichter ging das mit einem Koffer voll Koks.

Luis wandte ein, Popeye könne ja schließlich nicht zu Fuß gehen, und sie würden mit ihren Fahrzeugen erst aufbrechen, wenn die Waffen eingeladen seien.

Darauf entgegnete Popeye, rund ums Haus seien mindestens drei Autos geparkt, und er sei durchaus in der Lage, eins davon zu nehmen, vielen Dank.

»Nein. Es ist besser, wenn wir zusammenbleiben«, entschied Jorge. »Wir brauchen dich, du mußt uns mit den Kisten helfen. Dann fahren wir alle gemeinsam ab.«

Rein rational gab das Argument zwar nicht viel her, aber Jorges Tonfall machte deutlich, daß die Diskussion für ihn damit beendet war. Und Popeye, der alte Überlebenskünstler, zuckte die Schultern, lächelte und sagte: »Okay. Kein Problem.«

»Bueno!« rief Jorge mit einem Mal sehr freundlich. »Wir sind hier alle Partner, einverstanden? Warum gehst du nicht mit Luis, und ihr holt den Lastwagen so nah wie möglich ran? Ich fange an, mit diesen zwei starken Männern die Kisten heraufzuholen.«

»Um den Laster zu holen, braucht's keine zwei Leute«, wandte Popeye ein.

»Zum Fahren nicht, aber der Boden ist matschig, und durch

das Wetter wird es noch schlimmer. Vielleicht sollte sicherheitshalber einer vorausgehen. Jetzt steckenzubleiben wäre eine echte Katastrophe, oder?«

»Läßt sich nicht leugnen«, räumte Popeye ein. »Dann gehen wir mal los, Luis.«

Die beiden traten hinaus.

Gleichsam als Signal für ihren Abgang zerriß ein gewaltiger Blitz den östlichen Himmel, und das Fenster schien sich unter dem ersten Regenschwall aufzulösen, den der Wind gegen das Glas peitschte.

Jorge trat an die Scheibe und schaute hinaus, ein Bild wie aus einem alten Horrorfilm, in dem ein verrückter Wissenschaftler versucht, seine Energie direkt aus der Gewalt der Elemente zu ziehen. Als er sich umdrehte, schweifte sein Blick über die am Boden kauernden Frauen, bis er sein Ziel fand. Ellie konnte mühelos feststellen, auf wen er es abgesehen hatte, und auch seine Gedanken zu lesen fiel ihr nicht schwer.

Kelly Cornelius.

Jetzt ist Popeye aus dem Weg. Vielleicht hat er sogar mit Luis abgemacht, den Iren endgültig aus dem Weg zu räumen.

Jetzt würde er sich Kelly vorknöpfen, um den Aufenthaltsort des so schwer zu fassenden Chiquillo herauszubekommen. Und an der Intensität seines Blicks erkannte Ellie, daß ihn bei der Befragung nicht nur Rachsucht beseelen würde, sondern noch ein Verlangen anderer Art. Bisher hatte sich in die unaufhörlichen Bedrohungen, denen sie seit dem ersten Schuß auf der Terrasse ausgesetzt waren, kein sexuelles Moment gedrängt. Aber wie sie an seinem glänzenden Blick und der Schwellung zwischen seinen Beinen erkannte, war es damit nun vorbei.

Verrückterweise packte sie in diesem Augenblick eine unheimliche Wut auf Kelly. Warum zum Teufel mußte sie so verdammt attraktiv sein? Das Verhalten dieser Männer zeigte deutlich, daß sie es eilig hatten, sie wollten ihre Beute einladen und diesem gottverlassenen Winkel so rasch wie möglich den Rükken kehren. Axness mußte auf sie wirken wie eine Falle kurz vor dem Zuschnappen. War Jorge wirklich so scharf darauf herauszubekommen, wo Chiquillo steckte, daß er sich noch lange hier aufhalten würde? Vermutlich nicht. Die Jagd nach Chiquillo hatte Zeit, sofern er überhaupt noch lebte. Aber Kelly zu verhören würde für Jorge das reine Vergnügen sein, und nicht nur ein Mittel zum Zweck. Kelly würde nichts preisgeben ... und daß sie sich wehrte, würde ihm gefallen. Sie erinnerte sich, wie rücksichtslos er mit Daphne und Novello umgesprungen war. Wenn er mit Kelly fertig war, würde sie wahrscheinlich tot sein.

Und wenn er erst einmal eine von ihnen umgebracht hatte, dann waren die anderen doch nur noch gefährliche Zeuginnen.

»Du«, sagte Jorge zum kleinen Ajax. »Behalt sie im Auge. Wenn sie sich rühren, schieß.«

Und zum großen Ajax sagte er, auf Kelly deutend: »Bring sie her.«

Im Vertrauen darauf, daß seine Befehle ausgeführt wurden, ging er zur Tür.

Der große Ajax setzte sich in Bewegung.

Hastig stand Ellie auf. In ihrem Kopf wirbelten die Bilder durcheinander. Horatius beim Sprung auf die Brücke, Spartakus, der den Leiter der Gladiatorenschule angriff, Lytton Strachey, der vor Gericht erklärte, wenn ein gemeiner Hunne sich anschicke, seine Schwester zu vergewaltigen, würde er sich mit seinem Körper dazwischenwerfen.

Warum sollten immer die Männer die besten Rollen bekommen?

»Nein«, sagte sie.

Sie wußte nicht, was sie erwartete, außer Unterstützung natürlich. Horatius hatte seine beiden Gefährten, Spartakus hatte eine Armee aufständischer Sklaven hinter sich, selbst Strachey konnte wahrscheinlich ein rasch unterdrücktes Lachen ernten.

Sie aber bekam nur einen Verweis von der Oberlehrerin Feenie.

»Ellie, sei nicht albern. Setz dich hin!«

Gewiß, Daphne machte symbolisch Anstalten aufzustehen,

aber als Feenies Hand ihre Schulter niederdrückte, leistete sie keinen Widerstand. Wendy hielt Kopf und Augen gesenkt wie ein grasendes Schaf, Mrs. Stonelady schien gar nicht zu bemerken, daß irgend etwas Außerordentliches vor sich ging. Nur Kelly stand auf, sah ihre Großmutter an, lächelte und sagte: »Ist schon gut, Ellie. Mir passiert nichts.«

»Nichts? Nein! Wir können das nicht zulassen!« rief Ellie.

Und als der große Ajax den Arm ausstreckte, um Kelly zu packen, griff Ellie zu und bohrte ihre Zähne in seinen Handballen. Aus den Abenteuerbüchern ihrer Kindheit hatte sie in Erinnerung, daß eine solche Attacke den Gegner auf so schmerzhafte Weise ablenkte, daß eine wendige Heldin Zeit zur Flucht fand.

Der große Ajax hatte anscheinend andere Bücher gelesen. Er riß sich los und schlug ihr mit solcher Wucht ins Gesicht, daß sie gegen das Fenster flog. Dann packte er Kellys Arm, und sie ließ sich widerstandslos durch die Tür ziehen.

Ellie richtete sich auf. Der Sturm draußen schien in ihrem Kopf zu toben. Die Blitze, die jetzt unaufhörlich niederfuhren, ließen das Fenster so hell aufleuchten, daß der über das Glas strömende Regen rot wie Blut aussah.

Als sie ein wenig klarer im Kopf wurde, sah sie, daß es tatsächlich Blut war, ihr Blut, und zwar auf der Innenseite des Fensters.

Sie griff sich an die Nase, die höllisch weh tat, und wandte sich, in der Erwartung, schuldbewußte Gesichter zu sehen, ihren hasenherzigen Gefährtinnen zu.

»Jetzt passen wir ja prima zusammen«, meinte Daphne, nicht frei von Genugtuung. »Vielleicht bekomme ich nun endlich ein bißchen Mitgefühl.«

SECHZEHN

Ein Palomino-Pony

Onkel Paddy…

Popeye…

Das Stehaufmännchen…

Patrick Ducannon war es egal, wie ihn die Leute nannten, solange sie immer gehörigen Abstand von der Wahrheit hielten.

Er war ein Überlebenskünstler, das war gewiß ein Teil der Wahrheit, aber daß er es immer wieder schaffte, dem Tod von der Schippe zu springen, war wiederum nur ein Teil von jenem Teil. Glück zu haben war nicht übel, aber schon zu Beginn seiner Laufbahn als Freiwilliger hatte er eingesehen, daß in seiner Profession ein Mann, der sich nur auf sein Glück verließ, bald vom Glück verlassen wird. Es konnte jedoch nicht schaden, die Welt in dem Glauben zu lassen, daß er tatsächlich ein Glückskind war, denn das lenkte sie von anderen Möglichkeiten ab.

Da war zum Beispiel die Frage seiner sprachlichen Fähigkeiten. In Wirklichkeit besaß er ein ausgezeichnetes Ohr für Sprachen und konnte sich auf spanisch ohne Probleme verständigen, aber er sah keinen Grund, die Leute wissen zu lassen, daß er mehr als ein paar Brocken beherrschte – nicht einmal, wenn diese Leute zufällig seine »Nichte« und deren Freund Chiquillo waren, und ganz sicher nicht, wenn sie Jorge Casaravilla und Luis Romea hießen.

Mitzukriegen, was die Leute sagten, wenn sie glaubten, daß

man als Zuhörer keine Gefahr darstellte, konnte sich als sehr nützlich erweisen, um die guten Gaben seiner Glücksfee zu verlängern.

Folglich wußte er zweifelsfrei, was Kelly ahnte: daß nämlich die beiden Cojos ebenso wenig geneigt waren, ihn mit einer Tasche Koks ziehen zu lassen, wie er die Absicht hatte, sich dem Oranier-Orden anzuschließen.

Die Frage war nur, wann und wo sie versuchen würden, ihn loszuwerden. Jorge hätte ihn im Kommandoposten vor den Frauen erschossen, kein Problem, aber Luis meinte, es sei besser, wenn er einfach verschwand, keine Zeugen, keine Leichen. Dann konnte niemand die Behauptung widerlegen, er sei mit der Kokstasche abgehauen, und es würde keinen Grund geben, das Drogengeld an die unzähligen *manazas,* die »großen Hände« zu verteilen, die im dunklen Strudel der politischen Schutzzone rund um die Cojos geschmiert werden mußten.

Das waren gute Gründe, und Jorge hatte sich überzeugen lassen. Popeye hingegen hatte das Gefühl, daß Luis zwar mit Sicherheit keine Skrupel kannte, wenn es um seinen Vorteil und seine Sicherheit ging, aber keineswegs zu den Leuten gehörte, die wie Jorge gegen Gewalt als Mittel zum Zweck nichts einzuwenden hatten oder sogar eine ausgesprochene Begeisterung dafür zeigten. Wenn er, Popeye, jetzt die Gelegenheit nutzte, ein Wörtchen mit dem Mann zu reden, und ihm sagte: »Hör mal, ich hab's mir überlegt, alles in allem wäre ich vermutlich besser dran, wenn ich aus dem Projekt aussteige, also werde ich folgendes tun: Ich schnapp mir eins der Autos von den Frauen und mach die Fliege, und du und Jorge, ihr könnt mit dem Zeugs dahinten machen, was ihr wollt, okay?«, würde er nicht unbedingt einen Streit vom Zaun brechen.

Andererseits würde er dann mit leeren Händen abziehen, während er doch eigentlich mit seiner Rente heimkehren wollte. Auf die Dauer war das sehr ermüdend, und er hatte es schon ein bißchen zu oft erlebt. Auch hatte er das Gefühl, einen Platz an der Sonne verdient zu haben, und zwar in einem Land, in dem

Grün und Orange nur die Farben des Laubs und der Früchte in seinem Garten waren.

Sollte er also ein Wörtchen mit Luis reden oder nicht? Aber im Grunde stellte sich diese Frage im Augenblick gar nicht, denn hier, mitten im tosenden Sturm, wäre jedes Wort, ob laut oder leise, Kraftverschwendung gewesen. Das einzig Gute war, daß sie den Sturm im Rücken hatten und landeinwärts getrieben wurden wie zwei Ruderboote, die, weit draußen auf dem Meer von einem Unwetter überrascht, mit solcher Geschwindigkeit und so unkontrollierbar in Richtung Ufer geschleudert werden, daß die Ruderer nicht wußten, ob die Brecher dort an der Küste ihre Rettung oder ihren Tod bedeuteten.

Nicht gerade ein tröstlicher Gedanke für einen gut katholischen Jungen, der schon länger nicht mehr die Messe besucht hatte, als einem gut katholischen Junge in seinem Gewerbe ratsam erscheinen mochte.

Aber der Sturm beeinflußte nicht nur sein Denken, er bewirkte auch merkwürdige Veränderungen auf dem Gelände, das sie überquerten, und verwandelte den verwilderten, weitläufigen, aber doch konventionellen Garten, den sie vor nicht allzulanger Zeit durchschritten hatten, in eine Art Amazonasdschungel. Plötzlich fiel ihm die Engländerin ein, die Frau des Polizisten, die auf der Terrasse gepinkelt hatte. Sie hatte doch ihre kleine Tochter erwähnt, die jetzt bei dem Wetter draußen herumlief. Er hoffte, daß das Kind irgendwo Unterschlupf gefunden hatte. Die Mutter mußte sich ja zu Tode ängstigen. Andererseits, wenn sie vernünftig war, und so sah sie eigentlich aus, dann war ihr bestimmt klar, daß die Kleine hier draußen im Regen immer noch besser dran war als drinnen im Warmen bei dem bösen, gemeinen, skrupellosen Jorge, der zweifellos nicht alle Tassen im Schrank hatte. Durch den peitschenden Regen und die wogenden Büsche erspähte er Lichter, und vor Schreck blieb ihm beinah das Herz stehen, bis ihm klar wurde, daß es die Fenster des Hauses sein mußten. Die Frauen hatten dort einen vergnüglichen Abend verbracht, gegessen, getrunken und über die unausdenklichen Dinge gelacht, über die Frauen lachen, wenn sie unter sich sind. Dann war Jorge hereingestürmt wie Cromwell und seine Armee in Drogheda, und mit dem Lachen war es vorbei gewesen. Im Haus hatte es gut nach Essen gerochen, und bei der Erinnerung daran merkte Popeye, daß er einen Bärenhunger hatte. Vielleicht konnten sie sich ja mit den Resten des Festmahls den Bauch vollschlagen. Er zupfte Luis am Ärmel und wies gestikulierend erst auf seinen Mund, dann auf das Haus; aber der Kolumbianer schüttelte den Kopf und bog nach rechts zu den Nebengebäuden ab, wo sie den Mercedes und den Lastwagen abgestellt hatten.

Popeye schüttelte den Kopf über diesen neuerlichen Beweis lateinamerikanischer Beschränktheit und folgte ihm. Ein dickes Sandwich und ein Becher Kaffee, großzügig aufgefüllt mit gutem irischen oder notfalls auch englischem Whisky, konnte ein Mann in einer so grausamen Nacht gut vertragen, das mußte doch sogar Luis kapieren? Hatte der arme Schlucker denn einen solchen Heidenrespekt vor Jorge, daß er glaubte, seine Befehle buchstabengetreu ausführen zu müssen?

Mißmutig folgte er Luis in die verfallene Scheune, wo der Lastwagen versteckt war, und seine freudlosen Überlegungen nahmen ihn so in Anspruch, daß es eine Weile dauerte, bis er kapierte, daß seine Frage schon beantwortet war. Jorges Befehl war Gesetz.

Luis stand neben dem Lastwagen, und seine Automatikknarre richtete sich genau auf Popeyes Kopf.

»Jetzt aber mal langsam«, protestierte der Ire. »Das soll wohl ein Witz sein? Laß die Blödeleien, bringen wir lieber den Laster zum Pavillon runter.«

»Bleib stehen!« befahl der Cojo.

»Ich stehe ja schon, ich stehe. Hör zu, wenn es um den Koks geht, vergiß es. Ich wollte dir sowieso gerade einen Vorschlag machen. Das einfachste wäre doch, ich schnappe mir eins der Autos von den Frauen und verschwinde hier. Mehr will ich gar nicht. Ich wäre ja gar nicht hergekommen, wenn Jorge mich nicht aufgespürt und mir die Pistole auf die Brust gesetzt hätte, das weißt du so gut wie ich. Ich bin nur ein einfacher Geschäftsmann, der mal mehr, mal weniger verdient und seine Verluste abschreibt. Den Koks hatte ich schon abgeschrieben, als Jorge mich aufgestöbert hat. Er besitzt eine seltene Überredungsgabe, aber das heißt nicht, daß er immer recht hat. Also, was meinst du? Mach eine Minute die Augen zu, und fort bin ich. Du kannst deinem Boß sagen, daß ich in die Nacht hinausgerannt bin, und eine verrücktere Nacht kann man sich doch kaum wünschen, um abzuhauen?«

Seine Worten stießen nicht auf taube Ohren, das sah er. Er hatte Luis richtig beurteilt. Wie er selber auch war der Mann kein geborener Killer. Wahrscheinlich war auch er bloß durch Zufall in dieses Gewerbe hineingerutscht, hatte einfach den nächstbesten Weg eingeschlagen, weil keiner der Wege, die ihm offenstanden, besonders verlockend wirkte.

Er lächelte dem Mann beinahe liebevoll zu und glaubte schon eine Reaktion in seinen Augen zu sehen.

Dann ertönte ein Geräusch wie ein nicht zu unterdrückendes Husten in der Messe während der Elevation von Hostie und Kelch, und es war, als hätten die rosigen Finger der Morgenröte die Brust des Kolumbianers berührt und sein Herz durchbohrt.

Er schien sogar zu lächeln, oder vielleicht verzog er auch nur sterbend das Gesicht. Dann seufzte er tief, und Luis Romea, dessen Vater Rinder und schöne Pferde gezüchtet hatte auf den *Llanos* nahe dem Orinoko, der dort in einem mächtigen Bogen dem fernen Atlantik entgegenströmt, Luis Romea, der davon geträumt hatte, den prächtigen Waffenrock und die leuchtenden Tressen eines Armeeoffiziers zu tragen, bis die Schwindsucht seinen linken Lungenflügel befiel, so daß er leichte Beute für die Werber der Cojos wurde, denn für einen jungen Mann schien die Geheimpolizei doch nur ein Zweig des öffentlichen Dienstes zu sein, aber der Dienst, den er tat, bereitete ihm später viele schlaflose Nächte, in denen er mit feuchten Augen wach lag und an einen kleinen Jungen dachte, der auf einem Palomino-Pony durch das hohe Gras der Ebene imaginäre Kavallerieattacken ritt, um belagerten Städten Rettung und Gerechtigkeit zu bringen – dieser Luis Romea, der ein guter Mensch hätte werden können, hörte sein Pony irgendwo in der Nähe wiehern, schloß die Augen und starb.

Popeye Ducannon wirbelte herum, sah die hagere Gestalt mit dem dünnen Schnurrbart im Ladefenster des Heubodens über ihm und rief: »Bist du das? Ich hab mir gedacht, daß du in der Nähe bist. Warum zum Teufel hast du das getan? Er hätte mit sich reden lassen!«

»Zu lange brauchtest du. Zudem ist's einer weniger. Komm jetzt, denn andre nahen schon. Komm fort. Komm fort.«

Nach einem letzten wehmütigen Blick auf den Toten, der vor dem Lastwagen lag, kletterte Popeye einen Schotterhaufen hinauf und folgte seinem Retter durch das Fenster in die stürmische Dunkelheit.

Zwei Minuten später war die Geduld der kleinen Truppe, die die Scheune belagerte, erschöpft, und sie beschlossen, die Lage zu erkunden.

Sempernels Leute, Cynthia und Jacobs, die vorangingen, duckten sich im Tor und leuchteten mit ihren Taschenlampen die finsteren Ecken aus.

»Scheiße«, sagte Jacobs, als er die Leiche sah. »Gib mir Feuerschutz.«

Kurze Zeit später kam Cynthia heraus und sagte zu den dreien, die sich gegen die Wand drückten: »Alles klar. Ein Toter. Romea. Keine Spur von Ducannon.«

Wenn es ein Zeichen von Größe ist, auf jedes Ereignis zu reagieren, als habe man es sowohl vorausgesehen als auch erhofft, dann war Sempernel ein großer Mann.

»Hervorragend«, sagte er, betrat die Scheune und betrachtete den Erschossenen. »Die Diebe streiten um die Beute. Das kommt uns wunderbar zupaß.«

Halb wütend, halb verwundert schüttelte Pascoe den Kopf.

»Das kommt uns wunderbar zupaß«, äffte er ihn nach.

»Könnten Sie das mal näher erklären? Nein, sparen Sie sich die Mühe. Andy, wir haben eine verwundete Beamtin, Ellie ist Geisel, und jetzt haben wir auch noch eine Leiche. Ist es nicht an der Zeit, daß wir die Sache selbst in die Hand nehmen, statt auf diesen Idioten hier zu hören?«

Er meint nicht *uns*, dachte Andy Dalziel, der die Angst und Verzweiflung in Pascoes Stimme wahrnahm, er meint mich. Er will, daß ich ein Kaninchen aus dem Hut zaubere. Nur hab ich in meinen Hut geschaut und nichts gefunden außer Kaninchenscheiße.

Wenn es nichts Persönliches gewesen wäre, wenn Ellie nicht zu den Geiseln im Pavillon gehört hätte, dann hätte er vermutlich gesagt: »Hör zu, mein Junge, du hast dich doch vor der Arbeit gedrückt und an diesem Kurs über Verhandlungen mit Geiselnehmern teilgenommen. Warum wirfst du nicht mal einen Blick in deine Notizen und sagst uns, was wir jetzt tun sollen?«

Aber Sarkasmus half jetzt nicht weiter. Dalziel wußte, was er hätte tun sollen. Er hätte irgendwie mit der Einsatzzentrale von Mid-Yorkshire Kontakt aufnehmen und sämtliche verfügbaren Spezialeinheiten auf schnellstem Wege nach Gunnery House beordern müssen. So hätte er jedenfalls vermeiden können, daß diese Geschichte häßliche Flecken auf seiner Weste hinterließ. Aber schon als kleiner Junge hatte er trotz aller Ermahnungen seiner Mutter wenig von Sauberkeit gehalten und nie eingesehen, warum er nach einem Taschentuch greifen sollte, wenn der Ärmel seines Pullovers doch so viel praktischer war.

Er blieb stehen, hob die Baseballkappe des Toten auf und plazierte sie auf seinem Kopf, wo sie lag wie ein Teekannenwärmer auf dem Ben Nevis.

»Schön«, sagte er. »Offensichtlich warten sie auf einen Laster. Bringen wir ihnen doch einen. Springt auf die Ladefläche.«

»Superintendent, das ist Unfug«, erklärte Sempernel. »Ich verbiete es Ihnen.«

»Und wie wollen Sie es verhindern? Mich erschießen? Pete, kommst du?«

»Ja, aber nicht auf der Ladefläche«, sagte Pascoe und pflückte dem Dicken die Kappe vom Kopf. »Mich kann man am Steuer leicht für den Kerl hier halten. Du hast dafür einfach nicht die richtige Statur. Tut mir leid.«

Er wartete die Antwort nicht ab, sondern kletterte ins Führerhaus. Dalziel versuchte gar nicht erst zu widersprechen, sondern klappte die Luke herunter und kletterte mit erstaunlicher Behendigkeit in den Laderaum.

»Gut«, sagte er. »Steigt noch jemand zu, gleich geht's rund!«

Die beiden Agenten blickten auf ihren Boß, der wieder einmal seine Fähigkeit unter Beweis stellte, den Wind zu reiten, selbst wenn er stürmte und toste.

Wohlwollend lächelnd sagte Sempernel: »Sieht aus, als würden Sie hier die Entscheidungen treffen, Superintendent. Kommt, ihr beiden. Helft mir hinauf.«

Geschoben von seinen Untergegebenen, während ihn Dalziel hinaufzerrte, stieg Sempernel mühsam ein, um in die Schlacht zu ziehen.

SIEBZEHN

Eine offizielle Beschwerde

Ellies Nase war nur angebrochen, wie Feenie feststellte, als sie mit sachkundigem Griff daran wackelte.

»O Gott!« schrie Ellie. Wie man sich mit richtig gebrochener Nase fühlte, wollte sie sich lieber nicht vorstellen.

Das Angebot, mit Mrs. Stoneladys Salbe behandelt zu werden, schlug sie nicht aus, denn wann bot sich schon mal die Gelegenheit, in den Genuß eben jener Salbe zu kommen, die angeblich unter den Mauern von Troja so gute Dienste geleistet hatte – obwohl angesichts der tiefen Fleischwunden, zersplitterten Knochen und hervorquellenden Eingeweide, die Homer schildert, der Anblick Achills' mit einem kleinen Gefäß voll klebrigem Zeug nicht besonders tröstlich gewesen sein konnte.

Die Salbe verströmte einen durchdringenden scharfen Geruch (gut, ihr Riechorgan funktionierte also noch) und brannte zunächst ein bißchen, entfaltete aber bald eine angenehm schmerzstillende Wirkung.

Während sie auf diese Weise verarztet wurde, war sie froh, daß sie fürs erste von der Vorstellung abgelenkt wurde, was unterdessen mit Kelly passierte, lauschte aber dennoch angestrengt. Doch es waren keine Schreie zu hören, oder sie waren nicht laut genug, um den Sturm zu übertönen, der mit unverminderter Heftigkeit gegen das solide Glas hämmerte.

Daß sie nichts hörte, erschien ihr allerdings wenig tröstlich.

Vielleicht hatte Jorge Kelly in den Keller gebracht oder sie einfach geknebelt, was jedoch widersinnig erschien, wenn er Informationen über den verschwundenen Chiquillo aus ihr herauspressen wollte.

»Was unternehmen wir wegen Kelly?« flüsterte sie Feenie zu, als die alte Frau den Salbenverband kritisch unter die Lupe nahm.

»Was in unserer Macht steht«, erwiderte Feenie und warf einen vielsagenden Blick auf den kleinen Ajax. Er hatte auf dem wackligen Stuhl Platz genommen, dessen Beine sich unter der Last spreizten wie die eines Gewichthebers beim Stemmen. »Und möglichst ohne weitere dilettantische Heldentaten, wenn ich bitten darf.«

Ellie wurde so wütend, daß sie einen Augenblick ihre Schmerzen vergaß. Daß ihr Akt des Widerstands keine Unterstützung gefunden hatte, war schlimm genug, aber dafür auch noch getadelt zu werden schlug dem Faß den Boden aus.

»In Gottes Namen«, zischte sie. »Wir können doch nicht hier rumsitzen...«

»Doch, können wir«, unterbrach sie Feenie. »Wir können hier sitzen wie begossene Pudel. Wir wollen erst einmal unseren Freund hier an die Vorstellung gewöhnen, daß wir als Gruppe keine Bedrohung darstellen. Dann wird er gar nicht erst auf die Idee kommen, daß ein einzelnes Mitglied der Gruppe auch nur im mindesten gefährlich werden könnte.«

Für Ellie hörte sich das an wie blanker Defätismus. Sie wollte schon eine wütende Antwort geben, hielt sich dann aber zurück. Feenie war alt. Jetzt sah Ellie zum ersten Mal, wie alt. Sie hatte in ihr stets die unerschrockene Kämpferin gegen das Unrecht auf der Welt gesehen, so daß das Bild der alten Stadtstreicherin, das andere wahrnahmen, sie wie ein Schock traf. Schlimmer noch, ihr zerfurchtes, eingesunkenes Gesicht war jetzt tränenverschmiert, und ihr ganzer Körper wirkte verfallen wie ein ausgeschlachtetes Bergwerk, dessen Abstützungen verrottet sind.

Wendy Woolley legte schützend den Arm um Feenie und drückte ihren Kopf an ihre Schulter. Dabei warf sie Ellie einen zornigen, vorwurfsvollen Blick zu und flüsterte dann der alten Frau tröstende Worte ins Ohr. Nach einer Weile gab Feenie Antwort, aber so leise, daß Ellie nichts verstand. Dann richtete Wendy ihren Blick auf Ajax, hob auch diesmal die Hand wie im Klassenzimmer und murmelte: »Entschuldigung.«

Entweder merkte er es nicht, oder er zog es vor, wie ein sadistischer Lehrer auf seinem Stuhl zu thronen und sie nicht zu beachten.

»Entschuldigen Sie, bitte«, wiederholte sie etwas lauter.

Jetzt war er auf sie aufmerksam geworden. Sie merkten das, weil er die Pistole, die locker in seiner Hand gebaumelt hatte, nun auf sie richtete.

»Miss Macallum muß auf die Toilette«, erklärte Wendy.

Der kleine Ajax starrte sie verständnislos an. Kapierte er es nicht? fragte sich Ellie. Wollte er es nicht kapieren? Hatte er Sprachprobleme? Kam er von einem anderen Stern? Oder war er einfach strunzdumm?

Da griff Wendy auf jenen Sprachmodus der Mittelklasse zurück, der für all diese Widrigkeiten Abhilfe bot.

Überlaut und deutlich sagte sie: »Alte Frau muß auf Toilette. Du verstehen, Toi-let-te? Müssen. Pipi. Verstehen Pipi?«

Der kleine Ajax schüttelte den Kopf. Ob er damit andeuten wollte, daß er Pipi nicht verstand oder daß es ihm völlig egal war, blieb unklar.

Wendy erhob sich langsam und half der kraftlosen alten Dame auf.

»Toilette«, sagte sie entschlossen und deutete auf die Tür. »Pipi.«

Jetzt begriff der kleine Ajax allmählich, zeigte sich aber unbeeindruckt. Ärgerlich schüttelte er den Kopf und fuchtelte bedrohlich mit seiner Waffe.

»Es ist dringend«, erklärte Wendy und setzte sich in Bewegung.

Ellie hatte den Eindruck, daß er tatsächlich erwog, Wendy zu erschießen, sich dann aber damit zufriedengab, seinen abschrekkenden Körper zwischen den beiden und der Tür zu plazieren.

Wendy nötigte die alte Frau, noch einen Schritt zu tun, blieb dann stehen, betrachtete die Waffe, die sich jetzt zielgenau auf ihre Brust richtete, und sagte: »In Ordnung. Aber sie muß mal. Dann da drüben in der Ecke.«

Während sie sprach, führte sie eine kleine Pantomime vor, die einerseits deutlich, andererseits aber auch so diskret wie möglich war.

Meine Güte, dachte Ellie und erinnerte sich, was sie selbst auf der Terrasse erlebt hatte. Was für unwürdige Dinge uns unser eigener Körper aufzwingt!

Das Gesicht des kleinen Ajax gab außer der Aggressivität, die anscheinend sein natürlicher Ausdruck war, kaum eine Gefühlsregung preis, aber als er jetzt zustimmend nickte, zeigte sich in seinem Blick beinahe so etwas wie Erleichterung über den erreichten Kompromiß.

Wendy führte Feenie in die Ecke am Fenster, die am weitesten von den anderen entfernt war. Feenie ging in die Hocke. In einem letzten verzweifelten Versuch, etwas Würde zu bewahren, gab sie Wendy zu verstehen, sie solle weggehen. Wendy kehrte um, blieb aber auf dem Rückweg bei ihrem Bewacher stehen und machte ihm klar, er solle nicht hinsehen, indem sie pantomimisch die Augen bedeckte. Beinahe schamerfüllt wandte sich der kleine Ajax ab.

Wendy tat noch einen Schritt, dann blieb sie wieder stehen, drehte sich um und sah ihn voller Entrüstung an.

»Ich möchte Ihnen nur sagen, daß dieses unsägliche Verhalten ein Nachspiel haben wird«, empörte sie sich. »Ich werde die erste sich mir bietende Gelegenheit ergreifen, an meinen Parlamentsabgeordneten zu schreiben und im Namen von Miss Macallum und in unser aller Namen eine offizielle Beschwerde einzureichen. Lassen Sie sich gesagt sein, daß jede weitere Unannehmlichkeit, die wir erdulden müssen, der ohnehin bereits umfangreichen Liste von Beschwerdepunkten hinzugefügt wird. Haben Sie mich verstanden, guter Mann?«

War die Frau jetzt komplett übergeschnappt? fragte sich Ellie. Ihr eigener Heroismus mochte sinnlos gewesen sein, aber dieser Auftritt war absolut surrealistisch!

Dann sah sie, was ihr zuerst nicht aufgefallen war, weil Wendy sie ganz in den Bann gezogen hatte.

Feenie hatte sich aufgerichtet und in Bewegung gesetzt. Doch sie war nun nicht mehr die bemitleidenswerte, gebrechliche Alte, vielmehr hatten ihr Gang und ihre Miene etwas Raubtierhaftes.

Auch der kleine Ajax stand ganz im Bann der zeternden Wendy, aber etwas an der Atmosphäre oder in den Blicken der anderen machte ihn offenbar stutzig.

Langsam drehte er sich um.

Da griff Wendy Woolley an. Sie sprang vor, stieß ihm ihr Knie in den Schritt (meine Taktik! dachte Ellie), packte die Hand mit dem Revolver am Gelenk und verdrehte es.

Automatisch drückte der kleine Ajax ab. Ein Kugelhagel prasselte gegen das Fenster. Das Glas splitterte rund um die Einschlaglöcher, brach aber nicht. Jemand schrie. Ellie wäre keine Wette eingegangen, daß nicht sie selbst geschrien hatte. Dann wurde ihr klar, daß es wohl Wendy gewesen war. Aus ihrem Oberschenkel strömte Blut. Anscheinend war sie von einem Querschläger getroffen worden. Sie ließ den Cojo nicht los, aber der kleine Ajax nutzte seine Chance und schleuderte sie beiseite. Sie landete neben dem Fenster auf dem Boden. Obgleich er sich vor Schmerz krümmte, richtete er seine Waffe auf ihren Kopf. Ellie stand immer noch wie unter Schock, weil alles so schnell gegangen war, ein Zustand, über den sie früher gespottet hatte, er sei eine gute Entschuldigung für die Untätigen. Aber selbst wenn ihr Körper ihr sofort gehorcht hätte, wäre es ihr wohl kaum gelungen, so schnell ihren Hintern hochzukriegen, um noch etwas ausrichten zu können.

Aber Feenie konnte es schaffen, und sie schaffte es.

Es war saubere Arbeit, undramatisch und tödlich.

Ihr linker Arm schloß sich um den Stiernacken des kleinen Ajax, ihre rechte Hand packte seinen Unterkiefer, dann folgte eine abrupte Drehung und ein Knacksen. Als sie zurücktrat, sackte der Kolumbianer in sich zusammen und krachte auf den wackligen Stuhl, der sich endgültig in Feuerholz verwandelte.

»Ach je«, sagte Daphne mit großen Augen. »Und ich habe mit ihr wegen Geld gestritten.«

Ellie war jetzt aufgesprungen, um Wendy Woolley beizustehen. Aber deren Reaktion war in ihrer Art ebenso erstaunlich wie Feenies Intervention. Statt dazuliegen und sich den Schmerz zu verbeißen, bis jemand ihren blutenden Schenkel versorgte, war sie zu der Pistole gekrochen, die der kleine Ajax hatte fallen lassen, entfernte mit sachkundigem Griff das Magazin und überprüfte es. Das Ergebnis schien sie nicht gerade zu begeistern, und sie begann die Kleidung des Toten zu durchsuchen.

Wie Ellie aus persönlicher Erfahrung wußte, war keine besondere Schulung nötig, um einem Mann in die Eier zu treten, aber das sah verdächtig professionell aus.

Das fand Feenie auch.

»Ich hatte schon angefangen, mir über Sie Gedanken zu machen, meine Liebe«, meinte sie. »Was sind Sie eigentlich? Ein Spitzel?«

»Ich schlage vor, daß wir das später diskutieren«, erwiderte Wendy. »Scheiße. Der Idiot hat keine Reservemunition bei sich. Und in diesem Magazin ist nur noch ein Schuß. Gute Voraussetzungen für ein Pokerspiel.«

»Ich bin mehr für Rommé. Mrs. Aldermann, wären Sie so nett, an der Tür zu horchen und zu schreien, wenn Sie was hören? Ich glaube zwar nicht, daß sie etwas gemerkt haben. Wenn wir nicht mitbekommen, was unser Freund Jorge treibt, dann kann er uns sicherlich auch nicht hören. Lassen Sie uns mal Ihr Bein anschauen, Mrs. Woolley. Ellie, holst du bitte den Verbandskasten?«

Sie schnitt Wendys Rock auf und untersuchte die Wunde. »Glücklicherweise mehr der Hintern als der Oberschenkel«, sagte sie dann. »Ich sehe da etwas Metallisches. Am besten holen wir es raus. In dem Kasten müßte eine Pinzette sein, Ellie. Danke. Würde es Ihnen etwas ausmachen, die Pistole wegzulegen, Mrs. Woolley? Es wäre mir jetzt nicht angenehm, mit unserer einzigen Kugel erschossen zu werden, und das hier könnte ein bißchen weh tun.«

Nach dem Schweiß zu urteilen, der Wendy übers Gesicht lief, mußte es sogar ziemlich weh tun, aber abgesehen von einem Keuchen ertrug sie die Schmerzen schweigend.

Zuletzt trug Feenie die Achillessalbe auf, verband die Wunde und verkündete fröhlich: »Wenn das so weitergeht, brauchen wir bald Nachschub von Ihrer Salbe, Mrs. Stonelady.«

Die alte Bäuerin hatte unterdessen den leblosen Ajax begutachtet.

»Also der ist hin«, urteilte sie schließlich. »Dem haben Sie's gegeben, Missus.«

»Ich weiß«, sagte Feenie. »in meiner Jugend hätte ich ihn auch einfach bewußtlos schlagen können, aber in meinem Alter sind die Alternativen begrenzt, fürchte ich. Da heißt es alles oder nichts, und unter den gegebenen Umständen mußte ich aufs Ganze gehen.«

Von der Tür her meldete sich Daphne: »Dieser deutsche Offizier, der Sie gestört hat, als Sie ... Sie haben uns noch gar nicht erzählt, wie das ausgegangen ist.«

Feenie grinste.

»Ziemlich ähnlich, meine Liebe. So, wie dieser Kerl hier das Alter unterschätzte, hat der arme Fritz Nacktheit mit Harmlosigkeit verwechselt. Aber jetzt ist nicht der rechte Zeitpunkt, um Erinnerungen nachzuhängen. Mrs. Woolley, oder wie immer Sie heißen mögen, wo stecken Ihre Leute?«

Wendy versuchte keine Ausflüchte.

»Sie können nicht weit sein«, antwortete sie, »sie haben das Haus beobachtet.«

»Wie viele?«

»Nur drei.«

»Großartig. Zum ersten Mal in meinem Leben wünsche ich mir, daß hier Heerscharen von Spitzeln herumgeistern, und wir müssen uns mit dreien begnügen«, erwiderte Feenie. »Was werden sie voraussichtlich tun?«

»Ich weiß nicht«, gab Wendy zu. »Wahrscheinlich warten sie auf eine Nachricht von mir.«

»Und wie könnten sie Nachricht bekommen?« fragte Feenie hoffnungsvoll.

»Gar nicht. Es wäre möglich gewesen, wenn Sie zugelassen hätten, daß ich meine Handtasche mitnehme, in der sich mein Funkgerät und meine Pistole befinden.«

»Meine Schuld, oder? Tut mir leid, daß ich nicht medial veranlagt bin. Was haben Sie zuletzt gemeldet?«

»Daß ich gehört habe, wie Sie über den Kommandoposten gesprochen haben. Sie haben darüber spekuliert, was KP bedeuten könnte.«

»Also haben sie wahrscheinlich eine ziemlich genaue Vorstellung von der Situation hier und könnten Verstärkung angefordert haben?«

Wendy Woolley schüttelte den Kopf.

»Mein Boß zieht nicht gern mehr Leute heran, als seiner Meinung nach unbedingt nötig sind«, sagte sie. »Und wenn er glaubt, daß er sein Ziel erreicht, indem er abwartet und Tee trinkt, dann tut er das und nichts anderes.«

»Und was will er?«

Wendy zögerte.

Sie vögelt mit ihm! dachte Ellie. Das heißt, sie weiß genau, was in ihm vorgeht, und steht trotzdem halbwegs loyal zu ihm.

»Jetzt ist die Stunde der Wahrheit, Wendy«, erklärte sie, »wenn wir hier nicht ehrlich sagen können, was los ist, wann dann?«

Wendy nickte.

»Sie haben recht. In allererster Linie will Gaw eine erfolgreiche Operation, das heißt, er *braucht* eine. Und das bedeutet in diesem Fall, die Waffen und das Kokain sicherzustellen und Popeye Ducannon und Fidel Chiquillo zu fassen. Unser Überleben wäre ein Pluspunkt, aber für ihn geht das Leben auch ohne uns weiter.«

»So kaltblütig ist er?«

»Allerdings, und außerdem er ist ehrlich überzeugt, daß die meisten von euch sowieso eine Grenze überschritten haben«, entgegnete Wendy.

»Welche Grenze?« fragte Ellie.

»Die Grenze zwischen dem Staatswohl und der normalen Menschlichkeit«, warf Feenie wütend ein. »In den Augen des Geheimdienstes gibt es keine Abstufungen von Schuld. Also, meine Damen, es sieht nicht so aus, als würde uns die Kavallerie in dieser Notlage zu Hilfe eilen. Wir werden uns wohl selbst helfen müssen, so gut es geht.«

Und wie? fragte sich Ellie.

Das einfachste wäre gewesen, abzuwarten, bis die Tür aufging, einen der Kerle mit der einzigen Kugel umzulegen und den anderen mit der leeren Pistole zum Aufgeben zu zwingen. Aber selbst als Spontanidee wirkte dieser Plan nicht gerade überzeugend. Außerdem hätte das bedeutet, Kelly ihrem Schicksal zu überlassen. Und wenn sie sich zuviel Zeit ließen, würde sich das Problem verdoppeln, weil Popeye und Luis irgendwann mit dem Lastwagen auftauchen würden. Und so nett der Ire sein mochte, er hatte klargestellt, daß es ihm vorrangig darum ging, seine Rente in Form von Kokain abzuholen.

Nein, sie mußten die Initiative ergreifen.

Ellie prüfte ihre Gefühle und stellte fest, daß die Aussicht sie beflügelte. Die Information, daß noch andere Geheimdienstleute in Reichweite waren, hatte ihre Laune ungemein verbessert. Obgleich es sich nicht so anhörte, als würden sie ihnen demnächst zu Hilfe eilen, war zu hoffen, daß Rosie bei ihnen Zuflucht gefunden hatte. Und da sie von Peter mindestens sechzig Meilen trennten, brauchte sie sich um niemanden Sorgen zu machen außer um sich selbst.

Und genau das wünschte sich doch der kleine narzißtische Anteil ihrer Persönlichkeit, den sie durch das Abfassen von Romanen sublimieren wollte, oder?

Jetzt war es soweit. Sie hatte die Chance zu beweisen, wie kreativ sie wirklich war.

»Ich habe einen Plan«, sagte sie.

ACHTZEHN

Die Kavallerie

Erst hatte Peter Pascoe gedacht, es sei ein leichtes, mit dem Lastwagen zum Pavillon zu fahren, die eigentlichen Probleme würden erst anfangen, wenn sie dort ankämen.

Nach fünf Minuten stellte sich aber die Frage, *ob* sie je dort ankommen würden.

Vermutlich gab es irgendwo einen richtigen Zufahrtsweg, über den der Pavillon versorgt worden war, als Mungo Macallum dort seinen Gästen ein Schauspiel der entfesselten Elemente nebst Festbankett bot.

Nun hatten diese Elemente die Luft in einen undurchdringlichen Wirbel aus Laub, abgebrochenen Zweigen und Regen verwandelt, der das gelbe Scheinwerferlicht schluckte wie ein Saufbruder seine Halben Bier, so daß Peter zweifelte, ob er dem Weg hätte folgen können, selbst wenn er gewußt hätte, wo er sich befand. Die einzige Orientierungshilfe, die er hatte, war der Sturm, der ihm entgegenblies und von Zeit zu Zeit den Lastwagen rückwärts zu schieben drohte. Die Windschutzscheibe glich einem Fluß bei Hochwasser, in dem die Scheibenwischer zuckten wie sterbende Aale, und der Boden unter den Reifen war mittlerweile so durchtränkt, daß sich das Fahrzeug durch sein Gewicht praktisch sein eigenes Grab schaufelte.

Anzuhalten wäre fatal gewesen. Langsam und blindlings schob sich der Lastwagen vorwärts und holperte über unsichtbare, nicht zu identifizierende Hindernisse, so daß Pascoe im

Führerhaus bald hierhin, bald dorthin geschleudert wurde. Beinahe empfand er Mitleid mit dem Geheimdiensttrio. In dem kleinen Laderaum mit Andy Dalziel herumgestoßen zu werden war vermutlich genauso gefährlich wie der Aufenthalt unter Deck eines alten Segelschiffs, wenn dort Kanonen unkontrolliert hin und her schlitterten.

Die einzige echte Navigationshilfe, die er hatte, waren die Blitze, die hin und wieder über den Himmel zuckten und anschließend noch tiefere Finsternis hinterließen. Er konnte nur hoffen, daß ein solcher lichter Augenblick auch ein paar Meter vor dem Rand der Klippe eintreten würde, auf den sie unweigerlich zusteuerten.

Wir sind hier in England, rief er sich immer wieder in Erinnerung, in Yorkshire. Aber was ihm sein Verstand auch sagen mochte, seine Sinne und seine Phantasie wußten, daß er sich in einem Land der Mythen und Monster befand, Lichtjahre entfernt von all den Gewißheiten und Sicherheiten der Heimat.

Ich bin Theseus, der dem Kampf mit dem Minotaurus entgegensegelt. Ich bin Perseus, der Andromeda zu Hilfe eilt. Ich bin Flash Gordon, dem deutlich weniger als vierzehn Stunden bleiben, um das Universum zu retten...

»Zum Teufel noch mal!« rief er.

Er war auch der Knappe Roland.

Wieder hatte ein Blitz die Welt erleuchtet, und da, unmittelbar vor ihm, duckte sich, mit leeren Augen und unheilverheißend wie Robert Brownings Dunkler Turm, der Pavillon am Meer.

Was nun?

Zweifellos hatte von den Mitreisenden im Laderaum jeder seine eigenen Vorstellungen, wie man vorgehen sollte. Im Grunde brauchte er sie nicht. Jetzt war seine Stunde gekommen. Was hatte der Knappe Roland getan, als er schließlich den Dunklen Turm erreichte?

Furchtlos setzt' er sein Waldhorn an die Lippen...

Gute Idee. Sollten doch alle, die drinnen waren, herauskommen, und er würde sie mit dem Strahl der Scheinwerfer blenden.

Und dann?

War er imstande, die Pistole zu benutzen, die ihm Sempernel widerstrebend gegeben hatte, und einen Menschen wie einen geblendeten Hirsch zu erschießen?

Ja, sagte er sich. Kein Problem. Die Entscheidung zwischen Ellie und meinem kostbaren Gewissen fällt eindeutig aus.

Aber sosehr er sich Mut zusprach, spürte er doch im tiefsten Inneren den Stachel des Zweifels.

Es gab nur eine Möglichkeit, es herauszufinden.

Er stützte sich mit seinem ganzen Gewicht auf die Hupe.

Sie machte selbst unter den gegebenen Bedingungen einen ganz hübschen Lärm, aber im Pavillon reagierte niemand.

Er versuchte es noch einmal und wartete.

Diesmal meinte er hinter dem kleinen Fenster in der Tür eine Bewegung zu sehen, aber niemand kam heraus.

Er drückte zum drittenmal auf die Hupe.

Nichts.

Er blieb sitzen und wartete. Wo steckten sie? Und genauso verwirrend war die Frage, wo seine Mitfahrer blieben? Er konnte sich nicht vorstellen, daß der dicke Andy oder Gawain Sempernel ausharrten, bis ihnen ein aufsässiger Mitarbeiter die Erlaubnis zum Aussteigen erteilte. Er hoffte, daß sie nach der holprigen Fahrt nicht zu lädiert waren, um sich zu bewegen!

Die Tür zu öffnen war nicht ganz leicht, denn selbst hier, im Windschatten des Pavillons, stemmte sich der Wind dagegen wie ein Schwergewichtsringer. Sobald er draußen war, packte ihn der Ringer und schleuderte ihn herum, bis er sich am hinteren Ende des Lastwagens wiederfand, und hätte ihn vermutlich wie ein Blatt im Wind wieder zurück zum Haus getragen, wenn er sich nicht an die Ladeklappe geklammert hätte.

Die heruntergelassen war.

Um Himmels willen, sie waren doch nicht etwa ausgestiegen und blindlings in den Sturm gestolpert?

Er lehnte sich gegen die Ladeklappe und spähte hinein. Ein

Blitz zuckte auf. Nein, sie waren noch drinnen, saßen einfach da und sahen ihn an.

Aber sie bewegten sich nicht und gaben keinen Mucks von sich.

Der nächste Blitz zeigte ihm, warum.

Sie waren alle fein säuberlich gefesselt und geknebelt wie Rouladen im Backrohr.

Er schickte sich an, hineinzuspringen und sie zu befreien, da bemerkte er etwas Kaltes, Hartes im Nacken. Er spürte es vom Hirn bis hinunter in den Magen.

»Seid willkommen, Herr«, sagte eine freundliche Stimme. »Wollt Ihr nicht eintreten?«

NEUNZEHN

JEDEN MANN WERDE ICH VERWUNDEN

Wie das mit kreativen Plänen so ist, hätte Ellies Idee zwar nicht für den Pulitzer-Preis gereicht, doch sie war verrückt genug, um damit in schwächeren Jahren den Booker zu gewinnen.

»Wir müssen Jorge und den großen Ajax dazu bringen, Kelly in Ruhe zu lassen, und sie hierherlotsen«, sagte sie.

»Wen?« fragte Daphne.

»Den großen Ajax«, erwiderte Ellie und erinnerte sich, daß diese Spitznamen ja nur in ihrem Kopf existierten. »Der da auf dem Boden ist der kleine Ajax. Und wenn sie hereinkommen, müssen sie so abgelenkt werden, daß wir sie ausschalten können.«

»Ausschalten?« sagte Daphne. »So wie NATO-Bomber, die eine Raketenstellung ausschalten?«

»Ja, so in etwa. Ich schlage folgendes vor. Wendy, Sie lehnen sich dort neben Shirley an die Wand ...«

Sie lächelte Novello an, die blaß, ja beinahe durchsichtig wirkte, aber mit wachen Augen alles verfolgte.

»... und Sie machen ein verängstigtes Gesicht. Sie haben die Knarre. Sie legen Ihren Arm um Shirley und verstecken die Waffe hinter ihr. Wie gut schießen Sie?«

»Unter normalen Umständen hervorragend.«

»Nur keine falsche Bescheidenheit«, meinte Ellie. »Ihre Aufgabe ist es, den großen Ajax zu erledigen, okay?«

»Ich würde sagen, daß Jorge der gefährlichere von beiden ist«, gab Wendy zu bedenken.

»Möglich. Aber der große Ajax hat einen Hals wie ein Elefantenbein, und ich bin mir nicht sicher, ob Feenie bei ihm denselben Kunstgriff anwenden kann wie beim kleinen Ajax hier.«

Feenie, die aufmerksam zugehört hatte, sagte: »Du hast recht, meine Liebe. Der hier war mir fast schon zuviel. Aber wenn ich gut stehe, könnte ich diesem lächerlichen Zwerg Jorge ohne weiteres den Kopf abreißen.«

»Ich fasse es nicht, was ich da höre«, rief Daphne. »Ich habe zuviel Hummer gegessen und durchlebe einen Alptraum.«

»Du hast noch gar nichts gehört«, entgegnete Ellie, die allmählich auf Touren kam. »Was jetzt kommt, wird dir gefallen, Daphne. Ich möchte, daß du dir den Schlüpfer bis auf die Knöchel runterziehst und deinen Rock hoch bis zum Bauch. Und dann legst du dich ungefähr hier auf den Boden.«

»Wie bitte? Ist dir eigentlich klar, daß du mit der Kandidatin für den Vorsitz des hiesigen Frauenvereins sprichst? Wenn du das Gefühl hast, eine bebende Vagina sei die beste Ablenkung für Jorge den Schrecklichen, warum entblößt du dann nicht deine eigene?«

»Keine Sorge. Ich übernehme auch meinen Part«, sagte Ellie, zerrte an ihrem T-Shirt und riß sich den BH herunter. »Und wenn du um deine Schamhaftigkeit besorgt bist, keine Angst. Er sieht nichts, weil nämlich der kleine Ajax hier auf dir liegt. Also fangen wir an. Sehe ich aus wie eine entehrte Frau?«

Sie stand vor ihnen und präsentierte ihre Brüste, die aus dem zerfetzten T-Shirt quollen.

»Nein, eher wie Cher bei der Oscar-Verleihung. Was sagtest du eben über *den da*, der auf mir liegen soll?«

»Ich glaube«, erklärte Feenie, »was Ellie vorschwebt, ist ein Szenario, in dem der kleine Ajax rasend geworden ist, sexuell, meine ich. Er hat Ellie überfallen, Mrs. Wooley angeschossen und ist nun im Begriff, Sie zu vergewaltigen. Das wird Jorge gar nicht gefallen. Darf ich vorschlagen, meine Liebe, daß wir sowohl zu seinem Mißvergnügen wie auch zur Steigerung der

Glaubwürdigkeit des außerordentlichen Verhaltens unseres kleinen Ajax noch *das* hinzufügen?«

Während sie sprach, griff sie nach der Reisetasche, öffnete sie, nahm einen der Plastikbeutel heraus und verstreute das weiße Pulver auf dem Boden.

»So. Und jetzt, Mrs. Aldermann, wenn Sie so gütig wären, die Zeit läuft uns davon. Ich könnte Sie in Ohnmacht versetzen, aber ich glaube, unter den gegebenen Umständen sollte sich wenigstens einer von beiden bewegen.«

Es war schwer zu sagen, wie ernst Feenie es meinte. Ellie vermutete, absolut. Und auch Daphne war nun zu allem entschlossen, denn sie ließ jetzt die Vorkehrungen für das Tableau über sich ergehen. Erst, als sie den kleinen Ajax auf sie hievten, äußerte sich ihr Widerstand in der wiederholten Bemerkung: »Ich glaube das einfach nicht ... ich glaube das einfach nicht ...«

»Die Hose muß runter«, bestimmte Ellie.

»Ja, natürlich. In meinem Alter geraten solche Einzelheiten in Vergessenheit«, meinte Feenie, während sie gemeinsam den Hintern des Toten freilegten.

»So ist's gut«, sagte Ellie. »Daphne, meine Liebe, könntest du dich ein bißchen winden und schreien? Kannst du den Eindruck erwecken, daß der kleine Ajax seinen Spaß hat und du nicht?«

»Letzteres hast du richtig erfaßt«, sagte Daphne. »O Gott. Wie wär's so?«

Eines mußte man diesen Privatschulmädchen lassen: Wenn man sie einmal zum Mitmachen überredet hatte, gaben sie ihr Bestes.

»Hervorragend. Aber überanstreng dich nicht. Ruh dich aus, bis der Vorhang hochgeht. Also aufgepaßt, meine Damen, das Drehbuch: Ich werde zur Tür hinausstürmen, schluchzen, jammern und ›Hilfe, Vergewaltigung!‹ brüllen. Ich vermute, daß sie unten im Keller sind. Ich werde großen Lärm veranstalten, damit sie mich kommen hören und mich nicht aus schierer Überraschung umlegen. Wenn alles gut geht, werden Jorge und der große Ajax hereinplatzen, um nachzusehen, was hier los ist. Sie werden denken, daß der kleine Ajax nach einer Prise Koks den Ehrgeiz entwickelt hat, uns alle zu bumsen. Jorge wird sich auf ihn stürzen, um ihn zu verdreschen, der große Ajax bleibt an der Tür stehen. Dann bläst ihm Wendy die Birne weg und Feenie bricht Jorge das Genick. Noch Fragen?«

Von unten sagte Daphne: »Ich habe schon häufig bei Laienspielaufführungen mitgewirkt, und nach meiner Erfahrung geht, wie's der Teufel will, oder vielleicht ist es auch Gottes Wille, immer etwas schief. Was machen wir dann?«

»Improvisieren«, antwortete Ellie. »Sonst noch was?«

»Ein Vorschlag«, sagte Feenie. »Normalerweise lehne ich Drogenmißbrauch in jeder Form ab, aber ich glaube, in dieser Situation wäre eine künstliche Stimulation unserer Wahrnehmung und Reaktion nicht verkehrt.«

Sie bückte sich, tauchte einen Finger in das verschüttete Kokain, führte ihn an die Nase und schnupfte. Mit einer Handvoll Stoff machte sie dann die Runde, wie eine Priesterin unter ihren Gehilfinnen, und bot jeder davon an.

Mrs. Stonelady schüttelte den Kopf, aber alle anderen bedienten sich.

Ellie schnupfte ausgiebig.

Es war gut. Sie fühlte sich gut.

Sie sah an sich hinab. Sie sah gut aus.

Ihre Brüste waren fest, ihre Brustwarzen aufgerichtet.

»Jeden Mann werde ich verwunden«, sagte sie, »doch kein Mann wird mich verwunden.«

Dann riß sie hysterisch kreischend die Tür auf und taumelte nach draußen.

ZWANZIG

Liberata liberata

Es war, als fiele sie in ein schwarzes Loch.

Anscheinend hatte sie sich an das Licht gewöhnt, das durch das große Fenster fiel, und ihre Augen angepaßt, als es sich bei Anbruch des Abends und des Sturms verdüsterte. Im Gegensatz dazu lag der Vorraum, durch den sie den Pavillon betreten hatte, im Dunkeln, und auch das graue Quadrat des Fensters in der Tür schaffte hier keine Abhilfe.

In der Tür.

Die Tür, die zur Außenwelt führte.

Es wäre so leicht gewesen, sie zu öffnen und in die Nacht hinauszulaufen. Bei dem Sturm würden die Verfolger sie gewiß nicht finden. Ihr Gewissen konnte sie beruhigen, wenn sie noch einmal den Kopf in den Panoramaraum steckte und den anderen zurief, sich ihr anzuschließen. Was die beiden Verwundeten natürlich nicht konnten, ganz zu schweigen von Kelly Cornelius, die Jorge und dem großen Ajax ausgeliefert war.

Seltsamerweise ging ihr dieses Für und Wider zwar durch den Kopf, aber sie erwog es nicht. Nicht eine Sekunde lang dachte sie ernsthaft an Flucht. Vielleicht war es das Kokain, vielleicht ihr Adrenalinspiegel, aber der einzige Grund, warum sie überhaupt darüber nachdachte, war, daß in ihrem Hirn, im Gegensatz zu der sie umgebenden Dunkelheit, eine Helligkeit herrschte wie mittags in den Tropen.

Auch beanspruchten diese Gedanken keinerlei Zeit. Sie

brauchte weder Hirn noch Augen anzustrengen, um festzustellen, daß im Vorraum und in der Küche niemand war, und dann stolperte sie ohne merkliche Verzögerung heulend und wehklagend in den Keller hinunter.

Unten war Licht zu sehen, das Licht von Sturmlaternen, jenes Licht, das Horrorfilmregisseure für Kerkerszenen wählen, und der Horror, der sich hier abspielte, hätte die schauerlichsten Erwartungen erfüllt.

Der niedrige Raum war voller Kisten und Kartons, die vermutlich die von Popeye an Chiquillo verkauften Waffen enthielten. Auf einer davon lag Kelly Cornelius, nackt, Gesicht und Körper blutbefleckt, während der große Ajax ihre Arme festhielt und Jorge vor ihr kniete und ihr den Lauf seiner Pistole zwischen die Beine gestoßen hatte.

Nicht reagieren, sagte sich Ellie. Du stehst unter Schock, für jemand anderen hast du keine Gefühle mehr übrig, du stehst so sehr unter Schock, daß du sogar Bestien wie die da um Hilfe bittest.

Jorge hatte die Pistole aus Kellys Körper gezogen und richtete die blutbefleckte Mündung auf Ellie.

»Helft mir ...«, schluchzte sie. »Hilfe ... er ist durchgedreht ... bitte ... bitte ... helft uns ... oder er bringt alle um ...«

Jorge sah für einen Augenblick so aus, als hielte er das für keine schlechte Idee. Dann fing er an, in einem solchen Tempo spanisch zu reden, daß sie nicht mehr als ein paar Pronomen verstand, ging auf sie zu und stieß sie mit seiner Waffe. Unterdessen stellte Ajax Kelly auf die Füße. Erleichtert stellte Ellie fest, daß Kelly noch die Kraft besaß, ein paar unsichere Schritte zu machen, bis Jorge sie umdrehte und in Richtung Treppe schubste.

So weit, so gut, sagte sich Ellie. Aber die Feuerprobe stand noch bevor. Daphne hatte wahrscheinlich recht, wie Gott oder der Teufel es wollte, es würde etwas schiefgehen – Wendy schoß womöglich daneben, Feenie konnte vielleicht mit Jorge nicht so leicht fertigwerden, wie sie meinte – und als einzige Unverletzte (mit Mrs. Stonelady konnte man nicht rechnen, und von Daphne war kaum zu erwarten, daß sie den kleinen Ajax abschütteln und sich am Kampf beteiligen würde) mußte Ellie sich darauf gefaßt machen einzugreifen, wo immer es erforderlich war.

Was aber passieren würde, wenn sich Gott und der Teufel zusammentaten und *alles* schiefging, wollte sie sich lieber nicht vorstellen.

Jetzt waren sie oben. Jorge stieß sie in den Panoramasaal, und der Vorhang ging hoch.

Es sieht gut aus, dachte sie, nicht ganz frei von Stolz. Es sah sogar genauso aus, wie sie es sich vorgestellt hatte, ein Katastrophenszenario – die zerrissene Kokstüte mit der Pulverspur auf dem Fußboden – Wendy neben Novello an der Wand kauernd, das verletzte Bein zur Schau stellend – Mrs. Stonelady, reglos und harmlos wie ein Gartenzwerg – und Feenie, die ungefähr zweihundert Jahre alt wirkte und sich in hilflosem Protest über Daphne beugte, die – welch eine Schauspielerin! – kreischend und um sich schlagend unter dem Leib des kleinen Ajax lag und ihn in einem vorgetäuschten Akt wildester Unzucht herumschleuderte, zu dem er, wie Ellie vermutete, zu Lebzeiten gar nicht in der Lage gewesen wäre.

Und auch Jorge reagierte wie im Drehbuch vorgesehen. Mit einem lauten Wutschrei stieß er Ellie beiseite, rannte zu dem Paar auf dem Boden und begann mit seiner Waffe auf den Kopf des kleinen Ajax einzuschlagen.

Ellie trat in die Mitte dem Raums, damit Wendy ungehindert schießen konnte. Aber als sie zu ihr hinüberschaute, sah sie keine Waffe, sondern nur Wendys entsetztes Gesicht. Ein Blick über die Schulter verriet ihr den Grund. Der große Ajax stand wie ein routinierter Schauspieler genau auf dem ihm zugedachten Platz, aber er hatte die Arme um Kelly geschlungen und genoß offensichtlich die Chance, sie zu begrapschen. Wenn Wendy so gut war, wie sie behauptete, dachte Ellie, dann hatte sie doch gewiß keine Schwierigkeiten, ihm eine Kugel in seinen massigen Schädel zu jagen. Gleichzeitig sah sie ein, daß die Vorstellung, das Ziel zu verfehlen und die Person, die sie retten wollten, zu durchlöchern, auch einer Meisterschützin gelinde Selbstzweifel einflößen mochte.

Aber es hieß jetzt oder nie. Trotz seiner Wut würde Jorge demnächst kapieren, daß selbst ein sexuell enthemmter Ajax irgendwie darauf reagieren mußte, wenn ihm jemand seinen Schädel zu Brei schlug.

Ellie warf Wendy einen wütenden Blick zu und zischte: »Tu's!«

Vorsichtig zog Wendy die Waffe hinter der ausgestreckten Novello hervor.

In diesem Augenblick ertönte, wie ein Trompetenstoß, der die Ankunft eines neuen Wettkämpfers auf dem Turnierplatz ankündigt, eine Hupe, sie schrillte lange und laut, und durch das Fenster des Vorraums drang Licht herein.

Das waren Hupe und Scheinwerfer des Lastwagens. Luis und Popeye waren wieder da. Nun sah es schlecht für sie aus.

Der Augenblick, in dem sie es noch hätten tun können, ging vorüber. Wenn Wendy den großen Ajax niedergeschossen hätte ... wenn Feenie Jorge angegriffen hätte ... aber beide erstarrten, jede wartete auf die andere. Dann ertönte wieder die Hupe, der große Ajax, die Arme nach wie vor um Kelly geschlungen, zog sich in den Vorraum zurück, und der Augenblick war verstrichen.

Die einzige, die sich bewährte, war Daphne, die natürlich der Star in ihrer kleinen Theatergruppe sein mußte, dachte Ellie.

Als sie merkte, daß Jorge mit vermindertem Elan auf den Kopf des kleinen Ajax eindrosch und sein Gesicht eher Verwirrung als Zorn spiegelte, tat sie einen letzten schrillen Schrei, schüttelte den Toten ab, kam irgendwie auf die Knie und schluchzte: »Danke, danke, danke, Sie haben ihn umgebracht, ich glaube, Sie haben ihn umgebracht, danke!« Dann stürzte sie sich auf den Leichnam und schlug mit überzeugend gespielter Wut auf sein Gesicht ein.

Der Cojo fühlte den Puls des kleinen Ajax und ließ die

schlaffe Hand angewidert fallen. *»Muerto«*, schnaubte er dem großen Ajax im Vorraum zu. Damit war dessen Aufmerksamkeit geweckt. Schließlich hörte man, wie der Hüne Kellys Körper auf den Boden plumpsen ließ. Als er jetzt den Raum wieder betrat, war er ungeschützt, aber die gute Schußlinie konnte nicht genutzt werden, weil Jorge sich ein Stück von Feenie entfernt hatte, um zu sehen, wieviel von seinem kostbaren Kokain verschüttet worden war.

Draußen plärrte zum drittenmal die Hupe. Diesmal dauerte es noch länger, bis sie wieder verstummte.

Ächzend vor Anstrengung, bückte sich der große Ajax, um den kleinen Ajax zu untersuchen. Im Grunde war es beinahe rührend. Vielleicht waren sie miteinander verwandt. Daphne setzte ihre posthume Attacke auf den Kopf des Toten fort. Ein weiterer Punkt für die Tochter des Archidiakons. Es schien nicht ratsam, diesen Körperteil des Toten zur Besichtigung freizugeben und so den beiden anderen Gelegenheit zu geben, die wahre Todesursache festzustellen. Aber der große Ajax hatte keinen Respekt vor Frauen, oder vielleicht wußte er etwas über die sexuellen Neigungen des kleinen Ajax, was die anderen nicht ahnten.

Er stieß Daphne beiseite und untersuchte Kopf und Hals seines Kameraden. Als er sich aufrichtete, wanderte sein Blick langsam durch den Raum, dann trat er ans Fenster und betrachtete das Einschußmuster in der Scheibe.

Er hat gemerkt, daß was faul ist, dachte Ellie, als sich der Hüne vom Fenster abwandte und mit den Augen noch einmal systematisch den Raum absuchte.

Oh, Scheiße! Er sucht die Knarre!

Jetzt hatte er seine eigene Waffe schußbereit, und als er auf Jorge zuging, ließ er die Anwesenden nicht aus den Augen.

Die beiden sprachen miteinander, das heißt, der große Ajax sprach, und Jorge hörte mit wachsendem Zorn zu.

Herzlichen Dank, Gott und Teufel! tobte Ellie innerlich. Hättet ihr euch nicht dies eine Mal raushalten und zulassen können, daß wir Sterbliche unser Schicksal selbst in die Hand nehmen?

In diesem Augenblick hörten sie, wie die Außentür aufging und Popeye rief: »Heilige Maria, Mutter Gottes!«

Er hat Kelly gesehen, dachte Ellie. Vielleicht stellt er sich auf unsere Seite, wenn er sieht, was Jorge ihr angetan hat. Sie schöpfte neue Hoffnung und machte einen Schritt, so daß sie sehen konnte, wie sich die beiden Neuankömmlinge über die blutbefleckte Gestalt am Boden beugten. Sie wechselten ein paar Worte, dann richtete sich Popeye zu ihrer Überraschung auf und trat in den Panoramaraum. Hinter ihm sah sie Luis mit seiner Baseballkappe, der sich immer noch über Kelly neigte. Er zog seinen Mantel aus und machte daraus ein Kissen für Kelly, dann legte er auch noch sein Hemd ab und hüllte sie damit ein. Dank dieser unerwarteten Fürsorge seitens des Cojo verwandelte sich ihre vage Hoffnung in gespannte Erregung. Wenn sie beide entsetzt darüber waren, was Jorge mit Kelly angestellt hatte, dann vielleicht...

Popeye sah schlimmer aus als eine ersoffene Ratte. Mit seinem Mantel, von dem das Wasser in Strömen rann, hätte er für das Gewitterwolkensymbol der Wettervorhersage Modell stehen können. Aber es sah nicht so aus, als würde er mit dem Donnerkeil dazwischenfahren.

Er grinste Jorge breit an und sagte: »Sieht aus, als hättest du deinen Spaß gehabt. Ich bin bloß naß geworden. Meine Güte, da draußen kann einer im Stehen ersaufen. Der Boden ist sumpfiger als in Connemara, ohne Scherz, und zu Luis dort sagte ich gerade, daß wir Probleme kriegen, wenn der Laster voll beladen ist.«

Ellies Hoffnung erstarb. Nicht einmal ein symbolischer Tadel wegen der Behandlung, die seine »Nichte« erfahren hatte! Diesem Scheißkerl ging es doch nur um seine verdammten Drogen.

Was hatte sie erwartet? Popeye war Realist. Jorge gab hier den Ton an, und mit diesem kleinen Psychopathen war das

Ende vorprogrammiert. Sie hätte ihre Chance nutzen und abhauen sollen. Es war ein gutes Gefühl, loyal zu den anderen zu stehen, aber jetzt sah sie ein, daß sie gleichzeitig illoyal gegenüber Rosie und Peter war. Man mußte Prioritäten setzen, und nur weil die beiden wichtigsten Menschen in ihrem Leben in Sicherheit waren, hieß das nicht, daß sie das Recht hatte zu tun, was ihr paßte, und sei es nur auf den Seiten ihrer Romane. Wer sich bindet, übernimmt Verantwortung, das galt nicht nur für Männer. Und es war ihr ein geringer Trost, daß Novello, das kluge Kind, recht behalten hatte und dies ihr eigenes Abenteuer war, das nichts mit Peters Job zu tun hatte, und sie selbst, die kleine Ellie, den ganzen Ärger heraufbeschworen hatte.

Trotzdem wußte sie nicht, was sie anders hätte machen sollen.

Sie sah, daß Jorge Popeye überrascht musterte. Hatte er etwa nicht damit gerechnet, ihn wiederzusehen? Wenn Popeye das auch kapiert hatte ... sie klammerte sich an einen Strohhalm.

Jorge machte eine wegwerfende Handbewegung und wandte sich wieder dem großen Ajax zu, der immer noch redete.

Als er schließlich verstummte, hob Jorge langsam seine Waffe, ging auf Feenie zu und hielt ihr die Pistole an den Kopf.

»Luis, komm rein«, rief er. »Nun, meine Damen, diejenige, die die Pistole hat, liefert sie innerhalb von drei Sekunden ab, oder ihr werdet sterben, die Älteste zuerst. *Uno ... dos ...*«

»In Gottes Namen!« schrie Daphne Wendy Woolley an. »Geben Sie ihm die Pistole, oder erschießen Sie den Mistkerl!«

Und im selben Augenblick kam Luis herein.

Oder vielmehr der Mann mit Luis' Baseballkappe kam herein.

Sein Aussehen versetzte Ellie einen Schock.

Unter dem Schirm der Mütze erblickte sie ein hageres, hohlwangiges Gesicht mit einem dünnen Schnurrbart. Dieses Gesicht hatte sie schon einmal gesehen, aber nicht das schockierte sie.

Nackt bis zur Taille, da er mit seiner Oberbekleidung Kelly versorgt hatte, stellte er seinen abgemagerten, ja ausgezehrten Körper zur Schau, der rechts auf dem Brustkorb eine lange, halbverheilte Wunde zeigte.

Außerdem hatte er Brüste.

Keine großen, kaum üppiger als zwei kleine Äpfel, aber eindeutig Brüste.

Mein Gott, es ist die heilige Uncumber, die uns zu Hilfe eilt! dachte Ellie.

Und als wäre das tatsächlich ihre Absicht, stürzte sich die Fremde mit einem animalischen Wutschrei auf Jorge.

Sie hatte eine Waffe in der Hand. Vielleicht blockierte sie. Oder vielleicht war ihr Zorn dergestalt, daß er sich nur durch direkten körperlichen Kontakt Luft verschaffen konnte. Wenn das zutraf, dann hätte sie teuer dafür bezahlt, hätte nicht Feenie den Augenblick genutzt, als Jorge abgelenkt war, seine Hand gepackt und den kleinen Finger umgebogen, bis er mit einem Knacken wie ein trockener Zweig brach.

Jorge brüllte, seine Pistole fiel zu Boden, und dann stürzte sich der Racheengel auf ihn und drängte ihn bis zum Fenster zurück, hinter dem der Sturm toste und brauste, als empöre es ihn, daß er von dem tödlichen Kampf, der drinnen tobte, ausgeschlossen war.

Im selben Augenblick hatte Popeye eine Pistole gezogen und eröffnete das Feuer auf den großen Ajax.

Anscheinend war der Ire mit der Waffe nicht vertraut, ja es schien, als würde er mit geschlossenen Augen schießen. Aber ein so zyklopisches Ziel zu verfehlen war schwer, und offenbar traf fast jeder Schuß, denn bald breitete sich auf der Brust des großen Ajax ringförmig Blut aus.

Aber er stand immer noch, kein Anzeichen von Schmerz, wie jener Baldur, Sohn des Odin, dessen Mutter Frigga allen Dingen, ob aus Stein, Metall oder Holz, das Versprechen abverlangt hatte, ihren Sohn nie zu verletzen, mit Ausnahme der Mistel, die ihn schließlich tötete.

Er hatte jedoch gewisse Schwierigkeiten, selbst einen Schuß abzufeuern. Jedesmal, wenn er mit seiner gewaltigen Pranke die Waffe heben wollte, schoß Popeye auf ihn, und der Lauf blieb wirkungslos nach unten gerichtet. Dann verstummte die Pistole des Iren.

All das spielte sich innerhalb von Sekunden ab, aber Ellie hatte den Eindruck, daß es sich hinzog wie der Showdown in diesen Italo-Western, die Peter so gern im Fernsehen anschaute.

Und jetzt, als Popeye in seinen Taschen verzweifelt nach Munition suchte, konnte der große Ajax endlich seine Waffe heben, der zitternde Lauf zielte, und sein Finger würde gleich abdrükken.

Lauthals brüllend und ohne einen bewußten Gedanken stürmte Ellie vorwärts, griff unterwegs nach dem zersplitternden Bein des Stuhls, den der kleine Ajax ruiniert hatte, und stieß ihn in die blutige Brust des Killers.

Anscheinend war das der Mistelzweig. Der große Ajax stürzte bei der bloßen Berührung rückwärts zu Boden und blieb reglos liegen.

Sie stand über ihm, entsetzt und triumphierend zugleich. Dann schaute sie sich um.

Bei dem Anblick, der sich ihr bot, wäre sie beinahe in ein irres Gelächter ausgebrochen. Die beiden Verwundeten, Shirley und Wendy, drückten sich an die Wand – Daphne, mit zerfetzten Kleidern, kauerte wie eine Haselmaus hinter dem Schutzwall des kleinen Ajax – St. Uncumber rang mit Jorge vor dem sturmgepeitschten Fenster, während Feenie sie wie ein wahnsinniger Sturmdämon umkreiste, um zur rechten Zeit ihre Beute zu pakken – Mrs. Stonelady saß immer noch wie ein neugieriger Gartenzwerg in der Ecke – und sie selbst, nackt bis zu Taille, mit dem blutigen Prügel in der Hand über den gefallenen Feind triumphierend – es war wie der Höhepunkt eines verrückten Horrorfilms – *Wilde Weiber*, Regie: Tarantino und Ken Russell.

Aber es war noch nicht vorbei, und daß es ein Happy-End geben würde, war nicht gesagt.

Denn für Uncumber sah es nicht gut aus. Auch wenn ihr Haß von tiefsten Emotionen gespeist war, reichte er nicht aus, um die Schwächung durch eine nicht abgeheilte Wunde und die offenbar durchgemachten Entbehrungen auszugleichen.

Ellie sah, wie der Cojo mit einem harten Schlag ihren Hals traf, so daß sie nach hinten flog und ihre um sich schlagenden Arme Feenie mitrissen, die ebenfalls zu Boden ging.

Jetzt rollte sich Jorge seitlich ab und kam mit seiner Waffe in der Hand wieder auf die Beine.

Ellie zweifelte nicht an seinen Absichten. Die Maske des netten Kerls hatte er längst abgelegt. Er würde sie ganz einfach alle umbringen.

Sie warf Popeye einen verzweifelten Blick zu, aber seine Suche nach Munition war fruchtlos gewesen.

Noch einmal brüllte sie ihre Wut auf Gott und Teufel heraus, die solch ein Spiel mit ihnen trieben.

Dann, aus dem Augenwinkel, sah sie, daß Wendy Woolley endlich die hinter der armen blassen Shirley verborgene Waffe zückte, zielte und feuerte.

Aufrecht stehend, unverletzt und in den ungefährlichen Gefilden des Geheimdienstschießstands mochte sie eine Meisterschützin sein.

Hier war sie gerade gut genug, um ihn knapp zu verfehlen, und knapp daneben war auch vorbei.

Die Kugel streifte Jorges Kopf, so daß er zusammenzuckte, bevor sie das Fenster traf.

Dann lächelte er und zielte mit seiner Pistole auf Feenie und Uncumber.

Gott oder Teufel, jetzt müßt ihr auf die Bühne! dachte Ellie verzweifelt. Nur ein direktes Eingreifen von oben kann uns jetzt noch retten.

Und Mungo Macallums teures, extra starkes Glas, das bisher allen Anfechtungen durch Mensch und Natur widerstanden hatte, beschloß nunmehr, daß die letzte Kugel eine Kugel zuviel war.

Als würde der Sturm draußen diese Schwäche ahnen und wäre es leid, daß die drinnen tobende Schlacht ihm die Schau stahl, warf er sich mit aller Macht gegen das splitternde Glas. Es gab nach, es beulte sich aus und barst mit einer Explosion, die wie eine gewaltige Kanonade schier endlos grollte, und mit einem triumphierenden Brüllen, bei dem griechische Dichter wie griechische Götter vor Neid erblaßt wären, stürmten der wütende Wind und das tosende Meer herein.

EINUNDZWANZIG

Ein Elfensturm

Einen Augenblick lang dachte Ellie, sie würden einfach alle im Panoramasaal ertrinken, der sich inzwischen in eine Art Aquarium verwandelt hatte.

Undeutlich nahm sie wahr, wie die anderen wild um sich schlugen, wußte aber nicht, wo oben und unten war. Als nächstes bekam sie mit, wie das Wasser durch die offene Tür in den Vorraum strömte und sich sturzbachartig über die Treppe in den Keller ergoß.

Sie schüttelte den Kopf, um das Wasser aus den Augen zu bekommen, und sah sich um, konnte aber nur ein einziges Bild erfassen: Jorge, dem eine Glasscherbe fast den Kopf abgetrennt hatte, lag über der Ledertasche, aus der in Rinnsalen durchweichter Koks quoll, an dem sich nun die Fische erfreuen mochten.

Dann kehrte der Sturm wieder, als habe sich das Meer nur zurückgezogen, um mit noch längerem Anlauf wieder hereinzustürmen. Dieser neuerliche Andrang von Wind und Wasser war noch heftiger als der erste, er erfaßte alle und schleuderte sie gegen die Rückwand. Ellie hörte, wie sie selbst in Todesangst aufschrie. Wie es den anderen erging, die bereits verletzt waren, wagte sie sich nicht vorzustellen. Aber als die Fluten wieder die Kellertreppe hinabströmten, befanden sie sich wenigstens alle in Türnähe.

»Wir müssen hier raus!« brüllte sie.

In Extremsituationen kommen Klischees wieder zu ihrem Recht.

Sie packte Novello, die das Wasser an ihre Seite getragen hatte, nahm sie mit dem professionellen Griff einer Feuerwehrfrau hoch und wankte zur Tür. Sie sah noch, daß Mrs. Stonelady Wendy half und Uncumber und Popeye bereits im Vorraum Kelly hochhoben, während Feenie und Daphne Arm in Arm vorantorkelten wie zwei selig Betrunkene auf einer nächtlichen Sauftour.

Das Meer stürmte schon wieder heran und beförderte sie diesmal allesamt in den Vorraum. Inzwischen war der Keller so vollgelaufen, daß er die Fluten nicht mehr ganz aufnehmen konnte und sie bis zu den Waden im wirbelnden Wasser standen, was den Eindruck vermittelte, der Boden und das ganze Gebäude seien in Bewegung geraten. Von ganz tief unten ertönte ein furchterregendes Knirschen und Stoßen, als rege sich dort ein Seeungeheuer im Schlaf. Die Erinnerung an eine Lektüre aus ihrer Kindheit verriet Ellie, was es war: die Särge in der Gruft in *Moonfleet*!

Zweifellos waren das die Waffenkisten, die das Wasser im Keller hin und her wuchtete.

Hinter ihnen drängten die Leichen der beiden Ajaxe und Jorges zum Ausgang, als ob sie selbst im Tod noch diesem Schreckensort entfliehen wollten. Feenie und Daphne, ehemalige Widerstandskämpferin die eine, Tochter eines Archidiakons die andere, beide einander ebenbürtig an Kaltblütigkeit, stießen sie zurück in den Panoramaraum und schlossen die Tür. Dann gelang es jemandem, die Außentür zu öffnen, die Scheinwerfer des Lastwagens leuchteten herein, und sie traten ins Freie. Die Luft draußen war wild und feucht und floß wie Nektar in Ellies weitgeöffneten Mund.

Ein Eindruck, der unverändert blieb, war jedoch die Bewegung unter ihren Füßen. Und hier gab es keine Wasserwirbel, die eine solche Illusion erzeugen konnten. Sie sah Feenie an, die ebenfalls ein wenig taumelte.

»Schnell, die Verwundeten in den Lastwagen!« befahl die alte Frau. »Ich glaube, da verabschiedet sich ein Stückchen Axness!«

Ellie trug Novello zum hinteren Ende des Lasters. Popeye ließ die Ladeklappe herunter, kletterte hinauf und half ihr, die verletzte Polizistin hineinzuhieven. Als nächste kam Kelly. Uncumber stieg hinter ihr ein, kniete neben ihr nieder, murmelte tröstende Worte auf spanisch, küßte sie und kletterte wieder hinunter. Für Ellies kundiges Auge wirkte dieser Kuß nicht gerade wie der einer Heiligen. Unterdessen half Ellie, auch Wendy Woolley auf die Ladefläche zu befördern. Sie sah noch bleicher aus als die ganze Zeit, seit sie den Querschläger abbekommen hatte. Es war, als ob ihr Körper sich jetzt, da das Schlimmste vorbei war, endlich seinen Schmerz eingestehen konnte.

Während das alles passierte, hatte Ellie ein paar undeutliche Gestalten erahnt, die reglos wie Buddhastatuen tief im Dunkel des Laderaums saßen. Und als schließlich ein Blitz die Szene erhellte, sah sie deutlich, was sie für eine Sinnestäuschung ihrer überanstrengten Augen gehalten hatte.

Es waren vier... nein, fünf Leute, gefesselt, die Gesichter halb hinter Klebestreifen verborgen. Dennoch erkannte sie zwei von ihnen sofort, glaubte aber erst beim nächsten Blitz, was sie da sah.

Einer von ihnen war Andy Dalziel.

Der andere Peter.

O Gott, was machte er hier...? War Rosie etwas passiert...?

Sein Blick war auf sie geheftet, aber was er dachte, konnte sie ihm nicht von den Augen ablesen.

Sie griff nach Popeyes Arm, zog sich hoch und löste den Klebestreifen vom Mund ihres Mannes.

»Rosie ist in Sicherheit«, keuchte er.

Dafür liebte sie ihn so. Selbst hier und jetzt, unter Bedingungen, die nur wenige Worte ermöglichten, wußte er genau, welche Worte sie hören wollte.

Und es waren tatsächlich nur ein paar Worte möglich, denn Feenie brüllte: »Alle, die laufen können, steigen aus! SOFORT!«

Sie legte ihre Finger auf Peters Lippen, dann sprang sie hinaus und trat gerade noch rechtzeitig beiseite, bevor der Laster zurückstieß. Feenie, offenbar überzeugt, daß die Zeit drängte, versuchte gar nicht erst zu wenden; auch schien ihr der Rückwärtsgang wohl am ehesten geeignet, um das sumpfige Gelände zu überqueren.

Mit beidem lag sie richtig.

Die einigermaßen unversehrten Überlebenden trotteten, eine Hand an der Seite des Lasters, neben dem Fahrzeug her wie Bodyguards neben einer Präsidentenlimousine, wobei sie mit jedem Schritt in den durchweichten Boden einsanken.

Von Zeit zu Zeit riskierte Ellie einen Blick über die Schulter. Die Scheinwerfer erleuchteten die klassizistische Fassade des Pavillons, die jetzt allerdings nicht mehr besonders klassizistisch wirkte. Er hatte eindeutig Schlagseite nach steuerbord. Oder war es backbord? Sie stapfte ein paar Meter weiter, dann schaute sie sich wieder um. Jetzt bewegte er sich eindeutig. Es wäre sie beinahe teuer zu stehen gekommen, daß sie sich von dem Anblick in den Bann ziehen ließ. Sie rutschte im Matsch aus und wäre vielleicht unter die Räder geraten, wenn Uncumber, die hinter ihr ging, sie nicht am Arm gepackt und hochgezogen hätte.

»Danke«, keuchte sie. Dann sagte sie mit einer nüchternen Sicherheit, die sie selbst überraschte: »Du bist Bruna, stimmt's?«

»*Si.* Und du bist Ellie, Mistress Pascoe. Ich sagte dir, wenn du nicht mehr nach mir Ausschau hältst, tut eine Tür sich auf, und da bin ich.«

»Wirklich?« sagte Ellie. »Das weiß ich nicht mehr. Aber Fidel ... Chiquillo ... dein Bruder ...«

»Vor langen Jahren begraben auf einer Lichtung in unseren Wäldern, wo niemand seine Ruhe stören kann«, erwiderte Bruna.

Das ergab keinen Sinn. Alles war so unwirklich. Aber wie sollte es anders sein, wenn man schon dem Boden unter den Füßen nicht mehr trauen konnte?

Sie warf noch einen Blick zurück. Bruna lächelte, aber Ellie schaute an ihr vorbei.

Verdammt! Sie hatte es verpaßt. War es nicht immer so? Peter behauptete immer steif und fest, daß die Engländer garantiert dann ein Tor schossen, wenn er mal kurz zum Pinkeln rausging.

Wo Mungo Macallums Vergnügungspavillon, sein Kommandoposten, sich einst erhoben und die Natur in eine Abendunterhaltung für Dinnergäste verwandelt hatte, gähnte jetzt der leere Raum.

Nein, nicht leer. Erfüllt mit dem Triumph der Wolken und des Meeres, des Windes und des Himmels.

Dann gelangten sie auf etwas festeren Boden und überwanden die rote Plastikabsperrung. Jetzt war die Festbeleuchtung der Terrasse zu sehen, und Ellie kehrte in das Leben zurück, das sie vor einer Million Jahren hinter sich gelassen hatte.

Die nächste Stunde verstrich wie im Traum. Ellie war wieder mit Peter vereint, und nachdem sie mit Wield in Nosebleed telefoniert und gehört hatten, daß Rosie in ihrem Bett tief und fest schlief, Tigs Kopf neben sich auf dem Kissen und Carla zu ihren Füßen, hatten sie ihre Erlebnisse ausgetauscht, sich umarmt und erstaunlicherweise viel gelacht, als würde die Zeit bereits das beinahe tragisch ausgegangene Erlebnis mit komödienhaften Zügen versehen.

Ellie und Bruna hatten sich unter Tränen umarmt, aber da die Zeit drängte, hatte die Kolumbianerin ihre Geschichte nur mit knappen Worten erzählen können. Ihr Bruder war von Regierungstruppen tödlich verwundet worden, und als er starb, hatten seine engsten Genossen, die einsahen, daß der Einfluß von PAL fast ausschließlich auf Chiquillos charismatischer Persönlichkeit beruhte, Bruna überredet, an seine Stelle zu treten. Das Täuschungsmanöver war erfolgreich verlaufen, und als Bruna schließlich bei einem sorgfältig gelegten Hinterhalt den Regierungsleuten in die Falle ging, hatte sie die Legende von Chiquillos nahezu magischer Fähigkeit, sich seinen Feinden zu entziehen, bestärkt, indem sie wieder zu Bruna wurde, sich festnehmen und ins Gefängnis werfen ließ.

»Und dann hat Kelly – ich meine, Corny – ihre Großmutter dazu bewegt, dich auf die Korrespondenzliste von Liberata zu setzen«, sagte Ellie. »Kennst du Corny schon lange?«

Sie stellte die Frage beiläufig, aber Bruna antwortete lächelnd: »Wir lieben uns, seit wir uns vor vielen Jahren begegnet sind. Wenn ich im Kerker liege, hilft sie, Chiquillo lebendig zu halten, indem ... aber ich glaube nicht, daß diese Dinge für deine Ohren bestimmt sind. Du hast dein Leben, das zu meinem zu machen ich mich im Kerker sehnte, und darin ist kein Platz für all dies Morden.«

Eine Frage konnte sich Ellie aber doch nicht verkneifen: »Verzeih mir, dein Schnurrbart, er sieht ziemlich echt aus.«

»Das ist er auch, er hält Wind und Wetter stand«, erwiderte Bruna. »Früher, als ich vorgab, Fidel zu sein, war er falsch, so daß jene, die einen Blick auf mich erhaschten, sich täuschen ließen. Aber im Gefängnis, die Wachen ... ich brauche dir nicht zu sagen, wie die Wachen sind ... und langsam legt mein Körper eine neue Maske an, meine Brüste werden klein, und diese echten Haare wachsen auf meiner Lippe, so daß ich am Ende zu etwas werde, was diese Männer nicht begehren. Aber jetzt, da ich frei bin, werde ich allmählich wieder zur Frau.«

Also doch die heilige Uncumber, dachte Ellie.

Natürlich lag die medizinische Erklärung auf der Hand, wenigstens für sie, die sich im Rahmen ihrer Frauenstudien an der Uni auch mit der Physiologie der Magersucht befaßt hatte. Eine extreme Hungerkur, ob selbstverordnet oder durch Gefängniskost aufgezwungen, kann die Hormonausschüttung des Hypothalamus reduzieren, die Folge ist Hypogonadismus, der bei erwachsenen Frauen oft zu Virilismus führt. *Sic probo.* Aber dies eine Mal war Ellie von der übernatürlichen Erklärung mehr angetan.

Bruna sah nach Kelly, und Ellie ging wieder Feenie und Mrs. Stonelady zur Hand, die für trockene Kleidung und warmes Essen sorgten.

Nach einer Erste-Hilfe-Versorgung waren Shirley Novello und Wendy Woolley von Daphne ins Krankenhaus gebracht worden. Diese hatte es in kürzester Zeit geschafft, wieder so auszusehen, als hätte sie einen Fototermin für *Country Life.*

Feenie hatte auch Kelly bewegen wollen mitzufahren, aber Popeye hatte ihr versichert, die Vorkehrungen für ihre Behandlung würden bereits getroffen, und es war nicht zu leugnen, daß die leidende Kelly, sobald Bruna aufgetaucht war, neue Lebenskraft geschöpft hatte.

Liebe findt zuletzt ihr Stündlein, das weiß jeder Mutter Sohn.

Auch Andy Dalziel wirkte ein bißchen angegriffen. Er hatte die Aufgabe übernommen, an alle Bedürftigen Alkohol auszuschenken. Die einzigen Worte, die er im Frühstadium mit Ellie wechselte, waren: »Schön, dich zu sehen, Mädel, aber wie mein alter Papa zu sagen pflegte: ›Wenn die Ware nicht zu haben ist, dann stell sie nicht aus.‹«

Ellie verstand nur Bahnhof, bis Pascoe ihr zuflüsterte: »Ich glaube, dein Negligé verwirrt ihn ein bißchen.« Worauf sie die Jacke zuknöpfte, die er ihr um die Schultern gelegt hatte.

Dann kam Bruna zurück. »Ellie, die Stunde des Abschieds naht zu früh«, erklärte sie, »aber hier dürfen wir nicht bleiben. Ich schreibe wieder, und diesmal auf Wegen, die ruchlose Ränkeschmiede nicht stören können. Ich grüße deine kleine Tochter, die ich im Garten traf.«

»Die Frau mit dem Schnurrbart!« erinnerte sich Ellie. »Sie hat sich nicht täuschen lassen.«

»Kinder sehen klar«, sagte Bruna. »Vielleicht kommt der Tag, an dem wir sehen wie die Kinder.«

Sie schloß Ellie in die Arme und drückte sie an sich. Dann küßte sie sie auf die Lippen, drehte sich um und ging.

Ellie folgte ihr. Popeye saß am Steuer des Mercedes, die beiden Frauen schmiegten sich auf dem Rücksitz aneinander.

Immer noch wütete der Sturm, aber als Ellie jetzt das weiße Auto in den Regen gleiten sah, schien es, als breite er einen magischen Schutzmantel darüber.

Ellie ging wieder hinein.

»Dann sind sie also gefahren«, bemerkte Pascoe.

»Ja, Peter. Ich weiß, sie stehen bestimmt auf allen möglichen Fahndungslisten. Danke, daß du nicht versucht hast, sie aufzuhalten.«

»Wen meinst du, mich? Während der große Boß auf seinem Hintern sitzt, Scotch trinkt und abwartet? Das hätte ich mich doch nie getraut!«

»Übrigens, saßen da außer dir und Andy nicht noch ein paar andere Leute gut verschnürt hinten im Laster?«

»Meinst du? Vielleicht fragen wir ihn lieber.«

Aber sie stellten alsbald fest, daß Feenie die Frage bereits aufgeworfen hatte.

»Superintendent«, sagte sie. »Was in aller Welt ist mit Ihren anderen Freunden im Lastwagen geschehen?«

»Das weiß ich auch nicht recht«, meinte Dalziel. »Pete, mein Junge, habe ich dir nicht gesagt, du sollst sie losbinden?«

»Ich glaube nicht, Chef«, sagte Pascoe.

»Da bin ich mir aber ganz sicher. Wenn du es nicht getan hast, dann müssen sie noch da drinnen sein. Zum Teufel noch mal. Er wird nicht gerade erfreut sein, der alte Pimpernel, so wie ich ihn kenne!«

Das war eine Untertreibung.

Sempernel tobte zwar nicht, aber seine Wut drückte sich in jeder steifen Bewegung seines Körpers und in jeder abgemessenen Silbe seiner Worte aus.

Als er erfuhr, daß Popeye mit den beiden Frauen weggefahren war, wurde sein Schweigen noch beredter.

Und als er feststellte, daß sämtliche Telekommunikationsmittel im Haus außer Betrieb waren, geriet er außer sich vor Zorn.

»Mr. Dalziel«, sagte er. »Mr. und Mrs. Pascoe, Miss Macallum, was heute abend im einzelnen vorgefallen ist, muß erst noch geklärt werden, aber ich möchte nicht, daß Sie glauben, Sie könnten ungestraft dem Nachrichtendienst Ihrer Majestät ins Handwerk pfuschen. Ich habe bereits genügend Informationen über

Sie alle gesammelt, um Ihnen eine düstere Zukunft zu garantieren. Wenn meine Ermittlungen abgeschlossen sind, werden Ihre Probleme erst anfangen.«

Mit diesen Worten rauschte er davon, gefolgt von seinen Helfern.

»Kein Wort verstanden, was er da gesagt hat«, sagte Dalziel fröhlich.

»Ich glaube, Bruna hätte seine Botschaft folgendermaßen ausgedrückt: Ich werde an eurer ganzen Bande Rache üben«, meinte Ellie.

»Er kann doch eigentlich nichts unternehmen, oder?« fragte Peter besorgt. »Ich meine, man kann nie wissen, was diese Leute in ihren Akten haben.«

»Keine Sorge, mein Junge. Wenn mich mein Gefühl nicht trügt, wird der gute alte Gawain bald feststellen, daß es seinen Akten so ähnlich ergeht wie ihm selbst, daß sie nämlich altersbedingt ziemlich stark abbauen. So oder so bin ich sicher, daß er als Gentleman nicht auf die Idee käme, uns arme Sterbliche zu bedrohen. Aber damit du ruhig schlafen kannst, gehe ich auf Nummer Sicher und frage ihn das nächste Mal, wenn er mir über den Weg läuft.«

»Und wann wird das voraussichtlich sein?« erkundigte sich Pascoe.

Andy Dalziel zog ein riesiges khakifarbenes Taschentuch heraus und wischte sich die Finger ab, die irgendwie ölverschmiert aussahen.

»Ich würde sagen, ungefähr in zwei Minuten, wenn er feststellt, daß sein Wagen nicht anspringt«, erwiderte er.

ZWEIUNDZWANZIG

Aus den Sibyllinischen Blättern

Morgan Meredith…
lost in a dream where she walks and she doesn't need wheels…
how good it feels…

Meredith. Ein guter Name. Um ihn noch besser zu machen, deutete ich auf der Uni an, ich sei mit George, dem Schriftsteller, verwandt. Ich deutete es nicht nur an. Nach und nach wob ich ein Netz aus Umständen, Familientraditionen und Anekdoten, aus Erbstücken, Briefen und Manuskripten in Kisten auf unserem Dachboden.

»Faszinierend«, meinte mein Tutor. »Vielleicht ein gutes Thema für Ihre Doktorarbeit, falls Sie dazu Lust haben.«

Und ich lächelte, hielt mich für die große Betrügerin, für Morgan le Fay, am Ende der Swinging Sixties den Hintern im Minirock und die Welt zu meinen Füßen, zu einem Beatles-Hit tanzend und fest überzeugt, daß erste und erstklassige Erfahrungen auf allen nur denkbaren Gebieten auf mich warteten.

Und mein Tutor lächelte auch, tiefer beeindruckt von meiner Begabung für Lug und Trug als von meiner akademischen Befähigung.

Dann besuchte sein lieber Freund Gawain Sempernel, Absolvent unseres College und hochgeachteter Altphilologe, unsere Universität und hielt eine Vorlesung zu dem Thema *Homer im achtzehnten Jahrhundert.* Und als mein Tutor mich ihm vorstellte, glaubte ich, dies sei eine Würdigung meiner akademischen Brillanz.

Viel später und viel zu spät begriff ich, daß er in Wirklichkeit nur Gawains Kuppler war, der ihn mit Jungs und Mädels zur genaueren Begutachtung versorgte.

Natürlich war *Kuppler* in diesem Fall mehr als nur eine Metapher.

Liebende unter dem singenden Maihimmel waren wir einst.

Er formulierte es so gut, George Meredith, mein angeblicher Verwandter. Nur daß unsere Version der modernen Liebe noch weit über das hinausging, was er sich vorstellen konnte, selbst als er seine Illusionen verloren hatte und zum Zyniker geworden war.

Flinke Falken in der Falle waren wir.

Nicht ganz verkehrt. Gawain bedeutet *Maifalke*, was du vermutlich wissen dürftest. Und du warst ein wahrer Raubvogel, Gaw. Ich habe deine Fänge zu spüren bekommen.

Und was mich betrifft, habe ich mich eine Zeitlang wie ein Falke verhalten und fühlte mich unter dem singenden Himmel in meinem Element.

Vielleicht waren die Tage meiner Höhenflüge damals schon gezählt. Vielleicht glaubte ich wie der Zaunkönig auf dem Rükken des Adlers, deine Kraft reiche für zwei. Sicherlich, als die Schmerzen anfingen und die Mattigkeit kam und die Luft so dünn wurde, daß sie mich kaum noch tragen konnte, und ich den Arzt unserer Abteilung aufsuchte und mich untersuchen ließ, da zögerte ich nicht, flügellahm zu dir zu flattern und dir die düstere Diagnose mitzuteilen.

MS. Multiple Sklerose.

Wie liebevoll, wie mitfühlend du warst.

Wie rasch, wie geschickt du vorgingst.

Ich sagte, wir müssen uns trennen. Du sagtest, für dich verändere sich nichts.

Keiner von uns beiden meinte es ehrlich. Wenigstens darin waren wir uns einig.

Und ganz allmählich, beinahe unmerklich, manövriertest du uns auseinander. Und dabei verfuhrst du so, daß ich, als ich es merkte, schon beinahe glaubte, es sei meine eigene Entscheidung gewesen.

Aber nicht ganz. Oder nicht für immer. Denn als du mich (unter allgemeinem Beifall) zu deiner Sibylle in der Höhle ernanntest, gewährtest du mir Zutritt zu Informationsbereichen, wo die Wahrheit über dich in aller Deutlichkeit zu lesen war.

Aber wenn du deine Kreatur mit den Göttern reden läßt, mußt du auch in Kauf nehmen, daß das arme Ding hört, was die Götter zu sagen haben.

Apoll gewährte der Sibylle in Cumae einen Wunsch, und sie bat um das ewige Leben, vergaß aber ewige Jugend und gute Gesundheit hinzuzufügen. Jahrhunderte später lebte sie immer noch, aber so geschrumpft und verhutzelt, daß man sie in einen Tonkrug setzte. Hilflos von der Decke ihrer Höhle baumelnd, sprach sie ihre Prophezeiungen aus.

Mein Krug ist aus Stahl und Leder und hat vier Räder, und mein Schicksal ist weniger tragisch als ihres, denn ich kann mich noch fortbewegen, aber wohin ich mich bewegen sollte, weiß nicht einmal Apoll zu sagen. Das Ende meines Dienstes hier ist in Sicht, und bald werde ich von dem grauen Wirbel aufgesogen, der zwischen mir und dem endgültigen Dunkel steht, während du, mein Maifalke, fest entschlossen bist, mit Glanz und Gloria deinen Abschied zu nehmen und dir deinen Lebensabend mit den sybaritischen Annehmlichkeiten des College zu versüßen, an dem wir uns begegnet sind.

Oder vielleicht auch nicht.

Denn du bewegst dich am Rande des Fiaskos, Gaw.

O ja, ich weiß, das hast du schon oft erlebt, und immer hast du in letzter Minute deine starken Flügel ausgebreitet und dich in die Lüfte erhoben, hoch über den Rauch und den Tumult des freudlosen Terrains, das die Menschen Scheitern nennen.

Aber diesmal, Gaw, diesmal ...

Was hast du vorzuweisen nach all deinen Bemühungen, deinen Versicherungen, deinen Prahlereien? Was hast du für dein überzogenes Budget gekauft?

Was du jedenfalls nicht vorweisen kannst, sind Waffen oder Drogen. Ganze fünf Faden tief liegen sie in der Nordsee, begraben unter einem mehreren Tonnen schweren Stück Yorkshire oder von den Gezeiten fortgespült Richtung Dogger Bank.

Und was ist mit Fidel Cubillas, dem berühmten Chiquillo? Was ist mit seiner Schwester Bruna, die du prahlerisch zu deiner Marionette machen wolltest? Oder mit Patrick Ducannon, Popeye, den du immer als irische Witzfigur bezeichnet hast? Oder mit Kelly Cornelius, der meisterhaften Geldwäscherin?

Die hast du offenbar auch nicht erwischt.

Und damit bleibt ... was?

Eine magere Ausbeute. Du wirst deinen ganzen Einfallsreichtum aufbieten müssen, um sie als fette Opfergabe auf dem Altar deines Ruhms zu präsentieren.

Liberata und ihre Gründerin Serafina Macallum. Eine gemeinnützige Stiftung als Deckmantel für die Geldwäscherei von Terroristen und ihre berüchtigte subversive Gründerin. Ja, das wäre ein Leckerbissen.

Und hier haben wir Eleanor Pascoe, altlinke Rebellin, aktive Anhängerin von Liberata und erwiesenermaßen Kontaktfrau zu besagten Terroristen. Verheiratet mit einem gewissen Peter Pascoe, einem Chief Inspector des Criminal Investigation Department, der durchaus in der Lage ist, ihr bei der Vertuschung krimineller Machenschaften mit Rat und Tat zur Seite zu stehen. Es lohnt sich, sie in ihre Bestandteile zu zerlegen und genauer zu analysieren.

Und schließlich (ein nicht unbedeutender Fang) treibst du noch einen Ochsen zum Opferblock, Detective Superintendent Andrew Dalziel, der die Autorität verhöhnt, auf dünnem Eis Schlittschuh läuft (stets eine gefährliche Betätigung für einen beleibten Mann), bereits als mögliches Sicherheitsrisiko gilt und ein Verhältnis mit einer bekannten Dissidentin hat. Andrew Dalziel, der vorsätzlich deine Anordnungen mißachtete, es länger als nötig duldete, daß du physisch außer Gefecht gesetzt warst, und die Hauptverdächtigen entkommen ließ.

Ja, gewiß, es gibt etwas, das, attraktiv aufbereitet, für deine Herren annehmbar sein könnte, die, da du ohnehin deinen Abschied nehmen willst, ein Auge zudrücken und dich in aller Stille ziehen lassen könnten.

Und doch, und doch, um zu meiner Flugmetapher zurückzukehren, diese Zweige sind zu brüchig, um dich darauf niederzulassen, mein lieber Gaw, auch wenn ich in der Vergangenheit schon oftmals beobachtet habe, wie du dich von manch wesentlich gefährlicheren Platz unversehrt in die Lüfte erhoben hast.

Aber diesmal nicht, würde ich sagen. Denn selbst du, mein Maifalke, kannst nicht von Zweigen abheben, die unter deinen Fängen zerbröckeln. Nicht einmal du kannst auf das reine Nichts verweisen und deine Herren davon überzeugen, daß deine Adleraugen hier strafbares Verhalten erkannt haben. Denn für deine Sibylle ist die Zeit gekommen, ihre Blätter in alle Winde zu zerstreuen.

Look at them flying...
Drifting away on the wind which blows hard from the west...
Never to rest...

Feenie Macallum ... ich drücke auf *Entfernen,* und fort ist sie.

Der alte Dalziel ... trotz seiner imposanten Statur verschwindet er genauso rasch ins Nirwana.

Eleanor Soper ... Ellie Pascoe ... und ihre ganze Familie ... da machen auch sie sich davon.

Edgar Wield ... wieder in Sicherheit in seinem geliebten Eendale.

Nun will ich aber auch das ganze Sibyllinische Laub zusammenrechen und es in den alles vernichtenden Sturm werfen ... Popeye und Feenie und Chiquillo und Kelly...

(Oh, Gawain, trauerst du, weil Goldengrove seine Blätter abwirft...?)

So, als hätte es sie nie gegeben.

Armer Gaw. Was willst du jetzt erbeuten, da von deiner Beute nichts mehr übrig ist?

Jetzt lernst du die Stille kennen, wenn alle Vögel tot sind und doch noch etwas wie ein Vogel singt.

Das bin ich, Gaw.

Sibylle
die für alle Zeiten in deinem Kopf singt und nun endlich
wieder fliegen kann
oh, ihr alle sollt vom Augenblick meines Abflugs erfahren
wenn ich meinen Zauberkasten öffne und hineingreife
und das lebendige Herz meines Geheimnisses packe
und zum letzten Mal seine Macht durch meine Adern
strömen fühle
und in allen Etagen dieses mächtigen Gebäudes alle
Bildschirme gleichzeitig schwarz werden ...
dann sollt ihr wissen, daß ich weit weg bin und mit all den
anderen Blättern auf dem Westwind segle
und fliege, der Wind weiß wohin ...

all us looney people where do we all belong ...
all us looney people ... where ...

Epilog

O schöne Ellie, diese Botschaft wird, so glaub ich wohl, Dich bald erreichen, denn Onkel Paddy kennt alle geheimen verschlungenen Pfade, um den Spitzeln zu entgehen, wenn sie denn lauern. Zu wenig Zeit blieb uns zur Unterredung, jetzt aber weiß ich, was Corny und auch Paddy mir verbürgen, daß jenes Bild, das ich aus Deinen lieben Briefen las, das wahre ist, ein zärtlich' Herz, gepaart mit einem wagemut'gen Geist. Stets will ich Deiner gedenken, wie ich Dich erstmals sah, rein, aufrecht an dem grauenvollen Ort, Du, deren Lumpen goldne Waffen übertrafen, deren nackte Brüste Zeugnis ablegten. Mein Kampf, das weiß ich, ist der Deine nicht, mir bleibt zu wünschen nur, ich hätte tausend solche, die mir folgen, denn Großes könnten wir bewirken dann! Jetzt ruhen wir uns aus, bis all unsre Wunden heilen. Paddy will von allen Kriegen Abschied nehmen, weiß aber vieles, was uns nützen kann, und außerdem fehlt ihm auch das bißchen Geld zum guten Leben, wir wollen seh'n. Mag sein, daß unsre Wege einander wieder kreuzen. Mag sein, daß eines Tages, wenn Du nicht länger Ausschau hältst, sich auftut eine Tür und ich bin da. Bis dahin lebe wohl, teure Ellie Pascoe, und wisse, daß ich in Freundschaft treu bin wie im Namen meines Bruders.

Aus der *London Times*

AUSZEICHNUNGEN

Gawain Clovis Sempernel wird für besondere Verdienste zum Member of the Order of the British Empire ernannt. (Nach seinem Ausscheiden aus dem Staatsdienst soll Mr. Sempernel die Position eines Honorarkonsuls Ihrer Majestät in Thessaloniki übernehmen, wo er sein Lebenswerk – eine Übersetzung des Homer in lateinische Hexameter – abzuschließen gedenkt.)

TODESANZEIGEN

Meredith Morgan: Staatsbeamtin; verschied in aller Stille zu Hause nach langer, tapfer ertragener Krankheit. In tiefer Trauer ihre Freunde und Kollegen im Ministerium für Informationstechnologie.

Kapitel 4

Die rosigen Finger der Morgenröte streichelten die Wangen des Odysseus, und er erwachte sofort.

Aber er schlug nicht gleich die Augen auf. Sein Instinkt sagte ihm, daß er nicht allein war, und seine Ahnung bestätigte sich, als er sich wie ein unruhiger Schläfer umdrehte und ein klein wenig Licht unter sein linkes Augenlid dringen ließ.

Denn dicht neben seinem Kopf, die Augen auf sein Gesicht geheftet und das Schwert mit ruhiger Hand auf seine Kehle gerichtet, kauerte Achates.

»Ich weiß, daß du wach bist«, murmelte der Mann. »Und ich weiß, wer du bist. Und das bedeutet, daß mich Hirn und Herz bedrängen, dich zu töten. Nur der Befehl des Fürsten hindert mich daran, und ich gerate in Versuchung, ihn zum ersten Mal

in meinem Leben zu mißachten. Weißt du, was mich abhält, Grieche? Du bist Scheiße, das ist der Grund. Du bist keinen Furz wert, geschweige denn einen Treuebruch. Ich sehe ihn an, und ich sehe dich an, und was sehe ich? Zwei Männer, die über die großen Meere irren, und viele Jahre lang ähnliche Gefahren erdulden. Aber damit sind die Ähnlichkeiten schon erschöpft. Denn mein Fürst hat immer noch den Großteil seiner Leute bei sich, seinen Vater, seinen Sohn, seine Offiziere, seine Männer und deren Familien. Während du, erbarmungswürdiger Fettwanst, ganz allein bist. Wo sind deine Gefährten, Grieche? Wo sind deine Freunde? All jene vertrauensseligen Narren, die vor so vielen Jahren von Ithaka, diesem Felshaufen, mit dir in See stachen? Alle sind sie fort, alle in den Tod getrieben durch den mächtigen Gott, dessen Zorn du bisher entronnen bist, aber all deine Gefährten haben dafür bezahlt. Wenn es dir je gelingen sollte, die heimatliche Küste wiederzusehen und den Kiesstrand zu deiner mächtigen Burg zu erklimmen, dann wirst du ihre Knochen unter deinen Füßen knirschen hören. Aber mein Herr, der Fürst, wenn er die uns verheißenen Lavinischen Gestade erreicht, wird seinen ganzen Stamm bei sich haben, unversehrt, um unser Land zu erobern und zu besiedeln. So haben es die Götter verheißen. Dieselben Götter, denen du trotzt, die du schmähst und belügst, die du umschmeichelst und hinters Licht führst, nur um am Leben zu bleiben. Also werde ich meinem Fürsten gehorchen, denn seine Befehle kommen letztlich von ganz oben. Aber beim ersten Anzeichen von Betrug, das glaube mir, werde ich eine Furche in diesen gewaltigen Bauch pflügen und erst dann innehalten, wenn ich dein Herz ausgegraben habe. Also hüte dich, Grieche! Achte darauf, was du heute tust und sagst, denn das Schwert des Achates wird deinem Rücken stets nahe sein.«

Er verstummte, und nach einer Weile öffnete Odysseus seine Augen ganz, setzte sich auf, gähnte, streckte sich und sagte: »Guten Morgen, Kumpel. Wie sieht's mit dem Frühstück aus?«

Eine halbe Stunde später sah Äneas ungeduldig zu, wie Odysseus seinen dritten Teller Eintopf leerte.

»Nun denn«, sagte er, »ich weiß nicht, wozu es gut sein soll, wenn wir uns ein wenig umschauen, wie du sagst, doch ich weiß, daß die Zeit in Windeseile verstreicht.«

»Zeit haben wir genug«, meinte der Grieche und blickte zu der milchigen Sonne auf, die sich jetzt über den Horizont erhoben hatte und sich redlich mühte, durch einen Schleier von Wolkenfetzen ihr Gesicht zu zeigen. Aber der Kampf war aussichtslos, und das bißchen Wärme, das ihre vereinzelten Strahlen erzeugten, trug der feuchte Wind fort, der von der grauen See her wehte. »Zwei Dinge gibt es, die ein Mann des Morgens nicht vernachlässigen sollte: seine Verdauung und sein Frühstück. Andernfalls bekommt er später am Tag irgendwann Hunger oder wird auf andere Weise aufgehalten.«

Er stand auf und rülpste melodisch.

»Also, fürs Frühstück wäre gesorgt, jetzt muß ich mich nur noch um meine Verdauung kümmern.«

Gefolgt vom wachsamen Achates, zog er sich hinter einen Felsen zurück. Als er zurückkam, stand da Äneas, der zum Schutz gegen den Wind einen schweren wollenen Mantel umgelegt hatte. Er war dunkelblau gefärbt wie der Ozean unter einem milderen Sommerhimmel und so lange gekämmt, daß er seidig war wie die Fäden im Altweibersommer. Äneas bot ihm ein ähnliches Kleidungsstück an.

Odysseus lächelte und schüttelte den Kopf.

»Bei dem schönen Wetter würde ich unter dem Ding schwitzen wie ein Schwein«, sagte er, zog am Rock seines leichten Chitons und drehte sich im Kreis. »Das reicht mir. Also, gehen wir. Aber nimm deinen Wachhund lieber nicht mit. Mit etwas Glück besuchen wir nämlich eine Dame von hohem Rang, und ein Gesicht wie das seine könnte die Landkrabben erschrekken.«

Äneas sah Achates an und befahl ihm etwas kleinlaut, im Lager zu bleiben.

Die Züge des Hauptmanns zeigten keine Regung, aber er richtete seinen Blick noch einmal auf Odysseus und zischte: »Vergiß nicht, was ich dir gesagt habe.«

»Aber nein. Nur wirst du ein langes Schwert brauchen. Gut, gehen wir.«

Er schritt voran und schlug eine so flotte Gangart an, daß sein jüngerer Begleiter gerade noch Schritt halten konnte.

»Wozu die Eile?« keuchte er. »Wohin willst du?«

»Nirgendwohin. Ganz gleich, wohin. An einem wunderbaren Morgen wie heute ist es einfach nur schön, am Leben zu sein«, entgegnete Odysseus.

Der Trojaner blickte erst zum grauen Himmel empor und dann auf den felsigen Boden, dem nur die pustelartigen Flechten ein wenig Farbe verliehen. Schaudernd zog er den Mantel enger um sich. Abgesehen von den Krabben, die hier und da aufgescheucht davonhuschten, regte sich nichts, ja, es gab nicht einmal Vegetation, die sich im auffrischenden Wind bewegt hätte.

»Wenn das deine Vorstellung von einem wunderbaren Morgen ist, will ich mir lieber nicht ausmalen, wie es auf Ithaka aussieht«, bemerkte er verdrießlich. »Was soll das, Odysseus? Ich warne dich. Wenn du glaubst, du könntest irgend etwas gewinnen, indem du meine Zeit vergeudest, dann besinne dich.«

»Deine Zeit vergeuden, Fürst? Das würde ich nie wagen!« rief der Grieche. »Sieh an. Was haben wir denn hier?«

Sie näherten sich einem großen Felshügel, der schwarz und bedrohlich aufragte, als habe ihn ein riesenhafter Wanderer als Wegmarkierung aufgeschichtet. Aus einer dunklen Spalte zwischen zwei Felsen trat eine Gestalt hervor, in schmuddelige Lumpen gekleidet und, nach der Länge ihrer verfilzten Haare zu urteilen, weiblichen Geschlechts. Sie stützte sich mühsam auf einen Stab, der fast so krumm und knorrig war wie ihre eigene knochige Gestalt. Ihr zahnloser Mund öffnete sich zu einem lautlosen Kichern, und links von ihrer krummen Nase leuchtete ein Auge, das sich auf die nahenden Männer heftete, während der andere Augapfel mit wolkengrauer Pupille unstet umherschweifte, als suche er eine himmlische Botschaft.

»Das ist sie, eben jene widerwärtige Alte, die mich im Lager aufgesucht und vor meinem Schicksal gewarnt hat«, sagte Äneas. »Mit ihr zu verhandeln hat keinen Sinn. Wir müssen sie zwingen, uns zu ihrer Herrin zu bringen, der Nymphe Kalypso. Nur von Angesicht zu Angesicht können wir eine Bitte vorbringen, die ...«

Aber Odysseus hörte ihm nicht zu.

Zum Erstaunen des Trojaners rannte der dicke Grieche voraus, und als er bei der abstoßenden Kreatur anlangte, warf er sich zu Boden, ergriff den Saum ihres ekelhaften Gewandes und drückte sein Gesicht auf ihre schmutzigen, klauenartigen Füße. Äneas, obgleich durch bittere Erfahrung abgehärtet gegen Bilder des Schreckens, verspürte einen Würgereiz, als er sah, wie Odysseus jene grüngelblich eiternden Wunden küßte.

»In Athenes Name, Odysseus, vergiß nicht, wer du bist«, rief der Trojaner. »Ein Fürst aus königlichem Hause, das Blut der Götter fließt in deinen Adern! Wie können wir hoffen, der Nymphe von gleich zu gleich zu begegnen, wenn du dich vor der abscheulichsten ihrer Kreaturen so erniedrigst?«

Aber Odysseus blickte nur auf und sagte: »Fürst, verbeuge dich auf der Stelle. Selbst wenn du so dumm bist zu glauben, es stünde dir schlecht an, einer Gottheit zu huldigen, sei wenigstens ein Mann und zolle der Schönheit die Bewunderung, die sie verdient.«

»Schönheit!« empörte sich Äneas. »Kamele sehen von hinten schöner aus als die von vorn. Neben ihr ist Achates eine Helena. Abscheuliche Hexe, bring uns sofort zu deiner Herrin, oder ich prüfe mit meinem Schwert, wie weit es her ist mit deiner Göttlichkeit.«

Er hatte die Waffe gezückt und der Kreatur an die Kehle gesetzt, aber Odysseus sprang auf und stieß es beiseite. Dann warf er sich erneut zu Boden und flehte demütig: »Vergib diesem trojanischen Narren, Herrin. Kummer, Trauer und Erstau-

nen über deine große Schönheit haben ihn in den Wahnsinn getrieben. Ich bitte, inthronisiere dich hier in deinem Gemach und leihe den demütigen Bitten von uns armen Sterblichen dein Ohr.«

Die Alte beugte sich nieder, nahm den großen Kopf des Griechen in ihre klauenartigen Hände und zog ihn hoch, bis sie ihm tief in die Augen schauen konnte.

»Sage mir, Odysseus, was siehst du hier?« fragte sie, und ihre Stimme glich mehr dem Krächzen eines Vogels, der menschliche Töne zu imitieren gelernt hat, als dem Organ einer Frau.

»Ich erblicke edle Weisheit und liebreiches Erbarmen, vereint in einem Gesicht von solcher Schönheit, daß es größte Begierde in einem Mann weckt, der sich gleichwohl seiner geringen Verdienste bewußt ist.«

»Begierde? Du begehrst mich?« Die Hexe riß den Mund weit auf, so daß ihr fauliges Zahnfleisch sichtbar wurde, und kicherte höhnisch. »Dann fröne deiner Lust, du Schlauster aller Griechen. Willst du mir nicht wenigstens einen Kuß rauben?«

Ihr klaffender Schlund sah für Äneas aus wie das Tor zum Hades. Er erschauderte bei dem Gedanken, diese rissigen, speichelnassen Lippen zu berühren, diese schlangenartige, schuppige Zunge in seinem Mund zu spüren.

Aber Odysseus stand aufrecht, in jedem Sinne, wie sein leichtes Gewand kaum verbergen konnte. Seine Arme umschlangen die alte Vettel, er drückte seine Lippen auf die ihren, während seine Hände sich durch die Risse ihres ekelerregenden Kleides wühlten und ihren knochigen, schwieligen Hintern liebkosten, als wäre es der weiche, rosige Po eines Mädchens.

Und plötzlich, als Äneas gerade sein Schwert hob, um dieser Obszönität ein Ende zu setzen, denn nichts anderes war dies, trat er verblüfft zurück, denn die krumme, uralte Hexe richtete sich auf und wurde zu einer wohlgeformten, schlanken jungen Frau, und die grausigen, eingesunkenen Züge rundeten sich und erstrahlten in kraftvoller, überirdischer Schönheit.

Doch die wundersame Verwandlung war damit nicht zu Ende. Die dunkle Felsspalte, aus der die Hexe getreten war, öffnete sich zu einer luftigen, reich ausgestatteten Grotte, über deren Eingang sich schwer von reifen Trauben ein üppiger Weinstock rankte. Üppige Wälder mit Erlen, Espen und duftenden Zypressen erstreckten sich ringsum, und in ihren Zweigen tummelten sich zwitschernde Vögel. Vier Quellen mit dem klarsten Wasser plätscherten unter den Bäumen und über die angrenzenden Wiesen, in deren wogendem Grün blaue und violette Veilchen blühten. Es war eine Szenerie, die selbst einen Gott entzückt hätte.

Sprachlos sank Äneas auf die Knie.

Die göttliche Nymphe Kalypso (zweifellos war sie es) lachte und stieß den heißblütigen Griechen von sich.

»Odysseus, ich hatte gehört, daß du, sei's mit deinem klugen Kopf, sei es mit deinem starken Arm, jeglichen Feind bezwingst, der sich dir in den Weg stellt. Doch daß du solche Kühnheit besitzt, hätte ich nicht gedacht.«

»Herrin, ich kann hier keinen Feind erblicken, und du selbst ermutigtest mich zur Kühnheit.«

»Vielleicht. Aber du sagst, du sahst mich, wie ich jetzt bin, und nicht, wie dieser arme Wicht mich wahrnahm?«

»Meine Augen, die die Toten im Hades geschaut haben, sind aller menschlichen Maßstäbe enthoben«, erwiderte Odysseus ernst. »Vor Augen, die so klar sehen wie die meinen, kann keine Zauberei der Welt göttliche Schönheit wie die deine verbergen.«

»Tatsächlich?« sagte Kalypso, halb amüsiert, halb geschmeichelt. »Und was begehrst du von mir, daß du so rüde meine Ruhe störst?«

»Was ich begehre, Herrin? Das würde ich lieber unter vier Augen besprechen. Ich möchte den Jungen hier nicht in Verlegenheit bringen, wenn du verstehst, was ich meine.«

»Für solche Unverschämtheit gibt es keine Strafe!« rief die Nymphe.

»Freut mich zu hören«, sagte Odysseus. »Wie wär's dann mit einer Belohnung?«

Sie schüttelte den lieblichen Kopf, nicht ablehnend, sondern in gespieltem Erstaunen, und sagte: »Nun, ich werde dir eine Weile gefällig sein, bevor ich über dein Schicksal entscheide. Komm in mein Gemach.«

Sie ging in die Grotte. Odysseus zwinkerte Äneas zu und folgte ihr. Der Trojaner tat einen unsicheren Schritt, aber der Weinstock hatte mit seinen kräftigen Ranken den Eingang bereits verschlossen.

Verblüfft trat er zurück und setzte sich auf eine bemooste Bank vor der Grotte. Nach einer Weile wurde ihm so warm, daß er den schweren Wollmantel abstreifte, und als er aufblickte, sah er, daß auch der Himmel verwandelt war und sich nun als makellose tiefblaue Kuppel über ihm wölbte, in deren Mitte die Sonnenscheibe prangte.

Die Zeit verging. Allmählich neigte sich die Sonne dem westlichen Himmel zu. Je tiefer sie sank, um so aufgeregter wurde er. Was immer hinter den Weinranken vorfallen mochte, noch galt das Gebot der Nymphe, das ihm bis zum Sonnenuntergang Zeit ließ, mit allen Gefolgsleute außer seinem Sohn von der Insel zu fliehen oder aber zu bleiben und vernichtet zu werden.

Als schließlich nach seiner Schätzung noch kaum eine Stunde blieb, bis die Sonne den Horizont berührte, war seine Geduld erschöpft. Er erhob sich und schritt mit gezogenem Schwert auf den Eingang der Grotte zu. Aber noch bevor er ihn erreichte, gab die Weinrebe den Zugang frei, und Odysseus trat, sein Gewand ordnend, heraus.

»Wie geht's, mein Junge?« sagte er fröhlich. »Tut mir leid, daß ich dich habe warten lassen. Um Priapos, willen, steck das Ding weg. Wenn du die ganze Zeit so damit herumfuchtelst, kriegst du noch Schwierigkeiten.«

Hinter dem Griechen fiel der Vorhang der Weinreben wieder, aber Äneas konnte zuvor noch in den Tiefen der Grotte einen niedrigen Diwan mit weichen Fellen und verknüllten Seidentüchern erspähen, auf den frisch und rosig wie ein Frühlingsmorgen, eine liebliche Gestalt ruhte.

»Ich stecke mein Schwert weg«, entgegnete Äneas vorwurfsvoll, »sobald ich weiß, was sich in Wahrheit zwischen euch beiden da drinnen abgespielt hat.«

»Bist du denn kein erwachsener Mann? Gebrauch deine Phantasie. Ein Ehrenmann genießt und schweigt, vor allem, wenn es um eine Göttin geht. Komm, wir müssen los. Uns bleibt nicht viel Zeit.«

Odysseus schritt davon. Wütend schickte sich Äneas an, ihm zu folgen. Da drehte sich der dicke Grieche um und sagte: »Vergiß deinen Mantel nicht. Du willst dich doch nicht erkälten, oder?«

Plötzlich merkte Äneas, daß ihn fröstelte. Der Wind war wieder aufgelebt, und als er aufblickte, sah er, daß der Himmel sich wieder zugezogen hatte und nun mit dem Einbruch der Dämmerung dunkler denn je war. Er warf einen Blick zurück. Die Grotte mit dem schützenden Weinstock, die üppigen Wälder, die kristallklaren Quellen, die grünenden Wiesen, alles war verschwunden, und statt dessen erstreckte sich wie zuvor die trostlose grauschwarze Felslandschaft vor seinen Augen.

Er griff nach seinem Mantel und eilte Odysseus nach.

»Wohin gehen wir?« fragte er. »Dies ist nicht der Weg zurück zum Lager.«

»Scheiß aufs Lager«, entgegnete Odysseus. »Wir gehen zu der kleinen Bucht, wo du deine Flotte in Sicherheit gebracht hast. Bald sinkt die Sonne, und dann ist es an der Zeit, diese Insel zu verlassen, das weißt du doch?«

Wieder zog Äneas das Schwert und schrie: »Was? Du glaubst wohl, du kannst deine Haut retten, indem du wegrennst?«

»Ich hatte eher an wegsegeln gedacht«, sagte Odysseus. »Beeil dich, oder du schaffst es nicht mehr.«

»Du bist verrückt«, entgegnete Äneas ruhig. »Glaubst du wirklich, ich werde mit dir fortsegeln und meinen Sohn und meinen Vater und all meine Gefährten ihrem Schicksal überlassen? Leb wohl, Grieche. Ich bedaure nur, daß ich nicht die Zeit habe, dich zu töten.«

Er drehte sich um und rannte in die Richtung, aus der sie gekommen waren.

»Wo willst du hin?« brüllte Odysseus.

»Zurück zum Lager und mich dem Schicksal stellen, das meiner harrt«, rief der Trojaner über die Schulter.

»Aber da ist keiner mehr!« schrie Odysseus. »Sie haben zusammengepackt und sind aufgebrochen.«

Seine Stimme klang immerhin so überzeugt, daß Äneas stehenblieb.

»Was soll das heißen?« fragte er. »Wohin sind sie gegangen?«

»Hinunter zur Bucht, um die Schiffe seeklar zu machen, natürlich. Hört ihr Burschen einem eigentlich je zu? Kein Wunder, daß ihr den Krieg verloren habt. Jetzt komm endlich!«

Aber Äneas rührte sich noch immer nicht.

»Sie haben meinen Jungen zurückgelassen?« sagte er mit gebrochener Stimme.

»Sei nicht blöd. Er ist auch da unten. Aber sie lassen dich zurück, wenn du dich nicht bald ein bißchen bewegst. Komm schon. Lauf! Stell dir einfach vor, Achilles ist dir hinter her. Ich habe nie jemanden so schnell rennen sehen wie euch, wenn der Sohn der Thetis gewütet hat!«

Sie rannten, und bald war Äneas so außer Atem, daß er keine weiteren Fragen stellte.

Der Grieche hatte nicht gelogen. Am Strand und auf See herrschte reges Treiben. Auf den Schiffen wurden bereits die Segel gesetzt. Und das Beste war, als sie die Küste erreichten, eilte ihnen Achates entgegen, den kleinen Askanius an der Hand.

Als er seinen Vater sah, riß sich der Junge los und lief auf den Fürsten zu, der ihn stürmisch umarmte.

»Mein Sohn, mein Sohn!« rief er. »Warum bist du nicht in der Obhut deiner Amme?«

»Mach nicht so ein Theater, Vater«, entgegnete der Junge ungeduldig. »Und spute dich. Alle warten auf dich. Ich lauf schon mal und erzähle Großpapa, daß du da bist.«

Er befreite sich aus der Umarmung seines Vaters und sah zu Odysseus auf.

»Und wer bist du?« wollte er wissen.

»Ich? Ein Freund von Papa. Mit Namen Odysseus.«

»Red keinen Unsinn. Odysseus ist ein Schurke, und mein Vater würde ihn umbringen. Außerdem ist er drei Meter lang, hat einen Löwenkopf und einen Schlangenschwanz, und du bist nur ein dicker alter Mann. Jetzt beeile dich, Vater.«

Der Junge sprang davon.

»Netter Kerl«, meinte Odysseus. »Muß nur noch anständige Manieren lernen.«

Nun war auch Achates bei ihnen angelangt.

»Gut, daß du hier bist«, sagte er. »Ich habe deine Botschaft erhalten. Wir sind jetzt bereit zur Abfahrt.«

»Meine Botschaft?«

»Ja. Von der alten Hexe. Der du als Vollmacht deinen Ring gegeben hast. Hier, nimm ihn lieber zurück.«

Er gab Äneas den Ring. Der Fürst betrachtete verblüfft seine Hand. Erst jetzt bemerkte er, daß der Ring fehlte.

»Wie kann das sein?« fragte er Odysseus. »Die Nymphe hat die Grotte doch nicht verlassen, ich habe Wache gehalten.«

»Das ist einer der Vorteile, die göttliche Wesen genießen«, erwiderte der dicke Grieche. »Sie können an zwei Orten zugleich sein. Ich muß es wissen, denn ich hatte sie am ganzen Körper.«

»Kommst du jetzt an Bord, Fürst?« fragte Achates. »Wir sind bereit, und deine Botschaft machte deutlich, daß wir bei Sonnenuntergang auf See sein müssen.«

»Stimmt. Gut. Wir sind in zwei Minuten bei euch.«

Achates wandte sich ab, hielt inne und warf Odysseus einen

Blick zu. Auf seinen zerfurchten Zügen spiegelte sich keine Regung, aber er nickte, dann ging er.

»Das sollte wohl ein Dankeschön sein?« sagte Odysseus.

»Hast du denn Dank verdient? Nein, tut mir leid. Natürlich, es muß so sein. Was hier geschieht, hat zweifellos mit dem zu tun, was dort geschehen ist. Aber jetzt bleibt keine Zeit zum Reden. Wir müssen an Bord eilen, und sobald wir auf See und in Sicherheit sind, können wir es uns bei einem Krug Wein wohl sein lassen. Und du, ob Ehrenmann oder nicht, kannst mir genau berichten, wie du die Nymphe zu diesem Sinneswandel bewogen hast.«

»Ja, das täte ich allzu gern. Nur komme ich nicht mit. Ich bleibe noch eine Weile hier. Das ist wohl am besten so. Ich meine, deine Jungs würden mich doch beim ersten Sturm über Bord werfen.«

»Nein!« entgegnete Äneas mit Nachdruck. »Wie immer du es angestellt hast, du hast mir und meiner Familie hier einen solchen Dienst erwiesen, daß ich bei den Göttern schwöre, nichts auf Erden oder im Himmel wird mich bewegen, dir meinen Schutz zu entziehen.«

»Nö, mein Junge. Ich würde mit Schwüren nicht so um mich werfen«, entgegnete Odysseus freundlich. »Ich schätze, du bist einer der armen Wichte, die die Götter ewig zappeln lassen, und mit denen läßt sich schlecht streiten. Also, ich bleibe. Und du legst jetzt ab. Eine schöne Reise noch.«

»Aber wie willst du je hier wegkommen, wo dich solches Heimweh plagt?« fragte Äneas. »Begleite mich wenigstens zu einer bewohnten Insel, wo du ein neues Schiff und eine Mannschaft findest. Oder – wenn du das ausschlägst, lasse ich dir eines unserer Küstenboote zurück, dann kannst du dich bei besserem Wetter selbst auf die Reise machen.«

»Nein, mach dir keine Umstände. Ich komme schon zurecht«, erwiderte der dicke Grieche unbekümmert.

Der Trojaner sah ihn lange an, dann sagte er plötzlich: »Du darfst nicht fahren, nicht wahr? Das ist der Handel, den du eingegangen bist. Kalypso hat beschlossen, daß sie viel lieber den großen Fürsten Odysseus zum Gefährten hätte als einen kleinen Jungen wie Askanius. Sie hat gesagt, daß sie ihn ziehen läßt, wenn du an seiner Stelle bleibst. Hab ich recht?«

»So ungefähr. Wir müssen das Thema nicht auswälzen. Gutes Futter, hübsches Quartier und die Extras.«

Odysseus leckte sich lüstern die Lippen und grinste breit.

Aber Äneas musterte ihn skeptisch.

»Vorhin«, sagte er, »als du sie zum ersten Mal erblickt hast, was hast du da gesehen? Eine schöne Frau in einer lieblichen Landschaft oder eine ekelerregende alte Schachtel neben einem Felshaufen?«

Odysseus zuckte die Schultern.

»Es zählt nicht, was du siehst«, erwiderte er, »sondern was deines Wissens nach da ist.«

»Ja, aber ein solcher Akt des Glaubens ...« Schaudernd erinnerte sich Äneas, wie der Grieche jene eitrigen, uralten Füße liebkost hatte.

»Du hättest dasselbe getan, wenn du dich recht besonnen hättest. Für deinen Jungen.«

»Ja, aber hätte ich es für deinen Jungen getan ...?«

»Ich habe an meinen Jungen gedacht«, sagte Odysseus. »Mein Junge, der viel kleiner war als deiner, als ich ihn das letzte Mal gesehen habe ...«

Er wandte das Gesicht ab, aber Äneas hatte schon die Tränen in seinen Augen erspäht.

»Wie lange hast du versprochen, hier zu bleiben?« wollte er wissen.

»Oh, eine ganze Weile.«

»Für immer, nicht wahr? Sie will dich für immer. Sei ehrlich, Mann. Du wirst nie nach Hause zurückkehren!«

»Für immer ist eine lange Zeit«, erwiderte Odysseus. »Vermutlich wird es nicht lange dauern, bis sie meiner überdrüssig ist. Ich denke, du solltest lieber fahren. Sie warten auf dich, und die Sonne geht gleich unter.«

Äneas nahm die Hände des Griechen in die seinen.

»Leb wohl, Freund«, sagte er leidenschaftlich. »Ich werde dich nie vergessen.«

»Doch, doch, das wirst du«, widersprach Odysseus.

»Nein. Ich schwöre es…«

»Da, schon wieder. Unentwegt schwingst du dein Schwert und schwörst. Das bringt nichts. Ich meine nur, sie, die Nymphe Kalypso, hat verfügt, daß ihr alles vergessen werdet. Du und alle deine Männer. Deine Begegnung mit ihr auf ihrer Insel wird für immer aus deinem Gedächtnis gelöscht sein, und einst, wenn die Sänger unsere Taten rühmen, wird keiner berichten können, was hier geschehen ist.«

»Kann sie derlei bewirken?«

»Aber ja. Sehr einfallsreich, die Dame. Nur ist sie nicht unfehlbar, weißt du? Sie sagt, kein Sänger wird je unsere Geschichte vortragen. Vielleicht aber wird in Zukunft ein Weib den Versuch unternehmen, sie zu erzählen.«

»Ein weiblicher Sänger?« sagte Äneas voller Zweifel. »Kann es das je geben?«

»Alles möglich«, meinte Odysseus. »Nur die Götter wissen, wie die Welt in ein paar tausend Jahren aussieht.«

»Ich habe gehört«, sagte Äneas bedächtig, »einige eurer griechischen Denker glauben, daß die Geister der großen Männer wiedergeboren werden könnten, um in späteren Jahren auf Erden zu wandeln. Was hältst du davon?«

»Wie gesagt, nach allem, was ich durchgemacht habe, würde ich sagen, alles ist möglich.«

»Dann könnte es sein, daß wir beide uns nach vielen hundert Jahren wieder begegnen, Odysseus.«

»Ja, aber woran würden wir einander erkennen?«

»Na, das ist nicht schwer. Ich würde nach einem dicken Mann Ausschau halten, der nicht auf den äußeren Schein achtet, sondern auf das, was seines Wissens nach da ist.«

»Und ich würde nach einem mageren Jungen Ausschau halten, der versucht, in zwei Richtungen gleichzeitig zu gehen,

und mehr Zeit damit verbringt, sein Schwert zu schwingen, als es zu gebrauchen.«

Die beiden umarmten sich. Dann riß sich Äneas los und rannte zu dem wartenden Boot, das sofort ablegte und ihn zu dem Schiff brachte, das das fürstliche Banner trug.

Jetzt war es fast dunkel. Nur eine blaßrosa Linie zwischen dem tiefhängenden Himmel und dem unruhigen Meer zeigte an, wo die Sonne hinter den Horizont versank. Odysseus sah, wie das Boot längsseits des Schiffes hielt. Noch bevor die Männer an den herabgelassenen Seilen hochkletterten und an Deck gelangten, blähten sich die Segel an den Masten. Das Schiff stach in See.

Er stand da und sah zu, wie der Wind in die Segel fuhr und das Schiff des Fürsten den anderen folgte, die bereits das offene Meer gewannen.

Bald verschlangen sie die wachsende Dunkelheit, die Gischt und der wirbelnde Regen, aber Odysseus versuchte angestrengt, sie im Auge zu behalten. In Gedanken war er dort draußen, nicht bei der trojanischen Flotte, sondern am Bug seines eigenen Schiffes, den Leib durchtränkt von Schweiß und Salzwasser, spürte, wie das Holz bei dem schweren Wellengang knarrte und ächzte, hörte die Segel schlagen und seine Leute an den Rudern keuchen, und wußte, daß ihr Stöhnen weder von Unmut noch von Angst zeugte, sondern von der rechtschaffenen Anstrengung derer, denen klar ist, daß jeder Ruderschlag sie der Heimat ein paar Meter näher bringt.

Aber er hatte kein Schiff, er hatte keine Gefährten, und er konnte anstellen, was er wollte, es hätte ihn der Heimat kein Stückchen näher gebracht.

Traurig und einsam wandte er sich vom dunklen, windgepeitschten, ersehnten Meer ab und fand sich sogleich in einer anderen Welt wieder.

Der Himmel über ihm war dunkelviolett und klar, von Millionen Sternen übersät, und hoch oben prangte ein goldener Vollmond, der die Szene wie mit tausend Fackeln beleuchtete.

Ein sanfter, lauer Wind spielte mit seinem Haar wie die Finger einer Frau.

Der steile, felsige Pfad, den er und Äneas unter Lebensgefahr hinabgestürmt waren, hatte sich in einen breiten grünen Weg verwandelt, der zwischen duftenden Büschen sanft anstieg. Am Ende des Wegs erblickte er eine Gestalt, Kalypso. Nur mit ihrem langen geflochtenen Haar bekleidet, lächelte sie und winkte.

Seltsam, dachte er, wie einem Mann gleichzeitig das Herz so schwer und das Fleisch so unbeschwert sein kann.

Er schob die Hand unter sein Gewand, kratzte sich voller Vorfreude und schritt aus.

Auf dem Weg wuchs Kamille, und während er ging, entströmte bei jedem seiner schweren Schritte den zertretenen Blüten ein süßer Duft.

Ein bißchen wie im richtigen Leben, dachte er. Wenn man daran arbeitet. Ein bißchen wie im Leben.

So, das wär's, alles unter Dach und Fach.

Ich hätte nie gedacht, daß es ein Kapitel 4 geben würde.

Ich meine, jetzt, da ich eine so gut wie veröffentlichte Autorin bin – okay, so bald ist es auch wieder nicht, aber ich bin von einem Lektor zum Essen ausgeführt worden (er sah aus, als wäre er gerade mal drei Jahre älter als Rosie!), und ich habe einen unterschriebenen Vertrag in der Hand, und bald, ganz bald, wie mir mein kindlicher Lektor versichert, werde ich einen Scheck bekommen! Wenn man so viel erreicht hat, braucht man doch keine Schmusedecke mehr!

Außerdem sah das Kapitel 4, das ich geplant hatte, ursprünglich ganz anders aus. Nein, es sollte die reine Farce sein, die sich allmählich zum Fiasko steigert. Achämenides, der trojanische Trottel, wird von den Männern des Äneas über Bord geworfen, halbtot an die Küste gespült und von Kalypso gesund gepflegt, die seine im Delirium gefaselte Antwort auf die Frage, wer er sei, mißversteht und ihn für Achilles hält. Also wird er eine Art König, wie seine Mutter vorhergesagt hatte, und Äneas und die anderen können die Insel verlassen, weil die Nymphe auf sie verzichten kann, nachdem sie den Stocksteifen persönlich in den Fängen hat, und Odysseus macht den Trojanern weis, er wüßte die beste Route nach Italien, nur läßt er sie in die andere Richtung segeln, so daß sie schließlich in Karthago landen ... so ungefähr.

Aber zunächst einmal habe ich festgestellt, daß ich, auch wenn ich meine Schmusedecke nicht mehr brauche, sie doch nicht unvollendet lassen kann.

Ich wette, die alte Penelope hat sich auch auf ihre Webarbeit gestürzt, nachdem das ganze Blut vom Palastfußboden gewaschen war und alles allmählich seinen geordneten Lauf nahm.

Und zweitens habe ich irgendwie meinen Weg verloren. Oder gefunden.

Ursprünglich wollte ich sie ein bißchen verarschen, diese Männer, diese *Helden*, und ihre heroischen Ambitionen, ihre verrückten Vorstellungen von Pflicht und Mut und Ehre, ihre absurden Rivalitäten und ihre ebenso absurden Loyalitäten, ich wollte sie in ihrer Lächerlichkeit vorführen.

Statt dessen wirken sie jetzt irgendwie ... edelmütig?

Vielleicht ist männlicher Edelmut ja nichts anderes als die Kehrseite männlicher Dummheit.

Oder vielleicht sehe ich jetzt, nachdem ich eine Zeitlang in der Welt der Tat, der Fesseln, der körperlichen Angst, der Adrenalinschübe, der moralischen Verunsicherung, des Blutes und des Todes verbracht habe, vielleicht sehe ich jetzt manches mit anderen Augen.

Zuweilen ertappe ich mich selbst (und beobachte die anderen dabei), daß wir uns benehmen wie die erdichteten Gestalten aus meinem komisch-heroischen Epos.

Und zuweilen – oft in letzter Zeit – sehe ich, wie sich mein echter Mann wie ... eine Frau benimmt?

Vielleicht ist das die Botschaft des Jahrtausends.

Bisexualität als der neue Hit.

Wie auch immer, hier bin ich, am Ende meiner Reise. Oder wenigstens im sicheren Hafen, bei einer Ruhepause vor der nächsten Etappe.

Und ich habe meine Fahrkarte. Ich bin jetzt eine richtige Schriftstellerin, nein, mehr als das, ein richtiger Mensch, der zufällig schreibt. Und oben, Peter weiß es noch nicht, befindet sich eine Abstellkammer, die er in ein Arbeitszimmer verwandeln wird, mit Bücherregalen vom Boden bis zur Decke, Büsten von Dickens und Jane Austen, hier und da ein Literaturpreis...

Natürlich habe ich Mum davon erzählt. Von meinem Triumph, meine ich. Nicht von meiner Heimsuchung. Obwohl ich den irrationalen Verdacht habe, daß in ein paar Jahren der Triumph zur Heimsuchung geworden sein wird. Und umgekehrt.

Mum war begeistert. »Warte nur, bis ich es deinem Vater erzähle«, sagte sie. »Was würde das bringen?« hätte ich beinahe erwidert, aber Gott oder dem Teufel sei Dank, ich hab's mir verkniffen.

Statt dessen sagte ich: »Nein. Ich erzähle es ihm selbst, wenn ich ihn das nächste Mal besuche.« Das war ein paar Tage später. Und ich habe es ihm erzählt.

Er sagte: »Großartig, absolut großartig«, so wie er es vor ein paar Jahren gesagt hätte. Und er hat gelächelt. Dann hat er sich wieder in den verwirrten, etwas unsicheren Fremden verwandelt, an den ich mich allmählich gewöhne.

Zu Mum sagte ich, daß ich ihm mein Buch widmen werde. Und als sie weinte, habe ich auch geweint. Sentimental? Warum nicht? Aber auch egoistisch. Ich weiß nicht, wie viele Jahre lang ich diesen Fremden noch besuchen werde, aber jedesmal, wenn ich mein Buch ansehe, werde ich die alte vertraute Stimme sagen hören: »Großartig, absolut großartig« und sein Lächeln sehen.

Vielleicht ist das die wahre, die einzig wichtige Bedeutung meines Buches.

Aber ich schwöre mir, daß ich solche Ketzereien bei meiner Dankesrede für den Booker Prize nicht vorbringen werde.

Ich sehe Peter am anderen Ende des Zimmers auf dem Sofa, er ist eingeschlafen mit Rosie auf dem Schoß, sie hat die Arme um seinen Hals gelegt, Tig neben ihm schläft ebenfalls, den Kopf an Rosies Bein gelehnt. (Carla ist Gott sei Dank noch in Gunnery House, aber Rosie hat versprochen, sich um sie zu kümmern, wenn Feenie wieder auf Reisen geht. Jedem Tag genügt seine Plage ...!)

Ich betrachtete das kleine Tableau genau, aber nicht mit dem prüfenden Blick der Autorin. Der ist nicht für meine Familie bestimmt. Für andere Leute, ja, für Fremde. Und sogar, von Zeit zu Zeit, für manche meiner Freunde.

Aber nicht für meine Familie.

Die Schmusedecke war ein Einzelstück. Peter würde Äneas unterhaltsam finden, kein Zweifel, aber von da an würde er mich anschauen und sich fragen, ob das Aufnahmegerät läuft.

Also werdet ihr im Papierkorb dem Vergessen anheimfallen, meine Geschöpfe, dann kann ich den Raum durchqueren und mich in das Tableau begeben.

Nur noch ein Wort tippen, dann klicke ich auf *Löschen.* Ich zögere, es zu tippen. Wie gerne würde ich immer wiederkehren und mein Werk bis in alle Ewigkeit drehen und wenden und überarbeiten und umschreiben ...

Aber ich bin jetzt eine richtige Schriftstellerin, und in der Abstellkammer, die bald ein Arbeitszimmer sein wird, befindet sich dann auch ein Regal, das darauf wartet, mit Büchern gefüllt zu werden, die meinen Namen tragen.

Wenn ich also meinen Namen, Ellie Pascoe, endlos, oder wenigstens bis zum Ende des Regals, wiederholt sehen möchte, dann muß ich mich daran gewöhnen, dieses eine schreckliche Wort zu tippen, das uns richtigen Schriftstellern das größte Vergnügen bereiten sollte, das uns aber aus unerfindlichen Gründen den größten Schmerz verursacht: *Ende*